KNAUR

Von der Autorin im Knaur Verlag bisher erschienen:
Hauptsache, der Baum brennt
Die Herrin der Zeit
Das blutrote Parfüm
Das Mädchen und der Leibarzt
Die Goldschmiedin
Die Strandvilla
Das Dünencafé

Über die Autorin:
Sina Beerwald, 1977 in Stuttgart geboren, hat sich bislang mit siebzehn erfolgreichen Romanen, darunter historische Romane und Sylt-Erlebnisführer, einen Namen gemacht. Sie ist Preisträgerin des *NordMordAward* und des *Samiel Award. Die Strandvilla* und *Das Dünencafé* waren auf der Shortlist beim LovelyBooks Leserpreis. 2008 wanderte sie mit zwei Koffern und vielen Ideen im Gepäck auf die Insel Sylt aus und lebt dort seither als freie Autorin.

SINA BEERWALD

Das INSEL MÄDCHEN

EIN SYLT-ROMAN

KNAUR

Besuchen Sie uns im Internet:
www.knaur.de

Aus Verantwortung für die Umwelt hat sich die Verlagsgruppe Droemer Knaur zu einer nachhaltigen Buchproduktion verpflichtet. Der bewusste Umgang mit unseren Ressourcen, der Schutz unseres Klimas und der Natur gehören zu unseren obersten Unternehmenszielen. Gemeinsam mit unseren Partnern und Lieferanten setzen wir uns für eine klimaneutrale Buchproduktion ein, die den Erwerb von Klimazertifikaten zur Kompensation des CO_2-Ausstoßes einschließt. Weitere Informationen finden Sie unter: www.klimaneutralerverlag.de

FSC www.fsc.org
MIX
Papier aus verantwortungsvollen Quellen
FSC® C014496

Originalausgabe April 2022
Knaur Taschenbuch
Ein Imprint der Verlagsgruppe
Droemer Knaur GmbH & Co. KG, München

Covergestaltung: ZERO Werbeagentur, München
Coverabbildung: Collage unter Verwendung von Elisabeth Ansley / Trevillion Images und Shutterstock.com
Satz: Adobe InDesign im Verlag
Druck und Bindung: GGP Media GmbH, Pößneck
ISBN 978-3-426-52785-6

2 4 5 3 1

Für Lauris

1. Buch

KAPITEL 1

12. August 1931

Konnte das wahr sein?

Moiken stand auf der Terrasse ihres Dünencafés und schirmte die Augen gegen die Sonne ab, um die junge Dame in Badekleidung am Flutsaum besser erkennen zu können.

Mit zusammengekniffenen Augen blickte Moiken über die mit Fahnen und Wimpeln geschmückten Ringwälle aus Sand, die rund um die Strandkörbe von den Sommerfrischlern errichtet worden waren, um das Urlaubsrefugium kenntlich zu machen.

Kein Zweifel, das war wirklich Frieda, die sich jetzt seitlich in den Wind drehte, um ihre blonden, schulterlangen Haare an den Seitenpartien einzudrehen und im Nacken festzustecken. Die Zeit der langen Zöpfe war längst vorbei.

Ihre Tochter hatte sich in den vergangenen vier Jahren zu einer jungen Frau entwickelt, entsprechende weibliche Rundungen ausgebildet, und sie trat mit einer Courage auf, von der Moiken mit siebzehn Jahren nur hatte träumen können.

Erst gestern war Frieda noch ein kleines Mädchen gewesen, ihr Inselmädchen, ihre kleine Frieda, die gern an der Hand ihrer Mutter geblieben war und niemals allein ans Wasser gegangen wäre.

Frieda wollte doch nicht etwa ohne Begleitung schwimmen gehen? Sie wusste doch, wie gefährlich das war!

»Warum starrst du so lange aufs Meer?«, rief Henriette aus dem Pavillon, wo sie die Kuchen und Törtchen in die Glastheke stellte.

Moiken gab keine Antwort, denn angesichts der Wahrheit würde Henriette nur wieder lachen und sagen, dass Frieda schließlich kein kleines Kind mehr sei und sie sich als Mutter nicht immer so viele Sorgen machen solle.

Skeptisch beobachtete Moiken ihre Tochter, die ein paar langsame Schritte am Flutsaum entlangging und es sichtlich genoss, wie die auslaufenden Wellen ihre Knöchel umschmeichelten.

Eigentlich war Frieda die Vernunft in Person, und eigentlich müsste sie sich keine Gedanken um ihre Tochter machen.

Eigentlich.

Moiken seufzte innerlich auf.

Die Angst um Frieda war allgegenwärtig und fest in ihrem Mutterherz verankert, seitdem sie als Säugling so schwer erkrankt gewesen war.

»Moiken?«, rief Henriette. »Ziehen doch wieder dunkle Wolken auf? Sollen wir lieber nicht öffnen?«

Nein, dachte sie. Dunkle Wolken entdeckte sie keine. Zumindest nicht am Himmel. Aber in ihr drin warfen sie Schatten auf ihre Seele.

Wann war sie überhaupt zuletzt unbeschwert und frei von Sorgen gewesen? Jedenfalls nicht, seitdem Bernhard auf dem Hindenburgdamm tot zusammengebrochen war, bei der Eröffnungsfeier das Attentat auf Adam verübt worden war und sie unter dem Helm des kostümierten Soldaten die flammend roten Haarspitzen erkannt hatte.

»Alles ist gut, wir öffnen!«, rief sie zurück.

Ja, dachte sie, alles war gut. Zumindest redete sie sich das Tag für Tag ein. Henriette war stets pünktlich und mit vollem Arbeitseifer zur Stelle und hatte nicht nur die Abläufe im Café, sondern auch die schwierigen Gäste im Griff, sodass am Ende alle zufrieden waren.

Heute war nach sechs Wochen der zweite Tag in Folge, an dem es endlich nicht wie aus Eimern schüttete oder der Wind die Stühle umwarf. Stattdessen ließ sich sogar die Sonne blicken.

So einen unfassbar schlechten Sommer hatte Moiken noch nie auf der Insel erlebt, denn der Wind trieb die Regenwolken nicht wie sonst schnell weiter zum Festland.

Zum Festland, mit dem die Insel seit vier Jahren durch den Damm verbunden war. Ein Jahrhundertbauwerk, das Bernhard das Leben gekostet und ein Attentat auf Adam zur Folge gehabt hatte.

Adam hatte die Schussverletzung überlebt, und ein mutmaßlicher Täter mit roten Haaren und ohne Alibi war verhaftet und verurteilt worden, doch der Mann hatte seine Unschuld beteuert – genau wie Henriette, die zum fraglichen Zeitpunkt im Dünencafé mit Vorbereitungen beschäftigt gewesen war und Emma dafür als Zeugin hatte. Seit dem Revisionsurteil war der mutmaßliche Täter allerdings aus Mangel an Beweisen wieder auf freiem Fuß.

Wenn nur nicht immer diese Zweifel an Henriettes Unschuld in ihr aufkämen, dachte Moiken. Was, wenn Emma Henriette ein falsches Alibi gegeben hatte?

Diese Vermutung hielt sich in ihren Gedanken so hartnäckig wie die dunklen Wolken, schließlich ging es für Emma um den Tod ihres Halbbruders, der nicht ungesühnt bleiben sollte, und Henriette war bis heute ganz offen der Überzeugung, dass Adam Schuld am Tod ihres Sohnes trug, weil er Bernhard trotz seines schlechten Gesundheitszustands auf die Dammbaustelle getrieben hatte. Seite an Seite hatte sie mit Henriette darum gekämpft, Bernhard ins Leben zurückzuholen.

Moiken warf einen Blick auf ihre kleine goldene Armbanduhr.

Noch zwanzig Minuten bis zur Öffnung. Sicherlich würden die Sommerfrischler gleich Schlange stehen – angesichts des Wetters schien es heute jeden der rund viertausend Badegäste, die sich derzeit in Westerland aufhielten, an den Strand getrieben zu haben –, aber der Sonnenschein sollte für Frieda noch lange kein Grund sein, sich allein in die hohen Wellen stürzen zu wollen.

Nein, nicht wieder in Angst verfallen, mahnte sie sich selbst. Sie musste darauf vertrauen, dass sich Frieda nur ein wenig die Beine erfrischen wollte.

»Ich kann ja verstehen, dass du die Sonne da draußen genießen möchtest«, rief Henriette, »aber wenn du gleich öffnen willst, dann solltest du jetzt die Stühle auf der Terrasse aufstellen, andernfalls müssen die Gäste ihren Kuchen im Stehen verzehren.«

Moiken beschloss, auf die Vernunft von Frieda zu vertrauen, und besann sich auf ihre Verpflichtungen.

Am nächstgelegenen Tisch klappte sie den blauen, grünen und roten Stuhl auf, wischte mit dem Lappen über die Sitzflächen und rieb die salzverkrustete Sandschicht von der gelben Tischplatte, bis die Farbe wieder in der Sonne leuchtete.

Routinemäßig ging sie zur nächsten Sitzgruppe.

Ihre innere Unruhe wollte jedoch nicht weichen. Wie unter Zwang warf sie einen prüfenden Blick über die Schulter zum Flutsaum hin.

Genau in diesem Moment ging Frieda ins Meer hinein, das Wasser reichte ihr bereits bis zur Hüfte. Verdammt! Hätte sie doch nur auf ihr Bauchgefühl gehört!

»Ich bin gleich wieder da!«, rief sie kurz entschlossen, ließ die verdutzte Henriette zurück und eilte über die hölzerne Promenade an den Strand.

»Frieda! Frieda, warte!« Am Strand herrschte zu viel Trubel, zudem das Meeresrauschen – unmöglich, dass Frieda die Rufe hörte. Mühsam bahnte sich Moiken einen Weg zwischen den Sommerfrischlern hindurch.

»Frieda, warte! Frieda, nicht!«

Aus einer Strandburg heraus feuerte eine Gruppe junger Männer und Frauen ihren Strandlauf an und prostete ihr zu. Es war die

Harmlosen GmbH, wobei es sich bei der GmbH um eine Gesellschaft mit besonderen Hintergedanken handelte. Beides eine Unverfrorenheit. Der Name und das Verhalten.

»Frieda! Frieda!«

Endlich! Ihre Tochter drehte sich um und kam schnell aus dem Wasser.

»Mutter, was ist passiert?«

Moiken blieb in gebeugter Haltung vor ihrer Tochter stehen, die Hände auf die Oberschenkel gestützt, und rang nach Luft. »Das fragst du mich? Wie kommst du nur darauf, allein schwimmen zu gehen?«, stieß sie hervor.

Frieda machte eine erstaunte Miene. »Weil das Wetter heute endlich mal schön ist? Außerdem ist die Nordsee heute so ruhig, wie man sie nur selten erlebt. Das musste ich doch ausnutzen.«

»Frieda, ich bin entsetzt über deine Unvernunft! Wie alt bist du? Wie oft habe ich dir erklärt, dass das Meer immer heimtückisch ist, bei jedem Wetter.«

»Mutter, bitte, ich kann schwimmen. Das hast du mir beigebracht, und ich bin in der Tat alt genug, um die Gefahr einschätzen zu können. Sieh dir doch die sanften Wellen an. Die sind definitiv harmloser als die dort drüben.« Mit einem Kopfnicken deutete sie auf die feuchtfröhliche Gruppe der Harmlosen GmbH. »Oder wäre es besser gewesen, du hättest mich in deren Strandburg angetroffen?«

Die jungen Männer johlten und pfiffen, weil sie den Grund des Strandlaufs erkannt hatten, der ihnen offenkundig gefiel.

»Natürlich nicht! Du sollst nicht allein schwimmen gehen, darum geht es.«

»Du hast ja nie Zeit, und meine Freundinnen müssen heute arbeiten – und wer weiß, wie lange das schöne Wetter anhält. Bestimmt nicht lange. Ich hätte in männlicher Begleitung schwimmen gehen können, aber das wäre dir auch wieder nicht recht gewesen.«

»In männlicher …« Moiken verschlug es die Sprache. »Wie kommst du denn plötzlich auf solche Gedanken?«

»Nun ja, wie soll ich sagen …« Eine leichte Röte flog auf Friedas Wangen. »Der Gedanke läge nahe.«

Moiken wurde warm ums Herz, und der Ärger verflog augenblicklich. Ihre Tochter hatte sich verliebt. Was für eine schöne Nachricht an diesem sonnigen Tag, mitten am Strand.

Andererseits – Frieda war doch erst siebzehn. Ein wenig hätte sie sich mit der Auswahl ihres zukünftigen Ehemanns ja noch Zeit lassen können. Aber wenn er eine gute Partie war?

»Jetzt bin ich aber neugierig. Magst du mir den Herrn mal vorstellen?«

In Friedas Blick zeigte sich Erleichterung, und sie lachte aus voller Kehle. »Ich bin mir sicher, du wirst ihn mögen. Du kennst ihn nämlich. Schon lange. Ich habe dir bereits als Kind gesagt, dass ich ihn eines Tages heiraten werde.«

»Unseren Portier? Frieda! Ich dachte, die Sache mit Matthis hätte sich längst erledigt. Ich habe dir schon damals klipp und klar erklärt, dass du als Hotelerbin nicht den Portier heiraten kannst.«

»Diese Sache …«, entgegnete Frieda betont ruhig, »nennt sich Liebe.«

»Das ist doch nur eine Schwärmerei aus Kindertagen. Außerdem ist Matthis sechsundzwanzig und damit neun Jahre älter als du.«

»Richtig – und deshalb weiß er auch, was er will. Er hat auf mich gewartet, all die Jahre, bis ich nun alt genug für eine Verlobung bin. Wir lieben uns.«

»Eine Verlobung?« Moiken fühlte sich so überrumpelt, als sei sie von einer Welle überrollt worden. Sie wusste nicht mehr, wo ihr der Sinn stand. Nur eines war ihr klar. »Das kommt gar nicht infrage! Das sollte auch Matthis wissen. Er kennt die Regeln.« In ihrem Ärger kam ihr noch eine weitere Frage in den Sinn. »Seit wann werde ich eigentlich von meiner eigenen Tochter hintergangen, wenn ihr euch bereits verlobt habt?«

»Nein, so war das nicht gemeint. Wir haben uns noch nicht verlobt, und wir haben uns bisher auch nur einmal ohne dein Wissen verabredet. Letzte Woche. Da ist nichts passiert – gar nichts! Wir haben uns nur an den Händen gehalten. Aber wir sind uns einfach sicher, dass wir zusammengehören und jetzt unsere Zeit gekommen ist. Du kannst Matthis fragen, es war mir sehr wichtig, vor einem nächsten Treffen mit dir zu sprechen. Ich habe bisher nur keinen geeigneten Moment gefunden, und jetzt war das sicher auch nicht ideal, aber es musste heraus.«

»In der Tat, der Strand ist wirklich kein geeigneter Ort, um so etwas zu besprechen. Abgesehen davon stehe ich unter Zeitdruck.« Sorgenvoll blickte sie über den sonnengelben Strand und seine fröhlichen Besucher hinweg zu ihrem blauen Pavillon am Ende der hölzernen Promenade, wo Henriette unterdessen die restlichen farbenfrohen Stühle aufgeklappt und die Blumen auf die Tische gestellt hatte. »Aber ganz gleich, wie die Lage ist, ich verbiete mir jedwede Liaison zwischen meinen Angestellten und erst recht mit höhergestellten Personen des Hauses.« Es tat ihr weh, diese Worte auszusprechen, denn sie mochte Matthis wirklich sehr – aber so waren nun einmal die Regeln.

»Ich kann mich sehr gut an das Gespräch erinnern, als du mir erklärt hast, dass ich nicht den Portier heiraten könne. Da war ich elf Jahre alt, und ich dachte, du hast das gesagt, weil du meine Gefühle für reine Schwärmerei gehalten hast. Aber seit diesem Tag ist meine Liebe zu Matthis nur noch größer geworden. Außerdem galt deine Regel für Leopold und Wilma auch nicht.«

Moiken seufzte innerlich auf. Mit dem alten Portier und der ehemaligen Küchenvorsteherin hatte Frieda ein überaus passendes Argument parat, denn die beiden hatten als Ehepaar ihr gesamtes Leben in der Strandvilla verbracht, und auch heute lebten sie noch unter diesem Dach und sahen recht munter ihrem neunzigsten Geburtstag entgegen.

»Die beiden sind eine Ausnahme. In jeglicher Hinsicht. Sie kamen noch unter deinem Vater als junges Ehepaar in die Strandvilla.«

»Siehst du, mein Vater kannte solche Regeln nicht. Also sind Matthis und ich auch eine Ausnahme.«

»Nein, das seid ihr nicht!«, entgegnete sie harscher als gewollt, weil sie sich mit der Situation vollkommen überfordert fühlte. Als sie dann auch noch die Tränen in Friedas Augen sah, spürte sie den Schmerz ihrer Tochter, als sei es ihr eigener, denn sie kannte ihn nur zu gut.

»Frieda, das ist nun wirklich kein Thema, das wir noch länger am Strand diskutieren sollten. Außerdem müsste ich längst wieder bei Henriette sein.«

Frieda folgte ihrem Blick, und angesichts der Gäste, die bereits in Scharen über den Holzsteg zum Dünencafé pilgerten, sagte sie: »Wir können gern heute Abend weiterreden. Ich habe jetzt auch nicht so viel Zeit, ich muss in einer Stunde wieder bei Carl in der Druckerei sein.«

Ein Gespräch. Auf Anhieb wusste Moiken nicht, wie sie auf den Vorschlag ihrer Tochter reagieren sollte. Da gab es nichts zu reden. Es war schließlich eine alte Weisheit, dass sich Arbeit und Liebe nicht vertrugen. Andererseits wollte sie nicht so hart zu ihrer Tochter sein.

Was also tun? Immerhin wusste sie jetzt endgültig, warum sie der Lehre von Frieda in der Druckerei zugestimmt hatte, nachdem Carl sich tatsächlich bereit erklärt hatte, eine Frau auszubilden. Nicht auszudenken, wenn Matthis und Frieda ständig miteinander zu tun hätten, da würde sich doch keiner mehr auf seine Aufgaben konzentrieren können.

»Also, was ist nun?«, hakte Frieda nach. »Treffen wir uns heute Abend? Gemeinsam mit Matthis?«

Moiken fühlte sich unter Druck gesetzt. Der Blick hin zu ihrem Dünencafé tat sein Übriges. »Ich kann das jetzt nicht entscheiden. Es wird gleich die Hölle los sein. Aber nach sechs Wochen Dauerregen wird es auch dringend Zeit für Umsatz.«

»Mutter, du weichst mir aus«, mahnte Frieda.

Gut erkannt, dachte Moiken. »Frieda, versteh mich bitte richtig. Ich schätze Matthis sehr, aber dein Ehemann muss Geld mitbringen, damit die Zukunft der Strandvilla gesichert ist. Die wirtschaftlichen Zeiten sind schwierig, das dürfte auch dir nicht entgangen sein. Die Hotels sind in den vergangenen Jahren wie Pilze aus dem Boden geschossen. Die Konkurrenz ist groß. Es wird Zeit, dass du einen Einblick in die Buchhaltung der Strandvilla erhältst, damit du siehst, was allein der laufende Betrieb an Kosten verschlingt, wie viele Bedienstete ich schon hätte entlassen müssen und wie viele Renovierungsarbeiten liegen geblieben wären, wenn da nicht Adams Geld gewesen wäre. Verstehst du das denn nicht?«

»Doch, ich verstehe. Du lässt nicht mit dir reden und bringst es tatsächlich fertig, mir meine große Liebe zu verbieten, nach all dem, was du wegen deiner Mutter mit Boy erleiden musstest!«

»Das ist nicht zu vergleichen!«, fuhr sie auf. »Hier geht es um die Zukunft der Strandvilla.«

»Ach, und um meine nicht?«, erwiderte Frieda bitter enttäuscht.

Moiken hielt inne, weil Friedas Einwand sie schmerzhaft an ihre eigene Vergangenheit erinnerte, aber dann besann sie sich wieder auf ihr gegenwärtiges Ziel. »Doch, natürlich«, besänftigte sie ihre Tochter. »Aber als Hotelerbin sollte dir die Zukunft der Strandvilla besonders am Herzen liegen«, sagte sie und machte damit einen letzten verzweifelten Ansatz, ihre Tochter an die wesentlichen Dinge zu erinnern. »Oder willst du das Hotel nicht erben?«

»Doch. Im Gegensatz zu Emma kann ich mir nämlich sehr gut vorstellen, die Strandvilla eines Tages weiterzuführen.«

»Siehst du«, entgegnete Moiken erleichtert, und ein Lächeln umspielte ihre Lippen. Es war doch gut gewesen, das Gespräch nicht auf die lange Bank zu schieben, damit Frieda verstand, dass es nicht in erster Linie um ihre private Zukunft, sondern um die Verantwortung für ein großes Erbe ging.

»Wenn du dein Erbe eines Tages antrittst, musst du bedenken, dass deine Halbschwester monatlich einen prozentualen Anteil aus den Einnahmen erhält. Gleiches gilt für Adam, sollte ich vor ihm versterben. Dieses Geld musst du erübrigen können, was in schlechten Zeiten schwierig werden kann. In Konsequenz müsstest du die Strandvilla verkaufen oder besser gleich einen Mann mit Geld heiraten. Frieda, du bist die zukünftige Hotelerbin. Du musst standesgemäß heiraten. Stell dir nur vor, wer alles Schlange stehen wird.«

Friedas Blick glitt über den Strand hinweg, hin zur Villa auf der hohen Düne. Wieder spiegelten sich Tränen in ihren Augen, und sie schüttelte langsam den Kopf. »Ich werde keinen anderen Mann so lieben können wie Matthis.«

»Ich kann verstehen, dass du Matthis sehr magst«, entgegnete sie sanft, um besser auf ihre Tochter einwirken zu können, »aber du musst vernünftig sein – so wie ich.«

»Ach? Du willst mir ein Vorbild sein?«, platzte es aus Frieda heraus. Vorbei war es mit ihrer Beherrschung. »Sieh dich doch an, wohin dich deine Vernunft gebracht hat! Du bist kreuzunglücklich mit Adam und liebst Boy bis heute. Es tut mir leid, Mutter, aber so ein Leben möchte ich nicht führen. Ich werde für mein Glück kämpfen – und wenn es sein muss, auch gegen deinen erklärten Willen.«

KAPITEL 2

Noch am selben Tag

Nach einem langen Arbeitstag ging Moiken erschöpft über die Promenade in die Strandvilla zurück. Im Dünencafé waren sie förmlich überrannt worden. Die Schoko-Dünen waren innerhalb kürzester Zeit ausverkauft gewesen, aber zum Glück hatten sich die Gäste mit der leckeren Kuchenauswahl trösten lassen.

Grete hatte den Ansturm vom Küchenfenster der Strandvilla aus beobachtet und sechs Kuchen zusätzlich backen lassen, ansonsten hätten sie schon nach zwei Stunden keinen Krümel mehr gehabt.

Grete hatte immer alles im Blick. Was für ein Glücksfall, ihr damals in Berlin begegnet zu sein, dachte Moiken, während sie die Stufen zum Eingangsportal hinaufstieg.

Grete hatte es in den vergangenen vier Jahren zur Küchenvorsteherin gebracht, sie wollte unter keinen Umständen zurück in die Großstadt, und auch Moiken wollte Grete nicht mehr missen.

Letzteres galt auch für Matthis. Er war ein wundervoller Portier, den sie nicht verlieren wollte.

Sie zog die schwere Eingangstür auf, und sogleich fiel ihr Blick auf die Rezeption, wo Matthis gerade mit einem Gast gesprochen hatte, der sich für den hervorragenden Service bedankte und seine Buchung für das nächste Jahr eintragen ließ.

Matthis hatte sich wirklich sehr gemausert. Vom blondschopfigen Zeitungsjungen in fadenscheiniger Kniebundhose zum eleganten Portier mit einer sehr charmanten Ausstrahlung. Sie konnte schon verstehen, weshalb sich ihre Tochter in diesen Mann mit dem treuen Blick aus großen blauen Augen und dem unwiderstehlichen Lächeln verliebt hatte. Er war immer guter Laune und nicht aus der Ruhe zu bringen.

Einen besseren Nachfolger für Leopold hätte sie sich nicht wünschen können, dachte Moiken, während sie im Hintergrund stehen blieb – genau an der Marmorsäule, an der sie damals ausgeharrt hatte, als die Revolutionäre mit entsicherten Gewehren die Strandvilla gestürmt hatten, um das Haus nach Waffen und Kriegstreibern zu durchsuchen.

Es war allein der Geistesgegenwart von Matthis zu verdanken gewesen, dass er dem kriegsversehrten Offizier gerade noch rechtzeitig durch den Hintereingang zur Flucht verholfen hatte, ansonsten würde sie jetzt nicht mehr hier stehen.

Tatsächlich hatte sie also nicht nur Adam ihr Leben zu verdanken, sondern auch Matthis. Ein bedeutender Grund, weshalb es ihr schwerfiel, ihm die Liebe zu Frieda zu verbieten.

Moiken wartete noch einen Moment, bis sich der Gast auf sein Zimmer verabschiedet hatte, denn nun stand ein schwieriges Gespräch an, das ihr schon seit Stunden schwer im Magen lag.

»Guten Abend, gnädige Frau«, begrüßte Matthis sie gewohnt charmant und ganz so, wie er es von Leopold übernommen hatte. Sie hatte es aufgegeben, ihm zu erklären, dass sie nicht mit *Gnädige Frau* angesprochen werden wollte – denn die Alternative wäre Frau von Baudissin gewesen. Darauf konnte sie jedoch angesichts der Scherben ihrer Ehe dankend verzichten.

»Guten Abend, Matthis. Wie war der Tag? Gab es besondere Vorkommnisse?«, begann sie ebenfalls wie gewohnt.

»Es gibt wichtige Neuigkeiten und eine dringende persönliche Sache, die ich mit Ihnen besprechen muss.«

Oh, dachte Moiken, er bringt das Gespräch von selbst darauf. Einerseits fühlte sie Erleichterung, andererseits war da die Ungewissheit, was nun folgen würde. Er war vorbereitet, bestimmt hatten Frieda und er unterdessen miteinander gesprochen.

Nur, was hatten sie beschlossen? Was, wenn die Liebe zwischen den beiden so groß war, dass er kündigen wollte?

Der Gedanke durchlief sie siedend heiß, so als sei sie in eine Wanne mit zu heißem Wasser gestiegen.

»Dann fangen wir doch am besten mit der persönlichen Sache an …«, entgegnete sie äußerlich beherrscht und fügte bedächtig hinzu: »Ich habe heute von Frieda gewisse Dinge erfahren. Ich nehme an, es geht darum?«

»Ja«, sagte Matthis leise. »Es tut mir leid, aber ich liebe Ihre Tochter von ganzem Herzen.«

»Und ich nehme an, Sie wissen, wie ich dazu stehe?«

Schmerz spiegelte sich in Matthis' Augen wider, und sie wusste genau, was er empfand. Sie kannte diese Hilflosigkeit zur Genüge, diese traurige Wut und das beißende Unverständnis, weshalb eine Liebe nicht sein durfte.

»Das weiß ich«, erwiderte Matthis, und dann schwieg er. Er sortierte die Unterlagen auf dem Tresen in eine andere Reihenfolge, so als gäbe es nichts Dringlicheres zu erledigen.

»Und was gedenken Sie zu tun?«, fragte Moiken vorsichtig und überlegte, wie sie reagieren sollte, falls Matthis ihr seine Kündigung anbot.

Um welchen Preis sollte sie Matthis in der Strandvilla halten? Wäre es möglich, die Liebe der beiden doch zuzulassen? Mit der leisen Hoffnung, dass Frieda sich am Ende für einen anderen Mann entscheiden würde?

»Ich habe mit Frieda gesprochen …«, begann Matthis und räumte die Unterlagen wieder an ihren ursprünglichen Platz zurück. »Und wir haben eine Entscheidung getroffen.«

Moiken hielt den Atem an. Es war, als ob eine hohe Welle auf sie zurollen würde. Unaufhaltsam, kurz davor, sie zu überrollen.

»Und die wäre …?«

»Wir werden unsere Liebe zugunsten der Strandvilla aufgeben. Ich habe Frieda davon überzeugt. Es ist besser so.«

Überrascht suchte Moiken nach Worten. »Das ist … damit habe

ich ehrlich gesagt nicht gerechnet. Ich freue mich sehr über diese ausgesprochen vernünftige Entscheidung. Das rechne ich Ihnen wirklich hoch an, Matthis. Ich versichere Ihnen, wenn Sie der Strandvilla die Treue halten, wird es Ihnen ein Leben lang an nichts fehlen.«

Matthis brachte kein Wort hervor und nickte stattdessen. Der Schmerz war ihm anzusehen, aber sein Blick zeugte von Entschlossenheit.

Angesichts dieser so schnell getroffenen Entscheidung war die Liebe wohl doch nicht so groß gewesen – zumindest nicht von seiner Seite aus, dachte Moiken erleichtert. Bei Frieda würde es hoffentlich auch nur ein paar Wochen dauern, bis sie Matthis wieder unbefangen begegnen konnte. Das wünschte sie den beiden jedenfalls.

Sich ohne Schmerz ansehen zu können – das war ihr mit Boy nie gelungen. Ein ganzes Leben lang nicht.

»Es gibt auch noch Geschäftliches zu besprechen«, hob Matthis an, und sie war ihm dankbar, dass er den Themenwechsel herbeiführte.

»Ja richtig, schießen Sie los«, gab sie sich betont munter, denn sie wollte ihm nicht offenbaren, dass sie in Gedanken noch bei ihrer Tochter war. Sie hatte durchaus ihre Zweifel, dass Frieda diese Entscheidung mit ganzem Herzen getroffen hatte.

Ob sie jetzt weinend in ihrem Zimmer saß? Oder machte sie sich wieder zu viele Sorgen um ihre Tochter? Vielleicht würde auch Frieda unerwartet schnell über den Schmerz hinwegkommen, weil sie die große Liebe mit einer kindlichen Schwärmerei verwechselt hatte, und am Ende würde auch sie glücklich über diese vernünftige Entscheidung sein?

»Schießen ist das richtige Stichwort«, entgegnete Matthis und reichte ihr das Blatt mit der Bekanntmachung der Schießübungen des Militärs. »Ich habe die Gäste bereits informiert.«

Bekanntmachung
betreffend
Schießübungen
auf der Insel Sylt

Am 19., 20. und 21. August 1931
von 8 Uhr bis 18 Uhr und von 20 Uhr bis 22 Uhr
finden Abkommschießen
und am 25. und 26. August von 8 bis 18 Uhr
Kaliberschießen mit Batterien nach See zu statt.

An diesen Tagen weht auf der Galerie des Leuchtturms
Rotes-Kliff und auf dem Signalmast des Gebäudes
der Marine-Nachrichtenstelle auf dem Westellenbogen
in der Nähe des Leuchtturms List-West
ein roter Doppelstander (Internationale Flagge »B«).
Bei Dunkelheit wird an den bezeichneten
Stellen ein rotes Licht gesetzt.

Besondere Absperrmaßnahmen werden nicht getroffen.
Den Anweisungen von Wachfahrzeugen ist
im eigenen Interesse Folge zu leisten.
Jeder Aufenthalt während der Zeit des Schießens in den
auf der beigefügten Karte näher bezeichneten Gebieten
ist polizeilich verboten.

Schleswig, den 11. August 1931
Der Regierungspräsident

»Mich wundert, dass diese militärischen Übungen von den Großmächten geduldet werden. Im Versailler Vertrag stand etwas anderes.« Sie machte diese Bemerkung, ohne bei der Sache zu sein, denn sie überlegte, besser gleich nach ihrer Tochter zu sehen. Andererseits erforderte die Besprechung mit Matthis noch etwas Zeit.

»Ich weiß auch nicht. Die Seeflugzeuge wurden ja gemäß dem Versailler Vertrag zerstört«, entgegnete Matthis, »außerdem wurden auf dem Ellenbogen Entfestungsarbeiten durchgeführt, einzelne Baracken verkauft und der militärische Nachlass versteigert. Aber mir behagt auch nicht, dass einige Befestigungsanlagen belassen wurden, um die Ausbildung des Militärs weiterhin zu ermöglichen – mit Genehmigung der Alliierten. Und jetzt diese Schießübungen …«

»Hoffentlich nur für den Verteidigungsfall!« Moiken verzog den Mund. »Wobei auch Verteidigung Krieg bedeutet, und davon habe ich wahrlich genug gehabt. Lassen wir das Thema, ich mag gar nicht daran denken.«

»Und ich will nicht wissen, wo uns diese Wirtschaftskrise noch hinführt …«, ergänzte Matthis.

Moiken war unterdessen in Gedanken schon wieder bei Frieda. »Matthis, ich muss Sie doch noch einmal etwas Persönliches fragen. Sie sagten vorhin, dass Sie beide die Entscheidung getroffen hätten, aber zugleich erwähnten Sie, dass Sie meine Tochter lieben und dass Sie sie überzeugt hätten. Wie darf ich das verstehen?«

»Nicht so, wie es sich vielleicht anhört«, sagte Matthis schnell. »Ich liebe Frieda, das gebe ich offen zu, aber ich habe Ihre Tochter an die gebotene Vernunft erinnert, und dann hat mir Frieda beigepflichtet, dass eine Beziehung nicht möglich ist. Ich gebe auch zu, es schmerzt uns beide, aber davon wollen wir uns nicht leiten lassen. Es wird ein wenig dauern, bis wir uns unbefangen in die Augen sehen können, aber wir sind dazu gewillt. Als Freunde werden wir uns immer sehr schätzen – und mögen –, so viel steht fest, aber eben nicht als Paar.«

»Ich bin ehrlich beeindruckt und erleichtert«, gab Moiken zu.

»Das freut mich«, antwortete Matthis mit einem Lächeln. »Die Vernunft geht vor, und wir möchten Ihnen außerdem keine Schwierigkeiten bereiten, die allgemeine Lage ist schon trostlos genug.« Matthis reichte ihr die *Sylter Zeitung* und deutete auf eine Annonce. »Die Pension Meeresfrieden muss zwangsversteigert werden.«

»Meine Güte, schon wieder eine Zwangsversteigerung. Wie viele hatten wir davon schon dieses Jahr?«

Matthis hob die Schultern. »Ich würde sagen, dreißig oder vierzig. Ich habe aufgehört zu zählen. Ich finde das angesichts von nur rund dreitausend Einwohnern in Westerland ziemlich erschreckend. Vor dem Krieg kamen knapp dreißigtausend Sommerfrischler nach Westerland, in dieser Saison werden wir vielleicht mit Ach und Krach zwanzigtausend erreichen. Und diese wenigen Gäste verteilen sich auf zu viele Betten, die Herbergen sind doch in den vergangenen Jahren wie Pilze aus dem Boden geschossen.«

»Wohl wahr. Die Pensionsinhaber unterbieten sich gegenseitig, und bei diesem ruinösen Wettbewerb um die Gäste kommen gerade einmal die Selbstkosten heraus. Das Ergebnis sieht man ja.« Mit einem Kopfnicken deutete sie auf die Zeitung, und dabei fiel ihr Blick auf die Wetteraussichten, die ebenfalls nichts Gutes verhießen. »Dazu dieses miese Sommerwetter. Nur zwei schöne Tage, und jetzt ist wieder endloser Regen gemeldet. Das ist ja wirklich zum Davonlaufen. Im Durchschnitt sind unsere Gäste statt drei Wochen nur elf Tage lang geblieben. Diese Einnahmen fehlen einfach. Stellen Sie sich vor, ich könnte zu den Gästen sagen: Sie haben drei Wochen gebucht, das muss auch bezahlt werden – Ihr Problem, wenn Sie früher abreisen. Undenkbar, aber schön wäre es. Zudem war das Dünencafé jetzt sechs Wochen lang geschlossen – und das in den umsatzstärksten Monaten, eine Katastrophe!«

»Das Wetter kann ja nicht für immer schlecht bleiben«, beruhigte Matthis sie.

»Es hängt ja nicht allein am Wetter. Unsere gesamte deutsche Wirtschaft ist in der Krise. Reparationszahlungen, Arbeitslosigkeit, die Unfähigkeit der Politiker …« Sie brach ab, weil ein Ring um ihre Brust lag, der sich mit jedem Wort fester zuschnürte.

»Es wird schon alles bald besser werden«, bekräftigte Matthis ganz nach Leopolds Art. »Ich setze große Hoffnungen auf Hitler. Er verspricht einen Rückgang der Arbeitslosenzahlen, wirtschaftliche Stabilität sowie Ordnung und Sicherheit auf den Straßen.«

Moiken holte tief Luft, sodass der Ring um ihre Brust förmlich zerbarst. »Ausgerechnet dieser Hitler? Der kann doch mit seinem Radau-Goebbels nichts als Unruhe stiften und große Reden schwingen. Überhaupt wird der mit seiner NSDAP nie an die Macht kommen, da kann er noch so viel versprechen.«

»Verzeihung, gnädige Frau, ich würde Ihnen gern beipflichten, aber die Zahlen sprechen leider eine andere Sprache. Die NSDAP hat immerhin bei der letzten Reichstagswahl von allen Parteien die meisten Stimmen erhalten, selbst die SPD kam nur auf unter tausend. Ginge es allein nach unserer Insel, wäre Hitler jetzt schon an der Macht. Es wird auch im übrigen Reich nicht mehr lang dauern, bis die Leute ihm zujubeln. Hindenburg ist alt, seine Tage sind in jeglicher Hinsicht gezählt, und dieser Hitler hat einfach das Zeug zum Führer.«

»Gott bewahre!«, rief sie aus und wollte noch einen Satz hinzufügen, als sie Adams Stimme im Foyer hörte.

»Wovor soll Gott uns bewahren?«, rief er.

Ihr Ehemann kam neugierig näher. Jener Mann, der seinerzeit der erste Gast in ihrem Dünencafé gewesen war. Jener Mann, dessen Charme sie nicht widerstehen konnte. Jener Mann, dem sie ihr Leben zu verdanken hatte, weil er sie aus dem Eis gerettet hatte. Jener Mann, von dem sie geglaubt hatte, dass mit ihm alles besser werden würde.

Ein Mann, dem sie die Schuld an Bernhards Tod gab.

Ihrem Ehemann.

Sein charismatisches Lächeln war geblieben, nur mit dem Unterschied, dass ihr Herz darauf längst nicht mehr reagierte, seitdem sie begreifen musste, dass ihm der Dammbau – sein Lebenswerk – über alles ging. Womöglich sogar über das Leben anderer, das würde sich nie mehr mit Sicherheit klären lassen.

Aus gutem Grund hob sie zu einer Notlüge an. »Vor weiterem Regen soll Gott uns bewahren. Matthis hat mir gerade die Wetteraussichten vorgelegt«, setzte sie zur Bekräftigung hinzu.

»Du hast mal wieder fromme Wünsche«, frotzelte Adam und schüttelte den Kopf. Seine dunklen, leicht welligen Haare waren im vergangenen Jahr deutlich ergraut, überhaupt schien ihn die Vollendung des Jahrhundertbauwerks einige Lebensjahre gekostet zu haben. Rund um die leicht eingefallenen Wangen hatte seine Haut das Aschgrau des Alters angenommen, doch seiner gepflegten Erscheinung tat das keinen großen Abbruch.

Der gute Grund für die Notlüge war der Umstand, dass Adam gleich zum Diner mit ein paar Herren in der Strandvilla verabredet war, die sich allesamt sehr für Hitlers Parteiprogramm interessierten, mit dem er ebenfalls sympathisierte. Darum wusste sie aus Erfahrung, dass ihre Meinung über Hitler nur wieder einen Streit provozieren würde, auf den sie nach diesem nervenaufreibenden Tag gut verzichten konnte.

»Manchmal hat man eben fromme Wünsche«, sagte sie mit einem Schulterzucken. Alle anderen Wünsche waren ohnehin tief in ihrem Herzen verborgen, dachte sie im Stillen.

»Als ob der Regen schuld an der wirtschaftlichen Misere ist«, lachte Adam. »Seit wann bist du so naiv? Die hohe Arbeitslosigkeit und die vielen Pleiten sind das Problem, und der Einzige, der uns aus dieser Wirtschaftskrise retten kann, ist nicht ein wohlgesinnter Wettergott, sondern Adolf Hitler, unser künftiger Führer. Das werden auch diese Kommunisten noch einsehen müssen. Übrigens, meine Freunde aus der NSDAP-Ortsgruppe sind gerade eingetroffen, und stell dir vor, nach der gestrigen Sitzung fanden sie die Reifen ihrer Fahrräder zerstochen vor. Was für ein kindisches Benehmen von der KPD. Als ob sie uns damit einschüchtern könnten.« Er lachte.

»Deine Freunde? Uns?«, horchte Moiken auf. »Bist du etwa der Partei beigetreten?«

Adam setzte eine geheimnisvolle Miene auf. »Sagen wir es mal so, meine Freunde sind auf dem besten Weg dazu, mich davon zu überzeugen. Und weißt du, warum? Der derzeitige Ortsgruppenleiter würde sogar freiwillig zurücktreten, wenn ich die Zügel in die Hand nehmen würde. Das wollen wir heute Abend besprechen. Sie suchen einen Mann mit Charisma und Durchsetzungskraft. Man hält große Stücke auf mich, und ich bin durchaus an dem Amt interessiert, wie du dir denken kannst. Ich will dazu beitragen, dass diese Wirtschaftskrise ein Ende nimmt.«

Moiken schwieg. Ja, das konnte sie sich denken. Aber aus anderen Gründen. Seit dem Ende des Dammbaus fehlte ihm eine Aufgabe, die ihn erfüllte – für die man ihn bewunderte und wegen der man zu ihm aufschaute.

In der Strandvilla würde er immer nur die zweite Geige spielen, auch wenn ihm das Hotel zur Hälfte gehörte, das war ihm klar. Sie hielt die Fäden in der Hand, was die Verwaltung und Gästebetreuung anging, und dieses Zepter würde sie nicht freiwillig hergeben.

Adam war zudem sehr schlecht auf den derzeitigen Reichspräsidenten zu sprechen, seitdem Hindenburg ihm für das Jahrhundertbauwerk lediglich mit einem feuchten Händedruck gedankt und der Damm auch noch dessen Namen erhalten hatte. Leider genug gute Gründe für Adam, ernsthaft in diese Partei einzutreten und sogar den Vorsitz der Ortsgruppe übernehmen zu wollen.

Aber bei der nächsten Wahl würde sich diese Episode wohl erledigt haben, weil die NSDAP niemals die erforderlichen Stimmen erhalten würde. Hoffentlich.

»Wenn deine Freunde schon da sind, was machst du dann noch hier?«, fragte sie spitz.

»Das kann ich dir sagen. Grete hat nur Veuve Cliquot, Heidsieck, Roederer und ein paar Flaschen Rotwein bereitstellen lassen. Haben wir denn nichts Anständiges mehr im Weinkeller?«

Unfassbar, dachte Moiken. Wenn es nach ihr ginge, würde sie den Herren Apfelessig anbieten. Laut sagte sie: »Bester Champagner und Rotwein sind ja wohl angesichts der derzeitigen Lage eine sehr ansehnliche Auswahl.«

Theatralisch verdrehte Adam die Augen. »Was wollen wir denn mit Champagner? Ein guter alter Whiskey muss her!«

»Dann geh doch selbst in den Weinkeller! Du weißt, wo die wertvollen Flaschen lagern, und hast den Schlüssel zu diesem separaten Bereich.«

»Du weißt genau, dass ich keinen Fuß in dieses Spinnengewölbe setze, außerdem müsste ich meinen Schlüssel erst oben aus dem Büro holen.«

Moiken entfuhr ein Seufzer. Sie griff in ihre Handtasche und reichte den Schlüssel an Matthis weiter. »Bring ihn bitte zu Grete. Sie soll den Herren einen schönen alten Whiskey …«

Weiter kam sie nicht, da das Telefon läutete. »Gehen Sie nur, Matthis, damit die Herren nicht verdursten. Ich übernehme das Gespräch.«

Matthis nahm den Schlüssel entgegen und entfernte sich mit einer leichten Verbeugung, während Moiken nach dem Telefonhörer griff – dankbar, das Gespräch mit ihrem Ehemann nicht länger fortsetzen zu müssen.

»Die Strandvilla auf Sylt, herzlich willkommen. Sie sprechen mit Moiken von Baudissin.«

»Ein Gespräch aus Berlin. Ich verbinde«, hörte sie die Dame von der Vermittlung sagen, und dann erklang auch schon die Stimme ihrer Tochter aus dem Apparat.

»Hallo, Mutter!«

»Emma! Ist was passiert?«

Selbst Adam, der sich bereits abgewandt hatte, blieb stehen und sah fragend über die Schulter zurück.

Aber nicht etwa aus Sorge.

Auf Emma war er noch schlechter zu sprechen als auf den Reichspräsidenten – nicht nur, weil Emma die Arbeitsbedingungen auf dem Damm in seinen Augen zu Unrecht mit Fotos in der Zeitung angeprangert hatte, sondern vor allem, weil sie ihn trotz seines Freispruchs weiterhin als Mörder ihres Halbbruders bezeichnete.

»Es ist alles in Ordnung«, sagte Emma und ließ ein Lachen erklingen. »Ich wollte dir nur mitteilen, dass ich jetzt einen eigenen Apparat habe und zum Telefonieren nicht mehr ins Adlon muss.«

Moiken atmete tief durch. »Das freut mich sehr für dich. Aber zum Plaudern sind solche Gespräche doch viel zu teuer. Schreib mir lieber einen Brief.« Vor allem, weil ich Adam im Nacken habe, setzte sie im Stillen hinzu und hoffte, das Gespräch schnell beenden zu können – obwohl sie von Herzen gern mit ihrer Tochter gesprochen hätte. Schließlich ließ die nur alle paar Monate per Brief etwas von sich hören.

Seit vier Jahren führte Emma das Atelier in Berlin allein, doch ob es gut lief, vermochte Moiken kaum zu beurteilen. Einerseits machte Emma immer wieder ihrem Ärger Luft, wie schwer es sei, als Frau in ihrem Beruf akzeptiert zu werden, andererseits betonte sie, dass die Auftragslage gut sei.

»Ich wollte dir aber persönlich sagen, dass ich nächste Woche zu Besuch komme.« Mit ihrer fröhlichen Stimme übertrug sich Emmas breites Lächeln.

»Uns? Besuchen?« Vor Überraschung brachte Moiken keinen vernünftigen Satz heraus. Am besten hätte sie den Mund ganz gehalten, denn das Stichwort *uns* ließ Adam natürlich aufhorchen.

»Dich und meinen Vater natürlich. Nicht Adam«, betonte Emma, und Moiken hoffte, dass es nicht bis zu den Ohren ihres Ehemanns vorgedrungen war. Er machte keine Anstalten, sich zurückzuziehen.

»Emma, das Wetter ist zurzeit sehr schlecht hier …«, hob sie an und flehte innerlich, Adam möge sich endlich zu seinen Herren gesellen, damit sie offen mit ihrer Tochter reden konnte. Auch darüber, wo Emma übernachten wollte.

In Boys Fotoatelier gab es nur dieses einfache Bett in einer Kammer, die zugleich als Lager für Requisiten diente. Wie gern hätte sie ihrer Tochter ein Zimmer in der Strandvilla angeboten, es wären sogar mehrere frei, aber angesichts von Adams Einstellung Emma gegenüber gliche dieser Plan einem Himmelfahrtskommando.

»Ich bin doch keine Sommerfrischlerin«, protestierte Emma. »Ich reise also nächste Woche Samstag an, und keine Sorge, ich werde mich von der Strandvilla fernhalten und bei meinem Vater übernachten. Kannst du ihm Bescheid sagen?«

Moiken schluckte. Das wäre eine Gelegenheit, mal wieder unverfänglich mit Boy ins Gespräch zu kommen.

Da er noch kein Telefon besaß, wäre es wirklich sinnvoll, sie würde die fünfzig Meter bis zu seinem Atelier gehen, damit Emma nicht extra ein Telegramm schicken und das Geld dafür bezahlen musste.

Aber fünfzig Meter waren zu einer großen Entfernung geworden, seitdem sie den Vorstellungen von einer gemeinsamen Zukunft abgeschworen und mit Boy die Abmachung getroffen hatte, sich künftig aus dem Weg zu gehen.

Fünfzig Meter.

Die Entfernung zwischen zwei Lebenswelten, in denen es außer der erwachsenen gemeinsamen Tochter keine Berührungspunkte mehr gab.

Wenn sich ihre Wege durch Zufall kreuzten, was selten geschah, so tauschten sie ein paar höfliche Worte aus, die sich um das Wetter, die Arbeit oder Emma drehten, jedoch niemals um die große Liebe, die sie einst füreinander empfunden hatten. Oder immer noch empfanden?

»Freust du dich denn gar nicht?«, fragte Emma. Da erst bemerkte Moiken, wie sehr sie in Gedanken versunken gewesen war.

»Doch, doch, natürlich«, sagte sie schnell. »Ich werde Matthis zu deinem Vater schicken, damit er Bescheid erhält. Ich habe leider viel zu tun. Wir sollten jetzt wirklich Schluss machen. Auf bald dann!«

»Warte, ich wollte noch fragen …«, hörte sie Emma sagen, aber da hatte Moiken bereits den Hörer auf die Gabel gelegt.

Adam sah sie mit hochgezogenen Augenbrauen an. »Wenn ich das deinen Worten richtig entnommen habe, will deine Tochter auf die Insel kommen?«, fragte er lauernd.

»Nein, nein«, entgegnete sie schnell. »Sie hat sich angesichts des schlechten Wetters anders entschieden. Das soll Matthis ihrem Vater ausrichten.« Die Lüge ging ihr glatt von den Lippen, und sie konnte Adam dabei sogar in die Augen sehen. Graugrüne Augen, in die sie sich vor gut zehn Jahren verliebt hatte.

Diese Zeiten waren jedoch längst vorbei, dessen war sich ihr Mann bewusst, doch seine Eifersucht war ungebrochen, obwohl die Ehe in Scherben lag. In seiner Vorstellung war sie sein Besitz – genau wie die Strandvilla.

Er musste nicht erfahren, dass Emma zu Besuch kam, und erst recht nicht, dass sie bei ihrem Vater übernachtete. Adam würde alles tun, um jeglichen Kontakt zwischen seiner Ehefrau und dem Mann, den er zu seinem Feindbild erklärt hatte, zu unterbinden.

»Das freut mich, Moiken, denn ich will Emma wirklich nicht in meiner Nähe haben, das ist dir hoffentlich klar. Aber mich erstaunt zugleich, dass sie sich vom Wetter abhalten lässt, sie ist doch keine Sommerfrisch…«

Weiter kam er nicht.

Von draußen drang Lärm herein.

Männergebrüll.

Da schien eine ganze Horde unterwegs zu sein.

»Was ist da los?«, fragte Moiken erschrocken. »Wo genau kommt das her?«

»Von der Promenade. Den Parolen nach zu urteilen, sind ein paar Kommunisten unseren SA-Männern in die Arme gelaufen und erhalten jetzt ihre verdiente Abreibung. Das muss ich mir ansehen!«

»Warte!« Moiken eilte ihrem Ehemann hinterher auf die Terrasse, wo sie vom ersten Stock aus freien Blick auf die handgreifliche Auseinandersetzung hatten.

Vor der Musikmuschel waren tatsächlich die beiden verfeindeten Parteigruppen aufeinandergetroffen.

Mit Fäusten, Schlagstöcken und allem, was im Umfeld als Waffe zweckentfremdet werden konnte, gingen sie aufeinander los. Es flogen Steine, Blumenkübel und sogar Stühle vom nahe gelegenen Café, wobei die SA-Männer in der Überzahl und deshalb im Vorteil waren.

»Weiter so!«, rief Adam. »Nieder mit den Kommunistenschweinen!«

Moiken packte ihren Mann am Arm, sodass er die Hände nicht mehr vor dem Mund zum Trichter formen konnte. »Bist du wahnsinnig geworden? Misch dich da nicht ein!«

»Aber natürlich! Das ist meine Bürgerpflicht. Ich habe viel zu lange den Mund gehalten!« Adam riss sich los und feuerte erneut die SA-Männer an. »Für Hitler! Für die Partei! Schlagt sie zu Brei!«

Moiken griff ihrem Mann unter den Oberarm, um ihn von der Terrasse zu ziehen, als sie aus dem Augenwinkel sah, wie aus der Gruppe der Kommunisten ein Stein auf sie zugeflogen kam.

Reflexartig ging sie in Deckung, doch für Adam war es zu spät.

Der Stein traf ihn am Kopf. Sofort war sein Gesicht blutüberströmt.

Stöhnend sank er in die Knie, blieb jedoch bei Bewusstsein. Ungläubig fasste er nach seiner Verletzung und betrachtete seine blutrote Hand. »Diese Dreckskommunisten«, keuchte er. »Hast du gesehen, welches von diesen Schweinen es gewesen ist?«, keuchte er.

»Nein«, sagte sie, und es war die Wahrheit. Zugleich bemerkte sie, dass Adams Verletzung kein Mitleid in ihr erregte, obwohl diese schlimm aussah.

Mit seinen Anfeuerungsrufen hatte er den Steinwurf provoziert, und wenn sie sich nicht rechtzeitig geduckt hätte, wäre sie an seiner Stelle verletzt worden. »Soll ich den Arzt rufen?«, fragte sie sachlich.

»Ja! Aber nicht den Nachfolger von Dr. Nicolas, dieser Quacksalber steckt mit dem Pack unter einer Decke. Ruf Dr. Emmerich an! Der ist in der richtigen Partei.« Adam nestelte sein Taschentuch hervor und presste es auf die Wunde. »Das werden mir diese feigen, hinterhältigen Kommunistenschweine noch büßen«, stieß er hervor. »Alle zusammen!«

Mühsam rappelte er sich auf und verharrte einen Moment in gebeugter Haltung. Dabei schien es, als würde neue Kraft in ihn fließen, und er wandte sich der Promenade zu.

»Heil Hitler«, skandierte er – seine Hand mit dem blutigen Taschentuch in Richtung seiner Feinde ausgestreckt.

KAPITEL 3

Abends, noch am selben Tag

Zum verabredeten Zeitpunkt betrat Frieda den vollgestellten Dachboden der Strandvilla. Unter vergilbten Laken ruhten hier seit dem großen Krieg die von den einquartierten Soldaten beschädigten Tische, Lampen, Stühle und Kommoden wie unter einem Schleier des Vergessens – einst eingelagert in der Hoffnung auf bessere Zeiten, in denen sich Geld für die Instandsetzung erübrigen ließ.

Im Zwielicht schob Frieda leise einen Fuß vor den anderen über den staubigen Holzboden. Besser kein unnötiges Geräusch verursachen, obwohl ihr Leopold und Wilma versichert hatten, dass sich kein Laut in die darunterliegenden Personalzimmer übertrug.

Doch ihre einzigen beiden Mitwisser waren fünfundachtzig Jahre alt, und wer wusste schon, wie gut sie noch hörten.

Matthis wartete bestimmt schon im hinteren Teil des Dachbodens auf dem Sofa mit dem zerschlissenen roten Samtpolster. Das Sofa war letzte Woche zu neuen Ehren gekommen und schweigsamer Mitwisser einer zarten körperlichen Annäherung zwischen zwei Menschen.

Nachdem es ihre Mutter nun nicht anders wollte, mussten die Treffen eben weiter heimlich stattfinden.

Mit Herzklopfen bahnte sich Frieda im Zickzack einen Weg zu ihrem Ziel und umschiffte dabei auch ein paar schwarzbraune Holztruhen, die in goldenen Lettern mit *Dammbau* oder *Adam von Baudissin* beschriftet waren.

Matthis hatte sehr bestürzt reagiert, als sie ihm erzählt hatte, welche Worte am Strand gefallen waren. Er hatte ihr sofort versichert, dass keiner sie auseinanderbringen könne, und nach kurzer Beratschlagung hatten sie einen Plan geschmiedet.

Beide wollten sie so tun, als ob sie der Beziehung abgeschworen hätten, um Ruhe zu gewinnen. Es war nicht der richtige Zeitpunkt, um den mütterlichen Segen zu erhalten.

Alles hatte damit begonnen, dass Matthis ihr am vergangenen Sonntag nach dem Kirchgang das erste heimliche Treffen auf dem Dachboden vorgeschlagen hatte. Als sie daran dachte, wie er kurz ihre Nähe gesucht hatte, um ihr vollkommen nervös diesen Vorschlag zu machen, lief wieder ein Kribbeln über ihre Arme, so als würde jemand Sand über ihre Haut streuen.

Atemlos hatte sie seinem Vorschlag zugestimmt, vor Aufregung nur ein Nicken zustande gebracht, wo sie doch sonst um kein Wort verlegen war.

Unzählige schöne Gespräche hatten sie bis zu diesem Tag an der Rezeption geführt, immer wieder hatte Frieda einen Grund gefunden, Matthis dort aufzusuchen. Es ging zum Beispiel um Anmerkungen zu den Aufträgen für die Druckerei, die nicht wichtig genug waren, um diese direkt mit ihrer Mutter zu besprechen, aber als Vorwand für eine Unterhaltung mit Matthis eigneten sie sich perfekt.

Bereits nach wenigen Sätzen wechselten sie stets ins Private, tauschten sich über alle möglichen Themen, ihre persönlichen Ansichten, Vorlieben und Abneigungen aus und entdeckten dabei immer mehr Gemeinsamkeiten.

Und dann war der aufregende Sonntag vor einer Woche gekommen. Das erste Treffen.

Ungestört mit Matthis reden, nicht mehr schnell das Thema wechseln, sobald Gäste, Bedienstete oder gar ihre Mutter das Foyer betraten, und dann, endlich, die erste zarte Berührung ihrer Hände.

Zum ersten Mal hatte sie den Kopf an seine Schulter gelehnt. Zum ersten Mal hatte er den Arm um sie gelegt, sie hatte seine Nähe gespürt, den Kopf weiter auf seine Brust sinken lassen, seinen Herzschlag gehört und die Vibrationen seiner tiefen Stimme gefühlt – die Resonanz seiner Worte, mit denen er ihr versprochen hatte, sie nie mehr loszulassen.

Das, was sie schon als kleines Mädchen gewusst hatte, war Realität geworden. Ihr gemeinsamer Weg hatte begonnen, auch wenn er noch nicht mit einem Kuss besiegelt worden war.

Dafür war ja noch Zeit. Zunächst war es ihr viel wichtiger gewesen, dass ihre Mutter die Neuigkeiten erfahren und der Beziehung ihren Segen geben sollte, denn so schön dieses Treffen auf dem Dachboden auch gewesen war, sie hatte sich nicht wohl dabei gefühlt, ihre Mutter mit solchen Heimlichkeiten zu hintergehen.

Dass es nun ausgerechnet am Strand zu dieser spontanen Aussprache gekommen war, mochte sicherlich etwas ungeschickt gewesen sein, aber nie hätte sie geglaubt, dass es ein Fehler sein würde, ihre Mutter einzuweihen.

Natürlich hatte sie nicht vergessen, was ihre Mutter vor vielen Jahren über eine mögliche Beziehung zu Matthis gesagt hatte, aber sie hatte es wirklich darauf geschoben, dass sie noch ein Kind gewesen war und ihre Mutter es als Schwärmerei abgetan hatte. Natürlich kannte sie auch die Regeln ihrer Mutter, deshalb war sie immer vorsichtig gewesen, wenn es um die Nähe zu Matthis ging. Allerdings hätte sie nie geglaubt, bei ihr tatsächlich auf so harte Ablehnung zu stoßen. Ausgerechnet bei ihrer Mutter, die genau wusste, wie viel Schmerz es bedeutete, die große Liebe nicht leben zu dürfen.

Nur noch wenige Schritte, dann durfte sie wieder in Matthis' Armen liegen – niemand auf der ganzen Welt würde ihr das verbieten.

Ein Lächeln breitete sich auf ihrem Gesicht aus, doch dann entdeckte sie das leere Sofa.

Sie hielt inne.

Matthis war noch nicht da? Er war doch sonst die Pünktlichkeit in Person.

Etwas traurig ließ sie sich auf dem Sofa nieder, doch sie tröstete sich mit dem Gedanken, dass es sicher nicht lange dauern würde, bis er käme.

Zur Ablenkung betrachtete sie die verhüllten Gegenstände, befreite sie in Gedanken von den Tüchern. Sie stellte sich vor, wie die Möbel in neuem Glanz erstrahlten, ganz nach ihrem Geschmack, und richtete sich damit ihr eigenes Zuhause ein.

Ein kleines Häuschen unweit der Strandvilla, und doch ein eigenes Reich, in dem sie mit Matthis leben würde. Mit einem kleinen Gärtchen vor dem Haus, in dem alles wuchs, womit sie sich selbst versorgen konnten. Nicht immer bekocht werden, sondern selbst am Herd stehen. Nie mehr ein Zimmermädchen täglich in die privaten Räume einlassen, damit es für Ordnung und Sauberkeit sorgte.

Was andere für Luxus hielten, war für sie eine Abhängigkeit, in der sie später nicht leben wollte. Selbst bestimmen, wann es Essen gab. Niemand, der täglich in die Privatsphäre eindrang – und vor allem nach einem langen Tag wirklich Feierabend haben.

Ihre Mutter konnte nie abschalten, war immer in Gedanken bei den Gästen, die auch nicht davor zurückschreckten, um Mitternacht an die Tür zu ihren privaten Räumen zu klopfen, nur um mitzuteilen, dass man sich entschieden habe, das Frühstück nicht um acht, sondern um neun Uhr auf dem Zimmer einzunehmen, da es etwas spät geworden sei und man ausschlafen wolle.

Selbst in solchen Momenten reagierte ihre Mutter freundlich. Vorbei waren die Zeiten, in denen Matthis nach solchen Vorkommnissen nach der Gästekartei griff und *herausragend* als Bemerkung hinter dem entsprechenden Namen eintragen durfte – als Hinweis auf herausragend schlechtes Benehmen und als Zeichen dafür, dass für solche Personen alle Zimmer der Strandvilla künftig belegt waren, ganz gleich, wie viele tatsächlich noch frei waren.

Wo blieb Matthis nur?

Frieda schob den Ärmel ihres roten Kleids etwas zurück, um einen Blick auf die zarte Uhr zu werfen, die sie von ihrem Stiefvater zur Konfirmation bekommen hatte.

Sie wartete jetzt seit zehn Minuten.

Das war noch kein Grund zur Beunruhigung, redete sie sich ein, obwohl sie von Sekunde zu Sekunde nervöser wurde. Wahrscheinlich hatte Matthis noch einen Botengang zu erledigen, für den er nicht den Pagen schicken konnte. Doch angesichts dieser deutlichen Verspätung musste er wohl etwas in der Friedrichstraße zu erledigen haben.

Also musste sie noch ein bisschen warten, aber sicherlich nicht allzu lange, denn die Wege in Westerland waren kurz, und Matthis würde sich bestimmt beeilen.

Zur Ablenkung träumte sie weiter von dem kleinen Häuschen, in dem sie mit Matthis wohnen würde.

In dieser Welt war alles möglich – auch dass eine Hotelerbin den Portier heiratete. Sie sah sich mit Matthis am Tisch sitzen, draußen sprangen ihre Kinder im Garten herum, ein Mädchen und ein Junge. Die Sonne schien, das Kinderlachen drang mit Möwenschreien vermischt zum geöffneten Fenster herein. Den jüngsten Nachwuchs, wieder ein Mädchen, hielt sie in den Armen, und beide betrachteten sie glückselig das kleine Geschöpf, den Ausdruck ihrer Liebe.

Dann zogen plötzlich dunkle Wolken auf, und das Bild vor ihren Augen verdunkelte sich.

Was sollte sie tun, wenn sich ihre Mutter unerbittlich zeigen sollte? Mit Matthis die geliebte Insel verlassen? Und was würde dann aus der Strandvilla werden?

Die Leitung der Strandvilla zu übernehmen war seit Kindertagen ihr Wunsch, nicht zuletzt, weil es das Erbe ihres Vaters Theodor war. Zwar kannte sie ihn nur von einem Foto, doch sie fühlte sich ihm nah und auch verpflichtet, sein Lebenswerk fortzuführen, für das er zu Beginn des großen Krieges keine Zukunft mehr gesehen hatte.

Was er wohl zu ihrer großen Liebe gesagt hätte? Er hatte schließlich nicht nur Leopold und Wilma in sein Haus geholt, sondern auch sich selbst in eine einfache Frau aus Keitum verliebt. Ihre Mutter sollte als Konditorin eigentlich nur einen Abend vor dem Festbankett aushelfen – und war für immer geblieben.

Frieda durchfuhr ein Gedanke. Wenn ihr Vater, Theodor von Lengenfeldt, eine Frau ohne besondere Herkunft geheiratet hatte – warum sollten für sie als Hotelerbin dann andere Regeln gelten?

Das musste ihre Mutter einsehen.

Aber vielleicht wäre es besser, zuerst mit Adam zu reden? Mit ihrem Stiefvater verstand sie sich gut, auch wenn er sich durch den Dammbau verändert hatte. Aber sie glaubte im Gegensatz zu ihrer Halbschwester Emma und ihrer Mutter nicht, dass Adam etwas mit dem Tod von Bernhard zu tun hatte. Sie konnte sich nicht vorstellen, dass er ihn trotz des offenkundig schlechten Gesundheitszustands auf die Baustelle geschickt hatte. Vielmehr glaubte sie Adams Darstellung, dass er Bernhard für die Schicht freistellen wollte und ihm nahegelegt hatte, einen Arzt aufzusuchen.

Ihre erste Begegnung mit ihrem künftigen Stiefvater hatte sie nie vergessen. Es war der Moment gewesen, als er nach dem Krieg zum ersten Mal das Dünencafé aufgesucht hatte, wo sie als kleines Kind mit den Muscheln auf der Terrasse gespielt und das Wort *glügglich* gelegt hatte. Während sie von ihrer Mutter auf den Rechtschreibfehler aufmerksam gemacht worden war, hatte Adam ihr beigepflichtet, dass das Wort mit runden Buchstaben in der Mitte viel schöner aussähe und es schließlich nicht darauf ankäme, wie das Wort richtig geschrieben werde, vielmehr solle man richtig glücklich sein.

Seine Unterstützung in dieser verzwickten Lage wäre ihr sicher, doch ob es am Ende wirklich ein kluger Schachzug wäre, ihn ins Boot zu holen? Schließlich war die Ehe zwischen ihrem Stiefvater und ihrer Mutter zerrüttet, das war selbst für Außenstehende kein Geheimnis mehr. Deshalb würde sich ihre Mutter bestimmt nicht von ihm ins Gewissen reden lassen, im Gegenteil, wahrscheinlich würde das die Sache nur noch schlimmer machen.

Was Matthis sich wohl unterdessen überlegt hatte, was sie weiter tun sollten?

Wo blieb er nur?

Jede Minute, die verstrich, nährte ihre Angst, dass er es sich doch anders überlegt haben könnte.

Regen prasselte auf das Häuschen nieder, das sie für sich und Matthis eingerichtet hatte, und sie konnte es nur noch von außen betrachten, die Mauern waren undurchdringlich geworden.

Höchstwahrscheinlich war ihre Mutter unterdessen an der Rezeption gewesen, um ihrem Portier ins Gewissen zu reden, aber Matthis hatte hoffentlich wie verabredet reagiert und so getan, als ob sie beide sich entschieden hätten, die Beziehung unter diesen Umständen zu beenden.

Doch was, wenn Matthis Angst vor seiner eigenen Courage bekommen hatte? Wenn er doch nicht riskieren wollte, seinen geliebten Arbeitsplatz zu verlieren? Was, wenn er sich gegen die Liebe und für die Vernunft entschieden hatte?

KAPITEL 4

Währenddessen

Dr. Emmerich hatte bei Adam einen Schock und eine leichte Gehirnerschütterung diagnostiziert, die Platzwunde genäht und ihm Bettruhe für die kommenden vierundzwanzig Stunden und nur leichte Kost verordnet.

Doch kaum war der Arzt zur Tür hinaus gewesen, hatte Adam anstelle einer Hühnersuppe nach der gesamten Speisenfolge des geplanten Diners mitsamt einer Flasche Whiskey verlangt.

Nachdem jegliche gut gemeinte Widerrede nicht gefruchtet hatte, hatte Moiken schließlich achselzuckend eingesehen, dass des Menschen Wille sein Himmelreich war, und schlussendlich war nicht sie diejenige, die sich das Essen samt Whiskey anschließend noch einmal durch den Kopf gehen lassen musste.

Wie gut, dass Adam und sie schon seit Jahren räumlich getrennt in der Strandvilla lebten – offiziell natürlich nur, um sich gegenseitig nicht einzuschränken, zum Beispiel, wenn er Ruhe brauchte, sie aber neben der Buchhaltung noch Telefonate führen musste, oder nachts, wenn er schnarchte und sie nicht schlafen konnte.

Aber natürlich war es längst ein offenes Geheimnis, dass die Ehe nur aufrechterhalten wurde, weil es für sie beide aus finanziellen Gründen von Vorteil war.

Der Weg des geringsten Widerstands führte Moiken nun also in die Küche, um Adams Wünsche an Grete weiterzugeben. Damit wäre die Sache für sie dann erledigt, denn sie selbst hatte seit dem Frühstück nichts mehr gegessen, und bei Frieda wollte sie eigentlich schon seit einer Stunde sein.

Was für ein Tag, dachte Moiken erschöpft. Erst Friedas Geständnis und dann als Krönung Adams Verletzung und seine Zusage, den

Vorsitz der Ortsgruppe zu übernehmen, noch bevor der Arzt eingetroffen war.

Hoffentlich überlegte er sich das noch einmal anders, wenn er sich von dem Schock erholt hatte. Wobei, so richtig glaubte sie nicht daran.

Im Gegenteil.

Dieser neue Posten bot ihm Beschäftigung, Ansehen und eine gewisse Macht, genau das, was ihm fehlte.

Nachdenklich zog sie die Tür zum Küchensaal auf, der aufgrund der Stuckdecke und der Hängeleuchter eher einem Festsaal glich.

Grete stand mutterseelenallein am anderen Ende vor den großen Rundbogenfenstern an der Arbeitsplatte und war offenbar damit beschäftigt, die für das Diner vorbereiteten Speisen aus den Töpfen in Vorratsbehältnisse umzufüllen.

Als sparsame Küchenvorsteherin war sie nicht nur darauf bedacht, kein Essen verkommen zu lassen, sondern auch, bei der Personaleinteilung sorgsam zu haushalten, indem sie Überstunden nach Möglichkeit vermied. Deshalb hatte sie die Bediensteten sogleich in den Feierabend geschickt, nachdem das späte Diner abgesagt worden war, und sich allein die Arbeit des Aufräumens aufgehalst.

Wenn man die hübsche Grete heute so sah, in ihrem adretten, knielangen blauen Kleid mit der geblümten Schürze, ihren glänzenden dunkelblonden Haaren, die sie in einer aufwendigen Flechtfrisur hochgesteckt trug, dann konnte man kaum glauben, dass sie noch vor sechs Jahren in Berlin als Gossen-Grete mit ihren Kindern in einem Bretterverschlag gelebt und den Müll nach verwertbaren Essensresten durchsucht hatte.

»Guten Abend, Frau von Baudissin«, sagten in diesem Augenblick zwei artige Mädchenstimmen, Gretes inzwischen neun und elf Jahre alte Töchter, die gleich rechts am Tisch auf der Eckbank saßen, wo sonst das Personal seine Mahlzeiten einnahm.

»Ihr seid so spät noch auf?« Verwundert betrachtete sie die beiden Mädchen, die ihr aus großen blauen Augen muntere Blicke zuwarfen. Beide trugen ihre blonden Haare zu Zöpfen geflochten, die passend zu den Kleidchen von roten Schleifen gehalten wurden.

»Wir helfen unserer Mutter«, verkündete die neunjährige Lene mit vor Eifer glühenden Wangen.

»Wir polieren das Silberbesteck«, ergänzte ihre ältere Schwester Helena und hielt wie zur Bestätigung das Tuch in die Höhe.

»Aber habt ihr denn morgen keine Schule?«

»Doch, aber solange unsere Mutter noch keinen Feierabend hat, würden wir sowieso nur wach in unseren Betten liegen.«

»Ich kann ohne Gutenachtgeschichte nicht einschlafen«, bekräftigte Lene und schlug die Augen nieder, sodass ihre im Vergleich zur Haarfarbe sehr dunklen Wimpern besonders auffielen.

»Deshalb machen wir uns lieber nützlich und verdienen uns ein paar Pfennige dazu. Meine Schwester spart nämlich auf die Puppe mit dem blauen Seidenkleidchen, die sie bei H.B. Jensen im Schaufenster gesehen hat, und ich würde mir so gern den Weltatlas kaufen, der bei Julius Meyer ausgestellt ist.«

Als der Name des Buchhändlers fiel, ihres väterlichen Freundes, der ihr beim Aufbau des Dünencafés mit Rat und Tat zur Seite gestanden hatte, verspürte Moiken einen Stich.

Vor drei Jahren hatten sie Julius zu Grabe tragen müssen, wobei es für ihn mit seinem Rheuma zuletzt eine Erlösung gewesen war. Sie tröstete sich damit, dass er ein erfülltes und glückliches Leben gehabt hatte und sie auf wundervolle Erinnerungen mit ihm zurückblicken konnte, auch wenn ihr beim Gedanken an ihn jetzt wieder die Tränen in die Augen stiegen.

Immerhin wurde seine Buchhandlung von seiner wesentlich jüngeren Frau weitergeführt, das war ein kleiner Trost.

Ebenfalls berührt war sie vom Fleiß der Mädchen und von dem Eifer, mit dem diese an der Erfüllung ihrer teuren Wünsche arbeiteten. Spontan fasste sie einen Entschluss, den sie allerdings zunächst noch für sich behalten wollte.

»Dann will ich mal eurer Mutter helfen, damit ihr bald ins Bett kommt und für die Schule ausgeschlafen seid«, sagte sie und schenkte den Kindern noch ein Lächeln.

Während sie den Küchensaal mit raumgreifenden Schritten durchquerte, kamen ihre Erinnerungen zurück, wie sie vor achtzehn Jahren erstmals diesen Raum betreten hatte – an der Seite von Theodor, der sie kurzfristig als Aushilfskonditorin für sein Neujahrsbankett engagiert hatte. Damals hatte sie zögerlich einen Fuß vor den anderen über diesen schwarz-weiß gekachelten Fliesenboden gesetzt, eingeschüchtert von der Betriebsamkeit der rund zwanzig Köchinnen und Gehilfinnen in schwarzen Kleidern und weißen Schürzen, erstaunt über die vielen neuartigen Küchenutensilien, beeindruckt von ihrem Arbeitsplatz mit dem Elektro-Heater und begeistert von dem Blick durch die großen Rundbogenfenster aufs Meer hinaus – über die Promenade bis zu dem heruntergekommenen Pavillon.

Es erschien ihr, als ob es gestern gewesen wäre, wie sie sich in einem Tagtraum plötzlich als Betreiberin eines Cafés gesehen hatte. Ein Lebenstraum, der mittlerweile in Erfüllung gegangen war – doch zu welchem Preis?

Was sie in den vergangenen zwanzig Jahren alles durchgestanden hatte, das reichte für ein ganzes Leben. Wenn sie das vorher gewusst hätte .... Ja, was dann? Hätte sie sich anders entschieden? Wenn ihr vor zwanzig Jahren jemand gesagt hätte, dass sie mit ihren Ehemännern nicht glücklich werden würde, die Verantwortung für die Strandvilla in einer nicht enden wollenden wirtschaftlichen Krise sie nachts um den Schlaf bringen und das Dünencafé eine zusätzliche Last auf ihren Schultern sein würde – dann ... ja, dann hätte sie sich vermutlich anders entschieden. Für Boy, für ihre große Liebe und gegen die Vernunft.

Verdammte Vernunft! Manchmal war sie so wütend auf sich selbst, dass es kaum auszuhalten war. Jetzt stand sie in den Fußstapfen ihrer Mutter, mit bleischweren Schuhen, die wie angegossen waren und von denen sie unerbittlich auf dem Pfad der Vernunft gehalten wurde, obwohl sie durchaus erkannte, dass es rechts und links andere Wege gab.

Stets hatte sie sich geschworen, niemals so zu werden wie ihre Mutter, und trotzdem hatte sie sich heute genau so verhalten. Aber die Vernunft gebot es ihr nun einmal, die Liebe zwischen Frieda und Matthis zu unterbinden.

Nach außen hin vertrat sie ihre Haltung mit vollster Überzeugung, doch in ihrem Herzen nagten Zweifel an der Richtigkeit ihrer Entscheidung.

Es blieb nur zu hoffen, dass es wirklich keine große Liebe, sondern tatsächlich nur eine Schwärmerei zwischen den beiden gewesen war und Frieda nach einem kleinen Liebeskummer wieder mit lachenden Augen in die Welt sehen und nach einem Mann Ausschau halten konnte, der dann tatsächlich die große Liebe und zugleich eine gute Partie war.

»Frau von Baudissin, ich habe Sie gar nicht kommen gehört«, rief Grete und beeilte sich, einen Knicks zu machen.

»Schon gut, schon gut«, sagte Moiken, denn solchen Respektsbekundungen hatte sie noch nie etwas abgewinnen können.

»Wie geht es Ihrem Herrn Gemahl?«, fragte Grete besorgt. »Schrecklich, was da auf der Promenade los war. Und was für ein Pech, dass Herr von Baudissin als Außenstehender von einem Stein getroffen wurde.«

»Das hat sich ja schnell bis in die Küche herumgesprochen«, bemerkte Moiken. »Adam war allerdings leider nicht ganz unbeteiligt. Er hat die SA-Männer angefeuert.«

»Er hat die …?« Grete verstummte vor Entsetzen und machte große Augen. Die langen dunklen Wimpern hatte sie ihren Mädchen vererbt, ebenso die hohen Wangenknochen und die feingliedrigen, fast zerbrechlich wirkenden Finger, mit denen sie ein mit Rouladen gefülltes Einmachglas verschloss.

»Warten Sie, Grete. Mein Ehemann möchte entgegen der Empfehlung von Dr. Emmerich keine leichte Kost, er wünscht das Diner auf dem Zimmer einzunehmen. Richten Sie also bitte von den fünf Gängen jeweils großzügige Portionen unter Speiseglocken an.«

»Sehr wohl«, sagte Grete und knickste abermals.

»Grete«, mahnte Moiken, »wir sind hier nicht bei Hofe. Gewöhnen Sie sich bitte dieses Knicksen ab.«

»Sehr wohl«, sagte Grete und knickste.

Moiken lachte auf. »Ich habe mich übrigens gerade sehr nett mit Ihren wohlerzogenen Kindern unterhalten, deren Fleiß ich sehr löblich finde, aber es ist nicht gut, dass sie um diese Uhrzeit noch nicht in ihren Betten sind.«

Grete kniff die Lippen zusammen, senkte den Blick und nestelte an ihrer Schürze herum. »Verzeihung, es wird gewiss nicht wieder vorkommen.«

»Das sehe ich auch so«, bestätigte Moiken mit sanfter Stimme. »An Ihren Arbeitszeiten müssen wir dringend etwas ändern.«

Gretes Miene hellte sich auf. »Sie meinen, das wäre möglich? Ich meine, der Arbeitsumfang von achtundvierzig Stunden pro Woche ist ja im Vergleich zu anderen Betrieben sehr moderat. Darum geht es mir gar nicht. Aber es wäre schön, wenn ich früher Feierabend machen könnte, damit ich abends mehr Zeit für meine Kinder habe.«

»So richten wir das ein. In Zukunft begleiten Sie noch das tägliche Fünf-Uhr-Diner als Küchenvorsteherin, aber bis spätestens sechs Uhr haben Sie die Küche verlassen. Alle noch übrigen Arbeiten tragen Sie bitte den Bediensteten auf.«

»Wenn das immer so einfach wäre«, seufzte Grete. »Viel zu oft haben wir späte Diners, die meine Anwesenheit erfordern, außerdem ist es während des laufenden Betriebs kaum möglich, die Vorratshaltung zu kontrollieren, um korrekte Bestelllisten zu schreiben. Das mache ich immer erst nach Küchenschluss.«

»Ich werde mir etwas überlegen. Jedenfalls bringen Sie heute Ihre Kinder früher zu Bett, das ist schon mal ein Anfang. Ich möchte Sie nur bitten, auf dem Weg den Servierwagen samt einer Flasche Whiskey zu Adam mitzunehmen, ich erledige hier den Rest.« Hauptsache, dachte Moiken, sie konnte gleich zu Frieda gehen und musste nicht noch einmal Adam auf seinem Zimmer aufsuchen, denn das würde garantiert in einem Streit enden.

Es war klüger, ihn morgen in Ruhe davon zu überzeugen, seine impulsive Entscheidung im Hinblick auf den Ortsgruppenvorsitz zu revidieren.

»Das kommt gar nicht infrage!«, entfuhr es Grete. »Ich meine …«, setzte sie schnell zu einer Verbesserung an, »das ist ein sehr freundliches Angebot von Ihnen, hier aufzuräumen, aber Sie wollen sich doch nicht mit solchen Küchentätigkeiten abgeben, noch dazu nach einem langen Tag, den Sie selbst hinter sich haben.«

Ja, dachte Moiken, da sprach Grete ein wahres Wort gelassen aus. Wobei die Küchenarbeit nicht das Problem war. Es war einer von vielen langen Tagen, an denen sie überall zugleich gefordert war.

Entschlossen griff sie nach dem nächstbesten Topf und füllte die gekochten Kartoffeln in ein passendes Behältnis, während Grete nicht so recht wusste, wohin mit sich.

»Richten Sie die Krabbensuppe in einer Schale an. Je schneller Sie das Diner zu Adam gebracht haben, desto früher haben Sie Feierabend. Sie dürfen mein Angebot ohne schlechtes Gewissen annehmen. Grete, ich weiß, wie es ist, wenn man kleine Kinder hat und als Mutter zwischen allen Stühlen sitzt. Also …«

Grete nestelte wieder an ihrer Schürze herum. Etwas lag ihr auf der Zunge, das war ihr deutlich anzusehen.

»Was ist los, Grete?«

»Ich …«, begann sie zögerlich und knetete ihre Schürze, als hätte sie einen Teig vor sich. »Ich räume lieber hier auf, als Herrn von Baudissin das Essen zu bringen, wenn ich das so deutlich sagen darf.«

»Aber warum?« Kaum hatte Moiken die Frage gestellt, durchfuhr sie ein Gedanke. »Er vergeht sich doch nicht etwa unsittlich …«

»Nein, Gott bewahre! Da lasse ich kein schlechtes Wort auf Herrn von Baudissin kommen, er ist in dieser Hinsicht ein sehr anständiger Mann. Es ist nur so … ich habe Angst vor seinem Jähzorn. In der einen Sekunde ist er noch freundlich und dann … Sie hätten ihn vorhin erleben müssen, wie er getobt hat, als ihm meine Auswahl an Alkohol nicht gefallen hat. *Vor* diesen Herren von der Partei hat er mich niedergemacht und aufs Übelste beschimpft.« Tränen glänzten in Gretes Augen.

Moiken war so schockiert, dass ihr die Stimme versagte. Adam konnte wie der Wind an sonnigen Tagen leicht aufbrausend sein – das war ihr bekannt, aber dass er gegenüber den Angestellten so ausfallend wurde, war ihr neu.

»So etwas höre ich zum ersten Mal«, hob sie an, und prompt verstand Grete sie falsch.

»Verzeihen Sie, ich wollte nicht schlecht über Ihren Ehemann reden«, sagte Grete schnell. »Ich bin etwas aufgewühlt, deshalb brach es so aus mir heraus, aber die Schuld liegt bei mir. Ich hätte an Whiskey denken sollen. Herr von Baudissin war zu Recht wütend, das habe ich mir selbst zuzuschreiben.«

»Hören Sie bloß auf, die Schuld auf sich zu nehmen! So war das nicht gemeint. Sie haben alles richtig gemacht. Ich bin nur so entsetzt, weil mir dieses Verhalten gegenüber meinen Angestellten zum ersten Mal zu Ohren kommt. Aber ich glaube Ihnen aufs Wort. Es war gut, dass Sie mir das gesagt haben.«

Grete schüttelte den Kopf. »Sprechen Sie bitte nicht mit ihm darüber. Ich habe Angst, dass es dann noch schlimmer wird.«

Entschieden begegnete Moiken Gretes sorgenvollem Blick. »Angst ist ein schlechter Ratgeber. Wer weiß, wie oft das schon vorgekommen ist und wie viele meiner Angestellten mir gegenüber schweigen, eben weil sie Angst haben. Das darf nicht sein. Keine Bange, ich werde den Vorfall nicht direkt ansprechen, aber ich muss ihm da einen Riegel vorschieben.«

»Riegel ist das richtige Stichwort!«, rief Grete aus. »Große Güte, in der Aufregung habe ich ganz vergessen, Ihnen den Schlüssel zum Weinkeller zurückzugeben, den mir Matthis gebracht hat. Das ist doch Ihrer, oder gehört er Herrn von Baudissin?« Grete hielt ihr den aufwendig gearbeiteten Kellerschlüssel wie einen kostbaren Schatz auf der flachen Hand entgegen, denn natürlich wusste sie um dessen Wert.

»Dieses ewige Hin und Her muss auch mal ein Ende haben«, seufzte Moiken, während sie überlegte, wie sie mit dem Trüffeltatar verfahren sollte, das als Zwischengang bereits auf Brotscheiben angerichtet worden war. Soweit sie das überblickte, würde ohnehin eine ganze Menge übrig bleiben, was sich nicht aufbewahren ließ, selbst wenn sie gleich auch noch etwas aß. Noch einmal würde sie so einem Diner jedenfalls nicht zustimmen.

Ihre Strandvilla war eine Oase der Ruhe und Erholung, daraus sollte kein Ort politischer Versammlungen werden. Punkt.

»Was ist nun mit dem Schlüssel?«, fragte Grete.

»Behalten Sie ihn«, entschied sie spontan. »Ich hole mir den Schlüssel von Adam. Er braucht ihn sowieso nicht.«

»Nein, nein«, wehrte Grete ab, »das ist zu viel der Ehre und eine viel zu große Verantwortung. In diesem Bereich lagern Flaschen, die mehr wert sind, als ich in einem Jahr verdiene.«

»Richtig, es ist sorgsam gehütetes Kapital der Strandvilla, das die Gäste anlockt. Aber Sie sind meine Küchenvorsteherin, und ich vertraue Ihnen.«

»Das können Sie auch, voll und ganz. Unter meinen Augen würde keine Flasche verschwinden und zu Geld gemacht werden. Aber nicht auszudenken, wenn ich den Schlüssel verliere.«

»Das wird nicht passieren«, beruhigte Moiken. »Ich weiß, Sie werden ihn hüten wie Ihren Augapfel. Und wo Sie gerade den Verkauf ansprechen, ich werde in den kommenden Tagen ohnehin die Bestandsliste durchgehen, für welche Flaschen wir bei einem Händler einen guten Preis erzielen könnten, und Sie könnten mir diese in einer gesonderten Kiste bereitlegen. Es tut mir zwar in der Seele weh, weil wir von einem Händler längst nicht die Summe bekommen werden, die die Flaschen wert sind – überhaupt können wir von Glück reden, wenn sie in diesen Zeiten jemand kauft, aber sofern die schlechte wirtschaftliche Lage weiter anhält, wird mir nichts anderes übrig bleiben.«

»Das wäre wirklich ein Jammer. Ist denn bei Ihrer großen Tochter Emma nicht vielleicht eine gute Partie in Aussicht? In Berlin gibt es doch genug reiche Industrielle, die ein wenig Geld in die Strandvilla einbringen könnten.«

Moiken seufzte und warf einen Blick aufs Meer hinaus, wo sich die Sonne nach diesem außergewöhnlich schönen Tag am Ende ihrer Kräfte dem Horizont zuneigte. Dort lauerten jedoch schon die nächsten dunklen Wolken. »Offen gestanden habe ich bei Emma nicht den Eindruck, dass sie sich überhaupt für die Männerwelt interessiert.« Kaum hatte sie den Satz ausgesprochen, schoben sich die Wolken in beeindruckender Geschwindigkeit zusammen, so als wäre die Sonne eine Beute, die man ihnen zum Fraß vorgeworfen hatte.

»Oh«, sagte Grete peinlich berührt. »Ich wollte nicht indiskret sein. Verzeihung. Überhaupt rede ich viel zu viel.« Eilig machte sie sich daran, auf einem Dessertteller ein Schokotörtchen mit roter Grütze und eine Auswahl selbst hergestellter Pralinen anzurichten.

»Schon gut, Sie müssen sich nicht immerzu entschuldigen. Ich hätte ja auch dazu schweigen können.«

»Und ich hätte es mir denken können. Emma ist ja schon über dreißig. Aber Frieda ist noch jung, da besteht Hoffnung, dass sie in ein paar Jahren eine standesgemäße Partie findet.«

»Ja«, sagte Moiken gedehnt und beschloss, nichts dazu zu sagen. Eines wollte sie jedoch noch wissen: »Hat Frieda etwas zu Abend gegessen?«

»Nein, wir haben auf den Abruf des Essens von dem jungen Fräulein gewartet und dachten dann, Sie wollen gemeinsam mit Ihrer Tochter … sie wird doch nicht krank sein?«

»Nicht körperlich«, gab Moiken bedrückt zurück. »Offen gestanden hat Frieda Liebeskummer, und es wäre mir sehr recht, wenn Sie in den kommenden Tagen die Lieblingsgerichte meiner Tochter vermehrt auf den Speisezettel setzen würden. Ich werde jetzt gleich mal nach ihr sehen und ihr etwas von den Resten des Diners …« Moiken hielt inne, weil ihr ein anderer Gedanke gekommen war. »Nein, es ist so viel übrig, dass ich gleich den Angestellten im Hause Bescheid geben werde, dass jeder sich etwas mitnehmen kann, was bis morgen verdorben wäre. Ich mache Schokoladenpudding für Frieda.«

»Schokoladenpudding ist die beste Medizin gegen Liebeskummer«, sagte Grete lächelnd. »Darf ich bei dieser Gelegenheit noch ein offenes Wort an Sie richten?«

»Sagen Sie jetzt bitte nicht, dass Sie auch unglücklich verliebt sind«, entfuhr es Moiken, während sie einen Topf mit Milch auf den Herd stellte.

»Nein, nein!«, lachte Grete auf, doch sogleich wurde sie wieder ernst. »Nach dem, was ich mit meinem Ehemann durchlitten habe, kommt mir so schnell kein Mann mehr zu nahe. Mir reicht Wilhelm als Beschützer an meiner Seite, ein Hund ist ohnehin der treueste Freund eines Menschen, aber ich habe zu wenig Zeit für ihn – und vor allem für meine Kinder.« Ihr Blick ging zum Rundbogenfenster hinaus, und genau in dem Moment brach die Sonne am Horizont zwischen den dunklen Wolken hervor.

Ergriffen von dem Farbschauspiel sahen sie schweigend dem Himmelsspektakel zu, bis der glühende Ball das Meer berührte. Da setzte strömender Regen ein, als sei ein Signal zum Öffnen der Schleusen ausgelöst worden. Die Tropfen prasselten auf die unruhige Wasseroberfläche, ein wilder Tanz auf den Wellen begann, umgeben von Gischt und Schaumkronen als jubelndes und aufbrausendes Publikum.

»Wir ändern Ihre Arbeitszeiten, Grete, ich finde eine Lösung, wie wir das mit Ihrem Amt als Küchenvorsteherin vereinbaren können«, sagte Moiken.

Grete blickte unverändert aus dem Fenster, obwohl es mittlerweile vom Regen beschlagen war. Leise sagte sie: »Wenn ich Ihnen einen Vorschlag unterbreiten dürfte …«

»Nur zu, dafür bin ich immer offen«, entgegnete Moiken, während sie Schokolade auf ein Brett legte und in kleine Stücke hackte.

»Ich … also, es ist so. Ich bin Ihnen für das Amt als Küchenvorsteherin und das Vertrauen sehr dankbar – überhaupt würde ich immer noch im Müll wühlen, wenn Sie mich damals in Berlin nicht angesprochen hätten. Aber ich fühle mich nicht wohl in dieser Position, weil ich ständig meine Kinder vernachlässigen muss. Und so, wie mich Ihr Ehemann vorhin angegangen hat, habe ich jetzt richtig Angst vor ihm, das muss ich Ihnen leider so deutlich sagen. Beides zusammen führt mich zu meiner Bitte um eine Versetzung.« Grete ließ die angestaute Luft entweichen. »So, jetzt ist es heraus.«

Moiken riss den Topf vom Herd, gerade noch rechtzeitig, bevor die Milch überkochte. »Um eine Versetzung? Aber wohin denn?«

»Ich … ich würde zukünftig gern im Dünencafé arbeiten. Das wäre perfekt für mich, und ich würde mich dort sehr wohlfühlen, denn mir fehlt der direkte Kontakt zu den Gästen. Außerdem könnten die Kinder gleich nach der Schule zu mir kommen, in der Nähe des Cafés spielen, mit dem Hund am Strand spazieren gehen, und ich hätte sie immer im Blick.«

Moiken legte die Schokolade in den Topf und rührte noch zwei Esslöffel Stärke ein. Sie gab vor, sich auf den Pudding zu konzentrieren, aber sie musste nachdenken, wie sie Grete freundlich von diesem Ansinnen abbringen konnte, denn es brachte sie in große Bedrängnis.

»Grete, Sie haben sich als perfekte Nachfolgerin von Wilma bewiesen. Ich kann mir keine bessere Küchenvorsteherin vorstellen, und ich versichere Ihnen, wir werden Ihre Arbeitszeiten ändern, damit Sie mehr Zeit für die Kinder haben. Außerdem verspreche ich Ihnen, dass ein derartiger Zwischenfall mit meinem Mann nicht wieder vorkommen wird. Dafür werde ich sorgen. Aber es ist in absehbarer Zeit leider unmöglich, Ihnen eine Stelle im Dünencafé anzubieten. Sie sehen ja selbst, wie katastrophal die Saison bislang verläuft. Zwei Angestellte kann ich mir nicht leisten, und es gibt keinen Grund, weshalb ich Henriette kündigen sollte. Sie ist eine sehr treue und zuverlässige Mitarbeiterin.«

Grete schwieg, und Moiken ahnte, was ihr auf der Zunge lag. Auch Grete hatte Zweifel an Henriettes Unschuld geäußert, bevor der mutmaßliche Täter gefasst und Henriettes Alibi vom Gericht akzeptiert worden war.

»Ja, das hätte ich bedenken sollen«, sagte Grete langsam. »Es war ja auch nur ein Vorschlag.«

»Den ich gern in die Tat umgesetzt hätte, wenn mir nicht die Hände gebunden wären. Ich verspreche Ihnen, es wird sich alles zu Ihrer Zufriedenheit entwickeln. So, und nun machen Sie für heute Feierabend. Ich werde Matthis bitten, das Essen zu Adam zu bringen.«

»Hat Matthis nicht schon Feierabend?«

»Fast. Ich hatte ihn noch gebeten, eine Nachricht an Boy zu überbringen, aber der Zeit nach müsste er längst wieder zurück sein. Ich werde ihn bestimmt in seinem Zimmer antreffen. Wo soll er bei dem Wetter auch sonst hin? Und da er sich ohnehin noch etwas von dem guten Essen aus der Küche holen soll, kann er bei der Gelegenheit den Servierwagen für Adam auf dem Rückweg mitnehmen.«

Grete knickste. »Ich danke Ihnen von Herzen für Ihre Bemühungen.«

»Ich weiß, Sie glauben noch nicht so recht daran, dass alles besser werden wird. Aber vertrauen Sie mir.«

Grete wischte sich ihre Hände an der Schürze ab und wandte sich mit einem dankbaren Lächeln zum Gehen.

»Ach, eine Sache noch!«, rief Moiken ihr hinterher und wartete, bis Grete sich noch einmal umgedreht hatte. »Schicken Sie doch bitte Ihre Kinder morgen nach der Schule bei der Buchhandlung und bei H.B. Jensen vorbei. Ich werde dafür sorgen, dass ein Weltatlas und eine Puppe mit blauem Seidenkleidchen zur Abholung für sie bereitliegen.«

»Aber ... das ist ja ... woher wissen Sie? Nein, das kann ich auf keinen Fall annehmen.«

»Sie sollen das auch nicht annehmen ...«, gab Moiken mit einem verschmitzten Lächeln zurück. »Die Sachen sind schließlich nicht für Sie gedacht, sondern für Ihre Kinder. So, und nun nehmen Sie endlich Ihre Küchenschürze ab, ehe ich es mir noch anders überlege«, setzte sie lachend hinzu.

Gretes Strahlen und das kurz darauf folgende Jubeln der Mädchen waren Seelenbalsam nach diesem nervenaufreibenden Tag.

KAPITEL 5

»Matthis! Wo bist du so lange gewesen? Ich dachte schon, du hast es dir anders überlegt.«

Schnell wischte Frieda sich die Tränen von den Wangen.

Fast eine Stunde hatte sie auf ihn gewartet. Eine Ewigkeit, in der ihre Zweifel immer größer geworden waren, und am Ende hatte sie geglaubt, er habe seine Meinung geändert.

Matthis setzte sich und legte seinen Arm um sie. »Du hast ja geweint.« Zärtlich wischte er die Spuren ihres Kummers von den Wangen. »Hast du wirklich geglaubt, ich würde mein Wort nicht halten?«

»Weshalb kommst du dann so spät?«, fragte sie vorwurfsvoll und zog recht undamenhaft die Nase hoch.

»Hast du nicht mitbekommen, was draußen los war?«, fragte er sanft und reichte ihr sein frisches Taschentuch.

»Doch, natürlich ich habe beobachtet, wie auf der Promenade Kommunisten und SA-Männer aufeinander losgegangen sind, und ich konnte nicht lange hinsehen. Das war ja grauenvoll. Aber was hat das mit deiner Verspätung zu tun?«

»Dein Stiefvater stand auf der Terrasse und ist von einem Steinwurf am Kopf getroffen worden. Ich musste Dr. Emmerich rufen und habe mich mit deiner Mutter um deinen Stiefvater gekümmert, bis der Arzt eingetroffen ist. Danach musste ich noch eine Nachricht an Boy überbringen.«

Frieda versteifte sich vor Schreck. »Um Gottes willen, wie geht es Adam?«

»Er hatte Glück im Unglück. Neben dem Schock nur eine leichte Gehirnerschütterung und eine Platzwunde.«

»Gott sei Dank!« Frieda ließ die angehaltene Luft entweichen. »Aber wie konnte das passieren? Die Terrasse liegt doch oberhalb der Promenade und nicht mitten im Schussfeld. Bestimmt war das einer von diesen SA-Männern, der nicht zielen konnte.«

Matthis schüttelte den Kopf. »Nein, es war ein Kommunist – und der hat den Stein mit voller Absicht auf deinen Stiefvater geworfen.«

»Bitte was? Das glaube ich nicht! Warum?«

Matthis senkte seinen Blick. »Dein Stiefvater hat die SA-Männer angefeuert.«

»Er hat … was?« Ihr versagte die Stimme.

»Und nicht nur das. Er hatte einen Abend mit einigen Mitgliedern dieser rechten Partei geplant, die ihm den Ortsgruppenvorsitz antragen wollten. Die Herren waren bereits im Haus, als der Angriff auf Adam passierte.«

Frieda kam aus dem Kopfschütteln nicht mehr heraus. »Mein Stiefvater wird doch nicht ernsthaft mit diesem Hitler sympathisieren, der nichts weiter kann, als große Reden zu schwingen? Puh, ich weiß gar nicht, was ich dazu sagen soll. Wenigstens musste der Abend mit diesen Männern durch Adams Verletzung ausfallen.«

»Ausfallen, ja, aber dein Stiefvater war so außer sich, er hat auf die feigen Kommunistenschweine geschimpft, und als die mit ihm verabredeten SA-Männer herbeigeeilt kamen, hat er ihnen ohne Umschweife erklärt, mit sofortiger Wirkung der NSDAP beizutreten und sehr gern den ihm angetragenen Ortsgruppenvorsitz zu übernehmen.«

Mit weiten Augen sah Frieda ihn an. Ihre Fassungslosigkeit war so groß, dass sie nicht mal mehr ein Kopfschütteln zustande brachte.

Matthis streichelte ihre Hand. Leider konnte sie seine Zärtlichkeiten, auf die sie sich so gefreut hatte, noch nicht genießen. Erst musste sie diese schockierende Nachricht verdauen. »Hoffentlich überdenkt Adam seine Entscheidung noch einmal, sobald er sich von dem Schock erholt hat. Er ist doch überhaupt kein Parteimensch, das passt nicht zu ihm.«

»Es geht ihm auch nicht um das Parteibuch, sondern um Macht und Anerkennung.«

»Das stimmt. Adam fehlt eine Führungsrolle, seit der Dammbau beendet ist. Aber dass er nun ausgerechnet glaubt, seine Erfüllung in dieser Partei zu finden, die nach der nächsten Wahl ohnehin wieder weg vom Fenster ist?«

»Hitler hat große Ambitionen, er will Reichskanzler werden«, gab Matthis zu bedenken.

»Dann soll er weiter träumen, und mein Stiefvater wird sicher bald aufwachen und seine Entscheidung rückgängig machen. Lass uns jetzt nicht weiter von der Politik reden.«

»Das stimmt, unsere Zukunft ist viel wichtiger.« Matthis nahm sie in den Arm.

»Hat meine Mutter mit dir gesprochen?«, fragte sie leise und schmiegte sich an ihn.

»Ja, und ich habe wie verabredet reagiert. Sie hat es mir abgenommen.«

»Danke«, entgegnete sie erleichtert.

»Wofür?«, fragte er stirnrunzelnd.

»Dass du trotz aller Schwierigkeiten zu mir stehst.«

»Du bist meine große Liebe«, entgegnete Matthis und legte seine Hände sanft, aber nachdrücklich an ihre Schultern, damit sie seinen Halt spürte. »Du bedeutest mir mehr als alles andere auf der Welt.«

Ihr wurde warm ums Herz. »Wenn ich bei dir bin, ist meine Welt in Ordnung.« Seufzend legte sie den Kopf an seine Brust. »Wie kann meine Mutter nur so herzlos sein?«

»Tief in ihrem Inneren ist sie nicht herzlos, das weißt du. Sie folgt ihrem Verstand, und solange sie das tut, müssen wir unsere Liebe heimlich leben.«

»Wie kann sie uns das nach ihren eigenen Erfahrungen antun? Was war das überhaupt für eine Nachricht an Boy, die du ihm überbringen solltest?«

»Deine Halbschwester kommt nächste Woche aus Berlin zu Besuch. Das sollte ich ihm ausrichten. Deine Mutter wollte offenkundig nicht bei ihm vorbeigehen.«

»Fängt das wieder an, dass Emma versucht, ihre Eltern zu verkuppeln?« Frieda entfuhr ein Stoßseufzer.

»Ich weiß nicht. Glaubst du nicht, dass sie ihre Lehren aus den vergangenen Ereignissen gezogen hat? In den letzten vier Jahren hat sie schließlich nichts in dieser Hinsicht unternommen.«

»Was will sie dann ausgerechnet jetzt so plötzlich auf der Insel? Das ist ja wohl kein Wetter, um die Sommerfrische zu genießen.«

»Allerdings nicht. Vielleicht braucht sie Geld? Oder sie will doch wieder zurück auf die Insel?«, mutmaßte Matthis.

Frieda hob die Augenbrauen, sodass die Falten auf der Stirn dem Wattboden glichen. »Emma zurück auf die Insel? Nie im Leben. Geld könnte natürlich sein, aber sie wäre viel zu stolz, um danach zu fragen. Außerdem weiß sie um die allgemeine wirtschaftliche Lage und kann sich denken, dass bei ihren Eltern das Geld nicht locker sitzt. Das muss also schon einen anderen Grund haben, und ich bin gespannt, welchen. Eine Abrechnung mit Adam kann es wohl auch nicht sein, dafür sind zu viele Jahre ins Land gegangen, und ich denke, sie ist über den Tod ihres Halbbruders einigermaßen hinweg. Aber vielleicht möchte sie sein Grab besuchen?«

Matthis zog die Augenbrauen zusammen. »So spontan? Es muss schon etwas sein, das ihr auf der Seele brennt.«

Frieda zuckte mit den Schultern. »Wir werden es erfahren, und es kann jedenfalls nicht schaden, wenn sie ein wenig zwischen ihren Eltern den Kontakt herstellt. Das kann uns nur in die Hände spielen, wenn meine Mutter an ihre große Liebe erinnert wird.«

»Ich fürchte, sie hat Boy wirklich abgeschworen. Sonst hätte sie die Nachricht selbst überbracht.«

»Wann ist meine Mutter eigentlich so hart geworden? Wann hat sie ihr Herz verschlossen?«

Matthis verzog den Mund. »Seit sie eine große Verantwortung für die Strandvilla trägt. Ich kann sie sogar verstehen. Würde ich viel Geld mitbringen, würde sie mich mit offenen Armen in die Familie aufnehmen. Aber ich bin nun mal ein einfacher Portier, nicht standesgemäß für eine Hotelerbin.«

»Dann lass uns irgendwo anders hingehen, wo uns niemand kennt!«, brach es aus ihr heraus. »Du findest in jedem großen Hotel Arbeit und ich in jeder Druckerei.«

»Frieda, wir würden zu viel aufgeben. Wir beide lieben die Strandvilla, ich will so wie Leopold in diesem Hotel alt werden, mit dir an meiner Seite. Du willst das Erbe der Strandvilla eines Tages antreten, und du wirst sie wieder zum Erblühen bringen.«

»Meine Halbschwester ist auch noch da«, erwiderte sie trotzig. »Soll doch Emma das Hotel übernehmen.«

»Frieda …« Matthis nahm sie fest in seine Arme. »Beruhige dich. Wir müssen Geduld haben. Wenn deine Mutter tot ist, kann sie uns eine Heirat nicht mehr untersagen. So lange werden wir warten müssen, es sei denn, sie besinnt sich und ändert ihre Meinung.«

»Es ist schon traurig, dass ich auf den Tod meiner Mutter hoffen muss, damit unsere Liebe sein darf. Aber wenn es sein muss, werde ich mein Leben lang auf dich warten.«

Matthis sah ihr fest in die Augen. »Ich auch. Das verspreche ich dir. Aber wir werden nicht ein Leben lang warten müssen. Wir werden es anders machen als Boy und deine Mutter. Wir werden einen Weg finden.«

Eine warme, fast heiße Welle durchströmte sie, als er ihre Hand nahm, sie die Finger ineinander verschränkten und zu einem festen Druck vereinten. Ein starker Halt, umwoben von der tiefen inneren Sicherheit, dass sie zusammengehörten.

Dieses Versprechen besiegelten sie mit einem Kuss. Mit dem ersten Kuss.

Ihr ging jegliches Gefühl für die Zeit verloren, der Raum verschwamm um sie herum, sie nahm nur noch Matthis wahr. Seinen Geruch, seine vorsichtigen Berührungen, seine Fingerspitzen, die langsam, ganz langsam über den Ärmel ihrer hellblauen Bluse nach oben zu ihrem Herz hinwanderten. Er verharrte dort mit seiner warmen Hand.

Zärtlich ahmte sie seine Bewegung nach und suchte seinen Herzschlag. Fasziniert spürte sie das kräftige Pochen, während seine Lippen ihren Mund berührten, und sie wollte, dass die Zeit stehen blieb.

Erst nach einer ganzen Weile lösten sie sich atemlos voneinander, sie lächelten einander an, beseelt vom Gedanken an die gemeinsame Zukunft und von dem Wissen, was gerade zwischen ihnen geschehen war.

Hoch über dem Meer, auf dem Dachboden der Strandvilla, hatten sich zwei Herzen im Gleichtakt vereint, bereit, gegen alle Widerstände füreinander einzustehen.

»Frieda!«

Es war, als ob ihr Herz für einen Taktschlag aussetzen würde. Frieda verharrte mit der Hand auf der Türklinke zu ihrem Zimmer, das direkt neben den Wohnräumen ihrer Mutter lag. Verdammt, warum war sie nicht eine Minute schneller gewesen? Aber sie hatte den Abschied von Matthis wieder und wieder mit einem Kuss hinausgezögert.

»Wo kommst du denn jetzt her?«, fragte ihre Mutter atemlos. »Ich bin durch das ganze Haus gelaufen und habe dich gesucht!«

Langsam drehte sich Frieda um.

Ihre Mutter hatte den Kopf schräg gelegt und sah sie herausfordernd an. Dabei fiel das Flurlicht auf ihren grauweißen Haaransatz, der ihre wahre Haarfarbe verriet, die sie seit drei Jahren, seit ihrem fünfzigsten Geburtstag, mit Hennafarbe übertünchte.

Auf ihrer verschwitzten Stirn hatten sich die Sorgenfalten im Verlauf der Jahre immer tiefer eingegraben.

Nun galt es, das abgesprochene Alibi überzeugend vorzutragen. »Ich war bei Leopold und Wilma und habe mich mit ihnen unterhalten, um mich etwas abzulenken.« Frieda war selbst überrascht, wie ruhig sie geklungen hatte, und sie wartete gespannt auf die Reaktion ihrer Mutter.

Zwei, drei Atemzüge lang stand diese unbeweglich da, nur ihr Brustkorb bebte unter dem schmal geschnittenen graugrünen Kleid, dessen gekreuzte Stoffbahnen lediglich in der Nähe ihrer Perlenhalskette etwas Dekolleté erahnen ließen. Der Rock endete mit einem doppelten Volant auf Wadenlänge – von dem jede andere

Frau längst den unteren Volant abgetrennt hätte, um das Kleid auf schicke Knielänge zu kürzen.

Nicht so ihre Mutter, bei der man schon froh sein konnte, dass sie die Kleider aus der Kaiserzeit endlich aussortiert hatte.

Jetzt kam Bewegung in Moiken. »Ach Frieda, ich habe mir solche Sorgen gemacht!«

Als sie von ihrer Mutter umarmt wurde, machte sich Frieda unwillkürlich steif. Zum ersten Mal in ihrem Leben. Im Gegensatz zu ihrer großen Halbschwester hatte sie die Zuneigung ihrer Mutter immer genießen können.

Aber jetzt nicht mehr. Nicht nur, weil ihre Mutter sich so deutlich gegen die Liebe zu Matthis ausgesprochen hatte, sondern auch, weil sie nicht gleichzeitig ihre Mutter belügen und umarmen konnte.

»Du machst dir schon wieder zu viele Sorgen«, sagte sie deshalb vorwurfsvoll und machte einen Schritt zurück, als sei das der Grund, sich aus der Umarmung zu befreien. »Was wolltest du denn von mir?«

»Ich habe Schokoladenpudding für dich gekocht und …«

»Ich habe keinen Hunger«, gab sie brüsk zurück.

»Das habe ich mir schon gedacht, aber Pudding kann man doch immer essen, und er hilft gegen Liebeskummer, glaub mir.«

Das war ja wohl der Gipfel, dachte Frieda innerlich aufgebracht. Erst die große Liebe verbieten und dann zum Trost mit Pudding ankommen? Am liebsten hätte sie ihrer Mutter gehörig die Meinung gesagt, aber sie musste gute Miene zum bösen Spiel machen, deshalb verzog sie den Mund zu einem Lächeln. »Ich habe keinen Liebeskummer.«

»Wirklich nicht?«, forschte ihre Mutter nach. »Matthis hat mir erzählt, wie ihr euch entschieden habt, und da dachte ich …«

»Wirklich nicht«, bekräftigte Frieda. Und selbst wenn, dachte sie, wäre ihre Mutter die Letzte, mit der sie darüber sprechen würde.

»Aber du hast vorhin gesagt, du bist bei Leopold und Wilma gewesen, um dich *abzulenken.*«

Frieda verkniff sich ein Seufzen. Konnte ihre Mutter nicht einfach Ruhe geben? Dieses Nachbohren war äußerst unangenehm. »Nicht, wovon du denkst, Mutter. Ich habe beobachtet, wie die SA-Männer auf die Kommunisten losgegangen sind, und einen gewaltigen Schreck bekommen. Davon wollte ich mich ablenken, und ich wusste, bei Leopold und Wilma kann ich mich schnell beruhigen.« Hätte sie ihr Alibi gleich präziser ausformuliert, wäre ihr diese Nachfrage erspart geblieben, aber sie war nun wirklich nicht in Plauderlaune.

»Ach so«, sagte ihre Mutter und schien überzeugt zu sein. »Wie gut, dass die beiden immer Zeit und ein offenes Ohr haben. Du hast ja schon als Kind gern bei ihnen gesessen. Leider ist der Zusammenstoß der beiden Gruppen für deinen Stiefvater nicht ohne Folgen geblieben.«

»Ich weiß«, sagte sie voreilig, weil sie das Gespräch beenden wollte. Kaum hatte sie es ausgesprochen, wusste sie, dass es ein Fehler gewesen war.

Ihre Mutter runzelte die Stirn. »Wenn du das beobachtet hast, warum bist du dann nicht zu uns ins Foyer gekommen? Zu Adam hast du doch von uns allen das beste Verhältnis.«

Jetzt wurde es brenzlig. Sie musste sich schnell etwas einfallen lassen. »Ich war so außer mir, dass ich euch keine Hilfe gewesen wäre. Du weißt doch, ich kann kein Blut sehen.«

»Stimmt. Daran habe ich gerade nicht gedacht. Aber mich wundert, dass du dich nicht direkt bei mir nach Adams Zustand erkundigt hast.«

»Es hat sich schnell im Haus herumgesprochen«, gab sie sich vage, weil ihr außer Matthis kein plausibler Name einfiel, von dem sie die Information hätte haben können.

»Hast du Matthis gesehen?«, fragte ihre Mutter prompt.

»Nein«, log sie und versuchte dabei, so überzeugend wie möglich zu klingen. »Seitdem ich heute Nachmittag mit ihm gesprochen habe, nicht mehr.«

»Matthis ist übrigens auch nicht auf seinem Zimmer, ich war gerade eben dort.«

Diese Anspielung gefiel Frieda gar nicht, da musste sie direkt zum Angriff übergehen. »Unterstellst du uns etwa, wir würden uns heimlich treffen, nur weil wir beide nicht auf unseren Zimmern waren? Spionierst du uns nach?«

»Was denkst du denn von mir? Nein, ich wollte Matthis Bescheid geben, dass er sich noch Essen aus der Küche abholen kann, weil das Diner ja abgesagt wurde, und bei der Gelegenheit sollte er den Servierwagen zu Adam mitnehmen. Wahrscheinlich ist er auf dem Rückweg von Boy vom Regen überrascht worden und hat sich untergestellt.«

»So wird es gewesen sein«, entgegnete Frieda, und um vom Thema abzulenken, setzte sie schnell hinzu: »Ich kann doch das Essen zu Adam bringen, bevor es kalt wird.« Das wäre zugleich eine Gelegenheit, mit ihrem Stiefvater über Matthis zu sprechen, dachte sie im Stillen. Oder sollte sie sich lieber Hilfe von ihrer Halbschwester erbitten? »Weiß mein Stiefvater eigentlich schon, dass Emma nächste Woche zu Besuch kommt?«

»Nein, und er soll es auch besser nicht erfahren. Aber woher weißt du das?« Ihre Mutter runzelte die Stirn und sah sie forschend an. »Ich werde den Eindruck nicht los, dass du dich doch heimlich mit Matthis getroffen hast.«

Ihr wurde heiß und kalt zugleich. Jetzt blieb ihr nur noch die Flucht nach vorn, allerdings nur so weit, wie es notwendig war, um dieses Gespräch schnellstmöglich zu beenden. »Ja, ich habe mit Matthis noch einmal kurz gesprochen – und das wirst du mir auch nicht verbieten.«

»Das verbiete ich dir auch nicht«, sagte ihre Mutter sanft, »ich möchte nur keine Heimlichkeiten in meinem Haus.«

»Ach? Keine Heimlichkeiten? Und was machst du? Gerade sagst du noch, dass Adam besser nicht erfährt, dass meine Halbschwester nach Sylt kommt.«

»Frieda, da geht es um etwas ganz anderes …«, hob Moiken an. »Du weißt, dass dein Stiefvater ein großes Problem mit Emma hat, und da sie bei ihrem Vater wohnen wird, möchte ich mir zudem unbegründete Eifersuchtsszenen ersparen, weil Adam mir Kontakt zu Boy unterstellt.«

»Ja, das ist natürlich etwas ganz anderes …« Der Spott in Friedas Stimme war nicht zu überhören, doch ihre Mutter schien ihn ignorieren zu wollen.

»Bitte, du musst mir versprechen, dass du dich nicht heimlich mit Matthis triffst.«

Es war genug, dachte Frieda. Aber mit Protest würde sie nicht weiterkommen. Ihre Mutter musste hören, was sie hören wollte.

»Ich verspreche es dir. Ich bringe den Servierwagen jetzt zu meinem Stiefvater.«

»Das ist sehr nett von dir. Aber bitte, kein Wort zu ihm über Emma.«

»Natürlich nicht«, sagte sie. Ihr war tatsächlich nicht daran gelegen, ihre Mutter in Schwierigkeiten zu bringen. Noch nicht.

»Das ist schön. Ich danke dir für deine Vernunft, Frieda. Wir hatten bislang immer ein wunderbares, vertrauensvolles Verhältnis zueinander, ganz anders, als das mit deiner Halbschwester möglich war, und ich wünsche mir, dass es so bleibt. Ich schlage vor, dass wir den Abend gleich in Ruhe zusammen beschließen.«

»Ich werde mit meinem Stiefvater essen.«

»Aber ich habe doch extra Schokoladenpudding für dich gekocht.«

»Vielen Dank, aber auf Pudding habe ich keinen Appetit.«

KAPITEL 6

Eine Woche später
19. August 1931

Es klopfte an der Ladentür.

Seufzend legte Boy Messer und Gabel beiseite. Das Schild mit der Aufschrift Mittagspause war ja wohl wirklich nicht zu übersehen, andererseits konnte er es sich nicht leisten, mögliche Kundschaft abzuweisen.

Oder war Emma früher angekommen als geplant? Eigentlich sollte sie erst mit dem Zug um 17.10 Uhr am Bahnhof eintreffen, wenn sie den Frühzug um sechs Uhr ab Berlin genommen hatte. Möglicherweise war sie jedoch gestern schon mit dem Spätzug in Berlin losgefahren, um heute Vormittag einen Zug ab Hamburg zu nehmen. Dann würde die Mittagszeit passen.

Er nahm die Serviette aus dem Hemdkragen, legte sie neben den Teller mit dem Gulasch und rückte geräuschvoll den Stuhl nach hinten.

Da er die unbequeme Unterschenkelprothese zur Schonung seiner wund geriebenen Haut abgenommen hatte, musste er sie erst wieder anlegen und den Lederriemen über der Schulter festziehen, ehe er zur Tür gehen konnte.

Auf dem Weg durch das Atelier warf er einen prüfenden Blick in den Spiegel – nicht dass sein Mund die Speisekarte verriet. Das war nicht der Fall – allerdings konfrontierte ihn sein Spiegelbild mit der Erkenntnis, dass er nicht aussah wie dreiundfünfzig, sondern seit dem Tod seines Sohnes um Jahre gealtert war.

Die Lachfältchen um seine meerblauen Augen waren zu tiefen Kerben erstarrt und erinnerten nur noch an die fröhliche Zeit, in der sie entstanden waren. Die zum Zopf gebundenen Haare waren inzwischen nicht mehr blond, sondern weißgrau, doch sein Blick zeugte von der Hoffnung auf glücklichere Tage.

Als er die Tür öffnete, staunte er nicht schlecht. »Henriette – du?«

Das Verhältnis zwischen ihnen war zwar besser geworden, seit sie um ihren gemeinsamen Sohn Bernhard trauern mussten, außerdem hatte sie das gemeinschaftlich geplante Attentat zusammengeschweißt, dennoch hatten sie sich in letzter Zeit selten getroffen. Jeder hatte seinen Umgang mit dem Tod des Sohnes gefunden, und ansonsten gab es nichts zu bereden.

»Bist du allein?«, fragte Henriette ohne Umschweife.

»Ich habe Mittagspause – wer soll da bei mir sein?«, gab er verwundert zurück.

»Warum hast du mir nicht gesagt, dass deine Tochter heute Nachmittag aus Berlin ankommt?«, zischte sie.

Er stutzte. »Warum so vorwurfsvoll? Weshalb hätte ich dir das sagen sollen? Außerdem weißt du es doch. Ich dachte mir, dass Moiken mit dir darüber spricht.«

Henriette sah sich nach rechts und links um, so als könne jemand hinter ihr stehen, doch die Friedrichstraße war wie gewöhnlich zur Mittagsruhe nahezu verwaist. Selbst während der Geschäftszeit, wenn mal für eine Stunde die Sonne schien, zog es die Gäste eher an den Strand. Kaum einer hatte Lust, auf einer Straße zu flanieren, die mit ihren zahlreichen Pfützen einer Sumpflandschaft glich.

»Würdest du mich vielleicht hereinbitten?«, fragte Henriette in vorwurfsvollem Ton. »Ich kann das nicht auf der Straße mit dir besprechen.«

Er begriff immer noch nicht, was sie von ihm wollte, aber ganz offenkundig brannte ihr etwas unter den Nägeln.

»Natürlich, komm rein. Aber dann musst du mir beim Essen zusehen. Ich habe leider keine zweite Portion.« Er trat einen Schritt zurück und ließ die Frau ein, mit der er gewiss seit Jahrzehnten nichts mehr zu tun hätte, wäre da nicht der gemeinsame Sohn Bernhard gewesen.

Henriette ging an ihm vorbei in den Verkaufsraum. »Mir ist der Hunger ohnehin vergangen.«

Ratlos betrachtete er Henriette, die in ihrer schwarzen Hose, dem weißen Hemd und passender dunkler Weste und Krawatte besser aussah als so mancher Mann. Er hatte sich längst an diesen Anblick gewöhnt, und nicht zuletzt machten Bücher, Filme und Zeitschriften Frauen, die lesbisch waren, zu Hauptfiguren und damit salonfähig, auch wenn das Thema umstritten blieb.

»Dann komm hier entlang in die gute Stube«, bat er sie, allerdings mit einem unguten Gefühl in der Magengegend. Sie folgte ihm wortlos in den Raum, in den neben einer kleinen Küche nur noch ein Tisch mit zwei Stühlen passte, wobei er den zweiten Stuhl erst aus dem Atelier holen musste.

»Setz dich, ich bin gleich wieder da.«

Als er vor vier Jahren den Entschluss gefasst hatte, Berlin zu verlassen, wollte er zurück in den Schoß der Heimat und dem Grab seines Sohnes nahe sein. Er hatte unterschätzt, wie viel Kraft und Tränen es ihn kosten würde, im ehemaligen gemeinsamen Atelier tagtäglich an Bernhard erinnert zu werden und seine Anwesenheit förmlich zu spüren. Den Anblick des zweiten Stuhls am Esstisch, der für immer leer bleiben würde, konnte er bis heute nicht ertragen.

Henriette erwartete ihn sichtlich angespannt. Er stellte Bernhards Stuhl ihr gegenüber auf, setzte sich betont langsam und zog sich seinen Teller heran, obwohl auch er nun keinen Appetit mehr verspürte.

»Also, worum geht es?«

»Deine Tochter«, sagte Henriette ohne Umschweife. »Weshalb kommt sie so plötzlich auf die Insel?«

Er hob die linke Schulter, wie es längst zu seiner Gewohnheit geworden war, weil die andere durch den Lederriemen unten gehalten wurde. »Was weiß ich? Weil sie eine Auszeit braucht, ein wenig Erholung? Emma war schon immer für spontane Entscheidungen gut.«

»Wohl wahr, aber sie hat seit vier Jahren nicht den Weg hierher gefunden, warum ausgerechnet jetzt bei diesem anhaltend miesen Wetter?«

»Warum auch nicht? Emma hat sich noch nie wie eine Sommerfrischlerin benommen. Um die Familie zu besuchen, braucht sie kein Strandwetter.«

Henriette hob ihre rotblonden Augenbrauen. »Seit wann hat Emma Familiensinn? Sie muss schon einen Grund haben, auf die Insel zu kommen.«

»Ich bin schließlich auch noch da. Wir haben schon immer ein gutes Verhältnis gehabt und uns lange nicht gesehen. Worauf willst du hinaus, Henriette?«

Sie zog die Augenbrauen noch höher. »Ich will, dass du nachdenkst. Du glaubst also wirklich, dass Emma sich einfach so einen teuren Zugfahrschein leistet?«

So langsam wurde es ihm zu bunt. Wenn er gewusst hätte, dass er für solch ein Gespräch seine Mittagspause opfern und das Essen kalt werden lassen musste, wäre er gar nicht erst vom Tisch aufgestanden.

Demonstrativ griff er nach der Gabel und pikste ein Stück Fleisch auf. »Ich kenne die finanziellen Verhältnisse meiner erwachsenen Tochter nicht. Wirtschaftlich geht es seit Jahren wohl keinem wirklich gut. Vielleicht kommt sie, um mit mir über die Pacht für das Atelier zu sprechen. Sie wäre jedenfalls viel zu stolz, ihre Eltern um Geld zu bitten. Ich glaube auch nicht, dass sie Geldsorgen hat. In Berlin gibt es immer noch genug zahlungskräftige Leute, und das Geschäft ist nicht so wetterabhängig wie hier.«

Henriette kniff die Augen zu Schlitzen zusammen, beugte sich über den Tisch und sagte mit eindringlicher Stimme: »Ihr spontaner Besuch kann nur einen Grund haben – sie will ihr Gewissen erleichtern, weil sie mir ein falsches Alibi gegeben hat. Wenn deine Tochter jetzt die Wahrheit …«

»Henriette!« Entsetzt ließ er die Gabel vor seinem Mund schweben. »Mal den Teufel nicht an die Wand. So weit darf es nicht kommen.«

»Jetzt begreifst du endlich. Und es liegt allein an dir, deine Tochter bei Laune zu halten und gegebenenfalls an ihren Schwur zu erinnern. Wenn das Gericht die Wahrheit erfährt, hängt ihr beide auch mit drin.«

Er ließ die Gabel sinken. Sein Mund fühlte sich trocken an, so als hätte er auf Sand gekaut. Er griff nach seinem Wasserglas, doch es blieb ein bitterer Geschmack zurück, als ob er Salzwasser geschluckt hätte.

»Du wirst die Verantwortung nicht auf mich allein schieben«, sagte er langsam. »Sollte meine Tochter wirklich von Gewissensbissen geplagt werden, musst du mir helfen, diese zu zerstreuen.«

»Und wie soll ich das anstellen?« Ratlos hob Henriette beide Hände, so als stünde sie kurz vor einer Festnahme.

Eindringlich sah er die Frau an, mit der er nur eine Nacht verbracht hatte und die seither wohl keinen Mann mehr in ihrem Bett gehabt hatte. »Muss ich dir das wirklich erklären? Du bist eine Frau, meine Tochter ist eine Frau – und ihr beide habt mit Männern nichts am Hut. Muss ich noch deutlicher werden?«

»Du würdest ja ganz schön weit gehen. Nein, für solche Spielchen bin ich nicht zu haben. Aber du bringst mich auf eine Idee. Morgen ist Samstag, da machen wir uns einen schönen Abend im Trocadero. Es ist einige Jahre her, seit Emma mit ihrer Mutter und Adam dort gewesen ist – damals habe ich mich lange mit ihr an der Bar unterhalten. Das hat ihr gefallen, und das wäre ein guter Anfang, um herauszufinden, was sie auf der Insel will.«

»Das klingt nach einem guten Plan.«

»Das muss ein guter Plan sein. Ich habe nämlich keine Lust, ins Gefängnis zu wandern, wie du dir vorstellen kannst. Und du willst bestimmt auch nicht, dass irgendjemand erfährt, wer meine Komplizen waren.

»Natürlich nicht!«, entfuhr es ihm. »Ist dein Verhältnis zu Moiken eigentlich noch gut?«

Henriette lachte auf. »Misstraust du mir etwa immer noch? Denkst du, ich hätte das alte Kriegsbeil wirklich nicht begraben? Ich arbeite jetzt seit sieben Jahren im Dünencafé, und das soll auch so bleiben. Ist dir das nicht Beweis genug? Natürlich könnte ich ihr vorwerfen, dass sie Bernhard die Arbeit auf der Dammbaustelle verschafft hat, aber für seinen Tod kann sie nichts. Dafür ist Adam allein verantwortlich. Ich habe mit ihr Seite an Seite versucht, Bernhard ins Leben zurückzuholen, und sie hat sich gegen ihren Ehemann gestellt, das vergesse ich ihr nicht. Dass sie vor Gericht nicht gegen ihn ausgesagt hat, kann ich sogar verstehen.« Sie senkte die Stimme zu einem Flüstern: »Und solange nicht bekannt wird, wer auf Adam geschossen hat, ist alles gut. Fast. Denn der Kerl lebt immer noch. Hätte ich damals doch nur richtig getroffen. Sollte ich eines Tages ins Gefängnis müssen, dann werde ich dem Gericht jedenfalls einen Grund liefern, mich lebenslänglich zu verurteilen.«

»Henriette, lass diese Sprüche sein. Schon dieses erste Attentat war ein Fehler – es macht unseren Sohn nicht wieder lebendig.« Nachdenklich schob er den Teller mit dem kalt gewordenen Essen von sich. »Ich hoffe einfach, dass der Besuch meiner Tochter ganz banale Gründe hat und du die Sache zu schwarz siehst.«

»Die Hoffnung stirbt immer zuletzt.« Henriette erhob sich und verabschiedete sich mit einem knappen Nicken. »Ich finde allein raus, danke.«

KAPITEL 7

Am selben Tag

Moiken atmete tief durch.

Bevor sie Emma vom Bahnhof abholen wollte, hatte sie sich fest vorgenommen, das Gespräch mit Adam zu suchen, eine Unterredung, die sie die ganze Woche vor sich hergeschoben hatte.

Wenn sie daran zurückdachte, wie harmonisch die Beziehung mit Adam begonnen hatte, wie fasziniert sie von ihm gewesen war, wie sehr sie ihn in der Zeit des Dammbaus unterstützt hatte – dann erschien es ihr, als wäre das ein anderes Leben mit einem anderen Mann gewesen.

Damals hatte sie ihm nach der Sturmflut beigestanden, sie hatte ihm gut zugeredet, dass der Damm weitergebaut werden durfte. Als dann tatsächlich das Reichsbauamt der Wiederaufnahme des Jahrhundertbauwerks zugestimmt hatte, hatte Adam sie ins Trocadero eingeladen, sie hatten mit Champagner die fantastische Nachricht begossen und bis in die Nacht hinein getanzt. Bei dem Tanzspiel hatten sie sogar eine Flasche Sekt gewonnen, das Glück war mit ihnen gewesen, aber nach der Heirat waren dunkle Wolken aufgezogen.

Überhaupt, die überstürzte Heirat im Morgengrauen als Krönung des Dammschlusses. In seinen Augen romantisch – ihrem Empfinden nach eine Katastrophe. Hätte sie damals Nein gesagt, wäre ihr viel erspart geblieben. Nicht nur die abgesagte Hochzeitsreise, sondern auch der Moment, als er handgreiflich geworden war, und vor allem war da die bleibende Unsicherheit, ob ihr Ehemann ein Menschenleben auf dem Gewissen hatte.

Andererseits musste sie ihm dankbar sein, weil er sie gerade noch rechtzeitig in der Eiswüste zwischen der Insel und dem Festland gefunden hatte.

Noch einmal atmete sie tief durch und starrte dabei auf Adams Zimmertür. Am liebsten hätte sie kehrtgemacht. Sie riss sich zusammen, hob die Hand, um anzuklopfen, verharrte jedoch einen Zentimeter vor dem dunklen Holz.

Längst hatte sie sich daran gewöhnt, bei ihrem eigenen Ehemann anklopfen zu müssen. Die Trennung von Tisch und Bett störte sie auch nicht, es war der einzig gangbare Weg, um die Ehe auf dem Papier aufrechtzuerhalten. Belastend war, dass jedes Gespräch in Reibereien mündete und nicht selten mit einem Streit endete.

Aber die Themen war zu wichtig, um sie des lieben Friedens willen links liegen zu lassen.

Entschlossen klopfte sie an.

»Herein«, ertönte seine sonore Stimme.

Mit gestraffter Haltung betrat sie den großen Raum, der von einem wuchtigen Schreibtisch dominiert wurde, an dem Adam saß. An seinem Kopf zeugte die rasierte Stelle rund um die genähte Wunde noch vom Angriff auf ihn. Er sah nicht auf und tippte auf seiner Schreibmaschine weiter, so als hätte er sie nicht hereingebeten.

Sein Verhalten nahm sie schon längst nicht mehr persönlich.

An seinem geliebten Schreibtisch vergaß er oft die Welt um sich herum. Dieses massive Möbelstück aus echtem Mahagoniholz, das sich Adam nach dem erfolgreichen Dammbau von einem Tischler nach seinen Vorstellungen hatte anfertigen lassen, musste von vier Männern in den ersten Stock transportiert werden.

Die Tischplatte erinnerte in ihrer Form an eine liegende Acht mit einer etwas breiteren Mitte – Adam sah darin das Zeichen für Unendlichkeit. Die machtvolle Bedeutung der geschwungenen Tischbeine, die auf prächtig geschnitzten Löwenpranken fußten, war für jeden klar erkennbar.

Im Kontrast dazu stand die übrige Einrichtung aus einfachen Möbeln, die er teilweise aus seiner Dammbaubaracke übernommen hatte. Der schlichte Besprechungstisch mit vier Stühlen, der gepolsterte Lederstuhl, der seine besten Tage längst hinter sich hatte, und ein einfaches Bett in der hinteren Ecke des Zimmers, daneben der ausgediente Ohrensessel aus dem Foyer.

»Frieda, was machst du denn hier?«, fragte Moiken überrascht, als sie ihre Tochter darauf entdeckte. Schon als kleines Kind hatte sie liebend gern im Schneidersitz auf dem Sessel gehockt und mit ihrer Puppe Elva gespielt – wenn sie nicht gerade unerschrocken in Gegenwart der Revolutionäre auf dem Sessel herumgehüpft war und lauter als die Erwachsenen »Es lebe die Revolution!« gerufen hatte.

»Ich helfe meinem Stiefvater«, gab Frieda lapidar zurück.

»Aha, ich dachte, du wärest noch in der Druckerei.«

»Ich habe Carl gebeten, heute schon etwas früher Feierabend machen zu dürfen. Erstens, weil ich Adam beim Einstieg in die ersten Seiten seiner Memoiren zum Dammbau helfen sollte, und zweitens habe ich gleich noch etwas vor.« Bedeutungsvoll hob Frieda die schmalen Augenbrauen. Da wurde Moiken klar, worauf ihre Tochter anspielte. Sie wollte dabei sein, wenn ihre Halbschwester am Bahnhof ankam.

Trotz des Altersunterschieds von sechzehn Jahren und der Tatsache, dass die Halbgeschwister charakterlich so unterschiedlich waren wie Ebbe und Flut, hatten die beiden nicht zuletzt durch Emmas Fürsorge in Friedas ersten schweren Lebenswochen eine enge Bindung entwickelt, die sich nur mit Geschwisterliebe erklären ließ und nicht unter der Seltenheit litt, mit der Emma Kontakt zu ihrer Familie suchte.

Ob Frieda entgegen der Abmachung mit ihrem Stiefvater über Emmas Besuch gesprochen hatte?

Sofern Adam etwas davon wusste, ließ er sich das nicht anmerken.

»Was führt dich zu mir?«, fragte er. Er klang wie immer distanziert, und ihr missfiel seine aufgesetzte Höflichkeit, bei der lediglich das Siezen zur Vollkommenheit fehlte.

Seine Finger ruhten auf den Tasten, doch er hatte den Kopf gehoben und musterte sie fragend mit seinen graugrünen Augen.

Moiken entschied sich, einen sanften Einstieg ins Gespräch zu wählen und nicht gleich mit der Tür ins Haus zu fallen. Erst recht, da Frieda noch mit im Raum war und es in ihrer Anwesenheit keinen Streit geben sollte, weil sie darauf ziemlich empfindlich reagierte.

Leider oblag es Adam, Frieda hinauszubitten.

»Ich habe Grete meinen Schlüssel zum Weinkeller überlassen, um diesem ewigen Hin und Her ein Ende zu bereiten, und da du deinen nicht benötigst, wäre es schön, wenn du ihn mir gibst.«

Adam seufzte. »Solange das alles ist.« Er zog die oberste Schublade seines Schreibtisches auf. »Hier ist das gute Stück.«

Moiken nahm den Schlüssel entgegen. Das ging schneller als gedacht. Sogar ohne Diskussion oder Widerrede.

»Nein, das war noch nicht alles. Ich würde gern unter vier Augen mit dir sprechen.«

»*Ich* habe vor deiner Tochter nichts zu verbergen«, sagte er mit einer Betonung, die ihr sauer aufstieß.

»Ich auch nicht. Aber es gibt Dinge, die sollten wir unter uns klären.«

Adam hob die Augenbrauen und nahm seine Hände von der Schreibmaschine. »Du machst es ja spannend. Worum geht es?«

Moiken warf einen Seitenblick auf Frieda. »Nun gut, wenn du es nicht anders willst. Ich habe noch zwei Themen mit dir zu besprechen. Erstens geht es um deinen Umgang mit unseren Angestellten.«

Adam machte große Augen. »Wie bitte? Ich habe mir nichts vorzuwerfen.«

Eines musste man ihm lassen – er war ein sehr guter Schauspieler. Es war zu erwarten gewesen, dass er so reagierte, doch nun schien er ernsthaft nachzudenken, und plötzlich lachte er auf.

»Ach, jetzt weiß ich, woher der Wind weht. Deine Küchenvorsteherin ist ganz schön zartbesaitet, wenn sie sich bei dir ausgeheult hat, nur weil ich ihr die Meinung gesagt habe.«

»Die Meinung gesagt? Du hast Grete vor den Herren von der Partei niedergemacht!«

»Behauptet sie«, erwiderte Adam gefährlich ruhig.

»Fangt jetzt bitte nicht an zu streiten«, mischte sich Frieda ein.

»Vielleicht wäre es gut, wenn du kurz den Raum verlässt«, bat sie ihre Tochter eindringlich, auch wenn ihr diese Bitte nicht zustand.

»Frieda bleibt«, bestimmte Adam prompt. »Merkst du nicht, wie dich deine Angestellten für ihre Zwecke missbrauchen, weil sie genau wissen, dass du nicht gut auf mich zu sprechen bist? Ich gehe jede Wette ein, dass Grete ihre Beschwerde über mich benutzt hat, um bei dir aus einem bestimmten Grund heraus Mitleid zu erregen.«

Gretes Wunsch nach Versetzung, dachte Moiken betroffen.

»Aha, ich sehe deinem Blick an, dass ich auf der richtigen Spur bin«, triumphierte Adam. »Und du kannst froh sein, dass ich so ruhig reagiere. Aber was kümmert es die deutsche Eiche, wenn sich die Sau daran scheuert! Bestell deiner Grete schöne Grüße von mir – sollte mir so etwas noch einmal zu Ohren kommen, dann kann sie mich wirklich erleben.«

Moiken wandte den Blick zu Boden. Einerseits konnte sie sich kaum vorstellen, dass Grete zu solchen Mitteln griff, andererseits war es möglich, dass sie Adam zu Unrecht beschuldigt hatte. »Ich werde noch einmal mit Grete darüber reden«, sagte sie vage.

Unentschlossen blieb sie stehen. Eigentlich hatte sie mit ihm noch über seine neue Parteizugehörigkeit sprechen wollen, aber das Gespräch verlief bislang überhaupt nicht so, wie sie sich das vorgestellt hatte.

»Liegt dir noch etwas auf dem Herzchen?«, fragte Adam. »Noch mehr abstruse Anschuldigungen, die mich noch länger von der Arbeit abhalten? Ich würde nämlich jetzt gern weiter an meinen Memoiren schreiben.«

In ihr brodelte es. Selbst wenn sie ihn zu Unrecht beschuldigt hatte, was es noch zu klären galt, war das noch lange kein Grund, so abfällig mit ihr zu reden.

»Ja, es gibt noch eine Sache, die ich mit dir besprechen möchte. Es geht um deinen Ortsgruppenvorsitz.«

»Musst du nicht zum Bahnhof?«, frage Frieda und sah demonstrativ auf ihre Armbanduhr.

»Bahnhof? Was willst du denn dort?«, hakte Adam prompt nach.

Das hatte sie nun davon, dachte Moiken. Hätte sie vor fünf Minuten das Zimmer verlassen, wäre ihr Friedas Provokation erspart geblieben. Jetzt stellte ihre Tochter sie vor die Entscheidung, die Wahrheit auszusprechen oder ihr ein schlechtes Vorbild zu sein.

Was tun? Sie atmete tief durch. »Emma kommt für eine Woche zu Besuch. Sie übernachtet bei ihrem Vater.« Nun war es heraus.

Frieda schien sehr beeindruckt zu sein, damit hatte sie offenbar nicht gerechnet, und Moiken wartete gespannt auf Adams Reaktion, die überraschend ruhig ausfiel.

»Das habe ich mir schon gedacht. Aber schön, es von dir zu erfahren. Deine Ehrlichkeit ehrt dich, Moiken. Ich gehe jedoch richtig davon aus, dass Emma mir nicht unter die Augen kommt und du auch in dieser Zeit keinen Kontakt zu Boy pflegst?«

Moiken verzog den Mund. »Deine Eifersucht kannst du dir sparen. Seit Jahren habe ich mit Boy nichts mehr zu tun. Ich habe mit ihm eine Abmachung, wie du weißt. Daran ändert auch der Besuch unserer gemeinsamen Tochter nichts.« Es widerstrebte ihr, mit ihm über solche Dinge zu sprechen, von denen sie sich gegängelt fühlte. Am meisten bedrückte es sie jedoch, Emma nicht ins Haus bitten zu können – ihre eigene Tochter.

Andererseits war es verständlich, dass Adam niemanden in seiner Nähe haben wollte, der ihn als Mörder bezeichnete, und zudem hatte er Emma das unselige Telegramm bis heute nicht verziehen, wegen dem er sein eigenes Leben aufs Spiel gesetzt hatte.

»Dann ist ja gut«, konstatierte er zufrieden.

Gar nichts ist gut, dachte Moiken. Vor allem hatte das Gespräch schon wieder eine von ihr nicht gewollte Wendung genommen.

»Eine Sache noch«, hob sie an, »die ich ansprechen wollte, ehe Frieda mich unterbrochen hat. So viel Zeit muss jetzt noch sein, bevor ich zum Bahnhof gehe. Adam, bist du wirklich gewillt, den Ortsgruppenvorsitz *dieser Partei* zu übernehmen, oder willst du dir das noch einmal überlegen?«

»Diese Partei heißt NSDAP«, antwortete er ruhig, »und nein, da gab und gibt es nichts zu überlegen. Im Gegenteil. Es ist alles bereits unter Dach und Fach. Ich bin neuer Ortsgruppenleiter der NSDAP und damit der Leiter von über fünfzehn Dienststellen, die auf der Insel zum Wohle des Volkes arbeiten.«

Sie hätte darauf vorbereitet sein müssen, aber ihre Hoffnung auf seine Vernunft war größer gewesen.

Leider hatte sie nicht das Recht, über sein Parteibuch zu bestimmen, aber sie musste deutlich werden, was mögliche Auswirkungen auf die Strandvilla betraf. »Dir ist klar, dass die Strandvilla ein politisch neutrales Hotel bleibt. Ich möchte nicht, dass noch einmal eine solche Parteiversammlung in meinem Haus stattfindet.«

»In deinem Haus?« Adam zog die Stirn kraus, und in seinen Mundwinkeln sammelte sich der Spott. »Es auch mein Hotel. Gleich morgen soll mein neues Amt natürlich begossen werden. Dazu verpflichtet mich allein mein Vorsitz, damit mir die Herren gewogen bleiben. Wenn dir die Anwesenheit der Herren nicht passt, dann musst du dich eben so lange zurückziehen. Es zwingt dich keiner dazu, dich mit ihnen zu unterhalten.

»Wenn das so ist …«, begann Moiken und holte tief Luft, »dann geht auch meine Tochter Emma in der Strandvilla aus und ein, ohne dass du etwas dagegen sagen kannst. Wenn dir Emmas Anwesenheit nicht passt, dann musst du dich eben so lange zurückziehen. Es zwingt dich keiner dazu, dich mit ihr zu unterhalten.«

»Das ist nicht dein Ernst?«, grollte Adam.

»O doch! Ich …«

»Könnt ihr bitte aufhören zu streiten?«, rief Frieda, und in ihrer hellen Stimme klang Panik durch.

Betroffen schloss Moiken den Mund.

»Der Meinung bin ich auch«, sagte Adam, und es klang gewollt versöhnlich. »Ich kann die Herren auch gern ins Restaurant einladen – das sind allerdings in meinen Augen Ausgaben, die nicht sein müssten. Aber ganz, wie du willst. Du wirst jedoch nicht von mir verlangen, dass ich Emma in diesem Haus dulde – deine Tochter, die mich als Mörder bezeichnet und die ihre Mutter mit einem falschen Alarm nach Berlin gelockt hat, weshalb ich mein Leben aufs Spiel gesetzt habe, um dich aus der Eiswüste zu retten. Hast du das vergessen?«

Mit gesenktem Blick antwortete Moiken leise: »Nein, das habe ich nicht vergessen, und dafür bin ich dir auch auf ewig dankbar. Es tut mir leid, ich habe zu viel von dir verlangt.«

»Ich nehme deine Entschuldigung an«, sagte er überraschend schnell. Vermutlich beeinflusste Friedas Anwesenheit seine Versöhnlichkeit. »Wir halten also fest, dass in der Strandvilla keine politischen Versammlungen stattfinden und Emma sich vom Haus fernhält. Damit ist uns beiden gedient.«

»Nun also, es geht doch«, sagte Frieda, noch ehe Moiken etwas entgegnen konnte. »Ich freue mich sehr, dass ihr endlich mal zu einer Einigung gefunden habt und nicht immer nur im Streit auseinandergeht. Damit ist doch niemandem gedient. Außerdem könntet ihr auch mal an mich denken. Ich leide nämlich sehr unter euren ewigen Streitereien.«

Keiner sagte ein Wort. Adam starrte auf seine Schreibmaschine, und Moiken suchte betroffen den Blick ihrer Tochter. So offen hatte Frieda noch nie über ihre Gefühle gesprochen.

»Vielleicht würdet ihr euch besser verstehen«, hob Frieda erneut an, »wenn nicht jeder immer stur seiner Wege gehen würde. Ja, ja, ich weiß – ihr müsst euch ja deshalb nicht lieben, die Hoffnung habe ich ohnehin aufgegeben, aber ihr könntet euch wenigstens gegenseitig respektieren. Euer Kleinkrieg macht die Dinge nämlich nicht ungeschehen, sondern nur noch schlimmer. Wann habt ihr eigentlich zuletzt etwas zusammen unternommen?«

Sprachlos starrte Moiken erst ihre Tochter, dann Adam an. So klar und offen hatte sich Frieda noch nie geäußert – und normalerweise würde Moiken sich eine Einmischung in ihre Ehe verbitten, aber die deutlichen Worte ihrer Tochter gaben ihr zu denken.

Adam schien es ebenso zu ergehen. Erst nach geraumer Zeit löste er den Blick von der Schreibmaschine.

»Das ist sehr lange her«, sagte er leise. »Zuletzt kann ich mich an einen Abend im Trocadero erinnern. Das war schön.«

So viel Schmerz, wie in seiner Stimme lag, hätte Moiken nicht erwartet. Sein Blick war voller Wehmut. Als er ihr direkt in die Augen sah, gab ihr das einen Stich. Zuletzt hatte er sie so angesehen, als sie nach dem Jahrhundertsturm auf dem Damm vor den Trümmern seines Lebenswerks gestanden hatten – als sie noch Gefühle füreinander gehabt hatten. Oder waren sie immer noch da? Irgendwo, tief vergraben, verschüttet von Schuldvorwürfen und Missverständnissen?

Als Bernhard auf dem Damm zusammengebrochen war, hatte sie ihren Ehemann sofort als den Schuldigen angesehen. Aber was, wenn seine Version der Geschehnisse wirklich stimmte? Wenn er Bernhard tatsächlich von der Arbeit abhalten und zum Arzt hatte schicken wollen? Mit Sicherheit erfahren würde sie es nie, aber ein Schritt hin zu gegenseitigem Respekt wäre es, wenn sie seiner Schilderung Glauben schenken würde. Im Zweifel für den Angeklagten – so hatte auch das Gericht entschieden.

Als schon keiner mehr mit einer Antwort von ihr rechnete, sagte Moiken: »Ja, das war schön.«

»Ich habe euch beide noch nie tanzen sehen«, bemerkte Frieda. »Damals war ich ja leider noch zu klein, und seither …« Sie brach ab.

Ja, dachte Moiken in sich gekehrt. Seither. Seither war viel geschehen. Aber dieser ständige Blick in die Vergangenheit machte die Zukunft wirklich nicht besser und die Gegenwart nicht erträglicher, da hatte Frieda recht. Außerdem war sie ihrer Tochter in der Tat kein Vorbild hinsichtlich einer guten Eheführung.

So ein gemeinsamer Abend könnte ja nicht schaden. Er wäre vielleicht wirklich ein erster Schritt, um das Verhältnis zueinander zu verbessern. Und damit sie sich nicht gleich wieder wie ein Paar fühlen mussten, das gemeinsam ausging, könnten sie Frieda ins Trocadero mitnehmen. Das war sogar eine sehr gute Lösung, dachte Moiken, erfreut über ihren eigenen Einfall, denn so würde Frieda zugleich ein wenig von ihrem Liebeskummer abgelenkt werden. Und da das Trocadero für sein gehobenes Publikum bekannt war, traf sie dort vielleicht sogar einen netten jungen Mann von Welt, der ihr gefiel.

Diese Gedanken bewogen sie dazu, ihrem Ehemann und ihrer Tochter einen Vorschlag zu machen.

»Wie wäre es, wenn wir heute ins Trocadero gehen – wir drei – und uns einen schönen Abend machen?«

Frieda war sofort Feuer und Flamme. »Das würdest du mir erlauben? Das wäre grandios! Zum ersten Mal ausgehen! Was zieht man denn da an?«

Moiken lächelte. Sie freute sich, weil sie bei Frieda den richtigen Nerv getroffen hatte, und erinnerte sich daran, wie sie selbst vor ihrem ersten Besuch im Trocadero vollkommen nervös gewesen war und sich in dem modernen Kleid, das Adam ihr geschenkt hatte, wie eine andere Frau gefühlt hatte. Das schwarze Paillettenkleid hing noch in ihrem Kleiderschrank. Seit diesem Abend hatte sie es nicht mehr getragen. Ob es ihr noch passte?

Warum sagte Adam eigentlich nichts? Das schien sich auch Frieda zu fragen.

»Vater?«, fragte sie lächelnd.

Immer wenn Frieda ihn so ansprach, überkam Moiken Gänsehaut. Schon als kleines Kind hatte sie ihn so genannt, und ihr gellten noch Friedas Schreie nach ihrem Vater in den Ohren, als sie bei dem Festumzug mit ansehen musste, wie Adam angeschossen zu Boden ging.

»Ich komme nicht mit«, sagte er lapidar.

Frieda fiel das Lächeln aus dem Gesicht. »Aber warum denn nicht?«

»Weil ich meine Gründe habe«, gab er zurück.

»Was denn für Gründe?«, bohrte Frieda nach. »Ist es wegen Emma?«

»Lass es gut sein«, zischte Moiken.

»Ich gehe davon aus, dass ihr Emma nicht auch zu dem Abend einladet«, sagte Adam und widmete sich wieder seiner Schreibmaschine.

»Aber was hindert dich dann?«, insistierte Frieda.

»Frieda, bitte lass es gut sein, wenn dein Vater nicht darüber sprechen will«, sagte Moiken. Sie konnte sich seine Beweggründe durchaus erklären. Vermutlich hatte ihn ein kleiner Anflug von Sentimentalität gestreift, mehr nicht. Er war zu keinem Schritt bereit, der auf sie zuführte, zu keiner Auseinandersetzung mit der Vergangenheit – und dazu mochte er in der Tat seine Gründe haben. »Wir machen uns heute trotzdem einen schönen Abend im Trocadero«, versicherte sie ihrer Tochter und nutzte es als kleinen Seitenhieb auf Adam.

»Nur wir beide?«, fragte Frieda ungläubig.

»Nur wir beide. Emma wird nach der langen Reise ausruhen wollen.« Tapfer lächelte sie ihre Tochter an. Wer wusste schon, was sich aus einem solchen Abend für Frieda ergeben würde?

»Ist das für dich in Ordnung, Vater?«, fragte Frieda, die stets um Ausgleich bemüht war und Missstimmungen vermeiden wollte.

Moiken wäre es im Traum nicht eingefallen, die Zustimmung ihres Ehemanns zu erbitten, nachdem er sich dem Abend gerade verweigert hatte.

»Ja, natürlich«, entgegnete er knapp.

»Wirklich?«, hakte Frieda nach.

»Frieda …«, mahnte sie ihre Tochter. »Wenn Adam das so sagt, dann meint er es auch so.«

»Und was ist mit Emma? Meinst du, sie ist wirklich nicht beleidigt, wenn wir heute ins Trocadero gehen?«

Frieda war schon ein besonderes Mädchen, dachte Moiken und lächelte in sich hinein. Sie machte sich über alles und jeden Gedanken, ging aber zugleich ihren Weg. Sie pflegte ungeachtet der Animositäten zwischen Adam und Emma ein gutes Verhältnis zu beiden, und es war ganz schön mutig, Emma mehrfach in Adams Gegenwart zu erwähnen.

Er hatte die Finger wieder auf die Tasten seiner Schreibmaschine gelegt, so als müsse er seinen Händen zwanghaft einen Platz geben. Seine Anspannung war ihm deutlich anzusehen.

Nicht, dass das Gespräch doch noch eskalierte, dachte Moiken beklommen. Ohnehin war es höchste Zeit, zum Bahnhof zu gehen. Eine Antwort wollte sie Frieda aber doch noch geben, die auch Adam hören sollte.

»Deine Halbschwester wird keinen Wert darauf legen, mit ihrer Mutter auszugehen. Sie ist erwachsen. Außerdem müssen wir nicht den Ankunftsabend mit ihr verbringen, schließlich besucht sie ja auch ihren Vater. So, jetzt muss ich aber wirklich dringend los zum Bahnhof. Kommst du mit, Frieda?«

»Ja, natürlich! Soll ich nachher noch einmal bei dir vorbeischauen, Vater, oder glaubst du, du findest jetzt einen guten Einstieg in deine Memoiren?«

»Dein Vorschlag war sehr gut, Frieda. Vielen Dank für deine Hilfe. Ich werde jetzt die ersten Seiten tippen, und dann würde ich mich freuen, wenn du sie gegenliest.«

»Sehr gern. Und vielleicht überlegst du es dir ja noch einmal wegen heute Abend. Ich würde mich freuen.«

Adam schwieg.

Er brachte nicht einmal ein Wort der Verabschiedung heraus.

Lediglich sein stakkatoartiges Tippen auf der Schreibmaschine begleitete sie beim Verlassen des Zimmers.

KAPITEL 8

Kurz darauf

Niemand da, der sie vom Bahnhof abholte? Niemand, der auf sie wartete?

Emma stellte sich auf die Zehenspitzen und spähte über die Menschenmenge hinweg, die sich aus dem Zug auf den Bahnsteig ergossen hatte.

Alles hatte sie erwartet, nur das nicht. In ihren kühnsten Träumen hatte sie gehofft, ihre Eltern würden beide am Bahnsteig stehen – geglaubt hatte sie, dass Boy im Atelier auf sie warten würde und ihre Mutter und Frieda sie in Empfang nehmen würden, denn ihre Eltern hatten erstens beschlossen, den Kontakt miteinander zu vermeiden, und zweitens machte ihr Vater um alles einen Bogen, was mit dem Dammbau in Verbindung stand – so auch um den Bahnhof.

Auf der Fahrt über den Damm waren auch bei ihr die Erinnerungen mit aller Macht zurückgekehrt. Der letzte Blick auf Bernhard, bevor er tot zusammengebrochen war, sein lebloser Körper. Die Panik, als ihre Mutter und Henriette versucht hatten, ihn ins Leben zurückzuholen. Das Begreifen des Unbegreiflichen. Die Endlichkeit. Die Gewissheit. Der Schmerz.

Der Schmerz, der sie dazu gebracht hatte, ein Attentat auf Adam zu planen.

Ein Schritt, den sie heute bereute.

Solange die Trauer um ihren Halbbruder noch groß gewesen war, hatte sie diese Schuld ganz gut verdrängen können, auch dass sie sich mit dem Versuch der Selbstjustiz strafbar gemacht hatte. Mit der Zeit war sie aber von Albträumen heimgesucht worden.

Jede Nacht derselbe Horror. Stets begann es mit dem Weinglas, das sie als falsche Bedienung aus Nervosität an Adams Tisch umgeworfen hatte. Binnen Sekunden färbte sich das gesamte Tischtuch blutrot, es tropfte, nein, floss regelrecht auf den Boden und sammelte sich um ihre Füße. Sie stand mitten in der Blutlache, mit einem Messer in der Hand, und Adam lag vor ihr, von ihr ermordet, sein Gesicht glich dem eines grauenhaften Wesens.

Immer wenn sie sich von ihm abwenden wollte, wurde sie gezwungen, ihrer Mutter in die Augen zu sehen. Ganz gleich, in welche Richtung sie sich drehte, ihre Mutter schien allgegenwärtig zu sein, eine Auseinandersetzung mit ihr unausweichlich.

Doch aus Angst brachte sie im Traum kein Wort hervor. Ihre Mutter kam stets näher und näher. Bedrängte sie mit Fragen, erwartete Antworten – Erklärungen, die Emma ihr nicht geben konnte. Da wurde sie von ihrer Mutter an Händen und Füßen gefesselt und in die Blutlache gestoßen, die sich augenblicklich in einen tiefen See verwandelte. Schnell bekam sie keine Luft mehr, sie sah nur noch rot, panisch wand sie sich in ihren Fesseln … und wachte schweißgebadet auf.

Nacht für Nacht. Es war so grauenvoll, dass sie den Entschluss gefasst hatte, nach Sylt zu fahren. Das war der erste Schritt, und dann wollte sie im richtigen Moment ihren ganzen Mut zusammennehmen und ihrer Mutter gestehen, was damals geschehen war. Es musste aus ihr heraus, sie musste ihr Gewissen erleichtern, wenn sie nicht irgendwann an ihrer Schuld ersticken wollte.

Endlich – zwei ihr wohlbekannte Frauen eilten aus den grünen Flügeltüren des Bahnhofs auf den kleinen Vorplatz und sahen sich atemlos unter den Reisenden um.

»Frieda! Mutter! Hier bin ich!«, rief sie erleichtert in das Zischen der Dampflok hinein und hob den Arm. Mit ihrem hellbraunen Lederkoffer in der anderen Hand ließ sie sich im Strom der Menschenmenge zu ihnen treiben.

Dabei entging ihr nicht, dass sie mit ihrem männlichen Erscheinungsbild durchaus auffiel und zwei wartende Frauen sogar auf sie zeigten.

In Berlin war ihre Kleidung, bestehend aus schwarzer Hose, weißem Hemd, weinroter Weste und passender Krawatte, nichts Ungewöhnliches für eine Frau und für sie längst zur Gewohnheit geworden. »Einen Rock habe ich zuletzt in einem anderen Leben getragen«, rief sie den verdutzten Damen zu. »Hosen sind viel praktischer – das sollten Sie auch mal ausprobieren!« Damit ließ sie die gaffenden Weiber stehen.

»Mein Mädchen!«, rief ihre Mutter, breitete die Arme aus, und Emma konnte gerade noch ihren Koffer abstellen, bevor sie von ihr umarmt wurde. Es tat so gut, die bedingungslose Liebe ihrer Mutter zu spüren. Das war keine Selbstverständlichkeit. Oft genug hatte sie es ihrer Mutter sehr schwer gemacht, sie noch zu lieben.

Kaum hatte Emma das zu Ende gedacht, meldete sich ihr schlechtes Gewissen, und sie machte einen Schritt rückwärts, um sich aus der Umarmung ihrer Mutter zu lösen. Um sie nicht zu brüskieren, tat sie so, als wollte sie ihre Halbschwester nicht länger unbeachtet lassen. »Frieda! Wie schön, dich zu sehen. Aus dir ist ja eine junge Dame geworden!«

Prompt überzog eine zarte Röte die Wangen ihrer Halbschwester, und sie drehte sich einmal um die eigene Achse. »Erkennst du mich noch?«

»Aber natürlich!«, lachte Emma. »Hübsch bist du schließlich schon immer gewesen. Ich weiß noch, wie du mich damals am Flugplatz abgeholt hast. Da warst du neun Jahre alt, hattest noch lange blonde Zöpfe und bist mit deinem Pferd gekommen. Wie hieß es noch gleich?«

»Er heißt Strandkorb – nicht hieß. Es geht ihm gut, wir können ihn nachher mal im Stall besuchen. Und morgen könnten wir zusammen einen Ausritt machen, wenn du Lust hast?«

»Unbedingt!« Emma lächelte. Es tat so gut, die Unbeschwertheit ihrer Schwester zu erleben und sich ungezwungen zu unterhalten. Ganz gleich, wie lange sie ihre Halbschwester nicht gesehen hatte, die Vertrautheit war geblieben, und sie hatten sofort wieder eine Ebene gefunden. »Mal sehen, ob ich mich noch im Sattel halten kann. Ich saß ja schon ewig nicht mehr auf einem Pferd. Aber du bist ja damals schon wie eine Amazone zum Flugplatz geritten.«

»Das stimmt«, sagte Frieda und lachte. »Aber ich glaube, unsere Mutter will von diesen alten Kamellen jetzt nichts hören, denn sie hatte ganz schön Angst um mich.«

Frieda hatte eine feine Beobachtungsgabe, stellte Emma fest. Ihr war entgangen, dass sich ein Schatten auf dem Gesicht ihrer Mutter niedergelassen hatte.

»Diese alten Geschichten müssen jetzt wirklich nicht sein«, bestätigte Moiken, dann entspannten sich ihre Gesichtszüge wieder, »aber es ist schön zu erleben, wie gut ihr euch gleich wieder versteht und dass ihr schon Pläne schmiedet. Allerdings sollten wir uns besser vor dem Bahnhof weiter unterhalten, wir stehen hier etwas im Weg. Ach je, dein Gepäck, Emma! Ich habe völlig vergessen, einen unserer Burschen zu beauftragen. Warte, ich regle das schnell mit einem der Kofferträger dort drüben.«

»Nein, ich erledige das!«, protestierte Emma, da ihre Mutter ihr keinen Gefallen tun sollte – damit würde sie sich äußerst unwohl fühlen.

Prompt verstand Moiken das falsch. »Entschuldige, ich weiß, dass du erwachsen bist und eigene Beine hast.«

Das fing ja gut an, dachte Emma. Keine fünf Minuten unterhielt sie sich mit ihrer Mutter, und schon gab es die erste Missstimmung.

Normalerweise würde sie jetzt aufbrausend reagieren, aber sie hatte sich etwas vorgenommen. »Nein, ich muss mich entschuldigen. Ich hätte nicht so reagieren dürfen. Es ist sehr nett von dir, dass du dich um meinen Koffer kümmerst, vielen Dank.«

Ihre Mutter stutzte sichtlich, denn eine Entschuldigung war sie von ihrer Tochter nicht gewohnt. »Gut, dann wartet ihr beide schon mal vor dem Bahnhof auf mich.«

Als Emma mit Frieda die prächtige Bahnhofshalle betrat, kamen Erinnerungen in ihr hoch. Hier hatte sie zuletzt ihren Fahrschein gekauft, als sie zurück nach Berlin gefahren war – in der Hoffnung, dass Adam das Attentat nicht überleben würde.

Wozu Trauer und Schmerz einen Menschen fähig machen konnten … aus heutiger Sicht erkannte sie sich selbst nicht wieder.

Zum Glück übernahm Frieda das Wort, denn ihr steckte ein Kloß im Hals. »Sieh mal, der Schokoladenautomat wird rege genutzt«, sagte Frieda zufrieden grinsend und zeigte auf einen reich verzierten Kasten an der Wand gegenüber, der von einer Kindergruppe belagert wurde. »Hier habe ich damals mit dem Herrn Reichspräsidenten gestanden, und er hat mir versprochen, sich persönlich bei der Deutschen Automatengesellschaft für die Aufstellung eines Stollwerck-Automaten einzusetzen – und bei meinem Stiefvater für eine Erhöhung meines Taschengelds.« Frieda kicherte.

Emma versuchte, sich an der guten Laune ihrer Schwester ein Beispiel zu nehmen. »Stille Wasser gründen tief, sage ich da nur. Du hast schon immer an der richtigen Stelle den Mund aufgemacht und die Männerwelt beeindruckt. Hat der Herr Reichspräsident nicht damals zu dir gesagt: ›Aus dir wird mal noch was, mein Mädchen‹?«

»Genau das waren seine Worte. Allerdings hast du den richtigen Riecher gehabt, weil du ein Foto von ihm gemacht hast, als ihm das kleine Mädchen am Morsumer Bahnhof einen Blumenstrauß überreicht hat. Dieses Foto ging um die Welt, nicht etwa eines von ihm, als er in Westerland am Ende der Jungfernfahrt aus dem geschmückten Zug ausstieg, wo alle Fotografen gelauert haben.«

»Ja, das hat meinen Namen tatsächlich zum ersten Mal in die Zeitungen gebracht, ich habe viel Geld verdient, konnte mir einen kleinen Puffer beiseitelegen, aber dann haben sich die Männer leider wieder in den Vordergrund gedrängt. Und, wie läuft es bei dir überhaupt mit der Männerwelt?«

Auf diese direkte Frage war ihre Schwester nicht vorbereitet, denn sie wurde knallrot und stammelte. »Ja ... also, ich meine, nein, also, es ist so ...« Anstatt ihren Satz zu vollenden, zischte sie: »Da kommt unsere Mutter wieder!«

Wie süß, dachte Emma. Ihre kleine Schwester war verliebt – und Frieda schien ein Geheimnis vor ihrer Mutter zu haben. Das war auch eine Neuigkeit – um nicht zu sagen, eine Sensation.

»Das wäre erledigt, dein Koffer wird zum Fotoatelier gebracht. So wie der Bursche losgerannt ist, muss ich wohl Expressaufschlag bezahlen«, schmunzelte Moiken. »Dann wollen wir auch mal die kleine Regenpause nutzen und zusehen, dass wir vor dem nächsten Guss das obere Ende der Friedrichstraße erreicht haben.«

»Hast du eigentlich kein Automobil mehr?«, fragte Emma, obwohl sie bis heute keinen gesteigerten Wert darauf legte, damit zu fahren. Zwar wurde ihr nicht mehr gleich auf den ersten Metern schlecht, dafür war sie in Berlin als Beifahrerin stets einem Herzinfarkt nahe, da Verkehrsschilder anscheinend nur als Empfehlung galten und Regeln etwas für Anfänger waren.

»Doch, ich habe ein Automobil, allerdings nicht mehr das von Theodor, das hat ausgedient. Aber wenn du gleich den Zustand der Straßen siehst, dann verstehst du, warum da mit vier Rädern derzeit kein Durchkommen ist.«

»Ach, hier sind die Straßen immer noch nicht asphaltiert?« Emma schüttelte den Kopf. »Meine Güte, wir schreiben das Jahr 1931. Da liegen ja wirklich Welten zwischen Berlin und der Insel.«

»Fühlst du dich immer noch wohl in der Großstadt?«, nahm Frieda das Gespräch wieder auf, als sie die Maybachstraße erreichten.

»Unbedingt!« Sie deutete auf die prall gefüllten Schaufenster des Inselkaufhauses H.B. Jensen gegenüber. »In Berlin wäre das ein kleiner Krämerladen. Dort gelten ganz andere Maßstäbe, Frieda. Du müsstest dir die Stadt wirklich mal ansehen. Du bist jederzeit bei mir willkommen, ein zweites Bett habe ich auch. In Berlin pulsiert das Leben, und mir kommen ständig spannende Motive vor die Linse. Manchmal auch ganz zufällig. Stell dir vor, im März ist Charlie Chaplin anlässlich der Premiere seines Films *Lichter der Großstadt* nach Deutschland gereist und hat im Adlon residiert. Durch meine guten Kontakte zu Louis Adlon durfte ich im Gegensatz zur Fotografenmeute im Foyer auf ihn warten, um ein paar exklusive Aufnahmen im Hotel zu machen. Nun stell dir vor, Charlie Chaplin kommt zum Portal rein, nur halb bekleidet, seine Hose hält er mit beiden Händen notdürftig oben und flüchtet an mir vorbei zum Fahrstuhl.«

»Erzähl deiner Schwester jetzt bitte keine schmutzigen Geschichten«, warnte ihre Mutter mit erhobenem Zeigefinger. Danach richtete sie den Blick zu Boden, um die vielen Pfützen in der Friedrichstraße zu umgehen.

Emma lag ein frecher Widerspruch auf der Zunge, doch sie schluckte ihn hinunter. »Keine Sorge, die Geschichte ist ganz harmlos, aber lustig. Vor dem Hotel hatte nämlich eine Schar seiner glühendsten Bewunderinnen auf ihn gewartet, und jede wollte ein Autogramm von ihm haben. Als es das nicht gab, haben sie ihm im

Gedränge alles vom Leib gerissen, was als Andenken taugt, inklusive seiner Hosenknöpfe, sodass er ziemlich in Not geriet.«

»Und hast du ein Foto gemacht?«, fragte Frieda lachend und sprang wie ein kleines Mädchen mit einem Hüpfer über eine Pfütze.

»Selbstverständlich. Aber ich musste Herrn Adlon leider versprechen, es nicht an die Zeitung zu geben. Das fiel mir schwer, denn es hätte sehr gutes Geld gebracht, aber ich habe der Familie viele Aufträge zu verdanken und halte mein Wort.«

»Das ist sehr löblich«, sagte Moiken und verlangsamte ihren Schritt, als sie sich der Buchhandlung von Julius Meyer näherten.

Als sie jetzt wieder vor dem dreistöckigen Haus im Seebäderstil mit den weiß gestrichenen Holzveranden stand, in dessen Anbau zur Neuen Straße hin sich die Buchhandlung und Leihbibliothek befanden, erinnerte sich Emma daran, wie ihr Julius bei ihrem ersten Besuch in der Buchhandlung den Reiseführer von Westerland geschenkt hatte.

Damals war sie mit fünfzehn Jahren zum ersten Mal aus ihrem beschaulichen Heimatdorf Keitum herausgekommen, hatte einen Fuß in das quirlige Westerland gesetzt und war sich vorgekommen wie in einer Großstadt. Da hatte sie noch nicht gewusst, wie groß die Welt wirklich war und was sie ihr alles zu bieten hatte. Das musste Frieda auch erst noch lernen.

Ihre Mutter ging auf die Frau zu, die mit dem Rücken zu ihnen vor dem Schaufenster der Buchhandlung stand und die Auslage betrachtete.

»Grete! Was machen Sie denn hier? Sagen Sie bloß, das hat mit dem Atlas nicht geklappt?«

Die Angesprochene drehte sich um.

Emma durchfuhr es siedend heiß. Das durfte doch nicht wahr sein. Das war tatsächlich die junge Frau, der sie vor den Eröffnungsfeierlichkeiten zum Dammbau den Tisch abgekauft hatte, an dem Adam sitzen sollte. Die junge Frau hatte ihr damals erzählt, dass sie sich auf eine Annonce in einer Berliner Zeitung hin auf die gut bezahlte Stelle als Bedienung bei den Dammbaufeierlichkeiten gemeldet habe. Warum war sie immer noch auf Sylt – und vor allem, woher kannte ihre Mutter diese Frau?

»Frau von Baudissin! Keine Sorge, das lief alles reibungslos, meine Helena ist ganz glücklich, und Lene natürlich auch mit ihrer Puppe – noch einmal vielen, vielen Dank. Meine Mädchen bereiten gerade noch eine Überraschung für Sie vor, aber da darf ich natürlich nichts verraten. Ich stehe hier in meiner Pause, weil ich beschlossen habe, auch mal ein Buch zu lesen. Ich weiß nur nicht, welches. Die sehen alle so schön aus, und die Titel klingen interessant.«

»Das ist ganz einfach, Grete«, mischte sich Frieda ein. »Gehen Sie hinein, nehmen Sie die Bücher in die Hand, blättern Sie darin, und Ihr Herz wird Ihnen sagen, welches die richtige Geschichte für Sie ist. Überhaupt ist es vielmehr so, dass die Geschichten uns finden, nicht umgekehrt.«

Grete zog die Stirn kraus.

Frieda lachte. »Das hat mir Großvater Julius beigebracht, Gott hab ihn selig. Am Anfang habe ich das auch nicht begriffen, aber mittlerweile verstehe ich ihn. Das ist übrigens meine Halbschwester Emma, sie ist gerade aus Berlin angekommen.«

»Ach ja, Sie kennen meine große Tochter ja noch gar nicht«, warf Moiken ein. »Als Emma zuletzt hier war, haben Sie ja noch nicht für mich gearbeitet. Emma, darf ich dir Grete vorstellen, meine Küchenvorsteherin und gute Seele des Hauses.«

Grete machte einen Knicks, und es arbeitete sichtlich hinter ihrer Stirn. »Doch, wir haben uns schon einmal gesehen, Ihr Gesicht kommt mir jedenfalls bekannt vor«, sagte sie. »Ich weiß nur nicht, wo.«

»Ich kann mich nicht erinnern«, sagte Emma wie aus der Pistole geschossen. Hoffentlich hatte niemand das Beben in ihrer Stimme wahrgenommen, dachte sie innerlich flehend. Das war nicht der richtige Zeitpunkt, ihrer Mutter die Wahrheit zu sagen. Nicht auf offener Straße und vor allen anderen. »Wir sollten jetzt weitergehen, die Regenwolke kommt doch bedrohlich näher.«

»Das stimmt«, sagte Moiken an Grete gewandt, und Emma war für die schnelle Verabschiedung sehr dankbar.

Erleichtert war sie trotzdem nicht, denn wieder erwies sich Frieda als gute Beobachterin: »Was ist los mit dir, Mutter?«, fragte sie im Weitergehen. »Deine Miene hat sich so verfinstert wie der Himmel.«

»Wie bitte?«, entgegnete Moiken gedankenverloren, doch dann fasste sie sich. »Es ist alles gut. Mir macht nur das Wetter Sorgen. So, nun sind wir gleich beim Fotoatelier. Du verzeihst, wenn ich mich da vorne an der Ecke schon von dir verabschiede? Ich nehme die Dr.-Nicolas-Straße zurück zur Strandvilla.«

»Ich verstehe«, sagte Emma knapp. Unter normalen Umständen hätte sie sich darüber beschwert, dass ihre Eltern sich so konsequent aus dem Weg gingen, obwohl sie mit hoher Wahrscheinlichkeit immer noch Gefühle füreinander hatten, doch für heute wollte sie sich so schnell wie möglich von ihrer Mutter verabschieden, denn sie brauchte dringend ihre Ruhe und einen Stuhl. Die Begegnung mit Grete hatte ihr ziemlich zugesetzt. »Vielen Dank für den Empfang am Bahnhof und die Begleitung bis hierher«, sagte sie förmlich und schob hinterher: »Dir auch, Frieda, wir sehen uns dann morgen.«

»Ja gern! Nach dem Mittagessen? Wenn das Wetter mitmacht, reiten wir aus.«

»Das klingt nach einem sehr guten Plan«, gab Emma möglichst unbekümmert zurück. »Und wir?«, fragte sie ihre Mutter, weil sie sich etwas vorgenommen hatte. Ohne Verabredung wollte sie nicht mit ihr auseinandergehen, auch wenn ihr die Angst etwas anderes diktieren wollte. »Sehen wir uns vielleicht morgen zu einem Mutter-Tochter-Frühstück im Café Orth?«

»Das ist ein guter Vorschlag«, entgegnete Moiken, ihre Miene blieb jedoch unbewegt. »Ich werde für zehn Uhr eine Reservierung im Café Orth vornehmen lassen«, setzte sie steif hinzu.

Seit der Begegnung mit Grete war ihre Mutter wie ausgewechselt, und Emma ahnte, weshalb.

Ihre Mutter hatte Verdacht geschöpft.

Zwar hatte sie sich viel Mühe gegeben, an jenem Abend unter ihrer Perücke unerkannt zu bleiben, aber nun schien sich ihre Mutter ihren Teil zu denken, und prompt setzte sie hinzu: »Vielleicht sollten wir anschließend noch einen kleinen Spaziergang machen, damit wir uns ungestört unterhalten können. Wollen wir mal hoffen, dass das Wetter mitmacht.«

»Ja, das wollen wir hoffen«, sagte Emma. Sie hatte sich besonders Mühe gegeben, fröhlich zu klingen, doch ihr schlechtes Gewissen ließ ihre Stimme beben.

Morgen sollte also der Tag der Wahrheit sein.

KAPITEL 9

Wenige Minuten später

Die Melodie des Türglöckchens.

Emma hätte es aus Tausenden herausgehört.

Eine rasche Abfolge heller Töne, ein feiner Klang, wie rieselnder Sand, der ihr Gänsehaut verursachte.

So oft war sie in diesem Fotoatelier ein und aus gegangen, so oft hatte sie während ihrer Ausbildung auf diesen Klang gewartet, der Kundschaft verhieß, so oft war sie von diesem Glöckchen unterbrochen worden, wenn sie mit Bernhard Fotos betrachtet, über Perspektiven und Techniken philosophiert und die besten Aufnahmen ausgesucht hatte.

Bernhard. Sein Geist schien hier noch lebendig zu sein.

Emma konnte seine Anwesenheit regelrecht spüren, als sie den Verkaufsraum betrat, auch wenn der Verstand ihr sagte, dass das nicht möglich war. Sie glaubte, ihr Halbbruder würde gleich hinter dem schweren dunklen Vorhang vorkommen, hinter dem das Atelier lag. Bernhard.

Bernhard war tot. Nichts würde ihn wieder lebendig machen. Keine Rache, keine Selbstjustiz, kein Urteil.

Nur in ihren Gedanken würde er weiterleben, und die Erinnerungen kehrten jetzt zurück wie die Flut. So wie das Wasser in länger werdenden Wellen den Meeresboden überspülte, dabei höher und höher stieg, so sah sie mehr und mehr Bilder vor Augen, die sich aneinanderreihten und zu einem Film entwickelten.

Ein Film, von dem sie nicht alle Szenen sehen wollte. Wegschauen gelang ihr jedoch nicht, weil sie ihr geistiges Auge nicht vor den Erinnerungen schließen konnte.

Noch lief der Vorspann, aber sie wusste, die kommenden Tage würden emotional anstrengend werden und sie an ihre Grenzen bringen – darauf hatte sie sich zwar eingestellt, aber seitdem sie diesen Raum betreten hatte, war sie davon überwältigt, wie nahe sie sich ihrem Halbbruder wieder fühlte. In der kommenden Nacht würde sie kein Auge zutun.

»Emma! Da bist du ja! Lass dich umarmen!«

Es war, als ob Bernhard mit ihr gesprochen hätte. Die Stimmen von Vater und Sohn waren sich so verflucht ähnlich, aber nicht nur das: Auch körperlich waren sie Ebenbilder – gewesen.

Boy hatte den schweren Vorhang beiseitegeschoben und sah ihr mit väterlichem Stolz entgegen. Seit Bernhards Tod war er erschreckend gealtert, aber die Lebenslust blitzte immer noch aus seinen meerblauen Augen, die von tiefen Lachfältchen umgeben waren.

»Hallo, Vater«, sagte sie mit einem tiefen Seufzer und ging auf ihn zu.

»Herzlich willkommen auf der Insel. Schick siehst du aus, da weht ja richtiges Großstadtflair in meine bescheidene Hütte.« Zur Begrüßung legte ihr Vater nur kurz einen Arm um sie, klopfte ihr kameradschaftlich auf den Rücken und ließ sie wieder los. Schon immer hatte er ein gutes Gespür dafür gehabt, wie viel Nähe sie in einem bestimmten Moment vertrug.

Überhaupt brauchte es nicht viele Worte zwischen ihnen, sie mussten einander nur ansehen, um zu wissen, was der andere dachte.

»Ich habe deinen Koffer gerade in deine kleine Kemenate gebracht. Der Laufbursche ist hier reingewirbelt wie ein Sandsturm, ich konnte ihm gerade noch ein Trinkgeld in die Hand drücken, da war er auch schon wieder weg«, setzte er lachend hinzu, »wie gut, dass du es auch noch vor dem nächsten großen Regen geschafft hast.«

Kaum hatte er seinen Satz beendet, öffnete der Himmel wie auf Kommando seine Schleusen. Schwere Tropfen prasselten gegen die Schaufensterscheiben und verwischten das Bild vom gegenüberliegenden Hotel Miramar.

Dorthin war sie vor vier Jahren gerannt, um Dr. Nicolas zu verständigen, weil sie sich Sorgen um den Gesundheitszustand ihres Halbbruders gemacht hatte. Sie hatte Bernhard das Versprechen abgerungen, dass er im Fotoatelier auf sie warten würde, doch er hatte sein Wort gebrochen und war auf die Dammbaustelle geritten – wo sie nichts mehr für ihn tun konnte.

»Ich hoffe«, hob ihr Vater an, »du gewöhnst dich bald daran, dass Bernhard immer noch hier zu sein scheint. Mir hat das am Ende geholfen – auch wenn es am Anfang schier unerträglich gewesen ist, ihn um mich zu spüren, obwohl er nicht mehr da ist. Aber davon wollen wir jetzt nicht reden«, schloss er sanft. »Du musst erst mal ankommen.«

Sie nickte und schluckte den Kloß in ihrem Hals hinunter.

Mit kritischem Blick schaute ihr Vater nach draußen. »Eigentlich wollte ich dich fragen, ob du zum Ankommen einen kleinen Spaziergang ans Meer machen möchtest.« Er musste die Stimme erheben, um den Regen zu übertönen. »Aber das hat sich ja vorerst erledigt.«

»Top, das wäre jetzt genau das Richtige gewesen«, gab sie zurück.

»Und was machen wir jetzt? Wie ich dich kenne, hast du Hummeln im Hintern und willst dich nicht setzen. Hunger hast du wahrscheinlich auch noch nicht.«

»Ganz genau«, sagte sie und schenkte ihm ein Lächeln. »Ich habe lange genug im Zug gesessen und ausreichend Proviant dabeigehabt.«

»So wie ich das einschätze, ist der Regen bald wieder vorbei. Wir haben seit Wochen etwa fünfmal am Tag Weltuntergang. Vielleicht können wir gleich die Zeit dazwischen für einen Spaziergang nutzen.«

Sie lachte auf. »Top. So machen wir das. Immerhin bin ich jetzt hier, und das ist schön.«

»Bist du abgeholt worden?«, erkundigte er sich und sah an ihr vorbei nach draußen.

»Ja«, entgegnete sie, aber sie wunderte sich über die Art, wie er die Frage gestellt hatte. »Ist es jetzt schon so weit, dass du nicht mal mehr den Namen meiner Mutter aussprichst?«

»So war das nicht gemeint«, versicherte er schnell. »Ganz im Gegenteil. Ich hatte gehofft, dass Moiken dich bis zu meiner Tür begleitet. Ich hätte gern ein paar Worte mit ihr gewechselt.«

Emma seufzte tief. »Lassen wir das. Ich mische mich da nicht mehr ein, ich habe meine Lektion gelernt. Das werde ich in hundert kalten Wintern nicht erleben, dass ihr beide zusammenfindet.«

»Mir reicht dieses Wetter schon«, sagte Boy mit einem gequälten Lächeln. »Ist das in Berlin auch so schlimm?«

»Nein, zum Glück nicht. Ich habe in letzter Zeit ein paar gute Aufnahmen machen können.«

»Es läuft also gut mit dem Fotoatelier?«, fragte er, und seine Stimme klang dabei anders als sonst, irgendwie unecht. Aber das hing wahrscheinlich mit dem erzwungenen Themenwechsel zusammen.

»Ganz gut, ja. Ich bin zufrieden. Es kommen genug Kunden ins Atelier. Im Moment gerät allerdings auch wieder Bewegung in die Politik, das verspricht ein paar spannende Straßenaufnahmen. Endlich wieder Fotos mitten aus dem Leben, jenseits von diesen furchtbar gestellten Hochzeitsbildern, die von den Brautpaaren verlangt werden – da kann ich mir den Mund fusselig reden! Es ist wirklich zum Mäusemelken!«

Ihr Vater lachte auf. »Du bist wohl leider deiner Zeit voraus. Eine biedere Atelierfotografin wird in diesem Leben jedenfalls nicht mehr aus dir werden.«

»Gott bewahre!«, rief sie aus. »Wenn ich Herrn Adlon nicht das Versprechen gegeben hätte – dieses Foto von Charlie Chaplin wäre der Renner in den Zeitungen gewesen – weltweit.«

»Oh, sieh mal, der Regen lässt nach«, bemerkte ihr Vater. »Da hinten sehe ich sogar einen Fetzen blauen Himmel. Wenn wir Glück haben, können wir doch gleich einen Spaziergang machen. Und was das Foto angeht, du hast alles richtig gemacht, das hatte ich dir ja schon geschrieben. Herr Adlon wird dir das nicht vergessen. Eines Tages wird es sich für dich auszahlen, da bin ich mir sicher.«

»Es wäre jedenfalls schöner, ich könnte mit solchen Fotos wie von Charlie Chaplin mein Geld verdienen, als mit so einer Aufnahme von Hitler und Goebbels am Grab von Horst Wessel. Allerdings hat mir Herr Hitler das sehr gut bezahlt.«

»Du machst mit diesem Mann Geschäfte?« Ihr Vater sah sie missbilligend an.

»Darf ich dich daran erinnern, dass du seinerzeit auch schon ein Foto von ihm im Adlon gemacht hattest, das du ihm sogar nach München hinterhergeschickt hast?«

»Das weiß ich, aber damals war Hitler ein gescheiterter kleiner Putschist, den man nicht ernst nehmen musste. Das sehe ich heute anders. Was er in seinen Reden so von sich gibt, gefällt mir nicht.«

Sie hob die Schultern und beobachtete auf der gegenüberliegenden Straßenseite, wie ein Ehepaar zurück in seinen Regenunterstand flüchtete, weil es sich zu früh aus seiner Deckung gewagt hatte. »Dieser Hitler will an die Macht, daran gibt es keinen Zweifel, aber genau deshalb mache ich mit ihm Geschäfte. Während man andere Staatsmänner vor die Kamera zerren muss, bezahlt er mir sogar noch Geld dafür, wenn ich ihn in die Zeitung bringe. Radio, Zeitung, öffentliche Auftritte – er nutzt alles, was ihm Aufmerksamkeit bringt. Persönlich mag ich ihn nicht, aber der Mann hat Charisma, das muss man ihm lassen. Er begeistert das Volk, gibt den Leuten Hoffnung, aber ganz ehrlich, für Hitler und seinen Gauleiter Goebbels war der Mord an diesem Horst Wessel ein gefundenes Fressen.«

»Allerdings. Ein junger, aufstrebender SA-Mann, den alle in Berlin kannten, der wie kein anderer die Partei verkörperte, der so viele neue Mitglieder anwarb, dass Hitler nur so staunte, wird von einem arbeitslosen Kommunisten niedergeschossen … Es wundert mich nicht, dass die Nationalsozialisten öffentlich zu Gewalt und Selbstjustiz aufgerufen haben.«

Selbstjustiz, dachte Emma, wie vom Pfeil getroffen. Der Grund für ihre Albträume. Der Grund, weshalb sie nach Sylt gekommen war.

Sie schwieg.

Auch ihr Vater schien nun lieber das Wetter zu beobachten.

»Es klart auf«, stellte er nach einer Weile fest.

Tatsächlich, dachte Emma, jetzt konnte sie zusehen, wie der Himmel binnen Minuten aufriss. »Unglaublich, fast keine Wolke mehr, nur noch blauer Himmel.«

»Echtes Sylter Wetter eben«, bemerkte ihr Vater. »Also, dann lass uns die Gunst der Stunde nutzen und dem Meer ›Guten Tag‹ sagen.«

Emma blinzelte, als sie vor das Fotoatelier trat und in Richtung Sonne blickte. Wären nicht die Pfützen und die nassen Dächer, würde angesichts des Himmels niemand darauf kommen, dass noch vor wenigen Minuten der Gedanke an die Arche Noah nahegelegen hatte.

Außer ihnen hatte sich bislang niemand wieder nach draußen getraut, die schnurgerade Friedrichstraße wirkte wie ausgestorben, nur auf der Veranda des nahen Restaurants Seestern standen Leute, und aus dem offenen Fenster des Ecktürmchens vom Hotel Monbijou reckte eine Frau den Kopf.

»Mutig voran«, sagte ihr Vater. »Am Horizont sind zwar schon die nächsten dunklen Wolken, aber das reicht für einen Spaziergang.«

Die Sonne brannte, als müsse sie all ihre Kraft in kurzer Zeit demonstrieren. Nur der Westwind, der vom Meer her wehte, sorgte für etwas Kühlung. Bereits auf den wenigen Schritten bis zur breiten Treppe, die neben dem Hotel Miramar hinunter auf die Promenade führte, wurde Emma so warm, dass sie ihre Hemdsärmel hochkrempeln musste.

Das Meer.

Sie blieb mitten auf der Treppe stehen, und ihr Vater tat es ihr gleich, denn auch er war von dem Anblick überwältigt.

»Ich kenne das Meer von Kindesbeinen an«, murmelte er, »aber es sieht jeden Tag anders aus.«

»Unglaublich, dass die Natur so viele verschiedene Blautöne hervorbringen kann«, ergänzte sie bewegt. So lange hatte sie das Meer nicht gesehen, und jetzt spürte sie mit jeder Faser ihres Körpers, wie sehr sie es tatsächlich vermisst hatte. »Jetzt komme ich so langsam an«, sagte sie und atmete tief durch. Von dem salzig-würzigen Duft konnte sie gar nicht genug bekommen. Hinter ihr wurden Stimmen und Gelächter laut – sieben oder acht Frauen, alle etwa in ihrem Alter, liefen übermütig an ihr vorbei in Richtung Strand und begannen dort mit gymnastischen Übungen.

So unbeschwert würde sie auch gern mal wieder sein, dachte Emma, und atmete noch einmal tief durch. Wie gern hätte sie ihre

Zehen in den Sand gesteckt, aber das Gehen dort war für ihren Vater zu mühsam. Vorbei waren die Zeiten als Strandfotograf.

»Das wäre vor zehn Jahren in der Öffentlichkeit noch undenkbar gewesen«, sagte ihr Vater mit Blick auf die Szenerie, »aber so ändern sich die Zeiten, und es finden sich immer mehr Anhänger der Freiluftgymnastik.«

»Ja, so ändern sich die Zeiten«, murmelte sie und blickte über den ungewöhnlich leeren Strand, der nicht wie sonst mit gut gelaunten Sommerfrischlern übersät war.

»Willst du nicht bei der Gymnastik mitmachen?«, fragte ihr Vater mit einem Augenzwinkern.

»Gott bewahre!«, rief sie aus und beobachtete die Frauen, die sich einen Ball zuwarfen. »So was machen nur Sommerfrischlerinnen.«

»Und was möchtest du in der kommenden Woche machen?«, fragte er, als sie ihren Spaziergang entlang der Promenade begannen.

»Mal sehen«, gab sie vage zurück und richtete ihren Blick an der Musikmuschel vorbei auf das Dünencafé.

»Noch keine Pläne?«, hakte er nach.

Weshalb klang die Stimme ihres Vaters schon wieder so gestelzt? Außerdem wusste er doch, dass sie nicht der Mensch war, der Pläne machte. »Wenige bislang. Morgen treffe ich mich jedenfalls mit meiner Mutter zum Frühstück, und wenn das Wetter mitspielt, gehe ich mit Frieda am Mittag ausreiten. Warum fragst du?«

»Nur so. Es hätte ja sein können, dass du einen tieferen Grund für deinen Besuch hast.«

Sie kniff die Lippen zusammen.

Diese kleine Geste genügte ihrem Vater, die Wahrheit aus ihrem Gesicht abzulesen. »Also doch. Dann mal raus mit der Sprache«, sagte er aufmunternd. »Was ist der Grund für deinen Besuch, so plötzlich nach vier Jahren? Hast du doch finanzielle Sorgen?«

»Nein, ich habe Albträume«, antwortete sie geradeheraus. Wie oft hatte sie sich vor ihrer Abreise in Gedanken erste Sätze überlegt. Jetzt war es heraus und der Anfang gemacht.

»Oha«, entfuhr es ihrem Vater, und er sah sich in alle Richtungen um, ob jemand in Hörweite war. »Wegen *der Sache?*«

»Ja, wegen des Attentats.«

»Schsch…«, machte er, obwohl sich niemand in ihrem nahen Umkreis befand. »Emma«, hob er an, und seine Stimme klang flehend. »Das geht vorbei. Du darfst jetzt nicht schwach werden. Du darfst mit niemandem darüber sprechen. Verstehst du? Wir haben eine Abmachung, du hast einen Schwur geleistet. Hörst du?«

»Ja.« Die eindringlichen Worte ihres Vaters drangen zwar zu ihr vor, prallten jedoch an der starken Mauer ihres schlechten Gewissens ab. »Aber was ist, wenn Adam doch unschuldig ist? Wenn er Bernhard zum Arzt und nicht auf die Dammbaustelle geschickt hat?«

»Emma … seit wann hast du solche Gedanken? Selbst wenn es so wäre, davon wird Bernhard auch nicht wieder lebendig, und Adam hat das Attentat überlebt. Es ist also alles gut.«

»Nichts ist gut. Und ich habe vor Gericht gelogen!«, brach es aus ihr heraus.

Ihr Vater blieb stehen und hielt sie am Arm fest, sodass sie ebenfalls stehen bleiben musste. »Emma, wenn du gestehst, an dem Attentat beteiligt gewesen zu sein, lieferst du Henriette ans Messer – und mich gleich mit. Dann kommt die ganze Wahrheit ans Tageslicht. Willst du das wirklich?«

Sie machte sich von ihm los, wandte den Kopf ab, starrte auf die ausgelassenen Frauen am Strand und brachte keinen Ton heraus. Der Wind wehte das Jauchzen der ballspielenden Frauen wie aus einer anderen Welt zu ihnen herüber. Es war so fern und doch so unerträglich nah.

»Emma«, beschwor er sie, »bist du dir im Klaren darüber, was deine Aussage anrichten würde? Was ist mit deiner Mutter? Glaubst du tatsächlich, sie würde dir das auch noch verzeihen können? Das glaube ich nicht. Und selbst wenn – sie ist mit Adam verheiratet. Er wird dafür sorgen, dass du in der Hölle schmoren musst. Mit Henriette und mir. Keiner von uns wird je wieder einen Fuß auf den Boden kriegen. Willst du wirklich unser aller Leben zerstören? Nein, das willst du nicht, oder?«

Sie schüttelte den Kopf, und zugleich stiegen ihr die Tränen in die Augen. »Nein, das will ich nicht, aber ich kann nicht mehr.« Kaum hatte sie es ausgesprochen, brach sie in Tränen aus.

Ihr Vater nahm sie in die Arme und streichelte ihr beruhigend über den Kopf. »Du kannst mit Henriette und mir über alles reden, aber nach außen musst du schweigen wie ein Grab. Verstehst du mich?«

»Ja«, schluchzte sie auf. »Ich bin ja nicht taub! Aber ich fühle mich wie lebendig begraben. Diese Albträume sind unerträglich. Du weißt nicht, wie das ist.«

»Doch, das weiß ich. Glaub nicht, dass ich keine Schuldgefühle habe. Ich kenne solche Nächte, aber sie gehen vorbei.«

Den Kopf an seine Schulter gelehnt, richtete sie den Blick in die Ferne, wo das Dünencafé hinter einem Tränenschleier verschwamm. »Das glaube ich nicht!«, sagte sie mit erstickter Stimme.

»Doch, und ich helfe dir.«

»Wie willst du mir denn helfen?«, brauste sie auf und hob ruckartig den Kopf, um ihn mit glasigem Blick anzusehen. »Mir ist nicht mehr zu helfen!«

Am liebsten hätte sie ihm von ihrer Begegnung mit Grete erzählt, aber sie schämte sich dafür, dass sie von ihr erkannt worden war. Wenn Gretes Erinnerung zurückkehrte, wo sie sich begegnet waren, dann war ohnehin alles zu spät, und wenn ihre Mutter längst eine Ahnung hatte, dass ihre eigene Tochter in das Attentat auf Adam verwickelt war, dann … ja, was dann? Sollte sie sich morgen ihrer

Mutter stellen oder lieber verschwinden? Wortlos? Für immer? Schließlich hatte sie einen Schwur geleistet.

Vor Verzweiflung kehrten ihre Tränen wieder, sie überfluteten ihre Gedanken und machten es ihr unmöglich, den richtigen Weg zu erkennen.

»Du wirst sehen, schon am Ende deiner Woche auf Sylt wird alles besser sein.«

»Wie denn?«, fragte sie schluchzend und suchte in ihrer Hose nach einem Taschentuch. Die Tränen wollten einfach nicht aufhören zu fließen, und sie musste durch den Mund atmen, weil sie durch die Nase keine Luft mehr bekam.

»Erst mal brauchst du Ablenkung. Was hältst du davon, wenn wir heute Abend ins Trocadero gehen? Ich frage Henriette, ob sie auch mitkommt.«

Ins Trocadero?, dachte sie irritiert. Wie kam er jetzt auf so eine Idee? Obwohl, ein Gespräch mit Henriette wäre sicherlich nicht verkehrt, dachte Emma und wischte sich mit dem Hemdsärmel über die Augen.

Das Trocadero. Die Bar. Ein schöner Abend. Unbeschwertheit. Alkohol. Balsam für ihr Nervenkostüm. Das waren alles keine schlechten Überlegungen.

Ihr Vater reichte ihr sein Taschentuch. »Ist noch unbenutzt.«

Sie nahm es entgegen und putzte sich geräuschvoll die Nase. Endlich bekam sie wieder besser Luft. Es war, als hätte jemand die Glocke abgenommen, unter der sie gesteckt hatte. Jetzt konnte sie die Welt wieder etwas klarer sehen.

»Also?«, fragte ihr Vater erwartungsvoll. »Was sagst du? Ist das ein guter Vorschlag?«

»Das weiß ich noch nicht. Aber ich komme mit. Ich will alles dafür tun, damit ich keine Albträume mehr habe. Ganz gleich, was ich am Ende dafür tun muss.«

KAPITEL 10

Am Abend

»Komm nur herein, Frieda. Ich bin schon umgezogen!«, rief Moiken in der Annahme, ihre Tochter sei pünktlich bereit für den Abend im Trocadero, doch es war Grete, die den Kopf zur Tür hereinstreckte.

»Entschuldigen Sie bitte die späte Störung, Frau von Baudissin. Dürfte ich … oh, das Kleid steht Ihnen aber sehr gut.«

»Finden Sie?« Zweifelnd sah Moiken an sich hinunter. Ob das schwarze knielange Chiffonkleid wirklich die richtige Wahl war? Ihr Blick glitt über die schwarz funkelnden Perlenstickereien, die strahlenförmig entlang des tiefen Ausschnitts über ihre kleinen Brüste bis zur Taille verliefen. Dort spannte der Stoff leicht, ebenso über ihrem Bauch, wo sie über die Jahre doch etwas zugelegt hatte. Die aufwendige Gürtelschnalle in Blütenform, die mittig ein großer schwarzer Stein zierte, betonte das zu allem Überfluss auch noch.

Über den Spiegel warf sie Grete einen skeptischen Blick zu. »Kann ich das wirklich noch tragen? Das Kleid hat mir Adam vor gut fünf Jahren geschenkt, aus Freude, dass der Damm weitergebaut werden darf. Wir haben die Jahrhundertnachricht im Trocadero begossen, das waren noch glückliche Zeiten – und schlanker war ich damals auch noch.« Sie verzog ihren Mund zu einem schiefen Lächeln.

»Aber natürlich, Sie sehen ganz bezaubernd aus – und das sage ich nicht, weil Sie die Chefin sind.«

»Danke, Grete. Was führt Sie denn überhaupt um diese Uhrzeit zu mir? Sie sollten längst Feierabend haben.«

»Das habe ich auch, dank Ihres neuen Dienstplans und der Umverteilung der Aufgaben. Aber mir geht eine Sache nicht mehr aus dem Kopf … Haben Sie vielleicht fünf Minuten Zeit für mich?«

»Frieda müsste jeden Augenblick hier sein, aber ich denke, die Sache ist wichtig genug, um sie nicht länger aufzuschieben. Also, wo drückt der Schuh?«

»Ich weiß nicht …« Grete zeigte sich auf einmal unsicher.

»Möchten Sie vielleicht noch etwas zu dem Vorfall mit meinem Ehemann und seinen Gästen sagen?«, half sie nach. »Hat er sich wirklich so aufgeführt, wie Sie es berichtet haben?«

»Ich schwöre es! Richtig jähzornig war er. Aber seinetwegen bin ich nicht hier …«

»Sondern?« Moiken hob die Augenbrauen, aber tief im Inneren ahnte sie schon, worauf Grete hinauswollte.

»Es ist so, ich habe … heute Nachmittag … wissen Sie, ich …«, druckste sie herum und setzte erneut an. »Es ist so, mir ist wieder eingefallen, wo ich Ihre Tochter Emma zum ersten Mal gesehen habe. Das war bei der Einweihung des Damms, im Kurhaus, wissen Sie? Eigentlich sollte ich beim Mittagsdiner am Tisch des Reichspräsidenten bedienen, aber eine Frau, ich kann mich noch genau an ihr Gesicht erinnern, hat mir den Tisch abgekauft – für das Fünffache meines Lohns. Da konnte ich nicht Nein sagen, und ich war im Gegensatz zu der Frau ohnehin nicht sonderlich erpicht darauf, die hohen Herren zu bedienen. Jedenfalls dachte ich, dass es ihr allein darum geht.«

»Und was wollen Sie damit sagen?« Moiken stellte die Frage nur, um Zeit zu gewinnen. Die Antwort kannte sie spätestens seit dem Zusammentreffen mit Grete vor der Buchhandlung. Seitdem war ihr einiges mit großem Schrecken klar geworden.

Emma hatte sich als Bedienung in den Kursaal eingeschlichen, und nicht nur das. Sie hatte Boy also doch richtig an seinem typischen Gang erkannt, als er sich verkleidet unter die Fotografen am Bahnhof gemischt hatte. Sie hatte jedoch ihren eigenen Augen nicht getraut, weil sie Boy in Berlin vermutete – und weil sie nicht wahrhaben wollte, was nahelag. Aber jetzt verdichteten sich die Hinweise, ein Wegschauen war nicht mehr möglich.

Henriette, Emma und Boy hatten das Attentat auf Adam geplant – und zwar so, dass allein die äußeren Umstände am Ende entschieden hatten, dass Henriette zur Attentäterin geworden war.

Es hätte genauso gut Boy sein können – oder ihre eigene Tochter.

Niemals durfte Adam das erfahren. Er würde dafür sorgen, dass Emma, Boy und nicht zuletzt Henriette ihres Lebens nicht mehr froh werden würden – und sie dadurch auch nicht mehr.

»Nun ja«, begann Grete verlegen und setzte zu einer Antwort an, die Moiken nicht hören wollte, »so ganz genau kann ich mir da noch keinen Reim drauf machen, aber ich denke, dass es Ihre Tochter war, die mir den Tisch abgekauft hat.«

Moiken lachte auf, es klang künstlich. Fieberhaft suchte sie nach Argumenten, um Gretes Vermutung zu entkräften. »Meine Tochter hasst es, zu servieren. Sie weigert sich selbst im Dünencafé, auch nur einen Kuchenteller an den Tisch eines Gastes zu tragen. Emma ist Fotografin. Sie war an dem betreffenden Vormittag in Morsum und hat das Foto vom Reichspräsidenten mit dem Blumenmädchen gemacht, das um die Welt ging. Am Nachmittag war sie bei Henriette, um ihr im Dünencafé bei den Vorbereitungen zu helfen. Wir haben einen großen Gästeansturm erwartet.«

»Aber der Mann, der bei den Dammbauarbeiten ums Leben gekommen ist, war ja Emmas Halbbruder und Henriettes Sohn. Das könnte ein Hinweis darauf sein, dass Ihre Tochter, mit Verlaub …« Grete holte tief Luft. »Dass Ihre Tochter Henriette ein falsches Alibi gegeben hat.«

»Grete! Was denken Sie da nur?«, fuhr Moiken auf. Am liebsten hätte sie Grete des Zimmers verwiesen, aber dadurch würde sie erst recht skeptisch werden.

Ihre Küchenvorsteherin hob beschwichtigend die Hände. »Ich weiß, das sind schlimme Anschuldigungen. Deshalb habe ich mir seit gestern Nachmittag den Kopf zerbrochen, ob ich damit zu Ihnen kommen soll. Aber es ist ja bis heute nicht geklärt, wer das

Attentat auf Adam verübt hat – und es gibt nicht so viele Menschen mit flammend roten Haaren.«

»Das Gericht hat Henriettes Alibi zweifelsfrei anerkannt«, entgegnete Moiken steif.

»Und was ist, wenn Henriette es doch war? Wollen Sie eine Frau im Dünencafé beschäftigen, die womöglich ein Attentat auf Ihren Ehemann verübt hat?«

Es ging nicht um das Wollen, dachte Moiken. Grete kannte die Henriette von früher nicht. Sie ahnte nicht, wozu Henriette in der Lage wäre, wenn man ihr an den Karren fuhr. Eine Kündigung würde schon genügen, um sie bis aufs Blut zu reizen.

»Ich habe keinerlei Beweise in der Hand«, entgegnete sie nach außen hin ruhig und machte mit einer abweisenden Körperhaltung deutlich, dass das Gespräch für sie beendet war. Wo blieb Frieda nur so lange?

»Vielleicht sollten Sie einmal mit Emma reden? Ich habe Ihre Tochter vorhin vom Küchenfenster aus gesehen. Sie stand mit ihrem Vater auf der Promenade, er hat sie umarmt und ihr tröstend über den Kopf gestreichelt. Ich bin mir ziemlich sicher, dass sie geweint hat. Es könnte doch gut sein, dass ihr schlechtes Gewissen sie zu diesem Besuch auf Sylt getrieben hat.«

»Nun ist aber Schluss!«, rief Moiken, und Grete zuckte unter der harschen Zurechtweisung zusammen. Noch nie hatte sie so mit ihrer Küchenvorsteherin gesprochen, aber sie hatte sich auch noch nie so von ihr in die Enge getrieben gefühlt. »Ich saß neben Adam am Tisch des Reichspräsidenten, und ich hätte doch wohl meine eigene Tochter erkannt. Die Bedienung hatte noch dazu ganz andere Haare.«

Grete blickte zu Boden und murmelte: »Emma könnte eine Perücke …«

»Noch einmal, Schluss jetzt! Sie reimen sich da wirklich sehr viel …« Moiken wurde vom Klopfen an der Tür unterbrochen, wo-

für sie selten so dankbar gewesen war wie in diesem Moment.
»Nicht ein Sterbenswörtchen«, zischte sie Grete zu. »Zu niemandem. Sie wissen ja nicht, was Sie mit solchen Anschuldigungen anrichten würden, wie viele Leben Sie zerstören würden. Adam hat das Attentat überlebt, und damit ist alles gut.«

»Sehr wohl.« Grete knickste.

Frieda kam herein. Zu ihrer Überraschung hatte sie das zartrosa Kleid ausgewählt, das ihre Schwester ihr vererbt hatte. Emma hatte es damals zum Neujahrsbankett von Theodor geschenkt bekommen, und nun trug Frieda ein Kleid, das ihr Vater einst ausgewählt hatte, als er noch nicht wusste, dass er einmal eine leibliche Tochter haben würde. Wenn Theodor seine wunderschöne Tochter jetzt sehen könnte …

»Mutter, du hast ja Tränen in den Augen. Oh, Grete, Sie sind ja auch hier.«

Grete machte abermals einen Knicks, brachte jedoch kein Wort hervor.

»Grete war so nett, mir beim Anziehen zu helfen. Mein Mädchen, mein Inselmädchen, dreh dich mal. Du siehst so hübsch aus! Du wirst der Star des Abends sein – das sagt man doch heutzutage so, oder?«

Frieda lachte. »Mach mich nicht nervöser, als ich ohnehin schon bin. Adam hat mich gerade auch schon bewundert. Ich dachte, ich könnte ihn vielleicht dazu bewegen, doch mitzukommen, aber er wollte partout nicht.«

»Ach Frieda, davon lassen wir uns nicht den Abend verderben«, sagte Moiken betont fröhlich, weil ihr nach dem Gespräch mit Grete die Lust auf das Trocadero vergangen war. Aber jetzt ging es um Frieda.

Versprochen war versprochen.

Was für eine biedere Welt, dachte Emma, als sie an der Seite ihres Vaters das Trocadero betrat. Kaum zu glauben, dass nur ein paar Schritte weiter im selben Lokal das echte Nachtleben an der Bar und auf der zweiten Tanzfläche stattfand.

Die Luft im eleganten Nachtlokal war erfüllt von den Klängen des kleinen Orchesters, das auf einer mit rotem Stoff bespannten Bühne unter einem Kronleuchter musizierte. Unter die Tanzmelodie mischten sich die verhaltenen Stimmen der Gäste, die an runden, mit edlen weißen Tischtüchern bedeckten Tischen saßen und leise mit Champagnergläsern anstießen.

Das Orchester spielte unter dem steinernen Bogen in dem breiten Durchgang zwischen den Tanzflächen und bemühte sich mit der Auswahl der Musikstücke derzeit noch, beiden Welten gerecht zu werden.

Die Musiker setzten jetzt zu dem munteren Stück »Ich bin die fesche Lola«, an, das in aller Munde war, seit es von Marlene Dietrich im vergangenen Jahr in *Der Blaue Engel* gesungen worden war. Ein Film, für den Emma sich gleich zwei Mal einen Kinobesuch geleistet hatte, weil er sie auf seltsame Art berührt hatte.

Zu fortgeschrittener Stunde gaben dann hoffentlich nicht mehr Langsamer Walzer und Foxtrott den Takt vor, sondern Charleston und Swing, dachte Emma.

Um bis dahin in Stimmung zu kommen, würde sie sich den einen oder anderen *Monkey Gland* genehmigen, ihren Lieblingscocktail, bestehend aus Gin, Orangensaft, Absinth und Grenadine.

»Henriette wartet bestimmt schon an der Bar«, sagte ihr Vater in ihre Gedanken hinein. »Komm!«

Sie folgte ihm mit gemischten Gefühlen. Eigentlich hätte sie lieber in Ruhe mit Henriette über das gesprochen, was ihr auf der Seele brannte, andererseits war so ein Abend vielleicht wirklich genau das, was sie brauchte, um von ihren quälenden Träumen etwas Abstand zu gewinnen.

Henriette kam in ihr Blickfeld – wie erwartet an der Bar. Sie schien jedoch in Begleitung zu sein. Lebhaft unterhielt sie sich mit einer etwa dreißigjährigen Frau, die ihr gegenüber im Hosenanzug auf einem Barhocker saß, die scheinbar endlos langen Beine elegant gekreuzt und die blonden kinnlangen Haare in schicken Wasserwellen gebändigt.

Gefangen von der Aura dieser Dame blieb Emma stehen.

»Komm schon«, sagte ihr Vater. »Die Dietrich beißt nicht. Ich habe sie schon zusammen mit ihrer kleinen Tochter am Strand fotografiert.«

»Die …?«, wollte Emma nachfragen, doch ihr Vater war bereits über die Tanzfläche zu den vier Stufen vorausgegangen, die zur Bar hinaufführten.

Auf der kleinen Treppe holte sie ihn ein. »Du meinst *die* Dietrich?«, fragte sie aufgeregt.

Das hatte die Dame offenbar gehört, denn sie drehte sich um: »Ja, die bin ich. Frisch aus Hollywood eingeflogen und mal wieder auf Sylt gelandet, um mich von den Dreharbeiten zu erholen – wobei, wer sich in Westerland erholt, ist ja selbst schuld, nicht wahr?« Sie lachte aus voller Kehle.

Irritiert sah Emma zwischen Henriette und Marlene Dietrich hin und her und brachte kein Wort heraus.

»Setzt euch«, sagte Henriette und deutete auf die beiden Hocker in unmittelbarer Nähe. »Ich habe Marlene schon erzählt, dass ihr gleich kommen werdet. Marlene, das ist Boy, der mal Fotos von dir gemacht hat, und das ist seine Tochter Emma. Was möchtet ihr beide trinken?«

»Das übernehme ich«, sagte Boy schnell und ließ sich die Getränkewünsche nennen. Als er gegangen war, um sich am Tresen anzustellen, setzte Henriette zu einer Erklärung an.

»Marlene und ich kennen uns von einigen langen Nächten in diversen Bars, da war sie noch nicht berühmt, und jetzt habe ich das

Glück, neben einer Schauspielerin zu sitzen, die für den Oscar nominiert ist. Hast du schon ihren neuesten Film gesehen, in dem sie in Männerkleidung eine Frau küsst? Sensationell! Und gerade hat sie mir von ihrem Beitritt zum Sylter Verein der Matratzenschoner erzählt, zu dessen Mitgliedern keine Geringeren als Max Schmeling und Hans Albers zählen. Eigentlich dürfen da nur Männer Mitglied werden, aber sie hat es geschafft, als bislang einzige Frau aufgenommen zu werden.« Henriette hatte ganz offenbar schon ein paar Gläser getrunken und war in Plauderlaune.

»Ich kann ja auch Zigarre rauchen und saufen wie ein Kerl!«, bestätigte die Dietrich bester Laune und ließ abermals ihr kräftiges Lachen hören.

»Verein der Matratzenschoner?«, fragte Emma verwundert und war froh, ihre Stimme wiedergefunden zu haben. Schon oft war sie prominenten Persönlichkeiten begegnet, aber keine hatte bislang eine solche Wirkung auf sie gehabt.

»Ja«, sagte die Dietrich und ließ sich von Henriette Feuer geben. In vollendeter Pose blies sie den Rauch zur Decke hin. »Zu den Statuten des Vereins gehört, sich nach Ankunft auf Sylt beim Präsidenten zu melden und eine Ankunftsrunde zu schmeißen. Gefeiert wird in sämtlichen Nachtlokalen der Insel bis zum Morgengrauen – der Name ist schließlich Programm. Wer sich in Westerland erholt, ist also selbst schuld«, fügte sie mit einem Augenzwinkern hinzu. »Oder wie siehst du das Emma? Bist du zur Erholung hier?«

»Ich …«, hob sie an, aber ihr fehlten die Worte.

»Apropos Erholung, Marlene«, sprang Henriette munter ein. »Die Geschichte mit deiner Geige musst du Emma erzählen. Die ist wirklich lustig.« In Erwartung eines neuen Getränks leerte Henriette ihr fast noch volles Sektglas in einem Zug. »Du musst dazu wissen, Emma, Marlene wollte mal Konzertgeigerin werden, bevor sie Schauspielerin wurde.«

Die Dietrich schmunzelte. »Ja, man erzählt sich, meine Karriere als Geigenvirtuosin sei an meinen langen Beinen gescheitert, da sich die Herren Musiker nicht konzentrieren konnten. In Wahrheit lag es an einer nicht enden wollenden Sehnenscheidenentzündung, dass ich ins Schauspielfach gewechselt habe – aber das klingt natürlich längst nicht so prickelnd.« Sie zwinkerte verschmitzt. »Aber Geige spiele ich immer noch gern, und so habe ich meine geliebte Geige mit nach Westerland genommen, in der festen Absicht, oft zu spielen. Gleich am ersten Tag – draußen goss es ohnehin in Strömen, fing ich an. ›Tambourin chinois‹ von Fritz Kreisler spielte ich. Nach wenigen Takten klopfte es. Ein schmächtiges Männlein erschien und sagte verlegen: Wäre es Ihnen vielleicht möglich, hier in Ihrem Zimmer nicht Violine zu spielen? Ich muss mich nämlich erholen … Der Mann hatte recht. Ich spielte also weiter. Nach meinem Umzug in eine andere Unterkunft, versteht sich. Aber auch dort nur einen Tag. Da hatten sich schon so viele Gäste darüber beschwert, dass mich meine Wirtin ersuchte, den Geigenkasten doch lieber nicht mehr zu öffnen. Ergo zog ich nochmals um. Und damit sind wir noch nicht am Ende, denn dies wiederholte sich noch ein weiteres Mal.«

Emma lachte auf. Die Geschichte war wirklich lustig. Es tat so gut, wieder einmal zu lachen. Jetzt fehlte nur noch der Alkohol, damit sie wenigstens einen Abend ihre Schuldgefühle verdrängen konnte.

»Und wie oft willst du in deinem Urlaub noch umziehen?«, fragte Henriette amüsiert.

»Die Geige hole ich während der restlichen Wochen auf Sylt nicht mehr hervor, denn ich habe aus der Geschichte auch etwas gelernt. Man kann in seinem Urlaub nicht nur machen, was man will. Das wäre krasser Egoismus. Und egoistisch darf man zwar so oft und stark im Leben sein, wie man will, es darf nur keinen anderen stören. Das habe ich auf Sylt gelernt.«

»Das klingt jetzt aber ziemlich moralisch«, sagte Henriette wenig erfreut. »Du brauchst definitiv auch noch ein Glas Sekt. Oh, da kommen ja endlich die Getränke!«

Boy verteilte die Gläser und sagte: »Auf einen schönen Abend, die Damen. Cheers!«

Nachdenklich hob Emma ihr Glas und trank gleich mehrere Schlucke von ihrem orangeroten Cocktail. Auch ihr Vater trank sein Bier fast in einem Zug aus.

»Das war so nicht abgemacht, Emma«, sagte er dicht an ihrem Ohr. »Was soll das?«

»Was denn?«, fragte sie vollkommen irritiert.

Mit einem Kopfnicken deutete er in den anderen Saal hinüber, und sofort wusste sie, was er meinte. Dort ließen sich ihre Mutter und Frieda gerade an einem Tisch nieder – wobei sie ihre Halbschwester in dem zartrosa Kleid erst auf den zweiten Blick erkannte.

»Ich habe keine Ahnung, was die beiden hier machen«, flüsterte sie voller Erstaunen zurück in sein Ohr.

»Emma, verkauf mich bitte nicht für dumm und tu nicht so unschuldig«, zischte ihr Vater. »Du versuchst schon wieder, deine Mutter und mich zu verkuppeln. Ich fasse es nicht! Und dieses Mal steckst du mit Frieda unter einer Decke.«

»Ich habe nichts damit zu tun, ich schwöre es dir!« Sie hob die Hände zu einer hilflosen Geste.

»Ich kläre das mit deiner Mutter«, raunte er. »Du wartest hier.«

~

Zögernd blieb Adam mitten auf der Strandstraße stehen, in deren Pfützen sich das spärliche Licht der Laternen spiegelte, und betrachtete den Eingang, über dem in großen schwarzen Lettern »Trocadero« prangte.

So unsicher hatte er sich zuletzt gefühlt, als er nach dem Krieg zur Erholung nach Sylt gefahren war und das Dünencafé aus der Ferne betrachtet hatte.

Nach langem Ringen hatte er darauf verzichtet, Moiken einen Besuch abzustatten, weil er sich ihr nicht in seinem nervlich angegriffenen Zustand präsentieren wollte. Damals war er vom Krieg traumatisiert gewesen.

Damals, von wegen. Er hätte nicht geglaubt, dass ihn seine Ängste noch einmal einholen würden. Doch das Attentat, der Schuss auf ihn während der Eröffnungsfeierlichkeiten zum Dammbau, hatte alles wieder aufgewühlt, aufgerissen, wie eine alte Wunde.

Die körperliche Verletzung war schnell verheilt, doch seine Albträume blieben. Jede Nacht lag er im Schützengraben, der sich allerdings direkt vor dem Westerländer Kurhaus befand, sah tote Kameraden um sich, mit zerschossenen Gliedmaßen und entstellten Gesichtern. Jede Nacht hörte er Schüsse, fühlte Schmerzen in der Brust, spürte Blut an seinen Fingern – und wachte schweißgebadet auf.

Davon ahnte niemand etwas – und das war auch gut so. Schwäche zeigen war etwas für Feiglinge, und er war beileibe keiner. Das durfte er nicht sein, und das wollte er nicht sein.

Doch allein bei dem Gedanken, diesen Saal mit den vielen Menschen zu betreten, bekam er Schweißausbrüche.

Seit vier Jahren mied er solche Ansammlungen. Das war bislang niemandem besonders aufgefallen, aber heute hatte er seiner Stieftochter den Wunsch abschlagen müssen, sie ins Trocadero zu begleiten, was ihm sehr leidgetan hatte.

Moiken hatte seine Absage natürlich prompt in den falschen Hals bekommen. Aber wie hätte er ihr das erklären sollen, ohne künftig vor ihr als Schwächling dazustehen?

Seit dem Nachmittag ließ ihn der Gedanke nicht los, dass er durch seine Absage einen wichtigen Schritt verpasste. Nicht nur

Friedas ersten Ausgang in ein Nachtlokal, sondern auch einen Schritt zur Versöhnung mit seiner Frau.

Er betrachtete die hohen, hell erleuchteten Sprossenfenster, er horchte auf das Orchester und das Stimmengewirr und spielte in Gedanken durch, wie er diesen Saal voller Menschen betrat.

Sofort bekam er Herzrasen, so als sei er in einen Strudel geraten, der ihn unter Wasser zog. Ihm wurde schwindlig.

Zum Glück befand sich in unmittelbarer Nähe eine Steinmauer, auf die er sich setzen konnte. Keuchend stützte er seine Ellbogen auf die Knie und verbarg das Gesicht in den Händen. Ruhig, mahnte er sich. Ganz ruhig. Einatmen. Ausatmen. Keine Gefahr. Nichts war passiert.

Noch nicht, mahnte ihn seine Panik.

Es dauerte eine Weile, bis er seinen Atem in den Griff bekam. Sein Herz schlug noch wie wild, aber er konnte wieder etwas klarer denken, und ihm wurde peinlich bewusst, dass ihn so niemand sehen durfte.

Er als Ortsgruppenleiter der NSDAP und damit als Leitfigur von rund eintausendfünfhundert Haushalten und gut fünfzehn Dienststellen durfte keinen solch jämmerlichen Anblick bieten.

Noch im selben Atemzug straffte er sich und stand auf.

Er, Adam von Baudissin, würde wieder an vorderster Front stehen und kämpfen. Sein Name sollte wieder in aller Munde sein. Sein Name, der in Vergessenheit geraten war, seit der Damm, sein Lebenswerk, auf den Namen des Reichspräsidenten Hindenburg getauft worden war. Ein Reichspräsident, dessen Tage gezählt waren.

Macht und Ansehen, Ruhm und Ehre, das sollten wieder die Eckpfeiler seines Lebens werden.

Der Stein, der ihn in der vergangenen Woche getroffen hatte, war ein Angriff aus dem Hinterhalt gewesen, kaum dass er sich einmal aus der Deckung gewagt hatte. Doch andererseits war es im übertragenen Sinne der Stein des Anstoßes gewesen. Der Anstoß, seine

Opferhaltung aufzugeben und zum Angriff überzugehen, indem er der Partei beigetreten war.

Wenn er sein Amt als Ortsgruppenleiter nun ordentlich ausfüllen wollte, waren Reden vor Publikum der Schlüssel zum Erfolg und Menschenansammlungen nichts, wovor er Panik haben durfte.

Aber das sagte sich so leicht.

Mit Verstand war seiner Angst nicht beizukommen. Sosehr er es auch wollte, es war ihm unmöglich, auf diese Tür zuzugehen, geschweige denn, das Trocadero zu betreten.

Verdammt! Das hier war die Feuerprobe. Er musste es schaffen.

Wenn er jetzt kehrtmachte, konnte er sein Amt morgen an den Nagel hängen.

~

»Auf einen schönen Abend, Frieda!« Moiken hob ihr Champagnerglas, das der Kellner soeben gebracht hatte.

»Ich bin so aufgeregt«, entgegnete ihre Tochter und blickte sich in alle Richtungen um. »Und ich darf wirklich Alkohol trinken?«

»Zur Feier des Tages.« Moiken erinnerte sich noch gut daran, wie sie auf dem Festbankett von Theodor zum ersten Mal Champagner getrunken hatte und sie sich nach zwei Schlucken bereits beschwipst gefühlt hatte. Tatsächlich trank sie bis heute selten Alkohol, aber zu solchen Anlässen durfte es schon mal ein Glas sein. »Prost!«

Neugierig und skeptisch zugleich nippte Frieda an ihrem Champagner. Sie schluckte und verzog das Gesicht. »Ich glaube, ich habe bisher nichts verpasst.«

Moiken lachte. »Das sehe ich auch so, aber man trinkt das nun mal zu besonderen Anlässen.«

»Hat das auch was mit Vernunft zu tun?«, fragte Frieda und hob die Augenbrauen.

Moiken wusste genau, worauf ihre Tochter anspielte, und sie hätte sich gewünscht, dieses Thema heute Abend ruhen zu lassen. »Nein, aber mit Konventionen. Ob man von ihnen abweicht oder nicht, hat wiederum etwas mit Vernunft zu tun – in der Tat. Aber stell mich bitte nicht so hin, als ob ich immer nur der Vernunft folgen würde. Lass uns heute einen lustigen Abend haben.«

»Schon gut, schon gut«, sagte Frieda versöhnlich. »Champagner mag ich aber trotzdem nicht.«

»Wie wäre es mit einem heißen Kakao mit Sahnehaube? Das liebst du doch – und es steht auf der Karte.«

Unsicher sah sich Frieda um. »Aber hier trinken alle Alkohol. Wie komme ich mir denn da vor?«

»Ach, nun sind dir Konventionen doch so wichtig, dass du sogar auf dein Lieblingsgetränk verzichtest?«, entgegnete Moiken schmunzelnd. »Wo ist denn der Kellner? Ich bestelle uns zwei Tassen Schokolade.«

Frieda hielt ebenfalls nach einer Bedienung Ausschau, und plötzlich rief sie: »Mutter, dort drüben sitzt ja Matthis!«

»Wie bitte?« Irritiert folgte sie dem Blick ihrer Tochter. Konnte das wahr sein? Das wäre ja ein abgekartetes Spiel von den beiden, dachte sie, und schon lagen ihr ein paar deutliche Worte auf der Zunge, da erkannte sie jedoch, dass der vermeintliche Matthis, der jetzt den Kopf zu ihnen drehte, keineswegs ihr Portier war, sondern ein junger Mann, der Matthis zugegebenermaßen sehr ähnlich sah. Gleicher schlanker Körperbau mit etwas breiteren Schultern, die Haare ebenfalls blond und nach hinten gekämmt, große Augen und ein charmantes Lächeln.

Da war wohl Friedas Wunsch Vater des Gedankens gewesen.

»Das ist er nicht, schau mal genau hin«, forderte sie ihre Tochter auf.

»Aber er sieht Matthis sehr ähnlich, das musst du zugeben«, verteidigte sich Frieda.

»Hm«, machte sie nur, weil ihr etwas anderes durch den Kopf ging. Bislang wäre sie niemals auf den Gedanken gekommen, dass Frieda etwas hinter dem Rücken ihrer Mutter tun würde.

»Er sieht immer noch her«, raunte Frieda und wandte schnell den Blick ab.

»Du meinst, er steht auf und kommt zu uns«, korrigierte Moiken amüsiert. Ein junger Mann, der so aussah wie Matthis und womöglich eine gute Partie war, kam ihr genau recht.

»Was mache ich denn jetzt, was mache ich nur?«, fragte Frieda panisch.

»Abwarten und ruhig bleiben«, gab Moiken lächelnd zurück.

»Guten Abend, Frau von Baudissin«, sagte der junge Mann mit einer Verbeugung, als er vor ihrem Tisch angekommen war. »Sie kennen mich wahrscheinlich nicht, aber ich weiß selbstverständlich, wer Sie sind. Darf ich mich vorstellen? Mein Name ist Richard, ich bin der Sohn von Friedrich Wünschmann, und nach meiner Lehre verdiene ich mir gerade meine Sporen in verschiedenen Hotels auf dem Festland, bevor ich nach Sylt zurückkehren und das elterliche Hotel übernehmen werde.«

»Ach, ich habe Sie nicht wiedererkannt!«, rief Moiken aus. »Wir haben uns lange nicht gesehen. Ihrem Vater begegne ich häufiger.« Das fügte sich ja alles ganz wunderbar. Das Hotel Wünschmann lag nur einen Katzensprung von der Strandvilla entfernt. »Das ist übrigens Frieda, meine Tochter«, ergänzte sie, weil Frieda nicht so aussah, als würde sie ein Wort hervorbringen.

Wie vom Blitz getroffen starrte sie Richard an.

Das lief ja noch besser als erwartet, dachte Moiken.

»Sehr angenehm«, sagte Richard und deutete eine Verbeugung an. »Dürfte ich Ihre Tochter zum Tanz auffordern?«

Vollendete Manieren hatte der junge Mann auch noch, stellte Moiken erfreut fest, und eine gute Partie war er als Hoteliersssohn und designierter Nachfolger seines Vaters allemal.

»Sehr gern«, sagte sie und schenkte Richard ein warmes Lächeln.

»Aber ich kann nicht tanzen«, krächzte Frieda.

»Red keinen Unsinn«, lachte Moiken, »du hast einen Tanzkurs gemacht.«

Richard verbeugte sich galant und streckte dabei seinen Arm in Richtung Frieda aus. »Darf ich bitten?«

Moiken beugte sich zu ihrer Tochter und flüsterte ihr ins Ohr: »Nun komm schon. Oder soll dieser nette junge Mann so stehen bleiben? Gib dir einen Ruck und hab keine Angst vor dem Tanz. Der Herr führt.«

Nach einem weiteren Moment des Zögerns erhob sich Frieda endlich, und Moiken ahnte, wie weich die Knie ihrer Tochter sein mussten, denn sie erinnerte sich gut an das Gefühl, als Theodor sie damals aufgefordert hatte.

Moiken erhob sich ebenfalls, um das junge Paar auf die Tanzfläche zu verabschieden, und sie war sehr berührt von dem Bild, das die beiden abgaben.

Das Orchester stimmte einen Langsamen Walzer an, eine Melodie, die Moiken bereits an den ersten Takten erkannte, weil das Lied, das Marlene Dietrich im Film *Der Blaue Engel* gesungen hatte, seit einem Jahr überall gespielt wurde: »Ich bin von Kopf bis Fuß auf Liebe eingestellt.«

So konnte der Abend weitergehen, dachte Moiken zufrieden, als sie sich wieder setzte. Beim Kellner orderte sie anstelle der beiden Tassen Schokolade drei Gläser Champagner, um gleich mit dem netten jungen Mann auf die gelungene Tanzrunde anzustoßen und noch etwas ins Gespräch zu kommen.

Versonnen sah sie zu, wie ihre hübsche Tochter in den Armen des Hotelierssohnes förmlich über die Tanzfläche schwebte.

Deshalb erschrak sie regelrecht, als eine wohlvertraute Stimme neben ihr erklang. Eine Stimme, auf die jede Faser ihres Herzens reagierte, ganz gleich, was ihre Vernunft sagte.

»Guten Abend, Moiken.«

»Boy! Was machst du denn hier?« Sie erhob sich ruckartig. »Bist du allein?« Sie sah sich um, ob sie irgendwo Emma entdeckte. Das wäre ja wohl die Höhe, wenn ihre große Tochter, kaum dass sie auf Sylt angekommen war, dieses Treffen arrangiert hatte.

»Ich bin genauso überrascht, dich zu sehen. Ich bin mit Emma hier, sie sitzt mit Henriette an der Bar. Emma schwört allerdings Stein und Bein, dass sie nichts von deinem Kommen wusste.«

»Wer's glaubt, wird selig«, seufzte Moiken. »Emma hat wirklich nichts dazugelernt. Und dieses Mal steckt sie mit Frieda unter einer Decke, da schwöre ich Stein und Bein drauf, denn die beiden waren allein, als ich mit dem Kofferträger gesprochen habe. In der Zeit hat Frieda bestimmt ihrer großen Schwester stolz erzählt, dass sie am Abend zum ersten Mal ausgehen darf. Das hat Emma auf dumme Gedanken gebracht. Mal wieder.« Moiken seufzte abermals. »Unsere Tochter ist einfach unverbesserlich.«

»Ehrlich gesagt habe ich schon so eine Vermutung in diese Richtung geäußert und ihren Schwur nicht geglaubt. Deshalb wollte ich allein mit dir sprechen, um dir zu versichern, dass ich ahnungslos war. Aber nun sollte ich mich wohl besser schleunigst aus deiner Nähe entfernen – ich nehme an, du bist mit Adam hier?«

Sie schüttelte den Kopf. »Nein, nur mit Frieda. Sie ist gerade auf der Tanzfläche.« In Gedanken war sie damit beschäftigt, wie sie sich jetzt verhalten sollte. Am liebsten würde sie Emma gehörig die Meinung sagen, aber es war wohl nicht sonderlich klug, an Ort und Stelle einen Eklat zu provozieren. Genauso wäre es unpassend, Frieda vor dem jungen Mann zur Rede zu stellen.

»Die Herrschaften, ich möchte ja ungern stören«, hörte sie unvermittelt von einem Tisch in der Nähe, »aber Sie versperren mir jetzt schon eine ganze Weile den Blick auf die Tanzfläche. Das hier ist kein Stehlokal.«

»Oh, Verzeihung«, sagte sie schnell und fügte an Boy gewandt hinzu: »Setz dich doch.«

Er kam ihrer Aufforderung sofort nach – und da saßen sie nun. Nach Jahren plötzlich wieder an einem Tisch vereint. Keiner wusste, was er sagen sollte. Keiner wollte zuerst das Wort ergreifen. Aber nicht, weil sie sich fremd waren.

Ganz im Gegenteil.

Das Gefühl der Vertrautheit war stärker als all die Zeit des Schweigens – allerdings nahm genau dieses Gefühl ihnen die Worte.

Worte, die sie jedoch ohnehin nicht benötigten, um den anderen zu verstehen. Schon immer konnten sie sich mit Blicken unterhalten, und auch jetzt waren sie sich einig: *Endlich,* sagten Boys meerblaue Augen. *Viel zu lange her,* erwiderte ihr Blick.

Der livrierte Kellner kam mit einem Tablett an den Tisch und servierte mit einer leichten Verbeugung die drei Gläser Champagner.

Nachdem er sich entfernt hatte, fragte Boy mit Blick auf die Gläser irritiert: »Hast du doch mit mir gerechnet?«

Sie lachte auf. »Nein, das ist für den jungen Herrn, der gerade mit meiner Tochter tanzt. Möchtest du auch etwas …?« Gerade, als sie Boy nach seinem Getränkewunsch fragen wollte, ertönte eine eiskalte Stimme hinter ihr.

»Du amüsierst dich ja prächtig ohne mich.«

»Adam!« Sie fuhr auf. »Das ist ein großes Missverständnis.«

Auch Boy hielt es nicht auf seinem Stuhl. »Lassen Sie mich bitte erklären …«, hob er an.

»Kein Wort will ich hören!«, zischte Adam. Etwas lauter setzte er hinzu: »Ich habe Augen im Kopf und sehe, was hier gespielt wird!« Leider war zugleich das Lied zu Ende, und seine Worte schallten durch den Raum.

Alle Blicke lagen nun auf ihnen, sämtliche Gespräche waren verstummt.

»Das ist ja an Peinlichkeit nicht mehr zu überbieten«, brachte Adam hervor und straffte die Schultern.

»Vater, was machst du denn hier?« Frieda kam von der Tanzfläche herbeigeeilt. Ihre Stimme klang freudig, weil sie die Situation auf den ersten Blick noch gar nicht erfasst hatte. Als sie den Tisch erreichte, machte sie große Augen und brachte nur noch ein »Oh« hervor.

»Ja, da staunst du, Frieda. Aber ich auch. Von dir hätte ich tatsächlich am allerwenigsten vermutet, dass du mit deiner Mutter unter einer Decke steckst.« Er wandte den Blick in Richtung Orchester. »Verdammt, warum spielt ihr denn nicht mehr? Spielt doch, spielt!«

Frieda hob die Hände zu einer hilflosen Geste. »Wovon sprichst du?«

Adam schüttelte den Kopf. »Ihr wollt mich tatsächlich alle für dumm verkaufen. Ich bin fassungslos. Spielt doch, verdammt noch mal, spielt!«, rief er abermals in Richtung des Orchesters.

Erst jetzt besannen sich die Musiker wieder, und nach kurzer Absprache mit dem Dirigenten hoben sie zu einer fröhlichen Melodie an, die die ersten Gäste wieder auf die Tanzfläche locken sollte.

»Keiner will Sie für dumm verkaufen, Herr von Baudissin«, hob Boy beschwichtigend an. Schweißperlen standen ihm auf der Stirn, und Moiken sah ihm an, dass er diese demütigen Worte nur hervorbrachte, um die Situation zu entschärfen. »Das ist alles ein sehr unglücklicher Zufall.«

»Zufall?« Adams Stimme überschlug sich. »Sie wagen es …« So schnell, wie er zwei Schritte auf Boy zuging und mit der rechten Hand zuschlug, konnte keiner reagieren. Boy wankte rückwärts, hielt sich die blutende Nase, stolperte über einen Stuhl und ging unter Getöse mit einem Aufschrei zu Boden.

»Lass meinen Vater in Ruhe, du Mörder!«, gellte Emmas Stimme durch den Raum. Augenblicklich war es totenstill.

Adam war wie erstarrt, nur sein Brustkorb bebte. Er sah zu Emma hin. »Du also!«, keuchte er. Sein Atem wurde sichtlich schneller und schneller. »Ich muss raus hier«, keuchte er. »Sonst vergesse ich mich. Und du …«

Moiken spürte, wie er ihr Handgelenk mit festem Griff umschloss, »du sorgst dafür, dass Emma morgen früh den ersten Zug zurück nach Berlin nimmt, und ich werde dafür sorgen, dass du mich kein zweites Mal bloßstellst – darauf kannst du Gift nehmen.«

2. Buch

KAPITEL 11

30. Januar 1933
Rund eineinhalb Jahre später

Hitler zum Reichspräsidenten ernannt! Noch ehe diese Nachricht die Mittagssendung des Rundfunks erreicht hatte, läutete das Telefon in der Strandvilla Sturm. Sämtliche Parteigenossen wünschten den Ortsgruppenleiter zu sprechen, doch Adam war von Stund an mit den Vorbereitungen für den großen Fackelumzug beschäftigt gewesen.

Unterdessen war es Abend geworden, und Moiken betrat das Foyer, in dem lediglich vereinzelte Stehlampen leuchteten und ein paar Kerzen auf den niedrigen Tischen bei den Sitzgruppen vor den hohen Fenstern brannten.

»Guten Abend, Frau von Baudissin – ich dachte, Sie seien beim Fackelumzug«, ließ sich Matthis von der Rezeption her hören.

»Ohne mich«, entgegnete sie knapp und wunderte sich, weshalb ihr Portier klang, als ob er sich ertappt fühlte.

Doch da entdeckte sie auch schon den Grund: Frieda hockte im Schneidersitz auf einem der neuen Ohrensessel in der Nähe der hohen Fenster und trank einen Kakao mit Sahnehaube aus ihrer Lieblingstasse, die mit ihrem Namen und einer lesenden Frau auf einer Blumenwiese bemalt war. Vor Frieda stand ein Kuchenteller mit einem halb aufgegessenen Schokotörtchen.

Es war Frieda natürlich nicht verboten, nach dem Abendbrot im Foyer noch etwas Süßes zu essen, aber Moiken missfiel, dass ihre

Tochter sich bei Matthis aufhielt – erst recht, weil die beiden wohl geglaubt hatten, allein in der Strandvilla zu sein. In den vergangenen zwei Jahren hatten Frieda und Matthis ihr jedoch keinen Anlass zu Misstrauen gegeben, also verkniff sie sich einen Kommentar.

Die wenigen Winterkurgäste der Strandvilla waren bereits alle zu der Strecke gegangen, entlang derer der Fackelumzug stattfinden sollte, und harrten dort im eisigen Wind aus.

Wer mitmarschieren wollte, war zur Maybachstraße geeilt, wo die Militärkapelle vor H.B. Jensen auf dem großen Platz zur Versammlung blies.

Jetzt, mit Einbruch der Dunkelheit, sollte sich der Zug in Bewegung setzen, zuerst durch die Friedrichstraße in Richtung Meer, dann entlang der Promenade und schließlich über die Strandstraße zurück bis zum Rathaus, wo eine Abschlusskundgebung geplant war, bei der Adam das Wort führte.

Noch war vom Fackelumzug nichts zu sehen, sehr wohl aber zu hören. Die Klänge der Pauken und Trompeten eroberten die Straßen, die Parteihymne breitete sich in Westerland aus, und Moiken wollte nicht wissen, in wie vielen Häusern die Bewohner am offenen Fenster standen, um das Horst-Wessel-Lied zu intonieren.

Nach vier Wochen voller politischer Intrigenspiele war Hitler am Ziel angekommen: Reichspräsident Hindenburg hatte seinen Widerstand aufgegeben und sich mit zahlreichen Argumenten davon überzeugen lassen, dass eine Rechtsregierung unter Hitler mit starken Oppositionsparteien eine gute Entscheidung sei.

Unter anderem hatte man Hindenburg zugesichert, dass seine Rechte als Reichspräsident unter der neuen Regierung nicht beschnitten würden, außerdem würde er Oberbefehlshaber der Reichswehr bleiben, ebenso würden die parlamentarischen Gremien Reichstag und Reichsrat in ihrer Funktion nicht verändert werden – so hatte Hindenburg seine Bedenken über Bord geworfen, und deshalb wurde Hitler heute als neuer Reichskanzler gefeiert.

Ohne sie, dachte Moiken. Eigentlich hatte sie vorgehabt, in ihrem Büro zu bleiben, zurückgezogen wollte sie abwarten, bis der Fackelumzug vorbei war, doch dann konnte sie das Alleinsein nicht mehr ertragen.

Nein, besser gesagt war es der Jubel um Hitler, den sie nicht ertragen konnte, und sie fühlte sich allein mit ihrer Abneigung gegen ihn.

Allein mit ihren Sorgen und Befürchtungen, die kein anderer hören wollte, erst recht nicht an diesem Feiertag.

»Frieda, warum bist du nicht beim Umzug? Dein Vater wird enttäuscht sein, wenn er erfährt, dass du nicht dort warst …«

»Und wennschon …« Ihre Tochter zuckte mit den Schultern und deutete mit dem Kinn in Richtung Fenster. »Es reicht, wenn ich ihn mir aus der Ferne ansehe.«

Nachdenklich betrachtete Moiken das Profil ihrer Tochter, aus dem sämtliche kindlichen Züge gewichen waren. Die Seitenpartien ihrer dunkelblonden, schulterlangen Haare hatte sie eingedreht und im Nacken zusammengesteckt. Auf ihren ausgeprägten Wangenknochen lag ein Hauch von Rot, so als hätte sie Rouge aufgetragen. Oder hatte sie sich tatsächlich geschminkt?

Man könnte glauben, sie wäre Mitte zwanzig und nicht erst neunzehn. Erst? Schon.

Frieda war im Verhalten schon immer reifer gewesen als andere Mädchen in ihrem Alter, aber seit geraumer Zeit wirkte Frieda häufig unnahbar, und zudem hatte sich eine gewisse Ernsthaftigkeit in ihrem Gesichtsausdruck verankert.

Seit dem Vorfall im Trocadero hatte sie noch dazu ein distanziertes Verhältnis zu jenem Mann, den sie einst voll kindlicher Liebe zu ihrem Vater erklärt hatte und den sie heute nur noch Adam nannte. Er nahm ihr bis heute nicht ab, dass sie nicht mit ihrer Schwester unter einer Decke gesteckt hatte, sosehr sie das anfänglich auch beteuert hatte.

Irgendwann hatte Frieda es aufgegeben und sich zurückgezogen.

Oft fragte sich Moiken, ob es wirklich ein Zufall gewesen sein könnte, dass Boy ausgerechnet an diesem Abend spontan beschlossen hatte, ins Trocadero zu gehen. Ein ziemlich großer Zufall – und deshalb schier unglaublich. Sie hatte für sich jedoch entschieden, diesen Abend totzuschweigen.

Adam forderte ohnehin keine Erklärung von ihr. Dafür hatte er bestimmt ein halbes Jahr lang jeden ihrer Schritte kontrolliert, und fast ebenso lange hatte es gedauert, bis man sich in der Stadt nicht mehr das Maul über sie zerrissen hatte.

Eine schreckliche Zeit, an die sie nicht zurückdenken wollte. Immerhin konnte sie wieder von Adam unbehelligt ihrer Wege gehen.

Seit Hitlers Aufstieg war er ohnehin nur noch mit einem Thema beschäftigt.

Emma war nach dem Vorfall im Trocadero am nächsten Tag abgereist – ohne ein Wort des Abschieds oder den Versuch einer Rechtfertigung.

Seitdem herrschte Funkstille.

Die hatte sie als Mutter schon oft ertragen müssen, aber zum ersten Mal fragte sie sich, ob es nicht vielleicht gut so war.

Gut, weil Emma nicht in aller Öffentlichkeit Adam als Mörder hätte bezeichnen dürfen, gut, weil dadurch so manche Fragen nicht gestellt werden konnten, gut, weil sie auf manche Fragen gar keine Antwort haben wollte.

Gut, weil sie sich auf diese Weise einbilden konnte, dass alles gut war.

»Frau von Baudissin? Darf ich Sie etwas fragen?« Erst als Matthis sie aus ihren Gedanken holte, bemerkte sie, wie lange sie unbeweglich dagestanden hatte.

»Was gibt es, Matthis?«

»Herr von Baudissin hat mir aufgetragen, Herrn Hitler und Herrn Göring ein Glückwunschtelegramm zu schicken. Was soll ich schreiben?«

Sie zuckte mit den Schultern. »Das ist mir gleichgültig. Üblicherweise schreibt man ja wohl ›Herzlichen Glückwunsch‹.«

»Das Schmucktelegramm soll aber im Namen der Strandvilla abgefasst werden, darauf legt Herr von Baudissin großen Wert, denn insbesondere Herr Göring ist ja als Syltliebhaber bekannt.«

Im Namen der Strandvilla, dachte Moiken, und ihr wurde flau im Magen. Das war Adams gutes Recht, aber wie sollte sie sich dazu verhalten?

»Zum Text hat mein Ehemann nichts gesagt?«

»Nein. Als ich nachfragte, meinte er nur, ich solle keine der üblichen Floskeln verwenden, es müsse schon auffallen. Aber er hatte es eilig und war damit auch schon zur Tür hinaus.«

Moiken dachte einen Moment lang nach. »Gut, dann telegrafieren Sie: ›Hals- und Beinbruch‹.«

Frieda lachte im Hintergrund auf. »Ist das dein Ernst, Mutter?«

»Es war mir noch nie so ernst«, sagte sie tonlos.

»Das kann man aber ziemlich doppeldeutig verstehen«, gab Frieda zu bedenken.

»Das ist ganz in meinem Sinne. Aber das Telegramm werden die Herren ohnehin nur zu ihren Gunsten interpretieren.«

»Ich finde das gut«, sagte Matthis mit einem verschmitzten Grinsen und griff zum Hörer, um das Telegramm aufzugeben.

»Sie kommen!«, rief Frieda und sprang auf, um das Spektakel besser beobachten zu können.

Moiken genügte, was sie von ihrer Warte aus sah.

Aus dem Dunkel tauchten Fackeln auf, bald ergoss sich der Flammenschein wie eine Welle über die Promenade und tauchte die Musikmuschel in gespenstisches Licht.

»Ganz vorne geht Adam«, bemerkte Frieda nüchtern.

»Ich habe es nicht anders erwartet«, gab Moiken zurück. »Mir wird ganz anders, wenn ich die Militärmusik höre und die Flammen sehe. Ich will mir gar nicht ausmalen, wie es zu diesem Zeitpunkt in Berlin aussieht.« Kaum hatte sie das ausgesprochen, musste sie an Emma denken. Bestimmt war sie mit ihrer Kamera mitten im Geschehen.

Als sei Frieda ihren Gedanken gefolgt, sagte sie so leise, als müsse sie ein Geständnis ablegen: »Emma hat vorhin angerufen. Sie hat ganz aufgeregt erzählt, dass Herr Adlon ihr erlaubt hat, den Fackelzug von seinen Privaträumen aus zu fotografieren, denn alle anderen Zimmer seien belegt, aber von dort oben hat man beste Sicht auf den Lindenboulevard. Das Hotel steht sogar unter Polizeischutz, stell dir das mal vor, weil die Massen am Adlon vorbeimarschieren sollen und dort hohe Staatsgäste residieren.« Frieda gab den Inhalt des Gesprächs so aufgeregt wieder, wie ihre Halbschwester geklungen haben musste – nur eines verstand Moiken noch nicht.

»Emma hat angerufen, um dir das zu erzählen?«

»Nein«, sagte Frieda und machte ein zerknirschtes Gesicht. Sie warf Matthis einen Hilfe suchenden Blick zu, der Moiken natürlich nicht entging.

»Keine Heimlichkeiten in diesem Hause«, mahnte sie. »Heraus mit der Sprache.«

»Ja, dann …«, sagte Frieda und hob ihre Hände zu einer entschuldigenden Geste, »muss ich es dir ja sagen: Matthis hat heute Geburtstag.«

»Ach du grüne Neune!«, entfuhr es Moiken. »In der Aufregung habe ich heute noch gar nicht in meinen Kalender gesehen. Matthis, es tut mir furchtbar leid, dass ich daran nicht gedacht habe.«

»Schon gut, schon gut«, wiegelte er ab. »Ich lege gar nicht so viel Wert auf meinen Geburtstag, aber Emma vergisst diesen Tag nicht. Sie hat mich ja als Zeitungsjungen praktisch von der Straße eingesammelt. Ohne sie wäre ich nie in der Strandvilla gelandet.«

»Das stimmt«, sagte Moiken nachdenklich, und dann sah sie beschämt hinüber zu Friedas Kuchenteller, weil sie ein heimliches Stelldichein vermutet hatte, dabei wäre Matthis an seinem Geburtstagsabend sonst ganz allein gewesen. »Und ich habe Sie auch noch zum Arbeiten verdonnert. Ich hoffe, Sie haben ein Stück Kuchen mit meiner Tochter zusammen gegessen.«

»Das habe ich«, sagte Matthis und senkte den Kopf. »Und ich habe Teller und Tasse schnell hinter meinem Tresen versteckt, als ich Sie kommen hörte. Es tut mir leid, aber ich wusste mir in dem Moment nicht anders zu helfen.«

»Das muss *mir* leidtun«, entgegnete Moiken. »Wissen Sie was, ich schenke Ihnen einen zusätzlichen freien Tag. Am besten, wenn es etwas wärmer ist, damit Sie auch was davon haben. Ganz nach Ihrem Wunsch, Sie müssen mir nur das Datum nennen.«

Matthis kam hinter seinem Tresen hervor und bedankte sich mit einer Verbeugung. »Das ist wirklich sehr freundlich von Ihnen. Darf ich Ihnen auch noch einen Kakao und ein Stück Kuchen anbieten, dann laufe ich schnell in die Küche …«

»Leider ist mir bei dem Anblick da draußen sämtlicher Appetit vergangen«, sagte Moiken bedauernd und schüttelte den Kopf.

Matthis ging ans Fenster. Nachdem er das Spektakel einer Weile lang stumm betrachtet hatte, sagte er: »Ich mochte Fackelumzüge noch nie. Aber ich denke, Hindenburg hat eine vernünftige Entscheidung getroffen. Es gibt im neuen Kabinett außer Hitler nur drei Minister, die der NSDAP angehören, viele sind parteilos, altbekannte Politiker, die man einschätzen kann, außerdem haben wir mit Franz von Papen als Vizekanzler einen Mann, der dafür sorgen will, dass die rechtsgerichtete Regierung nicht über die Stränge schlägt. Das wird schon.«

»Von Papen redet viel, wenn der Tag lang ist«, seufzte Moiken. »Er ist wie ein Fähnlein im Wind. Seitdem Hindenburg ihn als seinen Lieblingskanzler fallen ließ, sympathisiert er sogar mit Hitler, nur um im Dunstkreis der Macht zu bleiben, anstatt dass er diese brandgefährliche NSDAP schleunigst verboten hätte. Hitler tut doch nur so, als stünde er mit seiner Partei und deren radikalen Vorstellungen auf dem Boden der Legalität.«

»Seht mal, dort, mitten unter den Parteileuten, das ist doch Henriette!«, rief Frieda.

»Wo?« Moiken trat nun doch näher ans Fenster. Bislang war sie der Meinung gewesen, Henriette habe mit Hitler nichts am Hut.

»Siehst du sie nicht? Am Rand des Zugs, jetzt ist sie auf Höhe der Musikmuschel.«

Sie spähte in die angegebene Richtung, und unter den vielen Köpfen erkannte sie Henriette nun auch.

Nicht wahr, dachte Moiken beklommen. Dafür gab es bestimmt eine einfache Erklärung. »Sie war wohl unter den Zuschauern und ist versehentlich in den Strom der Massen hineingeraten.«

»Versehentlich?« Friedas Stimme überschlug sich. »Mutter, sieh doch genau hin! Henriette trägt eine braune Uniform.«

Tatsächlich. Moiken lief ein kalter Schauer über den Rücken.

Henriette in Uniform.

Ein Festumzug.

Böse Erinnerungen stiegen in ihr hoch.

Entweder sympathisierte Henriette wahrhaftig mit der rechten Ideologie – oder sie wollte zu Ende bringen, was ihr damals nicht gelungen war.

KAPITEL 12

Berlin
Rund vier Wochen später
27. Februar 1933

Vielen Dank, dass du gekommen bist, um mir zu helfen. Allein hätte ich die vergangenen vier Wochen nicht überstanden.« Emma sah vom Küchentisch hinüber zu ihrem Vater, der es sich im Schlafanzug zu später Stunde mit der *Berliner Abendzeitung* im Bett bequem gemacht hatte.

Dort, wo früher die Matratze gelegen hatte und der Putz von den feuchten Wänden gebröckelt war, hatte der Maler längst gute Arbeit geleistet, und sie hatte sich schon vor Jahren ein ordentliches Bett gekauft, das sie Boy nun als Schlafstatt überlassen hatte, während sie wieder auf ihr Matratzenlager neben dem Herd gezogen war.

Ohne die Hilfe ihres Vaters hätte sie die vielen Motive unmöglich so schnell entwickeln können, die sich in den vergangenen Wochen quer durch Berlin geboten hatten. Während sie zwischen dem Atelier und den Schauplätzen gependelt war, hatte er in der Dunkelkammer die tagesaktuellen Fotos entwickelt, um diese gleich anschließend den Redaktionen anzubieten. Zu Fuß. Quer durch die Stadt. Mit seiner Prothese.

»Das ist doch selbstverständlich«, sagte er und legte die Zeitung beiseite.

»Nein, ist es nicht«, entgegnete sie.

Im Gegensatz zu ihrer Mutter, die jegliche Aussprache per Brief oder Telefon verweigert hatte, hatte er ihre Zeilen beantwortet und ihr am Ende geglaubt, dass dieses Zusammentreffen im Trocadero ein unglücklicher Zufall gewesen war.

»Doch, das ist es«, gab er lächelnd zurück. »Auf Sylt habe ich im Winter ohnehin kaum was zu tun, da ist das hier schon spannender.« Er nahm das große Notizbuch mit dem roten Leineneinband von seinem Nachttisch, in das er fein säuberlich jedes Foto geklebt hatte, das sie in den vergangenen vier Wochen in sämtlichen Zeitungen untergebracht hatte – unter dem Namen ihres Vaters.

Er war es gewesen, der in den ignoranten Berliner Redaktionen vorstellig geworden war, weil die immer noch im vorigen Jahrhundert lebten und nicht gewillt waren, das Werk einer Frau abzudrucken.

»Das hier zum Beispiel.« Er schlug die erste Seite auf, wo ein Ausschnitt der Titelseite klebte, den die Zeitung mit *Hitler ist an der*

Macht überschrieben hatte. Darunter ihr Foto, das sie vom Balkon des Adlon aus geschossen hatte. Eine Nachtaufnahme vom Fackelzug, die ihr trotz der schwierigen Lichtverhältnisse gestochen scharf gelungen war. »Das ist richtig gut. Fotografisch gesehen. Bei diesen Massen in militärischer Formation kommen bei mir allerdings ganz schlechte Erinnerungen hoch.«

»Ich weiß«, sagte sie leise.

Boy blätterte um. »Das ist auch richtig gut. Hindenburg und Hitler nebeneinander im Foyer des Adlon. Der greise Hindenburg auf seinen Stock gestützt, Hitler mit seinen typisch gefalteten Händen, allerdings wirkt er aus der Perspektive wie ein schmächtiger Schuljunge.«

Emma schmunzelte. »Die Macht der Perspektive triumphiert über Hitler. Ich habe mir erlaubt, bei der Aufnahme meinen eigenen Standpunkt zu wählen. In doppelter Hinsicht.«

Ihr Vater betrachtete das Foto auf der nächsten Seite. »Für den Aufmarsch der NSDAP auf dem Bülowplatz hast du auch eine ungewöhnliche Perspektive gefunden, perfekt! Aber wenn ich diese vielen Braunhemden mit den Hakenkreuzen sehe, wird es mir ganz anders. Das greift doch ganz schön um sich.«

Sie seufzte und schenkte sich Wasser nach. »Die rechte Partei hat doch ziemlich viel Zulauf im Moment, das stimmt, aber das wird schon nicht überhandnehmen, dafür wird allein die KPD sorgen. Ohnehin müssen wir die Politik so nehmen, wie sie ist.«

Ihr Vater faltete die Zeitung zusammen. »Wohl wahr. Hitler ist auf ordentlichem Weg zum Reichskanzler ernannt worden, und du solltest kein schlechtes Gewissen haben, weil du an den Fotos gut verdienst. Überhaupt solltest du keine Gewissensbisse haben – in keinerlei Hinsicht.«

Emma ahnte, worauf ihr Vater anspielte. Sie schwieg, denn sie hatte beschlossen, ihre Schuldgefühle wegen des Attentats auf Adam mit sich selbst auszumachen.

»Immer noch so schlimm mit deinen Albträumen?«, fragte ihr Vater zielsicher nach.

»Nein, es ist besser«, sagte sie, und das war immerhin die halbe Wahrheit. Es gab Zeiten, in denen sie kaum daran dachte, aber dann fingen die schlimmen Nächte wieder an. Schlimmer als je zuvor.

Ihr graute es jeden Abend davor, ins Bett zu gehen, weil sie nicht abschätzen konnte, wann sie wieder einen Albtraum durchleben musste. Deshalb saß sie oft lange am Küchentisch und hörte Radio, um sich abzulenken. Ihrem Vater zuliebe hatte sie es leiser gedreht, aber nun vernahm sie die unverkennbare Stimme ihrer Lieblingssängerin aus dem Kasten, der auf dem alten Buffetschrank einen Ehrenplatz hatte.

»Mach ruhig lauter«, sagte ihr Vater lächelnd, »ich weiß doch, wie sehr du Claire Waldoff magst.«

Das ließ sie sich nicht zweimal sagen.

Neben den Radio stehend, fiel sie in die nächste Strophe mit ein und gab sich Mühe, das R genauso zu rollen und ihre Stimme kraftvoll klingen zu lassen.

»Scheint auch das Leben oft rau
Stürmt der Wind und ist der Himmel grau
Wenn alle Hoffnung versinkt
Nicht verzweifeln, Kinder – trinkt!«

»Alles, was kommt, muss vergehn«, stimmte ihr Vater mit ein. »Nichts kann auf Erden bestehn.
Hat dich der Teufel beim Schopf
Wirf das Glas ihm an den Kopf!«

Sie sahen einander an und lächelten. Wenn es im Leben nur immer so einfach wäre, dachte Emma und holte schnell Luft, um den nächsten Einsatz nicht zu verpassen.

Da wurde das Lied unterbrochen, es knackte aus dem Lautsprecher, ein kurzes Rauschen, und die Stimme des Rundfunksprechers war zu hören. »Meine Damen und Herren, wir unterbrechen das

Programm für eine wichtige Nachricht. Der Reichstag ist in Brand geraten. Wir bitten alle Anwohner, Fenster und Türen geschlossen zu halten.«

»Der Reichstag brennt?«, fragte sie ungläubig, aber dann verlor sie keine Zeit mehr. Sie lief hinaus in den Flur, schlüpfte eilends in Stiefel und Mantel und schnappte sich ihre Kamera.

»Warte!«, hörte sie ihren Vater rufen. »Ich bin doch schon im Schlafanzug!«

Sylt
Am selben Abend

Wilma, ich glaub, der Herrgott hat uns vergess'n«, seufzte Leopold, als er sich neben seine Frau ins Bett legte.

»Ah geh, Schmarrn«, gab sie zurück und tätschelte seine Hand.

Beide lagen sie auf dem Rücken und sahen zur Decke.

»Und wenn doch?«, fragte er gedankenverloren. »Wir sind jetzt siebenundachtzig Jahre alt und können beide kaum mehr laufen. Was wollen wir denn noch auf der Erde? Unser Zimmer könnte man besser an junges Personal vermieten. Wir sind doch nur Ballast. So hat sich das die gnädige Frau bestimmt nicht vorgestellt, als sie uns zur Rente das lebenslange Wohnrecht in der Strandvilla bei freier Kost und Logis zugesagt hat.«

»Red nicht so daher. Die gnädige Frau bereut das sicherlich nicht. Außerdem sind wir für Frieda ein wichtiger Anker, das darfst du nicht vergessen.«

»Ach, das Madl kommt schon ohne uns zurecht.«

»Bestimmt, Leopold. Aber ich möchte noch miterleben, wie unsere Frieda ihren Matthis heiratet. Du nicht?«

»Ach geh weiter, Wilma, wovon träumst du denn? Eine Hochzeit wird die gnädige Frau in hundert kalten Wintern nicht gestatten.«

»Weißt du noch, wie sie damals als Seefahrerwitwe in die Strandvilla kam?«, fragte seine Frau gedankenverloren.

»Natürlich weiß ich das noch. Meine Knochen sind alt, aber mein Kopf funktioniert. Einen Abend sollte sie beim Festbankett aushelfen, aber unser guter Hotelier Theodor von Lengenfeldt, Gott hab ihn selig, hat sich Hals über Kopf in die einfache Frau aus Keitum verliebt. Ich erinnere mich auch noch sehr gut an seinen Heiratsantrag, den wir am Roten Kliff für ihn vorbereitet haben.«

»Ja, mit dem kleinen Picknick, dem Champagner und den Kerzen zum Sonnenuntergang«, entgegnete Wilma versonnen. »Herr von Lengenfeldt, Gott hab ihn selig, hatte den Ring in ein Herz aus Spritzgebäck eingehängt, das er selbst gebacken hat. Er war schon sehr verliebt.«

»Die gnädige Frau wohl nicht so sehr«, bemerkte Wilma. »Sie hatte schon damals ihr Herz an diesen Strandfotografen verloren und ist dennoch der Vernunft gefolgt. Hoffentlich macht Frieda das nicht.«

»Das hoffe ich auch. Stell dir mal vor, Wilma, wir hätten unser Leben nicht miteinander teilen dürfen«, sagte er und drückte die Hand seiner Frau.

»Es ist schon ein Segen, dass wir unser Leben seit über sechs Jahrzehnten miteinander teilen dürfen. Also versündige dich nicht, Leopold, indem du dir den Tod wünschst.«

»Tust du das nicht auch manchmal, wenn du ganz ehrlich bist, Wilma? Ich fühle mich nicht nur wie alter Ballast, mir graut vor diesen dunklen Zeiten, die da am Horizont heraufziehen.«

»Einen Krieg möchte ich auch nicht noch mal erleben müssen«, sagte Wilma, und er wusste genau, dass sie wieder die Einquartierung von Soldaten in der Strandvilla vor sich sah, die auch im Dünencafé gehaust hatten, als gäbe es kein Morgen.

»Ich auch nicht«, entgegnete er. »Darum will ich ja bald von dieser Bühne abtreten.«

»Der Herrgott bestimmt, wann unsere Zeit gekommen ist«, mahnte seine Frau. »Aber weißt du, mein lieber Leopold, ich bete jeden Abend dafür, dass wir nicht noch durch Krankheit voneinander getrennt werden. Am schönsten wäre es, wenn wir im Bett liegend, so wie jetzt, Hand in Hand für immer einschlafen dürften.«

»Ja, so möchte ich auch sterben«, entgegnete er leise.

Noch am selben Abend
Wieder zurück in Berlin

Am Pariser Platz, von der Ecke des Adlon aus, sah Emma die Reichstagskuppel hellrot leuchten. Über der Stadt lagen Brandgeruch und Sirenengeheul. Aus allen Richtungen fuhren die Löschzüge herbei.

Zwei Straßenecken weiter erreichte Emma atemlos das lichterloh brennende Gebäude, vor dem sich zahlreiche Schaulustige versammelt hatten.

Die Feuerwehr war bereits mit gut zehn Löschfahrzeugen vor Ort und gab ihr Bestes, die Flammen in den Griff zu bekommen, allerdings war es wegen der großen Hitze unmöglich, in das Gebäude vorzurücken, und die Männer mussten sich darauf beschränken, ein weiteres Ausbreiten der Flammen zu vermeiden.

Aus Wortfetzen, die wie Funken umherflogen, setzte Emma das Geschehen zusammen. Demnach war wohl zunächst ein Feuer im Restaurant ausgebrochen, dessen Flammen allerdings allein mithilfe des Personals schnell erstickt werden konnten.

Man glaubte, mit dem Schrecken davongekommen zu sein, bis kurz darauf mehrere Brandherde im gesamten Gebäude gemeldet wurden. Innerhalb kürzester Zeit war der Sitzungssaal in Vollbrand geraten.

»Der Täter ist gefasst!«, schallte es plötzlich über die Köpfe der Schaulustigen hinweg, die von der Schutzpolizei mit Absperrungen zurückgedrängt wurden. »Man hat ihn im Gebäude gefunden. Der junge Mann ist geständig. Brandstiftung!«

Kurz darauf breitete sich ein weiteres Detail rasend schnell in der Menge aus, das die ersehnte Erklärung für dieses unfassbare Inferno bereitzuhalten schien: ein Arbeiter, einer von den Linken.

»Da bist du ja!«, hörte sie ihren Vater rufen. »Hitler und Göring kommen, sie eilen zum Tatort, die laufen direkt auf uns zu! Halte die Kamera bereit, das gibt perfekte Fotos!«

Normalerweise müsste man ihr das nicht zweimal sagen, dachte Emma. Bislang war sie für jede Sensation zu haben gewesen, ungeachtet jeder Gefahr. Immer mitten im Hexenkessel, das war ihre Devise.

Gewesen.

Zum ersten Mal verspürte sie das Bedürfnis, sich zurückzuziehen. Nicht in erster Linie wegen des Feuers, davon war sie weit genug entfernt.

Es war eine innere Sperre.

Aber sie kamen näher, Hitler und Göring.

»Halte dich bereit«, rief ihr Vater.

Keine drei Meter von ihr entfernt blieben die beiden Herren stehen. Im Hintergrund der brennende Reichstag – eine perfekte Perspektive.

Hitler erhob die Stimme: »Das ist der Beginn des kommunistischen Aufstandes! Es darf keine Minute versäumt werden! Es gibt jetzt kein Erbarmen; wer sich uns in den Weg stellt, wird niedergemacht! Das deutsche Volk wird für Milde kein Verständnis haben. Jeder kommunistische Funktionär wird erschossen, wo er angetroffen wird! Die kommunistischen Abgeordneten müssen noch in dieser Nacht aufgehängt werden! Alles ist festzusetzen, was mit den Kommunisten im Bunde steht. Auch gegen Sozialdemokraten und Reichsbanner gibt es jetzt keine Schonung mehr!«

Hitler und Göring bahnten sich mühelos einen Weg bis zur Absperrung, weil die Menge Spalier stand.

Emma sah ihnen wie erstarrt nach.

»Besser hätte es nicht laufen können«, rief ihr Vater. »Hitler vor dem brennenden Reichstag – das Foto wird um die Welt gehen.«

»Ich habe keine Aufnahme gemacht«, entgegnete sie emotionslos.

»Wie bitte? Sag jetzt nicht, dass der Apparat nicht funktioniert hat«, sagte er entsetzt.

»Nein«, sagte sie mehr zu sich selbst und betrachtete die Kamera in ihren Händen wie einen Fremdkörper. »Ich habe nicht funktioniert.«

KAPITEL 13

Sylt
Rund vier Wochen später
1. April 1933

Der Wind wird wärmer, man spürt, dass es Frühling wird«, sagte Moiken, als sie nach dem langen Winter zum ersten Mal die Tür zum Dünencafé aufschloss, um sich mit Henriette einen Überblick zu verschaffen, was vor Saisonbeginn noch getan werden musste.

Sie redete übers Wetter, obwohl ihr ganz andere Themen auf der Zunge lagen. Am liebsten hätte sie Henriette geradeheraus gefragt, was ihre Gründe für die Teilnahme am Fackelzug gewesen waren. Jedenfalls hatte es kein versuchtes Attentat auf Adam gegeben.

»Diese Saison wird bestimmt nicht so verregnet«, sagte Henriette, als sie den Pavillon betraten, in dem noch die kühle Salzluft des Winters hing.

Hoffentlich, dachte Moiken und knipste ringsum die Wandlampen an. »Vier Glühbirnen besorgen«, seufzte sie, nachdem sie die

Runde gedreht hatte. »Manchmal wünsche ich mir die guten alten Zeiten zurück, als man noch Kerzen hatte.«

Henriette hatte sich mit Notizblock und Stift bewaffnet und ließ ein spöttisches Lachen hören. »Die guten alten Zeiten! Ich will wissen, was daran gut gewesen sein soll, ohne Strom und fließend Wasser zu leben.«

»Das tun noch heute manche Haushalte«, erwiderte sie achselzuckend.

»Weil zu viel Armut herrscht!«, rief Henriette aus. »Das muss sich ändern, meinst du nicht?«

Moiken blieb ihr eine Erwiderung schuldig.

Stattdessen nahm sie einen Stuhl nach dem anderen vom Stapel neben der Theke und kontrollierte ihn auf Standfestigkeit und Aussehen. Die Stühle, die bei der Überprüfung durchfielen, stellte sie separat auf.

Henriette half ihr ohne Aufforderung und versah die Stühle mit entsprechenden Zetteln, was repariert werden musste.

So arbeiteten sie eine ganze Weile wortkarg einander zu, bis Henriette sagte: »Bald sind die schlechten Zeiten für alle vorbei, da bin ich mir sicher. Dafür wird Hitler sorgen. Das Volk vertraut ihm.«

Eine Nachfrage lag Moiken auf der Zunge, doch Henriette redete bereits weiter.

»Ich meine, das Ergebnis von 43,9 Prozent für die Nationalsozialisten bei der Reichstagswahl ist schon sehr beachtlich, dagegen ist die SPD richtig abgeschmiert, und diese Proleten von der KPD sind gerade mal bei lächerlichen 12,3 Prozent gelandet.«

»Hm«, machte Moiken. Auch ihr war der Ausgang der Wahlen geläufig, die Zahlen waren in aller Munde, aber im Gegensatz zu Henriette fand sie das Ergebnis besorgniserregend.

Sie ging zum nächstgelegenen Tisch, um diesen auf Standfestigkeit zu prüfen, und drehte Henriette den Rücken zu.

Henriette fuhr unbeirrt fort: »Ganz ehrlich, Hut ab vor Hitler, der hat es erstmals – seit wie vielen Wahlen? – geschafft, im Bündnis mit der DNVP eine regierungsfähige Mehrheit zu bilden. Dafür muss man ihm schon Hochachtung zollen.«

Moiken drehte sich nur halb zu Henriette um, weil sie ihr Tun nicht unterbrechen wollte. »Ja, er hat eine regierungsfähige Mehrheit erreicht, aber nicht die für Verfassungsänderungen notwendige Zweidrittelmehrheit – und wie er sich die ergaunert hat, ist ja fast schon kriminell zu nennen.«

»Kriminell?« Henriette hielt inne. »Wie sprichst du denn von Hitler?

Jetzt unterbrach auch Moiken ihre Arbeit und wandte sich Henriette zu. Sie musterte die Frau, die früher einmal ihre Freundin gewesen war. »Ich frage mich eher, was du für ein Bild von Hitler hast. Gegen sein ›Gesetz zur Behebung der Not von Volk und Reich‹ haben bei einer ordnungsgemäßen Versammlung nur knapp hundert von über fünfhundert Abgeordneten aller Parteien gestimmt. Und warum?« Sie warf ihrer ehemals besten Freundin einen herausfordernden Blick zu und gab ihr im nächsten Atemzug die Antwort. »Weil zahlreiche Mandatsträger von KPD und SPD vor der ersten Reichstagssitzung unter fadenscheinigen Gründen verhaftet wurden, wenn sie nicht schon geflohen waren!«

»Fadenscheinig? In deinen Augen vielleicht. Ich finde, Hitler hat mit seinem Ermächtigungsgesetz alles richtig gemacht, damit es im Reich endlich vorangeht. Sonst würde dieser elende Parteienzwist immer noch anhalten. Die Roten müssen endlich Ruhe geben und einsehen, dass sie verloren haben. Den Heinrich Bohnhoff aus dem Wenningstedter Weg haben sie übrigens auch verhaftet.«

»Du meinst den netten Mitarbeiter von den Stadtwerken?« Moiken blieb der Mund offen stehen.

»Genau, der sitzt jetzt im Westerländer Polizeigefängnis.«

»Aber warum? Das ist doch ein ganz korrekter Mann. Er war oft zum Ablesen bei uns im Haus.«

»Man hat ihn verhaftet, weil er Mitglied der KPD ist und die Polizei Zeitungen der KPD bei ihm zu Hause vorgefunden hat«, lautete Henriettes nüchterne Auskunft, und sie machte eine entsprechende Miene dazu.

»Das ist doch kein Grund für eine Verhaftung!«, erwiderte Moiken bestürzt. »Außerdem hat er zwei kleine Mädchen, und seine Frau ist doch vor drei oder vier Jahren ganz tragisch und viel zu früh verstorben. Da kann man ihn doch nicht einfach verhaften!«

»Selbstverständlich kann man das. Er ist in der falschen Partei, so einfach ist das. Und da die Roten kein Einsehen haben, wie man das Reich wieder auf Vordermann bringt, müssen sie es eben anders lernen. Wenn nicht endlich hart durchgegriffen wird, werden die Arbeitslosenzahlen weiter durch die Decke gehen, und das Elend nimmt kein Ende.«

»Das kann man wohl auch anders lösen als mit solchen Verhaftungen. Das ist ja gruselig.«

»Und wie? Es mussten schon Tausende in Schutzhaft genommen werden, sodass die Polizei- und Justizgefängnisse vollkommen überfüllt sind. Es sind so viele, dass gesonderte Schutzhaft-Unterkünfte benötigt werden – in Dachau hat man so ein Lager bereits aus dem Boden gestampft. Aber es müssen alle politischen Gegner schnellstmöglich ausgeschaltet werden, anders funktioniert es nicht – das hat man in den vergangenen Jahren nach dem Krieg gesehen. Es ist doch zum Wohl des Deutschen Reiches. Genauso notwendig ist der Boykottaufruf gegen jüdische Geschäfte.«

Moiken atmete tief durch, aber ihre Wut ließ sich nicht bändigen. »Das ist Unsinn! Was hat das alles mit den Juden zu tun?«

»Sehr viel. Wir haben den Krieg nicht auf dem Schlachtfeld verloren, sondern durch zerstörerische Kräfte im Inneren – und die gingen von den Sozis, den Kommunisten und den Juden aus.«

»Diese Dolchstoßlegende ist doch völliger Blödsinn! Eine hanebüchene Verschwörungstheorie der Obersten Heeresleitung, damit sie sich ihr eigenes Versagen nicht eingestehen musste.«

»Das ist keine Verschwörungstheorie, sondern die Wahrheit. Diese vaterlandslosen Gesellen haben dem Reich den Dolch von hinten in den Rücken gestoßen, im Felde waren wir unbesiegt! Den Sozis, Kommunisten und Juden haben wir die Schmach des Versailler Vertrags zu verdanken, der Not und Elend über uns gebracht hat. Ihnen allein!«, echauffierte sich Henriette. »Denen gehört allen das Handwerk gelegt!«

Moiken schloss für einen Moment die Augen. Dann suchte sie den Blick jener Frau, die ihr einst so vertraut gewesen war wie ihr Spiegelbild. »Das ist nicht dein Ernst?«

»Aber natürlich! Wir müssen doch im Reich wieder auf einen grünen Zweig kommen, und dazu müssen die entfernt werden, die diese schlimmen Zustände herbeigeführt haben und eine Besserung verhindern. Denen allen gehört das Handwerk gelegt – und zwar gründlich!«

Noch während Henriette sprach, arbeitete es in Moiken. Dann traf sie eine unabdingbar notwendige Entscheidung, auch wenn sie deren Konsequenzen noch nicht überblicken konnte. »Henriette, es tut mir leid …« Sie hielt inne, um sich zu korrigieren. »Nein, es tut mir nicht leid. Ich muss dir sagen, dass ich dich unter diesen Umständen nicht weiter im Dünencafé beschäftigen kann.«

»Soll das jetzt ein Aprilscherz sein?« Henriette war ehrlich verdutzt. »Dann finde ich den allerdings nicht lustig.«

»Das ist kein Scherz«, entgegnete Moiken kurz angebunden.

»Oh«, machte Henriette. »Du gehörst also zu den Roten. Dann wirst du aber deinem Ehemann noch ganz schön ins Gehege kommen. Da möchte ich nicht in deiner Haut stecken. Du solltest deine Einstellung ganz dringend überdenken, Moiken, sonst kommst du noch in ganz große Schwierigkeiten.«

»Willst du mir jetzt drohen?«

Henriette hob abwehrend die Hände. »Wie käme ich dazu? Das war ganz allgemein formuliert. Aber natürlich ist es nicht gerade nett von dir – drücken wir es mal so aus –, mich nach all den Jahren treuer Arbeit auf die Straße zu setzen. Aber ich denke, du hast überreagiert, und wir sollten morgen noch einmal in Ruhe darüber reden, wenn du deine Haltung überdacht hast.«

Vor Aufregung spürte Moiken das Blut in ihrer Halsschlagader pochen. »Da gibt es für mich nichts zu überdenken. Solange du deine Einstellung nicht änderst, kann ich nicht mehr mit dir zusammenarbeiten.« Als sie es ein zweites Mal ausgesprochen hatte, bekam sie doch Angst vor ihrer eigenen Courage.

Henriette vor den Kopf zu stoßen war in etwa so klug, wie einen augenscheinlich harmlosen Seehund einfangen zu wollen, der das Gebiss eines Raubtiers besaß.

»Das ist dein letztes Wort?«, fragte Henriette mit hochgezogenen Augenbrauen.

Das war die letzte Möglichkeit zur Umkehr, dachte Moiken. Ein paar Atemzüge lang überlegte sie, ob es nicht besser wäre, die Kündigung zu revidieren. Denn wozu Henriette aus Rache in der Lage wäre, wollte sie sich gar nicht ausmalen.

»Na also«, sagte Henriette lächelnd. »Ich wusste, dass du nachgibst, das ist sehr weise von dir.«

Diese Provokation war zu viel für Moiken. »Falsch. Der Klügere gibt nach – der Weise trifft Entscheidungen. Und deshalb war es das mit uns. Ein für alle Mal.«

Henriette stutzte und konnte es offenbar nicht fassen, als Verliererin aus dem Gespräch zu gehen. »Reden wir morgen noch einmal darüber«, schlug sie mit sanfter Stimme vor.

»Nein!«, entgegnete Moiken barsch. Innerlich fühlte sie sich so aufgewühlt wie das Meer an stürmischen Tagen, unsicher, wohin das Schiff treiben würde, und zugleich ließ ihr der Gegenwind keine andere Kurswahl. »Es bleibt dabei. Meine Entscheidung steht. Felsenfest.«

»Wie du willst«, entgegnete Henriette kühl. »Du wirst schon sehen, was du davon hast.«

KAPITEL 14

Am nächsten Tag
2. April 1933

Was für ein schöner Tagesbeginn, dachte Frieda, als sie schon am Sonntagvormittag durch die ruhigen Straßen von Westerland ritt. Für April war es an diesem Morgen ungewöhnlich warm, die Sonne schien bereits nach Kräften und tauchte die Stadt in ein goldenes Licht.

Sie liebte diese friedliche Stimmung vor Saisonbeginn. Kein Straßenlärm übertönte die Rufe der Möwen, die am blauen Himmel kreisten, keine Abgase verpesteten die herrlich frische, salzige Luft, die vom Meer herüberwehte.

Seitdem der Hindenburgdamm eröffnet worden war, nahmen immer mehr Gäste ihr Fahrzeug in den Urlaub mit, um bei schlechtem Wetter damit herumzufahren.

Da die Straßen zu den anderen Inselorten schlecht ausgebaut und so wie hinter Rantum in Richtung Hörnum nur Kutschenpfade waren, drängten sich die Fahrzeuge in den engen Straßen von Westerland, und Hupkonzerte waren an der Tagesordnung.

Jetzt fuhr ein Fahrzeug der Meierei an ihr vorbei, aber ihr Pferd Strandkorb zuckte nicht mal mit den Ohren.

Er schritt kräftig aus, ohne dass sie ihren Isländer antreiben musste, und zeigte ihr damit, wie sehr auch er sich über den Ausritt freute. Wenn er wüsste, dass sie heute einen ganzen Tag Zeit hatte und ihn ein ausgedehnter Ausflug erwartete, würde er auch verstehen, warum er jetzt noch nicht am Strand galoppieren durfte und sie ihn stattdessen entlang des Fahrwegs in Richtung Norden lenkte.

Immer wenn sie mit ihm ausritt, musste sie an Julius denken, der ihr diesen treuen Begleiter geschenkt hatte. Der alte Buchhändler war für sie wie ein Opa gewesen, den sie nie gehabt hatte. Bis zu seinem Tod hatte sie ihn an seinen guten Tagen, an denen er nicht wegen eines Rheumaschubs das Bett hüten musste, in den Rollstuhl gesetzt, um mit ihm sein geliebtes Dünencafé zu besuchen. Schon als Kind hatte sie ihm dort sein Mokkatörtchen serviert, und bis zum Schluss hatte er mit einem Lächeln darauf bestanden, nur von ihr bedient zu werden.

An schlechten Tagen hatte sie bei ihm am Bett gesessen und ihm vorgelesen. Am Tag seines Todes, dem 27. November, hatte nichts auf sein bevorstehendes Ende hingedeutet, im Gegenteil, er war mit seinen neunundachtzig Jahren sogar besonders unternehmungslustig gewesen und hatte darauf bestanden, in der Strandvilla am Kaminfeuer einen Kakao zu trinken – wie so oft in den vergangenen Wintern.

Dort angekommen, hatte er es sich im Ohrensessel bequem gemacht und nach der aktuellen Zeitung gegriffen. Als sie mit zwei Tassen auf dem Tablett zurückgekehrt war, hatte er auf ihre Ansprache nicht reagiert, und sie hatte schmerzlich erkennen müssen, dass er für immer eingeschlafen war. Er hatte sich seinen ruhigen Lieblingsplatz am Kaminfeuer zum Sterben ausgesucht – die Zeitung in der Hand.

Stumm hatte sie das Tablett auf dem kniehohen Beistelltisch abgestellt. Es war alles so unwirklich gewesen, sodass sie keinen Laut von sich gegeben hatte. Fassungslos hatte sie ihn betrachtet. Wenn seine geöffneten Augen nicht gewesen wären, hätte sie geglaubt, er sei eingenickt.

Julius war alt gewesen, und doch war sein Tod unerwartet eingetreten.

Mit den Erinnerungen ließ sie das Warmbadehaus und die hübschen Häuser der Herrenbadstraße hinter sich und folgte der schnurgeraden Straße in Richtung Wenningstedt, vorbei am Wasserturm.

Ein Glück, dass es Leopold und Wilma so weit gut ging, auch wenn sie ihr Zimmer unterm Dach der Strandvilla schon seit zwei

Jahren kaum mehr verließen. Was waren das noch für Zeiten gewesen, als sie mit Leopold im Foyer »Armer schwarzer Kater« gespielt oder mit ihren Stempelbuchstaben bei Wilma in der Küche gesessen und von ihr immer wieder eine Kleinigkeit zugesteckt bekommen hatte. Dafür besuchte sie die beiden jetzt so oft wie möglich, und dann spielten sie Karten, oder sie las den beiden etwas vor, weil die Augen nicht mehr so gut waren – jedenfalls verging die Zeit immer wie im Flug.

Die beiden … dachte Frieda versonnen. Ein ganzes Leben hatten Wilma und Leopold miteinander verbracht, und sie liebten sich immer noch. Diese Ehe hatte sie sich zum Vorbild genommen. So glücklich wollte sie mit Matthis auch einmal werden.

Mit einem Lächeln nahm Frieda ihr Ziel fest in den Blick: den Kampener Leuchtturm.

Das gelbgraue Natursteinmauerwerk war in diesem Winter noch einmal mehr in Mitleidenschaft gezogen worden. Im Gegensatz zu seinen drei Brüdern im Norden und Süden der Insel bot er ein Bild des Jammers, aber vielleicht würde er auch eines Tages einen schönen Anstrich erhalten.

Ihr Herz schlug höher, je näher sie dem Leuchtturm kam, denn dort würde, wenn alles gut ginge, Matthis auf sie warten.

Entlang der breiten Dorfstraße, die durch Wenningstedt führte, begegneten Frieda ein paar Fuhrwerke, die Waren in die Stadt brachten. Die Kutscher grüßten aus Freundlichkeit, aber nicht, weil man sich kannte.

Obwohl viele Verbindungen zu Westerland bestanden, begann hier eine andere Welt. Noch deutlicher wurde das in Kampen, wo man am liebsten ganz unter sich blieb.

Das war zugleich der Grund, weshalb sie sich mit Matthis dort traf.

Ihre Mutter glaubte, dass ihre Tochter heute wie immer bei Carl in der Druckerei arbeitete, aber er hatte ihr freigegeben. Allerdings mit Zähneknirschen, denn die Druckmaschinen standen seit der Machtergreifung Hitlers nicht mehr still, und es wurde jede Hand gebraucht. Carl hatte sogar zwei weitere Setzmaschinen angeschafft, und an einer davon arbeitete sie den ganzen Tag, weil sie so flink und fehlerlos tippen konnte, aber der Lärm dieser monströsen Maschinen, über Stunden hinweg, war schier unerträglich.

Trotzdem hatte ihr die Arbeit bislang Spaß gemacht. Doch die Texte, die sie seit dem 30. Januar tippen musste, waren schlimmer als jeder Lärm. Täglich nahm sie sich vor, mit Carl das Gespräch zu suchen, weil sie über eine Kündigung nachdachte. Andererseits fühlte sie sich Carl verpflichtet, weil er sie entgegen allen Konventionen ausgebildet hatte, und das machte ihr die Sache nicht leicht.

Eine Perspektive hatte sie bereits, denn ihre Mutter drängte mittlerweile auf eine Ausbildung in der Strandvilla. Anscheinend war sie in den vergangenen zwei Jahren zu dem Ergebnis gekommen, dass keine Beziehung mehr zwischen ihrer Tochter und dem Portier zu befürchten sei. Kein Wunder, schließlich war ihnen das Versteckspiel bis dato perfekt gelungen, und so sollte es auch bleiben.

Heute hatte Matthis seinen freien Tag eingereicht, den er als Geburtstagsgeschenk bekommen hatte, und er hatte ihr vorgeschlagen, einen Ausritt zu machen.

Davon war sie ziemlich überrascht gewesen, denn in all den Jahren hatte sie ihn noch nie auf einem Pferd gesehen, während sie jede freie Minute, die sie nicht mit Matthis auf dem Dachboden verbrachte, für einen Ausritt nutzte.

Er hatte ihr jedoch versichert, gut reiten zu können.

Fliegen wäre noch schöner, dachte sie, als sie durch ein Geräusch am Himmel auf den Doppeldecker aufmerksam wurde, der sich im Steigflug befand. Offenbar war die Dornier-Wal im Norden der Insel gestartet, wo sich der Seefliegerhorst befand.

Deren Leiter, Wolfgang von Gronau, hatte es im vergangenen Jahr zu großer Berühmtheit gebracht, als er von seiner Station aus die erste Weltumrundung mit einem Luftboot absolviert hatte. Es war die erst fünfte Luftfahrt-Weltumrundung überhaupt gewesen.

Matthis hatte ihr vorgestern mit treffsicherem Geschmack das druckfrisch erschienene Buch des Weltluftfahrt-Pioniers geschenkt, das sie mit großer Spannung las. Viele Fotos schmückten seinen Bericht von einer abenteuerlichen Reise, die ihn in 53 Etappen mit dem *Grönland-Wal,* einer schuleigenen, bereits in die Jahre gekommenen Dornier Wal, 40 000 Kilometer weit um die Erde geführt hatte, bis er nach vier Monaten umjubelt wieder in List gelandet war.

Wie gern wäre sie auch vor Ort gewesen, aber sie hatte für das Sonderblatt Dienst in der Druckerei gehabt.

Sie legte den Kopf in den Nacken und sah dem Flugzeug hinterher. Einmal fliegen, das wäre ein Traum …

Auf dem letzten Kilometer des schnurgeraden Wegs bis zum Leuchtturm spornte sie Strandkorb zu einem leichten Galopp an, weil sie es nicht mehr erwarten konnte, endlich bei Matthis zu sein. Noch konnte sie ihn von ihrer Warte aus nicht erspähen, aber sie hoffte inständig, ihn gleich zu treffen.

Und tatsächlich – ein Strahlen lief ihr übers Gesicht, als sie ihn vor dem flachen Backsteingebäude entdeckte, aus dem der Leuchtturm erwuchs. Matthis saß wie empfohlen auf Cordes, einem älteren Schimmel-Wallach, der im Gelände so zuverlässig war, dass er auch ruhig bliebe, wenn neben ihm eine Bombe einschlagen würde.

»Da bist du ja!«, rief Matthis erfreut aus. »Am liebsten würde ich dich jetzt küssen, aber ich habe Angst, aus dem Sattel zu fallen. Cordes ist doch ziemlich groß.«

»Dafür ist er das sanftmütigste Pferd, das ich je kennengelernt habe. Und das mit dem Kuss geht auch anders.« Sie lenkte Strandkorb dicht an die Seite seines Stallgenossen und drückte sich in den Steigbügeln hoch, um Matthis einen Kuss zu geben.

»Himmlisch.« Matthis strahlte übers ganze Gesicht. »Apropos, sieh mal, das Flugzeug. Vielleicht sitzt da Wolfgang von Gronau mit einem Flugschüler drin.«

»Oder mit einem ahnungslosen Co-Piloten«, schmunzelte sie.

Matthis runzelte die Stirn. »Das habe ich gestern in dem Buch gelesen, das du mir geschenkt hast. Das war bei seinem ersten Versuch, den Atlantik zu überqueren, zwei Jahre vor seiner Weltumrundung. Der Flug nach New York war ihm nicht genehmigt worden, also hat der Entschlossene kurzerhand Tatsachen geschaffen. Nicht mal sein Co-Pilot Eduard Zimmer wusste von dem Vorhaben, sonst wäre er nicht in löchrigen Turnschuhen ins Flugzeug gestiegen, und der frisch verheiratete Bordmechaniker Franz Hack hat geglaubt, er höre nicht richtig, als sein Pilot den Funkspruch ans Verkehrsministerium in Berlin absetzte: ›Ihr Einverständnis voraussetzend, fliege ich in die USA.‹«

Matthis lachte auf. »Das ist ja eine lustige Geschichte!«

»Und spannend. Das ganze Buch liest sich toll, vielen Dank, Matthis. Gerade bin ich an der Stelle, wo sie auf der Weltumrundung im Indischen Ozean notlanden müssen. Ich war in Versuchung, die ganze Nacht durchzulesen. Wie bist du überhaupt auf die Idee gekommen, mir dieses Buch zu schenken? Ich wüsste nicht, dass ich dir von meiner Begeisterung für die Fliegerei erzählt habe.«

Matthis lächelte. »Doch, das hast du.«

»Wann denn? Das wüsste ich doch.«

»Das ist schon lange her. Da warst du neun oder zehn Jahre alt. Du hast einen Aufsatz für die Schule geschrieben ›Mein erster Flug‹, und ich sollte die Geschichte unbedingt lesen.«

»Stimmt!«, rief sie aus. »Das ist aber wirklich lange her. Dass du dich daran noch erinnerst.«

»Ich erinnere mich an alles, was mit dir zusammenhängt«, sagte Matthis, und sein Blick war so sanft, dass er sich wie ein Streicheln anfühlte. »Und ich genieße jede Minute mit dir. Heute sogar einen ganzen Tag lang – und du hast wirklich kein schlechtes Gewissen, dass wir uns hier treffen?«

»Nein, habe ich nicht!«, sagte sie ohne Umschweife. »Ich habe es satt, immer nur mit dir auf dem Dachboden zu sitzen, ich möchte etwas mit dir erleben.« In Wahrheit müsste sie natürlich zugeben, dass sie ein schlechtes Gewissen hatte, weil sie ihre Mutter belog – aber die wollte es ja nicht anders. »Also, wo reiten wir hin?«, setzte sie unternehmungslustig hinzu.

»Das überlasse ich dir. Hauptsache, ich bin an deiner Seite.«

»Dann lass uns am Roten Kliff hinunter an den Strand reiten.«

»Das klingt nach einem guten Plan. Den Weg hierher habe ich ja schon mal geschafft.« Matthis grinste schief.

»Wie bist du überhaupt auf den Gedanken gekommen, mit mir einen Ausritt machen zu wollen?«

»Weil ich weiß, wie gern du reitest – und ich wollte dir eine Freude machen.«

»Aber bist du auch sattelfest?«

Er bedachte sie mit einem liebevollen Blick. »Keine Sorge, ich kann mich sogar ohne Sattel auf einem Pferd halten. Ich bin nur etwas aus der Übung – aber das Reiten verlernt man ja nicht.«

»Dann bin ich beruhigt«, sagte Frieda und lenkte ihr Pferd auf den Brönishooger Weg, der sie an vereinzelten Reetdachhäusern vorbei in den Ortskern von Kampen führte.

Sie stießen auf das Gasthaus zum Roten Kliff, ein lang gestrecktes, weiß getünchtes Reetdachgebäude mit einem einladenden Schild über dem überdachten Eingang.

Aus einem der beiden Giebelfenster schüttelte ein Zimmermädchen eine Bettdecke aus, während ein Mann in fein gestreiftem Anzug aus dem Eingang trat und die Zeit auf seiner Taschenuhr prüfte, die mit einer goldenen Uhrenkette an seiner Weste befestigt war. Während er die Straße überquerte, warf er einen skeptischen Blick in den Himmel.

Dadurch abgelenkt, wäre er fast mit einem Radfahrer zusammengestoßen, der jedoch zum Glück noch rechtzeitig bremsen konnte.

Seiner abgerissenen Kleidung nach zu urteilen, war der Radfahrer ein Tagelöhner, und er entschuldigte sich wortreich bei dem Mann, der ihm in den Weg gelaufen war, obwohl ihn keine Schuld traf.

»Ob Rowohlt und Fallada wohl auch so aufeinandergetroffen sind?«, murmelte Frieda vor sich hin.

»Wie bitte?«, fragte Matthis irritiert und brachte sein Pferd zum Stehen, damit sie dem Radfahrer nicht auch noch in die Quere kamen.

»Ich meine hier vor dem Gasthaus. Das muss jetzt ungefähr fünf Jahre her sein. Da ist der Schriftsteller Hans Fallada vor dem Gasthaus zufällig auf seinen früheren Verleger Rowohlt gestoßen, der dort ein Zimmer gemietet hatte. Das war nicht nur ein Zufall, sondern vor allem ein Glücksfall für beide. Ansonsten würde sich die Verlagsgeschichte heute anders lesen, und es gäbe keine Bestseller von Fallada.«

»Das ist ja ein Ding!«, rief Matthis aus und trieb sein Pferd zum Weitergehen an, weil der Weg nun wieder frei war. »Weißt du noch mehr darüber?«

»Na ja, Fallada hatte einige Jahre zuvor zwei leider nur mäßig erfolgreiche Romane bei Rowohlt veröffentlicht und ist dann auf die schiefe Bahn geraten. Alkohol- und Morphinsucht, Selbstmordversuch und sogar Gefängnis wegen Betrugs. Als er entlassen wurde, hat er eine Stelle als Anzeigenwerber gefunden und versucht, sich und seine frisch angetraute Frau damit durchzubringen. Für eine Hochzeitsreise war kein Geld da, aber von Neumünster aus ist es ein Tagesausflug nach Sylt, und für Fallada war das die beste Entscheidung seines Lebens.

Sein früherer Verleger hat ihn tatsächlich wiedererkannt und sprach ihn an. Als er hörte, welches Schicksal sein ehemaliger Autor erlitten hatte, schimpfte er mit ihm und sagte, dass er nicht länger so rumlaufen und Abonnenten werben solle. Er müsse nach Berlin und dort wieder als Schriftsteller arbeiten. Er bot ihm einen Vertrag an, obwohl der letzte Vorschuss nicht eingespielt worden war.«

»Was du nicht alles weißt!«, staunte Matthis, während sie entlang vereinzelter Reetdachhäuser durch den ruhigen Strönwai ritten, der bei der Heidelandschaft angekommen in einen Pfad überging.

»Ich musste einen Artikel darüber setzen, in dem es um das neue Buch von Fallada ging, *Bauern, Bonzen und Bomben.* Das ist vorletztes Jahr erschienen, und letztes Jahr kam *Kleiner Mann – was nun?* heraus.«

»Das waren doch beides ziemlich erfolgreiche Bücher.«

»Das kann man so sagen. Beides internationale Bestseller.«

»Also tatsächlich auch für Rowohlt ein echter Glücksfall. Hast du noch mehr solche Geschichten auf Lager?«

»Leider, nein«, bedauerte sie und lenkte ihr Pferd in Richtung der Uwe-Düne, dem berühmten Aussichtspunkt der Insel. »Obwohl sich in Kampen zahlreiche Verleger und noch mehr Literaten tummeln, Suhrkamp hat ja auch ein Haus hier in bester Lage – aber man bleibt unter sich. Das ist sehr schade, denn ich würde zum Beispiel Rowohlt gern mal kennenlernen. Man sagt, er sei sehr lustig und trage immer den Schalk im Nacken. Und von sich selbst hat er mal gesagt, dass er keine Manuskripte liest, stattdessen stecke er nur seine Nase hinein, weil er die guten Bücher rieche.«

»Vielleicht solltest du ihm mal eine deiner Geschichten schicken?«, sagte Matthis, als sie an der Uwe-Düne angekommen waren, auf die eine lange Holztreppe zu einer Aussichtsplattform hinaufführte.

»Unsinn, so gut kann ich nicht schreiben. Und wenn, dann würde sie nur auf seinem Schreibtisch untergehen. Aber über das Verlagswesen würde ich mich gern mit ihm unterhalten, das interessiert mich brennend.«

»Das kann ich mir vorstellen. Wollen wir die Pferde anbinden und auf die Uwe-Düne steigen? Ich war noch nie da oben, empfehle aber unseren Gästen immer den Besuch dieser höchsten begehbaren Erhöhung der Insel – schon lustig, oder?«

»Ich war auch noch nicht da oben«, gestand sie. »Aber das sind ganz schön viele Treppen«, seufzte sie. »Andererseits, wenn wir nun schon mal hier sind …«

»… dann lass uns hinaufgehen«, vollendete Matthis ihren Satz.

Einhundertundzehn Stufen zählte Frieda, bis sie endlich oben waren.

Für ihre Mühen wurden sie mit einer überwältigenden Aussicht belohnt, die über die gesamte Insel reichte. Im Norden bis zu den goldgelb leuchtenden Wanderdünen, im Osten über die Reetdachhäuser und den Kampener Leuchtturm hinweg bis zu dem in allen Gesteinsfarben leuchtenden Morsum-Kliff.

Frieda drehte sich Richtung Süden, um nach der Strandvilla Ausschau zu halten. Sie musste ihre Augen gegen die Sonne abschirmen, aber dann erkannte sie das Gebäude auf der hohen Düne, dahinter das Hotel Miramar und ganz im Süden, scheinbar winzig klein, den Hörnumer Leuchtturm.

»Kannst du den Leuchtturm auch erkennen?«, fragte sie Matthis und deutete in die entsprechende Richtung. »Da ist meine Halbschwester mal drauf gewesen«, sagte sie gedankenverloren. »Gegen den Willen unserer Mutter, aber Emma hat sich durchgesetzt.«

»Wir setzen uns auch eines Tages durch«, sagte Matthis, der genau wusste, was ihr durch den Kopf ging.

Er richtete den Blick nach Westen, über die sattgrüne Heide auf das sanft gewellte Meer hinaus. Es schimmerte in faszinierenden Blautönen, wie sie nur die Natur hervorzaubern konnte.

Matthis legte den Arm um sie, und sie blickten beide hinaus auf das weite Meer.

So könnte sie ewig stehen bleiben, dachte Frieda.

Einsam auf einer hohen Düne, und die Welt lag ihnen zu Füßen. Eine Welt, in der sie getrennt sein mussten, denn ihr Wunsch, gemeinsam mit ihm durchs Leben zu gehen, wurde immer stärker.

»Ich hoffe so sehr, dass meine Mutter ihre Meinung noch ändert«, entgegnete sie leise.

»Wollen wir weiter?«, fragte Matthis.

»Ja. Es ist ja nur noch das kurze Stück durch die Heide, und dann reiten wir am Roten Kliff runter an den Strand …«

»… und galoppieren, so weit uns die Hufe tragen«, ergänzte Matthis.

»Bist du denn auch wirklich, wirklich sattelfest?«, fragte sie, als sie die Holzstufen hinuntergingen.

»Also vielleicht sollten wir auf gestreckten Galopp verzichten, aber immerhin habe ich ohne Sattel reiten gelernt. Ist allerdings schon lange her. Mein Vater konnte sich ja kein Pferd leisten. Aber die Nachbarsfamilie hatte Pferde, da durfte ich auf der Koppel reiten. Ohne Sattel, nur mit Strick am Halfter. Ich bin nie runtergefallen, ganz im Gegensatz zu Richard, der seine Nase immer ziemlich weit oben hatte. Mit dem Hotelierssohn bin ich zur Schule gegangen. Möchte wissen, was aus dem geworden ist.«

»Das ist ja ein Zufall!«, entfuhr es Frieda. »Mit ihm habe ich im Trocadero getanzt.«

»Ach?« Matthis hob die Augenbrauen. »Davon hast du mir noch gar nichts erzählt.« Seine Stimme klang ungewohnt vorwurfsvoll.

»Das war ja auch nicht so wichtig«, wiegelte sie ab und legte ihre Konzentration auf die Treppenstufen. »Entscheidend war für mich, dir davon zu erzählen, wie mein Vat…, also, wie Adam auf Boy losgegangen ist und ihn zu Boden geschlagen hat. Adam glaubt übrigens bis heute, ich hätte mit meiner Schwester hinter seinem Rücken dafür gesorgt, dass meine Mutter sich mit ihrer alten Liebe im Tanzlokal vergnügt.«

Matthis blieb abrupt auf einer der Stufen stehen. »Lenk nicht vom Thema ab. Ich finde es durchaus wichtig, mit wem du getanzt hast.«

Da sie schon zwei Schritte weitergegangen war, wandte sie sich zu Matthis um. »Warum ist das wichtig? Bist du etwa eifersüchtig? Dazu gibt es überhaupt keinen Grund.«

»Ach ja? Weshalb hast du mir diesen Tanz dann verschwiegen? Er ist immerhin ein Hotelierssohn – eine sehr gute Partie für dich.«

Wut kroch in ihr hoch. »Du redest schon wie meine Mutter. Außerdem habe ich dir nichts verschwiegen, ich habe nur …« Sie brach ab. Jeder Versuch einer Rechtfertigung würde es nur schlimmer machen.

»Jaa?«, fragte Matthis gedehnt. »Was hast du? Hast du eigentlich die leiseste Ahnung davon, wie ich mich an diesem Abend gefühlt habe, als du ins Trocadero gegangen bist? Das war ganz schön übel, zu wissen, dass deine Mutter darauf aus ist, dich zu verkuppeln, und ich konnte dir nur hinterhersehen, wie du in diesem wunderschönen Kleid die Strandvilla verlassen hast.«

»Meine Güte, Matthis, das ist zwei Jahre her. Weshalb bringst du das ausgerechnet jetzt aufs Tapet? Komm, lass uns weitergehen.«

Sie ging ein paar Schritte voran, doch Matthis blieb eisern stehen.

»Du hast damit angefangen, Frieda. Dir ist gerade herausgerutscht, was du mir zwei Jahre lang verschwiegen hast. Wer sagt mir denn, dass du dich nicht seither heimlich mit Richard triffst – genau wie mit mir? Wahrscheinlich sogar mit dem Segen deiner Mutter – nur ich weiß nichts davon?«

»Matthis! Nun hör aber auf! Was denkst du denn von mir? Das geht zu weit!« Der Wind frischte auf, und so schutzlos, wie sie auf der Düne stand, hatte er leichtes Spiel, sodass sie fröstelte.

Wutentbrannt lief Matthis an ihr vorbei die Treppe hinunter. »Ganz meine Meinung«, rief er unten angekommen und erklomm sein Pferd. »Ich habe Richard schon lange nicht mehr gesehen, aber früher hat man uns für Zwillinge gehalten. Ich glaube, so sehr wird er sich nicht verändert haben. Es ist also nicht so weit hergeholt, dass er dir gefällt, und er ist die weitaus bessere …«

»Matthis, bitte!« Sie rannte ebenfalls die letzten Stufen hinunter. »Lass uns nicht streiten.« Ohne eine Antwort abzuwarten, schwang sie sich in den Sattel von Strandkorb.

»Schon gut, Frieda, schon gut. Ich mache dir keinen Vorwurf. Es war dumm von mir zu glauben, wir hätten eine gemeinsame Zukunft. Der Hotelierssohn und die Erbin der Strandvilla, das passt viel besser. Jetzt verstehe ich auch, warum du immer weniger Zeit für mich hattest.« Er trieb sein Pferd an, und sie folgte ihm auf dem schmalen Pfad durch die Heide, bis sie auf dem Kliff ankamen, das für seine roten Gesteinsschichten berühmt und besonders in den Abendstunden ein wildromantischer Treffpunkt war.

Diesen Ausflug hatte sie sich wahrlich anders vorgestellt.

»Matthis, was ist denn nur in dich gefahren? Das stimmt doch alles nicht! Außerdem würde ich dich gern viel häufiger sehen, aber wir gehen jedes Mal ein hohes Risiko ein!« An seinem sturen Blick erkannte sie, dass er sich in seiner Eifersucht verrannt hatte. »Matthis, bitte, vertrau mir. Lass uns unseren Ausflug ohne Streit fortsetzen, bitte. Es ist doch so ein schöner Tag heute.«

»Ich soll dir vertrauen? Wenn du mir verschweigst, dass du von einem Mann zum Tanz aufgefordert wurdest, der eine gute Partie ist und mein Zwilling sein könnte? Das sagt doch alles, und mehr will ich auch nicht wissen. Ich reite jetzt zur Strandvilla zurück, für mich ist der Tag gelaufen.«

»Matthis, so warte doch!«

Zügig passierte er den steilen, sandigen Weg, der am Kliffhang hinunterführte.

Frieda folgte ihm, so schnell es möglich war.

Am Strand angekommen, galoppierte Matthis aus dem Stand an und ritt in atemberaubendem Tempo nahe der Wasserkante entlang, sodass der Sand nur so aufflog.

Mit einem unguten Bauchgefühl sah Frieda ihm nach. So schnell würde selbst sie nicht reiten. Ob er sein Pferd noch im Griff hatte? Konnte er sich wirklich im Sattel halten?

Kaum zu Ende gedacht, flog Matthis in hohem Bogen vom Pferd.

Es ging alles so schnell, dass Frieda nicht mal mit einem Schrei reagieren konnte. Dafür ritt sie jetzt im gestreckten Galopp zu der Stelle, wo Matthis im Sand lag.

»Matthis, Matthis!«

Schnell sprang sie aus dem Sattel und ließ ihr Pferd los, damit sie sich um Matthis kümmern konnte. Strandkorb würde sich nicht vom Fleck rühren, auf ihn war Verlass. Sein Pferd war zum Glück ebenfalls stehen geblieben, nachdem es seinen Reiter verloren hatte, und kam langsam zurück, um die Nähe seines Stallgenossen zu suchen.

Sie ging neben Matthis in die Knie. »Um Gottes willen, ist dir was passiert? Hast du dir was gebrochen?«

»Ich glaube nicht«, sagte er und prüfte vorsichtig die Beweglichkeit seiner Gliedmaßen.

»Kannst du aufstehen?«, fragte sie hoffnungsvoll.

»Ich denke schon, aber meine Beine zittern.«

»Dann bleib noch einen Moment sitzen, du hast bestimmt einen kleinen Schock.« Sie setzte sich neben ihn in den Sand und nahm seine Hand. Zärtlich streichelte sie über seine Finger. »Du hast großes Glück gehabt.«

Er drückte ihre Hand und sah ihr dabei fest in die Augen. »Ich habe großes Glück, weil du an meiner Seite bist. Entschuldige bitte, ich war ziemlich töricht. Da ist wohl der Gaul mit mir durchgegangen, bevor er es ihm wahrsten Sinne des Wortes getan hat. Diesen Ausflug habe ich mir wirklich anders vorgestellt.« Er grinste schief.

»Ich mir auch«, entgegnete sie bedrückt.

»Du weißt ja gar nicht, was ich vorgehabt habe.«

»Oh«, machte sie, und auf einmal durchfuhr sie ein blitzartiger Gedanke. Was, wenn er ihr einen Heiratsantrag machen wollte?

Matthis sah gedankenverloren aufs Meer hinaus. Es wirkte so sanft wie an dem Tag, an dem sie allein baden gehen wollte. Als sie noch unbekümmert und voller herzensfroher Pläne gewesen war.

»Was hattest du denn vor?«, fragte sie leichthin, um ihre eigene Nervosität zu überspielen.

»Ich weiß nicht, wie ich anfangen soll«, begann er unsicher. »Ich habe ein kleines Geschenk für dich …«

Ihr Herz klopfte wie wild, sodass sie glaubte, man müsse es von außen sehen können. Für den Verlobungsring hatte Matthis sicher lange gespart. Ein Verlobungsring, den sie nicht in der Öffentlichkeit tragen konnte. Bei dem Gedanken wurde sie ganz wehmütig.

»Du liest doch gern Carl Zuckmayer.«

»Wie bitte?«, fragte sie irritiert. Auf diese Frage war sie nicht gefasst gewesen, und dann musste sie sich verschämt eingestehen, dass sie zu viel erwartet hatte. Matthis wollte ihr noch ein Buch schenken und keinen Heiratsantrag machen.

Sie räusperte sich und setzte zu einem Redeschwall an, damit er ihr keine Enttäuschung anmerkte. »Ja, der *Hauptmann von Köpenick* hat mir sehr gut gefallen. Das Stück kritisiert die Obrigkeitshörigkeit, den Militarismus und den Respekt vor Uniformen. Es würde mich nicht wundern, wenn die Nationalsozialisten die Aufführung solcher Stücke bald verbieten. Ach, ich hätte das so gern mal im Theater gesehen. Aber so etwas gibt es leider hier auf Sylt nicht.«

»Das nicht, aber wie wäre es mit einer Lesung, bei der du den Schriftsteller persönlich kennenlernen kannst?«

Nun wusste sie gar nicht mehr, was sie sagen sollte. »Das wäre ein Traum, aber wie soll der in Erfüllung gehen?«

»Zuckmayer ist gerade bei seinem Verleger Suhrkamp in dessen Villa in Kampen zu Gast, und am zehnten Mai findet eine Lesung vor ausgewähltem Publikum statt.«

»Siehst du, da haben wir schon den Haken«, seufzte sie.

»Sag bloß, du kannst an dem Mittwoch nicht?« Matthis machte ein bestürztes Gesicht.

Sie lachte auf. »Du weißt genau, was ich meine. Die Kampener sind eine illustre Gesellschaft für sich. In diese erlauchten Kreise kommt man nicht so leicht. Woher weißt du überhaupt von der Lesung?«

»Weil Gäste von uns dorthin eingeladen sind. Ich habe mit Herrn Suhrkamp telefoniert und bei der Gelegenheit gefragt, ob die zukünftige Strandvilla-Erbin auch kommen dürfe.«

»Das hast du so gesagt?« Ihr blieb der Mund offen stehen.

»Nein, natürlich nicht in diesem Wortlaut«, schmunzelte Matthis. »Aber ich habe dem Verleger von deiner Begeisterung für Carl Zuckmayer erzählt, und das hat gewirkt. Du bist herzlich eingeladen.«

»Das ist ja unglaublich! Ich fasse es noch gar nicht. Vielen, vielen Dank, Matthis.« Sie umarmte ihn stürmisch, worauf er mit einem Schmerzenslaut reagierte.

»Hast du dir doch wehgetan?«, fragte sie besorgt.

»Ich weiß nicht, meine Hüfte oder mein Becken hat es wohl doch erwischt.«

»Kannst du aufstehen?«

»Ich versuche es.«

Mit schmerzverzerrtem Gesicht und mit ihrer Hilfe kam er auf die Beine. Allerdings konnte er nur in gebeugter Haltung stehen und musste sich auf sie stützen.

»Das wird schon«, sagte er mit einem gequälten Lächeln, »lass uns zum Pferd gehen. Ich muss nur in Bewegung kommen.«

Tapfer ging er ein paar Meter durch den Sand, aber dann musste er erneut stehen bleiben. »Das wird mit jedem Schritt schlimmer.« Er fasste sich an die rechte Seite. »Da bin ich draufgefallen.«

»Das hört sich nach einer Beckenprellung an. Das hatte ich auch schon nach einem Sturz vom Pferd, erinnerst du dich? Das schmerzt mit jeder Bewegung mehr. So kommst du nicht zurück in die Strandvilla. Ich nehme dein Pferd mit und alarmiere die Männer von der Rettung. Die müssen dich mit einer Trage vom Strand holen.«

So langsam schien auch Matthis das Ausmaß des Geschehens zu begreifen. »Und was machen wir dann? Deine Mutter darf auf keinen Fall erfahren, dass wir zusammen unterwegs waren. Vielleicht können wir das irgendwie vertuschen. Du könntest sagen, du hättest mein Pferd zufällig gefunden, weil du auch am Strand unterwegs warst, und dann hast du mich gesucht.«

»Meine Mutter kann eins und eins zusammenzählen. Nein, ich glaube eher, dass dein Sturz ein Wink des Schicksals war. Du sollst nicht noch mal Angst haben müssen, dass ich mich einem anderen Mann versprochen habe. Ich möchte offen zu dir stehen. Es wird Zeit, dass wir die Karten auf den Tisch legen.«

»Nein, Frieda, tu das nicht. Das wäre zu früh. Denk dir irgendeine Geschichte aus, aber sag deiner Mutter nicht die Wahrheit. Damit würden wir uns keinen Gefallen tun. Du musst mir nichts beweisen – bitte sei vernünftig.«

KAPITEL 15

Währenddessen

Es war nicht gut gewesen, Matthis heute freizugeben, dachte Moiken. Zwar hatte er vorausschauend einen üblicherweise ruhigen Sonntag ausgesucht, aber seit sie vom Kirchgang zurück war, klingelte ständig das Telefon.

Überhaupt war heute ein Tag, an dem nichts nach Plan zu laufen schien. Dem Pfarrer war die Predigt entglitten, als er von Gottes Gerechtigkeit gesprochen hatte, denn da hatte die Frau des Gemüsehändlers plötzlich mit weinerlicher Stimme geschrien, wie Gott es zulassen könne, dass ihr Mann verhaftet worden sei, nur weil er im Wirtshaus im angetrunkenen Zustand gesagt habe, dass Hitler niemals dem Volk Arbeit verschaffen werde. Ihr Mann gehöre keiner Partei an, sei auch nicht marxistisch gesinnt, und im Wirtshaus singe er normalerweise immer mit glühendem Patriotismus Soldatenlieder. Daraufhin entbrannte ein Streit unter den Kirchgängern, bei dem klar erkennbar war, wer welcher Partei angehörte, und der Pfarrer hatte große Mühe gehabt, seine Schäflein zu beruhigen.

So hatte der Sonntag schon angefangen, und nach dem Kirchgang hatte sie eigentlich bei Carl in der Druckerei vorbeigehen wollen, um mit ihm die Zeitungsanzeige zum Saisonstart des Dünencafés zu besprechen, und sich einen Eindruck von Friedas Arbeitsplatz zu verschaffen.

In den vergangenen Wochen hatte Frieda häufig über Kopfschmerzen geklagt, weil die Setzmaschinen so unerträglich laut seien.

Der Besuch in der Druckerei war jedoch von einem Menschenauflauf vor dem Haus Gutenberg vereitelt worden. Es war kein Durchkommen gewesen, da man einem Mann mitten auf der Friedrichstraße zwei Schilder umgehängt hatte. Vorne stand »Ich roter Lump habe gesagt: Hitler ist der größte Arbeiterverräter«, und hinten prangte die Warnung »So geht es jedem, der Hitler und die SA beschimpft«.

Die Stimmung war derart gereizt gewesen, der Mann war mit Eiern beworfen worden, und ringsum kam es zu handgreiflichen Auseinandersetzungen, sodass sie schnell in die Elisabethstraße abgebogen und auf diesem Weg zurück in die Strandvilla gegangen war.

Als sie jetzt zum Hörer greifen wollte, um Carl anzurufen, klingelte wieder das Telefon.

»Die Strandvilla auf Sylt – Moiken von Baudissin am Apparat, was kann ich für Sie tun?«

»Liebermann hier, guten Tag. Es ist mir eine Ehre, dass ick Sie direkt an der Strippe habe, liebe Frau von Baudissin, damit hab ick jar nich jerechnet. Leider muss ick unseren diesjährigen Aufenthalt in der Strandvilla absagen.«

»Das ist aber sehr bedauerlich«, entgegnete Moiken. Mehr als das, dachte sie. Die Familie kam seit Jahren samt den Großeltern, Söhnen und Schwiegertöchtern für vier Wochen in die Strandvilla und belegte fünf Zimmer. Es waren sehr angenehme Gäste, die während ihres Aufenthalts immer zahlreiche kostspielige Sonderwünsche anmeldeten und entsprechend eine Menge Geld dagelassen hatten. »Ich hoffe, es ist niemand in der Familie ernsthaft erkrankt, das täte mir sehr leid«, fügte sie aufgrund der Stille in der Leitung hinzu.

»Nein, das ist nicht der Grund. Wir fühlen uns auf Sylt nicht mehr willkommen, was aber natürlich nicht an Ihnen liegt. Es sind mehr die äußeren Umstände.«

Moiken ahnte, worauf er anspielte. Ihr Blick fiel auf den Tresen, auf dem die Sonntagsausgabe der Zeitung lag. Die Titelseite nahm ein großformatiges Foto von der gestrigen Stadtvertretersitzung ein, auf dem die neu gewählten Stadtvertreter im Sitzungssaal unter der schwarz-weiß-roten Reichsflagge standen – neben der das Symbol der neuen Regierung hing: das Hakenkreuz.

Von den neun Stadtvertretern trugen sechs Braunhemden – das Ehrenkleid der Nation, wie es im Artikel hieß, und es wurde ein SPD-Mann in großen Lettern zitiert, dass er der Arbeit der Mehrheit nicht im Wege stehen wolle und deshalb zurücktrete.

»Mir sind die politischen Umstände auch höchst unangenehm, aber ich kann Ihnen versichern, auf Sylt sind Sie willkommen.«

»Also diese Aussage finde ich doch höchst verwunderlich. Lesen Sie keine Zeitung? Bei uns stand heute jedenfalls in der Sonntagsausgabe, dass Hitler von sämtlichen Gemeinden der Insel Sylt in dankbarer Würdigung der Verdienste um die nationale Wiederaufrichtung unseres Deutschen Vaterlandes einstimmig zum Ehrenbürger ernannt wurde – nach gerade mal acht Wochen als Reichskanzler. Und zu seinem Geburtstag am 20. April plant man, in Keitum eine Eiche zu pflanzen. Es tut mir leid, aber das spricht doch Bände. In so einer Umgebung fühle ich mich nicht wohl.«

»Ich darf Ihnen versichern, dass Sie als Juden gern auf der Insel gesehen sind, und in der Strandvilla erst recht.«

»Sieht Ihr Mann das auch so? Bitte entschuldigen Sie, wenn ich so direkt werde, aber Herr von Baudissin wird in dem Artikel ebenfalls erwähnt, weil er als Ortsgruppenleiter der NSDAP diesen Antrag auf Hitlers Ehrenbürgerschaft eingereicht hat, und dieser war Tagesordnungspunkt Nummer eins auf der gestrigen konstituierenden Sitzung. Das muss man sich mal vorstellen. Da treten die Stadtverordneten neu zusammen und ernennen als erste Amtshandlung Hitler zum Ehrenbürger. Mehr muss man doch nicht wissen. Ich verzichte also dankend auf meinen Urlaub. Für Sie tut es mir leid. Ich wünsche Ihnen alles Gute, liebe Frau von Baudissin. Auf Wiederhören. Vielleicht. Irgendwann.«

Moiken starrte den Hörer an. Das durfte nicht wahr sein – das musste ein schlechter Traum sein, aus dem sie gleich erwachte.

Wieder starrte sie auf die Zeitung. Nein, das alles war real, und soeben hatte sie nicht zuletzt aufgrund von Adams politischer Zugehörigkeit zahlungskräftige Stammgäste verloren.

Da war eine Unterredung fällig.

Kaum zu Ende gedacht, hörte sie kräftige Stiefelschritte vor dem Portal. Zurzeit war Adam ständig unterwegs, und jetzt kam er ihr gerade recht – nur hoffentlich nicht in Begleitung seiner Genossen. Allerdings hörte es sich genau danach an.

Das Portal schwang auf, und herein traten vier uniformierte Männer, die sie nicht kannte.

»Frau von Baudissin?«, fragte der Größte unter ihnen ohne weitere Begrüßung. Er hatte ein Wolfsgesicht mit vorspringender Nase, und seine Genossen wirkten ebenso unsympathisch.

»Ja bitte, wie kann ich den Herren weiterhelfen?« Sie straffte ihre Haltung und ging ihnen von der Rezeption entgegen.

Der Redeführer musterte sie streng mit seinen kleinen Augen und ging noch zwei Schritte auf sie zu, sodass er dicht vor ihr stand. »Indem Sie sich jetzt äußerst kooperativ verhalten«, sagte er, und Moiken wich vor seinem strengen Mundgeruch einen Schritt zurück.

»Sieh an, sie weiß genau, um was es geht. Festhalten«, befahl der Wolf seinem Rudel, und plötzlich war Moiken von allen Seiten umzingelt. Sie wand sich, um sich aus den Griffen der Männer zu befreien.

»Lassen Sie mich los! Ich weiß doch überhaupt nicht, worum es geht.«

»Nun spielt sie die Unschuldige«, bemerkte der Redeführer höhnisch, und die anderen Männer fielen in sein Lachen mit ein.

»Ich bin unschuldig!«, rief Moiken aus. Jetzt wünschte sie sich nichts mehr, als dass Adam zur Tür hereinkommen oder einer von den Bediensteten oder Gästen im Foyer erscheinen möge. Wobei das nur unnötiges Aufsehen erregen würde.

Dennoch dachte sie für Sekunden darüber nach, um Hilfe zu schreien, aber ihre Kehle war wie zugeschnürt. Schon einmal war sie mit dem Tode bedroht worden, als Soldaten die Strandvilla nach Waffen und Kriegstreibern durchsucht hatten. »Was wird mir überhaupt vorgeworfen?«

»Also gut«, seufzte der Redeführer und wischte sich eine nicht vorhandene Fluse vom braunen Hemdsärmel. »Wenn es nur so geht, dann eben förmlich. Wir sind hier, weil uns von einer vertrauenswürdigen Person angezeigt wurde, dass Sie auf Ihrer Schreibmaschine große Mengen kommunistischer Schriften angefertigt haben. Uns liegen Beweise dieser staatsfeindlichen Papiere vor, die aufgrund Ihrer persönlichen Beziehungen zur Druckerei Carl Meyer in großem Stil heimlich verbreitet werden sollten. Ihre Tochter

Frieda hätten wir im Rahmen der Hausdurchsuchung auch gern gesprochen.«

Ein Schauer durchlief sie, aber nur Sekunden später kam die Löwin in ihr zum Vorschein. »Meine Tochter ist nicht hier, und eine Hausdurchsuchung wird es auch nicht geben. Dazu haben Sie kein Recht!«

»Ach?«, fragte der Redeführer amüsiert. »Sie wollen mich über meine Rechte aufklären? Da sollten Sie bei den Anschuldigungen gegen Sie aber ganz vorsichtig sein.«

»Ich habe keinen Grund, vorsichtig zu sein«, keifte sie zurück. »Es handelt sich nämlich um haltlose Vorwürfe, und ich ahne auch, wer sie in die Welt gesetzt hat: Henriette Grondziel.«

Der Redeführer wandte sich lächelnd an seine Männer. »Hört Ihr, Genossen, sie weiß genau Bescheid. Und wir wissen, dass Sie Frau Grondziel lange Jahre als zuverlässige und enge Mitarbeiterin in Ihrem Dünencafé beschäftigt, aber ihr nun gekündigt haben, weil Frau Grondziel die Verbreitung der KPD-Schriften nicht unterstützen wollte.«

Moiken glaubte, vor Wut auf Henriette zu platzen. »Ich habe ihr gekündigt, richtig, aber nicht, weil …«

»Keine Sorge«, unterbrach sie der Redeführer, »wir können gut nachvollziehen, dass sich kommunistisches Gedankengut nicht mit nationalsozialistischen Zielen vereinbaren lässt, und als Arbeitgeberin steht es Ihnen natürlich jederzeit frei, eine Kündigung auszusprechen. Allerdings haben wir per Notstandsgesetz das Recht, Sie aufgrund Ihrer staatsfeindlichen Unternehmungen ins Polizeigefängnis zu überstellen. Da Sie gegen eine Hausdurchsuchung sind, können wir uns diese auch gern sparen. Soll mir recht sein. Die Fakten liegen ja auf dem Tisch.«

»Mein Ehemann ist Ortsgruppenführer der NSDAP!«, rief Moiken aus. Niemals hätte sie geglaubt, diesen Trumpf einmal ausspielen zu müssen.

»Das macht die Sache ja umso schlimmer. Wir handeln hier ganz im Sinne Ihres Ehemanns. Der Sache muss nachgegangen werden, und wir sind gespannt, was Herr von Baudissin zu den Ergebnissen des Verhörs sagt. Abführen!«

Adam entfernte sich vom Flur, von wo aus er ins Foyer hinunter gelauscht hatte, und fragte sich auf dem Rückweg in sein Zimmer, ob für Moiken die Verhaftung wohl eine Lehre sein mochte. Als er erfahren hatte, wer seine Frau angezeigt hatte, war er zunächst erzürnt gewesen.

Ausgerechnet Henriette, die ihm ein Dorn im Auge war. Stünde sie auf der Seite der Roten, hätte er längst die Gelegenheit genutzt, sie hinter Schloss und Riegel bringen zu lassen – und zwar nicht ins Westerländer Polizeigefängnis, sondern in eines der Lager auf dem Festland.

Er traute Henriette nicht über den Weg, weil sie ihn als Mörder ihres Sohnes bezeichnet hatte, und mit ihren roten Haaren könnte sie durchaus die Attentäterin gewesen sein, aber da waren ihr Alibi und keine weiteren Beweise.

Henriettes Parteieintritt hatte ihn anfänglich misstrauisch werden lassen, aber die vergangenen Wochen hatten gezeigt, dass ihre nationalsozialistische Gesinnung über allen persönlichen Befindlichkeiten stand, und vielleicht hatte Henriette ja sogar eingesehen, dass er tatsächlich keine Schuld an Bernhards Tod trug.

Sie machte sich wirklich gut in der Partei, aber verärgert war er im ersten Moment trotzdem über die Anzeige gegen seine Frau gewesen, schließlich hatte er als Ortsgruppenleiter einen Ruf zu verlieren.

Wo sollte das hinführen, wenn seine eigene Frau politisch gegen ihn arbeitete?

Deshalb hatte er nach dem Prinzip »Wehret den Anfängen« gehandelt und einer Verhaftung nicht widersprochen.

Das sollte seiner Frau eine Lehre sein, sich künftig ruhig zu verhalten und ihn zu unterstützen.

Über kurz oder lang würde die Begeisterungswelle für Hitler auch auf Moiken überschwappen, dessen war er sich sicher.

Dem Charisma des Führers konnte sich keiner entziehen.

Er bewunderte Hitler für seine Wortgewandtheit und die Gabe, Menschen von seinen Visionen zu überzeugen. Ein Kampfgeist, der endlich wieder Stabilität und Wohlstand ins Reich bringen würde. Das musste doch auch ganz im Interesse von Moiken sein.

Er studierte jede Rede von Hitler genau, sezierte sie regelrecht und baute die wirkungsvollsten Elemente davon in seine eigenen Reden ein. Wenn nur endlich diese Panik vor Menschenansammlungen aufhören würde. Die bekam er lediglich mit einer gehörigen Portion Alkohol in den Griff.

Ansonsten lief jedoch alles nach Plan, und man schätzte ihn sehr als Ortsgruppenleiter. Wie sich gezeigt hatte, hatten sogar die Stadtverordneten so viel Respekt vor ihm, dass sie seinen Wunsch, Hitler zum Ehrenbürger zu ernennen, bei der konstituierenden Sitzung direkt auf Punkt eins der Tagesordnung gesetzt hatten.

Die Krönung war jedoch das Telegramm, das ihn heute Vormittag erreicht hatte. Obwohl er den Text schon auswendig kannte, nahm er es wieder zur Hand, weil er immer noch nicht glauben konnte, dass er dieses Dankschreiben erhalten hatte.

Die Verleihung des Ehrenbürgerrechts von Westerland und den übrigen Gemeinden der Insel Sylt erfüllt mich mit aufrichtiger Freude. Ich nehme die Ehrenbürgerschaft an und bitte, dem Stadtrat meinen ergebensten Dank sowie meine besten Glückwünsche für das Blühen und Gedeihen der Insel Sylt aussprechen zu dürfen. Mit deutschem Gruß, Adolf Hitler.

Wenn er Hitler nur einmal persönlich die Hand schütteln dürfte, das wäre eine unglaubliche Ehre! Auf dieses Ziel wollte er mit aller Tatkraft hinarbeiten. In absehbarer Zeit würde Hitler mit Stolz nach Sylt blicken und der Insel einen Besuch abstatten, um den Mann kennenzulernen, der sich politisch besonders verdient gemacht hatte.

Der Grundstein war gelegt, die Sylter hatten die NSDAP mit zweitausendeinhundertundzehn Stimmen gewählt, doppelt so viele wie noch vor zwei Jahren, und täglich kamen neue Parteieintritte hinzu. Die anderen Parteien waren deutlich abgeschlagen, und auf den wichtigsten Posten würden bald keine Roten mehr sitzen. Als Nächstes wollte er die Gleichschaltung aller Sylter Vereine in Angriff nehmen.

Die Mitglieder des Gastwirtevereins hatten auf ihrer Sitzung bereits geschlossen den Beitritt zur NSDAP erklärt, das war sehr erfreulich. Auch beim Geflügelzüchterverein hatte man ihm diese Bereitschaft signalisiert. Sofern die Vereine nicht den parteipolitischen Zielen entgegenstanden, sollte mindestens der Vorstand aus Nationalsozialisten bestehen, so war der Plan.

Das gestaltete sich derzeit bei der Söl'ring Foriining allerdings noch schwierig. Deren Verein war vor gut dreißig Jahren gegründet worden, um die Heimatkunde und die Heimatliebe auf der Insel zu fördern, insbesondere betrieben sie die Sprachpflege dieses überflüssigen Sylter Dialekts. Mit ihnen war nicht zu reden. Noch nicht.

Ausbaufähig war auch noch die bereits bestehende Hitlerjugend, deutschlandweit waren es nur rund 100 000 Mitglieder – in seinen Augen war das jedoch eine besonders wichtige Säule.

Durch Ausflüge und tolle Unternehmungen sollten die Kinder schon früh lernen, wer die Guten waren, und zugleich sollten neben dem Gemeinschaftssinn vor allem die schwächlichen Körper der Burschen gestärkt werden, um sie zu fähigen Arbeitern und Soldaten heranzuziehen.

Mit dem evangelischen Pfarrer stand er bereits zwecks der Eingliederung seiner Jugend in gutem Kontakt. Am Ende sollten …

Er wurde aus seinen Gedanken gerissen, denn die Tür flog auf, und im nächsten Moment stand Frieda vor ihm.

»Was gibt es für einen Grund, hier so hereinzuplatzen?«, fragte er angesäuert. Mit ihrem Verhältnis stand es nach dem Vorfall im Trocadero nicht zum Besten.

»Weißt du, wo meine Mutter ist?«, rief Frieda ohne Begrüßung aus. »Ich habe sie ihm ganzen Haus gesucht. Die Rezeption ist nicht besetzt, und sie ist nirgends erreichbar.«

»Deine Mutter ist im Westerländer Polizeigefängnis, warum?«, entgegnete er kühl.

Frieda machte große Augen. »Wie bitte? Aber weshalb?«, fragte sie atemlos.

»Weil sie ihre Lektion lernen muss. Darüber solltest du eigentlich im Bilde sein, wenn du gerade aus der Druckerei kommst. Sie wollte staatsfeindliche Schriften mit kommunistischen Inhalten unters Volk bringen.«

Seinem aufmerksamen Blick war nicht entgangen, wie sie beim Stichwort Druckerei leicht zusammengezuckt war. Gleich würde die Falle zuschnappen.

»Staatsfeindliche Schriften?«, echauffierte sich Frieda. »So etwas würde meine Mutter doch nie tun – und davon weiß ich auch nichts!«

Er gab sich gelassen. Seine Beute war ihm sicher. »Spar dir deine Unschuldsfloskeln. Ich habe mich schon einmal in dir getäuscht und gehe deshalb ab sofort auf Nummer sicher.«

»Was willst du damit sagen?«, fragte Frieda nervös.

»Ich habe vorhin bei Carl angerufen und deine Kündigung bekannt gegeben. Du wirst in Zukunft in der Strandvilla arbeiten, damit ich dich besser im Blick habe. Das Tun deiner Mutter werde ich ebenfalls mit Argusaugen überwachen. Das ist übrigens ein Beschluss.«

»Aber …«

»Keine Widerrede. Dir hat es in der Druckerei doch sowieso nicht mehr gefallen.«

»Aber was ist mit meiner Mutter?«

»Eine Nacht sollte sie schon im Gefängnis verbringen, damit sie gut darüber nachdenken kann, ob sie in diesem Hause noch einmal etwas gegen die Nationalsozialisten sagen will. Weshalb wolltest du sie überhaupt so dringend sprechen?«

»Ich … es geht um Matthis. Er hat heute seinen freien Tag und ist am Strand vom Pferd gestürzt. Ich bin zufällig vorbeigeritten und habe einen Arzt alarmiert. Vermutlich hat Matthis eine Beckenprellung.«

»Dann gehst du jetzt direkt an die Rezeption und vertrittst ihn. Du hast ja schon oft genug dort bei Matthis herumgelungert und weißt über die meisten Vorgänge Bescheid. Ich werde deine Mutter morgen aus dem Gefängnis holen und ihr ausrichten, dass *ich* Matthis gefunden und verletzt eingesammelt habe – ich denke, das ist ganz in eurem Sinne, nicht wahr?« Er lächelte wissend. »Ich kann eins und eins zusammenzählen. Oder soll deine Mutter erfahren, dass ihr euch heute heimlich getroffen habt?«

Frieda kniff die Lippen zusammen.

»Nun, mir ist gleichgültig, was ihr treibt, aber deiner Mutter ganz bestimmt nicht. Ich könnte ihr auch erzählen, dass ich euch zusammen in Kampen gesehen habe. Ich habe mich im Gasthof zum Roten Kliff zum Frühschoppen mit dem Bürgermeister getroffen. Er wäre dann zugleich mein Zeuge.« Er kostete den Moment einen Augenblick lang aus, bevor er ihr ein Papier reichte. »Aber wenn ich dir ein Alibi geben und noch dazu deine Mutter schnell aus dem Gefängnis holen soll, müsstest du bitte hier unterschreiben.« Er deutete auf die entsprechende Stelle im Formular.

»Was ist das?«, fragte Frieda.

»Dein Mitgliedsantrag zum Beitritt in die NSDAP.« Lächelnd hielt er ihr den Füller hin. »Also?«

Frieda zögerte.

Er befürchtete schon, dass er sie falsch eingeschätzt hatte, aber dann beugte sie sich doch mit verschlossener Miene über das Papier und unterschrieb.

KAPITEL 16

Einige Tage später …

Moiken fror erbärmlich.

Man hatte ihr die Schuhe und die Kleidung abgenommen und sie in ein sackartiges Gewand gesteckt. Wegen der Fluchtgefahr, hatte der Polizist gesagt, der ihr mit lustvollem Blick beim Ausziehen zugesehen hatte.

Danach hatte er sie in die Einzelzelle im Keller gesteckt.

Was dann folgte, konnten nur die Mithäftlinge hören.

Sein lustvolles Grunzen und ihre Schmerzenslaute drangen weder durch die Stahltür nach oben noch durch die dicken, fensterlosen Kellermauern nach draußen in die frühlingshafte Idylle vor dem unscheinbaren roten Backsteingebäude, das sich als Polizeiwache zwischen die Wohnhäuser an der Ecke der Brandenburger Straße einreihte.

Ihr Zeitgefühl hatte sie seitdem verloren.

Stumme Tränen rannen ihr haltlos über die Wangen. Sie kauerte sich auf der Pritsche zusammen, denn ihr Körper war ein einziger Schmerz. Nicht einmal eine einfache Zudecke hatte man ihr gegeben.

Fluchtgefahr, dachte sie bitter, was für ein Hohn! Es ging um pure Erniedrigung, wie ihr der Polizist eindrucksvoll bewiesen hatte.

Die Kellerlampe warf nur spärliches Licht in die erdrückende Dunkelheit. Auch an den Mahlzeiten konnte sie die Tageszeiten nicht abschätzen. Es gab immer Suppe mit Brot.

Aber das war ihr gleichgültig. Hunger verspürte sie keinen.

Aus einer der Zellen drang ein gleichmäßiges, dumpfes Klopfen, so, als ob jemand mit dem Fuß gegen die Steinmauer schlagen würde – oder mit dem Kopf?

»Hallo?«, flüsterte Moiken. Ihre Stimme klang gepresst und heiser, fast schon gespenstisch, sodass sie vor sich selbst erschrak.

Es trat augenblicklich Stille ein.

»Hallo?«, versuchte sie etwas nachdrücklicher, Kontakt aufzunehmen. »Wer ist da?«

Als Antwort kamen ein Wimmern und monotones Gemurmel, das bei genauem Hinhören eine Wiederholung desselben Satzes war: Ich bin unschuldig. Ich bin unschuldig. Ich bin unschuldig.

»Ich auch«, sagte sie fast tonlos.

Unvermittelt hörte sie, wie die Stahltür aufgeschlossen wurde.

Schwere Stiefelschritte auf dem Steinboden.

Panik wallte in ihr hoch, die sich in ihrer Kehle zu einem Kloß zusammenballte.

Ruhig bleiben, zwang sie sich. Ganz ruhig. Der Wächter war bestimmt nicht gekommen, um sie ein weiteres Mal zu vergewaltigen. Vielleicht nahte ihre Freilassung. Adam musste doch längst von ihrer Verhaftung erfahren haben, und er war in der Position, über das Öffnen einer Zellentür zu bestimmen.

Oder war das etwa gar nicht in seinem Sinne? Glaubte er den Vorwürfen womöglich? Machte er vielleicht sogar gemeinsame Sache mit Henriette? Nutzte er ihre Verhaftung, um sie handlungsunfähig zu machen? Wollte er sie so lange mürbe machen, bis sie als unzurechnungsfähig erklärt und in eine Verwahranstalt aufs Festland gebracht wurde, aus deren Mauern es kein Entkommen gab – damit er in der Strandvilla schalten und walten konnte, wie er wollte, um diese zu einem Hort der Braunhemden zu machen?

Fragen über Fragen und keine Antworten.

Nur Verzweiflung.

Selbst wenn sie an Henriette dachte, verspürte sie nur einen dumpfen Schmerz in der Magengegend, aber das konnte auch der Hunger sein. Wut zu empfinden kostete Kraft, und die hatte sie nicht mehr.

Seit der Wächter sich an ihr vergangen hatte, fühlte es sich an, als wäre sie nicht nur hinter diesen Mauern, sondern auch in ihrem geschundenen Körper gefangen. Auch ihre Seele wollte fliehen, aber es gab kein Entkommen. Nicht aus diesem Gefängnis und nicht aus ihrem Körper.

Allein beim Gedanken daran, dass der Wächter gekommen war, um sich noch einmal an ihr zu vergehen, wurde ihr übel.

Als die Schritte unaufhaltsam näher kamen, würgte sie trocken.

»Alles in Ordnung?«, fragte der Wächter, als er ihre Zelle aufschloss.

Da erkannte sie, dass es der freundliche junge Polizist war, der ihr bei einem seiner Kontrollgänge gut zugeredet hatte. Überhaupt war er der Einzige, der mit ihr und den anderen Häftlingen sprach. Wobei seine Frage zwar nett gemeint, aber fast schon zynisch war.

»Mir ist schlecht«, brachte sie hervor. »Kann ich bitte einen frischen Eimer haben?« Sie deutete auf das Metallgefäß mit Deckel, in das sie bereits ihre Notdurft verrichtet hatte.

»Den darf ich leider nur ein Mal am Tag tauschen«, bedauerte er.

Bei dem Gedanken, sich in den Eimer übergeben zu müssen, nahm ihre Übelkeit erst recht zu. Zwanghaft versuchte sie sich davon abzulenken, indem sie darüber nachdachte, wie oft der Eimer schon geleert worden war, damit sie sich ausrechnen konnte, wie lange sie hier schon gefangen war, aber sie kam auf kein sicheres Ergebnis. Dreimal? Viermal?

»Wie lange bin ich schon hier drin?«, fragte sie.

»Fünf Tage«, entgegnete er knapp.

»So lange schon?« Ihr wurde heiß und kalt zugleich.

»Andere sind schon viel länger hier«, entgegnete er lapidar. »Drei Ihrer Mithäftlinge kommen heute noch in ein Lager auf dem Festland, weil wir keinen Platz mehr haben und die Nächsten schon in Handschellen bereitstehen.«

»Was ist mit meinem Mann?«, fragte sie verzweifelt. »Weshalb sorgt er nicht für meine Freilassung?«

Der junge Polizist zuckte mit den Schultern. »Das weiß ich leider nicht. Aber ich kann ...« Er brach mitten im Satz ab, weil die Stahltür erneut aufgeschlossen wurde.

»Aufstehen!«, dröhnte es durch den Gang. Es war unverkennbar die Stimme des Mannes, der sie vergewaltigt hatte. »Es gibt Essen!«

Kaum hatte er es ausgesprochen, zog Moiken den Eimer heran und übergab sich.

Die Schritte des jungen Polizisten entfernten sich.

Sie wand sich unter Krämpfen und würgte etwas Gallenflüssigkeit hervor. Der Gestank ihrer Exkremente drang ihr in die Nase und machte alles nur noch schlimmer. Sie kauerte vor dem Eimer, hustete und würgte.

Als sie aus dem Augenwinkel Stiefel direkt neben sich wahrnahm, sah sie unter Tränen auf. Direkt in das Gesicht ihres Vergewaltigers, der lächelnd auf sie herabsah und ihr das Tablett entgegenhielt.

Reflexartig schlug sie es ihm aus der Hand, sodass der Blechnapf mit der Suppe in hohem Bogen durch die Zelle flog, ausgerechnet auf ihrer Pritsche landete und dort eine Lache hinterließ.

»Oh, eine kleine Raubkatze!«, bemerkte der bösartige Wärter lachend und verließ ihre Zelle.

Weinend sammelte sie das Brot vom dreckigen Boden auf und kroch hinüber zu ihrer Pritsche.

Sie spürte den kalten Steinboden schmerzhaft unter ihren Knien, ihr Hals brannte wie Feuer. Wenn sie nur etwas zu trinken hätte, dachte sie verzweifelt.

Doch die einzigen Flüssigkeiten hier waren ihre Ausscheidungen im Eimer und die Suppe, die bereits durch den Leinenstoff der Pritsche wie durch ein Sieb auf den Boden gesickert war.

Sie schluckte und hätte vor Schmerz beinahe aufgeschrien, so wund war ihre Kehle. Das würde sie nicht über Stunden hinweg aushalten. Auch musste sie damit rechnen, dass ihr die nächste Suppe zur Strafe entzogen wurde.

Sie nahm ein Stück Brot, tunkte es auf den nassen Boden unter ihrer Pritsche, kaute und schluckte tapfer.

Es half nicht.

Entkräftet legte sie ihre Arme wie zu einem Kissen geformt auf ihrem Lager ab, ließ ihren Kopf darauf sinken und schloss die Augen.

Vom unkontrollierten Zittern ihrer Beine wurde sie wieder wach. Orientierungslos schaute sie sich um, für ein paar Sekunden hatte sie die klägliche Hoffnung, nicht mehr gefangen zu sein, doch dann bemerkte sie, dass sie noch immer auf dem kalten Boden kauerte.

Wie lange mochte sie geschlafen haben? Sie stellte sich diese Frage, obwohl sie wusste, dass es keine Antwort darauf gab. Ebenso vergeblich versuchte sie, ihr Zittern unter Kontrolle zu bringen. Doch je mehr sie ihre Muskeln anspannte, desto schlimmer wurde es.

Sie zog sich auf die Pritsche, die von der Suppe noch nass war.

Liegen. Zittern. Warten.

Plötzlich hörte sie wieder das Trittgeräusch von Stiefeln.

Warum hatte sie das Öffnen der Stahltür nicht wahrgenommen? Oder war sie davon aufgewacht?

Mit einem Schlag war sie hellwach und nahm all ihre Kraft zusammen, damit sie sich aufsetzen konnte.

Vielleicht war das ja der nette Wächter, der unterdessen ihren Mann verständigt hatte. Bei dem Gedanken durchrieselte sie ein Glücksgefühl, von dem sie nicht gedacht hätte, dass sie es noch empfinden konnte.

War sie der Freiheit endlich nah?

Wobei sich die Schritte nach dem schweren Gang ihres Vergewaltigers anhörten.

Kaum zu Ende gedacht, stand er vor ihrer Zelle und schloss auf.

Keine Panik, befahl sie sich, bestimmt ließ er sie frei.

»Da ist ja mein süßes Raubkätzchen. Dein Löwe ist da. Hast du es dir schon auf deinem Lager bequem gemacht und erwartest mich sehnsüchtig?« Er schloss die Zellentür ab und steckte den Schlüssel ein.

»Nein!«, stieß sie hervor und kauerte sich gegen die Wand.

»Deine Widerspenstigkeit macht mich besonders scharf …« Er öffnete seine Hose, und sein steifes Glied sprang hervor.

Mit zwei Schritten war er bei ihr, er griff ihr ins Genick und zwang sie, sich vor die Pritsche zu knien. Dann packte er ihre Arme, hielt sie hinter ihrem Rücken fest, griff unter ihr Gewand, riss ihre Unterhose herunter und drang gewaltsam in sie ein.

Dieses Mal wand sie sich nicht unter seinen schmerzhaften Stößen. Dieses Mal gab sie keinen Laut von sich. Sie schloss die Augen und flüchtete sich in eine andere Welt.

Als er endlich von ihr abließ, verharrte sie regungslos und wartete, bis er die Zelle verlassen hatte.

Dann erst robbte sie sich zurück auf ihr Lager. Ihre Knie waren aufgeschürft und bluteten. Merkwürdigerweise fand sie das am schlimmsten.

Irgendwann fiel sie in einen gnädigen Dämmerschlaf und erwachte erst daraus, als sie erneut Schritte hörte.

Sie blieb einfach liegen. Schicksalsergeben.

»Ich führe Sie zu Ihrer Frau.«

Von diesen Worten schrak sie auf. Das war die Stimme des netten Polizisten. War Adam endlich gekommen?

In einer anderen Zelle begann eine Frau zu weinen und beteuerte, dass sie unschuldig sei, und da begriff Moiken voller Enttäuschung, dass ihre Zellennachbarin gemeint war.

»Sie dürfen jetzt in meinem Beisein fünf Minuten mit Ihrer Frau sprechen und sich von ihr verabschieden, bevor sie ins Lager aufs

Festland gebracht wird. Aber bedenken Sie, dass jedes Wort gegen Sie beide verwendet werden kann.«

Was folgte, war der stumme Abschied zweier Eheleute, bei dem lediglich hin und wieder die Frau zu hören war, die unter Tränen ihre Unschuldsbeteuerung wiederholte.

Der Mann machte keinen Versuch, sich gegen den Beschluss aufzulehnen.

Was, wenn ihr dasselbe widerfahren würde, dachte Moiken wie vom Blitz getroffen. Was, wenn es Adam nur recht und billig war, sie auf diese Weise loszuwerden? Er war der Einzige, der genug Einfluss nehmen konnte – wenn er wollte.

»Die Zeit ist um …«, sagte der junge Wärter nach einer Weile, und seine Stimme klang bewegt. »Ich habe Ihnen schon mehr als fünf Minuten gegeben.«

Das Wehklagen der Frau wurde lauter, doch ihr Mann blieb stumm. Kurz darauf waren die Schritte der beiden Männer auf der Treppe zu hören.

Die Frau schrie und weinte, ihre kehligen Rufe nach ihrem Mann klangen schauerlich und drangen ihr durch Mark und Bein.

Moiken kauerte sich auf der Pritsche zusammen und hielt sich die Ohren zu. Sie konnte das Leid nicht mit anhören, weil sie der Frau nicht helfen konnte. Hier drin war niemandem mehr zu helfen.

Aber die Finger in den Ohren nutzten nichts gegen die Schreie, die sich erbarmungslos in ihren Kopf fraßen und ihre eigene Hoffnung vernichteten.

Kurz darauf verstummte die Frau plötzlich, und Moiken vernahm, wie die Zelle der Nachbarin aufgeschlossen wurde. »Sie müssen jetzt mitkommen«, sagte der junge Wärter.

Nach diesen Worten, angesichts dieser Endgültigkeit, bäumte sich Moiken innerlich auf. Da war ein letzter Funke Widerstand. »Bringen Sie die Frau nicht weg!«, rief sie. »Sie ist unschuldig, genau wie ich!«

Ob sich der Wärter mit diesem Argument aufhalten ließ? Wohl kaum, aber was hätte sie sonst sagen sollen?

Anstelle einer Antwort hörte sie Schritte auf der Treppe, dann fiel die schwere Stahltür mit einem satten Geräusch zu.

Jetzt herrschte Stille.

Erdrückende, lähmende Stille.

Noch unerträglicher als die Schreie zuvor.

Moiken rollte sich auf der Pritsche zusammen und schlang ihre Arme um die aufgeschürften Knie, die blutige Abdrücke auf ihrem sackartigen Gewand hinterließen.

Sie verspürte den brennenden Wunsch, eine vertraute Person bei sich zu haben – andererseits sollte sie niemand in dieser Verfassung zu Gesicht bekommen, und sie schämte sich so sehr für das, was ihr hinter diesen Mauern angetan worden war. Mauern, die sie hoffentlich bald verlassen durfte. Aber nicht Richtung Festland, dachte sie panisch.

Prompt wurde die Stahltür wieder geöffnet.

Der junge Wärter kam direkt zu ihrer Zelle und schloss auf. »Aufstehen!«, sagte er mit einer Befehlsstimme, die noch nicht ausgereift war.

Trotzdem durchlief es sie heiß und kalt. Jetzt war sie also dran. »Ich lasse mich nicht aufs Festland verfrachten. Keine zehn Pferde bringen mich von hier weg. Ich will sofort meinen Mann sprechen!«

»Damit kann ich leider nicht dienen, aber hier ist jemand, der Sie besuchen möchte. Fünf Minuten, unter meiner Aufsicht.«

»Ich will niemanden sehen!«, rief sie spontan aus. Dann setzte sie verunsichert hinzu: »Wer ist da?« Sie rappelte sich auf, konnte aber außer dem Wärter niemanden sehen.

»Ich bin es«, hörte sie eine vertraute Stimme sagen. Seelenbalsam.

Der Wärter trat beiseite, und Boy erschien im Zwielicht.

»Wie? Woher?« Vor Überraschung brachte sie ihre Fragen nicht zu Ende.

»Darf ich?«, fragte er zögernd, bevor er die Zelle betrat, so als sei dies ihr privater Raum. »Dann kann ich dir alles erklären.«

Sie nickte, und gleichzeitig traten ihr Tränen in die Augen. Mit dem rauen Ärmel ihres Gewands wischte sie schnell darüber und setzte sich auf, damit Boy neben ihr Platz nehmen konnte.

»Wie?«, fragte sie noch einmal.

Boy deutete auf den jungen Wärter. »Das ist mein Neffe. Er ist der Sohn meines Bruders, der in der Böttcherstraße das Fotoatelier hat, und er hat mir Bescheid gegeben, dass du inhaftiert wurdest.«

Der Angesprochene nickte. »Bitte denkt an die fünf Minuten. Ich mache das hier nur als Dienst unter Verwandten und solange mein Vorgesetzter in der Mittagspause ist.«

»Kannst du mich hier rausholen?« Flehend sah sie Boy an. »Ich habe nichts getan! Ich bin unschuldig!«

»Das glaube ich dir aufs Wort, und wenn ich könnte, würde ich dich rausholen, aber diese Möglichkeit hat nur dein Ehemann.«

»Warum tut er dann nichts!«, brach es aus ihr heraus.

»Die Anschuldigungen gegen Sie wiegen schwer«, mischte sich der junge Wärter ein.

»Das hat Henriette doch alles erfunden!«, rief sie. »Das ist ihre Rache, weil ich sie entlassen habe.«

»Adam tut bestimmt, was er kann«, versuchte Boy, sie zu beruhigen, aber sie glaubte nicht mehr daran.

»Ich habe Angst, dass ich in ein Lager aufs Festland muss«, sagte sie leise, »und dass ich … dass ich noch länger hier drin sein muss«, schob sie mit tränenerstickter Stimme nach. »Das halte ich nicht mehr lange aus.« Mit jedem Wort war ihre Stimme leiser geworden, und sie sah auf ihre Hände, die sie im Schoß verschränkt hielt.

Anscheinend war Boy ihrem Blick gefolgt, denn er fragte: »Ist das Blut?« Er deutete auf den Stoff über ihren Knien.

Sie nickte.

»Was ist passiert?«

Ihre Kehle war wie zugeschnürt. Sie schämte sich so sehr, dass ihr die Wahrheit nicht über die Lippen kam. »Ich bin gestürzt.«

Boy hob die rechte Augenbraue, wie immer, wenn er etwas bezweifelte, allerdings verkniff er sich einen Kommentar.

Stattdessen legte er sanft einen Arm um sie, und sie lehnte sich an ihn. Vergessen waren jegliche Schranken, in die sie sich seit Jahren gewiesen hatten. Vergessen war die selbst auferlegte Distanz, der gewollte Abstand, um frei voneinander zu sein. Frei von einer Liebe, die sie beide nie zu leben imstande gewesen waren.

Eine Liebe, die nie aufgehört hatte zu existieren, ganz gleich, wie weit sie sich voneinander entfernt hatten.

Stumm saßen sie beieinander, und es war, als ob Boy ihr durch seine Berührung Kraft übertrug.

Es fühlte sich so an, als ob die Welt stillstehen würde, doch die Minuten verflogen, und der Wärter unterbrach die kostbare Zweisamkeit.

»Die Zeit ist um.«

»Bleib noch!«, flehte sie Boy an. »Nur noch ein paar Minuten«, bat sie den Wärter im selben Atemzug.

Der schüttelte den Kopf. »Das geht leider nicht. Mein Vorgesetzter …«, fügte er leise hinzu.

Dessen Zorn wollte sie garantiert nicht auf sich ziehen, dachte Moiken beklommen.

Boy umarmte sie noch etwas fester. »Wenn ich nur einen Weg wüsste, dich hier rauszuholen …«

»Geh nicht zu Adam«, beschwor sie ihn. »Sprich auch nicht mit Henriette, du weißt, wie sie ist.«

»Die Zeit ist um«, mahnte der junge Polizist nun etwas strenger.

»Fünf Sekunden noch …«, sagte Boy. Vorsichtig nahm er ihr Gesicht in beide Hände und sah ihr fest in die Augen. »Halte durch«, beschwor er sie.

Wie gern hätte sie ihm zum Abschied ein Lächeln geschenkt, doch stattdessen begann sie hemmungslos zu weinen. Sorgenvoll wischte Boy ihr die Tränen von den Wangen, und als das nichts half, küsste er sie fort.

Darüber war Moiken so überrascht, dass ihre Tränen versiegten.

Auch Boy war sichtlich von seinen Gefühlen übermannt. Er drückte ihre Hand und erhob sich.

»Wir sehen uns wieder«, sagte er leise. »Ich glaube an unser Glück.«

Sein Blick sagte ihr, dass er damit mehr als die Hoffnung auf ein Wiedersehen meinte. Viele Jahre lang waren sie der Vernunft gefolgt und sich aus dem Weg gegangen. Zu viele Jahre hatte sie die Sehnsucht verdrängt, wie sie jetzt mit jeder Faser ihres Körpers fühlte. Die Sehnsucht nach dem Lebensglück – das Henriette ihr nie gegönnt hatte.

»Wenn ich hier rauskomme«, sagte sie und senkte die Stimme, sodass sie wie das ferne Grollen eines Donners klang, »dann kann Henriette was erleben. Sie ist zu weit gegangen. Viel zu weit.«

»Rache ist nicht die Lösung«, appellierte Boy an ihre Vernunft.

Noch ehe sie jedoch etwas entgegnen konnte, wurde Boy erneut zum Gehen aufgefordert.

Nachdem er die Zelle verlassen hatte, blieb Moiken reglos sitzen und spürte noch lange ein heißes Brennen auf ihren Wangen, dort, wo er sie geküsst hatte.

Es mochten kaum zehn Minuten vergangen sein, als die Stahltür wieder aufgeschlossen wurde. Kam Boy noch einmal zurück?

Nein, es war ihr Peiniger, der kurz darauf ihre Zelle erreichte. Er schloss auf.

Nicht schon wieder, flehte sie innerlich – unfähig, sich zu rühren.

Er warf ihr jedoch ein Stoffbündel vor die Füße, das sie als ihre Kleidung erkannte.

»Anziehen!«, befahl er. »Es geht los.«

Sie fuhr auf. »Ich lasse mich nicht aufs Festland bringen. Ich will sofort meinen Mann sprechen!«

Anstelle einer Antwort griff er in seine Uniformtasche und reichte ihr ein Papier, das sie mit zitternden Fingern auffaltete und im Zwielicht mühsam las:

> Ich, ________________________________ , erkläre, dass es während meiner Schutzhaft keine außergewöhnlichen Vorkommnisse gab und ich gut behandelt wurde. Ich verspreche hiermit, dass ich mich künftig ordnungsgemäß betragen und in keiner Weise mehr gegen die Reichsregierung auflehnen will. Ich verspreche, alle Anordnungen der Reichsregierung zu befolgen und deren Maßnahmen dadurch zu unterstützen. Mir ist bekannt, dass ich im Falle einer erneuten Verhaftung als Wiederholungstäter/-in gelte und entsprechend hart bestraft werde.
>
> Westerland, den ________________________________

»Name, Datum und Unterschrift«, fügte er knapp hinzu und reichte ihr einen Stift.

»Und was passiert dann?«

»Keine Ahnung? Was man als Ehemann mit einer widerspenstigen Raubkatze eben so macht.« Er senkte seine Stimme zu einem Raunen. »Er wartet oben. Schade für mich, dass er so einen großen Einfluss hat, aber ich kann schon verstehen, aufgrund welcher Qualitäten er sein Kätzchen wiederhaben will. Und bevor du auf falsche Gedanken kommst – sobald dieses Papier unterschrieben ist, habe ich eine weiße Weste. Also, wie viel ist meinem Raubkätzchen die Freiheit wert?« Er sah sie herausfordernd an.

Am liebsten hätte sie ihrem Peiniger ins Gesicht gespuckt, das von einem höhnischen Grinsen verzerrt war. Sie senkte ihren Blick, um ihn nicht länger ansehen zu müssen.

»Ach, sieh an. Du willst nicht unterschreiben. Dem Raubkätzchen gefällt meine Behandlung also«, raunte er weiter. »Habe ich es doch gleich gewusst. Wie schön, dass wir noch länger unseren Spaß miteinander haben werden. Dann gehe ich jetzt zu deinem Ehemann hinauf und richte ihm aus, dass du dich der KPD leider so stark verbunden fühlst, dass es dir unmöglich ist, dieses Papier zur Regierungstreue zu unterschreiben. Wirklich sehr bedauerlich für ihn.«

»Halt!«, rief sie, nachdem er sich bereits umgedreht hatte. »Ich unterschreibe.«

Er kam zurück, wartete und nahm das Papier entgegen. »Wie schade für mich. Aber ich gehe fest davon aus, dass wir uns bald in der Zelle wiedersehen, denn eine Raubkatze kann ihre Klauen nicht einfahren.« Er lächelte bedeutungsvoll und öffnete die Zellentür. Er ließ es sich nicht nehmen, dort zu warten, bis sie sich angezogen hatte.

Als sie auf den Gang hinaustrat, bemerkte sie, wie wenig Kraft sie nur noch hatte. Unter großer Anstrengung stieg sie die steile, schier endlose Kellertreppe hinauf. Es war, als ob ihr Körper bereits vergessen hatte, wie man sich bewegte. Sie hielt sich am Geländer fest, weil sie ihren schwachen Beinen nicht vertraute, außerdem schmerzten ihre geschundenen Knie bei jeder Stufe.

»Jetzt schön lächeln«, sagte ihr Peiniger, als sie oben angekommen waren, ehe er die Tür zu den Räumen im Erdgeschoss aufzog.

Ihr Ehemann machte ein bestürztes Gesicht, als sie in den Büroräumen vor ihm stand. »Wie geht es dir?«, fragte er ungewohnt einfühlsam. »Es tut mir sehr leid, dass ich dich hier nicht schneller herausholen konnte, aber mir waren die Hände gebunden. Ist alles in Ordnung?«

»Ja«, entgegnete sie knapp. »Lass uns gehen.«

Als sie die Tür erreicht hatte, rief ihr Peiniger: »Auf Wiedersehen!«

Adam legte einen Arm um sie und dirigierte sie auf die gegenüberliegende Straßenseite. Er war mit dem Auto gekommen, wofür sie ihm sehr dankbar war. In ihrem Zustand wollte und konnte sie nicht durch die Straßen gehen.

Die Sonne blendete, und sie musste ihre Augen abschirmen. Erschöpft atmete sie tief durch. Sie hatte ganz vergessen, wie es draußen roch. Endlich frei.

Aber eine Sache musste sie noch zu Ende bringen.

»Warte, ich habe noch etwas vergessen«, sagte sie, als Adam sie freundlich zum Einsteigen aufforderte, und machte kurz entschlossen kehrt.

Zielstrebig betrat sie die Polizeiwache und fand ihren Peiniger an seinem Schreibtisch vor, der ihr verdutzt entgegensah.

»Das bleibt unter uns«, sagte sie und spuckte ihm ins Gesicht.

Danach drehte sie sich auf dem Absatz um und verließ den Ort, an den sie nie wieder zurückkehren würde – das schwor sie sich.

»Jetzt können wir fahren«, sagte sie, als sie sich zu Adam ins Auto setzte.

»Moiken, Moiken«, seufzte Adam und ließ den Motor an. »Die Vorwürfe gegen dich waren gar nicht so leicht zu entkräften.«

»Du weißt hoffentlich, dass nichts davon wahr ist. Das war Henriettes Rache, weil ich ihr gekündigt habe.«

»Wie auch immer«, sagte Adam und fuhr los. »Das spielt jetzt keine Rolle mehr. Ich gehe davon aus, dass du dich von ihr fernhältst.«

»Selbstverständlich«, entgegnete Moiken so leise, dass es neben dem Fahrtgeräusch kaum zu hören war. Das Gegenteil war ihr Plan. Ihr war nach Rache zumute. Sie wusste nur noch nicht, wie. Aber in einer anderen Sache war sie sich sicher: Sie wollte Boy wiedersehen. So bald wie möglich.

»Und noch etwas …«, fügte Adam hinzu. »Ganz gleich, wie viel Wahrheit an Henriettes Behauptungen dran war, ich hoffe, dass du auch in Zukunft politisch nicht gegen mich arbeitest. Noch einmal kann ich dich da nicht raushauen.«

»Ich weiß«, entgegnete sie vage, doch er schien damit zufrieden zu sein.

»Es hat sich unterdessen noch eine Neuigkeit ergeben«, sagte er, als sie vor der Strandvilla hielten. »Frieda arbeitet nicht mehr in der Druckerei, sondern an der Rezeption. Matthis hat eine schwere Beckenprellung, weil er an seinem freien Tag vom Pferd gestürzt ist. Zum Glück habe ich das von meinem Bürofenster aus beobachtet und bin gleich zu ihm an den Strand geeilt. Es war ja an dem Sonntagmorgen noch niemand sonst dort unterwegs. Deshalb war ich auch leider nicht in der Strandvilla zugegen, als du verhaftet wurdest.«

»Das sind ja Neuigkeiten«, seufzte sie. Als sie aussteigen wollte, hielt sie mitten in der Bewegung inne. »Bitte geh du zuerst rein und sorge dafür, dass mich niemand in diesem Zustand sieht. Auch Frieda nicht. Ich möchte gleich auf mein Zimmer.«

»Selbstverständlich. Es gibt aber auch noch gute Nachrichten. Deine Tochter ist der NSDAP beigetreten, was mich sehr erfreut hat – und du solltest ihrem guten Beispiel folgen.«

KAPITEL 17

Zwei Tage später
8. April 1933

Es war schon dunkel draußen, als Boy ein Klopfen an der Ladentür hörte.

Die Kundschaft wurde auch immer unverschämter, dachte er und unterbrach sein Tun im Atelier, wo er nach diesem langen Freitag mit Aufräumen beschäftigt war.

Er horchte auf das nachdrückliche Klopfen. Solche unmöglichen Uhrzeiten würden auch zu Henriette passen, überlegte er, aber auf diese Frau konnte er gut verzichten. Andererseits – nicht auszudenken, wenn ihm ein gutes Geschäft entging, nur weil er sich tot stellte. Immerhin könnte es ein Kunde sein, der vor seiner morgigen Abreise noch etwas kaufen wollte.

Seufzend machte er sich auf den Weg in den Verkaufsraum, schaltete das Licht ein, und nachdem er die Ladentür geöffnet hatte, staunte er nicht schlecht.

»Moiken!« Er wusste, dass sie aus dem Gefängnis entlassen worden war, trotzdem hatte er mit ihr nicht gerechnet, nachdem sie seit Jahren einen selbst gewählten Bannkreis um seinen Laden gezogen hatte.

»Darf ich reinkommen?«, fragte sie und hielt den Blick dabei auf die Türschwelle gerichtet.

»Aber natürlich!« Er machte eine einladende Geste und trat beiseite. »Ich habe von meinem Neffen schon gehört, dass du entlassen wurdest, als ich dich noch einmal besuchen …«

Er unterbrach sich selbst. Moiken sah nicht gut aus, stellte er im Licht erschrocken fest. Ihre Augen waren verweint, und ihr Blick war so leer, wie er es noch nie bei ihr gesehen hatte.

Es war, als ob lediglich ihre Hülle vor ihm stünde.

»Komm, wir gehen in die Küche, dort kannst du dich setzen. Kann ich irgendetwas für dich tun? Möchtest du etwas essen oder trinken?«, fragte er ziemlich hilflos, während sie ihm durchs Atelier folgte.

»Ich möchte nur reden«, sagte sie bedrückt, als sie in der Küche angekommen waren.

»Warte, ich habe den zweiten Stuhl vergessen. Setz dich schon mal auf meinen Platz.« Kaum ausgesprochen, bemerkte er, dass sein gebrauchtes Geschirr vom Abendbrot noch dort stand, und er legte es schnell in den Spülstein, danach ging er ins Atelier zurück.

Bernhards Stuhl hatte dort mittlerweile seinen festen Platz. Manchmal setzte er sich in einer ruhigen Minute dorthin, um an seinen Sohn zu denken.

Am Tisch ertrug er den leeren Stuhl noch immer nicht, und so selten, wie er Besuch bekam, vergaß er stets die fehlende Sitzgelegenheit.

Überhaupt war er ziemlich durch den Wind, seitdem er bei Moiken in der Zelle gewesen war. Er ahnte, was sie dort hatte durchmachen müssen, und fühlte sich von ihrem Zustand etwas überfordert. Dennoch wollte er so lange mit ihr reden, bis es ihr besser ginge – und wenn es die ganze Nacht dauern würde.

Hauptsache, sie war bei ihm. Endlich wieder, nach so langer Zeit.

Als er in die Küche zurückkehrte und sich neben sie setzte, hielt sie den Kopf gesenkt und starrte auf ihre Hände im Schoß.

Sie war so in sich gekehrt, dass er den Gesprächsanfang machen musste, aber nicht wusste, wie. Also rückte er einfach ein Stückchen näher und sagte: »Jetzt bin ich da.«

»Das tut so gut«, sagte sie leise.

Er erwartete ein sanftes Lächeln, oder wenigstens ein klitzekleines Zucken ihrer Mundwinkel, doch ihre Miene blieb reglos.

»Möchtest du, dass ich dich in den Arm nehme?«, fragte er vorsichtig.

Sie nickte, und er war erleichtert, dass sie seine körperliche Nähe nicht abwies.

Er rutschte noch näher und zog sie sanft an sich.

Sie legte den Kopf an seine Schulter, und er streichelte zart über ihre Wange, so als wäre diese zerbrechlich.

Gut vier Jahrzehnte war es her, seit er zum ersten Mal ihr Gesicht berührt und ihr mit einem sandigen Kuss auf den Lippen versprochen hatte, sie eines Tages zu heiraten.

Damals hatte er noch nicht geahnt, welchen Schmerz ihm die Liebe zu Moiken noch bescheren würde.

Eine Liebe, die alles Leid überdauert hatte, weil sie mit Vernunft nicht bezähmbar war.

»Danke …«, sagte Moiken in die Stille hinein.

»Wofür?«, fragte er.

»Dass du da bist – und mich festhältst. Als ich gerade in meinem Zimmer saß, dachte ich, ich würde in ein tiefes, schwarzes Loch fallen. Ich bekam richtig Panik. Ich wusste, da war kein Loch, und trotzdem hatte ich das Gefühl, in die Tiefe zu stürzen. Haltlos.«

»Ich halte dich fest und bin für dich da – immer.« Er verstärkte seine Umarmung etwas.

»Das ist nicht selbstverständlich – und deshalb danke ich dir.«

»Doch, für mich ist es das«, widersprach er. »Weißt du, wir sind uns zwar jahrelang aus dem Weg gegangen, weil wir es für besser hielten, aber es hat mich keinen Meter von dir entfernt. In Gedanken war ich dir immer nah, und wenn du meine Hilfe brauchst, würde ich bis ans Ende der Welt gehen.«

»So empfinde ich das auch …«, gab Moiken zu.

Ihm wurde warm ums Herz. Gegen ihre Liebe war einfach kein Kraut gewachsen. Er ertappte sich bei dem Gedanken, wie schön es wäre, wenn sie auf ihre alten Tage doch noch zueinanderfinden würden. Aber das war ein Wunschtraum. Allein schon, weil sie sich nicht so einfach aus ihrer Ehe lösen konnte.

»Aber wir haben einem gemeinsamen Leben abgeschworen«, erinnerte er sie, obwohl er ihr kein schlechtes Gewissen einreden wollte. Tatsächlich wollte er sich damit selbst ermahnen.

»Ach Boy, ich bin froh, dass ich mich über unser Versprechen hinweggesetzt habe. Wenn ich in der Strandvilla geblieben wäre, hätte ich für nichts mehr garantieren können.«

»Was willst du damit sagen?«, fragte er erschrocken.

»Nicht das, was du denkst«, beruhigte sie ihn. »Ich hänge am Leben, nicht zuletzt wegen meiner Kinder.«

Er ließ hörbar die Luft entweichen, aber nur einen Augenblick später hielt er sie wieder an, als sie fortfuhr: »Damit meinte ich Henriette. Ich war drauf und dran, zu ihr zu gehen. Das Messer hatte ich mir schon aus der Küche geholt.«

»Moiken!«, rief er entsetzt aus.

»Was?«, fuhr sie auf und löste sich dabei von ihm. »Ihretwegen bin ich im Gefängnis gelandet, und was ich dort durchmachen musste, ist mehr, als ich ertragen kann!«

»Aber Rache ist doch keine Lösung!« Kaum hatte er es ausgesprochen, fühlte er sich auf sich selbst zurückgeworfen. Diese Weisheit hätte ihm auch nicht gegen seinen Rachedurst geholfen. Allerdings musste er Moiken unbedingt vor einem Fehler bewahren.

»Tu das nicht!«, beschwor er sie. »Ich bin mir sicher, Henriette wird ihre gerechte Strafe noch erhalten.«

»Ich glaube nicht an Gott«, entgegnete Moiken schwach. »Nicht mehr.«

»Dann glaub eben an das Schicksal! Jedenfalls darfst du nicht auf Rache sinnen, bitte! Dadurch würde alles nur noch schlimmer werden.«

Moiken atmete tief durch. »Das weiß ich selbst – und trotzdem werde ich den Gedanken daran nicht los. Es ist wie ein innerer Zwang, gegen den ich nicht ankomme. Verstehst du?«

Er verstand das besser, als sie ahnen konnte. Er griff nach ihrer Hand und drückte sie. »Du hast gerade eben schon das einzig Richtige getan und bist zu mir gekommen. Das machst du ab sofort immer, wenn du in das schwarze Loch zu fallen drohst – versprochen?«

Moiken kniff die Lippen zusammen. »Ich weiß nicht, ob ich das versprechen kann.«

»Doch, du kannst«, beschwor er sie erneut. »Du musst es mir versprechen.«

Moiken ließ den Blick in die Ferne schweifen, und nach einer Weile sagte sie kaum hörbar: »Ich verspreche es dir.«

Erleichtert nahm er sie in den Arm. »So kenne ich dich. Ich weiß, du bist eine starke Frau – und ich weiß, dass das schwarze Loch irgendwann kleiner und der Rachegedanke beherrschbar wird.«

»Hoffen wir es«, sagte Moiken. Seufzend legte sie den Kopf wieder an seine Schulter.

Ja, dachte er. Hoffnung hatte er auch, dass Moiken nichts Unüberlegtes tun würde.

Aufgrund seiner eigenen Erfahrung waren seine Zweifel jedoch größer.

KAPITEL 18

Gut vier Wochen später
10. Mai 1933

»Meine Damen und Herren …« Carl Zuckmayer machte eine bedeutungsvolle Pause, und der Blick aus seinen großen, eng stehenden Augen glitt über das Publikum hinweg. »Ich bedanke mich für Ihre Aufmerksamkeit, und ich bitte um einen besonderen Applaus für meinen Verleger Peter Suhrkamp, der uns für diesen wunderbaren Abend sein Haus geöffnet hat.« Er wandte sich zu Peter Suhrkamp um, der den Applaus mit einer knappen Verbeugung entgegennahm.

»Es ist mir eine Ehre«, sagte der Verleger, »und gleich im Anschluss wird es noch einen kleinen Umtrunk mit ein paar Häppchen geben. Bleiben Sie also gern noch hier, verehrte Gäste.« Nachdem er diese Einladung ausgesprochen hatte, trat Peter Suhrkamp wieder in den Hintergrund.

»Es ist mir eine Ehre, bei Ihnen Gast sein zu dürfen«, betonte Carl Zuckmayer und wandte sich danach wieder an das Publikum. »Über Wochen hinweg ermöglicht es Herr Suhrkamp seinen Autoren, in diesem wundervollen Haus direkt am Watt in Ruhe an ihren Manuskripten zu arbeiten. Vielen Dank an dieser Stelle auch noch einmal von mir. Meine Damen und Herren, ich freue mich nun auf einen schönen Ausklang des Abends, interessante Gespräche, und selbstverständlich signiere ich auch gern meine Bücher für Sie.«

Das Publikum applaudierte, Stühle wurden gerückt, und es bildete sich in Richtung Signiertisch sofort eine lange Schlange, in die sich auch Frieda in Begleitung von Matthis einreihte.

Gut sechs Wochen nach seinem Reitunfall konnte er sich wieder schmerzfrei bewegen, und tatsächlich durfte er sie mit der offiziellen Erlaubnis ihrer Mutter begleiten – was einem Wunder glich.

Vielleicht war es aber schlicht damit zu erklären, dass Matthis einen Führerschein hatte und ein sehr guter Autofahrer war, sodass ihre Mutter sich auch in der Dunkelheit keine Sorgen um die sichere Heimkehr ihrer Tochter machen musste.

Anscheinend machte sie sich jedoch keine Gedanken darum, was passieren könnte, wenn ihre Tochter mit Matthis allein unterwegs war. Gleichgültig war ihr das bestimmt nicht, allerdings war ihre Mutter seit der Rückkehr aus dem Gefängnis nicht mehr dieselbe und oft kaum ansprechbar.

Heute Abend hatte ihre Mutter jedoch seltsam fahrig, nervös und vor allem sehr angespannt gewirkt. Das war so auffällig gewesen, dass Frieda sich während der gesamten Fahrt nach Kampen darüber Gedanken gemacht hatte.

Matthis erklärte sich das seltsame Verhalten damit, dass ihre Mutter doch Bedenken hatte, sie beide allein zu lassen. Aber daran glaubte Frieda nicht so recht. Ihr Bauchgefühl sagte ihr, dass da mehr dahintersteckte, aber wirklich sicher war sie sich natürlich nicht.

Erst nachdem sie das große Reetdachhaus direkt am Kampener Wattenmeer mit der grandiosen Aussicht bis in den Inselnorden betreten hatte, zerstreute sich ihre Besorgnis.

Anschließend hatte ihre Aufmerksamkeit ohnehin nur noch dem etwa vierzigjährigen Schriftsteller gegolten. Wie gebannt hatte sie seinen Worten gelauscht, auf jede Betonung geachtet, und nun hoffte sie, gleich mit ihm ins Gespräch zu kommen, während sie sein Buch von ihm signieren ließ.

Leider war sie so aufgeregt, dass sie befürchtete, keinen vernünftigen Satz über die Lippen zu bringen. Noch immer konnte sie kaum glauben, dass der Mann, der so wundervolle Bücher schrieb, keine drei Meter von ihr entfernt saß.

Wobei sie sich sein Äußeres irgendwie anders vorgestellt hatte. Wie genau, wusste sie gar nicht. Jedenfalls nicht mit so weichen Gesichtszügen, außerdem wirkte es durch seinen kurzen Hals und den Hemdkragen so, als würde sein Kopf direkt auf den Schultern sitzen. Das tat seiner sympathischen Ausstrahlung allerdings keinen Abbruch.

Er ergriff noch einmal das Wort, da ihm offenbar am Signiertisch eine Frage gestellt worden war, die er für alle hörbar beantworten wollte. Deshalb erhob er sich. Seine bislang so entspannte Miene hatte einen sorgenvollen Ausdruck angenommen. »Ich wurde gerade gefragt, ob ich demnächst noch auf dem Festland eine Lesung halten werde, und ich denke, meine Antwort wird Sie alle interessieren. Mein Gefühl sagt mir leider, dass dies meine vorerst letzte Lesung gewesen ist. Was sich da im Reich zusammenbraut, macht mir große Sorgen – als Mensch und als Kulturschaffender. Schon vor einem halben Jahr, als ich Silvester hier in diesem Hause verbringen durfte, habe ich unterm Dunst hobokenscher Weinschläuche zu einem Portwein von 1896, meinem Geburtsjahr, einen Gruß in das Gästebuch meines werten Verlegers improvisiert, gestegreift, steggereift, stegreifgereimt, den ich an dieser Stelle noch einmal wiedergeben möchte, weil er auch zum Ausklang des Abends passt: ›Wachs tropft von den Lichtern, wir trinken unseren Portwein still, mag kommen, was da kommen will – der Himmel helf' den Dichtern.‹ In diesem Sinne erhebe ich mein Glas auf unser aller Wohl.«

Nach einem weiteren Applaus, der jedoch verhaltener ausfiel, weil so mancher ins Nachdenken gekommen war, sagte Matthis in das Gemurmel hinein: »Was sind denn hobokensche Weinschläuche?«

»Das war eine Anspielung auf Anthony van Hoboken. Der Mann, nach dem der Hobokenweg benannt wurde, in dem dieses Haus steht. Es gehörte ihm früher mal«, sagte Frieda und hielt ihr Buch, den *Hauptmann von Köpenick*, an den Körper gepresst, während sie mit gut vierzig Gästen in der Schlange zum Signiertisch standen.

Das Wohnzimmer mit freiem Blick auf das Wattenmeer war zwar sehr großzügig in seinen Abmessungen, doch nun wurde das Durchkommen schwieriger, da auch noch Kellner mit Tabletts hinzukamen, auf denen sie Weingläser balancierten.

»Anthony van Hoboken«, murmelte Matthis. »Der Name sagt mir nichts, aber die Familie muss ja ganz schön Geld gehabt haben. Nichts gegen die Lage der Strandvilla, aber das ist schon einmalig hier.«

»Van Hoboken ist Musikwissenschaftler und hatte das Geld auch nur, weil er der Spross einer reichen Rotterdamer Dynastie ist. Allerdings – wenn er das Haus nicht gekauft hätte, würde sich Kampens Literaturgeschichte heute anders lesen, und wir wären nicht bei Herrn Suhrkamp zu Gast.«

»Das verstehe ich jetzt nicht?«, fragte Matthis und rempelte sie dabei an, weil er selbst gestoßen worden war.

Frieda nutzte die Gelegenheit, Matthis eine pikante Information ins Ohr zu hauchen. »Siehst du die hübsche Frau an der Seite des Verlegers? Das ist Annemarie Seidel, genannt Mirl. Sie ist Schauspielerin! Sie war zehn Jahre lang mit Anthony van Hoboken verheiratet, erst letztes Jahr war die Scheidung.«

»Was du wieder alles weißt«, staunte Matthis.

»Ich habe bei der Zeitung gearbeitet«, sagte sie mit einem Augenzwinkern.

»Und jetzt lebt diese Frau mit Suhrkamp zusammen?«, kombinierte Matthis.

»So ist es. Und die Kampener Wattvilla gehört seit der Scheidung ihr.«

Matthis hob die Augenbrauen. »Auch nicht schlecht.«

»Es kommt aber noch besser …«, hob sie bedeutungsvoll an. »Vor ihrer Ehe mit Hoboken war Annemarie Seidel mit Carl Zuckmayer liiert und lebte mit ihm in einer feuchten Kellerwohnung in Berlin. Tja, dann ist sie schwer erkrankt und musste dort raus. Ihr Retter war Anthony van Hoboken.«

»Das ist ja …«, hob Matthis an, denn er wurde erneut angerempelt.

Das hatte zur Folge, dass auch Frieda stolperte und auf den jungen Mann vor ihr auflief.

»O nein!«, hörte sie ihn rufen. Als der Gast sich umdrehte, sah sie die Bescherung. Der kostbare, rotgoldene Wein hatte sich über das weiße Hemd des Besuchers ergossen.

»Verzeihung, das tut mir furchtbar leid«, rief Frieda bestürzt. Sie drückte Matthis ihr Buch in die Hand und nahm dem herbeieilenden Kellner die Serviette ab.

»Das haben wir gleich!« Eilig tupfte sie auf dem nassen, blutroten Fleck herum, bis der junge Mann einen Schritt rückwärts machte.

Anstelle einer Beschimpfung lächelte er sie jedoch an. »Das ist sehr freundlich von Ihnen, aber das Hemd ist ruiniert.«

»Das sehe ich nun auch …«, gab Frieda zerknirscht zu und kramte aus ihrem Etui eine Visitenkarte hervor. »Bitte lassen Sie die Rechnung für ein neues Hemd an mich schicken. Mein Name ist Frieda von Lengenfeldt.«

Er warf einen prüfenden Blick auf die Karte. »Die Strandvilla«, murmelte er, als er die Adresse entdeckte. »Ihnen gehört das berühmte Hotel?«, fragte er bass erstaunt.

»Nein, meiner Mutter – und meinem Stiefvater.«

»Darf ich mich vorstellen?«, fragte er, und da erst fiel ihr auf, was für eine warme Stimme er hatte. Nein, nicht nur seine Stimme – seine gesamte Erscheinung wirkte sehr sympathisch. Er hatte freundliche dunkelbraune Augen, in denen ein Schimmer wie Gold glänzte. »Mein Name ist Samuel Friedmann, und ich studiere Literatur in Berlin.«

»Meine Schwester wohnt auch in Berlin!«, entfuhr es ihr. »Sie führt ein Fotoatelier ganz in der Nähe vom Hotel Adlon.«

»Das ist ja ein Zufall!«, rief er aus. »Ganz in der Nähe wohne ich mit meiner Familie. Und durch Kontakte meines Professors darf ich heute an dieser Lesung teilnehmen. Ich bin ein großer Verehrer von Carl Zuckmayer und hatte gehofft, mit ihm oder sogar dem Verleger höchstpersönlich über mein neues Manuskript sprechen zu können, aber ich fürchte, in diesem Aufzug wird man mich nicht sonderlich ernst nehmen – obwohl, es ist ein Kriminalroman!« Der Schalk blitzte aus seinen Augen.

Frieda lachte, und sie war nicht nur von der Leichtigkeit beeindruckt, mit der er sein ruiniertes Hemd unter diesen Umständen hinnahm, sondern auch von den vielen Gemeinsamkeiten – und von seinem Mut, mit dem Verleger über sein Manuskript zu sprechen.

»Ich wünsche Ihnen viel Erfolg!«

»Vielen Dank. Mein erstes Werk habe ich bereits bei einem kleinen Verlag unterbringen können und vielleicht, wenn ich Glück habe … Ah, jetzt ist die Gelegenheit gerade günstig, Herr Suhrkamp steht allein da. Sie entschuldigen mich bitte?« Kaum ausgesprochen, bahnte er sich einen Weg zum Verleger.

»Der hat es dir wohl angetan?«, hörte sie Matthis sagen.

»Wer?«, fragte sie irritiert. Sie drehte sich zu Matthis um, der ziemlich angesäuert dreinschaute.

»Dieser Samuel Friedmann natürlich!«

»Was redest du denn für einen Unsinn?«

»Das ist kein Unsinn«, entgegnete Matthis. »Du hast mich komplett vergessen, du hast mich ihm nicht mal vorgestellt.«

»Matthis, das war doch keine Absicht. Ich war so aufgeregt, weil ich sein Hemd ruiniert habe – und ich hatte Glück, dass er so nett reagiert hat.«

»Nett? Er hat dir schöne Augen gemacht, und du hast ihm sogar deine Karte gegeben.«

»Damit er mir die Rechnung für das neue Hemd schicken kann!«, fauchte sie, dann sah sie Matthis flehend an. »Bitte verdirb mir nicht mit deiner Eifersucht den Abend.«

Zugegeben, der junge Mann mit den dunklen kurzen Locken war ihr sehr sympathisch – aber das hatte doch nichts zu bedeuten.

Tatsächlich wechselte Samuel mit Peter Suhrkamp jetzt einige Worte, und Frieda drückte ihm innerlich alle Daumen. So viel Mut würde sie niemals aufbringen, obwohl sie sich nichts sehnlicher wünschte, als dass ihr Manuskript, an dem sie heimlich schrieb, eines Tages gedruckt werden würde. Davon wusste nicht einmal Matthis etwas.

Ein Bediensteter trat an den Verleger heran und raunte ihm etwas zu, woraufhin Peter Suhrkamp den verdutzten Samuel einfach stehen ließ und aus dem Raum eilte.

Hoffentlich keine schlimme Nachricht, dachte Frieda beklommen.

»Können wir jetzt bitte gehen?«, fragte Matthis hinter ihrem Rücken. »Ich habe keine Lust, mir noch länger die Beine in den Bauch zu stehen.«

Sie wandte sich zu ihm um. »Aber ich habe noch keine Signatur bekommen!«, protestierte sie.

»Weil du überhaupt nicht mehr in der Schlange stehst. Die ist nämlich längst weitergewandert, während du zu diesem Kerl hingestarrt hast. Ich bereue es ehrlich gesagt mittlerweile, dir diese Karte organisiert zu haben.«

Frieda wollte etwas entgegnen, aber da betrat der Verleger wieder den Raum und ging schnurstracks auf den Signiertisch zu. Suhrkamp war kreidebleich und flüsterte seinem Autor etwas ins Ohr, woraufhin dieser erstarrte.

Dann wandte sich Peter Suhrkamp an das Publikum, was ihm sichtlich schwerfiel, und er bat um Ruhe.

Frieda bekam weiche Knie.

»Meine Damen und Herren, ich muss Ihnen leider eine furchtbare Mitteilung machen. Auf dem Opernplatz in Berlin sind aus Büchern Scheiterhaufen errichtet worden. Auch Carl Zuckmayer steht auf der Liste der Nationalsozialisten.«

Ein Raunen ging durch das Publikum. »Das werden die Nazis nicht wagen!«, rief einer.

Peter Suhrkamp holte tief Luft. »Es ist leider schon zu spät. Die ›Aktion wider den undeutschen Geist‹ war nicht mehr aufzuhalten.« Er atmete noch einmal tief durch und fasste sich dabei ans Herz. »Zur Stunde brennen die Werke von vierundneunzig Autoren. Von Juden und Demokraten.«

Zur selben Stunde in Westerland

Zögernd blieb Moiken im Halbdunkeln in der Strandstraße an der Ecke zur Neuen Straße stehen und sah hinauf zu dem erleuchteten Fenster im ersten Stock des niedrigen Hauses, in dem Henriette wohnte.

Noch konnte sie ihr Vorhaben als nächtlichen Spaziergang deklarieren. Noch konnte sie es sich anders überlegen. Noch war es nicht zu spät.

Aber die Gelegenheit war günstig. Adam war bei einer Versammlung seiner Parteigenossen, von der er nicht vor Mitternacht zurückkehren würde. Frieda war in Kampen und wunderte sich wohl immer noch, warum sie in Begleitung von Matthis dorthin gedurft hatte.

Der Abend war wie geschaffen für ihr Vorhaben. Das Trocadero hatte Ruhetag, und die Restaurants in der Umgebung waren bereits geschlossen. In der Strandstraße war niemand unterwegs, hinter den Fenstern der Nachbarhäuser war es dunkel. Nur bei Henriette brannte noch Licht, weil sie ein Nachtmensch war.

Zu lange durfte sie jedoch nicht warten, weil sie wieder rechtzeitig in der Strandvilla sein musste.

Außerdem wollte sie nicht länger warten.

Ihren brennenden Wunsch nach Rache hatte sie mit Vernunft zu löschen versucht, aber das Gefühl hatte sich erneut entzündet und stärker gebrannt als je zuvor.

Es hatte sich nicht gewaltsam unterdrücken lassen. Im Gegenteil. Der Rachegedanke war dadurch stärker und schließlich übermächtig geworden.

Mit Henriettes Schikanen musste endlich Schluss sein, ein für alle Mal, dachte Moiken fest entschlossen.

Sie ging auf die Haustür zu, legte ihren Finger auf den Klingelknopf – und zögerte.

Noch könnte sie Vernunft walten lassen und umkehren. Noch könnte sie wie versprochen zu Boy gehen.

Noch war sie keine Mörderin.

Nein, keine Gnade für Henriette. Dieser brandgefährlichen Frau musste sie den Garaus machen. Es war ja nicht nur die Qual, die sie im Gefängnis erlitten hatte. Wenn Henriette tatsächlich das Attentat auf Adam begangen hatte und sie ihr Alibi in Gefahr sah, dann würde sie ausbrechen wie ein Vulkan, und die Lava würde sich ohne Rücksicht auf Verluste über alle ergießen, auch über Emma und Boy.

Moiken atmete tief durch.

Einmal, zweimal, dreimal.

Dann drückte sie auf den Klingelknopf.

Nichts rührte sich.

Noch könnte sie Vernunft walten lassen und umkehren. Noch könnte sie wie versprochen zu Boy gehen.

Noch war sie keine Mörderin.

Moiken ließ den Finger über dem Klingelknopf schweben. Sollte sie die Möglichkeit zur Umkehr nutzen? Alles vergessen und verzeihen, was sie durch Henriette erleiden musste?

Nein.

Moiken drückte ein zweites Mal auf die Klingel. Nachdrücklicher.

Wieder geschah nichts.

Ob Henriette mit Absicht nicht öffnete? Oder war sie im Sessel eingeschlafen?

Wie auch immer, es war wohl doch ein Zeichen, sich nicht zu versündigen.

Gerade als sie sich abwenden wollte, hörte sie Schritte im Haus, und kurz darauf öffnete ihr eine ziemlich verschlafene Henriette die Tür.

»Du?«, fragte sie erstaunt. »Bist du von allen guten Geistern verlassen?«, setzte sie sogleich mit ärgerlichem Unterton hinzu.

Schon möglich, dachte Moiken, aber sie sprach es nicht laut aus. Stattdessen verzog sie den Mund zu einem Lächeln und sagte: »Kann ich mit dir reden?«

Henriette musterte sie mit hochgezogenen Augenbrauen von oben bis unten. »Jetzt? Um diese Uhrzeit?«

»Es ist dringend«, raunte sie.

»Das kann ich mir denken!«, sagte Henriette und lachte auf. »Also, worum geht es?«

»Können wir das bitte in deiner Wohnung besprechen?«, flüsterte Moiken und sah verstohlen über die Schulter, ob niemand sie beobachtete. »Ich habe einen sehr wichtigen Hinweis für dich.«

Mit diesem Köder wollte sie Henriette zurück an das obere Ende der Treppe locken. Die Treppe in Henriettes Haus war steil genug. Noch steiler als die Stufen, die ihr Bruder in betrunkenem Zustand hinuntergefallen war.

Damals hatte Henriette das Gerücht befeuert, dass ihre ehemals beste Freundin zur Mörderin geworden war. Eine blanke Lüge, nur weil Henriette es nicht ertragen konnte, dass ihre Liebe nicht erwidert worden war.

Damals. Heute würde sie tatsächlich zur Mörderin werden, dachte Moiken, und es durchlief sie ein Schauer. Sollte der Sturz nicht tödlich sein, würde sie zum Küchenmesser greifen müssen – und davor scheute sie sich. Aber sie brauchte nur an das zu denken, was ihr in der Gefängniszelle widerfahren war, und sofort fühlte sie sich wieder zu allem fähig.

»Wenn du hier auftauchst, noch dazu um diese Uhrzeit, dann muss es ja ein wirklich wichtiger Hinweis sein. Dann komm mal mit in die gute Stube.«

KAPITEL 19

Spät am Abend

»Zum Glück erreiche ich dich, Vater!«

»Emma! Ich habe schon geschlafen. Was ist passiert?« Er starrte auf den Telefonapparat, den er sich erst kürzlich angeschafft hatte, so als könne er dadurch in die Berliner Wohnung sehen.

»Hier brennen die Bücher!«, rief Emma.

»Wie, die Bücher?«, fragte er und zog die Stirn kraus.

»Auf dem Opernplatz! Ich war gerade dort. Das war eine geplante Aktion! Mitglieder vom Nationalsozialistischen Deutschen Studentenbund, auch Professoren waren dabei! In dem Fackelzug. Sie sind in einem Fackelzug vom Hegelplatz hinter der Universität entlang der Museumsinsel zum Studentenhaus in der Oranienburger Straße gezogen. Dort haben beladene Lastwagen gewartet. Es ist von fünfundzwanzigtausend Büchern die Rede. Fünfundzwanzigtausend! Stell dir das mal vor!«

»Langsam, langsam. Ich bin noch gar nicht richtig wach. Was redest du da? Warum werden Bücher verbrannt – ich begreife das nicht.«

Emma holte hörbar Luft. »Das ist die ›Aktion wider den undeutschen Geist‹, die schon seit vier Wochen läuft. Sie richtet sich gegen den jüdischen Zersetzungsgeist und für volksbewusstes Denken, so heißt es. Ganz grauenvoll, und die Bücherverbrennung war jetzt der Höhepunkt. Ich werde die Bilder im Kopf nicht los, ich muss mit jemandem reden. Es tut mir leid, wenn ich dich aus dem Bett geholt habe. Wenn du das gesehen hättest – trotz strömendem Regen haben Zehntausende Schaulustige die Straßen gesäumt und den Fackelzug bejubelt, vorneweg die zerschlagene Büste von Magnus Hirschfeld, dessen Kopf wie eine Trophäe auf einen Stock aufgespießt präsentiert wurde.«

»Dass die Polizei da nicht eingeschritten ist …«, murmelte er in den Hörer.

»Im Gegenteil! Der Fackelzug wurde von berittener Polizei durch das Brandenburger Tor und über den Lindenboulevard begleitet. Die Polizei, von der du sprichst, gibt es hier in Berlin längst nicht mehr. Auch die Blaskapelle der SA und SS war mit von der Partie, und sie haben mit Marschliedern und sämtlichem vaterländischen Liedgut Stimmung gemacht, bis sie auf dem Opernplatz angekommen sind. Der war von Scheinwerfern der *Wochenschau* taghell ausgeleuchtet, damit die Kameramänner alles filmen konnten. Da waren bestimmt über fünfzigtausend Leute.«

»Bei der Beleuchtung hast du sicherlich gute Fotos gemacht, um die sich die Zeitungen reißen werden. Wenn ich dir bei der Vermittlung helfen soll, sag Bescheid.«

»Ich habe kein einziges Mal auf den Auslöser gedrückt«, sagte Emma. »Ich konnte nicht.«

Boy schwieg. Früher war Emma immer mitten im Geschehen gewesen und hatte sich nicht selten in Gefahr gebracht, um ein ungewöhnliches Foto zu schießen. Doch schon beim Reichstagsbrand hatte seine Tochter nicht fotografiert.

»Aber du lebst von diesen Fotos …«, gab er vorsichtig zu bedenken, obwohl er ihre Beweggründe gut verstehen konnte.

»Weißt du was, ich mache in Zukunft lieber steife Hochzeitsfotos und Gruppenaufnahmen zur Konfirmation, als dass ich mit meinen Aufnahmen die rechte Propaganda unterstütze.«

»Das klang vor ein paar Jahren aber noch anders. Da hast du noch kein Problem damit gehabt, mit Hitler Geschäfte zu machen.«

»Da hatte ich noch keine Ahnung, was das für ein Mensch ist. Aber das scheinen viele noch nicht begriffen zu haben. Im Gegenteil. Er hat unfassbar viel Zulauf. Frieda ist übrigens auch der Partei beigetreten – ich kann das immer noch nicht fassen.«

»Was sagst du da?« Bislang hatte er sich viel zu müde für das Gespräch gefühlt, aber jetzt war er hellwach.

»Ja, unglaublich, oder? Und leider ist das rechtens. Sie ist mit ihren neunzehn Jahren zwar noch nicht volljährig, aber ab achtzehn darf man den Mitgliedsantrag unterschreiben.«

»Ich dachte, die NSDAP hat vor gut vier Wochen einen Aufnahmestopp verhängt, weil sie von Anträgen überflutet wurde? Und vor allem – wie kommt Frieda überhaupt dazu?«

»Es gibt diverse Sonderregelungen, und die wird Adam ausgenutzt haben. Ich glaube auch nicht, dass Frieda freiwillig in die Partei eingetreten ist. Aber sie schweigt sich mir gegenüber über die Gründe aus und sagt, dass es ihre Entscheidung sei.«

»Das stimmt ja leider auch«, seufzte er. »Habt ihr denn guten Kontakt zueinander?«

»Ich rufe sie so alle zwei Wochen an. Mit meiner Mutter herrscht ja immer noch Funkstille. Einmal hatte ich sie zufällig am Apparat, da hat sie mich gleich an die Rezeption durchgestellt. Frieda und ich haben eigentlich ein sehr gutes Verhältnis zueinander, wir sprechen wirklich über alles, aber bei dem Thema mauert sie. Ich habe übrigens zuerst in der Strandvilla angerufen, um Frieda von der Bücherverbrennung zu erzählen – aber da ist niemand ans Telefon gegangen.«

Er zuckte nur mit den Schultern, obwohl seine Tochter das nicht sehen konnte. »Sie wird auch schlafen. Es ist spät.«

»In der Strandvilla geht Tag und Nacht jemand ans Telefon. Wenn die Rezeption nicht mehr besetzt ist, läutet es bei meiner Mutter.«

»Dann schläft sie wahrscheinlich tief und fest. Außerdem glaube ich nicht, dass sie so erfreut wäre, dich am Telefon zu haben – und das auch noch mitten in der Nacht.«

»Das war mir gleichgültig. Ich wollte ja nur Frieda sprechen. Außerdem würde meine Mutter niemals das Klingeln überhören. Bei ihr könnte nicht mal eine Maus unbemerkt durchs Zimmer huschen.«

»Dann wird sie unterwegs sein.«

»Meine Mutter?« Emma lachte auf. »Um diese Uhrzeit? Der Abend im Trocadero war ja schon eine große Ausnahme, und das ist gründlich schiefgegangen.«

»Allerdings …«, sagte er gedankenverloren. »Vielleicht probierst du es jetzt einfach noch einmal. Bestimmt war sie nur auf der Toilette oder dergleichen.«

»Vielleicht hast du recht«, sagte Emma, allerdings klang sie wenig überzeugt. »Aber wenn ich sie wieder nicht erreiche, rufe ich dich gleich noch mal an.«

»Mach das«, sagte er und hängte den Hörer auf die Gabel.

Nachdenklich betrachtete er das Telefon. Wenn er ehrlich war, hatte er kein gutes Gefühl im Bauch.

Seitdem Moiken aus dem Gefängnis entlassen worden war, hatte sie ihn mehrfach heimlich besucht. Zwar nur kurz, aber das hatte ausgereicht, um sich Sorgen um ihre schlechte seelische Verfassung zu machen.

Darauf angesprochen hatte Moiken mit einem Lächeln reagiert und behauptet, dass es ihr gut ginge und sie nur noch ein bisschen Zeit brauche, um manches zu verarbeiten. Vielleicht hätte er doch mehr nachhaken sollen.

Noch während er darüber nachdachte, klingelte das Telefon erneut.

»Ich erreiche sie nicht«, sagte Emma tonlos. »Und jetzt mache ich mir doch Sorgen. Da stimmt was nicht. Kannst du bitte in die Strandvilla gehen und nach dem Rechten sehen?«

»Ich? Wie stellst du dir das vor? Vielleicht solltest du einfach morgen Vormittag noch einmal anrufen.«

»Machst du dir denn gar keine Sorgen?«, bohrte Emma nach und traf damit den wunden Punkt.

»Doch, sehr sogar, wenn ich ehrlich bin. Seitdem deine Mutter im Gefängnis war, ist sie in einer schlechten Verfassung.«

»Glaubst du, sie will sich etwas antun?«, fragte Emma alarmiert.

»Nein, das glaube ich nicht. Dafür hängt sie zu sehr am Leben – und an euch Kindern. Es ist ja auch denkbar, dass sie nicht ans Telefon geht, weil sie einfach mal ihre Ruhe haben will.«

»Meine Mutter?« Emma lachte bitter. »Du solltest sie wirklich besser kennen. Ich will gar nicht wissen, was sie im Gefängnis durchmachen musste«, fügte sie leise hinzu. »Aber ich kann es mir denken.«

»Ich auch …«, gab er zu.

»Und das alles nur wegen Henriette«, fuhr Emma auf und war hörbar den Tränen nahe. »Ich hasse mich so sehr dafür, dass ich Henriette damals ein falsches Alibi gegeben habe. Verdammt! Hast du dir Henriette mal vorgeknöpft?«

»Nein … seit sie in der Partei ist, muss man sich doppelt und dreifach vor ihr in Acht nehmen.«

»Aber du kannst sie doch aus Angst nicht einfach schalten und walten lassen – wer weiß, was ihr als Nächstes einfällt!«

»Das ist mir auch klar«, entgegnete er geknickt. »Aber was soll ich machen?«

»Ich bin so wütend! Am liebsten würde ich es Henriette heimzahlen.«

»Rache ist kein Weg. Aber selbst deine Mutter hat davon gesprochen.«

»Wenn meine Mutter von Rache spricht, dann meint sie es ernst …«, sagte Emma. »Sie kann viel verzeihen …«

»Aber nicht alles …«, vollendete er ihren Satz. »Es wäre für uns alle am besten, wenn Henriette nicht mehr da wäre …«

»So denkt meine Mutter wohl auch.«

Ihm wurde siedend heiß. »Ich hatte gehofft, sie würde ihr Versprechen halten, aber jetzt ahne ich, wo ich sie finde – und ich glaube, ich sollte mich beeilen.«

~

»Genug um den heißen Brei herumgeredet«, sagte Henriette genervt und drückte ihre Zigarette im Aschenbecher aus. »Wie wäre es, wenn du deinen wichtigen Hinweis jetzt endlich loswirst, damit ich wieder ins Bett gehen kann?«

Ja, dachte Moiken, es wurde höchste Zeit. Sie saßen tatsächlich schon viel zu lang in Henriettes Stube, die vom blauen Dunst geschwängert war. Viel zu lang war es her, dass aus zwei besten Freundinnen Feindinnen geworden waren.

Eine Feindschaft, die mit Henriettes Tod enden sollte.

Wenn nur nicht diese verdammten Skrupel wären. Nur deshalb hatte sie sich so lange mit Henriette über Belanglosigkeiten unterhalten.

»Gut, dann gehe ich jetzt«, sagte Moiken und erhob sich aus dem dunkelgrünen Sessel, der seine besten Jahre hinter sich hatte. Entschlossen ging sie zur Wohnungstür, ohne sich noch einmal umzusehen.

Der Plan ging auf, denn Henriette folgte ihr eilig. »Spinnst du? Warte! Was ist denn mit dem Hinweis?«

»Ach so, ja«, sagte Moiken beiläufig, während sie die Tür öffnete. Nur noch wenige Meter bis zum Treppenabsatz. »Ich wollte dir sagen, dass du dich auf ganz dünnem Eis bewegst und du bei deinen nächsten Schritten sehr vorsichtig sein solltest.«

Henriette lachte auf. »Keine Sorge, im Gegensatz zu dir bin ich nicht so dämlich und verlaufe mich in der Eiswüste.«

In Moiken kochte die Wut hoch. Henriette brachte es wirklich immer wieder fertig, sie bis aufs Blut zu reizen. Aber damit war jetzt gleich Schluss.

»Moment mal«, hob Henriette erneut an. »Soll das etwa der Hinweis gewesen sein? Hast du mich dafür aus dem Bett geholt? Nicht dein Ernst. Du willst mir doch bestimmt einen Namen nennen, zum Beispiel, wer mit Juden Geschäfte macht oder sich abfällig über unseren Führer äußert?«

Moiken schüttelte den Kopf und positionierte sich am Treppenabsatz. Nun musste sie nur noch dafür sorgen, dass Henriette näher kam.

Als sie Henriette greifen wollte, klingelte es an der Haustür.

Moiken erstarrte.

»Was ist denn heute Nacht los?« Kopfschüttelnd ging Henriette die Treppe hinunter.

Unverrichteter Dinge blieb Moiken zurück und hörte, wie Henriette rief: »Boy! Was willst du denn hier?«

»Bist du allein?«, fragte er.

»Nein, aber ich wäre es gern – du kannst sofort wieder verschwinden und Moiken gleich mitnehmen, und ganz gleich, was euer Plan war, das wird ein Nachspiel haben.«

»Was denn für ein Plan?«, fragte Boy und hob die Hände. »Ich weiß gar nicht, was hier los ist.«

»Verkauf mich nicht für dumm«, höhnte Henriette. »Wenn du ahnungslos wärest, stündest du ja wohl nicht mitten in der Nacht hier. Und jetzt entschuldigt mich, ich möchte schlafen – morgen erwartet mich ein anstrengender Tag. Heil Hitler!«

Nach diesem Gruß fiel die Wohnungstür oben ins Schloss.

KAPITEL 20

Rund zwei Monate später
7. Juli 1933

In der Nacht war Moiken von einem wiederkehrenden Albtraum geplagt worden – sie hatte geträumt, auf der Pritsche im Westerländer Gefängnis zu liegen, unfähig, sich zu bewegen, während sie die Vergewaltigung ein weiteres Mal über sich ergehen lassen musste. Danach öffnete sich die Zellentür wie von Geisterhand, und sie stand mit einem Messer vor Henriette. Kurz bevor sie zustechen wollte, war sie schweißgebadet aufgewacht.

Sie hatte das Nachthemd gewechselt und Boy innerlich dafür gedankt, dass er in jener Nacht rechtzeitig die richtigen Schlüsse gezogen hatte – nachdem sie ihn erst dafür verflucht hatte. Seit vier Wochen war es still um Henriette – verdächtig still.

In den frühen Morgenstunden war Moiken in einen gnädigen Tiefschlaf gefallen, und vorhin hatte sie mit Schrecken festgestellt, dass es bereits elf Uhr war. Da war sie schnell aus dem Bett gesprungen, um sich frisch zu machen.

Höchste Zeit, an der Rezeption zu erscheinen, um sich nach dem Stand der Dinge zu erkundigen, dachte sie und machte sich auf den Weg.

So richtig bei sich war sie allerdings immer noch nicht – das war sie genau genommen seit den Tagen im Gefängnis nicht mehr. Ihre Seele war aus ihrem Körper geflohen, und sie hatte das Gefühl, sich nur noch als leere Hülle durch die Gegend zu schleppen.

Vor den Angestellten gab sie sich jedoch stets große Mühe, keine Schwäche zu zeigen und so zu tun, als sei alles wie immer.

»Heute haben schon wieder zwei Familien ihre Buchung storniert«, sagte Matthis anstelle einer Begrüßung, als sie die Rezeption erreichte.

»Ich nehme an, die Absage kam von jüdischen Familien?«, fragte sie tapfer, obwohl ihr in jeglicher Hinsicht zum Heulen zumute war.

Matthis bestätigte ihre Vermutung mit einem Nicken – Worte brauchte es dafür auch nicht. Der bekundete Wille der Badeverwaltung, dass Westerland ein politisch neutrales Bad bleiben solle, war ein bloßes Lippenbekenntnis. Auch auf Sylt galten nun die Parolen, die Moiken nicht mehr hören konnte: Wir schaffen das neue Deutschland! Hitler ist unsere Hoffnung! Setzt euch ein, für Deutschland, für Hitler. Wacht auf, bevor es zu spät ist. Helft mit, das neue Deutschland aufzubauen!

Von einem Aufbau war weit und breit nichts zu spüren. Dafür umso deutlicher eine wachsende Feindseligkeit, gegen alles und jeden, was nicht den Hakenkreuzstempel trug, der als neuer Heilsbringer galt.

»Wie macht sich der neue Page?«, fragte sie mit fröhlicher Stimme, die ziemlich aufgesetzt klang, aber Matthis schien sich nicht daran zu stören.

»Ich weiß immer, wo er sich gerade im Haus rumtreibt«, gab er munter zurück. Damit spielte er auf die Zeiten an, als er selbst noch Page gewesen war.

Tatsächlich brachte er sie mit dieser Erinnerung zum Schmunzeln. »Stimmt, Sie haben Leopold regelmäßig in den Wahnsinn getrieben – und trotzdem waren Sie der beste Page, den ich mir nur wünschen konnte.«

»David macht sich auch schon sehr gut. Der junge Bursche merkt sich wirklich alles, was ich ihm sage, ist flink und fleißig. Ach, da kommt er ja gerade, dann können Sie ihn ja selbst fragen.«

Die Pagenuniform stand dem fünfzehnjährigen David tatsächlich hervorragend, nachdem die Hosenbeine und Ärmel gekürzt worden waren. Für sein Alter war er recht klein, aber vom Körperbau her kräftig, und er schien es gewohnt zu sein, mit anzupacken.

Eilig kam er näher. »Guten Tag, Frau von Baudissin.« Seine Verbeugung geriet ihm im Eifer etwas zu tief, sodass ihm fast die Mütze vom Kopf gerutscht wäre, die seine blonden, lockigen Haare verbarg.

Aus seinen braunen Augen sah er sie aufmerksam an. »Sie haben ein Anliegen?«

»Nicht direkt. Ich wollte nur hören, wie Ihnen Ihre Arbeit gefällt und ob Sie sich in der Strandvilla gut eingelebt haben.«

»Oh, vielen Dank, ja. Matthis hat mich sehr gut eingelernt, und ich bin sehr gern als Page bei Ihnen tätig.«

»Wenn die Gäste kein ordentliches Trinkgeld geben, so lassen Sie es mich wissen«, mahnte sie ihn freundlich, denn damit hatte es in letzter Zeit häufiger Probleme gegeben, und es war schließlich Teil seines Lohns.

»Das geht schon in Ordnung«, sagte David zurückhaltend.

»Du kannst Frau von Baudissin ruhig sagen, dass ich dir den Trick beigebracht habe, wie man mit knausrigen Gästen umgeht …«, sagte Matthis, und der Schalk blitzte ihm aus den Augen. »Ist eine alte Haustradition.«

»Wenn das so ist …«, hob der junge Page an. »Ich bin heute schon drei Mal mit Post zu Herrn Feldmann gelaufen, statt sie auf einmal zu bringen. So musste er mir jedes Mal Trinkgeld geben.«

»So ist's recht«, erwiderte Moiken lächelnd. Es war so selten geworden, dass sie lächeln konnte. Aber David wirkte auch nicht richtig glücklich, das erkannte sie an seinen Augen. »Und Ihnen geht es wirklich gut?«, forschte sie nach. »Wenn irgendwo der Schuh drückt, dann bitte heraus mit der Sprache. Sie können immer und mit allem zu mir kommen.«

»Ich fühle mich wirklich sehr wohl in der Strandvilla«, bestätigte David, aber dann setzte er leise und mit gesenktem Blick hinzu: »Es ist nur so, dass ich ein bisschen Heimweh habe.«

Wenn es ihr eigener Sohn wäre, hätte sie ihn jetzt umarmt, dachte Moiken voller Rührung. »Ach herrje, das kann ich gut verstehen. Aber ich bin mir sicher, das wird sich legen«, gab sie sich zuversichtlich. »Das erste Mal von zu Hause weg«, fuhr sie fort, »dann die Umstellung vom Festland zur Insel … Aber Husum ist ja nicht aus der Welt, und Sie könnten doch an einem freien Tag mal nach Hause fahren. Wir haben ja jetzt den Hindenburgdamm, und die Zugfahrt kostet nicht so viel.«

»Jawohl, Frau von Baudissin«, sagte David mit einer leichten Verbeugung. »Darf ich mich entfernen, oder haben Sie noch ein Anliegen?«

»Gehen Sie nur zurück auf Ihren Posten«, sagte Moiken freundlich und wandte sich an Matthis. »Gibt es sonst noch wichtige Neuigkeiten? Ansonsten gehe ich zurück in mein Büro.« Selbst der kurze Besuch an der Rezeption hatte sie bereits so angestrengt, als sei sie durch die ganze Stadt gerannt und hätte mit jedem Geschäftspartner eine Verhandlung geführt.

Der Aufzug kündigte sich mit einem Rumpeln im Foyer an, und Moiken hoffte, dass es nicht Adam war, sondern irgendwelche Gäste. Selbst mit einer absurden Beschwerde könnte sie jetzt besser umgehen als mit einem Zusammentreffen mit ihrem Ehemann, dem sie aus dem Weg ging, so gut es eben möglich war.

Bis heute wurde sie den Verdacht nicht los, dass Adam sich mehr Zeit als notwendig gelassen hatte, bis er sie aus dem Gefängnis geholt hatte, denn er hatte Frieda versprochen, das gleich am Tag nach der Verhaftung zu tun, wie sie von ihr erfahren hatte.

Ob Frieda deshalb der NSDAP beigetreten war? Über ihre Gründe schwieg sich ihre Tochter weiterhin aus, und Moiken konnte sich gut vorstellen, dass Adam sie mit dem Versprechen erpresst hatte, ihre Mutter dafür schneller aus dem Gefängnis zu holen. Anders konnte sie sich Friedas Parteieintritt nicht erklären.

Aus den hellen Stimmen aus dem Aufzug schloss Moiken, dass es Grete mit ihren Kindern sein musste, und tatsächlich betraten sie in Begleitung ihres Hundes Wilhelm kurz darauf das Foyer. Der große Mischling war alt geworden, er war taub und sah schlecht, aber er wusste immer, wo es Leckerchen gab.

So führte ihn sein Weg schnurstracks zur Rezeption, wo er sich erst bei Matthis zwei Hundeleckerchen abholte, die in der Hauptsache für die vierbeinigen Begleiter der Gäste gedacht waren, und dann forderte er von ihr seine Streicheleinheiten ein.

Dem kam Moiken nur allzu gern nach. Sie kraulte Wilhelm hinter den Ohren, was er am liebsten mochte, und begrüßte Grete und ihre Kinder.

Mit ihren elf und dreizehn Jahren waren Lene und Helena längst nicht mehr die kleinen Mädchen, die noch vor zwei Jahren artig auf der Küchenbank gesessen hatten. Nur ihre geflochtenen blonden Zöpfe wollten beide nicht abschneiden.

Die Mädchen hatten an Selbstvertrauen gewonnen und waren regelrecht aufgeblüht, seitdem ihre Mutter im Dünencafé arbeitete und mehr Zeit für sie hatte. Angesichts der Uhrzeit wunderte sie sich jedoch, dass Lene und Helena schon aus der Schule zurück waren.

»Habt ihr beide denn schon frei?«, fragte sie deshalb.

»Wir hatten heute keine Schule!«, sagte die jüngere Lene aufgeregt, und ihre Augen funkelten vor Begeisterung.

»Wir hatten keinen Unterricht«, korrigierte Helena, »weil wir hohen Besuch von Baldur von Schirach hatten. Er ist derzeit auf der Insel, und Herr von Baudissin hat ihn an unsere Schule eingeladen.«

Moiken zog die Stirn kraus und sah Grete fragend an. »Baldur von Schirach? Wer ist das denn?«

»Er ist von Hitler zum Reichsjugendführer ernannt worden«, erklärte sie beflissentlich und fuhr ganz angetan fort: »Ein sehr charismatischer junger Mann, das muss ich sagen. In der ersten Stunde durften die Eltern auch dabei sein. Er hat uns die Vorzüge der Hitlerjugend und des Jungmädelbunds erklärt, und ich muss sagen, er hat einen sehr guten Draht zu Kindern. Meine beiden sind wirklich begeistert von ihm.«

»Ja, das sind wir!«, bestätigte Helena eifrig. »Wir mussten heute nicht die Schulbank drücken, wir waren stattdessen am Strand und haben Spiele gemacht. Das gab es noch nie! Das war so klasse! Und es kommt noch besser. Alle Kinder, die in die Reichsjugend eintreten, haben jeden Samstag frei. Alle anderen müssen zur Schule.«

»Genau!«, rief Lene. »Für uns gibt es dann tolle Ausflüge, Lagerfeuer, wir singen Lieder, machen Geländespiele, und wir übernachten sogar mal in Zeltlagern. Das hat er uns alles versprochen. Im Winter basteln wir, kochen zusammen, spielen Marionettentheater und proben für eigene Theaterstücke. Das wird richtig gut! Ich bin auch schon ganz aufgeregt!«

»Hm …«, machte Moiken. Das klang alles wirklich spannend und war in der Tat ein tolles Programm für die Mädchen, das ihnen sonst niemand bot. Aber ihr gefiel dieser schulfreie Samstag nicht. Das bedeutete doch im Klartext, dass die Kinder durch die Hintertür in die Hitlerjugend gelockt wurden, wenn sie nicht zu Strebern und Außenseitern abgestempelt werden wollten.

»So, nun müssen wir aber los«, sagte Grete, »sonst kann ich das Dünencafé nicht rechtzeitig öffnen. Leopold und Wilma geht es übrigens deutlich besser. Als ich vorhin bei den beiden war, haben sie sich für den Nachmittagskaffee eine Schokodüne gewünscht.«

»Dann scheint ja wirklich wieder alles in Ordnung zu sein, da bin ich sehr erleichtert.«

»Ja, ich muss ehrlich sagen, ich habe mir in den vergangenen Tagen große Sorgen gemacht, ich dachte, nach dieser Magen-Darm-Geschichte kommen die beiden nicht mehr auf die Beine. Leopold wollte nicht mehr, er hatte sich aufgegeben.«

»Das war ja auch heftig. Wie gut, dass die Sache nun überstanden ist. Kommen Sie denn im Dünencafé derzeit noch allein klar? Wenn Sie meine Unterstützung benötigen, sagen Sie bitte Bescheid.«

Seit Wochen hatte sie nicht mehr im Dünencafé gearbeitet, weil sie keine Kraft dazu hatte. Vor allem seelisch nicht. Sie war so dünnhäutig geworden, dass ihr bei allen möglichen und unmöglichen Gelegenheiten die Tränen kamen.

»Ach, wo denken Sie hin, werte Frau von Baudissin, das schaffe ich doch mit links, und außerdem ist das keine Arbeit für mich. Ich habe großes Vergnügen dabei, die Gäste zu bewirten – es können gar nicht zu viele sein.«

Moiken lächelte. Grete war einfach ein Goldstück, denn sie war fleißig, flink und dabei trotzdem gewissenhaft und stets bei guter Laune. Zudem war sie loyal und verschwiegen, was bei ihrem Wissen über das Attentat unbedingt notwendig war.

Fraglich war nur, ob sich die neue Küchenvorsteherin Stine in ihrem Amt bewähren würde. Immerhin arbeitete sie seit sieben Jahren in der Strandvilla, deshalb war Moiken einerseits sehr zuversichtlich, andererseits wollte sich dieses enorme Grundvertrauen, wie sie es vom ersten Tag zu Grete gehabt hatte, bei Stine nicht einstellen. Deshalb wollte sie ihrer neuen Küchenvorsteherin noch nicht den Schlüssel zum separaten Bereich des Weinkellers überlassen. Da es jedoch wenig praktikabel war, dass Grete neben ihrer Arbeit im Dünencafé weiterhin den Zweitschlüssel verwaltete, lagerte er nun im Tresor an der Rezeption, über den Matthis die Hoheit hatte. So war gewährleistet, dass Sonderwünsche von Gästen prompt erfüllt werden konnten, wenn sie nicht im Büro war, wo sie ihren Schlüssel verwahrte.

Wobei sie es bis auf kurze Besuche bei Boy und absolut notwendige Erledigungen in der Stadt vermied, die Strandvilla zu verlassen. Leider, denn das durfte kein Dauerzustand werden. Aber es war so schwer, sich am eigenen Schopf zu packen.

Es wäre doch ein Anfang, dachte Moiken, wenn sie Grete heute mal wieder bei den Vorbereitungen helfen würde, um langsam wieder in die Arbeit reinzukommen.

Zeitlich würde dem jedenfalls nichts entgegenstehen. Frieda hatte sich in den vergangenen Wochen bereits so gut in die Buchhaltung der Strandvilla eingearbeitet, dass ein kurzer, prüfender Blick genügte.

»Ich schaue trotzdem gleich mal vorbei und gehe Ihnen ein bisschen zur Hand«, teilte sie Grete ihren Entschluss mit, verbunden mit dem stillen Vorhaben, mit Grete über den Jungmädelbund zu sprechen und Boy anschließend einen Besuch abzustatten.

»Ich freue mich, wenn Sie vorbeischauen, aber zur Hand gehen müssen Sie mir wirklich nicht«, sagte Grete und verabschiedete sich.

Kaum war sie mit ihren Kindern und dem Hund gegangen, setzte sich der Aufzug erneut in Bewegung.

Leider war es ihr Ehemann, der das Foyer betrat, noch ehe Moiken darüber nachdenken konnte, wie sie sich schnellstmöglich von der Rezeption entfernen könnte.

»Ach, hier bist du. Das trifft sich ja gut«, begrüßte er sie. »Die Westerländer SA will heute Nachmittag mit zweihundert Mann in einer Parade vor der Musikmuschel aufmarschieren, und wenn du dann noch immer nicht geflaggt hast …«

Das ging ja gut los, dachte sie. Nach außen gab sie sich unbeeindruckt: »Ich habe geflaggt. Es wehen die schleswig-holsteinische Landesfahne und unsere Hausfahne.«

»Du weißt, wie ich das meine«, grollte er.

Natürlich wusste Moiken das. Überall flatterten mittlerweile die Fahnen mit dem Hakenkreuz. An den Masten entlang der Promenade, in den Straßen und Vorgärten, selbst auf den Strandburgen.

»Moiken, wenn die Strandvilla keine Flagge zeigt, bringst du mich vor meiner Partei in Erklärungsnot. Und das willst du doch bestimmt nicht, oder?« Seine Stimme nahm einen drohenden Unterton an.

Sie schüttelte den Kopf. Nein, das wollte sie nicht. Vor allem wollte sie nicht noch einmal im Gefängnis landen. Aber sie konnte und wollte auch nicht gegen ihre Überzeugung handeln. Also nahm sie all ihren Mut zusammen und sagte mit leicht bebender Stimme: »Adam, der von den neuen Machthabern versprochene Aufschwung für das Seebad bleibt aus. ›Heil Hitler‹ schreckt viele jüdische und ausländische Gäste ab, heute kamen schon wieder zwei Absagen.«

Adam lächelte milde. »Es kommen andere Gäste, warte nur ab. Die Saison hat ja noch gar nicht richtig begonnen. Und anstelle der Juden werden viele hochrangige Nationalsozialisten bei uns ihre Sommerfrische verbringen – dafür werde ich schon sorgen.«

Moiken öffnete den Mund, bereit zu einem erneuten Widerspruch. Aber der Ring um ihre Brust war so eng, dass sie kaum Luft bekam.

Seit wann hatte sie eigentlich eine solche Angst vor ihrem Ehemann?

Seitdem er unberechenbar geworden war, gab sie sich selbst die Antwort. Er hatte Henriette tatsächlich als Sekretärin im Ortsgruppen-Büro eingestellt – was für ein Affront. Das sah Adam offenkundig nicht so, für ihn zählte lediglich der politische Ehrgeiz einer Person.

Für Moiken bedeutete das höchste Alarmstufe. Zum Glück war es seither zu keiner Begegnung mit ihr gekommen, und sie schien Adam nichts von dem nächtlichen Besuch erzählt zu haben.

Moiken hatte sich geschworen, sich von ihrer ehemaligen Freundin fernzuhalten. Alles andere würde nur in einem Desaster enden.

»Gut, dann wäre das also geklärt«, sagte er auf ihr Schweigen hin und wandte sich zum Gehen.

Nichts war geklärt, dachte Moiken. Dabei wallte Zorn in ihr auf, der den letzten Funken Mut zum Widerspruch entzündete. »Adam, wir müssen uns unsere Unabhängigkeit bewahren. Ich möchte nicht, solche … solche Gäste in unserer Strandvilla begrüßen. Vergiss nicht, es ist auch immer noch mein Hotel.«

»Moiken, ich sorge dafür, dass wir ein Auskommen haben, und ich kann dir nur dringend empfehlen, deine Aversion gegen die neue Macht im Reich abzulegen – das führt sonst zu keinem guten Ende. Es hat auch schon bei vielen Gästen Verwunderung erregt, dass überall die Hakenkreuzfahne zu sehen ist, sie aber nicht über der Strandvilla weht. Es wird Zeit, ein Bekenntnis abzulegen, und zwar für die einzig wahre Partei, und im wahrsten Sinne des Wortes Flagge zu zeigen und das neue Symbol nationaler Tatkraft zu hissen. Wenn die althergebrachte schwarz-weiß-rote Reichsflagge hängt, ist das ein Zeichen, dass Juden hier immer noch willkommen sind. Ich weiß, als Hotel ist man von seinen Gästen abhängig, aber du solltest den Juden bitte nicht hinterhertrauern. Stattdessen mieten sich umso mehr Nationalsozialisten ein. Es ist doch gleichgültig, wer sie sind. Hauptsache, sie bezahlen.«

Sie holte tief Luft. »In deinem Denken sind eben nicht mehr alle Menschen gleich, das ist ja das Problem!«

»Wenn hier jemand ein Problem hat, dann bist du das. Weshalb diskutiere ich überhaupt mit dir? Ich muss noch ins Büro, bevor die Parade beginnt. Ich erwarte, dass die Fahne umgehend gehisst wird – hast du mich verstanden?« Seine Augen verengten sich zu Schlitzen.

»Ja, ich habe dich verstanden«, gab sie tonlos zurück.

Als Moiken an die Rezeption zurückkehrte, gab sie Matthis Bescheid, dass die Fahne gehisst war und sie jetzt ins Dünencafé gehen würde – möglichst weit weg von dem ganzen Spektakel.

»Ach, da kommt ja die Post!«, rief er anstelle einer Antwort und sah dem jungen Boten entgegen, von dem alle nur den Vornamen kannten.

Niemand wusste etwas über seine Vergangenheit, niemand kannte sein genaues Alter.

Er lebte am Rand von Westerland in einer ehemaligen Lagerhütte, ließ niemanden an sich heran, und er war bekannt dafür, dass er gern mal zu tief ins Glas schaute.

Seinen Dienst versah er jedoch zuverlässig wie ein Uhrwerk, und er liebte seinen Beruf, wie er mal bekundet hatte, was angesichts seiner Zurückgezogenheit sehr verwunderlich war. Aber so war er eben. Ludwig Post.

Den Nachnamen hatte ihm der Volksmund gegeben, und er war bei allen Insulanern gleichermaßen beliebt.

Nie wurde ein privates Wort gewechselt, und doch gehörte er zum Kreis der vertrauten Personen.

»Guten Morgen, Frau von Baudissin, hallo, Matthis, hier kommt die Post! Briefe aus nah und fern, die bring ich gern! Sind die Nachrichten nicht gut, wirft man sie gleich in die Glut.«

Wenn es so einfach wäre, dachte Moiken, aber das kleine Gedicht zauberte ihr doch ein Lächeln auf die Lippen. »Sie können die Briefe gleich mir geben«, sagte sie freundlich.

»Sehr wohl«, erwiderte Ludwig dienstbeflissen. »Den Empfang dieses Schreibens von der Stadtverwaltung müssten Sie mir quittieren.« Er zückte einen kleinen Block und reichte ihr einen Stift.

Moiken leistete die geforderte Unterschrift mit einem unguten Bauchgefühl. Eine Empfangsbestätigung leisten zu müssen, bedeutete im Regelfall nichts Gutes.

Kaum dass Ludwig sich verabschiedet hatte, riss sie das Kuvert auf und überflog die Zeilen. Es ging um Steuerzahlungen, die normalerweise Anfang des Jahres fällig waren, aber bislang am Ende der Saison bezahlt werden konnten. Doch das klang jetzt anders, wie sie mit Schrecken feststellte.

Mit Zugang dieses Schreibens setzen wir Sie über folgende Sachlage in Kenntnis:
Die schwierige Finanzlage der Stadt gebietet, dass die zum 30. Januar 1933 fällig gewordenen Steuern bis spätestens 30. August des Jahres bezahlt werden und dass auf Rückstände aus früherer Zeit ebenfalls Abträge geleistet werden müssen, deren Höhe die Finanzkommission noch festsetzen wird. Die Stadtverwaltung kündigt hiermit ohne Nachsicht Zwangsmaßnahmen an, falls der Steuerpflicht nicht gemäß der neuen Frist nachgekommen wird. Es wird in diesem Zusammenhang darauf hingewiesen, dass ein säumiger Steuerzahler Sabotage an der Aufbauarbeit der neuen Regierung betreibt, denn ein jeder unterstützt durch seine pünktliche Steuerzahlung die Arbeit des Staates und nicht zuletzt die der Stadt Westerland.
Heil Hitler!

»Etwas Schlimmes?«, fragte Matthis, und sie ärgerte sich darüber, dass sie ihre Miene nicht unter Kontrolle gehabt hatte. Aber das holte sie jetzt mit einem Lächeln nach, denn er sollte sich keine Sorgen machen. »Nein, alles in Ordnung. Das sind nur erste Informationen zu den geplanten städtischen Baumaßnahmen. Erst habe ich einen Schreck bekommen, weil ich dachte, das würde mitten in die Saison fallen, aber noch gibt es zum Glück keinen konkreten Zeitplan.«

Energisch faltete sie den Brief zusammen und steckte ihn in die Tasche ihres rot-braun karierten Kostüms. Danach sah sie den Stapel weiter durch, bis sie auf ein Kuvert mit Berliner Poststempel stieß.

Ein Brief von Emma?

Er war jedoch an Frieda gerichtet, und das gab ihr einen Stich. Hatten die beiden Schwestern hinter ihrem Rücken Kontakt zueinander? Gab es da Heimlichkeiten?

Nur seit wann gab sich Emma die Mühe, den Umschlag in die Schreibmaschine einzuspannen? Sie hatte doch eine ordentliche Handschrift.

Verwundert drehte Moiken den Brief um. »Samuel Friedmann …«, murmelte sie und kramte in ihrem Gedächtnis.

»Schon wieder!«, entfuhr es Matthis.

»Wissen Sie, wer das ist?«

»Ja«, erwiderte Matthis kurz angebunden.

»Aha?«, entgegnete sie ratlos. »Wer ist das, und was heißt ›schon wieder‹? Müsste ich da etwas wissen?«

»Das … ich denke nicht. Also, ich weiß es nicht«, druckste Matthis herum, und es war ihm sichtlich unangenehm, darüber zu sprechen. »Ich bin davon ausgegangen, dass Frieda Ihnen von dem Briefkontakt erzählt hat. Ich weiß leider auch nicht mehr darüber. Auf der Lesung in Kampen hat Frieda diesem Herrn ihren Wein über das Hemd geschüttet und ihm für die Rechnung ihre Adresse gegeben. Das ist allerdings nicht der erste Brief …«

»Aha«, sagte Moiken erneut. »Vielleicht gibt es Unstimmigkeiten mit dem Schadenersatz, und meine Tochter traut sich nicht, mich deshalb zu behelligen. Wie ist denn dieser Herr einzuschätzen?«

»Er ist Literaturstudent in Berlin und kommt aus gutem Hause.«

»Ach«, entfuhr es ihr. »Dann gibt es womöglich andere Gründe, weshalb mir Frieda den Briefkontakt verschweigt.«

Matthis hob die Schultern, und Ratlosigkeit spiegelte sich auch in seinem Blick – oder war es Kummer?

Noch ehe sie das ergründen konnte, klingelte das Telefon, und Matthis nahm das Gespräch entgegen. Kurz darauf reichte er den Hörer an sie weiter. »Ihr Ehemann. Aus dem Ortsgruppen-Büro.«

Moiken räusperte sich, so als könne sie ihre Stimmbänder dadurch von der Nervosität befreien.

»Ja, bitte?«, fragte sie und klang dabei erstaunlich gelassen.

»Die Fahne weht nicht«, sagte Adam kurz angebunden.

»Das mag sein, wahrscheinlich haben wir gerade nicht so viel Wind, aber sie hängt«, antwortete sie mit fester Stimme.

»Die Fahnen auf den Nachbargebäuden wehen.«

»Das ist ja merkwürdig«, entgegnete sie ruhig.

»Hast du die Fahne am Ende festgesteckt?«

»Nein, wie kommst du denn auf solche Gedanken?«, gab sie sich verwundert.

»Nachher zur Parade weht die Fahne, hast du mich verstanden?«, grollte er.

»Natürlich, ich werde es dem Wind ausrichten«, gab sie kühl zurück.

Ohne Verabschiedung legte sie auf und atmete tief durch. Die Fahne hatte sie nicht festgesteckt, sondern fein säuberlich zusammengenäht – mit dem stärksten Faden, den sie hatte finden können.

3. Buch

KAPITEL 21

Rund zwei Jahre später …
16. Mai 1935

Bereits seit Mitte März glich Westerland einer einzigen Baustelle, und ein Ende war nicht in Sicht. Angefangen hatte alles mit der Verlegung eines Starkstromkabels vom Elektrizitätswerk in der Friesischen Straße über die Steinmannstraße bis zur Strandstraße und zum Strandübergang.

Der gesamte Norden der Stadt wirkte wie von einem monströsen Maulwurf durchpflügt. Insgesamt waren zehntausend Meter Kabel und viertausend Meter Nullleitung unterirdisch verlegt worden, sodass die hässliche Freileitung nach dreiunddreißig Jahren abgebrochen werden konnte. Immerhin.

Als die Baufahrzeuge pünktlich zu Saisonbeginn abgezogen waren, hatte Moiken aufgeatmet, doch sie hatte sich zu früh gefreut, denn nun hatten die Ausbesserungen am Asphalt in der Friedrichstraße und in der Strandstraße begonnen.

Genauer gesagt war eine komplette Erneuerung der Asphaltierung notwendig, obwohl diese erst im vergangenen Jahr erfolgt war. Doch leider hatte die Stadt geglaubt, bei den Baukosten sparen zu können, was zur Folge hatte, dass die Straße zur Mitte hin abgesunken war und sich dort bei Regen ein hübscher Bach bildete.

Einen besseren Zeitpunkt als den Beginn der Hauptsaison hätte die Stadt für die längst überfällige Asphaltierung der beiden Hauptflaniermeilen nicht finden können, dachte Moiken voller Sarkasmus, als sie vom Kaufhaus H.B. Jensen, wo sie neue Rabatte für den Hotelbedarf verhandelt hatte, die Friedrichstraße hinaufging – in Richtung von Boys Fotoatelier.

Das alte Warmbadehaus war ebenfalls abgerissen worden und mit ihm die städtischen Läden am oberen Ende der Strandstraße, die als Bretterbuden ihren Charme gehabt hatten, dem Bauamt jedoch ein Dorn im Auge waren, weil der angeblich baulich primitive Zustand nicht zum Modernisierungswahn im Betonstil passte.

Den Abriss musste die gute Modje zum Glück nicht mehr mit ansehen, da »das allen Syltern und in Kurgastkreisen weitbekannte Fräulein«, wie es im Nachruf hieß, vor vier Jahren Ende Oktober nach dem Abendessen in ihrem Sessel für immer eingeschlafen war.

Ihre letzten Lebensjahre hatte die Modje bei Anna und Jens Lorenzen in der Munkmarscher Chaussee verbracht. Die beiden hatten die kinderlose Marie Köhler gepflegt, und Moiken bewahrte ihr Andenken durch den Kinderwagen im Foyer, mit dem die Modje immer ihre Waren ausgefahren hatte.

Von so vielen liebenswerten Menschen hatte sie sich in den vergangenen Jahren verabschieden müssen, dachte Moiken betrübt. Dafür war ein Mensch wieder in ihr Leben getreten, zu dem sie ihre Liebe hatte begraben wollen.

Erfolglos.

Seit fast zwei Jahren traf sie sich mit Boy, sooft es ihre Zeit erlaubte. Heimlich. Das Versteckspiel war zur Gewohnheit geworden, und beide hatten sie sich mit den Umständen arrangiert, denn so paradox es klang, es bot ihnen auch eine gewisse Sicherheit und bewahrte sie vor nicht abschätzbaren Veränderungen.

Inzwischen betrachtete sie es als Wink des Schicksals, dass Boy in der letzten Sekunde aufgetaucht war, bevor sie zur Mörderin geworden wäre.

Henriette hatte sich in dieser Zeit erstaunlich still verhalten, und so langsam gewöhnte sich Moiken an diesen Zustand und fürchtete nicht mehr jeden Tag eine unfreiwillige Begegnung mit ihr.

Sie redete viel mit Boy – auch über die Angst, was Henriette im Schilde führen könnte, oder ob sie ihre Füße stillhielt, weil sie selbst mit einem Bein im Gefängnis stand. Mit diesem Argument beruhigte Boy sie immer wieder, wenn sie bei ihm war.

Diese Besuche hielten sie über Wasser. Es geschah nichts, wodurch sie mit ihrem Ehegelübde in Konflikt käme, oder bedeutete der gedankliche Betrug auch schon Ehebruch? War es verwerflich, dass sie sich nach einem Halt sehnte? Durfte Boy nicht ihre Hand halten, um ihr Kraft zu geben?

Wenn nicht die Strandvilla mit ihrer Ehe verknüpft wäre, hätte sie längst die Scheidung eingereicht.

In Gedanken versunken, gelangte Moiken ans obere Ende der Friedrichstraße und achtete nicht wie sonst schon von Weitem auf den Eingang des Fotoateliers.

Das war ein Fehler.

Die Tür ging auf, als Moiken bereits davorstand. Zuerst sah sie den Ärmel einer braunen Uniform, dann die flammend roten Haare.

Wie angewurzelt blieb Moiken stehen.

Zur Umkehr war es zu spät.

»Huch!«, rief Henriette. »Was machst du denn hier?«

Dasselbe hätte sie die Frau fragen können, für die sie nur noch Hass empfand, dachte Moiken, während ihre Aufregung wuchs. Oder war es Angst? Panik vor dieser unberechenbaren Frau?

Nicht auszudenken, wenn dieses hinterhältige Weibsstück hinter die heimlichen Treffen mit Boy käme.

Moiken presste die Lippen zusammen. Nichts Unüberlegtes sagen, beschwor sie sich, aber es kostete sie Kraft. Unendlich viel Kraft, die sie nicht hatte.

»Hat es dir die Sprache verschlagen?« Henriette lächelte. »Du bist doch sonst nicht auf den Mund gefallen, schon gar nicht, wenn es darum geht, einer treuen Angestellten zu kündigen.«

Moiken atmete tief durch. »Ich habe beruflich mit Boy zu tun«, entgegnete sie knapp.

»Ach so«, sagte Henriette gedehnt, und das spöttische Zucken ihres Mundwinkels verriet, dass sie kein Wort glaubte. »Stimmt, Boy ist ja der einzige Fotograf in ganz Westerland, da bleibt dir natürlich keine andere Wahl, ich vergaß!«

Moiken spürte, wie die Wut in ihr hochkroch. »Lass es gut sein, Henriette. Ich frage dich auch nicht, was du bei ihm zu suchen hattest, und muss dich ja wohl nicht um Erlaubnis fragen, mit wem ich zusammenarbeite.«

Henriette hob die Hände zu einer abwehrenden Geste, mit der sie zugleich Überheblichkeit ausstrahlte. »Ich kann dir gern sagen, weshalb ich bei ihm war. Ich habe Boy eine schriftliche Verwarnung ausgehändigt, weil er einem Juden aus Hamburg eine Kamera abgekauft hat.«

»Du hast – was?«, entfuhr es Moiken. Vorbei war es also mit der vermeintlichen Ruhe um Henriette. Ihre Feindin hatte Anlauf genommen.

»Ich habe ihm eine Verwarnung ausgehändigt«, wiederholte Henriette, so als könne Moiken nicht richtig hören. »Und ich kann dir nur auch empfehlen, mit Juden keine Geschäfte zu machen. Das könnte dich bei deiner Vorgeschichte schnell wieder ins Gefängnis bringen.«

Moiken schluckte. Ihre Kehle war so eng, dass es schmerzte. »Wag es nicht, mich noch einmal zu verleumden«, brachte sie hervor.

Henriette gab sich nachdenklich. »Du hast recht.«

Moiken stutzte. Sollte diese Drohung tatsächlich etwas bewirkt haben? Kaum zu Ende gedacht, wurde sie auch schon eines Besseren belehrt. Wieder einmal.

»Ich muss mir schon etwas Wirkungsvolleres einfallen lassen, um es dir heimzuzahlen, aber ich habe Zeit.«

Ruhig bleiben, mahnte Moiken sich innerlich. »Findest du nicht, dass du es übertreibst?«

»Das muss ich dich fragen. Ich habe dir im Dünencafé über viele Jahre den Rücken freigehalten, und zum Dank setzt du mich mit einem Tritt vor die Tür, nur weil ich eine andere politische Meinung habe als du – das nenne ich übertrieben!«

Moiken straffte ihre Haltung. »Soll ich mit meinem Ehemann darüber sprechen, dass du mir drohst? Ihn könnte interessieren, wer auf ihn geschossen hat.«

Henriette lächelte. »Wenn du vernünftig bist, tust du das nicht. Denn dann erkläre ich ihm, was Boy und Emma mit dem Attentat zu tun hatten. Aha. Endlich scheinst du begriffen zu haben, dass wir uns in einer klassischen Pattsituation befinden. Die Frage ist nur, wer am Ende am längeren Hebel sitzt.«

KAPITEL 22

Am frühen Abend

Unruhig sah Frieda auf die Uhr. Schon seit einer halben Stunde wartete sie auf dem Dachboden sehnsüchtig auf Matthis. Wertvolle Zeit voller Zärtlichkeiten, von der schon die Hälfte verstrichen war, weil ihnen an diesem Sonntag nur eine gemeinsame Stunde blieb.

Neben der Sehnsucht platzte Frieda fast vor Ungeduld, denn sie hatte aufregende Neuigkeiten. Doch leider war Matthis an seinem freien Tag von Adam dazu herangezogen worden, bei der Musterungsaktion, die für die Jahrgänge 1914 und 1915 im Rathaus stattfand, zu helfen, und das zog sich offenbar doch länger hin als gedacht.

Diese ganze Aktion war genau betrachtet ein großes Ärgernis, aber keiner machte den Mund auf. Als Reaktion auf den Beschluss von Hitler zur Wiederbewaffnung Deutschlands hatten die drei Siegermächte auf ihrer mehrtägigen Konferenz zwar beschlossen, Hitlers Plänen energisch und mit geeigneten Mitteln zu begegnen, wie im Rundfunk zu hören gewesen war, doch bei diesen Worten war es geblieben, denn niemand hatte der Wiedereinführung der Wehrpflicht widersprochen, obwohl die einen offenkundigen Bruch des Versailler Vertrags darstellte.

Endlich hörte sie dumpfe Schritte auf der steilen Holztreppe, und am liebsten wäre sie Matthis entgegengelaufen, aber sie musste vorsichtig bleiben, auch wenn sie in den vergangenen Jahren nie in ihrem Versteck gestört worden waren. Selten musste etwas vom Dachboden geholt oder dort abgestellt werden – und in diesem Fall wurde stets Matthis damit beauftragt.

Aber man konnte ja nie wissen ….

Also zog sie sich in die Sofaecke zurück, sodass ein verhüllter Schrank ihr Deckung bot, sie jedoch durch eine Neigung des Kopfes einen Blick auf den Gang erhielt.

Es war Matthis. Endlich!

Sie lief ihm entgegen, und sie fielen sich in die Arme, als wären sie wochenlang getrennt gewesen. Tatsächlich sahen sie sich jeden Tag bei der Arbeit, mussten dabei jedoch scheinbare Neutralität demonstrieren, und nun durften die aufgestauten Gefühle endlich frei fließen.

Ihre Lippen verschmolzen zu einem innigen Kuss voller Begierde, der die Welt um sie herum verschwimmen ließ.

Nach einer gefühlten Ewigkeit legte Matthis seine Hände sanft um ihre Schultern und führte sie mit kleinen Schritten rückwärts zum Sofa.

Irgendwie gelang es ihnen sogar, sich nebeneinanderzusetzen, ohne dass sie ihre Lippen voneinander lösen mussten. Eine Unterbrechung des Kusses kam nicht infrage, auch wenn sie beide fast keine Luft bekamen.

Matthis suchte den obersten Knopf ihres roten Blusenkleids, und sie ließ es zu, dass er ihn öffnete, was ihm geschickt gelang. Doch je weiter seine Hand an der Knopfleiste nach unten wanderte, desto weniger wollten ihm seine zitternden Finger gehorchen. Schließlich half sie ihm mit einem innerlichen Schmunzeln mit den scheinbar sperrigen Knöpfen.

Er löste sich von ihren Lippen, ließ aber ihren Blick nicht los, während er ihr das Kleid langsam über die Schultern streifte – bei jedem Zentimeter auf ihre Reaktion bedacht.

Sein schwerer Atem ging in ein Aufseufzen über, als er mit den Fingerspitzen ihre Brüste unter dem Büstenhalter berührte, an dem er sich nach geraumer Zeit zu schaffen machte, und auch das ließ sie zu.

Sie vertraute ihm, dass er wusste, wo die Grenze war – wobei sie selbst nicht mehr sagen konnte, wo diese im Augenblick lag.

Matthis sah sie voller Bewunderung an, aber sie fühlte nun doch eine gewisse Scheu.

»Meine Brüste sind ziemlich klein«, sagte sie fast entschuldigend.

»Unsinn, sie sind genau richtig … wunderschön … sie passen genau in meine Hände.«

Unter seinen Berührungen wurden ihre Brustwarzen schnell hart, und mit ihrer Erregung wuchs auch ihre Neugier. Sie suchte sich einen Weg unter Matthis' Hemd, um seine nackte Haut zu erfühlen.

Unterdessen schob Matthis ihren Rock Stück für Stück höher und streichelte ihren Oberschenkel.

Ob sie ihm Einhalt gebieten sollte? Das Prickeln in ihrem Kopf erlaubte ihr kaum einen klaren Gedanken.

Als er sich einen Weg zu ihrem Schoß bahnte, machte sie sich steif. »Wir müssen aufhören …«, hauchte sie ihm ins Ohr.

»Ich will dich doch nur streicheln«, gab er mit einem leisen Stöhnen zurück.

»Dann fällt es noch schwerer …«, sagte sie, obwohl sie selbst am liebsten weitergemacht hätte.

Fast jede Nacht träumte sie davon, Matthis in sich zu spüren, und es war immer wunderschön. Aber die Gefahr einer Schwangerschaft war einfach zu groß. Nicht auszudenken, wenn das passieren würde. Sie schob Matthis' Hand beiseite und presste die Beine zusammen. »Wir müssen vernünftig sein«, ergänzte sie und glättete ihren Rock.

»Immer diese Vernunft!«, fuhr Matthis auf, doch dann senkte er den Kopf. »Entschuldige, ich hab es nicht so gemeint. Aber es fällt verdammt schwer, von dir abzulassen, weil ich dich so sehr liebe. Ich möchte, dass du endlich ganz zu mir gehörst. Du wirst in fünfzehn Tagen einundzwanzig, und dann brauchen wir …«

»Ich weiß selbst, wie alt ich bin und dass ich in gut zwei Wochen nicht mehr die Erlaubnis meiner Mutter zur Heirat benötige – aber es geht ja nicht allein um diese Unterschrift! Ach, Matthis …«, seufzte sie.

Die schöne Stimmung war dahin, und sie ärgerte sich darüber, dass sie immer die Rolle der Vernünftigen übernehmen musste. »Wir müssen noch warten.«

»Wie lange denn noch?«, seufzte Matthis. »Ich halte das bald nicht mehr aus.«

»Du hast mir Geduld versprochen, und der richtige Zeitpunkt wird kommen, glaub mir. Dann wird auch meine Mutter einer Ehe nicht mehr widersprechen.«

»Ja, ja, am Sankt-Nimmerleins-Tag vielleicht. Oder wenn sie tot ist.«

»Matthis, bitte!«, rief Frieda aus.

»Entschuldige«, sagte Matthis abermals und wirkte geknickt. »Ich bin wohl etwas überreizt. Wir sollten unsere knappe Zeit nicht mit schlechter Stimmung verbringen.«

»Das will ich ja auch nicht …«, sagte sie versöhnlich. »Überhaupt musst du viel zu viel arbeiten. Soll ich nicht mal mit meiner Mutter reden?«

»Was gibt es da zu reden? Ich arbeite achtundvierzig Stunden pro Woche plus zwölf Stunden Mehrarbeit bei Bedarf. Das ist ganz nach dem Gesetz, und deine Mutter achtet auch streng darauf, dass zwischen Arbeitsende und Dienstbeginn mindestens neun Stunden liegen. Da kann ich mich nicht beschweren. Sie müsste mir nicht mal einen freien Tag geben, und wenn sie mich an sieben Tagen in der Woche bis zu zwölf Stunden täglich zur Arbeit einteilen würde, wäre sie immer noch im Recht.«

»Dann soll dir meine Mutter wenigstens mehr bezahlen.«

»Ich bekomme so viel, wie es gemäß offizieller Gehaltsgruppe üblich ist. Das ist nicht verhandelbar. Aber deine Mutter zahlt mir sogar in der Hochsaison noch eine freiwillige Zulage, das müsstest du doch in den Büchern gesehen haben. So komme ich auf hundertsiebzig Mark – das ist schon sehr üppig, wenn man bedenkt, dass der Durchschnittsverdienst eines Angestellten bei hundertvierzig Mark liegt.«

»Du hast trotzdem mehr Lohn verdient«, beharrte Frieda. »Du arbeitest praktisch nur noch und kannst dir kaum etwas leisten – und Zeit hast du auch nicht. Warum hat es bei dieser Musterungsaktion überhaupt länger gedauert als geplant?«

»Du glaubst ja nicht, wie aufwendig so eine Musterung ist. Die jungen Burschen werden auf Herz und Nieren geprüft, und dann musste jeder eine ausführliche Bestätigung verlesen und unterschreiben.«

»Dass sie körperlich und geistig gesund sind?«

»Nein, da ging es um andere Dinge. Ich kann den Text mittlerweile auswendig, so oft habe ich das heute zu hören bekommen: ›Mir sind nach sorgfältiger Prüfung keine Umstände bekannt, die die Annahme rechtfertigen könnten, dass ich nichtarischer Abstammung bin oder dass einer meiner Eltern- oder Großelternteile zu irgendeiner Zeit der jüdischen Religion angehört hat. Mir ist bekannt, dass ich die sofortige Entlassung aus dem Wehrdienst zu gewärtigen habe, falls diese Erklärung sich als unrichtig herausstellen sollte.‹«

»Mir wird ganz anders, wenn ich so was höre …«, sagte Frieda nachdenklich. Wie schade, dass sie nun bei einem solchen Thema gelandet waren, aber es lenkte insbesondere Matthis von dem Frust ab, dass sie die Zärtlichkeiten abgebrochen hatte. Ihre spannenden Neuigkeiten war sie deshalb auch noch nicht losgeworden, aber dazu musste der Moment passen.

»Das ist ja noch nicht alles. Hitler will sechsunddreißig Divisionen aufstellen, was einer Truppenstärke von einer halben Million Mann entspricht.«

»Wie bitte? Das ist doch verrückt!«, echauffierte sie sich.

Matthis hob die Hände zu einer ratlosen Geste. »Adam hat gesagt, dass selbst höchste Wehrmachtsoffiziere vom Ausmaß der Aufrüstung überrascht seien, und Reichsluftfahrtminister Göring habe ihm bei einem persönlichen Besuch versichert, dass das Deutsche Reich wieder über eine schlagkräftige Luftwaffe verfüge.«

»Wie, bei einem persönlichen Besuch? Göring war auf Sylt? Davon hätte man doch erfahren.«

»Er ist immer noch hier. Allerdings privat, mit Ausnahme eines Besuchs beim Fliegerhorst in List, den er jedoch in Alltagskleidung absolviert hat. Und was in der Zeitung erscheint, bestimmt längst die Partei.«

»Mittlerweile bin ich ziemlich froh, dass ich nicht mehr bei Carl in der Druckerei arbeite«, bemerkte sie gedankenverloren.

»Adam erzählte noch etwas von einem Haus, das sich Göring in Wenningstedt bauen lassen will. Deshalb trifft er sich wohl mit seinem Architekten vor Ort. Grundsätzlich hat Göring aber wohl seiner Frau versprochen, dienstlich mal etwas kürzertreten und Urlaub machen zu wollen.«

Sie zuckte mit den Schultern. »Vielleicht ist es ja auch eine Art Hochzeitsreise. Er hat doch diese Schauspielerin, Emmy Sonnleitner oder wie sie heißt, erst im April unter großem Pomp im Berliner Dom geheiratet. Sie hat ein wundervolles weißes Kleid getragen, mit einer unendlich langen Schleppe, der riesige Brautstrauß aus roten Rosen hat fast ihren gesamten Oberkörper verdeckt, und so ist sie nach der Trauung wie eine Königin an der Seite ihres Mannes die mit rotem Teppich ausgelegte Domtreppe hinuntergeschritten, und Tausende Schaulustige haben dem Brautpaar zugejubelt.« Sie merkte selbst peinlich berührt, wie sie ins Schwärmen geraten war, und so setzte sie betont abfällig hinzu: »Man sagt, diese Emmy Sonnleitner hält Löwenbabys als Haustiere und lässt sich als ›Hohe Dame‹ ansprechen. Verrückt, oder?«

»Sonnemann heißt sie«, korrigierte Matthis nüchtern, als er sichtlich irritiert von ihrem Redeschwall wieder zu Wort kam. »Beziehungsweise jetzt Göring. Woher weißt du überhaupt so im Detail, wie die Braut ausgesehen hat?«

»Das hat mir Sam…, das hat mir Emma geschrieben.« Beinahe hätte sie Matthis die Wahrheit gesagt, aber nachdem sie bereits Bekanntschaft mit seiner Eifersucht gemacht hatte, tat es nichts zur Sache, dass Samuel ihr in einem Brief von der Hochzeit berichtet hatte.

Es war einfach ein sehr netter Austausch, der sich hauptsächlich um die Liebe zur Literatur und zum Schreiben drehte – mehr nicht. Außerdem hatte Emma ihr ein Foto von Görings Hochzeit geschickt, also hatte sie Matthis immerhin die halbe Wahrheit gesagt. Viel wichtiger war außerdem, was Emma dem Brief noch beigelegt hatte. Die große Neuigkeit.

»Weißt du, was Emma mir noch geschickt hat?«, fragte sie mit einem geheimnisvollen Lächeln.

»Nein, woher soll ich das wissen?« Matthis verzog den Mund und klang ziemlich verstimmt, aber gleich würde seine Laune besser werden, denn nun wollte sie ihm die Überraschung mitteilen.

»Nächstes Jahr finden doch vom ersten bis sechzehnten August die Olympischen Spiele in Berlin statt …«

»Ja und?«, fragte Matthis gedehnt.

»Der Vorverkauf hat begonnen …«

»Und deine Schwester hat dir eine der begehrten Karten geschickt?«, riet er.

»Und was für eine!«, jubelte Frieda. »Eine Dauerkarte für alle Wettkämpfe!«

»Das glaube ich nicht! Die muss doch ein Vermögen kosten!«

»Einhundert Reichsmark«, bestätigte Frieda.

Matthis machte große Augen. »Das ist ja fast mein ganzer Monatslohn! Das ist aber sehr großzügig von deiner Schwester …«, setzte er verwundert hinzu.

»Sie will unbedingt, dass ich nach Berlin komme. Damit liegt sie mir schon eine ganze Weile in den Ohren. Sie meint, ich müsse die Großstadt unbedingt kennenlernen.«

»Nun, wenn sie das meint …«, sagte Matthis, und er klang sehr bedrückt. »Ich meine allerdings, dass die Einladung nicht von deiner Schwester, sondern von diesem Samuel Friedmann kommt. Ich sehe doch, dass er dir regelmäßig schreibt, seitdem du ihm in Kampen den Wein übers Hemd geschüttet hast.«

»Das ist nicht wahr!«, rief Frieda aus, und sie musste sich zügeln, um nicht zu laut zu werden. »Wir schreiben uns, ja, aber das ist ganz harmlos, das habe ich dir schon mal erklärt und dir sogar einen Brief gezeigt, damit du mir glaubst. Die Eintrittskarte hat mir wirklich meine Schwester geschickt!«

»Ach ja? Du hast dich vorhin fast selbst verraten und seinen Namen genannt. Glaubst du, das hätte ich nicht bemerkt?«

»Aber das hatte nichts mit der Karte für Olympia zu tun – er hat mir von der Hochzeit erzählt, weil er unter den Zuschauern vor dem Dom war.«

»Emma kann sich so eine Karte doch gar nicht leisten«, beharrte Matthis. »Dieser Samuel hingegen stammt aus einer reichen Familie.«

»Woher willst du wissen, was meine Schwester verdient?«, fuhr sie auf. »Emma hat in letzter Zeit viel Geld verdient. Vor dem Dom standen nämlich zahlreiche Menschen, die ein Foto von sich mit dem Brautpaar Göring im Hintergrund haben wollten – das hat sie für drei Reichsmark pro Foto gemacht.«

»Aha, und davon kauft sie dir eine teure Karte, damit du dich bei den Olympischen Spielen vergnügen kannst?«

Frieda spürte, wie die Wut in ihr zunahm, weil Matthis ihr nicht glauben wollte. Sie entschied sich jedoch dafür, ruhig zu bleiben. »Ich glaube, Emma bezweckt damit, dass meine Mutter mit mir nach Berlin fährt, damit ich nicht unbehütet bin. Wahrscheinlich will Emma sich mit ihr aussöhnen. Aber das spielt jetzt alles keine Rolle, denn ich will mit *dir* nach Berlin fahren.«

»Mit mir?«, fragte Matthis, und er zog die Augenbrauen hoch. »Das sagst du aber reichlich spät.«

»Du hast mich ja nicht ausreden lassen mit deiner Eifersucht. Ich musste mich die ganze Zeit nur rechtfertigen!«

»*Du* hast immer nur davon geredet, dass *du* nach Berlin fährst. *Du* hast eine Karte, *ich* nicht.«

»Noch nicht! Die Olympiade ist doch erst in einem Jahr. Bis dahin haben wir das Geld für eine zweite Dauerkarte beiseitegelegt.«

»Ach Frieda, gib dir keine Mühe.« Matthis fühlte sich sichtlich unbehaglich auf dem Sofa – um nicht zu sagen, in ihrer Gegenwart. »Bis dahin sind die längst ausverkauft. Und ganz abgesehen davon, deine Mutter würde uns ohnehin nicht zusammen nach Berlin fahren lassen. Außerdem ist das mitten in der Hochsaison, da kann ich gar nicht weg – und das weißt du genau. Du kannst dich also in Ruhe mit diesem Samuel …« Matthis brach ab. Ihm standen die Tränen in den Augen.

»Schscht«, machte Frieda erschrocken.

»Willst du mir jetzt auch noch den Mund …«, hob Matthis aufgebracht an, und sie legte ihm schnell den Finger auf die Lippen, denn sie hatte ein Geräusch von der Treppe her gehört.

»Sei still«, zischte sie. »Da kommt jemand.«

~

»Moiken?«, rief Adam über das Sammelsurium von Möbeln und anderen Gegenständen mit geisterhaften Leinengewändern hinweg. Er hatte geglaubt, eine Stimme gehört zu haben, aber da hatte ihm der knarrende Holzboden wohl einen Streich gespielt.

Seit Wochen lag seine Frau ihm in den Ohren, dass auf dem Dachboden Ordnung geschaffen werden müsse, und er solle ihr bei der Vorsortierung und Sachwertschätzung behilflich sein – und nun war sie nicht mal pünktlich.

Andererseits bot ihm ihre Verspätung die Möglichkeit, seine Unterlagen über den Dammbau, die er bei der Gelegenheit mit auf den Dachboden geschleppt hatte, in Ruhe zurück in seine schwarzen Holztruhen zu räumen.

Vor einer Woche hatte er den Schlusspunkt unter seine Memoiren gesetzt, an denen er vier Jahre gearbeitet hatte. Zuletzt hatte er immer seltener dafür Zeit gefunden, aber nun war er umso glücklicher, dieses Werk vollendet zu haben.

War da ein Geräusch gewesen? Er horchte auf.

Jetzt war es still.

Er kniete sich neben einer der vier Truhen nieder, die mitten im Weg standen. Mit dem Zeigefinger fuhr er nachdenklich die geschwungenen goldenen Linien auf dem Holz nach, die seinen Namen bildeten. Sein Name, der durch die Memoiren endlich ins richtige Licht gerückt werden sollte.

Auf fast fünfhundert Seiten hatte er zunächst seinen Werdegang geschildert und danach jedes Detail zur Entstehung des Jahrhundertbauwerks anschaulich dargestellt, damit auch der Letzte begriff, was er dort im Verbund mit zweitausend Arbeitern geleistet hatte.

Hindenburgdamm, pah!

Der Reichspräsident war seit der Einweihung nicht wieder auf der Insel gewesen, überhaupt hatte Hindenburg sie nur zu diesem Festakt besucht, nur ein einziges Mal war er über den Damm gefahren, der seinen Namen erhalten hatte.

Andererseits war es gut, dass er diesem Mann nicht noch einmal die Hand hatte schütteln müssen, einem greisen Politiker, der sich an sein Amt als Reichspräsident geklammert hatte, bis er vergangenes Jahr auf dem Totenbett gelegen hatte. Immerhin hatte er Hitler den Steigbügel hingehalten, das musste man ihm zugutehalten.

Er hörte ein Knacken und blickte auf. Er glaubte, Moiken würde endlich kommen, aber da hatte er sich wohl getäuscht.

Ob seine Frau seine Memoiren überhaupt lesen würde, sobald sie gedruckt erschienen waren? Vermutlich nicht, deshalb hatte er unter anderem guten Gewissens im Kapitel über den historischen Dammschluss die Hochzeitszeremonie beschönigt, indem er mit Moiken an seiner Seite erstmals über die Verbindungslinie von der Insel zum Festland spaziert war, so wie er es sich gewünscht hatte.

Das Attentat auf ihn hatte er jedoch dazu genutzt, sich zum Märtyrer für die gute Sache zu stilisieren, und er hatte nicht mit Worten gespart, um die wahren Umstände zu schildern, wie Bernhard zu Tode gekommen war. Hingegen hatte er die Frage nach dem wahren Attentäter am Ende ausgeklammert, denn Henriette konnte ihm in ihrer Position noch von großem Nutzen sein, und es war nicht klug, eine aufstrebende Parteikameradin gegen sich aufzubringen.

Auch bei seinem Werdegang hatte er einige Dinge verändert, die ihn nach einer Veröffentlichung ansonsten in große Schwierigkeiten bringen würden. Seine Eltern, beide schon früh verstorben, waren unterdessen selbstverständlich von arischem Blut, und er war längst mit einem bestens gefälschten Stammbaum ausgestattet.

Zum Glück hatte er nie mit jemandem über seine jüdische Herkunft gesprochen, weil das nie ein wichtiges Thema gewesen war.

Inzwischen war es von enormer Bedeutung – deshalb hatte er längst alle Spuren seiner wahren Herkunft ins Feuer geworfen, und die Zweifel, die sein jüdisch klingender Name aufwarf, war er mittlerweile gekonnt durch entsprechende Belege zu entkräften gewohnt.

Ohnehin eilte ihm längst ein hervorragender Ruf als Ortsgruppenleiter voraus, und von seinem Wirken auf Sylt überzeugte sich derzeit kein Geringerer als Hermann Göring höchstpersönlich.

Es war eine große Ehre gewesen, seine Hand zu schütteln und noch dazu zum Tee im Hotel zum Kronprinzen eingeladen worden zu sein.

Der Hintergrund war ein Gespräch über eine mögliche Zusammenarbeit gewesen, da Göring für sein geplantes Strandhaus »Min Lütten« in Wenningstedt neben seinem Architekten Otto Heilmann einen Bauleiter vor Ort suchte. Bei der Gelegenheit hatte er auch Görings bezaubernde Frau Emmy kennengelernt, die ihren Gatten regelrecht angehimmelt hatte.

Wenn Moiken nur auch so wäre, dachte er und seufzte laut auf.

Moiken hatte das Treffen verweigert und eine Magenverstimmung vorgeschützt. Allerdings erfolgte heute Abend der Gegenbesuch zum Diner in der Strandvilla – dem konnte sie sich nicht entziehen, dafür würde er schon sorgen.

Wo blieb Moiken nur? Wieder vernahm er ein Knacken, das jedoch nicht von Moikens Schritten verursacht wurde. Aber Holz arbeitete bei solchen Temperaturen, und es hörte sich eher so an, als käme das Geräusch aus dem hinteren Bereich des Dachbodens.

Da waren doch nicht etwa Ratten oder ein Marder am Werk? Besser, er sah gleich mal nach, aber erst wollte er noch seine restlichen Unterlagen verstauen.

Er hob den Deckel an und sichtete die verbliebenen Papiere, ob er die richtige Kiste erwischt hatte.

Dabei blieb ihm fast die Luft weg, als er auf eine alte Rechnung stieß, die die Karpfenbestellung zu Weihnachten 1923 betraf. Den Fisch hatte er bei seinem Onkel gleichen Nachnamens bestellt, der in seinem neuen Stammbaum überhaupt nicht auftauchte.

Schnell steckte er das verräterische Schriftstück in die Innentasche seines Anzugs und unterzog den weiteren Inhalt der Kiste vorsichtshalber einer gründlichen Überprüfung, ehe er die Unterlagen vom Dammbau darauflegte, und den Deckel zuklappte.

Bis Moiken endlich eintraf, wollte er die Zeit nutzen und die anderen Truhen auch noch einmal einer gründlichen Durchsuchung unterziehen – nicht dass ihm noch ein verräterisches Schriftstück durch die Lappen gegangen war.

Er hatte gerade den Inhalt der vierten und letzten Truhe überprüft, die jedoch hauptsächlich unverfängliche Erinnerungsgegenstände enthielt, als er Schritte auf der Treppe vernahm, die tatsächlich zu Moiken gehörten.

»Da bist du ja endlich«, begrüßte er sie.

»Entschuldige bitte, ich wurde aufgehalten«, gab sie zurück. Diesen höflich-distanzierten Ton hatte sie sich ihm gegenüber seit Jahren angewöhnt, und er sagte auch nichts dagegen. Beinahe wäre ihm jedoch eine Bemerkung zu ihren Augenringen herausgerutscht – überhaupt sah sie nicht gut aus, denn sie hatte einige Kilos abgenommen, obwohl sie noch nie viel auf den Rippen gehabt hatte.

Der Gefängnisaufenthalt hatte ihr stark zugesetzt, aber das war ja auch das Ziel gewesen, und deshalb war Mitleid nicht angebracht.

»Du wolltest mit mir über den Verbleib des Mobiliars sprechen«, begann er geschäftsmäßig und ging damit nicht weiter auf ihre Entschuldigung ein.

»Ja, ich wollte gern einige Stücke davon verkaufen, das könnte uns gutes Geld einbringen.«

Er seufzte. »Musst du mir wirklich bei jeder Gelegenheit aufs Butterbrot schmieren, dass die Einnahmen zurückgegangen sind, weil die Juden ihre Buchungen stornieren? Du hast wirklich zu wenig Vertrauen zu Hitler, denn er lenkt doch schon alles in die richtigen Bahnen. Jeder Arbeiter und Angestellte erhält nun anstelle von zwölf Tagen bis zu drei Wochen Urlaub im Jahr! Da lohnt es sich, auch mal eine längere Reise anzutreten – und zwar mit der ›Kraft durch Freude‹-Organisation, die jetzt auch Fahrten nach Sylt unternimmt. Warte mal ab, was diese Saison passiert.«

Seine Frau stemmte ihre Hände in die schmalen Hüften und funkelte ihn an. »Da muss ich nicht abwarten. Die Organisation verlangt, dass ich ein gewisses Kontingent von Zimmern zur Verfügung stelle. Die Reisenden ab Berlin sollen nur 79,50 Mark pro Woche bezahlen – mit Vollpension wohlgemerkt. Hast du noch Fragen? Was nutzt mir eine ausgebuchte Strandvilla, wenn die Regierung die Preise bestimmt. Das ist doch ein Unding!«

»Lieber weniger Einnahmen, dafür von den richtigen Gästen.«

»Dazu sage ich nichts«, entgegnete seine Frau mit verschlossener Miene.

»Da gibt es auch nichts dazu zu sagen – weil es der richtige Weg ist. Das wirst auch du noch einsehen«, fügte er hinzu.

Als er sich in Moiken verliebt hatte, hatte ihn ihr Dickkopf fasziniert – mittlerweile empfand er diesen Charakterzug als reine Last. Mit ihr zu streiten war gleichbedeutend damit, einem Stier ein rotes Tuch vorzuhalten. »Lassen wir das Thema. Du wolltest den Dachboden sichten.«

Mit einem Ruck zog er ein Leintuch von einem hohen Möbelstück, das ihm am nächsten stand. »Große Güte, der Kleiderschrank stammt ja noch aus der Kaiserzeit! So was stellt sich doch heutzutage keiner mehr in die Wohnung … Dafür bekommst du kein Geld. Gefragt sind einfache Formen, klare Linien und Funktionalität wie beim Bauhausstil, nicht so ein wuchtiger Klotz mit Intarsien.«

Moiken ging ein paar Schritte weiter. »Hier drunter müsste der Schminktisch sein.« Sie zog das Leintuch ab. »Der ist doch hübsch!«

»Den kannst du als Feuerholz für den Kamin verwenden«, entgegnete er kopfschüttelnd.

So ging es weiter, bis sie irgendwann schon fast am Ende des Dachbodens angekommen waren.

»Moiken?«, fragte er vorsichtig. »Willst du es nicht so langsam einsehen, dass dein Herz zwar an diesen Möbeln und Gegenständen hängt – sie aber nicht von materiellem Wert sind?«

Er verplemperte seine Zeit hier auf dem Dachboden, dabei musste er sich doch noch auf den Besuch der Familie Göring vorbereiten.

»Warte, dieses Schmuckstück musst du dir noch ansehen! Der hing mal im Foyer.« Zum Vorschein kam ein riesengroßer Spiegel in vergoldetem Rahmen mit blinden Stellen und einem Sprung quer über das Glas.

Er verdrehte die Augen zur Decke. »Der hat seine besten Zeiten längst hinter sich, um es mal vorsichtig zu formulieren.«

»Aber den Rahmen könnte man noch verkaufen.«

»Ja, dafür bekommst du wegen der Vergoldung vielleicht noch ein paar Mark«, sagte er um Geduld bemüht.

»Ganz hinten müsste noch ein Sofa stehen, das möchte ich dir noch zeigen.«

»Also gut«, seufzte er ergeben und folgte ihr im Slalom um ein paar Möbelstücke in den hintersten Teil des Dachbodens.

»Oh, das Sofa ist ja gar nicht mehr so hübsch, wie ich es in Erinnerung hatte«, sagte seine Frau, als sie davorstanden. »Das rote Polster ist doch ziemlich abgenutzt.«

»Wenigstens siehst du es selbst ein«, seufzte er. »Dieser Dachboden ist nichts anderes als ein Brennholzlager, durch das du Matthis mit der Axt durchschicken kannst. Den Rest erledigen die Marder und Ratten.«

»Marder und Ratten?«, echote Moiken und machte große Augen.

»Hörst du nicht diese knarzenden und schabenden Geräusche ab und zu?«

Seine Frau lauschte. »Ich höre nichts.«

»Wahrscheinlich waren wir zu laut, jetzt haben sich die Viecher zurückgezogen.«

Moiken schien sich plötzlich sehr unwohl auf dem Dachboden zu fühlen. »Mich gruselt es vor diesen Nagetieren. Ich werde Matthis Bescheid sagen, dass sich jemand darum kümmern muss. Lass uns jetzt gehen.«

»Da bin ich ganz deiner Meinung. In zwei Stunden kommt nämlich Herr Reichsminister Göring nebst Gattin zum Diner. Dieses Treffen ist für die Zukunft der Strandvilla tausendmal wichtiger als dieser Krempel hier. Göring hat mir eine Stelle als Bauleiter angeboten, falls es dich überhaupt interessiert. Er will mich unbedingt haben, und er bezahlt mir eine Menge Geld, damit ich den Bau seines Hauses in Wenningstedt überwache. Dabei ist es ja eine große Ehre, für ihn zu arbeiten.«

»Für ›den Dicken‹ würde ich nicht einen Finger krumm machen. Wie kannst du nur!«, echauffierte sich seine Frau.

»Ich werde ihm zusagen und verdiene damit Geld, das uns fehlt«, antwortete er ruhig. »Außerdem bringe ich meinen Namen dadurch in den höchsten Kreisen der Partei ins Gespräch. Mein Ziel ist es, eines Tages von Hitler eingeladen zu werden und ihm die Hand zu schütteln. Da ist Göring erst der Anfang, und ich erwarte dich als meine bezaubernde Frau zum Diner wohlgelaunt an meiner Seite.«

Moiken machte auf dem Absatz kehrt. »Es tut mir leid, aber mich überfällt gerade eine starke Migräne. Bitte richte den Herrschaften aus, dass ich leider unpässlich bin.«

KAPITEL 23

Rund ein Jahr später
29. Juli 1936

Emma ließ den Blick über die drei Schrankkoffer schweifen, die ihr Vater zur Abholung bereitgestellt hatte. »Willst du dein gesamtes Fotoatelier nach Berlin transportieren lassen? Ich habe auch noch Ausrüstung vor Ort«, schmunzelte sie.

Ihr Vater stemmte die Hände in die Hüften. »So viel ist das ja nun auch wieder nicht. Mit meinen Gerätschaften bin ich vertraut, da muss ich nicht lange die richtigen Einstellungen suchen, schließlich muss es ja schnell gehen.«

»Auch wieder wahr. Stell dir mal vor, du würdest zu einem Sportler gehen und sagen: ›Könnten Sie Ihren Sieg bitte noch einmal wiederholen, das Foto ist leider nichts geworden.‹«

Ihr Vater lachte. »Hör auf, ich bin sowieso schon ganz aufgeregt. Bei so einem Sportfest fotografiert man schließlich nicht alle Tage, und solche Aufnahmen bei schnellen Bewegungen sind eine absolute Herausforderung.«

»Sportfest …« Emma schmunzelte. »Ich glaube, du machst dir noch gar keine richtigen Vorstellungen von den Olympia-Dimensionen. Bei der Eröffnungsfeier sollen rund hunderttausend Besucher im Stadion sein, alle Karten sind restlos ausverkauft. Die Reichsbahn will über zweitausend Sonderzüge einsetzen, und man rechnet mit vier Millionen Besuchern, die von außerhalb kommen.«

»Meine Güte, das sind ja Menschenmassen – und ich habe schon den Eindruck, dass die Insel überlaufen ist.«

»Wir unterhalten uns noch mal, wenn du im Berliner Stadtverkehr unterwegs gewesen bist. Allein die S-Bahn rechnet mit acht Millionen zusätzlichen Fahrgästen während der Olympiade.«

»Das kann ja heiter werden …«, stöhnte ihr Vater. »Aber ich freue mich drauf. Vierzehn Tage Berlin, vierzehn Tage Olympiade! Ach du grüne Neune, da fällt mir ein, ich habe meine komplette Ausrüstung dabei, aber keine einzige Unterhose eingepackt!«

Lachend folgte sie ihrem Vater durch das Atelier. Ja, sie konnte wieder lachen. Hin und wieder unbeschwert sein. Bei ihrem letzten Besuch auf Sylt vor fünf Jahren war es ihr wesentlich schlechter gegangen. Auch mit dem Tod ihres Halbbruders konnte sie etwas besser umgehen, das merkte sie besonders daran, dass sie zwar wieder seine Anwesenheit im Atelier spürte – aber sie verzweifelte nicht mehr an dem Gefühl. Im Gegenteil. Es war ein schönes, friedvolles Gefühl.

In der Tür zur Schlafkammer ihres Vaters blieb sie stehen, während er seine Kommode durchwühlte und verschiedene Kleidungsstücke auf das Bett warf.

Ihr Blick fiel auf seinen Nachttisch, auf dem ein Bilderrahmen stand. »Das ist ja meine Mutter!«, entfuhr es ihr. »Warum hast du ein Foto von ihr … Entschuldige, das geht mich nichts an.«

»Schon gut. Seit ich mich in deine Mutter verliebt habe, steht ein Foto von ihr neben meinem Bett.«

»Dieses hier muss aber ziemlich aktuell sein …«, wunderte sie sich. Es zeigte das Gesicht ihrer Mutter in einer Ateliersaufnahme mit einem schönen Spiel aus Licht und Schatten, die ihren Falten schmeichelten, die über die Jahre hinzugekommen waren.

Ihr Vater gab sich damit beschäftigt, über sein Bett gebeugt passende Krawatten zu den Hemden auszuwählen.

Sie glaubte schon, keine Antwort zu erhalten, als er doch unvermittelt innehielt und zu ihr aufsah. »Ja, das Foto ist vorige Woche entstanden.«

»Meine Mutter war hier bei dir?«, fragte sie bass erstaunt. Das war die Nachricht des Tages, die er so beiläufig erwähnte.

»Ja, sie wollte sich wegen ihrer Augenringe eigentlich nicht fotografieren lassen, aber sie war auch der Meinung, dass es Zeit für ein neues Foto in diesem Rahmen wird – immerhin war das andere schon gut zehn Jahre alt. Wobei ich damit natürlich nicht sagen will, dass deine Mutter älter geworden ist … also äußerlich nicht … Ich meine, sie ist nur auf dem Papier älter geworden.«

»Ich verstehe schon, was du sagen willst. Aber du lenkst ab. Sie war bei dir? Und sie ist offenbar damit einverstanden, dass ein Foto von dir auf deinem Nachttisch steht.«

»Ja, das war sie und das ist sie«, entgegnete ihr Vater. »Findest du die blaue Krawatte oder diese hier mit den Streifen besser zu dem Hemd?«

»Du willst nicht darüber reden. In Ordnung. Ich will auch gar nichts weiter wissen.«

»Es ist nicht so, wie du denkst …«, sagte Boy, während er sich damit abmühte, das erste Hemd zu falten. »Ob ich das alles in meinem Lederkoffer unterbringe? Ich habe keinen Schrankkoffer mehr.«

»Ich weiß nicht, was du denkst, dass ich denke«, erwiderte sie schmunzelnd, »aber du solltest die Hemden vorher bügeln, ansonsten nehme ich dich nicht mit nach Berlin.«

»O Gott«, stöhnte er, »auch das noch …«

»Gib her, ich mache das«, entschied sie kurzerhand.

»Ich muss erst das Herdfeuer anmachen.«

Theatralisch verdrehte sie die Augen. »Meine Güte, du weißt schon, dass es heutzutage Bügeleisen gibt, die mit Strom funktionieren?«

»Ich weiß, dass ich hinter dem Mond lebe, aber mir gefällt es da. Vor allem schert sich dort niemand darum, ob meine Hemden gebügelt sind oder nicht. Das gehört zur künstlerischen Freiheit.«

»Künstlerische Freiheit …« Emma schmunzelte. »Das nennt sich Faulheit. Pack deine Hemden in den Koffer, ich bügle sie in Berlin – das ist ohnehin sinnvoller. Ich bin überhaupt gespannt, ob dich die vierzehn Tage Großstadt hinterm Mond hervorlocken.«

»Du tust gerade so, als wäre ich noch nie in Berlin gewesen«, beschwerte er sich. »Ich habe da immerhin ein paar Jahre gelebt.«

»Du wirst erstaunt sein, was sich alles verändert hat. Für die Spiele hat sich die Stadt zusätzlich herausgeputzt – und was alles gebaut wurde! Das olympische Dorf, das gigantische Reichssportfeld mit dem Olympiastadion und zahlreiche neue Unterkünfte für ausländische Besucher.«

Ihr Vater warf seine Hemden in den Koffer. »Für ausländische Besucher? Sind die Nationalsozialisten nicht ganz offen der Meinung, dass der olympische Gedanke geistige Verirrung sei, weil sie mit Völkerverständigung nichts am Hut haben?«

»Hitler hat sein Fähnlein gedreht. Er verspricht sich von der Olympiade einen Prestigegewinn im Ausland, weil man dort nicht viel von ihm hält. Kein Wunder. Aber auf Hitlers Anweisung hin wurden bereits in der gesamten Stadt alle antisemitischen und ausländerfeindlichen Parolen säuberlichst entfernt.«

»Tatsächlich?«

»Ja, Hitler will sich ganz offenkundig von seiner gastfreundlichen Seite zeigen und hat sogar sämtliche führende Persönlichkeiten aller teilnehmenden Länder zu einem Empfang in die Berliner Staatsoper eingeladen.«

»Dann sind ja wohl auch die Boykottpläne der USA und Frankreich vom Tisch?«

»So ist es. Außerdem hat der Reichssportführer notgedrungen diese Fechterin – wie heißt sie noch gleich? Ach ja, Helene Mayer! Er hat sie – nein, er musste sie, obwohl sie Jüdin ist, auf Druck der USA ins deutsche Olympiateam aufnehmen. Allerdings sieht sie mit ihren blonden, geflochtenen Zöpfen eher aus wie die perfekte Arierin. Da fällt das nicht auf.«

»Notgedrungen … perfekte Arierin …«, wiederholte Boy und schlug den Blick nieder. »Wenn ich das schon höre …«

»Ich hoffe, dass die Olympischen Spiele bei Hitler ein echtes Umdenken in seiner radikalen Politik bewirken.«

»Ach Emma, das glaubst du doch selbst nicht. Das gehört alles zu Hitlers Plan, sich mit der Olympiade medienwirksam in ein positives Licht zu rücken und noch mehr Unterstützer zu finden, und mit Sicherheit wird Goebbels' Propagandaministerium die Presse kontrollieren.«

»Du hast wohl recht«, gab sich Emma nachdenklich. »Vor meiner Abreise habe ich am Bahnhof außerdem gehört, dass alle Sinti und Roma in Berlin aufgegriffen und an den Stadtrand gebracht wurden. Und man sagt, in Sachsenhausen würde ein riesiges Konzentrationslager für Hitlers politische Gegner entstehen – aber ich glaube, das ist nur ein Gerücht. Ich bin jedenfalls sehr gespannt auf die kommenden vierzehn Tage, und wie viele Fotos von uns in der Zeitung landen.«

»Mal sehen, wer von uns besser ist«, sagte ihr Vater mit einem Augenzwinkern. »Aber du hast dir die Konkurrenz selbst ins Haus geholt. Vielen Dank noch mal, dass du mir den Presseausweis organisiert hast.«

»Manchmal habe eben auch ich gute Kontakte«, sagte sie lächelnd.

»Aber er ist doch hoffentlich nicht gefälscht, so wie damals mein …« Ihr Vater brach ab, aber natürlich wusste sie, dass er sich an den Presseausweis erinnerte, der ihm während der Feierlichkeiten zur Eröffnung des Hindenburgdamms den Zutritt auf den Bahnhofsvorplatz ganz in der Nähe von Adam gesichert hatte. »Lassen wir das, ich wollte das gar nicht erwähnen.« Er schloss seinen Koffer und stellte ihn neben das Bett.

»Totschweigen hilft auch nicht. Ich habe außer dir niemanden, mit dem ich darüber reden kann.«

Ihr Vater hielt inne. »Du hast recht. Möchtest du reden?« Er bot ihr den Platz neben sich auf dem Bett an. »Du kennst mich, Emma, dein Vater neigt dazu, die Dinge zu verdrängen, aber das hilft dir natürlich nicht. Hast du immer noch so schlimme Albträume?«

»Ja, leider.« Zögernd setzte sie sich zu ihm. »Tagsüber geht es ganz gut, da bin ich abgelenkt, aber nachts holt mich alles ein. Sofern ich überhaupt schlafen kann. Wenn ich dann so übernächtigt bin, bin ich oft wütend auf mich selbst, weil ich mich zu diesem Attentatsplan habe hinreißen lassen. Das war ein Fehler.«

»Im Gegensatz zu Henriette sehe ich das heute auch so. Adams Tod hätte unseren Sohn und deinen Halbbruder nicht wieder lebendig gemacht. Aber die Zeit lässt sich leider nicht zurückdrehen.«

»Leider …«, seufzte Emma, und sie wollte gerade noch hinzufügen, dass sie sich so sehr eine Versöhnung mit ihrer Mutter wünschte, als sie das Türglöckchen läuten hörte.

»Das wird ein Bahnbediensteter mit dem Kofferwagen sein«, sagte Boy und erhob sich eilig. »Ich lasse das heute schon abholen, damit es rechtzeitig in Berlin ist. Aua, diese verdammte Prothese!« Er verzog das Gesicht und fasste sich ans Bein. »Das Ding ist neu, ist mit Schnallen um den Oberschenkel befestigt. Das erspart mir den Schultergurt, aber dieses Mistding sitzt einfach nicht richtig!«

»Gib mir den Koffer«, sagte sie, und er ließ es murrend zu, dass sie ihm das Gepäck in den Verkaufsraum trug.

Dort wartete allerdings nicht der Kofferbote, sondern Frieda mit einem ziemlich erstaunten Gesicht. »Wollt ihr ohne mich abreisen?«

»Natürlich nicht, Schwesterherz!«, lachte Emma. »Boy hat nur sein gesamtes Atelier eingepackt und will es nach Berlin vorausschicken. Dieser kleine Koffer hier enthält seine Kleidung für vierzehn Tage«, setzte sie schmunzelnd hinzu. »Hast du deine Sachen nicht auch schon gepackt?«

»Doch, alles bereit. Aber unsere Mutter hat mir gerade noch einmal ziemlich ins Gewissen geredet, dass ich nicht fahren soll.«

»Wie bitte?«, fragte Emma entgeistert.

»Ja, sie erwartet ernsthaft, dass ich dein Geschenk nicht annehme und dir die Karte zurückgebe. Sie hat mir einen Vortrag darüber gehalten, wie es in Berlin zugeht und was mir da alles zustoßen könnte. Aber so ein Ereignis kommt doch so schnell nicht wieder. Die Olympiade, in unserer Reichshauptstadt!«

»Unsere Mutter ist wirklich eine furchtbare Glucke!«, fuhr Emma auf. »Schon seltsam, dass ich das in Berlin bisher überlebt habe. Und was willst du jetzt tun?«

»Was wohl?« Frieda hob die Augenbrauen. »Ich fahre natürlich! Ich bin erwachsen, und sie kann mich schlecht in Ketten legen.«

»So gefällst du mir, mein kleines Schwesterchen«, sagte Emma erleichtert und knuffte Frieda liebevoll in die Seite, um sie aufzumuntern. »Du wirkst aber trotzdem ziemlich bedrückt.«

»Ja, was soll ich sagen. Das Ganze hat in einem ziemlich unschönen Streit geendet. Deshalb musste ich jetzt erst mal raus – und ich wollte fragen, ob du vielleicht mit mir an den Strand zum Baden gehen willst.«

»Das klingt verlockend, und so eine Erfrischung im Meer wäre jetzt genau das Richtige. Aber mir ist am Strand zurzeit zu viel los. Hitlers Ferienprogramm scheint ja ein voller Erfolg zu sein.«

»Ja, das stimmt, die Insel ist wirklich voll. Jedes Quartier ausgebucht. Aber lass uns doch nach Wenningstedt fahren, dort ist längst nicht so viel los.«

»Stimmt, mein Schwesterherz hat ja jetzt einen Führerschein! Ich hasse Autofahren, das weißt du, aber bei dir würde ich es wagen, mich auf dem Beifahrersitz niederzulassen. Wollen wir gleich los?«

»Am liebsten sofort. Meine Badetasche habe ich auch schon gepackt, ich muss nur noch das Auto holen.«

»Und was sagt unsere Mutter dazu?«

»Der Schlüssel und das Fahrtenbuch liegen bei Matthis an der Rezeption.«

»Wenn das so ist … gib mir zwanzig Minuten, dann stehe ich an der Elisabethstraße parat.«

»Warte vor dem Kaufhaus Wegst, da kann ich dich gut einsammeln.«

»Wunderbar! Ich freu mich. So ein Bad im Meer ist der perfekte Abschluss, bevor wir morgen nach Berlin reisen.«

»Und, wie bin ich gefahren?«, fragte Frieda mit einem stolzen Lächeln, nachdem sie am Hotel zum Kronprinzen geparkt hatte, das südlich von Wenningstedt auf der Kliffkante thronte.

Emma öffnete die Autotür und beugte sich hinaus. »Ich glaube, ich muss …« Sie wartete noch ein paar Sekunden, dann drehte sie sich zu ihrer Schwester um, der das Entsetzen ins Gesicht geschrieben stand. »Reingefallen! War nur ein Spaß. Du bist ganz hervorragend gefahren.«

»Puh, du kannst einem einen ganz schönen Schrecken einjagen. Aber dann bin ich ja erleichtert«, stieß Frieda hervor, stieg aus dem Wagen und sah sich um. »Im Gegensatz zu Westerland scheint hier wirklich nicht viel los zu sein.«

»Kein Wunder, rundum nichts, nur das Hotel zum Kronprinzen steht wie vom Himmel gefallen in der Dünenlandschaft«, stellte Emma fest und beäugte die vier hübschen Häuser, die mit Verbindungsgängen zu einem Ensemble zusammengefasst worden waren.

»Im Gegensatz zur Strandvilla sogar mit Balkonen, Erkern und Türmchen«, bemerkte Frieda. »Hier kann man es bestimmt auch aushalten.«

»Mir wäre das zu einsam«, befand sie, »wobei die Umgebung schon sehr hübsch ist.« Sie ließ den Blick über die Heidelandschaft schweifen, die seit ein paar Tagen in einem kräftigen Lila blühte und einen betörenden Duft verströmte. »Warte, das muss ich fotografieren. Vielleicht kauft mir der Hotelbesitzer das Foto ab. Dieses Lila …«, schwärmte sie, »dieses satte Grün, dazu das tiefe Meerblau und der goldgelbe Strand. Ein Traum. Wenn man diese Farben nur so richtig im Bild festhalten könnte«, murmelte sie, während sie einem sandigen Trampelpfad folgte, um etwas Abstand zum Hotel zu gewinnen und den besten Blickwinkel zu finden.

»Wir wollten baden gehen!«, rief ihre Schwester, kam aber trotzdem näher, damit sie nicht im Bild stand. »Du bist wirklich mit deiner Kamera verwachsen«, fügte Frieda mit einem Kopfschütteln hinzu.

»Nur dieses eine Foto! Dann gehen wir ja gleich an den Strand.« Sie prüfte verschiedene Perspektiven, bis sie sich endlich für eine entschied und abdrückte. Selten machte sie mehrfache Aufnahmen von einem Motiv, weil die neuartigen Filmrollen für Farbaufnahmen sehr teuer waren.

»Bist du nun so weit?«, fragte Frieda ungeduldig.

»Gemach, gemach. Mir ist gerade noch eine schöne Perspektive ins Auge gefallen, aber wir können schon mal in Richtung Strand gehen. Ich werde das Hotel noch von Süden her aufnehmen, damit das Kliff und der Meerblick besser zur Geltung kommen und man trotzdem noch etwas von der Heidelandschaft sieht.«

»Du bist wirklich unverbesserlich!«, schimpfte Frieda und lachte dabei.

»Ach weißt du, Schwesterherz, in Berlin vergeht mir so langsam die Lust aufs Fotografieren. Ich habe Geschehnisse vor der Linse, die ich nicht sehen und schon gar nicht festhalten will. Da wird Olympia eine schöne Ausnahme werden.«

»Ich bin schon wahnsinnig aufgeregt. Seit Tagen kann ich kaum schlafen, weil ich mir ständig ausmale, wie es in so einer großen Stadt wohl sein wird«, sagte Frieda, während sie auf den Strandübergang links vom Hotel zusteuerten, wo eine steile Holztreppe das Kliff hinunterführte.

»In Berlin wirst du auch kaum Schlaf abbekommen. Nachts ist immer was los – ich gehe mit dir in die angesagtesten Bars – warte nur mal ab. Swing Heil, sag ich da nur!«

»Swing Heil?«, fragte Frieda irritiert.

»Ja, das ist so ein Spruch. Hat was mit Widerstand zu tun.«

»Mit Widerstand?«

»Ach Schwesterchen, an dir geht auf der Insel so vieles vorbei. Hitler hat den Niggerjazz, wie er den Swing bezeichnet, verbieten lassen. Aber genau diese Musik wollen die Leute hören. Also wird eben im Hinterzimmer weitergemacht, und ›Swing Heil‹ ist das Codewort für Eingeweihte. Aber das bekommst du dann alles noch mit. Jetzt zur Olympiade soll sogar ganz offiziell Swing und Jazz gespielt werden dürfen. Ich hoffe, du hast nicht nur so biedere Kleider im Koffer …«

»Ich weiß nicht …«

»Wie, das weißt du nicht?« Ratlos sah sie ihre Schwester von der Seite an, aber Frieda reagierte nicht. »Egal, im Notfall kaufen wir dir in Berlin ein angesagtes Kleid mit tiefem Ausschnitt, damit den Männern die Augen aus dem Kopf fallen.«

»Ich weiß nicht, ob ich überhaupt ausgehen möchte«, präzisierte Frieda so leise, dass Emma erst glaubte, sie müsse sich verhört haben.

»Nicht ausgehen? Aber warum das denn? Sag bloß, unsere Mutter hat mit ihrer Spaßverderberei doch auf dich abgefärbt.«

»Das hat damit nichts zu tun«, erwiderte Frieda unwirsch. »Es ist wegen Matthis.«

»Ach, daher weht der Wind! Du hast mir mal erzählt, dass er ziemlich eifersüchtig ist.«

»Genau darum geht es.«

»Das ist nicht dein Ernst? Nur weil er eifersüchtig ist, willst du auf dein Vergnügen verzichten? Das heißt ja nicht, dass du gleich mit einem anderen Mann anbandelst.«

»Leider glaubt er genau das. Ach, manchmal ist es schwierig.«

»Liebst du deinen Matthis denn?«, fragte sie ihre kleine Schwester rundheraus.

»Mit jedem Tag mehr. Nur seine Eifersucht macht mir zu schaffen. Andererseits kann ich ihn gut verstehen. Er hat Angst, mich zu verlieren, weil er keine gute Partie für mich ist.«

»In den Augen unserer Mutter …«, korrigierte Emma energisch, während sie sich vor der Südseite des Hotels mit der Kamera in Position brachte.

»Das sage ich Matthis auch immer wieder, aber er glaubt, dass ich an Samuel Interesse habe – und er an mir.«

»Du meinst diesen Juden, dem du den Wein übers Hemd geschüttet hast?«, fragte sie, während sie ihren Blick durch den Sucher der Kamera richtete.

»Genau den. Aber daraus hat sich nichts weiter als eine schöne Brieffreundschaft entwickelt, in der es um die Liebe zur Literatur geht. Matthis unterstützt zwar meine Leidenschaft für Bücher, aber er ist nicht so belesen wie …«

»Dieser Samuel wohnt doch bei mir um die Ecke«, unterbrach Emma ihre Schwester, aber sie konzentrierte sich weiterhin auf das Foto. »Willst du ihn nicht treffen, wenn du in Berlin bist?«

»Doch schon, aber …«, druckste Frieda herum.

»Was aber?«, fragte sie herausfordernd.

»Das ist ja eine Ansage!«, stieß Frieda unvermittelt hervor.

»Was?« Emma ließ nun doch ihre Kamera sinken und drehte sich verwundert zu ihrer kleinen Schwester um, die auf ein Schild an der Strandtreppe hinwies.

Achtung!

Das Fotografieren
des Herrn Generalobersten Göring nebst Gattin beim Baden
zieht die sofortige Einziehung des Apparates
und des Filmes nach sich.

Der Bürgermeister

»Ich wusste gar nicht, dass Göring auf Sylt ist«, murmelte Emma, während in ihrem Kopf ein verwegener Plan reifte. »Komm, lass uns mal nachsehen, ob er gerade am Strand ist.« Kaum ausgesprochen, lief sie flink ein paar Stufen hinunter und hielt von der Treppe aus Ausschau.

»Emma, komm nicht auf dumme Gedanken …«, mahnte Frieda, die ihr gefolgt war.

»Du weißt doch, Verbote reizen mich erst recht«, erwiderte sie grinsend und ließ den Blick gespannt über die Leute am Strand schweifen, bis ihre Aufmerksamkeit von einem bellenden Dackel gefangen genommen wurde.

Der Hund schnappte aufgeregt nach dem Sand, den ein Mann in SA-Uniform mit einer Schaufel aufwarf – offenbar mit dem Ziel, eine Strandburg um einen Korb zu errichten, an dem die Hakenkreuzflagge gehisst war.

Ein paar Meter weiter stand ein ziemlich korpulent wirkender Mann in weißer Hose in lässiger Wartehaltung – ein Bein ausgestellt, die Daumen in die Taschen seines deutlich zu engen Jacketts eingehängt – und beobachtete zusammen mit einer Dame im gestreiften Kleid den Fortgang der Arbeiten rund um den Strandkorb.

»Das ist ja der Dicke!«, rief Emma erfreut, und sie konnte ihr Glück kaum fassen, denn von ihrer Warte aus müsste sie für das perfekte Foto von Göring nur auf den Auslöser drücken.

»Emmaaaaa – denk gar nicht dran. Oder willst du deinen Fotoapparat loswerden? Ganz abgesehen von dem Riesenärger, den du bekommst. Bitte sei vernünftig.«

»Du klingst wie unsere Mutter!«, fuhr sie ihre Schwester an. »Außerdem badet der Herr Generaloberst nicht, wie deutlich zu erkennen ist. Es spricht also nichts dagegen …« Sie hob die Kamera vors Auge, doch beim Blick durch den Sucher war sie enttäuscht. »Das ist viel zu weit weg. Da erkennt man ja gar nichts. Ich muss näher ran.«

»Emma, bleib hier!«, zischte Frieda, doch davon ließ sie sich nicht aufhalten. Schnell lief sie die Stufen hinunter. Unten am Strand angekommen, nahm sie Göring erneut ins Kameravisier und drückte innerlich jubelnd auf den Auslöser.

Genau in dem Moment, als Göring zu ihr hersah.

»Diese Frau hat ein Foto von mir gemacht!«, hörte sie ihn im nächsten Augenblick rufen. »Ergreift sie!«

KAPITEL 24

Kurz darauf

Nachdenklich blickte Moiken aus dem Fenster ihres Büros hinaus aufs Meer, das träge in der Nachmittagssonne glitzerte.

Ein Traumtag für die Badegäste, die in Scharen den Strand bevölkerten. Die Strandkörbe standen so dicht beieinander, dass an vielen Stellen wie in einem Heerlager kaum mehr ein Durchkommen war. Überall waren Hakenkreuzflaggen angebracht, die jedoch schlaff herabhingen, und die Sommerfrischler ruhten wie müde Soldaten in der Sonne.

Wann war sie eigentlich zuletzt am Meer, geschweige denn einmal baden gewesen? Vielleicht würde es ihr guttun, mal einen Tag freizunehmen – oder wenigstens ein paar Stunden einfach abschalten und an nichts denken. Wann hatte es das zuletzt gegeben? Konnte sie das überhaupt noch? Wahrscheinlich hatte sie es verlernt, genauso wie sie ihre Unbeschwertheit längst verloren hatte.

Der Streit mit Frieda hatte ihr vorhin noch den Rest gegeben, und sie war nicht fähig, sich um die Buchhaltung zu kümmern, weil sie in Gedanken ständig bei ihrer Tochter war. Warum konnte Frieda ihre Sorgen nicht verstehen? Eine große, fremde Stadt. So viele Menschen. So viele Gefahren.

Davor wollte sie ihre Tochter doch nur beschützen, aber Frieda hatte das Gespräch abgebrochen und war gegangen – zum Baden mit Emma nach Wenningstedt, wie sie von Matthis erfahren hatte. Mit dem Auto.

Einfach so, ohne Rücksprache. Einfach so.

Tränen stiegen ihr in die Augen, und sie wandte ihren Blick vom Meer ab und betrachtete die Buchhaltungsunterlagen, die sich auf ihrem Schreibtisch türmten.

So hatte es damals auch bei Theodor ausgesehen, dachte sie erschrocken. Niemals hatte sie es so weit kommen lassen wollen, aber sie fühlte sich so kraftlos, und seitdem sie im Gefängnis gewesen war, hielt ihre Konzentration nie lange an.

Sie wollte, aber sie konnte nicht.

Jeden Tag stand sie mit dem festen Vorhaben auf, alles auf ihrer Liste zu erledigen, aber am Abend hatte sie oft nur die Hälfte geschafft, und dreimal so viel war dazugekommen.

Immer häufiger dachte sie daran, davonzulaufen.

Vor den Aufgaben, die sich als Berg vor ihr auftürmten, vor den Wellenbrechern, die auf sie zurollten, und nicht zuletzt vor sich selbst.

Vielleicht sollte sie es Frieda gleichtun, überlegte Moiken. Umdrehen und gehen. Einfach mal ausbrechen und alles hinter sich lassen, um gestärkt zurückzukehren.

Einfach so.

Wenn es nur so einfach wäre …

Es klopfte an der Tür, und Moiken fuhr erschrocken zusammen. Sie fühlte sich in ihrer Schwäche ertappt.

Sie nahm einen Stift in die Hand und straffte den Rücken. Der Uhrzeit nach könnte es Frieda sein, die vom Baden zurückgekehrt war. Hoffentlich hatte ihre Tochter die Zeit zum Nachdenken genutzt und suchte nun noch einmal das Gespräch. »Herein!«

Leider war es nicht Frieda.

Es war ihr Ehemann.

Ausgerechnet.

»Oh, das sieht aber wild aus bei dir«, sagte er mit Blick auf ihren Schreibtisch anstelle einer Begrüßung.

»Ja, wie du siehst, bin ich beschäftigt«, entgegnete sie kühl. »Gibt es etwas Dringendes, ansonsten würde ich das Gespräch gern verschieben.« In Wahrheit fühlte sie sich schon lange nicht mehr in der Verfassung, überhaupt irgendetwas mit ihm zu besprechen, und ging ihm aus dem Weg, so gut sie nur konnte.

»Ich habe die beste Nachricht überhaupt zu verkünden«, hob ihr Ehemann an, »aber ich kann mich gern kurzfassen. Am sechzehnten August fährst du mit mir nach Berlin.«

»Wie bitte? Warum das denn?«

»Ja, da staunst du, was? Wir haben eine Einladung zu den Abschlussfeierlichkeiten der Olympischen Spiele erhalten. Von Herrn Göring persönlich, als kleine Gratifikation, weil er mit mir als Bauleiter seines Hauses ›Min Lütten‹ sehr zufrieden ist, denn der Bau schreite dank meiner Kompetenz außergewöhnlich schnell und reibungslos voran – so stand es im Begleitbrief.«

»Zu den Abschlussfeierlichkeiten«, echote sie, um Zeit zum Nachdenken zu gewinnen, wie sie diese Fahrt abwenden könnte.

»Nicht nur das!« Er lächelte verschwörerisch. »Es kommt noch viel besser. Diese Einladung ist verbunden mit der Ehre, aufgrund meines besonderen Engagements als Ortsgruppenleiter für die Insel Sylt unserem Führer die Hand zu schütteln. Ich habe mein hohes Ziel erreicht, schon viel eher, als ich dachte!«

»Das freut mich für dich, aber ich kann hier nicht weg. Du siehst ja …« Sie wies auf ihren Schreibtisch, auf dem ihr die Stapel plötzlich viel zu niedrig erschienen.

»Es sind ja nur drei Tage.«

»Ich kann das Hotel nicht drei Tage lang allein lassen.« Sie zog eine Mappe heran, ohne zu wissen, welche Papiere diese überhaupt enthielt.

»Doch, das kannst du. Im Grunde sind es sogar nur zwei Tage, wenn du so willst. Wozu habe ich den Damm gebaut?«, fügte er mit einem überheblichen Lächeln hinzu. »Wir fahren am Sonntag mit dem Frühzug hin, nehmen abends an der Veranstaltung teil, und am nächsten Tag geht es mit dem gebuchten Frühzug zurück.«

»Du hast die Fahrscheine bereits gekauft?«, fragte sie und fühlte sich, als würde sie rückwärts gegen eine Wand gedrängt.

»Nein, natürlich nicht«, entgegnete Adam. Sie wollte aufatmen, aber da setzte er hinzu: »Der Einladung lagen Freifahrtscheine bei – unser Führer lässt sich doch nicht lumpen. Er erwartet mich in Begleitung meiner Ehefrau. Auch du darfst ihm selbstverständlich auf der Ehrentribüne die Hand schütteln. Für uns wurde ein Zimmer im Hotel Adlon reserviert, und ich habe bei dem netten Herrn Adlon bereits eine private Führung durch sein Haus arrangiert. Es ist schließlich auch für dich wichtig, über den Tellerrand zu schauen, welche Maßstäbe woanders gelten.«

»Fremde Maßstäbe haben mich noch nie interessiert«, entgegnete sie unterkühlt. »Ich habe die Strandvilla immer allein nach meinen Grundsätzen und Vorstellungen geführt, und alle Zimmer sind mit zufriedenen Gästen belegt.«

»Aber das Haus ist erst voll, seitdem Hitler sein ›Kraft durch Freude‹-Programm ins Leben gerufen hat – so wie ich es dir prophezeit habe«, stichelte ihr Mann.

»Genau, und weil Hochsaison ist, kann ich hier nicht weg«, fuhr sie auf.

»Natürlich kannst du das«, entgegnete er milde. »Im Hotel geht es auch mal ohne dich. Ich habe bereits alle notwendigen Vorkehrungen getroffen und das Personal entsprechend angewiesen. Außerdem bist du nicht aus der Welt, falls etwas sein sollte.«

Adam hatte bereits Tatsachen geschaffen. Er wusste, dass sie nur unter solchen Umständen überhaupt in Betracht ziehen würde, ihr gewohntes Umfeld zu verlassen. Aber bei so viel Unverfrorenheit fehlten ihr die Worte.

Niemals würde sie diesem Hitler die Hand geben. In hundert kalten Wintern nicht. Dazu müsste man sie schon in Handschellen vorführen.

Die Reise nach Berlin hingegen erschien ihr verlockend. Es wäre eine unauffällige Möglichkeit, ein Auge auf Frieda zu haben. Andererseits wäre ihre Tochter bis dahin bereits zehn Tage in Berlin, da konnte schon alles Mögliche passiert sein.

Nein, es blieb dabei. Sie würde Frieda verbieten, zu den Olympischen Spielen zu fahren, und sie selbst würde auch keinen Fuß in die Stadt setzen.

»Wie schön, dass meine Worte etwas bewirkt haben«, sagte Adam, der ihre Nachdenklichkeit falsch interpretierte.

»Leider nein«, korrigierte sie ihn. »Ich bleibe auf Sylt. Ich kann das Hotel nicht allein lassen. Das ist undenkbar.«

»Du musst auch mal loslassen können …«, beharrte er.

»Das hat damit nichts zu tun!«, entgegnete sie so heftig, dass er einen Schritt zurückwich.

»Ach so. Dann kann ich es nur so verstehen, dass du unserem Führer nicht gegenübertreten möchtest.«

Sie sah Adam fest in seine graugrünen Augen. Ein paar Sekunden zögerte sie noch, dann sagte sie mit fester Stimme, der sie all ihre verbliebene Kraft verlieh: »So ist es.«

»Was soll ich dazu …«, begann Adam, doch er wurde durch das Klingeln des Telefons unterbrochen.

Was für ein Glück, dachte Moiken erleichtert, als sie den Hörer abnahm. Manchmal kamen die Anrufe doch genau zum richtigen Zeitpunkt.

»Ja, Matthis?«, fragte sie mit beschwingter Stimme.

»Das Hotel zum Kronprinzen ist in der Leitung«, entgegnete er. »Darf ich verbinden?«

Ein Anruf aus Wenningstedt. Moiken durchfuhr es siedend heiß. Das konnte nur bedeuten, dass ihren Töchtern beim Baden etwas zugestoßen war. »Ja«, entgegnete sie mit zitternder Stimme.

»Das Hotel zum Kronprinzen, ich verbinde weiter«, entgegnete eine freundliche Damenstimme.

»Reichsminister Göring hier«, schnarrte es kurz darauf aus dem Apparat. »Spreche ich mit Frau von Baudissin?«

»Herr Reichsminister!«, sagte sie perplex. »Sie wünschen?«

»Ich wünsche mit Ihnen über das ungezogene Verhalten Ihrer Töchter zu sprechen.«

An den hochgezogenen Augenbrauen ihres Ehemanns konnte sie entnehmen, dass er jedes Wort gehört hatte.

»Worum geht es denn?«, fragte sie so ruhig wie möglich, um ihren aufgebrachten Herzschlag im Zaum zu halten.

»Insbesondere um Ihre Tochter Emma. Sie hat mich trotz der aufgestellten Verbotsschilder fotografiert und wollte anschließend mit ihrer Schwester als Komplizin flüchten. Aber meine Leibwächter haben die beiden jungen Frauen gestellt. Zunächst wollten beide ihren Namen nicht nennen, aber das klärte sich, nachdem ich einen kleinen Aufenthalt im Gefängnis in Aussicht gestellt habe. Da wurde Ihre Tochter Frieda plötzlich gesprächig – Ihre Tochter Emma weigert sich allerdings hartnäckig, mir ihre Kamera und den Film auszuhändigen, obwohl ihr diese Konsequenz bekannt war. Also setze ich Sie hiermit davon in Kenntnis, dass wir Ihre Töchter zum Nachdenken ins Westerländer Gefängnis überführen.«

»Nicht ins Gefängnis!«, schrie Moiken in den Hörer und warf einen panischen Blick auf Adam.

»Ich habe leider keine andere Wahl …«, entgegnete der Reichsminister.

»Bitte lassen Sie mich mit meinen Töchtern sprechen«, bat sie inständig und umklammerte den Hörer.

»Das ist leider nicht möglich. Ihre Töchter werden von meinen Männern derzeit bereits nach Westerland gebracht. Frieda erhält eine Nacht zur Verwarnung, bei Emma werden wir sehen, wie lange es dauert.«

»Nein!« Ihre Stimme überschlug sich.

»Sie werden sich doch meiner Entscheidung nicht ernsthaft widersetzen wollen?«, fragte Göring ruhig, aber der bedrohliche Unterton in seiner Stimme verriet, dass es mit seiner Freundlichkeit bald vorbei war. »Es ist übrigens sehr bedauerlich, dass wir uns noch nicht persönlich kennenlernen durften. Mir ist zu Ohren gekommen, dass auch Sie bereits inhaftiert waren?«

Moiken wurde flau. Das Herz schlug ihr bis zum Hals, sie brachte keinen Ton heraus.

»Das gibt mir ja schon zu denken«, setzte der Reichsminister nach, »ob Sie nicht auch in diese verbotene Fotoaktion verwickelt sind? Das würde mich doch sehr enttäuschen, insbesondere, da ich so große Stücke auf Ihren Ehemann halte. Aber das werden wir am besten in einem Gespräch unter vier Augen herausfinden. Ich fordere Sie hiermit auf, sich in einer halben Stunde beim Westerländer Gefängnis einzufinden.«

Alles, nur das nicht. Ihr wurde im Sitzen schwindlig, und sie warf Adam abermals einen Hilfe suchenden Blick zu, so sehr ihr das auch widerstrebte. Er war der Einzige, der ihr jetzt aus der Klemme helfen konnte – das war auch ihm durchaus bewusst.

Er nahm ihr den Hörer ab und hielt die Hand über die Sprechmuschel. »Du hast jetzt die Wahl«, zischte er ihr zu. »Entweder, deine beiden ungezogenen Töchter verbringen mindestens eine Nacht im Gefängnis und du riskierst einen weiteren Aufenthalt dort, oder du erklärst dich bereit, fortan die Vorzeigefrau an meiner Seite zu sein und mit mir nach Berlin zu fahren – dann bin ich geneigt, ein gutes Wort für euch alle einzulegen. Also?«

»Das ist Erpressung«, fauchte sie.

»Nein, du hast die freie Wahl«, erwiderte er mit einem breiten Lächeln. »Und ich nehme an, du bist vernünftig.«

Nachdem sie stumm blieb, nahm er die Hand von der Sprechmuschel und sagte: »Herr Reichsminister Göring, hier spricht Adam von Baudissin. Es ist mir eine große Ehre, Sie am Apparat zu haben. Mir ist das Geschehen zu Ohren gekommen, und ich bedauere den Vorfall außerordentlich. Ich bin mir sicher, dass sich alles schnell zum Guten hin aufklären wird. Leider wurde meine liebe Ehefrau soeben von einer Ohnmacht ereilt. Sie verstehen, dass ich mich jetzt um sie kümmern muss und sie nicht zum Gefängnis kommen kann, aber ich darf Ihnen versichern, dass ich in einer halben Stunde vor Ort sein werde.«

KAPITEL 25

Berlin
Zwei Tage später
1. August 1936

Was für eine Stadt!

Frieda kam aus dem Staunen nicht mehr heraus. So viele Menschen, so viel Bewegung.

Wer konnte, hatte sich freigenommen, und man traf sich auf der Flaniermeile Kurfürstendamm, wo Lautsprecher in den Bäumen installiert worden waren, durch die man die Ereignisse im Stadion verfolgen konnte.

Der Boykott der Amerikaner war vom Tisch, und es war sogar von Völkerverständigung die Rede, und die Schaukästen, in denen normalerweise *Der Stürmer* ausgestellt war, waren abmontiert worden, schließlich sollten die ausländischen Besucher keinen schlechten Eindruck von Deutschland bekommen.

Wie man hörte, hielten sich auch der König von Bulgarien, der Kronprinz und die Kronprinzessin von Italien, Schwedens Thronfolger und viele andere Majestäten, königliche Hoheiten und Diplomaten zum Staatsbesuch in der Stadt auf und genossen neben der Olympiade und ihrem Aufenthalt im Hotel Adlon die gesellschaftlichen Veranstaltungen mit hochkarätigen künstlerischen Darbietungen.

Berlin war wieder Weltstadt – und Frieda mittendrin im neu erbauten Olympiastadion. Ein gigantisches Stadion, in das sie an der Seite von Emma und Boy Einlass erhalten hatte.

Ihre Mutter hatte sie vor der Abreise tatsächlich noch einmal abgefangen und sie beschworen, nicht nach Berlin zu fahren. Nicht nur, weil ihr in der Stadt etwas zustoßen könnte, nun machte sie sich auch noch Sorgen, dass sie durch Emmas Verhalten im Gefängnis landen könnte. Ihre Mutter war völlig außer sich gewesen, für kein Wort zugänglich, und es hatte schließlich damit geendet, dass sie ihrer Mutter den Rücken zugekehrt und ohne ein Wort des Abschieds das Hotel verlassen hatte.

Deshalb hatte sie sich auch nicht wie geplant mit einem langen – heimlichen – Kuss von Matthis verabschieden können. Ein kurzer, intensiver Blick musste genügen.

Wie sollte sie Matthis das alles beschreiben, wenn sie nachher mit ihm telefonierte?

Sie wäre so gern mit ihm nach Berlin gefahren, und zugegebenermaßen war sie auch ein bisschen enttäuscht darüber, dass er mit ihr partout keinen Plan aushecken wollte, der das möglich gemacht hätte.

Er wollte vernünftig sein. Keinen Verdacht erwecken, weil sie zusammen nach Berlin fuhren. Außerdem war Hochsaison, und er war in der Strandvilla unersetzlich. Das hatte er so oft wiederholt, dass sie es nicht mehr hören konnte. Kein Mensch war unersetzlich. Abgesehen davon hätte sie ihre Mutter gar nicht erst um Erlaubnis gefragt. Matthis war schließlich ein freier Mensch, und sie war zudem wohl alt genug, um über ihre Reisebegleitung selbst zu bestimmen.

Aber Matthis beschwor sie, vernünftig zu sein.

Oh, wie sie diese Vernunft hasste!

Genau wie seine Eifersucht.

Schluss jetzt mit diesen trüben Gedanken, befahl sie sich, dafür war sie nicht nach Berlin gefahren.

»Ich kann noch gar nicht glauben, dass wir wirklich hier sind!«, rief Frieda, während sie von ihrem Sitzplatz aufsprang und den Athleten zujubelte.

Atemlos verfolgte sie im warmen Licht der Nachmittagssonne den Einmarsch der Olympioniken ins Stadion, das sie sich in ihren kühnsten Träumen nicht so groß vorgestellt hatte. Einhunderttausend Zuschauer, olympische Flaggen ringsum, eine gigantische Stimmung. Frieda fühlte sich, als hätte sie sich in einen Ameisenhaufen gesetzt. Es kribbelte auf ihrer Haut, ein Gänsehautschauer jagte den nächsten.

»Ach Schwesterchen, natürlich sind wir hier. Du hast doch nicht wirklich geglaubt, dass wir im Gefängnis landen, oder?«, rief Emma gut gelaunt und richtete ihre Kamera auf die griechische Mannschaft, die als Abgesandte aus dem Erfinderland der Olympischen Spiele als Erste das Stadion betreten durfte und dem Fahnenträger folgte, die rechte Hand seitlich zum olympischen Gruß ausgestreckt.

»Ich hätte mir die ganze Aufregung vor der Abreise gern erspart«, mischte sich Boy ein, »und wie muss es erst deiner Mutter ergangen sein?«, setzte er mit einem strafenden Blick auf Emma hinzu. »Was für ein Glück, dass Adam euch geholfen hat. Das war ganz schön knapp.«

»Ach, Unsinn«, widersprach Emma, als der Applaus abebbte. »Ich hätte das auch ohne Adams Hilfe geschafft – ich habe selbst einen

Mund«, ergänzte sie trotzig, ohne ihr Motiv aus den Augen zu lassen. »Meine Kamera bin ich trotzdem los, und diesen elenden Zettel musste ich auch unterschreiben, dass ich mir nichts mehr zuschulden kommen lassen darf, ansonsten lande ich ohne Pardon im Gefängnis. Aber das ist ja zum Glück nicht die einzige Kamera, die ich besitze.«

»Ich hoffe sehr, dass du es nicht darauf anlegst, wirklich mal im Gefängnis zu landen«, mahnte Frieda mit einem mulmigen Gefühl im Bauch, das sie am Applaudieren hinderte.

Emma hob ihre Kamera vors Auge und richtete sie auf die Ehrentribüne aus, wo Adolf Hitler in seiner Uniform stand und nach Art der Nationalsozialisten grüßte. »Keine Sorge, ich mache brav meine Arbeit, auch wenn es mich anwidert. Hast du den Goebbels schon fotografiert?«, rief sie ihrem Vater zu.

»Ja, und den Kronprinzen von Italien – nur den Präsidenten des Internationalen Olympischen Komitees habe ich noch nicht im Kasten.«

»Ist das der Mann rechts von Hitler im altehrwürdigen Frack mit der Girlande um den Hals?«

»Ja!«, rief Boy lachend zurück.

»Das haben wir gleich. Et voilà. Schön mit den olympischen Flaggen im Hintergrund. Ach, sieh mal einer an, die Leni Riefenstahl durfte sich mit ihrem Kameramann auf der Ehrentribüne positionieren.«

»Allerhand!«, rief ihr Vater aus, und ließ vor Überraschung seinen Fotoapparat sinken. »Das ist ein großes Privileg, Hitler aus solcher Nähe filmen zu dürfen.«

»Von wegen Privileg. Das lässt sich die Riefenstahl teuer bezahlen. Man sagt, dass die Regisseurin für ihren Olympia-Film vom Propagandaministerium vierhunderttausend Reichsmark erhält.«

»So viel? Das ist bestimmt nur ein Gerücht. Andererseits hat sie ja einen ganzen Stab an Kameraleuten, schließlich kann sie nicht bei allen Wettkämpfen gleichzeitig sein, und so einen Film zu schneiden ist ganz schön viel Arbeit.«

»Ach, und was leisten wir? Fünfundzwanzig Disziplinen, einhundertneunundzwanzig Wettkämpfe, viertausend Athleten – verteilt auf einem einhundertdreißig Hektar großen Gelände. Ich werde in vierzehn Tagen nicht mehr wissen, wie ich heiße.«

Boy lachte. »Das ist das Los der Fotografen im schnelllebigen Zeitungsgeschäft. Dafür werden wir die Zeit unseres Lebens haben – die mit Gold gar nicht aufzuwiegen ist!«

»Auch wieder wahr! Und was erst abends in den Bars los sein wird, wenn die Siege gefeiert werden!«, rief Emma voller Vorfreude aus.

Boy verzog den Mund. »Du weißt schon, dass wir uns die Nächte in der Dunkelkammer um die Ohren schlagen werden?«

»Ja, das weiß ich«, gab Emma zerknirscht zu und richtete ihren Fotoapparat auf den Stadioneingang, wo die Amerikaner in weißen Hosen und blauen Jacketts ihrem Fahnenträger folgten. Für den Gruß zur Ehrentribüne nahmen sie ihre weißen Strohhüte vor die Brust.

»Das hat Stil«, bemerkte Boy und drückte ebenfalls auf den Auslöser.

»Alles ist besser als der Hitlergruß«, sagte Emma, als der Applaus wieder etwas nachließ. »Ist euch eigentlich mal aufgefallen, dass nirgendwo eine Hakenkreuzflagge zu sehen ist?«

»Jetzt weiß ich, was ich *nicht* vermisst habe«, sagte Frieda, nachdem sie dem Gespräch der beiden lange stumm gefolgt war. »Aber ich dachte, wir würden heute Abend ausgehen?«

»Ach? Bist du nun doch gespannt auf das Berliner Nachtleben? Sehr vernünftig, Schwesterchen! Ich werde mit dir um die Häuser ziehen, versprochen, aber heute habe ich tatsächlich noch viel zu tun. Deshalb habe ich eine Verabredung für dich arrangiert, damit du in guten Händen einen netten Abend verbringen kannst.«

Sie zog die Stirn in Falten. »Wie bitte?«

Boy schaute ebenso verdutzt. »Schickst du sie mit Felice los?«

»Wer ist Felice?«, fragte Frieda nun erst recht irritiert.

»Felice ist eine gute Freundin von mir«, bemerkte Boy, während er eine Filmrolle wechselte. »Ich kenne sie schon lange. Sie war mal mit Franz Kafka verlobt und hat mir damals bei meinem Start in Berlin geholfen. Mit ihr hast du bestimmt einen netten Abend.«

»Ich meine doch gar nicht Felice!«, mischte sich Emma ein. »Du bist heute zur besten Kneipenzeit mit Samuel Friedmann verabredet.«

»Wer ist das?« Jetzt war es an Boy, erstaunt dreinzublicken.

»Friedas Brieffreund, den sie in Kampen auf einer Lesung kennengelernt hat. Ein junger Mann aus gutem Hause, sehr vertrauenswürdig, er wohnt nur ein paar Häuser von unserem Atelier entfernt. Ich habe schon für die Familie gearbeitet.«

Erst jetzt fand Frieda ihre Sprache wieder, und sie funkelte Emma an. »Wie bitte? Du triffst einfach so eine Verabredung für mich und sagst mir das auch noch so nebenbei?«

Emma verdrehte die Augen. »Nun mach bitte kein Drama draus, Schwesterchen. Ihr kennt euch doch. Außerdem hast du noch genug Zeit, um dich schick zu machen. Ich dachte, du freust dich. Dann musst du nicht Däumchen drehen, während wir heute in der Dunkelkammer stehen. Samuel war auch ganz begeistert. Er wusste tatsächlich nicht, dass du in Berlin bist«, setzte Emma hinzu, während sie sich schon wieder auf das nächste Motiv konzentrierte. »Das kann ja wohl nicht sein, dass du dich von Matthis' Eifersucht leiten lässt.«

Wenn es so einfach wäre, dachte Frieda und sparte sich eine Erwiderung, da ihre Worte ohnehin in dem ohrenbetäubenden Jubel untergegangen wären.

Endlich durfte die deutsche Mannschaft das Stadion betreten. Sie trugen reinweiße Anzüge und folgten der Hakenkreuzfahne.

Wieder schweifte Frieda in Gedanken ab, hin zu dem Treffen mit Samuel, das Emma arrangiert hatte. Ob sie das nicht doch besser absagte? Matthis hatte vor ihrer Abreise zwar versucht, seine Eifersucht nicht zu zeigen, aber seine scheinbar beiläufig gestellte Frage, ob sie sich mit Samuel treffen wolle, hatte Bände gesprochen.

Mit Absicht hatte sie Samuel nichts von ihrem Besuch in Berlin geschrieben, weil sie Matthis nicht grundlos eifersüchtig machen wollte. Schließlich war sie wegen Olympia in Berlin, und abends würde sie mit ihrer Schwester ausgehen. So hatte sie das Matthis versprochen und sich auch vorgestellt.

Nun lagen die Dinge anders.

Besser, sie sagte das Treffen mit Samuel ab, dachte sie einer inneren Eingebung folgend und widmete sich wieder den Geschehnissen im Stadion.

Als die deutsche Mannschaft an der Ehrentribüne vorbeimarschierte, zeigten die Athleten den Hitlergruß.

»Buuuuhhhhh!«, rief Emma.

»Bist du verrückt?«, schrie Frieda ihrer Schwester zu, doch ihre Mahnung ging in einem frenetischen Applaus unter, wie sie ihn noch nicht erlebt hatte. Sie glaubte, dass keine Steigerung mehr möglich wäre, aber sie wurde eines Besseren belehrt, als sich Adolf Hitler auf das Podest vor die Mikrofone stellte.

In straffer Haltung nahm er die Jubelrufe entgegen, dann beugte er sich leicht nach vorn, die Hände hinter dem Rücken verschränkt. »Ich verkünde die Spiele von Berlin …« Er sprach langsam, zwischen jedem Wort machte er eine bedeutungsvolle Pause. »… zur Feier der elften Olympiade nach neuer Zeitrechnung für eröffnet.«

Der folgende Applaus übertraf an Lautstärke alles bislang Dagewesene.

Erst als der Läufer mit der olympischen Fackel am oberen Stadioneingang erschien, trat wieder gespannte Stille ein. Zum ersten Mal war das olympische Feuer als brennende Fackel von Griechenland nach Berlin gebracht worden, eine medienwirksame Inszenierung der Nationalsozialisten, die beinahe von den Kommunisten vereitelt worden wäre, die versucht hatten, die Flamme auf dem Weg zur Austragungsstätte auszulöschen.

Leichtfüßig lief der Fackelträger die monumentale, breite Treppe hinunter, durch ein Spalier von Offiziellen in weißen Anzügen, die den Hitlergruß zeigten. Die Mannschaften hatten wie ein Heer in der Mitte des Stadions Aufstellung genommen, die Abstände wie mit dem Maßband ausgerichtet. Der Fackelläufer drehte eine halbe Runde durch das Stadion und schien dabei der Einzige zu sein, der sich bewegte.

Alle Augen waren auf den Läufer gerichtet, bis er auf der gegenüberliegenden Seite am oberen Ende der breiten Treppe ankam, wo das olympische Feuer in den kommenden vierzehn Tagen brennen sollte.

Als die Flammen aufloderten, löste sich Friedas Anspannung in einer Gänsehaut.

Diese Eröffnungsfeier ließ sich kaum in Worte fassen, das musste man erlebt haben. Wenn es nach ihrer Mutter gegangen wäre, hätte sie das alles verpasst. Und hatte ihre Schwester nicht doch recht, dass sie sich nicht von Matthis' Eifersucht leiten lassen durfte?

Ja, Emma hatte recht, entschied sie sich nur einen Atemzug später. Wo käme sie denn hin, wenn sie sich von Matthis' Eifersucht in ihren Entscheidungen beeinflussen lassen würde? Samuel war wirklich nur ein guter Freund, für den sie keine Gefühle hegte, die über das freundschaftliche Maß hinausgingen.

Es gab also keinen Grund, Matthis nachher am Telefon die Verabredung mit Samuel zu verschweigen.

Die Wahrheit war immer am besten.

Aber was, wenn Matthis die Wahrheit nicht vertrug?

KAPITEL 26

Sylt
Vier Tage später
5. August 1936

Freudestrahlend kam Grete nach ihrem Feierabend im Dünencafé zu ihm an die Rezeption. »Matthis, stell dir vor, ich habe bei einem Gewinnspiel vom Rundfunk Hamburg mitgemacht, und vorhin haben sie die Gewinner bekannt gegeben. Im Dünencafé haben es alle Gäste gehört! Ich habe eine Freikarte samt Unterkunft bei der Olympiade gewonnen, und jetzt fahre ich mit den Kindern am Freitag für drei Tage nach Berlin! Frau von Baudissin hat es mir gestattet.«

Ihm fiel das Lächeln aus dem Gesicht. »Ach ja?«

»Ja!«, rief Grete euphorisch, und ihr fiel nicht auf, dass er sich nicht mit ihr freute. »Am Wochenende ist wegen Gästewechsel nicht viel los im Dünencafé, deshalb hat mir Frau von Baudissin freigegeben. Ich freue mich so, ich freue mich so! Ich freue mich so! Nach so vielen Jahren sehe ich die Stadt wieder, in der ich damals in der Gosse gelebt habe. Unfassbar, oder?«

»Du bist eben eine starke Frau, Grete, und deine Kinder haben eine wunderbare Mutter«, entgegnete er steif, auch wenn er es ehrlich meinte. Aber er konnte sich beim besten Willen nicht für sie freuen.

»Das habe ich Frau von Baudissin zu verdanken. Die Begegnung mit ihr war Schicksal. Sie hat mir damals Geld gegeben, damit ich mir Essen und ein ordentliches Kleid kaufen konnte. Das war der erste Schritt raus aus der Gosse, und heute bin ich hier, in der Strandvilla …«

»Ja«, erwiderte Matthis gedehnt, weil er in Gedanken ganz woanders war.

Das fiel jetzt auch Grete auf. »Was ist los mit dir, Matthis? Du siehst so traurig aus.«

»Ach was …«, wich er aus. »Ich freue mich für dich, wirklich.«

»Du würdest auch gern nach Berlin fahren, nicht wahr?«, fragte sie behutsam.

»Wer würde das nicht gern?«, gab er ausweichend zurück. Es gab niemanden, mit dem er über seine Liebe zu Frieda sprechen konnte, und so konnte er auch nicht mit Grete über seinen Kummer reden, der ihn plagte, seit Frieda abgereist war.

Es tat weh, wenn er an sie dachte, besonders seit dem gestrigen Telefonat, bei dem sie fast in Streit geraten wären. Frieda hatte sehr gehetzt gewirkt, ihm nur knapp von ihrem Tag erzählt, und als er sie gefragt hatte, was sie am Abend noch vorhabe, hatte sie sehr unwirsch reagiert. Unvermittelt hatte sie ihm vorgeworfen, dass sie sich von ihm kontrolliert fühle, weil sie ihm über jeden ihrer Schritte Auskunft geben solle.

Dabei war das doch gar nicht seine Absicht gewesen. Aber seine Erklärung, dass er sich schlicht dafür interessierte, was sie in Berlin erlebte, wollte sie ihm nicht abnehmen. Sie sprach von Eifersucht, und daraus entwickelte sich ein Wortgefecht, weil er sich ungerecht behandelt fühlte. Am Ende hatte Frieda aufgelegt.

»Du hast Kummer wegen Frieda, ich weiß …«, sagte Grete leise.

»Woher weißt du das?«, fragte er erschrocken.

»Nun ja, ich habe es mir gedacht. Frau von Baudissin hat da mal eine Bemerkung gemacht.«

»Wie? Wann? Was hat sie gesagt?« Nun schlug ihm das Herz bis zum Hals.

»Ach, das ist schon ein paar Jahre her, da waren wir abends zusammen in der Küche, und sie sagte mir, dass Frieda Liebeskummer habe – und da habe ich eins und eins zusammengezählt. Ich habe ja Augen im Kopf. Es tut mir sehr leid für dich, dass Frau von Baudissin gegen eure Beziehung ist. Wenn ich dir irgendwie helfen kann?«

»Ach, mir ist nicht zu helfen. Manchmal ist das alles kaum erträglich. Wenn ich Frieda nicht so lieben würde …« Ihm schossen die Tränen in die Augen. »Entschuldigung.«

»Für seine Gefühle muss sich niemand entschuldigen. Wenn du jemanden zum Reden brauchst, ich habe immer ein offenes Ohr – und ich bin verschwiegen.«

»Ich danke dir, aber da gibt es nicht viel zu reden. Ich wäre einfach nur auch gern in Berlin.«

»Und wenn du Frau von Baudissin fragst, ob sie dir auch über das Wochenende freigibt? Dann fahren wir zusammen! Das wäre doch toll.«

»Es ist Hauptsaison …«, hob er an.

Grete verdrehte die Augen zur Decke. »Das weiß ich … Wie viele An- und Abreisen habt ihr denn dieses Wochenende?«

»Zwei«, murmelte er und suchte nach Unterlagen, die er bearbeiten könnte.

»Nur zwei?«, fragte Grete erstaunt.

»Ja, die anderen Gäste bleiben alle zwei Wochen«, gab er zu.

»Aber dann könnte das doch Frau von Baudissin übernehmen.«

»Unsinn, sie hat genug zu tun. Wenn du nicht da bist, dann muss sie sich ja auch noch um Leopold und Wilma kümmern. So, wie es den beiden im Moment geht, ist das kein Spaziergang – das muss ich dir ja wohl nicht sagen.«

»Nein, musst du nicht. Aber so aufwendig ist das nun auch wieder nicht. Die beiden können noch viel selbst machen, man muss eben bei der täglichen Hygiene helfen und beim Anziehen. Wenn du mich fragst, werden die beiden noch hundert. Aber vor allem Leopold hadert mit seiner Pflegebedürftigkeit. Er redet ständig davon, dass er nicht stirbt, weil der Herrgott ihn vergessen hat.«

»Der arme Leopold … Ich werde heute auch mal wieder bei ihm vorbeischauen. Wenn ich daran denke, wie er mich an der Rezeption eingelernt hat, kommen mir doch einige Anekdoten in den Sinn, mit denen ich ihn vielleicht aufheitern kann.«

»Mach das, das wird auch dir guttun. Und dann frag Frau von Baudissin, ob du freibekommen kannst. Wenn du krank wärest, müsste sie dich auch vertreten«, beharrte Grete.

»Ich bin aber nicht krank«, widersprach er.

»Doch, das bist du«, sagte Grete entschieden. »Deine Seele schmerzt, und dagegen musst du etwas unternehmen. Frag unsere Chefin, ob du für drei Tage freibekommen kannst. Dann ist die Rezeption eben nicht durchgängig, sondern nur am Vormittag für ein paar Stunden besetzt. Das werden die Gäste auch verkraften.«

»Nein, nein«, widersprach er. »Ich kann hier wirklich nicht weg.« Er griff nach der Gästekartei und durchsuchte sie, als gäbe es nichts Wichtigeres.

»Dein Pflichtbewusstsein ehrt dich«, sagte Grete mit hochgezogenen Augenbrauen, »aber ich habe den Eindruck, du willst Frieda gar nicht sehen?«

»Doch, natürlich will ich das!«, rief er aus und wurde augenblicklich leiser. »Aber ich weiß nicht, ob sie sich freut.«

»Natürlich wird sie das.«

»Da bin ich mir nicht so sicher. Vielleicht glaubt sie, ich würde ihr nicht vertrauen. Außerdem weiß ich gar nicht, wo ich übernachten soll. In Berlin ist doch sicher alles ausgebucht.«

»Meine Unterkunft hat zwei Doppelbetten. Ich rücke mit den Kindern zusammen, dann wäre da noch Platz für dich.«

»Das ist ein sehr nettes Angebot, Grete, aber das kann ich nicht annehmen.«

»Doch, das kannst du. Du willst nur nicht«, stellte sie fest und traf damit den Nagel auf den Kopf. »Wovor hast du Angst?«, bohrte sie nach.

»Dass Frieda mich zurückweist und vor dem Unbekannten«, sagte er geradeheraus. »In meinem ganzen Leben war ich noch nie weg von der Insel. Hier, hinter meinem Tresen, fühle ich mich wohl.«

»Das redest du dir ein. Du musst auch mal etwas wagen – auf die Gefahr hin, dass es dich glücklich macht.« Grete lächelte und sah zum Aufzug hin. »Da kommt Frau von Baudissin – wie gerufen. Los, frag sie!«

~

»Ach, wie gut, dass ich Sie beide hier antreffe«, sagte Moiken zur Begrüßung. »Ich fahre zur Olympiade nach Berlin«, gab sie ihren beiden Angestellten kurz und bündig bekannt.

»Oh, wie schön!«, freute sich Grete. »Aber wer kümmert sich dann um das Dünencafé? Ich bin doch auch nicht da.«

»Nicht das kommende Wochenende, erst in vierzehn Tagen«, unterstrich sie. »Da wollte ich noch ein paar Details mit Ihnen beiden klären, damit der Betrieb hier auch ohne mich läuft. Ich lasse das Hotel zugegebenermaßen ungern allein, aber …« Sie brach ab, weil sie über den genauen Grund nicht reden wollte.

»Sie können sich voll und ganz auf mich verlassen!«, versicherte Matthis dienstbeflissen und straffte sich.

»Das ist mir eine große Beruhigung. Ausgerechnet das Wochenende, an dem so viele Gäste an- und abreisen. Wenn es das kommende Wochenende gewesen wäre …«

»Es wird alles reibungslos verlaufen, und ich werde die neu anreisenden Sommerfrischler in Ihrem Namen herzlich begrüßen. Außerdem sind Sie ja nicht aus der Welt, und es sind ja nur drei Tage.«

»Das hat Adam auch gesagt«, murmelte sie.

»Matthis wollte Sie noch etwas fragen …«, hob Grete bedeutungsvoll an.

»Ja, was denn?« Freundlich wandte sie sich ihrem Portier zu.

»Ich?« Matthis bedachte Grete mit einem mürrischen Blick, der ihr nicht entging. »Nein, das wollte ich nicht. Ich wollte Ihnen das hier zeigen«, präzisierte er und zog einen Zeitungsausschnitt aus seiner Mappe. »Das ist heute in der Zeitung erschienen. Den Ausschnitt hat mir Ihr Mann ausgefüllt gegeben, und er hat mich angewiesen, diesen Hinweis gut sichtbar an der Rezeption aufzuhängen, aber das wollte ich erst mit Ihnen besprechen.«

»Zeigen Sie mal her«, forderte sie Matthis auf, und sofort bestätigte sich ihr ungutes Bauchgefühl.

Es ist festgestellt worden,
dass Juden, die in Nachbarbädern nicht geduldet werden,
versuchen, auf Sylt unterzukommen.
Die Badeverwaltung bittet um
Mitwirkung aller Beherbergungsbetriebe,
dies mit diesem Aushang zu unterbinden.
Wir machen ausdrücklich darauf aufmerksam,
dass Juden auch in unserem Hause
Strandvilla
____
im höchsten Grad unerwünscht sind.

Ohne länger darüber nachzudenken, zerriss Moiken den Zeitungsausschnitt vor den Augen von Matthis und Grete in kleine Fetzen und legte sie auf den Tresen. »Für den Papierkorb.«

»Und was sage ich Herrn von Baudissin?«

»Schicken Sie ihn zu mir, falls er Fragen hat. Ich kläre das dann mit ihm.«

»Matthis möchte noch etwas wissen«, beharrte Grete lächelnd. »Er wollte fragen, ob er dieses Wochenende vielleicht auch freihaben kann. Es sind ja nur zwei Anreisen.«

Moiken war über das Ansinnen ihres Portiers doch ziemlich erstaunt. Wie kam er darauf, mitten in der Hochsaison freinehmen zu wollen? Kein Wunder, dass er nicht mit der Frage herausgewollt hatte. Andererseits – wenn es ihm so wichtig war … eine Pause hatte er sich wirklich mal verdient. Oder hatte Grete ihm da einen Floh ins Ohr gesetzt? »Darüber lässt sich reden«, sagte sie gedankenverloren. »Dieses Wochenende könnte ich auch ohne Sie bewältigen.«

»Wirklich?«, fragte Matthis, und seine Miene hellte sich auf.

»Siehst du, ich habe es dir gleich gesagt«, triumphierte Grete. »Nun können wir zusammen nach Berlin fahren.«

Sie horchte auf. »Nach Berlin?« In ihr schrillten die Alarmglocken. Er fuhr doch bestimmt nicht wegen Olympia dorthin. »Haben Sie denn auch eine Eintrittskarte ergattert?«, fragte sie durch die Hintertür nach.

»Nein, das … ich wollte …«, druckste er herum und warf Grete einen verzweifelten Blick zu.

»Ich gebe Matthis meinen Gewinn ab, ich schenke ihm meine Karte«, sagte sie eilig. »Ich meine, ich habe ja nur eine Karte gewonnen, und ich kann ja nicht ohne meine Kinder ins Stadion gehen. Man kann die Wettkämpfe ja auch auf Leinwänden in der Stadt sehen, wurde mir gesagt. Das allein ist sicherlich schon reichlich aufregend genug für meine Kinder und mich, und eine gute Ablenkung, nachdem unser Hund so plötzlich gestorben ist. Ich meine, er war mit seinen dreizehn Jahren alt, aber …« Sie verstummte, und ihr Blick wurde glasig.

»Wilhelm war wirklich ein toller Hund«, sagte Moiken betrübt und für einen Moment vom Thema abgelenkt. »Aber er hatte ein sehr schönes Leben und musste am Ende nicht leiden.«

Grete nickte tapfer, dann lächelte sie. »Berlin wird uns guttun – und für Matthis habe ich in meiner Unterkunft auch noch ein Zimmer mit Bett frei, ich rücke mit den Kindern zusammen, das ist alles kein Problem.«

Moiken verzog den Mund. Das gefiel ihr alles nicht. »Die Planungen sind ja schon weit vorangeschritten, bevor ich überhaupt gefragt wurde.«

»Ich wollte Sie ja gar nicht fragen«, verteidigte sich Matthis. »Das war Gretes Plan.«

»Dann ist ja gut«, sagte sie erleichtert. »Mir passt das nämlich jetzt am Wochenende doch nicht, je länger ich darüber nachdenke. Es gibt für meine Zeit der Abwesenheit noch so viel vorzubereiten.«

»Das verstehe ich voll und ganz«, lenkte Matthis sofort ein, vielleicht auch, weil er die unterschwellige Botschaft akzeptierte. So kannte sie ihren Portier.

»Dann wäre das ja geklärt, Matthis. Stellen Sie bitte eine Verbindung zum Atelier meiner Tochter in Berlin her. Vielleicht erreiche ich sie jetzt.« Damit war natürlich Frieda gemeint, denn von Emma erwartete sie sich kein Gespräch. Aber sie empfand es schon als sehr unverfroren von Frieda, sich bisher nicht gemeldet zu haben, auch wenn der Abschied unter keinem guten Stern gestanden hatte.

»Sehr wohl, gnädige Frau …«, sagte Matthis und griff zum Hörer.

»Sie sollen nicht …«, hob sie an, aber dann verkniff sie sich die ohnehin sinnlose Zurechtweisung.

»Matthis hier, hallo, Emma. Deine Mutter möchte dich sprechen.«

Er reichte ihr den Hörer weiter, und plötzlich wusste sie nicht mehr, was sie sagen sollte. Auf der Suche nach den richtigen Worten war ihre Kehle wie zugeschnürt.

»Hallo, Emma … ich wollte … Hallo? Hallo?«

»Keine Verbindung mehr?«, fragte Matthis. »Gerade eben war die Leitung hervorragend.«

Ratlos hob Moiken die Schultern, obwohl sie eine böse Vermutung hatte. »Versuchen Sie es noch einmal, bitte«, sagte sie und gab Matthis den Hörer zurück. »Grete, haben sie nicht noch etwas zu tun?«

Die plötzlich Angesprochene zuckte zusammen. »Natürlich, selbstverständlich«, gab sie zurück und entfernte sich eilig in Richtung Aufzug.

»Ja, Matthis erneut hier. Hallo, Boy, die Verbindung wurde gerade unterbrochen. Ich reiche den Hörer weiter.«

»Hallo, Boy, hier ist Moiken.«

»Moiken! Schön von dir zu hören!« Wenigstens klang er sehr erfreut, wenn Emma schon ganz offenkundig nicht mit ihr reden wollte. »Was gibt's? Alles in Ordnung bei euch auf der Insel?«

»Ja«, gab sie gedehnt zurück. Er schien nicht auf den Gedanken zu kommen, dass sie sich Sorgen machte. »Ich wollte meinen Besuch in Berlin ankündigen. Ich bin mit Adam zur Abschlussveranstaltung eingeladen worden.«

»Ach«, entgegnete er tonlos. Dabei blieb es. Er dachte sich seinen Teil, das war ihr klar.

»Kann ich Frieda bitte kurz sprechen?«

»Sie ist nicht da«, erwiderte Boy knapp.

»Wie, sie ist nicht da?«, fragte sie und bemerkte, wie auch Matthis hellhörig wurde. »Aber ihr beide seid doch zu Hause? Treibt Frieda sich etwa allein in der Stadt rum? Boy …?«, hob sie mahnend an.

Auch in Matthis' Gesicht zeigte sich Sorge.

»Nein, Frieda treibt sich nicht allein herum«, entgegnete er seufzend. »Sie ist mit Samuel Friedmann unterwegs.«

»Mit wem?«, fragte sie, doch dann fiel es ihr wieder ein. »Mit diesem Brieffreund? Und wo ist sie, und wann kommt sie wieder?«

»Das weiß ich nicht«, sagte Boy und klang genervt.

»Wie, das weißt du nicht?«

»Deine Tochter ist erwachsen«, entgegnete er ruhig.

»Ich weiß, dass Frieda erwachsen ist!«, fuhr sie auf. »Aber ich mache mir Sorgen! Meine Tochter treibt sich in einer fremden Stadt mit einem Mann herum, der mir noch nicht mal vorgestellt wurde. Wo bleiben denn da Sitte und Anstand? Ich möchte, dass sie mich augenblicklich anruft, wenn sie zu Hause ist. Egal, zu welcher Uhrzeit! Boy? Hallo? Boy?«

Sie starrte erst den Hörer, dann Matthis an. »Er hat aufgelegt.«

Sein Gesicht sprach Bände. »Was werden Sie jetzt tun?«

Noch ehe sie antworten konnte, kam eines der Zimmermädchen angelaufen. Über dem einen Arm trug sie einen Anzug, in der anderen Hand hielt sie einen Zettel.

»Ah, Frau von Baudissin, gut, dass ich Sie hier antreffe. Ich suche Herrn von Baudissin. Wissen Sie, wo ich ihn finde?«

»Ich nehme an, er ist außer Haus. Worum geht es denn?«, fragte sie mit Blick auf den Zettel.

»Herr von Baudissin hat mir einen Stapel abgetragene Kleidung für die Bedürftigensammlung in die Hand gedrückt, und bei der Durchsicht habe ich diese Rechnung gefunden. Sie ist schon ein paar Jahre alt, aber ich wollte sie nicht einfach wegwerfen.«

»Zeigen Sie mal her.« Moiken begutachtete das Schriftstück und stellte fest, dass es eine Rechnung für den Weihnachtskarpfen von Adams Onkel Wilhelm von Baudissin aus Husum war. Was hatte sie damals gebangt, ob der Fisch noch rechtzeitig zum Fest eintreffen würde, weil Adam die Bestellung vergessen hatte.

»Ach herrje«, rief sie lachend aus. »Die Rechnung ist ja wirklich von anno dazumal. Den Anzug hat mein Mann wohl schon lange nicht mehr getragen und zuletzt nur ausgelüftet. Geben Sie mir den Zettel und waschen Sie den Anzug, bevor Sie ihn zur Sammlung geben.«

»Sehr wohl, Frau von Baudissin.« Das Zimmermädchen knickste und verschwand mit dem Anzug.

»Fragen Sie Adam, ob Sie den Zettel wegwerfen können«, sagte sie zu Matthis und reichte ihm die Rechnung. »Ich nehme an, die ist Makulatur, aber es sind seine Unterlagen, da mische ich mich nicht ein.«

»Sehr wohl, Frau von Baudissin«, entgegnete auch Matthis und legte das Schriftstück beiseite. »Und was werden Sie jetzt wegen

Frieda unternehmen?«, fragte er und kam damit zum eigentlichen Thema zurück.

Ihr Unterbewusstsein hatte während der Ablenkung durch das Zimmermädchen gearbeitet und ihrem Bauchgefühl die Entscheidung diktiert. »Ich werde für morgen eine Fahrkarte nach Berlin kaufen – und zwei retour.«

»Das ist vernünftig, wenn Sie Frieda zurück nach Sylt holen. Wer weiß, was …«

Sie schüttelte den Kopf. »Das wird Ihre Aufgabe sein, Matthis. Sie wollten doch unbedingt nach Berlin fahren. Auf mich wird Frieda nicht hören.« Beschwörend hielt sie den Blick ihres Portiers fest. »Ich vertraue Ihnen, Matthis. Kommen Sie mit Frieda zurück. Umgehend.«

KAPITEL 27

Berlin
Am nächsten Tag
6. August 1936

Wir sind zurüüück!«, rief Frieda in Richtung der Dunkelkammer und schob Samuel kichernd durch den Flur in Richtung Küche. Wann hatte sie zuletzt an einem Abend so viel gelacht – und getrunken? »Wir haben Kohldampf mitgebracht. Gibt's noch was von dem Eintopf? Kann Samuel … oh.«

Mit einem Mal fühlte sie sich stocknüchtern.

»Wie kommst du denn hierher?«

Matthis saß in der Küche und blickte ihr ebenso fassungslos entgegen. »Wie ich hierhergekommen bin? Mit dem Zug«, entgegnete er angesäuert. »Danach zu Fuß zu Emmas Wohnung, die mich hereingebeten hat. Und wo kommst du so spät her?«

»Ich war mit Samuel im Kakadu«, antwortete sie freundlich, obwohl ihr überhaupt nicht danach war, ihm Auskunft zu geben. Andererseits hatte sie nichts vor ihm zu verbergen.

»Guten Abend«, sagte Samuel höflich, und an seiner Zurückhaltung war die Spannung abzulesen, die in der Luft lag.

Matthis würdigte Samuel keines Blickes. »Kann ich kurz allein mit dir sprechen?«

Noch ehe sie antworten konnte, sagte Samuel: »Ich denke, es ist besser, wenn ich jetzt gehe.«

Erst wollte sie ihn aufhalten, denn es widerstrebte ihr, sich Matthis' Willen zu beugen, aber dann ließ sie Samuel gewähren, damit die Situation nicht eskalierte.

Nachdem Samuel die Wohnung verlassen hatte, fragte sie gereizt: »Also, warum bist du hier?« Unter anderen Umständen hätte sie sich über den spontanen Besuch gefreut, aber in diesem Fall war klar, dass er seiner Eifersucht nicht mehr Herr geworden war.

»Willst du dich nicht zu mir setzen?«, fragte Matthis ruhig und sah ihr dabei fest in die Augen. Ein Blick, in den sie sich verliebt hatte, für den sie im Moment aber nicht zugänglich war. Durch den Alkohol fühlte sie sich zusätzlich aufgekratzt, und damit das nachließ, musste sie dringend etwas essen.

Also stellte sie den Eintopf auf den Herd und rührte darin herum, damit sie Matthis den Rücken zukehren und nachdenken konnte, wie sie reagieren sollte.

Einerseits war sie gerührt, dass er den Weg nach Berlin auf sich genommen hatte, andererseits wirkte diese Überraschung doch sehr wie eine Kontrolle, und leider hatte er sie zu einem denkbar ungünstigen Augenblick angetroffen.

»Frieda?«, sprach er sie leise an.

Sie drehte sich nur halb zu ihm um. »Können wir bitte morgen reden?«

»Nein, es muss jetzt sein. Morgen Vormittag fahre ich schon wieder zurück.«

Sie verzog den Mund und wandte sich wieder von ihm ab. Damit war klar, dass es sich um einen Kontrollbesuch handelte. »Matthis, ich habe etwas zu viel getrunken«, warnte sie ihn und hoffte inständig, dass er begriff, wie dünn das Eis war.

»Das habe ich bereits bemerkt. Du scheinst ja einen sehr lustigen Abend gehabt zu haben.« Der unterschwellige Vorwurf bewirkte genau das, was sie vermeiden wollte.

»Ist das verboten?«, gab sie ruppig zurück und rührte so kräftig in dem Topf herum, dass es auf den Herd spritzte.

»Nein, natürlich nicht«, beschwichtigte Matthis. »Aber denk mal an unser letztes Telefonat, als du so gereizt reagiert hast, nachdem ich dich ganz schlicht gefragt hatte, was du am Abend noch so machst. Du hast mir keine Antwort gegeben, und nun weiß ich ja, warum. Du wirfst mir immer vor, ich sei eifersüchtig, aber wie ich vorhin sehen konnte, war mein Bauchgefühl doch richtig.«

Sie fuhr herum. »Ach ja? Was habe ich denn Verwerfliches getan? Meine Schwester und Boy stehen abends in der Dunkelkammer – hätte ich hier allein wie ein Heimchen am Herd sitzen sollen? Ja, ich hatte mit Samuel ein paar nette und lustige Abende – aber mehr nicht.«

»Wenn da nichts ist, warum hast du mir eure Verabredungen dann verschwiegen?«

»Weil du eifersüchtig bist!«, schrie sie ihn an.

Getroffen senkte Matthis den Blick.

»Alles in Ordnung bei euch?«, rief Emma aus der Dunkelkammer.

»Ja!«, gab Frieda reflexartig zurück, weil sich ihre Schwester nicht einmischen sollte. Sie atmete tief durch und fuhr leiser fort: »Glaub mir, Matthis, da ist nichts zwischen Samuel und mir. Er ist nur ein guter Freund.«

»Nur ein guter Freund«, echote Matthis mit belegter Stimme. »Wenn ich das schon höre …«

Ruckartig nahm sie den Topf vom Herd und erwiderte traurig. »Du verdirbst gerade alles zwischen uns, merkst du das?«

»Ich?« Abwehrend hob er die Hände. »Was mache ich denn?«

Seufzend ging sie zum Küchenschrank. Matthis verstand wirklich nicht, wie belastend seine Eifersucht war. Oder müsste sie mehr Verständnis für ihn haben?

Mit einem Teller in der Hand hielt sie inne. Natürlich war das alles nicht leicht für ihn. Wenn sie sich in seine Lage versetzte, wäre sie mindestens genauso eifersüchtig.

Wenn sie an seiner Stelle in der Küche gewartet hätte und er angetrunken mit einer Frau hereingekommen wäre, mit der er schon länger intensiven Briefkontakt pflegte … nicht auszudenken, wie eifersüchtig sie in dem Fall reagiert hätte.

Sie beschloss, sich versöhnlich zu zeigen. »Möchtest du auch einen Teller? Es gibt Erbseneintopf mit Würstchen und Speck.«

Niedergeschlagen schüttelte Matthis den Kopf. »Nein danke, ich habe keinen Hunger.«

»Aber du hast doch bestimmt noch nichts gegessen?«, fragte sie liebevoll.

»Nein, danke«, wiederholte er, jedes Wort betonend. »Warum bist du auf einmal so freundlich?«

Sie stellte ihren Teller zurück ins Regal, ließ den Topf auf dem Herd stehen und ging stattdessen mit zwei Gläsern zum Küchentisch.

»Möchtest du etwas trinken?«, fragte sie, weil sie eine Antwort umgehen wollte.

»Nein.« Mit einer müden Handbewegung deutete er auf ein leeres Glas und die Karaffe vor sich. »Deine Schwester war bereits so nett, mir etwas anzubieten. Ich hatte schon drei Gläser Wasser, während ich auf dich gewartet habe.«

»Es tut mir leid …« Sie senkte den Kopf.

»Was tut dir leid?«, hakte er nach.

»Alles«, seufzte sie, weil sie gar nicht wusste, wo sie anfangen sollte. Wann war eigentlich die Leichtigkeit aus ihrer Beziehung verschwunden? Wo lag der Schlüssel, damit Matthis ihr vertraute? Sie schob ihre Hand über den Tisch in seine Richtung. »Lass uns nicht streiten. Ich liebe dich doch. Schon immer, und das wird auch nicht aufhören. Worüber wolltest du eigentlich mit mir reden?«

Matthis schüttelte den Kopf, und sein Blick wurde so traurig, wie sie es an ihm noch nie gesehen hatte. Ein ungutes Gefühl beschlich sie, denn er ignorierte ihre Hand.

Er sah an ihr vorbei und knetete seine Lippen. »Ich weiß nicht, wo ich anfangen soll …«

»Warum machen wir es uns eigentlich so schwer?«, seufzte sie.

»Weil es schwer ist! Du weißt gar nicht, wie ich leide!«, brach es aus ihm hervor. »Das tut so furchtbar weh, weil ich ständig Angst habe, dich zu verlieren. Dann immerzu diese Heimlichkeiten. Das belastet und tut unserer Liebe nicht gut.« Er holte tief Luft und ließ sie zitternd entweichen. »Ich kann einfach nicht mehr.«

»Was willst du damit sagen?«, fragte sie erschrocken, und mit einem Mal fühlte sie sich vollkommen nüchtern. »Liebst du mich denn nicht mehr?« Kaum hatte sie den Gedanken ausgesprochen, schwappte eine Welle aus Angst durch ihren Körper.

Matthis schüttelte den Kopf.

»Nein?«, fragte sie erschrocken.

Als er nicht reagierte, schossen ihr Tränen in die Augen. »Matthis?«

Seine Miene war voller Kummer. Als sie ihn so sah, wurde ihr bewusst, wie sehr er tatsächlich litt. »Matthis bitte, gib uns nicht auf. Bitte …«, flehte sie und nahm seine Hand.

Er zog sie zurück. »Ich kann das nicht mehr.« Auch in seinen Augen schimmerten Tränen.

»Bitte«, flüsterte sie. »Wir gehören doch zusammen.«

Wieder schüttelte er den Kopf. »Ich sehe keinen Weg.«

»Wir werden ihn finden. Gemeinsam«, beschwor sie ihn.

»Ach, das sind doch alles nur leere Worte«, gab Matthis erschöpft von sich. »Ich bin müde, die Reise war sehr anstrengend.«

»Wo schläfst du überhaupt? Es muss doch alles ausgebucht sein.«

Langsam hob er die Schultern, als läge eine große Last auf ihnen, und ließ sie wieder fallen. »Vermutlich auf einer Parkbank oder im Bahnhof.«

»Unsinn«, widersprach sie. »Wir finden hier ein Plätzchen für dich. Wir haben zwar keine zusätzliche Matratze, aber wir könnten ja …« Sie hatte ihren Vorschlag noch gar nicht ausgesprochen, da hob er abwehrend die Hände. »Ich kann nicht neben dir schlafen …«

»Du liebst mich also wirklich nicht mehr?«, fragte sie tonlos und spürte, wie sich ein eiserner Ring um ihre Brust legte.

»Und wie ich dich liebe!«, stieß er hervor. »Es tut nur so weh, und ich will diesen Schmerz nicht mehr. Ich kann nicht mehr! Es tut mir leid …« Sein Blick wurde glasig, und als er blinzelte, lief ihm eine Träne die Wange hinunter, die er schnell wegwischte. Doch die nächste kam gleich hinterher.

»Schsch…«, machte sie und küsste ihm die Tränen von den Wangen. Erst zuckte er zurück, aber dann ließ er es zu. »Wir finden einen Weg. Versprochen. Ich werde mit meiner Mutter reden, sobald ich aus Berlin zurück bin«, flüsterte sie und suchte seine Lippen.

Aber Matthis wich zurück. »Das habe ich jetzt davon …«, murmelte er.

»Was? Wovon?«, fragte sie verständnislos.

»Dass ich hierhergefahren bin. Ich wusste, dass es nicht richtig ist. Aber deine Mutter wollte …«

Sie horchte auf. »Was wollte meine Mutter?«

»Dass ich dich zurück nach Sylt hole. Sie hat die Fahrscheine gekauft, nachdem du gestern Abend nicht erreichbar warst und sie von Boy gehört hat, dass du mit Samuel …«

Weiter kam er nicht. »Das ist ja nicht zu fassen!«, rief sie aus. »Meine Mutter hat dich geschickt? Ernsthaft? Und sie glaubt, dass ich meine zweite Olympiawoche sausen lasse? Nur weil ich wieder unter ihre Fittiche soll? Das kann sie vergessen!«

»Was ist denn da los bei euch?«, tönte Emmas Stimme erneut aus der Dunkelkammer. »Kann man euch nicht allein lassen?«

»Ganz im Gegenteil!«, rief Frieda zurück. »Wir kommen sehr gut allein zurecht!« Sie senkte die Stimme. »Weißt du was?«, sagte sie verschwörerisch zu Matthis. »Ich habe einen Plan. Wir buchen die Rückfahrscheine um und machen uns beide noch eine tolle Woche in Berlin. Wir müssen ja nicht immer mitten im Trubel sein, wenn dir das zu viel ist. Wir könnten uns den Zoologischen Garten ansehen, oder wir fahren mit der Hochbahn, das ist auch spannend, oder wir gehen ganz romantisch an der Spree entlang spazieren. Was sagst du dazu?« Mit jedem Satz war sie selbst mehr und mehr von ihrem spontanen Vorschlag begeistert.

»Aber wie stellst du dir das vor?«, fragte Matthis zweifelnd.

»Wie ich mir das vorstelle? Wir gehen zum Bahnhof, dann besorgen wir dir eine Matratze, und danach machen wir gemeinsam die Stadt unsicher und haben einfach eine tolle Zeit.«

»Das geht nicht, ich kann nicht hierbleiben …«, wandte Matthis ein.

»Nun hab dich doch nicht so. Emma und Boy werden sicherlich nichts dagegen haben.«

»Nein, ich meine, ich muss wieder zurück in die Strandvilla. Ich kann doch nicht eine ganze Woche wegbleiben.«

Sie warf ihm einen herausfordernden Blick zu. »Warum nicht?«

Matthis seufzte. »Das weißt du ganz genau. Ich muss arbeiten.«

»Meine Mutter kann die Rezeption übernehmen. Du brauchst auch mal ein paar freie Tage.«

»Frieda, das geht nicht. Deine Mutter kündigt mir, wenn ich nicht zurückkomme.«

»Na und?«, fragte sie herausfordernd. »Dann ist das eben so, und dann soll es auch so sein. Schon vor Jahren habe ich meiner Mutter ins Gesicht gesagt, dass ich um mein Glück kämpfen werde – auch gegen ihren erklärten Willen. Du findest überall Arbeit und …«

»Frieda, bitte, lass es gut sein. Das Thema hatten wir schon mal. Ich fühle mich deiner Mutter und der Strandvilla gegenüber verpflichtet. Ohne deine Mutter wäre ich als armer Zeitungsjunge nie da gelandet, wo ich heute bin. Ich habe ihr viel zu verdanken. Bitte, sei vernünftig und komm morgen mit mir zurück. Du warst doch nun schon eine Woche hier und hattest deinen Spaß.«

Sie holte tief Luft und ließ diese langsam wieder entweichen. Aber die Wut blieb. »Vernünftig! Ich kann das nicht mehr hören. Sieh dir doch an, wohin die Vernunft meine Mutter geführt hat! In eine kreuzunglückliche Ehe. Willst du das auch?«

»Frieda … das hat doch jetzt damit nichts zu tun.«

»O doch! Weißt du was? Wenn die Vernunft dein oberstes Gebot ist, dann fahr zurück auf die Insel und bestell meiner Mutter schöne Grüße. Ich bleibe hier.«

»Frieda, bitte«, insistierte Matthis und hielt ihren Blick eindringlich fest. »Mach jetzt keinen Fehler.«

»Fehler?«, höhnte sie. »Ich genieße mein Leben, und wenn das in deinen Augen ein Fehler ist, dann passen wir wirklich nicht zusammen. Vernunft, Vernunft, Vernunft! Strandvilla, Strandvilla, Strandvilla! Deine Mutter, deine Mutter, deine Mutter! Wenn dir das alles so wichtig ist, dann fahr zurück auf die Insel! Aber ohne mich.«

Matthis erhob sich so ruckartig, dass sein Stuhl ins Wanken geriet. »Du bist ein Sturkopf, Frieda, wie deine Mutter – und kindisch obendrein. Denk mal drüber nach. Ich gehe jetzt.«

»Ja, geh doch – und bleib, wo der Pfeffer wächst! Ich lass mir doch von dir nicht den Spaß verderben!«

KAPITEL 28

Zehn Tage später
16. August 1936

Seitdem sie in Berlin angekommen war, zerbrach sich Moiken den Kopf darüber, mit welchen Worten sie Frieda begegnen sollte. Schimpfen, weil sie nicht mit Matthis nach Sylt zurückgefahren war? Dann verweigerte sich ihre Tochter noch mehr. Das Verhalten unkommentiert lassen, weil Frieda erwachsen war? Dann …

Nie hätte sie geglaubt, dass ihr einst so ruhiges und vernünftiges Mädchen, ihr Inselmädchen, eines Tages so schwierig werden würde, aber bald stand sie ihrer Schwester in nichts nach. Halbschwester, wenn man es genau nahm, aber zwischen die beiden passte kein Blatt, sobald sie zusammen waren.

Vermutlich hatten die beiden so eine enge Bindung zueinander, weil Emma sich liebevoll gekümmert hatte, während Frieda als Säugling schwer erkrankt und sie als Mutter aufgrund des starken Blutverlusts bei der Geburt in den Tagen danach nicht dazu in der Lage gewesen war.

Sosehr sie anfangs für das gute Verhältnis zwischen den beiden dankbar gewesen war, so sehr verteufelte sie es mittlerweile.

Emma war kein guter Umgang für Frieda – milde ausgedrückt. Nicht zuletzt hätte Emma mit ihrem respektlosen Verhalten gegenüber dem Herrn Reichsminister beinahe dafür gesorgt, dass sie mit ihrer Schwester im Gefängnis gelandet wäre.

Ihr lief ein eiskalter Schauer über den Rücken. Bloß nicht mehr daran denken.

Während Adam sich im Hotel Adlon bei einem späten Nachmittagsschlaf von der anstrengenden Anreise erholt hatte, war sie unter dem Vorwand, sich bei einer Schneiderin nach dem Preis für die Anfertigung neuer Dienstkleidung für das Küchenpersonal erkundigen zu wollen, zum Fotoatelier in die Behrenstraße gegangen. Schließlich hatte sie damit gerechnet, Frieda dort anzutreffen.

Doch leider war niemand zu Hause gewesen.

Auf ihrem Weg zurück ins Hotel Adlon vergoss sie vor Erschöpfung und Enttäuschung einige Tränen, die jedoch keinem der Passanten auffielen, die an ihr vorbeieilten. Der Straßenlärm zerrte ebenfalls an ihren Nerven, ihr Kreislauf drohte ihr zu entgleiten, da sie auf der Reise wie immer kaum etwas gegessen oder getrunken hatte, und so betrat sie ziemlich aufgelöst das Foyer, wo sie prompt auf Louis Adlon, den Sohn des Hotelgründers, traf.

Seinem aufmerksamen Blick entging ihre schlechte Verfassung nicht, und er ließ ihr ohne großes Aufhebens einen Cognac bringen und wählte eine ruhige Ecke für sie, wo sie in einem gemütlichen Sessel Platz nehmen konnte.

Obwohl ihr nicht der Sinn nach einer Unterhaltung stand, fühlte sie sich dazu verpflichtet, ein Gespräch mit ihm zu beginnen. Er war etwa in ihrem Alter und hatte schon vor einiger Zeit, nach dem Tod seines Vaters, das Hotel übernommen.

Ihre Befürchtung, er würde sie nach dem Grund für ihren Zustand fragen, erwies sich als unbegründet, denn ihm war offenkundig daran gelegen, sie abzulenken.

In lockerem Plauderton erzählte er ihr die Geschichte, wie Kaiser Wilhelm II. seinerzeit zwei Tage vor der Eröffnung das Hotel besichtigt hatte und fortan zum Stammgast wurde, weil ihm das Adlon mehr Komfort und Luxus bot als seine eigene Residenz.

Sie lachte, und schon nach kurzer Zeit waren sie auf einer Ebene.

»Und seit wie vielen Jahren leiten Sie die Strandvilla?«

»Seit 1914, also schon über zwanzig Jahre – wie die Zeit vergeht!«, stellte sie mit eigenem Erstaunen fest.

»Allerdings! Bei mir sind es erst fünfzehn Jahre, aber das kommt mir auch schon vor wie eine Ewigkeit. Leider bin ich durch das Hotel so eingespannt, dass mich mein Weg noch nie nach Sylt geführt hat.«

»Aber Sie sind immer herzlich willkommen in der Strandvilla!«

»Vielen Dank für die Einladung, aber es ist tatsächlich nicht leicht, wenn keines der fünf erwachsenen Kinder Interesse am Hotelwesen zeigt. Angesichts der politischen Lage denken sie sogar über eine Auswanderung nach Amerika nach. Da ist man schon sehr auf sich allein gestellt.« Nachdenklich nippte er an seinem Cognac.

»Dieses Gefühl kenne ich, aber meine jüngere Tochter möchte die Strandvilla zum Glück eines Tages weiterführen.«

»Wie schön, dass bei Ihnen die Nachfolge geregelt ist. Ihre große Tochter Emma schätze ich übrigens sehr als Fotografin, sie hat schon oft für uns gearbeitet. Ich bewundere ihr Durchsetzungsvermögen in einem Berufsstand, der immer noch als Männerdomäne gilt. Ihr großes Talent hat sie wohl vom Vater geerbt. Ihn hatte schon mein Vater Lorenz gern engagiert. Fotografen sind ja auch Vertrauenspersonen«, fügte er an, »und über die Jahre gehört Emma schon fast zur Familie.«

Das war der Punkt, an dem Moiken das Gespräch freundlich, aber entschieden abbrach. Über Emma wollte sie nicht reden, auch wenn sie sich von dem vielen Lob über ihre Tochter geschmeichelt fühlte.

Sie bedankte sich für den Cognac und sagte an der Rezeption Bescheid, dass man Adam wecken möge, dann ging sie auf ihr Zimmer, um sich für die Abschlussveranstaltung der Olympiade umzuziehen.

~

Mit Einbruch der Dunkelheit betrat sie an der Seite von Adam das Stadion. Sie hatten einen Platz ganz in der Nähe der Ehrentribüne erhalten, und Moiken fragte sich, wo Frieda, Emma und Boy wohl saßen.

Allerdings kam sie gar nicht dazu, länger darüber nachzudenken, denn Adam zeigte sich so nervös, wie sie ihn noch nie erlebt hatte.

Er rutschte auf seinem Sitz herum, sah sich in alle Richtungen um und nestelte an seinen Manschettenknöpfen. Schweißperlen standen ihm auf der Stirn, obwohl es nach Sonnenuntergang deutlich kühler geworden war und ein frischer Wind durch die Reihen wehte. Zudem wirkte er erschreckend bleich, und seine Hände zitterten.

Ob es allein daran lag, dass er nach Ende der Zeremonie dem Führer die Hand schütteln durfte?

»Alles in Ordnung?«, fragte sie skeptisch.

»Ja«, gab er knapp zurück und verbarg die zitternden Hände im Schoß.

Mit dem Läuten der olympischen Glocke kehrte unter den Zuschauern gespannte Ruhe ein. Moiken war fasziniert davon, wie leise rund einhunderttausend Menschen sein konnten.

Die rings um das Stadion angebrachten Scheinwerfer schickten ihre gebündelten Strahlen zeitgleich in den nächtlichen Himmel, ein Schauspiel, das mit staunenden Ausrufen kommentiert wurde.

Unter anhaltendem Glockengeläut neigten sich die Lichtkegel langsam zur Mitte hin, bis sie sich in großer Höhe über den dunklen Rängen vereinten. Eine mythische, fast schon gespenstische Atmosphäre, die ihr Gänsehaut verursachte.

Von einem Scheinwerfer begleitet, reihten sich die Fahnenträger aller teilnehmenden Länder vor der Ehrentribüne auf. Das Geläut verstummte, und Adolf Hitler trat in einem gleißenden Lichtkegel vor die Mikrofone.

»Ein prachtvolles Ereignis findet in diesen Minuten mit einer krönenden Zeremonie seinen würdigen Abschluss. Vierzehn Tage lang waren die Augen aller Welt auf Deutschland gerichtet, auf die Reichshauptstadt, in der das großartigste Sportereignis seit Menschengedenken stattfand. Von den Nationen wurden wir als hervorragender Gastgeber gerühmt, und die Athleten dankten es uns mit ihren großartigen Erfolgen.«

Was für ein Spektakel, dachte Moiken, was für eine Inszenierung, bei der alles bis ins kleinste Detail geplant war. So war auch auf die Minute genau festgelegt worden, wann sie sich mit Adam vor dem Zugang zur Ehrentribüne einzufinden hatte, sogar ein Uhrenvergleich war vorgenommen worden. Es widerstrebte ihr aus tiefster Seele, Hitler in Kürze die Hand schütteln zu müssen.

Er hatte soeben den Medaillenspiegel für die USA und Ungarn bekannt gegeben, die auf Platz zwei und drei in der Gesamtwertung gekommen waren, aber die genauen Zahlen waren ihr entgangen. »Besonders hervorzuheben sind am Ende noch die Leistungen in der Leichtathletik«, fuhr Hitler jetzt fort. »Die deutschen Athleten zeigten sich in einer körperlichen Verfassung, die als besonders außergewöhnlich zu bezeichnen ist, was der Rekord von fünf Goldmedaillen, vier Silbermedaillen und sieben Bronzemedaillen eindrucksvoll unterstreicht. Ich gratuliere ausdrücklich im Namen des deutschen Volkes!«

»Aber Jesse Owens erwähnt er mit keinem Wort«, sagte sie zu ihrem Mann, als der Jubel langsam verebbte und auch sie sich wieder setzte.

»Wozu auch?«, fragte Adam mit einem missbilligenden Unterton. »Er ist Amerikaner und noch dazu ein Schwarzer.«

Sie fühlte Zorn in sich aufsteigen. »Aber er allein hat vier Goldmedaillen gewonnen. Er ist der herausragende Leichtathlet, nicht die Deutschen.«

»Papperlapapp!«, erwiderte ihr Mann unwirsch. »Unser Führer hat bei ihm im Gegensatz zu den anderen Gewinnern auf einen Händedruck verzichtet. Richtig so.«

»Dann werde ich auch dankend verzichten.«

»Das wirst du nicht«, grollte Adam in ihre Richtung. Er nahm seine goldene Taschenuhr aus seinem Anzug, den er sich eigens für diesen Anlass hatte schneidern lassen. Gezwungenermaßen, weil er seine Gewichtszunahme nicht bemerkt hatte, denn er trug schon seit Jahren nur noch seine weite braune Uniform.

Seine Hand zitterte so stark, dass er einen Moment brauchte, um die Zeit abzulesen. »Noch zehn Minuten«, sagte er schließlich, »dann müssen wir uns auf den Weg machen.«

Oder auch nicht, dachte Moiken innerlich aufgebracht, und sie dachte fieberhaft über einen Ausweg nach.

»Ich darf nun verkünden«, hob Hitler erneut an, »dass die Medaillenausbeute der Deutschen alles bisher Dagewesene in den Schatten stellt. Die deutschen Olympioniken errangen dreiunddreißig Goldmedaillen, sechsundzwanzig Silbermedaillen und dreißig Bronzemedaillen, und damit belegt Deutschland erstmals sowohl in der Medaillen- als auch in der Punktewertung den ersten Platz!«

Frenetischer Jubel erklang, keinen hielt es mehr auf seinem Sitz, auch Moiken sprang auf und applaudierte. Allerdings streckte sie nicht wie viele andere ihren rechten Arm zum Hitlergruß aus.

Eine Zurechtweisung ihres Ehemanns unterblieb jedoch, und deshalb wandte sie sich verwundert Adam zu und bemerkte, dass er sitzen geblieben war.

Sie musste sich zu ihm beugen, damit sie sich trotz der Geräuschkulisse verständlich machen konnte. »Ist dir nicht gut?«, schrie sie dicht an seinem Ohr.

»Ich bin nicht taub!«, rief er unwirsch. »Mir geht es gut, nur meine Beine zittern, deshalb stehe ich nicht auf.«

»Ist das die Aufregung oder muss ich mir Sorgen um deine Gesundheit machen?«, hakte sie nach.

»Die Aufregung«, krächzte er.

Kritisch neigte sie den Kopf. »Du siehst nicht gut aus. Du atmest auch ziemlich schnell. Kann es sein, dass dir die vielen Menschen zu schaffen machen?«

»Nein, natürlich nicht!«, widersprach er heftig. »Es ist alles in Ordnung, verdammt noch mal!«

Erschrocken über seinen Ausbruch hob sie die Hände zu einer entschuldigenden Geste und wandte sich kopfschüttelnd wieder der Veranstaltung zu, die sich langsam dem Ende zuneigte. Die Fahnenträger senkten der Reihe nach ihre Flaggen, damit die Stäbe ehrenvoll mit einem Lorbeerkranz behängt werden konnten.

Die folgenden Worte des Führers verpasste sie, weil sie in Gedanken nur darauf konzentriert war, wie sie die Begegnung mit Hitler am besten vermeiden konnte, ohne Adams Zorn auf sich zu ziehen.

Am besten, sie täuschte einen Schwächeanfall vor, sobald sie nach Adam an der Reihe sein sollte, Hitler die Hand zu reichen.

Kaum dass sie sich diesen Plan zurechtgelegt hatte, wurde das olympische Feuer kleiner und kleiner, verlosch schließlich in einer Rußwolke und wurde mit Applaus verabschiedet.

Um sie herum entstand Unruhe, weil nun jeder darauf bedacht war, das Stadion möglichst zügig zu verlassen.

Merkwürdig, dass Adam noch nicht ihre Hand genommen hatte, um sie auf dem schnellsten Weg zur Ehrentribüne zu ziehen. Verwundert blickte sie neben sich und sah, dass Adam in sich zusammengesunken war.

Erschrocken rüttelte sie ihn und fasste zeitgleich nach seinem Puls.

Sie erwischte sich bei dem verboten hoffnungsvollen Gedanken, dass ihn ein Herzschlag ereilt haben könnte, aber dann bekam sie seinen Puls zu fassen und stellte fest, dass er atmete.

Ein paar Umstehende waren auf den Vorfall aufmerksam geworden und halfen ihr, Adam auf den Boden zu legen und seine Beine hochzulagern, was ein ziemlich umständliches Unterfangen war. Irgendjemand brachte Wasser, und eine Dame reichte ihr Riechsalz.

Damit kam Adam tatsächlich wieder zu sich und blickte sich verwirrt um. Er setzte sich auf und wiederholte unablässig: »Ich muss zum Führer. Ich muss zum Führer.«

Moikens Blick glitt hinüber zur Ehrentribüne, die sich bereits geleert hatte. »Das ist wohl zu spät«, stellte sie nüchtern, aber voll innerer Freude fest.

Zwei Männer versuchten Adam aufzuhelfen, doch er schlug ihre Hände weg. »Das war die Chance meines Lebens«, wimmerte er. Kaum ausgesprochen, schien ihm das schwächliche Bild bewusst zu werden, das er abgab.

Er rappelte sich auf und schaffte es immerhin in eine sitzende Position. Mit einer Hand stützte er sich ab, mit der anderen zeigte er den Hitlergruß in Richtung der verlassenen Ehrentribüne.

»Eines Tages«, murmelte er. »Eines Tages werde ich dem Führer die Hand reichen. So wahr ich Adam von Baudissin heiße.«

KAPITEL 29

In der Nacht

Nein!«, schrie Emma. »Was habe ich getan? Was habe ich nur getan? Adam!« Er lag vor ihr in einer Blutlache – das Messer hielt sie noch in der Hand. Blut. Überall Blut.

Jemand rüttelte an ihr.

»Emma? Was ist los? Emma!«

Friedas Stimme holte sie aus ihrem Albtraum.

Ruckartig setzte sich Emma auf dem Matratzenlager auf, das sie mit ihrer Schwester teilte. Ihr Herz raste, das Bettlaken war zerwühlt und sie schweißgebadet.

Im Morgengrauen blickte sie in Friedas entsetztes Gesicht. »Hast du mich erschreckt!«

»Emma, alles in Ordnung?«, tönte nun auch die schlaftrunkene Stimme ihres Vaters vom anderen Ende des Raums her.

»Alles ist gut«, wiegelte sie ab und atmete tief durch. »Ich habe nur schlecht geträumt.«

»Von Adam?«, hakte Frieda erstaunt nach.

»Woher weißt du das?«, fragte sie erschrocken.

Ihre Schwester hob die Hände. »Ich weiß gar nichts. Aber du hast seinen Namen gerufen.«

Unterdessen war ihr Vater aufgestanden, machte Licht in der Küche und nahm den Wasserkessel vom Herd. »Ich koche uns mal Kaffee.«

»Es ist doch noch viel zu früh«, stöhnte Emma und sank zurück in ihr feuchtes Laken. Prompt fröstelte sie.

»Fünf Uhr«, gab ihr Vater knapp zurück. »In einer halben Stunde hätte ohnehin der Wecker geklingelt. Frieda und ich müssen pünktlich am Bahnhof sein.«

»Na dann«, seufzte sie. »Für mich bitte doppelt Kaffeepulver – können wir uns ja jetzt leisten«, sagte sie leichthin, um möglichst schnell in der Gegenwart anzukommen und die Erinnerungen an den Albtraum loszuwerden. »Schade, dass die vierzehn Tage Berlin schon vorbei sind. Meine Güte, die Zeit ist echt wie im Flug vergangen. Was haben wir geackert! Danke, Vater, dass du das alles mitgemacht hast. Du bist einfach immer an meiner Seite, wenn's brennt.«

»Das ist doch selbstverständlich«, sagte er und füllte den Kessel mit Wasser.

»Ach Schwesterherz, und wir konnten überhaupt nichts miteinander unternehmen«, wandte sie sich bedauernd an Frieda. »Das war wirklich anders geplant. Ich hoffe, dir hat's trotzdem gefallen und du kommst bald mal wieder?«

Leider ließ sich Frieda nicht wie geplant ablenken. »Warum träumst du von Adam?«

»Keine Ahnung.« Ihre Lüge unterstrich sie mit einer betont ratlosen Geste.

»Möchtest du Wurstbrot als Reiseproviant oder lieber Käse?«, fragte Boy, dem offenkundig auch nicht daran gelegen war, dass Frieda eine Antwort erhielt.

»Käse, bitte«, sagte Frieda, aber dann war sie gleich wieder zurück bei der Frage, die sie beschäftigte. »Warum ausgerechnet Adam? Du hast doch schon ewig lang nichts mehr mit ihm zu tun gehabt. Aber du scheinst ja einen richtigen Albtraum gehabt zu haben.«

»Ich weiß es nicht!«, gab sie in einem schärferen Ton zurück. »Wahrscheinlich bin ich einfach komplett überarbeitet. Ich gehe jetzt erst mal ins Bad und mache mich frisch – oder muss jemand vor mir?«

»Ich nicht, aber ich stehe jetzt auch mal auf.« Umständlich erhob sich Frieda von ihrem Lager. »Auf mein Bett in der Strandvilla freue ich mich zugegebenermaßen. Auf alles andere nicht so unbedingt.«

»Das kann ich mir denken.« Sie blieb im Türrahmen stehen und drehte sich zu ihrer kleinen Schwester um. »Ich hab deinen Streit mit Matthis ja mit anhören müssen. Aber das wird schon wieder werden, wenn du zurück auf Sylt bist.«

»Was soll werden?«, fuhr Frieda auf.

»Hat es da eben geklingelt?«, fragte ihr Vater und zog die Augenbrauen zusammen.

»Ich mache mal auf, ich bin sowieso schon auf dem Weg«, sagte sie schnell. »Um die Uhrzeit kann das ja nur ein Eilbote sein.«

»Und der bringt selten gute Nachrichten«, rief ihr Vater ihr nach.

»Du benimmst dich manchmal wie eine alte Unke«, gab sie lachend über die Schulter zurück, während sie im Nachtgewand barfüßig die Treppe hinuntereilte und die Tür öffnete.

»Du? Was machst du denn hier?«

Entgeistert starrte sie ihre Mutter an, die zwar einen dunklen Reisemantel trug, aber keinen Koffer bei sich hatte. Fünf Jahre war es her, dass sie einander im Trocadero gegenübergestanden hatten.

»Kann ich bitte mit Frieda sprechen?«, entgegnete ihre Mutter knapp.

Alt war sie geworden, stellte Emma erschrocken fest. Tiefe Falten hatten sich in ihr Gesicht eingegraben, besonders um den Mundwinkel und zwischen den Augenbrauen hatte sich die Verbissenheit ihrer Mutter zwischen vielen Sorgen verewigt.

»Ich weiß nicht, ob Frieda mit dir reden möchte«, antwortete sie spitz, weil sie sich nur in der Angriffsposition sicher fühlte.

Wie oft hatte sie sich in den vergangenen Jahren eine Wiederbegegnung mit ihrer Mutter ausgemalt. Wie oft hatte sie sich eine Aussprache vorgestellt, bei der ihre Mutter endlich einsehen würde, dass sie das Zusammentreffen mit Boy im Trocadero nicht arrangiert hatte.

Ein Gespräch, bei dem sie über alles reden konnte, was ihr auf der Seele lag. Wirklich über alles – auch über den Grund ihrer Albträume, weil sie ein tiefes Vertrauen empfand, so wie es nur ein Kind zu seiner Mutter haben konnte.

Ein Wunschtraum.

»Wer ist denn da?«, rief ihr Vater vom Treppenabsatz aus.

Ich hätte doch nicht herkommen sollen, dachte Moiken, während sie Emma in die Wohnung folgte.

Dieser frostige Empfang war kein gutes Vorzeichen.

Besser, sie wäre auf direktem Weg abgereist, dann hätte sie Adam auch nicht belügen müssen. Ihm hatte sie vorgegaukelt, noch ein paar Souvenirs kaufen zu wollen, und mit ihm vereinbart, dass sie sich am Bahnhof treffen würden.

Allerdings brannte ihr eine Aussprache mit Frieda so sehr unter den Nägeln, dass sie damit nicht warten wollte, bis Frieda nach Sylt zurückgekehrt war. Nach allem, was Matthis ihr erzählt hatte, hegte sie nämlich die Befürchtung, dass Frieda noch länger in Berlin bleiben wollte.

Deshalb hatte sie sich ein paar Worte zurechtgelegt, die ihre Tochter davon überzeugen sollten, heute auf jeden Fall auch abzureisen.

Sie versuchte, sich nicht länger von dem unguten Gefühl leiten zu lassen, das Emma ihr gerade vermittelt hatte.

Im Grunde war ja keine andere Begrüßung von Emma zu erwarten gewesen. Dieses schlechte Verhältnis zu ihrer Tochter tat ihr in der Seele weh, aber über die Jahre hatte sie sich an den Schmerz gewöhnt und war von der Vorstellung abgerückt, dass sie sich eines Tages mit ihrer Tochter wieder gut verstehen würde.

Genau genommen waren sie schon ein Leben lang wie Ebbe und Flut gewesen. Eng miteinander verbunden, und doch würden sie nie zueinanderfinden.

Auch dieses Haus war mit vielen unguten Erinnerungen verknüpft.

Einmal war sie hier gewesen, als Emma ihre schwere Lungenentzündung gehabt hatte. Voller Sorge hatte sie ihre Tochter zur Genesung mit nach Sylt nehmen wollen, aber Emma hatte sich geweigert. Zuletzt war sie hier in Begleitung von Adam gewesen, nachdem er sie aus dem Eis gerettet hatte. Es war kurz vor Weihnachten gewesen, sie hatte ihr Leben aufs Spiel gesetzt, um möglichst schnell zu ihrer vermeintlich in Gefahr schwebenden Tochter nach Berlin zu kommen – und hatte Emma entgegen allen Erwartungen wohlauf am Kaffeetisch vorgefunden.

Dieser Vorfall hatte wie ein gewaltiges Erdbeben gewirkt, und der entstandene Riss zwischen Mutter und Tochter war so tief gewesen, dass sie sich voneinander entfernt hatten wie zwei Kontinente.

Unüberbrückbar.

Das durfte ihr mit Frieda nicht auch noch passieren.

Undenkbar.

Hoffentlich.

Als sie hinter Emma durch den Flur ging, entdeckte Moiken zu ihrer großen Erleichterung bei der Garderobe Friedas gepackten Koffer. Der war an seinem rotbraunen Leder und den etwas dunkleren Riemen, die bereits einmal ersetzt worden waren, leicht zu erkennen.

Der andere Koffer gehörte höchstwahrscheinlich Boy, der die Arbeit in seinem Sylter Atelier wieder aufnehmen musste.

So weit hatte sie nicht gedacht, dachte sie beklommen, dass Boy den gleichen Zug nehmen könnte wie sie. In diesem Fall müsste sie eine Begegnung mit Adam unbedingt vermeiden.

Überhaupt blieb ihr nur noch eine halbe Stunde Zeit.

Aber da sie bei Frieda offenkundig doch keine Überzeugungsarbeit mehr leisten musste, war sie guter Dinge, als sie die Wohnküche betrat.

Hier hatte Emma gründlich renoviert, stellte sie beeindruckt fest. Wenn nicht die neuen Möbel den Platz ihrer Vorgänger eingenommen hätten und der alte Herd nicht gewesen wäre, wo Boy gerade den pfeifenden Kessel abnahm, dann hätte man glauben können, in einer anderen Wohnung gelandet zu sein.

Frieda saß am Küchentisch und kümmerte sich um ihren Reiseproviant.

Als Moiken in das versteinerte Gesicht ihrer Tochter blickte, fiel auch ihr das Lächeln aus dem Gesicht.

»Hallo, Frieda«, begann sie vorsichtig.

»Das ist ja wohl der Gipfel!«, brach es aus Frieda heraus. »Nachdem du Matthis vergeblich vorgeschickt hast, holst du mich jetzt persönlich ab? Unglaublich!«

»Können wir bitte in Ruhe miteinander reden?«, bat sie inständig. Sie wünschte sich so sehr ihre kleine, liebe Tochter zurück, die immer zugänglich gewesen war und ihr nie Probleme gemacht hatte.

»Ich wüsste nicht, was es zu reden gibt«, gab Frieda zurück und belegte ihr Brot, als sei das eine Konzentrationsaufgabe, für die sie absolute Ruhe benötigte.

»Ich habe es dir gleich gesagt«, mischte sich Emma in überheblichem Ton ein. »Ich gehe dann mal ins Bad.«

Eigentlich müsste sie sich jetzt umdrehen und gehen, dachte Moiken.

Eigentlich.

Emmas Provokationen machten sie längst nicht mehr so wütend wie früher, aber mit Friedas Zurückweisung konnte sie nicht umgehen.

Natürlich sagte ihr die Vernunft, dass die Sache in einem Streit enden würde, wenn sie auf einem Gespräch beharrte. Die Vernunft, nach der sie sonst immer handelte, aber sie hatte das starke Bedürfnis, sich zu rechtfertigen, und das ließ sie wie unter Zwang handeln.

»Frieda, hör mir bitte mal zu. Ich habe Matthis nur nach Berlin geschickt, weil mir zu Ohren gekommen ist, dass du dich in Berlin mit fremden Männern herumtreibst.«

»Moiken …«, mischte sich Boy ein, während er Kaffeelöffel in den Filter zählte. »Du übertreibst ein bisschen.«

»Übertreiben?« Ihre Stimme überschlug sich. »Von dir hätte ich erwartet, dass du Frieda nicht nachts um die Häuser ziehen lässt. Wo bleiben denn da Sitte und Anstand?«

Boy seufzte und schob die kleine Schublade zurück in die Kaffeemühle. »Samuel ist ein sehr anständiger Mann, bei ihm war sie in sicheren Händen.«

»Und ich bin alt genug, um über meine Begleitung selbst zu entscheiden«, fuhr Frieda auf. »Wäre es dir lieber gewesen, wenn ich mit Matthis ausgegangen wäre? Immerhin hast du ihn zu mir nach Berlin geschickt.«

»Frieda, bitte hör auf, mich zu provozieren«, fuhr sie auf. »Das ist doch nicht vergleichbar. Matthis kenne ich seit vielen, vielen Jahren, und ich nehme doch stark an, dass ihr euch an euer gegebenes Versprechen haltet?«

»Was für ein Versprechen?«, mischte sich Boy erneut ein, während er das heiße Wasser langsam in den Porzellanfilter goss.

»Dass Matthis und ich unsere Liebe nicht leben«, erklärte Frieda leise. »Weil ein Portier und die Erbin der Strandvilla nicht zueinander gehören.«

»Da hörst du es«, sagte Moiken. »Darum geht es, und ich denke, ich kann immer noch auf euer Wort vertrauen?«

»Ja«, entgegnete Frieda noch leiser, dafür reagierte Boy umso lauter. Geräuschvoll stellte er den Wasserkessel ab.

»Ich bin entsetzt! Habe ich das richtig verstanden? Du verbietest deiner Tochter den Mann, den sie liebt? Nach allem, was du … was wir wegen deiner Mutter durchgemacht haben?«

Abwehrend hob Moiken die Hände. Ohnehin fühlte sie sich unwohl mitten in der Küche, wo ihr noch niemand einen Platz angeboten hatte. »Das hat damit nichts zu tun. Hier geht es um etwas ganz anderes!«

»Ach ja? Moiken, ich war für deine Mutter als Tagelöhner auch nicht standesgemäß – dabei hatte eure Familie selbst nicht viel. Aber du hast es ja vorgezogen, einen Kapitän zu heiraten und später einen reichen Hotelier … Dir war es gleichgültig, wie ich leide.«

»Boy, lass es bitte gut sein …«

»Und ihm ein Kind unterzujubeln«, ertönte Emmas Stimme vom Flur her. »Ein Kind, dem du lange Jahre verschwiegen hast, wer sein wahrer Vater ist!«

Moiken zuckte zusammen, als hätte ihr jemand einen Stachel unter die Haut gebohrt. Sie hätte nicht herkommen sollen, dachte sie. Aber das war längst kein Grund, sie niederzumachen.

»Schluss jetzt!«, rief sie aus und fixierte erst Emma, dann Boy mit ihrem Blick. »Ihr wollt über mich richten? Wer im Glashaus sitzt, sollte nicht mit Steinen werfen.«

»Was meinst du damit?«, fragte Frieda arglos, während sie ihre belegten Brote in Butterbrotpapier einwickelte.

»Das können deine Schwester und Boy dir wohl besser erklären«, antwortete sie und sah die beiden herausfordernd an.

Emma und Boy wechselten nervöse Blicke – und schwiegen.

Endlich war sie aus der Opferrolle heraus, dachte Moiken, und es wurde Zeit, Tacheles zu reden. »Gut, dann übernehme ich das«, beschloss sie kurzerhand. »So, wie ihr mich von oben herab behandelt, will ich mein Wissen nicht länger für mich behalten.« Sie machte eine bedeutungsvolle Pause. »Boy, ich habe dich bei den Eröffnungsfeierlichkeiten zum Dammbau unter den Fotografen erkannt, die Zugang zum Bahnhofsvorplatz hatten. Du hast dich verkleidet, aber ich habe dich an deinem Gang erkannt. Und Emma, du hast von Henriette den Tisch übernommen, an dem Adam im Kursaal saß. Aber nicht, um dort zu bedienen, sondern um dich an Adam für den Tod deines Halbbruders zu rächen.«

»Ihr habt versucht, Adam umzubringen?« Frieda war leichenblass geworden. »Jetzt verstehe ich, woher dein Albtraum rührte«, rief sie in Richtung ihrer Schwester. »Große Güte, ich bin so entsetzt, ich weiß gar nicht mehr, was ich sagen soll.«

Emma hielt den Blick gesenkt, auch Boy sagte kein Wort.

»Es musste heraus«, sagte Moiken fast schon entschuldigend.

»Aber das bedeutet«, hob Frieda an, »dass Henriette zu Unrecht freigesprochen wurde, und du, Emma, hast ihr ein falsches Alibi gegeben!«

»Das große Problem ist Henriette, sie ist eine tickende Zeitbombe«, sagte Moiken eindringlich, und in der Küche hätte man eine Stecknadel fallen hören können. Boy hatte längst vergessen, dass er Kaffee aufbrühen wollte, aber er fand seine Stimme wieder.

»Wenn Henriette ihr Alibi in Gefahr sieht, dann sind wir alle mit dran. Das ist das große Problem«, sagte er leise.

»Und nur deshalb habe ich die ganze Zeit geschwiegen!«, rief Emma mit zitternder Stimme. »Ich quäle mich seit Jahren mit Albträumen, wollte immer mein Gewissen erleichtern, aber das hätte mich und uns alle in große Gefahr gebracht! Aber es geht ja nicht nur um die Gefahr, die von Henriette ausgeht. Wenn Adam das erfährt … Er hasst mich jetzt schon.«

»Wundert dich das?« Moiken konnte die Stichelei gegen ihre Tochter nicht lassen. »Du hast ihn zuletzt im Trocadero öffentlich als Mörder bezeichnet, du hast mit Fotos angebliche Missstände bei den Dammbauarbeiten in die Zeitung gebracht, und nicht zuletzt hat er dir nie das Telegramm verziehen, mit dem du mich nach Berlin gelockt hast. Hals über Kopf bin ich los – und wenn er mich nicht aus der Eiswüste gerettet hätte …«

Abwehrend hob Emma die Hände. »Ist ja gut, ist ja gut. Glaub mir, wenn ich könnte, würde ich alles rückgängig machen. Ich rechne Adam auch hoch an, dass er Frieda und mir kürzlich das Gefängnis erspart hat, auch wenn ich das nicht zugeben wollte.«

»Dieses Komplott gegen Adam war ein großer Fehler«, sagte Boy niedergeschlagen. »Allerdings gebe ich offen zu, auch ich hasse diesen Mann immer noch – nicht zuletzt, weil er mich im Trocadero grundlos niedergeschlagen hat. Übrigens, Moiken, solltest du Emma wirklich glauben, dass sie uns nicht verkuppeln wollte. Der Vorschlag mit dem Trocadero stammte von mir.«

Moiken warf einen Blick auf Emma, die mit hängenden Schultern in der Nähe der Tür stand, so als wollte sie gleich aus dem Raum flüchten.

»Verzeihst du mir?«, fragte Emma mit einem feinen Beben in der Stimme. So hatte sie ihre Tochter noch nie sprechen hören, dachte Moiken, und es ging ihr sehr ans Herz.

»Auch ich habe viele Fehler gemacht«, räumte sie leise ein.

Es war, als ob sie mit diesen Worten die schweren Ketten abgenommen hätte, in denen Emma gefangen gewesen war. Ihre Tochter breitete die Arme aus. »Darf ich?«, fragte sie zögernd.

»Darf ich?«, gab sie zurück, und daraufhin fielen sie sich in die Arme.

Jetzt, nachdem die Dinge endlich zur Sprache gekommen waren, fühlte Moiken große Erleichterung und Hoffnung. Andererseits war sie innerlich so aufgewühlt wie der Flutsaum an stürmischen Tagen, und sie stand mittendrin.

Mit nackten Füßen.

Dem Sog schutzlos ausgeliefert und voller Angst vor der nächsten Welle.

Was würde die Zukunft bringen? Ihre Knie waren weich, und sie glaubte, nicht mehr lang stehen zu können. »Darf ich mich vielleicht setzen?«

»Selbstverständlich«, sagten Emma und Boy wie aus einem Mund. »Vielleicht sollten wir uns alle setzen.«

Nachdem sie alle vier am Küchentisch Platz genommen hatten, blieb es eine Weile still. Schließlich war es Frieda, die als Erste wieder das Wort ergriff. »Wie schön, dass ihr euch endlich wieder vertragt«, sagte sie, aber es klang ziemlich gestelzt. »Ihr wisst, dass ich Adam lange als meinen Vater bezeichnet habe, und ich hatte ein gutes Verhältnis zu ihm. Das ist heute anders. Trotzdem erschreckt es mich sehr, was ich gerade erfahren habe. Ich meine, jeder kann sich vorstellen, wie schlimm es sein muss, den eigenen Sohn und den Halbbruder so früh zu verlieren, aber deshalb ein Attentat …«

»Das ich seit Jahren mit Albträumen büßen muss«, sagte Emma leise.

»Adam leidet auch bis heute darunter!«, fuhr Frieda auf und funkelte ihre Schwester zornig an. »Ist dir eigentlich klar, was du da angerichtet hast?«

»Was Henriette getan hat«, verbesserte Emma reflexartig.

»Ihr habt es zu dritt geplant – ihr seid alle schuld!«, rief Frieda voller Zorn.

Boy atmete tief durch. »Du hast recht, Frieda. Das hätten wir nicht tun dürfen. Aber wenn wir die Tat einräumen, wird nichts mehr so sein, wie es mal war. Für keinen von uns.«

»Genau so denke ich auch«, sagte Moiken mit abwesendem Blick. Sie sah sich auf dem Damm, wie sie vergeblich versucht hatte, Bernhard ins Leben zurückzuholen. An der Seite von Henriette, die in Adam nie jemand anderen gesehen hatte als den Mörder ihres Sohnes. Umso erstaunlicher, dass sie heute mit ihm zusammenarbeiten konnte.

»Wer weiß, was Henriette vorhat«, murmelte sie vor sich hin. »Wenn ihr nur dieses Attentat nicht begangen hättet«, fügte sie voller Verzweiflung hinzu, und ihr stiegen wieder Tränen in die Augen.

Boy senkte den Blick. »Damals war so viel Wut, Schmerz und Verzweiflung in mir, dass ich nicht über Konsequenzen nachgedacht habe – nur über Rache. Ich wäre zu allem fähig gewesen …« Er sah wieder auf und ihr direkt in die Augen. »Kennst du das nicht?«

Moiken fühlte sich getroffen. Natürlich kannte sie das.

»Wir sitzen alle in einem Boot«, sagte sie nachdenklich.

»Und wir müssen uns vor dem herannahenden Sturmtief Henriette retten«, fügte Boy hinzu. »Das gelingt uns aber nur, wenn …«

»… wir alle in die gleiche Richtung rudern«, brachte Emma seinen Satz zu Ende.

Frieda schwieg.

KAPITEL 30

Sylt
Rund sechs Monate später
30. Januar 1937

Es war ungewöhnlich kalt im Foyer, stellte Frieda fest, als sie aus dem Aufzug stieg. Oder rührte das Frösteln von ihrer Aufregung her?

Seitdem sie vor rund einem halben Jahr aus Berlin zurückgekehrt war, verhielt sich Matthis ihr gegenüber sehr distanziert.

Kein Wunder, leider.

Den Streit bedauerte sie inzwischen sehr, aber Matthis verweigerte bislang jede Aussprache.

Würde es ihr mit ihrer kleinen Überraschung gelingen, Matthis endlich aus der Reserve zu locken?

Während sie auf die Rezeption zuging, zauberte sie das selbst gebackene Schokotörtchen hinter ihrem Rücken hervor, stellte den Teller vor ihm ab und zündete die Kerze an.

»Hoch soll er leben, hoch soll er leben, dreimal hoch!«, sang sie und beobachtete dabei genau seine ernsten Gesichtszüge.

Für einen Augenblick stahl sich ein Lächeln in seine Mundwinkel – nur einen Wimpernschlag lang, aber es war ein kleiner Anfangserfolg, über den sie sich freute. »Herzlichen Glückwunsch zum Geburtstag, Matthis!«

»Vielen Dank, Frieda«, entgegnete er höflich. »Ich werde den Kuchen später essen, ich habe noch viel zu tun.« Er widmete sich wieder seiner Kartei, die mitten im Winter mit Sicherheit auf dem neuesten Stand war. Damit zeigte er deutlich, dass er nicht reden wollte.

Aber so leicht würde sie sich nicht abwimmeln lassen, schließlich wollte sie ihn nach Feierabend noch zu einem kleinen Picknick auf dem Dachboden einladen. Dort war es zwar kalt, aber das hatte sie beide in den vergangenen Jahren auch nicht gestört, wenn sie sich auf dem Sofa unter einer dicken Decke zusammengekuschelt und gegenseitig gewärmt hatten.

Sie vermisste Matthis' Nähe so sehr und sie würde den Streit so gern aus der Welt schaffen.

Wenn sie in Berlin nur nicht zu ihm gesagt hätte, er solle bleiben, wo der Pfeffer wächst. Wenn er sie nur nicht im angetrunkenen Zustand angetroffen hätte. Wenn er Samuel nicht begegnet wäre.

Wenn, wenn, wenn …

Ja, wenn. Das wäre alles nicht passiert, wenn ihre Mutter Matthis nicht nach Berlin geschickt hätte – und überhaupt die Beziehung akzeptieren würde. Aber das half ihr jetzt auch nicht weiter.

Am besten, sie wählte erst mal ein Thema, auf das Matthis eingehen musste.

»Es ist ziemlich kalt hier«, begann sie.

Er warf einen Blick in den Kamin. »Oh, da habe ich wohl vergessen, Brennholz nachzulegen.«

»Vergessen?« Soweit sich Frieda zurückerinnern konnte, war ihm das noch nie passiert. »Ja, das wäre gut. Schließlich kommen gleich die Gäste ins Foyer, um sich Hitlers Ansprache im Rundfunk anzuhören – und das kann erfahrungsgemäß ein paar Stunden dauern.«

Matthis nickte und eilte zum Kamin. Er schürte die Glut und legte ein paar kleinere Holzscheite nach. »Wie soll das alles nur wieder werden?«, seufzte er für sie unvermittelt.

»Zwischen uns?«, fragte sie hoffnungsvoll.

»Nein, ich meine das Feuer«, entgegnete er prompt.

»Matthis, ich würde gern mit dir reden«, bat sie und blickte dabei auf seinen Rücken.

»Wir reden doch miteinander«, gab er emotionslos zurück, ohne sich umzudrehen.

»Matthis, bitte, du weißt, was ich meine. Ich war angetrunken an dem Abend, ich hab das alles nicht so gemeint«, sagte sie in das Knistern des Feuers hinein.

»Das hast du mir schon öfter gesagt …« Matthis legte mit Bedacht noch ein Holzscheit nach.

»Warum glaubst du mir dann nicht?«, fragte sie mit wachsender Verzweiflung. »Bitte, lass uns reden.«

Matthis warf ein letztes Holzscheit ins Feuer, und die lodernden Flammen züngelten gierig danach. »Ich habe jetzt keine Zeit. Die ersten Gäste kommen«, sagte er mit Blick auf den Aufzug und richtete sich auf.

»Ich meine auch nicht jetzt, sondern heute Abend. In Ruhe. Auf dem Dachboden. Ich habe für uns ein kleines Winterpicknick mit Schinkenwurst, deinem Lieblingskäse und Glühwein gekauft.«

»Herrje, es ist ja schon zehn vor eins! Ich muss schnell das Radio einschalten.« Mit diesen Worten eilte er zu dem Schränkchen, auf dem der Rundfunkempfänger tagsüber stand und abends eingeschlossen wurde.

»Also, treffen wir uns nachher um sieben Uhr und feiern ein bisschen deinen Geburtstag?«, hakte sie nach.

Anstelle einer Antwort begrüßte Matthis die eingetroffenen Gäste mit einer formvollendeten Verbeugung. »Guten Abend, werter Herr von Kassenberger, meine Verehrung, gnädige Frau. Suchen Sie sich einen schönen Platz aus.«

Innerhalb kürzester Zeit füllte sich das Foyer bis auf den letzten Platz.

Alle Gäste des Hauses schienen anwesend zu sein, und jetzt tauchte auch Adam auf – nur von ihrer Mutter war erwartungsgemäß weit und breit nichts zu sehen. Aber das war Frieda gerade recht, da sie in der Nähe von Matthis stehen bleiben wollte, um ihm doch noch eine Zusage für den Abend zu entlocken.

Adam läutete ein mitgebrachtes Glöckchen und bat um Ruhe. »Meine Damen und Herren, wie schön, dass Sie sich so zahlreich im Herzen der Strandvilla versammelt haben, um gleich die Rede unseres Führers zu seinem vierjährigen Regierungsjubiläum anzuhören. Da eine Redezeit von etwa drei Stunden avisiert wurde, reichen wir Ihnen selbstverständlich reichlich Canapés und Erfrischungsgetränke.« Kaum hatte er die Ankündigung ausgesprochen, sah Frieda sich verstohlen um.

»Wo bleibt denn Grete mit den Canapés?«, raunte sie Matthis zu. Da das Dünencafé im Winter geschlossen war, war Grete für solche Sonderaufgaben eingeteilt worden, die sie normalerweise zuverlässig wie ein Uhrwerk erledigte.

»O Gott«, stöhnte Matthis leise. »Ich habe ganz vergessen, den Pagen zu schicken«, fuhr er im Flüsterton fort. »Sie denkt, die Häppchen sollen wie ursprünglich geplant erst um vierzehn Uhr dreißig serviert werden.«

Frieda zog die Augenbrauen hoch. »Vergessen?«

»Das ist äußerst bedauerlich, ich weiß, und es tut mir auch außerordentlich leid. Ich regle das schnell …« Er gab David ein Zeichen, der sich beim Portal postiert hatte und zum Glück sehr aufmerksam sein Umfeld beobachtete. Sofort kam der Page mit dezenten Bewegungen herbeigeeilt, sodass er wie ein guter Geist an der Rezeption erschien und nach einer kurzen Zwiesprache mit Matthis sofort Richtung Küche verschwand.

Erst das Kaminfeuer, jetzt das nächste Versäumnis, dachte Frieda. So kannte sie Matthis gar nicht. Aber die durchdringende Stimme von Adam machte es ihr unmöglich, sich länger darüber Gedanken zu machen.

»Vor vier Jahren hat Hitler seinem Volk versprochen, das Staatsschiff wieder auf Kurs zu bringen …« Adam machte eine bedeutungsvolle Pause.

Allein Frieda wusste, dass ihm die Luft fehlte und sein starkes Schwitzen nicht von der Nähe des Kaminfeuers herrührte. Aber sie konnte auch nur ahnen, wie er sich inmitten der Gäste fühlte – eine Menschenansammlung, die ihm Angst machte. Eine Angst, die er seit dem Attentat nicht loswurde.

»Alles, was Hitler damals verlangt hat«, hob Adam erneut an, und seine Anspannung war ihm anzusehen, »waren vier Jahre, und heute soll das Volk über ihn richten – so lauteten die Worte unseres Führers. Und was hat er alles geleistet in dieser Zeit! Eine Wiederbelebung der deutschen Wirtschaft und ein Rückgang der Arbeitslosenzahlen, wie man es sich in den kühnsten Träumen nicht erhofft hat, nicht wahr, meine Damen und Herren?«

Die Gäste applaudierten.

Ja, dachte Frieda bitter, kein Wunder, wenn so viele Menschen beim Reichsarbeitsdienst, in neu geschaffenen Verwaltungen und vor allem in der Rüstungsindustrie Beschäftigung gefunden hatten. Aber sie hatte sich längst angewöhnt, ihre Meinung nicht mehr laut kundzutun.

Als Parteimitglied stand ihr erst recht nicht zu, Kritik zu üben, auch wenn sie noch so berechtigt war. Das war äußerst gefährlich, solange einem die eigene Freiheit etwas wert war.

Aber wie frei war sie denn überhaupt? War sie nicht längst eingesperrt zwischen ihrem Wunsch, das Erbe ihres Vaters Theodor von Lengenfeldt zu bewahren, und ihren Traum, mit Matthis ein eigenes Leben zu führen, frei von gesellschaftlichen Zwängen?

Oder war dieser Traum längst ausgeträumt, und sie war nur noch nicht aufgewacht?

Sie warf einen Seitenblick auf Matthis, der in Gedanken weit weg zu sein schien.

Adam hingegen schien seine Panik offenbar wieder etwas in den Griff bekommen zu haben, aber seine Körperhaltung blieb angespannt. »Um die Großzügigkeit und Wohltätigkeit unseres Führers zu erkennen, müssen Sie übrigens gar nicht so weit gehen, meine Damen und Herren. Sie alle haben die verheerenden Schäden gesehen, die der letzte Sturm in Westerland angerichtet hat. Das Geländer der Plattform ist bis auf einer Länge von dreihundert Metern verschwunden, der Musikpavillon schwer beschädigt, die Lesehalle stand einen Fuß hoch unter Wasser, das Dach der Nordstrandhalle wurde abgedeckt, die Promenade unterspült, und eintausendsiebenhundert Quadratmeter Platten sind ins Meer gestürzt, und nicht zuletzt haben die Fluten die hölzerne Wandelbahn auf einer Länge von dreihundertfünfzig Metern abgerissen und vor Rantum wieder an den Strand geworfen. Ach, sieh einer an …!«, unterbrach sich Adam selbst und lenkte die Aufmerksamkeit aller auf das Erscheinen von Grete mit ihrer Küchenbrigade. »Da kommt ja doch noch der Bummelzug mit den Canapés und den versprochenen Erfrischungen. Aber so ist das, wenn man eine Schnecke als Triebwagen hat.« Er lachte über seinen eigenen schlechten Scherz, und die Gäste stimmten mit ein, während Grete mit hochrotem Kopf den letzten Servierwagen in einer langen Reihe vor der Rezeption aufstellte.

»Ich mache das wieder gut«, flüsterte Matthis Grete zu.

»Der Schlüssel … Weinkeller«, zischte sie zurück.

»O Gott, ja«, stöhnte Matthis.

Offenkundig hatte er vergessen, ihr den Schlüssel zu geben. Dabei war es nichts Neues, dass der Schlüssel im Tresor an der Rezeption verwahrt wurde, nachdem Grete ihr Amt als Küchenvorsteherin abgegeben hatte. So viele Fehler wie heute hatte sich Matthis in seiner gesamten Zeit als Portier noch nicht geleistet.

»Meine Damen und Herren, wie Sie zu Ihrem Bedauern feststellen mussten, hat der Sturm auch die Geschäfte in den Kolonnaden mit all ihren Waren zerstört, das Obst- und Schokoladengeschäft von Lischer, das beliebte Eis- und Sahneparadies von Hass, die Schneiderei Hanke und den Spielzeug-Eckladen von Hundertmarck, der alle Kinderaugen zum Leuchten brachte. Ein unglaublich hoher Gesamtschaden, den die Kurverwaltung mit fünfunddreißigtausend Reichsmark beziffert hat. Aber nun kommt die gute Nachricht, die uns dieser Tage erreichte. Hitler wird den Wiederaufbau aus der Reichskasse mit zwölftausendfünfhundert Reichsmark bezuschussen. Ist das nicht fantastisch, meine Damen und Herren?«

Die Gäste applaudierten noch lauter als zuvor, und das passte wie abgestimmt zu der Ankündigung des Rundfunkmoderators, dass nun die Ansprache des Führers folge.

Nach einem kurzen Knacken und Rauschen tönte Hitlers Stimme durch das Foyer, als stünde er selbst in der Strandvilla.

»Vier Jahre sind vergangen seit dem Augenblick, da die große innere Umwälzung und Neugestaltung, die Deutschland seitdem erlebte, ihren Anfang nahm. Vier Jahre, die ich mir vom deutschen Volke ausgebeten habe als eine Zeit der Bewährung und Beurteilung. Am Ende steht die Entscheidung des Reichstags, ob das Ermächtigungsgesetz um weitere vier Jahre verlängert wird.«

Bloß nicht, dachte Frieda erschrocken. Aber dagegen war wohl kein Kraut gewachsen, da der Reichstag nur aus Nationalsozialisten bestand. Wer von den Männern sollte sich gegen Hitler stellen?

»Die Zeit der sogenannten Überraschungen ist vorbei«, fuhr Hitler fort, und Frieda nahm das zum Anlass, mit Matthis flüsternd Kontakt aufzunehmen.

»Was meint er damit?«

Matthis hob die Schultern. »Keine Ahnung. Aber wenn er das so betont, dann fangen die Überraschungen wohl erst an …«

»Ich bin ehrlich gesagt auch ziemlich überrascht, dass du heute so viel vergessen hast. So kenne ich dich gar nicht.«

Matthis senkte den Blick. »Es tut mir leid. Ich weiß, ich bin seit einiger Zeit ziemlich unkonzentriert. Das ist unverzeihlich. Aber das hat seinen Grund …«

»Wo bist du denn in Gedanken?«, fragte sie sanft nach und hoffte in gewisser Weise, dass sie der Grund für seine Unkonzentriertheit war, und tatsächlich bestätigte er das.

»Ich denke an das, was aus uns geworden ist.«

»Dann lass uns nachher reden«, bat sie eindringlich, »und die Sache endlich aus der Welt schaffen.«

Er schüttelte den Kopf und senkte den Blick. »Ich habe deiner Mutter heute Vormittag die Kündigung überreicht. Ich halte das einfach nicht mehr aus. Ich habe eine Stelle in Hamburg im Hotel Vier Jahreszeiten gefunden und werde die Insel zum ersten April verlassen, sobald ich meinen Nachfolger eingearbeitet habe.«

Frieda blieb der Mund offen stehen. »Was? Das ist doch ein schlechter Scherz?«

»Nein, das ist kein Scherz. Es war mir noch nie so ernst. Bitterernst. Weißt du, wie sehr es schmerzt, dich jeden Tag zu sehen? Jeden verdammten Tag? Du hast es ja schon in Berlin festgestellt: Wir passen nicht zusammen. Da wollte ich es noch nicht glauben, allerdings hätte ich es schon viel eher einsehen sollen, dann würde es heute nicht so wehtun. Aber nun werde ich mich nicht länger quälen.«

»Ruhe da hinterm Tresen«, zischte ein Gast, der in ihrer Nähe saß.

»Matthis, tu das nicht, bitte …«, flehte sie ihn leise an. »Ich liebe dich doch.«

»Aber ich darf dich nicht lieben.«

KAPITEL 31

Gut acht Monate später
21. August 1937

Endlich war ihr Plan ausgereift.

Von einem Glücksgefühl erfüllt, betrachtete Henriette das Feuerwerk von der Promenade aus, wo sich viele Schaulustige versammelt hatten.

Für die Sommerfrischler war es nichts weiter als beste Unterhaltung zur Hochsaison, für Henriette jedoch war es der krönende Abschluss des Tages, an dem sie auf den entscheidenden Hinweis gestoßen war, wie sie Rache an Adam nehmen konnte – ohne sich selbst die Finger schmutzig machen zu müssen.

Begonnen hatte alles mit ihrem Entschluss, sich an ihrem freien Tag für die heutige große Kundgebung des Reichsarbeitsdienstes einen Platz mit bester Aussicht zu sichern, den sie dann auch gleich für das Feuerwerk nutzen wollte.

So hatte sie bereits zum Mittagsdiner ihren Platz auf der Terrasse von Wünschmanns Strandlokal bezogen, aber leider vergessen, sich etwas zum Zeitvertreib mitzunehmen. Nachdem sie die Zeitungsauslage durchgeblättert hatte, war sie auf der Suche nach weiterem Lesestoff in dem kleinen Lektüreregal auf Adams Memoiren gestoßen.

Bislang hatte sie das Buch gemieden wie die Pest, keine Zeile wollte sie von dem Mörder ihres Sohnes lesen – aber das war ein Fehler gewesen, wie sich zu ihrer Freude schon auf den ersten Seiten herausstellte, auf denen er über seinen Werdegang berichtete.

Hätte sie bislang nicht, wie wohl so viele andere auch, einen großen Bogen um seine fünfhundertseitigen Memoiren zum Dammbau gemacht, wäre sie ihrem Ziel schon viel eher nahe gekommen. Wenn sie gewusst hätte, dass es so einfach sein würde, hätte sie sich nicht jahrelang als Parteisekretärin mit seiner Nähe abgequält und vergeblich auf einen Fehler gewartet, aus dem sie ihm einen Strick drehen konnte.

Zugegeben, er hatte sich große Mühe bei der Fälschung seiner Herkunft gegeben, und vermutlich stimmte kein einziger Name in seinem Stammbaum mit der Wahrheit überein. Das musste sie noch überprüfen, aber schon der Heimatort war nicht korrekt. Moiken hatte sich einmal darüber ausgelassen, dass Adam seine Vergangenheit gern unter den Tisch fallen ließ. Er erzähle nie etwas von früher und habe nur mal erwähnt, in Husum aufgewachsen zu sein, aber weil es einem Wasserbauingenieur angeblich nicht gut zu Gesicht stünde, aus dieser eintönigen kleinen grauen Stadt am Meer zu stammen, wie schon Theodor Storm seinen Heimatort betitelt hatte, klänge Hamburg doch viel besser.

Aber Adam stammte aus Husum, nicht aus Hamburg, wie er in seiner Biografie angab. Mittlerweile hatte er jedoch allen Grund dazu, seine Herkunft zu fälschen, das war ihr an dieser Stelle klar geworden.

Endlich sah sie eine Möglichkeit, ihn ins Gefängnis zu bringen.

Fort.

Auf Nimmerwiedersehen.

Sie verfolgte den Weg einer roten Leuchtkugel, die mit atemberaubender Geschwindigkeit in den Himmel stieg und sich unter den staunenden Ausrufen des Publikums zu einem funkelnden Strauß auffächerte.

In hohem Bogen fielen die glitzernden Blüten heraus und rieselten in Richtung Meer, wo sie die Wasseroberfläche sekundenlang in ein magisch buntes Licht tauchten.

Dann war die Pracht verschwunden, als hätte es sie nie gegeben.

Aufgelöst.

Auf Nimmerwiedersehen.

Aber das Feuerwerk war noch längst nicht vorbei, obwohl es bestimmt schon zehn Minuten andauerte. Das war eben die große Kunst, nicht alles Pulver auf einmal zu verschießen und stattdessen eine gelungene Komposition aus Donnerschlägen, Leuchtregen und überraschenden sternförmigen Explosionen in den nächtlichen Himmel zu zaubern.

Während das Publikum offenkundig vor allem von der Farbenpracht hingerissen war, war sie von dem sekundengenauen Plan fasziniert, mit dem das Schauspiel inszeniert wurde.

So einen Plan hatte sie auch – denn sie wollte nicht nur eine Rakete zünden.

Adam sollte erst der krönende Höhepunkt ihres Feuerwerks werden.

Sie musste mit Bedacht vorgehen, durfte nichts überstürzen, denn sein Einfluss, seine Position in der Partei und vor allem seine persönliche Nähe zu Göring als dessen Bauleiter durfte sie nicht unterschätzen.

Nicht, dass der Schuss noch nach hinten losging.

Unter dem Jubel der Zuschauer neigte sich das Feuerwerk dem Ende zu und fand seinen Abschluss in einer Uferbeleuchtung mit bengalischem Feuer.

Feuerrot.

Blutrot.

Vergänglich.

Aber sie stand erst am Anfang ihres Feuerwerks. Mit einem Donnerschlag würde sie ihre furiose Inszenierung beginnen, den Auftakt würden Emma und Boy bilden, danach waren Moiken und Adam dran.

Wobei sich Moiken eigentlich auch sehr gut als Höhepunkt ihres Racheschauspiels eignen würde, überlegte sie. Erst wenn sie ihrer ehemals besten Freundin das Leben zur Hölle gemacht hatte, würde sich der Kreis schließen.

Darüber musste sie noch genauer nachdenken und in Ruhe eine Entscheidung treffen.

Präzise und wohlüberlegt.

Noch war nicht der richtige Zeitpunkt gekommen, ihr eigenes Feuerwerk zu zünden.

KAPITEL 32

Ein Jahr später
18. August 1938

Jedes Mal, wenn Frieda sich der Rezeption näherte, derselbe Schmerz.

Obwohl sie es besser wissen müsste, täuschten sie ihre Sinne, und ihr Herz machte immer noch einen Sprung, weil sie glaubte, Matthis würde hinter dem Tresen stehen.

Aber es war leider nur sein Ebenbild.

Richard.

Er hatte das Stellenangebot mit großer Freude sofort angenommen, aber nicht etwa als direkter Nachfolger von Matthis. Vier Portiers waren in den vergangenen eineinhalb Jahren gekommen und gegangen.

Dem ersten fehlte der Ordnungssinn, dem zweiten die Manieren, dem dritten der Überblick und dem vierten die Zuverlässigkeit. Richard vereinte alle diese Unzulänglichkeiten in sich. Für ihn war es jedoch die perfekte letzte Station, ehe er das elterliche Hotel auf Sylt übernehmen wollte.

»Frieda, wie schön, dich zu sehen! Wie geht es dir?«, rief Richard aus, und Frieda verlangsamte ihren Schritt, weil sie keine Lust hatte, sich privat mit ihm zu unterhalten. Es störte sie ohnehin, dass er sie duzte, und das nur, weil sie im selben Alter waren und einmal im Trocadero miteinander getanzt hatten. Andererseits wollte sie nicht überheblich wirken, indem sie von ihm das Siezen forderte.

Leider war die tägliche Dienstbesprechung mit ihm unumgänglich, denn diese gehörte mittlerweile zu den Aufgaben, die ihre Mutter ihr mit voller Verantwortung übertragen hatte. Bei der heutigen Besprechung sollte allerdings ihre Mutter aus guten Gründen mit dabei sein, aber sie war offenkundig noch aufgehalten worden.

Seit vier Wochen war Richard nun an der Rezeption, und Frieda war mittlerweile zu der Erkenntnis gelangt, dass Richard von Beruf hauptsächlich Sohn war.

Untragbar, erst recht in der Hauptsaison.

Ihre Mutter wollte das nicht glauben und schob das verheerende Urteil auf mögliche Animositäten, die ihre Tochter gegen Richard hegte. Sie plädierte dafür, ihm noch etwas Einarbeitungszeit zu gewähren. Schließlich müsse man sich im Falle einer Kündigung auch Richards Vater gegenüber erklären. Dass es keine andere Wahl gab, wollte sie ihrer Mutter gleich vor Augen führen.

»Mir geht es gut, Richard, vielen Dank. Ich mache mal eben noch den üblichen Rundgang ums Haus.«

Ihre kühle Distanziertheit animierte Richard offenbar erst recht dazu, ihr Avancen zu machen.

»Ach, wie schade, ich dachte, wir hätten Gelegenheit, uns ein wenig zu unterhalten.«

»Leider nein, die Pflicht ruft«, entgegnete sie und eilte auch schon zum Portal hinaus.

Vor gut eineinhalb Jahren hatte Matthis die Strandvilla verlassen – eineinhalb Jahre, die er in Hamburg arbeitete und auf keinen ihrer Briefe reagiert hatte. Den Abschied hatte er auch umgangen, indem er einen Tag früher abgereist war. Er wollte es sich damit leichter machen, aber bei ihr hatte es das Gegenteil bewirkt.

Ihre Mutter hingegen hatte sich beachtlich schnell mit seiner Kündigung abgefunden, obwohl sie Matthis immer in den höchsten Tönen gelobt hatte. Aber es war leicht zu erraten, welche Überlegungen ihr Bedauern in Grenzen gehalten hatten.

Für ihre Mutter war die Bewerbung Richards eine schicksalhafte Fügung, über die sie sehr glücklich war. Den potenziellen Schwiegersohn im eigenen Haus, so hatte sie sich das wohl gedacht, aber die Rechnung ohne ihre Tochter gemacht.

Die Sonne schien Frieda ins Gesicht und wärmte die Steinstufen, die zur Strandvilla hinaufführten.

Seufzend ließ sie sich am Rand der breiten Eingangstreppe nieder, schließlich hatte sie den Rundgang heute Vormittag bereits erledigt, aber das musste Richard ja nicht wissen.

Sie schlang die Arme um die Beine und legte das Kinn auf dem Knie ab.

Der ungewöhnlich schwache Sommerwind spielte sanft mit dem Saum ihres Rocks, und sie wandte den Blick zum Meer hin, das an diesem Sommertag in gleicher Farbe wie ein dunkelblaues Tuch dalag, so, als ob sie sich daraus ihr Kleid genäht hätte.

Helle Farben mochte sie seit eineinhalb Jahren nicht mehr gern tragen, sogar ihr rotes Lieblingskleid hing seither im Schrank, weil sie es so sehr mit Matthis verband.

Dort hinten, dachte Frieda, während sie den Blick über die Dünenlandschaft schweifen ließ, hatte sie sich in ihren Träumen ein kleines Haus gebaut, um mit Matthis und den Kindern darin zu leben.

Tränen schossen ihr in die Augen.

Niemals hätte sie geglaubt, dass ihr gemeinsames Glück ein Ende haben würde, noch bevor es richtig begonnen hatte. Aber war es denn wirklich zu Ende? Hatten sie nicht vielleicht doch noch eine Chance, wieder zueinanderzufinden?

Das fragte sie sich jeden Tag, doch je mehr Zeit ins Land ging, desto mehr schwand ihre Hoffnung. Matthis schien sich in seinem neuen Leben gut eingerichtet zu haben. Vielleicht hatte er sich sogar in ein anderes Mädchen verliebt, mit dem er sich zeigen durfte?

Der Gedanke gab ihr einen Stich.

Ob sie an ihrem kommenden freien Tag nach Hamburg fahren sollte? Das fragte sie sich vor jedem freien Tag, und dann blieb sie doch wieder auf der Insel, weil sie Angst hatte, dass ihr Schmerz noch größer werden würde.

Solange sie nichts Genaues wusste, konnte sie sich immer noch einbilden, dass alles wieder gut werden würde.

Ob sie so langsam wieder reingehen sollte, fragte sie sich, vielleicht wartete ihre Mutter schon? Trotz dieser Vermutung blieb sie sitzen. Es war zu schön hier draußen. Ein kleines Gefühl von großer Freiheit.

Warum musste das Leben so kompliziert sein? Warum durfte sie nicht mit dem Mann zusammen sein, den sie liebte? Plötzlich kam ihr ihr Vater Theodor in den Sinn. Selten dachte sie an ihn, weil sie ihn ja nie kennengelernt hatte, aber in einem Moment wie diesem vermisste sie einen Vater an ihrer Seite. Welchen Rat würde er ihr geben, wenn er jetzt neben ihr säße? Wenn sie nur nicht die Erbin der Strandvilla wäre …

Die Strandvilla war ausgebucht, überhaupt war die Insel so voll wie noch nie, da sonntags von Flensburg, Kiel oder Heide aus auch Tagesausflüge mit stark verbilligten Bahnpreisen im Rahmen des »Kraft durch Freude«-Programms angeboten wurden.

Seither hatte sich auch das Badepublikum stark verändert. Die Gäste wollten von früh bis spät unterhalten werden, und diesen Wünschen wurde mit einem üppigen Veranstaltungsprogramm

Rechnung getragen, über das der Portier informiert sein musste, um entsprechende Buchungen vorzunehmen.

Die Gäste reisten neuerdings mit einer unglaublich hohen Erwartungshaltung an und waren so unselbstständig, dass man sich fragte, wie die Leute wohl zu Hause überlebten. Aber gerade dort, wo Gefahr lauerte, nämlich am Meer, suchten sich die Sommerfrischler prompt ihre eigenen Wege in die Wellen und ignorierten die Anweisungen der Badewärter, so als seien diese nur maritime Dekoration.

»Da bist du ja, Frieda!« Unvermittelt hörte sie die Stimme ihrer Mutter hinter sich. »Ist dir nicht gut?«

Verwundert drehte sie sich zu ihrer Mutter um, die ein beigefarbenes Kleid mit einem schwarzen Jäckchen darüber trug. »Doch, warum?«

»Nun, weil du hier auf der Treppe sitzt? Richard meinte, dass du den Rundgang machst, aber wir haben uns gefragt, wo du bleibst.«

»Ich wollte nur mal kurz die Aussicht genießen …«

»Ich glaube es ja nicht!«, fuhr ihre Mutter auf. »Du bist doch keine Sommerfrischlerin. Stell dir mal vor, ein Gast hätte dich so angetroffen – wie peinlich!«

»Ist es mir nicht erlaubt, mal fünf Minuten durchzuatmen?«, gab sie genervt zurück.

»Doch, aber nicht so, dass dich die Gäste beim Müßiggang erwischen. Was sollen die Leute denn von dir denken?«

»Dass ich ein Mensch bin, der auch mal eine Pause braucht!«, gab sie ruppig zurück.

»Pause!«, echauffierte sich ihre Mutter. »Der Tag hat doch erst begonnen!«

Unvermittelt wehten die Klänge eines Militärmarsches von der Musikmuschel herüber.

»Schon wieder die Militärkapelle …«, stöhnte ihre Mutter. »Macht das Kurorchester auch nur noch Pause? Das kann doch nicht wahr sein.«

»Soweit ich weiß, musste die Kurkapelle der Lister Militärkapelle einige Stunden Spielzeit abgeben.«

»Wohl damit sich das Badepublikum an die Militärmusik gewöhnt. Dann kann es ja nicht mehr lange dauern, bis die Soldaten wieder marschieren …«

Frieda verzog den Mund. »Nur weil du einen Krieg erlebt hast, heißt das nicht, dass es einen zweiten geben wird. Du siehst immer alles viel zu schwarz.«

»Und du weißt immer alles besser, wie? Ich hatte gehofft, diesen überheblichen Wesenszug, den ich von deiner Schwester nur allzu gut kenne, nie an dir erleben zu müssen.«

Ruckartig erhob Frieda sich von der Treppe. »So schlimm kann es ja nicht sein, nachdem du dich mit Emma versöhnt hast, obwohl sie ein Attentat auf Adam begehen wollte.«

»Schscht«, zischte ihre Mutter aufgebracht. »Bist du verrückt geworden? Kein lautes Wort davon. Lass uns jetzt reingehen«, fügte sie entschieden hinzu. »Es ist höchste Zeit für die Besprechung. Meine Zeit ist knapp bemessen, und ich bin nur dir zuliebe mit dabei, denn ich glaube, wie gesagt, dass du mit Richard zu streng ins Gericht gehst.«

»Das wird sich zeigen«, entgegnete Frieda knapp und ging ihrer Mutter voraus in die Strandvilla.

»Da ist ja die verlorene Tochter«, begrüßte Richard sie in Anspielung auf die biblische Geschichte, was Frieda ziemlich daneben fand – aber sie sagte nichts dazu und konzentrierte sich auf das Geschäftliche.

»Ich nehme an, die Post war schon da?«, fragte sie.

»Ja«, entgegnete Richard gedehnt, so als müsse er nachdenken. »Doch ja, vor zwei Stunden.«

»Ist etwas Wichtiges dabei?«, hakte sie nach.

Matthis hätte man niemals alles aus der Nase ziehen müssen, und die Frage nach der Post war eine tägliche Routine, an die er sich nun wirklich nach vier Wochen gewöhnt haben müsste, dachte Frieda.

»Ich bin leider noch nicht dazu gekommen, die Briefe zu sortieren, aber das kannst du ja ohnehin am besten.« Mit diesen Worten drückte er ihr den Stapel in die Hand.

Ganz schön frech, dachte Frieda. Das bemerkte wohl hoffentlich auch ihre Mutter, deren Lächeln jedoch nicht den Eindruck machte, als hätte sie etwas zu beanstanden.

Eine Erwiderung musste sich Frieda leider verkneifen, da Gäste aus dem Aufzug kamen.

Es war das Ehepaar Werkmeister, das gestern angereist war, zum ersten Mal seine Sommerfrische auf Sylt verbrachte und keinen Schritt tat, ohne zuvor eine Frage gestellt zu haben.

»Oh, wir stören wohl bei einer Besprechung?«, fragte Herr Werkmeister und zeigte sein strahlendes Zahnarztlächeln. »Wir hätten auch nur eine kleine Frage …«

»Nur zu«, sagte Frieda und deutete mit einer einladenden Geste auf Richard, während sie einen Schritt nach hinten trat. Ihre Mutter tat es ihr wie abgesprochen gleich, um ihrem Portier das Feld zu überlassen.

Gleich würde Richard seine Inkompetenz unter Beweis stellen, dachte Frieda zuversichtlich, auch wenn dieser Gedanke gehässig war – aber es war nun mal eine Tatsache.

»Wir möchten heute zur Einstimmung auf den Urlaub das Westerländer Museum am Südbahnhof besuchen, das Sie uns gestern so freundlich empfohlen haben«, begann Frau Werkmeister, die in ihrem maritimen Kostüm und passendem Sommerhütchen ausgehfertig war, »aber wir wissen nicht …«

»Sehr gute Entscheidung!«, fiel Richard ihr ins Wort. »Im Sylter Seefahrermuseum können Sie sich bestens über die Geschichte der Insel informieren. Es gibt eine Abteilung für Seefahrt, eine für Altsylter Hausrat und eine für Heimatgeschichte. Das Keitumer Heimatmuseum ist ja auch ein bisschen weit weg.«

»Wir wüssten nur gern …«, hob Herr Werkmeister freundlich an, »wann das Museum geöffnet hat, damit wir unser Mittagsdiner …«

»Das Museum hat täglich von zehn bis dreizehn Uhr und von fünfzehn bis neunzehn Uhr geöffnet«, sagte Richard wie aus der Pistole geschossen.

Richtig, dachte Frieda zu ihrer Überraschung, und prompt traf sie der ratlose Blick ihrer Mutter, die sich sichtlich fragte, was an Richard auszusetzen sei, außer dass es ihm ein klein wenig am Feingefühl bei der Gesprächsführung mangelte.

»Aber ist das wirklich lohnenswert?«, wollte Frau Werkmeister wissen. »Nicht, dass wir unsere kostbare Urlaubszeit …«

»Keine Sorge, Sie können dort sogar eine lebensechte Seeschlange bestaunen.«

»Eine Seeschlange?«, quiekte Frau Werkmeister. »Die gibt es in der Nordsee?«

»Einen Seehund natürlich«, korrigierte Frieda schnell.

»Kleiner Scheeerz«, lachte Richard, der sich ganz offenkundig darüber freute, dass die Frau ihm auf den Leim gegangen war.

»Vielen Dank für die Auskunft«, sagte Herr Werkmeister, aber sein erzwungenes Lächeln verriet seinen Ärger. »Wir machen uns jetzt auf den Weg – wir haben Sie schon lange genug aufgehalten.«

»Wir wünschen Ihnen einen angenehmen Tag«, riefen Frieda und ihre Mutter den Gästen wie aus einem Mund hinterher, als Richard nichts sagte.

Auch danach machte er keine Anstalten, mit dem nächsten Punkt auf der Liste fortzufahren, die bei jeder Dienstbesprechung abgehakt werden musste. Damit die Gäste unter den vielen Angeboten nicht den Überblick verloren, gab es täglich einen Aushang, den Richard zusammenstellte.

»Haben Sie das Veranstaltungsprogramm für morgen fertig?«, fragte Frieda leicht genervt.

»Selbstverständlich, sogar schon für die restliche Woche. Wie gewünscht in sauberster Schrift, und ich habe mir erlaubt, noch ein paar Verzierungen anzubringen, damit es schöner aussieht«, sagte er zu Friedas Erstaunen.

»Ach, dann zeigen Sie mal …«

Er zog die Plakatrolle aus einem Fach unterm Tresen hervor und breitete das erste Papier vor ihnen aus.

»Sehr hübsch!«, rief ihre Mutter beim Anblick des zugegebenermaßen sehr ansprechend gestalteten Plakats. »Sie sind ja ein wahrer Künstler!«

Frieda überflog den Inhalt, während ihre Mutter noch ganz verzückt die schöne Handschrift und die gelungenen Verzierungen bewunderte.

Eine Strandmodenschau von Steffi Moden, Lieder-Rätselraten in der Musikmuschel und ein japanisches Teefeuerwerk auf der Promenade.

»Das muss Tagesfeuerwerk heißen«, sagte Frieda und deutete auf die entsprechende Stelle.

»Ach, ob nun Tee oder Tag«, winkte Richard ab. »Tee passt doch zu Japan.«

»Es hat aber mit Tee nichts zu tun – das Besondere an dem Feuerwerk ist, dass es tagsüber stattfindet«, erklärte Frieda mit hochgezogenen Augenbrauen.

»Das würde aber bedeuten, dass ich das Plakat noch einmal gestalten muss?«

»So ist es«, gab sie deutlich genervt zurück.

»So schlimm ist der Fehler doch nicht«, sagte ihre Mutter. »Und die Gäste erkennen ja anhand der Uhrzeit, dass es am Tag stattfindet.«

Unglaublich, dachte Frieda, nun fiel ihr ihre Mutter tatsächlich in den Rücken. Aber das konnte sie vor Richard nicht zur Sprache bringen, also widmete sie sich zähneknirschend dem nächsten Plakat.

»Der Tanzwettbewerb findet nicht im Troc statt, auch wenn es umgangssprachlich so heißt«, bemängelte sie. »Trocadero, so viel Zeit muss sein.«

»Es war kein Platz mehr am Ende der Zeile. Aber es stimmt schon, Frieda, so viel Zeit müsste wirklich sein, wieder einmal ins Trocadero zu gehen. Darf ich dich am Wochenende auf einen Abend dort einladen?«

»Ich habe keine Zeit«, gab sie knapp zurück und bedauerte das ihm gegenüber auch nicht. Wie berechnend, die Anwesenheit ihrer Mutter auszunutzen, um die Einladung auszusprechen, und prompt stieg diese darauf ein.

»Aber warum denn nicht, Frieda? Am Wochenende hast du doch Zeit. Macht euch einen netten Abend im Trocadero, das ist ein schöner Plan!«

»Mutter …«, hob Frieda in mahnendem Ton an. »Ich habe am Wochenende keine Zeit. Punkt.«

»Das ist aber wirklich schade«, bedauerte sie.

»Bis dahin kannst du es dir ja noch überlegen«, sagte Richard lächelnd, um sich seine Niederlage nicht eingestehen zu müssen.

Bestimmt nicht, dachte Frieda und widmete sich dem nächsten Plakat. »Kostüm-Hundeschau?«, fragte sie stirnrunzelnd. »Wenn ich mich recht erinnere, ist für Freitag doch erst ein Kostümwettbewerb und danach eine Hundeschau angesagt?«

»Ach ja, da ging mir der Platz auf dem Plakat aus, also habe ich die beiden Veranstaltungen in einer Zeile zusammengefasst.«

»Aber das geht doch so nicht!«, rief sie aus.

»Natürlich geht das …«, gab Richard zurück. »Sieht man doch.«

Frieda holte tief Luft und warf ihrer Mutter einen Blick zu.

Zum Glück schien diese nun wenigstens von Richards Verhalten irritiert zu sein. »Nein, das geht so wirklich nicht«, bestätigte ihre Mutter. »Außerdem frage ich mich, was es mit den Körperdarbietungen der Frauengruppe beim Strandläuferfest auf sich hat. Das ist hoffentlich nicht so anstößig, wie es klingt.«

»Ach herrje«, rief Frieda aus. »Damit ist die Rhythmische Sportgymnastik gemeint. Das muss auf jeden Fall geändert werden.«

»Das passt aber nicht in die Zeile«, insistierte Richard, »und wenn ich kleiner schreibe, fällt es aus dem Schriftbild.«

Noch ehe Frieda etwas entgegnen konnte, kam der Page aufgeregt ins Foyer gestürmt. »Richard!«, rief er schon von Weitem. »Ich habe gerade die neu angereisten Gäste auf Zimmer fünf gebracht, und jetzt wissen wir auch, warum nur ein Zimmerschlüssel an der Rezeption auffindbar war …« Atemlos erreichte David die Rezeption und wechselte in einen keuchenden Flüsterton. »Das Zimmer ist belegt! Und noch schlimmer … ich habe Frau von Schildknecht in Unterwäsche angetroffen, weil sie sich gerade für das Mittagsdiner umgezogen hat. Sie ist sehr zornig geworden …«

»Um Gottes willen!«, rief Moiken aus. »Richard, was ist da los?«

»Ach, da konnte ich wohl meine eigene Schrift nicht mehr lesen …«, antwortete er lapidar. »Dann sind die neuen Gäste wohl nicht für die fünf, sondern für Zimmer sechs gebucht.«

»So etwas darf doch nicht passieren …«, stöhnte Moiken.

»Wird nicht wieder vorkommen«, sagte Richard und versuchte sich an einem charmanten Lächeln. »David, bring die Gäste doch bitte auf Zimmer sechs.« Er reichte dem Pagen den Zimmerschlüssel. Zugleich war er scheinbar um Ablenkung von seiner Person bemüht, denn er fragte unvermittelt: »Was ist eigentlich mit diesen beiden ollen Kinderwagen, dort drüben in der Ecke? Müssen die da stehen? Ich finde die ziemlich hässlich, und sie passen irgendwie nicht ins Foyer.«

Am Gesichtsausdruck ihrer Mutter erkannte Frieda, dass er diese Bemerkung besser nicht gemacht hätte.

In dem Puppenkinderwagen hatte Frieda immer ihre Lieblingspuppe Elva spazieren gefahren, die bis heute von den Kindern der Strandvilla bestaunt und geherzt wurde. Der große, hellbeige Kinderwagen mit den dünnen Rädern wiederum war eine Erinnerung an die Modje, die kinderlose Marie Köhler, die damit immer ihre Waren ausgeliefert hatte.

Aus Erzählungen wusste Frieda, dass sich dahinter eine tragische Geschichte verbarg, denn in dem Kinderwagen sollte eigentlich Maries Sohn liegen, den sie tot zur Welt gebracht hatte. Fünfzig Jahre lang hatte die Modje den Kinderwagen durch die Straßen geschoben und sich dafür so manchen Spott eingehandelt. Zu ihrem Ruhestand hatte sie sich gewünscht, dass der Kinderwagen in der Strandvilla einen Ehrenplatz bekommen sollte.

»Ja, die müssen dort stehen«, erwiderte ihre Mutter mit strengem Unterton. »Darin liegen die Informationsblätter für die Kinderveranstaltungen – das heißt, sie erfüllen zudem einen Zweck. Haben Sie diese Informationen auch schon zusammengestellt?«

Kaum hatte sie ausgesprochen, betrat Familie Gunzer die Strandvilla. Ein gut betuchtes Ehepaar mit zwei wohlerzogenen Jungen in Matrosenanzügen, beide noch nicht im Schulalter.

»Nein, noch nicht, das hatte ich verdrängt«, antwortete Richard mit unerschrockener Ehrlichkeit. »Ich hab's nicht so mit Kindern. Die sind immer so nervig und laut.«

»Habe ich da eben richtig gehört?«, fragte Herr Gunzer prompt, der eigentlich schon auf dem Weg zum Aufzug gewesen war. »Sie haben etwas gegen Kinder?«

»Rinder!«, sprang Frieda schnell ein. »Wir reden über Rinder. Manchmal hört man sie von der Ostweide durch ganz Westerland brüllen. Das ist dann ziemlich nervig.«

»Da haben Sie allerdings recht«, bestätigte Herr Gunzer. »Uns haben die Rindviecher auch schon nachts aus dem Schlaf geholt. Die sind manchmal schlimmer als die Möwen. Dagegen sollte man wirklich was unternehmen.«

Als die Familie weiter in Richtung Aufzug ging, atmete Frieda tief durch. »Mutter, kann ich dich bitte einen Moment unter vier Augen sprechen?«

»Selbstverständlich«, antwortete diese sofort, und sie gingen außer Hörweite von Richard auf die Terrasse.

Die Militärkapelle vom Seefliegerhorst in List packte zum Glück gerade ihre Instrumente ein, und vermischt mit dem Rauschen des Meeres wehte das fröhliche Stimmengewirr der badenden Sommerfrischler zu ihnen herüber.

»Verstehst du mich jetzt, warum Richard für die Strandvilla untragbar ist?«, fragte Frieda und sah ihre Mutter hoffnungsvoll an.

»Allerdings«, erwiderte diese seufzend und blickte aufs Meer hinaus, das seine Farbe verändert hatte und mittlerweile ein hellblaues Kleid mit dunklem Muster trug.

»Da bin ich aber froh!«, sagte Frieda mit einem noch tieferen Seufzer. »Du musst Richard so schnell wie möglich kündigen.«

»Puh, das muss ich mir schon gut überlegen. Ich möchte es mir mit Richards Vater nicht verscherzen, das weißt du. Unter den Hoteliers herrscht schon genug Konkurrenz – da brauche ich keinen Feind. Das ist alles nicht so einfach …«

»Mutter … mach jetzt bitte keinen Rückzieher.«

Moiken wandte sich vom Meer ab und machte eine hilflose Geste. »Das hat damit nichts zu tun. Ich kann nur nicht überstürzt handeln. Erst recht nicht mitten in der Hochsaison. Da wird es noch schwieriger, einen neuen Portier zu finden. Die guten sind doch alle in fester Stellung.«

»Das weiß ich. Wir brauchen aber auch nicht irgendeinen neuen Portier. Du musst Matthis wieder zurückholen. Bitte.«

»Das wird wohl ein Ding der Unmöglichkeit sein«, sagte ihre Mutter und schüttelte betrübt den Kopf. »Ich hatte ihn bereits angeschrieben, nachdem ich dem ersten Portier kündigen musste. Da hat mir Matthis abgesagt. Aber ich will es noch einmal versuchen. Es ist ja schon ein Jahr her.« Sie unterbrach sich mit einem Seufzer. »Die Strandvilla ohne Matthis ist einfach keine Strandvilla. Allerdings habe ich wenig Hoffnung, dass er zurückkommt, denn er scheint ja für seine Kündigung einen schwerwiegenden Grund gehabt zu haben. Weißt du mehr darüber? Ich habe kein Wort aus ihm herausgebracht.«

Frieda kniff die Lippen zusammen und schüttelte den Kopf.

»Ach Frieda, ich sehe dir an, wie traurig du bist. Das bin ich auch, seitdem Matthis nicht mehr da ist. Ich versuche ihn zurückzuholen – aber nur, wenn du mir versicherst, dass euer Wort immer noch gilt und zwischen euch nichts als Freundschaft ist.«

»Ehrenwort«, sagte Frieda, während sie die Finger hinter dem Rücken kreuzte.

4. Buch

KAPITEL 33

Sylt
Knapp drei Monate später
9. November 1938

Das Telefon!

Boy fuhr aus dem Schlaf hoch.

Er machte die Nachttischlampe an.

Vier Uhr morgens.

Moiken mit ihrem sanften Lächeln auf dem Foto.

Das Telefon. Schnell.

Er rappelte sich auf, wankte ins Atelier und riss den Hörer vom Apparat.

Ein Gespräch aus Berlin.

Panik.

»Vater, zum Glück erreiche ich dich! Es war nicht leicht, eine Verbindung zu erhalten. Die Leitungen sind überlastet. Es ist der heilige Wahnsinn, was hier passiert.«

»Was ist denn los?«, fragte er alarmiert. Ungute Erinnerungen an das letzte nächtliche Telefonat mit Emma stiegen in ihm hoch.

»Die Juden werden angegriffen! Aber so richtig. Es werden Schaufenster eingeworfen, Geschäfte geplündert und Wohnungen verwüstet.«

Bilder gingen ihm durch den Kopf, während er die wertvolle Einrichtung seines Ladens im Halbdunkel betrachtete.

In der Eile hatte er kein Licht gemacht, und auch jetzt war ihm nicht danach, sich auch nur einen Schritt zu bewegen. Wenn ihm so etwas passieren würde … Der Gedanke ging ihm durch den Kopf, obwohl er kein Jude war. Aber man hatte schon oft genug von Verhaftungen aus anderen Gründen gehört.

»Was ist denn da auf einmal los?«, fragte er heiser, und seine Stimme klang gespenstisch.

»Das kann ich dir sagen. Vorgestern hat doch dieser siebzehnjährige Jude in Paris das Attentat auf diesen deutschen Diplomaten begangen. Heute ist bekannt geworden, dass der seinen Verletzungen erlegen ist. Das kam ganz groß in den Zeitungen, zusammen mit dem Hinweis, dass dieses Attentat nicht ungesühnt bleiben darf und erkennbare Folgen für alle Juden in Deutschland haben muss. Seitdem ist hier eine Hetzmeute unterwegs, als hätte man Jagdhunde von der Leine gelassen. Das ist unfassbar.«

»Aber man muss die Leute doch aufhalten können.« Nun bewegte er sich doch zum Schalter und machte Licht.

»Von wegen. Immer mehr Menschen kommen zusammen, hier herrscht eine Volksfeststimmung, das kannst du dir nicht vorstellen – und keiner sagt etwas dagegen.«

»Das gibt's doch nicht!«, rief er aus.

»Doch … und das Perfide ist, die Leute von der SA und SS tragen keine Uniformen, um die Juden nicht vorzuwarnen, und sie geben sich volksnah, um die Leute zum Mitmachen anzustacheln.«

»Geh bloß nicht mehr auf die Straße, um Fotos zu machen! Das ist ja gemeingefährlich!« Das Herz klopfte ihm bis zum Hals, weil er Szenen vor seinem geistigen Auge sah, in denen Emma nichts verloren hatte.

»Ich war gar nicht draußen«, beruhigte sie ihn. »Ich habe geschlafen. Samuel hat mich aus dem Bett geklingelt. Das Haus seiner Familie wurde angezündet, die Feuerwehr durfte nur die Nachbarhäuser schützen.«

»Was sagst du da? Samuel – der nette Brieffreund von Frieda, mit dem sie in Berlin ausgegangen ist?«

»Genau der.«

Er zog sich seinen Hocker heran, mit dem er normalerweise Ware aus den oberen Regalen holte, und setzte sich. »Hoffentlich haben sich alle retten können?«

»Nein, nur Samuel. Seine gesamte Familie ist bei dem Brand umgekommen. Er konnte noch rechtzeitig aus dem Haus laufen und ist auch den Männern entkommen, die ihn niederknüppeln und festnehmen wollten. Er ist zu mir geflüchtet, weil ich in nächster Nähe wohne. Seit einer Stunde ist er bei mir, er weint und zittert. Jetzt ist er gerade wieder auf der Toilette und spuckt sich die Seele aus dem Leib.«

»Du musst ihm Baldriantee kochen … oder hast du noch stärkere Beruhigungsmittel im Haus?«

»Die hat er schon wieder ausgespuckt. Aber es geht mir auch nicht um Medizin. Er braucht andere Hilfe, wenn er überleben soll.«

»Aber wie willst du ihm denn helfen?« Kaum hatte er die Frage ausgesprochen, blieb ihm für einen Moment die Luft weg, weil er jetzt verstand, was Emma vorhatte. »Du kannst doch keinen Juden bei dir verstecken?«

»Nein, das geht nicht«, antwortete Emma zu seinem Erstaunen und zugleich zu seiner Beruhigung. Doch dann fügte sie hinzu: »Nicht hier in Berlin. Das geht wirklich nicht lange gut. Aber du kannst alles für unsere Ankunft auf Sylt vorbereiten und Frieda irgendwie Bescheid geben, dass wir kommen.«

»Sylt? Du willst mit ihm nach Sylt kommen? Bist du verrückt? Was ist, wenn ihr unterwegs kontrolliert werdet?«

»Nein, ich bin bei klarem Verstand. Natürlich wird Samuel mit einem gefälschten Pass reisen. Wozu kann ich Fotos machen? Und ich habe schon einmal ein Dokument gefälscht.«

»Das war ein Presseausweis, kein Pass!«

»Ich bekomme auf dem Schwarzmarkt alles, was ich dafür brauche.«

Die Leichtigkeit, mit der Emma sprach, versetzte ihn in Panik. Er kannte seine Tochter. Wenn sie sich einmal etwas in den Kopf gesetzt hatte, dann zog sie das auch durch und blendete alle Probleme aus. »Das lässt du schön bleiben! Und auf Sylt müsste sich Samuel auch verstecken! Es mag zwar auf der Insel nicht so schlimm sein wie in Berlin, aber sicher ist er hier ebenfalls nicht.«

»Das ist mir klar. Darum brauchen wir ja auch ein sicheres Versteck.«

»Wir?« Ihm blieb der Mund offen stehen. In so eine Sache wollte er sich nicht reinziehen lassen.

»Du musst ihn ja nicht verstecken, aber du kannst dir Gedanken machen, wo ein sicherer Platz für ihn wäre – und frag Frieda, was ihr einfällt.«

»Emma, das ist für uns alle ein viel zu hohes Risiko!« Sein Atem ging schneller, und er bekam schweißnasse Hände.

»Soll ich Samuel etwa seinem Schicksal überlassen?«

»Nein, das nicht, aber …«

»Nichts aber«, sagte Emma und legte auf.

Er starrte den Hörer an und schüttelte entsetzt den Kopf.

Geraume Zeit stand er so da und hoffte, das alles nur geträumt zu haben.

Langsam wurde ihm jedoch bewusst, dass er in einem Albtraum gelandet war – der sich im wahren Leben abspielte.

Er legte den Hörer auf.

Es gab kein glückliches Erwachen, bei dem sich alles Schreckliche in Luft auflöste – er konnte nur hoffen, dass alles gut ausging.

Wieder schüttelte er den Kopf und faltete seine Hände instinktiv zum Gebet. In dieser Haltung hatte er zuletzt am Grab seines Sohnes gestanden.

KAPITEL 34

Drei Tage später
12. November 1938

»Leise, ganz leise«, warnte Frieda, als sie Samuel wie verabredet um Punkt drei Uhr nachts zum Dienstboteneingang der Strandvilla hereinließ.

Stumm fiel er ihr in die Arme und drückte sie zum Dank. Sein schneller Atem verriet, wie aufgeregt er war.

Auch sie hatte nur auf die Zeiger ihres Weckers gestarrt und kein Auge zugetan.

Keine Sekunde hatte sie darüber nachgedacht, ob es ein Fehler sein könnte, Samuel zu verstecken.

Sie musste es tun.

Und sie hatte auch sofort gewusst, wo.

Jetzt war sie so nervös wie noch nie in ihrem Leben, und mit der Angst kamen auch ihre verdrängten Zweifel hervor.

Was, wenn ihnen trotz der nachtschlafenden Zeit auf dem Weg ins Versteck jemand begegnete? Unwahrscheinlich, aber …

Was, wenn es ausgerechnet Adam war? Unwahrscheinlich, aber …

Was, wenn …

Nicht daran denken, befahl sie sich innerlich und zog Samuel an ihrer Hand zielstrebig durch die dunklen Gänge der Strandvilla. Den Weg hätte sie blind gefunden, so oft war sie ihn schon gegangen, vorbei an der Küche, die Treppe hinauf, immer weiter, immer höher.

Sie hielt mitten in der Bewegung inne.

Da war ein Geräusch gewesen.

Licht im Flur.

Der Flur, der direkt zur Treppe führte.

Direkt zu ihnen.

Adams Stimme, vom Alkohol verwaschen. »Natürlich hastu meinen Segen, Henriette. Dasisein sehr guter Plan, um diesem Boy einen Denkzettel zu verpassen, weil er sich wieder … immer wieder … an meine Frau ranmachen will. Gut, dassudas mitbekommen hast. Natürlich, vertau … vertraue ich dir. Wir sindoch keine Feinde. Wir waren dochnonie Feinde, oder? Noch nie! Niemals Feinde. Immer gute Freunde.«

Panisch drehte sie sich zu Samuel um, der sie aus dem Halbdunkel mit weit aufgerissenen Augen anstarrte.

Wohin jetzt?

Jeder Schritt könnte sie verraten.

Stehen bleiben war auch keine Alternative.

Tu etwas, flehte Samuels stummer Blick.

Was denn, verdammt?, gab sie tonlos zurück. Sie fühlte sich wie gelähmt, selbst in Gedanken brachte sie keinen Ausweg zustande.

»Ach, jetzt habe ich doch tatsächlich meinen Mantel vergessen«, rief Henriette. Ihre Stimme klang schon sehr nah. »Ich hole ihn schnell.«

»Ich muss aufschließen«, sagte Adam. So viel Vertrauen hatte er trotz seines Zustands dann offenbar doch nicht zu Henriette, dass er ihr den Schlüssel überlassen hätte.

Das war ihre Rettung, dachte Frieda.

Kaum dass sich die beiden entfernt hatten und sie hörte, wie Adam fluchend mit dem Zimmerschlüssel hantierte, zog sie Samuel weiter die Treppe hinauf.

Atemlos erreichten sie den Dachboden.

Das Versteck.

Sie machte die Taschenlampe an. Obwohl sie jedes verhüllte Möbelstück auf dem Dachboden kannte, wurde ihr bei dem gespenstischen Anblick mulmig zumute.

Mit einem Handzeichen bedeutete sie Samuel, ihr weiter zu folgen.

Erst im hinteren Teil angekommen, flüsterte sie mit einem Stoßseufzer. »Das war knapp.« Ihr Herz raste noch immer. »Aber hier bist du sicher.« Sie beleuchtete mit der Taschenlampe die Umgebung und drehte sich dabei einmal im Kreis.

»Meinst du wirklich?«, zweifelte Samuel. Tiefe Schatten lagen unter seinen Augen. Der Verlust seiner Familie, die Übergriffe von SS und Gestapo sowie die Flucht aus Berlin hatten ihn gezeichnet und ihm alle Sicherheit genommen.

»Ganz bestimmt«, sagte sie und bemühte sich um innere Ruhe. »Weil ich fast täglich mit Matthis hier oben war – über Jahre hinweg –, und wir sind nur ein einziges Mal von meiner Mutter und Adam gestört, aber nicht entdeckt worden.«

»Puh, von Adam?«, fragte Samuel und blickte sich dabei in alle Richtungen um, obwohl er ohne die Taschenlampe nicht weit sehen konnte. Seine angespannte Körperhaltung ließ erahnen, welche Ängste er durchmachte.

»Keine Sorge, du bist hier wirklich sicher«, wiederholte sie. »Setz dich auf das Sofa, von dort aus hast du eine gute Sicht auf den Gang. Und für den Fall der Fälle versteckst du dich im Schrank. So habe ich das mit Matthis auch gemacht, als meine Mutter kam.«

»Und warum war sie hier oben?«

»Weil sie sich in den Kopf gesetzt hatte, ein paar Möbel zu verkaufen. Aber Adam hat ihr den Zahn gezogen, dass sie dafür noch Geld bekommt, und seither kümmert sich keiner mehr darum. Meine Mutter hat ohnehin zu viele andere Sorgen.«

»Aber was, wenn es deiner Mutter doch auf einmal wieder einfällt, hier ausmisten zu wollen?«

»Dann bekomme ich das mit. Mittlerweile spricht sie alle Vorgänge in der Strandvilla mit mir ab. Du kannst wirklich beruhigt sein. Ich mache mir eher Gedanken, ob dir nicht zu kalt wird.«

»Nein, nein, das halte ich schon aus. Du hast mir so viele ausrangierte Bettdecken zusammengesucht, dass ich mir ein wahres Nest bauen kann.« Er lächelte zaghaft. »Das ist alles besser, als in Berlin zu bleiben.« Seine Augen füllten sich mit Tränen.

»Es muss schrecklich gewesen sein … deine Familie …«

»Reden wir nicht davon«, sagte er mit erstickter Stimme. »Ich frage mich schon die ganze Zeit, warum ausgerechnet ich davongekommen bin.«

»Darauf weiß nur das Schicksal eine Antwort«, sagte sie leise. »Aber du scheinst noch eine Aufgabe zu haben …«

Gedankenverloren ließ sich Samuel auf dem Sofa nieder.

»Vermutlich«, murmelte er. »Aber es wäre nicht deine Aufgabe gewesen, mich zu verstecken. Du weißt schon, welches Risiko du damit eingehst?«

»Ja, das weiß ich, und ich weiß, was ich tue. Wobei ich gar nicht lange darüber nachgedacht habe.« Sie setzte sich neben Samuel. »Ich konnte dich nicht deinem Schicksal überlassen. Als ich eine Nachricht von Boy an der Rezeption vorfand, dass ich zum Aussuchen eines Rahmens ins Fotoatelier kommen soll, da habe ich schon geahnt, dass etwas im Busch ist. Manchmal muss man einfach handeln. So, wie Emma dich nicht im Stich gelassen hat.«

»Das werde ich ihr nie vergessen. Ich weiß gar nicht, wie ich ihr danken soll. Ohne ihre Hilfe wäre ich wohl nicht mehr am Leben, weil mich die SS-Männer mittlerweile verhaftet hätten.«

»Wann fährt Emma denn wieder zurück nach Berlin, das habe ich sie bei unserem kurzen Treffen gar nicht gefragt.«

»Ich weiß es nicht. Die Ausschreitungen gegen uns Juden haben selbst ihr Angst gemacht, und sie fühlt sich in der Stadt nicht mehr wohl. Andererseits will sie ihr Atelier nicht zu lange allein lassen, und sie hat auf der Fahrt gesagt, dass sie sich auf Sylt auch nur bei ihrem Vater willkommen fühlt – in der Strandvilla darf sie sich nicht blicken lassen. Warum eigentlich nicht?«, fragte Samuel.

»Das ist eine lange Geschichte, die mit Adam zu tun hat …«

»Dann will ich sie nicht hören«, entgegnete er hastig. »Ich bekomme Gänsehaut, wenn ich allein seinen Namen höre, nach allem, was du mir in deinen Briefen über ihn berichtet hast.«

»Er war nicht immer so«, entgegnete sie mit Bedauern. »Früher mochte ich ihn sehr, er war wie ein Vater für mich. Außerdem hat er meiner Mutter das Leben gerettet – das vergisst auch sie ihm nicht. Aber er hat sich leider sehr verändert …«

»Ich hoffe nur«, sagte Samuel und verfiel wieder in einen Flüsterton, »dass Adam mich nicht findet. Wenn das passiert …«

»Das wird nicht passieren. Denk nicht darüber nach. Es wird ja auch nur für ein paar Tage sein, bis sich die Lage beruhigt hat.«

Samuel schüttelte den Kopf. »Ich glaube, es geht jetzt erst richtig los.«

»Wie auch immer – hier kannst du so lange bleiben, wie es notwendig ist. Ich bringe dir zweimal am Tag etwas zu essen. Ich kann mich in der Küche frei bedienen, und man ist es von mir gewohnt, dass ich auf dem Zimmer esse.«

»Aber ich bräuchte auch einen Toiletteneimer – das ist mir sehr unangenehm, wenn du dich …«

»Das sollte deine kleinste Sorge sein«, erwiderte sie pragmatisch.

»Ist es letztlich auch, da hast du recht. Lass dich nur nicht erwischen«, bat Samuel inständig und faltete die Hände. »Ich habe ein wahnsinnig schlechtes Gewissen, dass du dieses Risiko für mich eingehst.«

»Das musst du nicht haben.« Beruhigend legte sie ihre Hand auf seine. »Es ist ja meine Entscheidung. Sieh mal, Matthis zum Beispiel, er hätte damals auch nicht den Offizier während der Hausdurchsuchung aus der Strandvilla schleusen müssen. Er ist ein hohes Risiko eingegangen und hat damit meiner Mutter das Leben gerettet. Also … mach dir bitte keinen Kopf und versuch zur Ruhe zu kommen.«

»Das versuche ich …«, seufzte Samuel und lehnte sich auf dem Sofa zurück. Er blieb jedoch angespannt, sein Blick irrte hin und her.

Sie ahnte, was für grausame Bilder er vor Augen haben könnte. »Willst du mir von den letzten Tagen erzählen?«, fragte sie vorsichtig. »Vielleicht hilft das«, setzte sie leise hinzu.

Er schüttelte den Kopf.

Angestrengt überlegte sie, was sie für Samuel tun könnte, damit er zur Ruhe käme und es ihm ein bisschen besser ginge.

»Hast du vielleicht Hunger? Dann hole ich dir etwas zu essen.«

»Kein Risiko!«, widersprach er sofort. »Außerdem habe ich schon seit Tagen keinen Hunger. Nur müde bin ich.«

Sie nickte und drückte noch einmal seine Hand. »Dann gehe ich jetzt, und du legst dich schlafen.«

»Nein, bitte bleib noch!«, bat er inständig. »Oder ist dir das unangenehm, hier mit mir zu sitzen, wo du sonst immer mit Matthis gesessen hast?«

»Es ist ein merkwürdiges Gefühl«, gab sie zu, »aber darum geht es jetzt nicht. Die Hauptsache ist, dass du zur Ruhe kommst, und wenn ich dir dabei helfen kann, dann bleibe ich.«

»Ist Matthis eigentlich immer noch in Hamburg? Du hast mir schon lange nichts mehr von ihm geschrieben.«

Einerseits war sie froh, dass Samuel auf andere Gedanken kam, andererseits wollte sie nicht über Matthis reden. Dieser Ort war mit so vielen schönen Erinnerungen verknüpft, dass es schmerzte.

»Da gibt es nichts zu erzählen. Wir haben mittlerweile den fünften Portier – und auch der ist eine Katastrophe. Von Beruf Sohn, wenn auch Hoteliersohn, aber das hilft leider nichts. Meine Mutter wollte ihm schon im Sommer kündigen und Matthis zurückholen, aber er hat ihr abgesagt. Schon zum zweiten Mal. Er will nicht zurückkommen.«

»Hast du ihm mal geschrieben?«

»Immer wieder. Zuletzt vor vier Wochen. Aber nie ist eine Antwort gekommen.«

Jetzt ergriff Samuel ihre Hand. »Das bedauere ich sehr. Ich dachte immer, es wäre die große Liebe zwischen euch.«

»Für mich ist Matthis auch immer noch die große Liebe – aber er hat uns wohl aufgegeben.« Ein Kloß bildete sich in ihrer Kehle. »Nun ja, ich kann es ihm nicht verdenken.«

»Vielleicht führt euch das Schicksal eines Tages wieder zusammen?«

»Ach«, seufzte Frieda und winkte ab. Tränen stiegen ihr in die Augen. »Du musst mir keine Hoffnung machen.«

KAPITEL 35

Sechs Monate später
24. Mai 1939

Wo blieb Frieda nur?, dachte Moiken.

Seit geraumer Zeit wirkte ihre Tochter sehr vergesslich und in Gedanken immer woanders. Ständig musste man Frieda an ihre Aufgaben erinnern, und so war es wohl die richtige Entscheidung gewesen, sie nicht als Vertretung für Richard an die Rezeption zu stellen – aber wenigstens zur Dienstbesprechung sollte sie pünktlich erscheinen.

Vor einer Woche war Richard ins elterliche Hotel zurückgekehrt, was ihr eine Kündigung erspart hatte. Allerdings hatte er sie mit seiner Entscheidung von einem Tag auf den anderen vor vollendete Tatsachen gestellt.

Das war also der Dank dafür, dass sie ihm gut ein Jahr lang immer wieder eine Chance gegeben hatte, dachte sie, während sie das Berliner Telefonverzeichnis suchte, um die fehlende Adresse eines Gastes in der Kartei nachzutragen.

Seit einer Woche bemühte sie sich, Ordnung in das Chaos zu bringen, das Richard hinterlassen hatte.

In ihrer großen Verzweiflung hatte sie wiederum Matthis kontaktiert. Dieses Mal hatte sie ihm jedoch keinen Brief geschrieben, sondern direkt im Hamburger Hotel angerufen. Sie hatte ihm ihr Leid geklagt, doch er hatte auf ihre inständige Bitte, in die Strandvilla zurückzukehren, mit Ablehnung reagiert.

Es war einfach nichts zu machen.

Noch ehe sie weiter nach dem Telefonbuch suchen konnte, das seit Jahrzehnten an seinem angestammten Platz gelegen hatte, kam der Gast von Zimmer acht im Stechschritt an die Rezeption.

»Also, ich muss schon sagen …«, begann Herr Kreisler ohne Begrüßung. »Wir haben unser spätes Frühstück heute für zehn Uhr auf das Zimmer bestellt. Das Zimmermädchen kam allerdings erst um halb elf mit der Entschuldigung an, dass das vorbereitete Frühstück auf einmal verschwunden gewesen sei, und man habe die frisch gekochten Speisen neu zubereiten müssen.«

»Die Verspätung bedauere ich außerordentlich«, sagte sie eilig, wobei sie sich im Stillen fragte, wie ein Frühstück für zwei Personen einfach so verschwinden konnte. »Wenn wir das am Nachmittag zum Kaffee mit einer Schokodüne als kleine Aufmerksamkeit des Hauses wiedergutmachen dürften?«

»Sie wissen schon, wie Sie Ihre Gäste bei Laune halten können«, lachte Herr Kreisler. »Das Angebot nehme ich gern an. Und wenn ich jetzt noch die Tageszeitung haben könnte, wäre mein Urlaubsglück perfekt. Die fehlte nämlich heute leider auch vor unserer Zimmertür.«

»Oh, das ist mein Versäumnis, bitte entschuldigen Sie. Mein Page hat heute frei …«

»Ja, ohne den fleißigen Burschen läuft nichts, nicht wahr?«, gab er versöhnlich gestimmt zurück. »David ist wirklich ein sehr zuvorkommender Page – aber sagen Sie, sein Name klingt so jüdisch. Haben Sie seine Herkunft hinterfragt?«

»Selbstverständlich hat er seinen Ariernachweis erbracht.« Es war wieder mal an der Zeit, die verhassten Sätze abzuspulen. »Es gab wohl einen Urgroßvater jüdischen Glaubens, von dem er seinen Vornamen erhalten hat, aber seine Großeltern hatten sich bereits vom jüdischen Glauben abgewandt, wie den Kirchenbüchern zu entnehmen war.« Diese Erklärung hatte sie schon manchen Gästen liefern müssen, die ihre Zweifel laut werden ließen, ob man sich auch in diesem Hotel an die Nürnberger Gesetze halten würde.

»Das beruhigt mich. Andernfalls würde ich mich als SA-Angehöriger keine Minute länger in diesem Haus aufhalten und ihn gleich in ein Konzentrationslager bringen lassen. Meiner Meinung nach wird die Einhaltung der Nürnberger Gesetze ohnehin nicht streng genug überwacht. Es müsste eine Behörde geben, die die Nachweise prüft und eigene Nachforschungen anstellt. Bei den Urkunden wird ja doch viel Schmu getrieben. Als Parteimitglied musste ich übrigens meinen Stammbaum bis ins Jahr 1800 vorlegen. Das sollte für alle Leute gelten, nicht nur eine Rückverfolgung bis zu den Großeltern. Dann würde man noch so manchen Nichtarier aufspüren und eliminieren können.«

»Hier ist Ihre gewünschte Zeitung«, sagte Moiken, reichte ihm eines der Exemplare, die auf dem Tresen auslagen, und hoffte, damit das unselige Gespräch beenden zu können. Leider hatte sie die Rechnung ohne ihren Gast gemacht.

»Steht auch etwas über die Verhaftung von diesem Keitumer Dichter in der Zeitung?«

»Ich hatte noch keine Zeit, das Blatt zu studieren, aber Sie meinen doch nicht etwa Jens Emil Mungard?«

»Doch, genau den.«

»Und was hat er verbrochen?«

»Ja, was wohl? Er schreibt diese friesischen Gedichte, und darin soll er die Nationalsozialisten kritisiert haben.«

»Das ist natürlich ein enormes Verbrechen.« Den Zynismus in ihrer Stimme hatte Herr Kreisler offenbar überhört, denn ihre Antwort gab ihm Anlass, sich weiter zu echauffieren.

»Das sehe ich auch so! Es wurde höchste Zeit, dass dieser Mann aus dem Verkehr gezogen wurde. Es heißt, man habe ihn zur Zwangsarbeit nach Flensburg überstellt. Ich hoffe jedoch, man hat ihn in ein Konzentrationslager gebracht, wo er durch Strenge, jede Menge körperlicher Arbeit und harte Bestrafung das richtige Verhalten lernt und der Volksgemeinschaft wieder als nützliches Glied zugeführt werden kann. Deshalb werde ich mir jetzt mal den Artikel zu Gemüte führen.«

»Machen Sie das … Ach, da kommt ja auch meine Tochter zur Dienstbesprechung.« Das wurde aber auch höchste Zeit, setzte Moiken in Gedanken hinzu und verabschiedete ihren Gast mit einem erzwungenen Lächeln.

Diese Maske trug sie nun schon seit sechs Jahren – immer in der Hoffnung, dass die Zeiten besser werden würden.

Zähneknirschend hatte sie sich an so manche Regeln der Partei gewöhnt. Deshalb hatte sie nicht nur den Eintopfsonntag in der Strandvilla eingeführt, sondern auch französische Begriffe wie Ragout fin und Confis von der Speisekarte gestrichen und widerwillig durch die deutschen Wörter Würzfleisch und Eingemachtes ersetzt.

Diese Verhaftungen aus nichtigem Grund riefen jedoch bei ihr Entsetzen hervor – vor allem verstand sie nicht, warum man Hitler dafür auch noch zujubelte. Auch dieser Hass gegen die Juden, der ein erschreckendes Ausmaß angenommen hatte, war ihr unerklärlich. Diese Menschen hatten doch niemandem etwas getan.

»Bitte entschuldige die Verspätung!«, rief Frieda, als sie atemlos die Rezeption erreichte.

»Wo hast du denn gesteckt? Weshalb bist du so außer Atem?«

»Der Aufzug war besetzt, deshalb habe ich schnell die Treppen genommen.«

»Aber da schnauft man doch nach einem Stockwerk nicht so. Hoffentlich hast du dir keine Erkältung eingefangen – das hätte mir jetzt gerade noch gefehlt.«

»Das hoffe ich auch«, entgegnete ihre Tochter. »Was wollte Herr Kreisler denn?«

»Im Wesentlichen ging es ihm darum, dass sein Frühstück eine halbe Stunde zu spät geliefert wurde.«

»Aber das kann doch mal passieren«, sagte Frieda leichthin.

»Nein, das darf nicht passieren«, erwiderte sie streng. »Allerdings war das Frühstück wohl pünktlich bereit, aber dann ist es auf unerklärliche Weise verschwunden. Das ist doch höchst merkwürdig …«

»Ach, da wird sich ein Küchenmädchen rausgeredet haben, weil es nicht rechtzeitig fertig war«, entgegnete ihre Tochter lachend. »Oder es ist von Grete versehentlich zu Wilma und Leopold gebracht worden, das wäre doch auch gut möglich.«

»Das ist Unsinn, so viel essen die beiden doch überhaupt nicht mehr. Aber ich werde Grete dazu mal befragen. Jedenfalls sollen Herrn Kreisler als Wiedergutmachung heute Nachmittag zwei Schokodünen aufs Zimmer gebracht werden. Bitte hab ein Auge darauf, dass das erledigt wird.«

»Aber natürlich!«

»So natürlich ist das nicht«, sagte sie und zog die Augenbrauen hoch. »Du bist in letzter Zeit oft nicht bei der Sache – so kenne ich dich gar nicht. Zur Dienstbesprechung warst du auch zu spät. Wieder mal. Was ist denn nur los mit dir?«

»Nichts«, entgegnete Frieda achselzuckend. »Ich habe nur zu viel im Kopf.«

»Wenn du das jetzt schon sagst – dabei hast du noch nicht mal die Hotelleitung inne. Wie soll das erst werden? Ich erwarte mehr Zuverlässigkeit von dir.«

»Zu Befehl!« Frieda schlug die Hacken zusammen und salutierte.

»Werd jetzt nicht frech …«, drohte sie ihrer Tochter.

»Entschuldige«, gab Frieda kleinlaut zurück, und für einen kurzen Moment erkannte Moiken in ihr wieder ihr liebes Mädchen.

»Schon gut«, antwortete sie versöhnt.

»Wollte Herr Kreisler noch etwas, oder können wir zum nächsten Punkt übergehen?«, fragte Frieda, nun endlich ganz auf die Arbeit konzentriert.

»Er wollte nur noch die Zeitung. Wusstest du, dass Jens Emil Mungard verhaftet wurde – angeblich, weil er die Nationalsozialisten in seinen Gedichten kritisiert hat?«

»Nein, das wusste ich nicht. Meine Güte, wie furchtbar! Er ist doch ein so wunderbarer Schriftsteller, der nicht mal einer Fliege etwas zuleide tun würde.«

»So ist es, und trotzdem haben die Nationalsozialisten ihre Schergen ausgeschickt, weil er ihnen offenbar unbequem wurde. So geht man doch nicht mit Leuten um! Ich werde auch nie verstehen, Frieda, wie du in diese Partei eintreten konntest. Da gehörst du doch gar nicht hin.«

»Ich bin erwachsen, Mutter. Lass das Thema bitte, das habe ich dir schon oft gesagt«, entgegnete ihre Tochter schroff.

»Aber du hast mir nie eine Erklärung gegeben, was dich zu deinem Parteieintritt bewogen hat. Du teilst doch nicht dieses Gedankengut. Ich werde einfach den Eindruck nicht los, dass Adam dich da zu etwas überredet hat – und wenn dem so wäre, dann …«

»Lass es gut sein, Mutter. Es war meine freie Entscheidung und …« Frieda hielt mitten im Satz inne und starrte zum Portal der Strandvilla, als sei dort ein Gespenst erschienen.

Fragend drehte sich Moiken um und blickte in ein altbekanntes Gesicht.

»Matthis!«, rief sie voller Freude aus.

~

Frieda konnte ihr Glück kaum fassen. Matthis war wieder da!

Nach über zwei Jahren.

So überschwänglich wie ihre Mutter durfte sie ihn leider nicht begrüßen, obwohl sie ihm am liebsten um den Hals gefallen wäre.

Da stand er etwas verloren mit seinem Koffer in der großen Eingangshalle und sah sich um, als müsse er sich mit der Umgebung erst wieder vertraut machen.

»Es hat sich nichts verändert«, murmelte er.

»Von der Einrichtung her nicht«, sagte ihre Mutter, während sie auf ihn zuging, »aber erst jetzt ist die Strandvilla wieder komplett. Ich freue mich sehr über Ihre Rückkehr, Matthis.«

»Vielen Dank, liebe Frau von Baudissin. Hallo, Frieda, schön, dich zu sehen.« Er stellte seinen Koffer ab. »Sie sollen bitte nicht denken, dass ich Sie hinhalten wollte, denn es gibt einen schwerwiegenden Grund, der mich die ganze Zeit von meiner Rückkehr abgehalten hat, und darüber möchte ich mit Ihnen sprechen, ehe ich überhaupt meine Stelle wieder antreten kann. Ich muss ein ehrliches Wort mit Ihnen reden. Das Versteckspiel muss ein Ende haben, und Sie müssen die Wahrheit …«

Frieda wurde heiß und kalt zugleich.

Vor allem ging ihr das alles zu schnell.

Noch bis vor wenigen Minuten hatte sie geglaubt, Matthis wolle nichts mehr von ihr wissen, und nun schien er sich dazu entschlossen zu haben, erst wieder in der Strandvilla zu arbeiten, wenn ihre Beziehung offiziell war.

Andererseits hatte Matthis vollkommen recht. Es konnte nicht so weitergehen. Die Karten mussten auf den Tisch, schließlich war ihre Liebe zu Matthis ungebrochen.

»Also, es ist so …«, begann Matthis.

»Das übernehme ich!«, fiel Frieda ihm ins Wort. »Mutter, ich muss dir etwas gestehen. Matthis und ich, wir lieben uns. Er hat die Strandvilla verlassen, weil er die Heimlichkeiten nicht länger ertragen hat, und wir …«

Ihre Mutter starrte sie beide abwechselnd an. »Wie bitte? Moment. Was höre ich da? Ihr habt mich belogen? Jahrelang?«

Frieda nickte und entgegnete kleinlaut: »Es tut mir sehr leid.

Aber wir konnten nicht anders. Vielleicht kannst du uns auch ein bisschen verstehen?«

»Verstehen? Frieda! Du hast mir dein Ehrenwort gegeben, als ich dich gefragt habe, ob zwischen euch nichts als Freundschaft ist. Immer und immer wieder. Ich kann gar nicht sagen, wie enttäuscht ich bin!« Der Blick ihrer Mutter ging in die Ferne, und sie schien in Gedanken weit weg zu wandern. Sehr weit weg.

Dazu wirkte sie wie versteinert, und das machte Frieda Angst. Sie hatte einen Wutausbruch ihrer Mutter erwartet, aber es kam kein Ton mehr über ihre Lippen.

Auch Matthis wirkte ziemlich schockiert, wobei sein Blick ihr galt.

Aber er hatte doch gewollt, dass die Wahrheit ans Licht kam? Fragend sah sie ihn an.

»Eigentlich wollte ich auf etwas ganz anderes hinaus«, hob Matthis leise an.

Ach du grüne Neune, dachte Frieda.

»Und worauf?«, fragte ihre Mutter sichtlich schockiert.

»Frau von Baudissin, Sie haben mich ja in Hamburg angerufen, und ich habe kurz nach unserem Telefonat etwas erfahren, das Sie unbedingt wissen müssen. Aber das wollte ich Ihnen persönlich mitteilen.« Er senkte die Stimme zu einem Flüsterton. »Mit dem Versteckspiel habe ich Ihren Ehemann gemeint.«

»Adam?«, fragten Frieda und ihre Mutter wie aus einem Mund.

»Das Foyer ist wohl nicht der richtige Ort, um darüber zu sprechen«, sagte Matthis verhalten und sah sich um, ob auch wirklich niemand in der Nähe war. »Ich weiß nicht, ob ich nach der Wahrheit über Frieda und mich, die nun ungeplant ans Tageslicht kam, überhaupt noch in der Strandvilla erwünscht bin, aber ich möchte nicht gehen, ohne dass ich mein Wissen über Adam mit Ihnen geteilt habe. Es könnte lebensrettend sein.«

Moiken schloss die Tür zu ihrem Büro, wo sie ungestört reden konnten. Sie versuchte sich vorzustellen, welche Heimlichkeiten Adam vor ihr haben könnte, die eine Gefahr für sie darstellten.

Ihr gingen verschiedene Möglichkeiten durch den Kopf, wie er womöglich plante, sich ihrer zu entledigen, damit ihm die Strandvilla allein gehörte.

Zugleich kämpfte sie gegen ihre Enttäuschung an, weil sie von Matthis und ihrer Tochter so hintergangen worden war. Noch dazu hatte Frieda ihr Ehrenwort gebrochen, oder hatte sie etwa bei ihrem Schwur die Finger hinter dem Rücken gekreuzt?

Niemals hätte sie solch einen Lug und Trug von ihrer Tochter erwartet. Außerdem hatte sie ihr ganzes Vertrauen in die beiden gesetzt und wirklich geglaubt, dass die Beziehung beendet war. Oder hätte sie es aus eigener Erfahrung besser wissen müssen? Zudem hatte es durchaus Momente des Zweifels bei ihr gegeben, aber die hatte sie beiseitegeschoben – weil nicht sein konnte, was nicht sein durfte.

»Setzt euch«, sagte sie und wies auf die beiden Sessel gegenüber ihrem Schreibtisch hin.

Der Schreibtisch, der einst Theodor gehört hatte. Der Schreibtisch, auf dem er ihr seinen Abschiedsbrief hinterlassen hatte, weil er mit Kriegsbeginn für sich und die Strandvilla, sein Lebenswerk, keine Perspektive mehr gesehen hatte, obwohl seine Tochter Frieda noch ein Säugling gewesen war.

Was er wohl zu einer Beziehung zwischen einer Hotelerbin und dem Portier gesagt hätte? Hätte er seiner Tochter und Matthis seinen Segen gegeben?

Wenn sie die beiden so betrachtete, dachte Moiken, musste sie trotz allem anerkennen, dass sie ein hübsches Paar waren.

Die zwei warfen sich verstohlene Blicke zu. Solche Momente des Wiedersehens nach langer Zeit hatte sie mit Boy schon oft erlebt, ging es Moiken durch den Kopf. Viel zu oft.

Sie konnte regelrecht dabei zusehen, wie die beiden nur mit Blicken eine Brücke zueinander bauten. Worte hatte es zwischen Boy und ihr auch nie gebraucht, dachte Moiken wehmütig, und doch hatten sie am Ende nicht zueinandergefunden, weil sie sich für die Vernunft und damit für Adam entschieden hatte.

Adam. Auf ihm musste jetzt ihr Fokus liegen.

Begleitet von einem mulmigen Gefühl setzte sie sich hinter ihren Schreibtisch. »Was möchten Sie mir berichten, Matthis?«

»Es ist so …«, begann er und suchte offenkundig nach den richtigen Worten.

Ausgerechnet jetzt klopfte es an der Tür.

Missbilligend verzog sie den Mund. »Ja, bitte?«

Die Tür ging auf, und Adam streckte den Kopf herein.

Ihr blieb das Herz stehen.

»Ach, hier steckt ihr!«, sagte er zur Begrüßung. »Ihr könnt doch nicht die Rezeption unbesetzt lassen! Dort warten Gäste, und die sind schon ganz schön aufgebracht. Ach, Matthis, du wieder hier?«

»Wir sprechen gerade über seine Wiedereinstellung«, gab Moiken ihrem Mann Auskunft und lieferte ihm damit eine plausible Erklärung, warum sie hier alle drei zusammensaßen. Zugleich schickte sie einen Dank zum Himmel, dass er offenkundig nicht hinter der Tür gehört hatte, dass sein Name gefallen war.

Wie unbefangen Adam wirkte, dachte Moiken, während sie ihren Ehemann betrachtete. Was er wohl gegen sie plante?

Dieses Wissen könnte lebensrettend sein, hatte Matthis gesagt.

Adam war nur wenige Schritte entfernt, und es gruselte sie bei der Vorstellung, dass er noch näher kommen könnte.

Innerlich war sie meilenweit von ihm entfernt. Unglaublich, dass es eine Zeit gegeben hatte, in der sie diesen Mann geliebt hatte.

Wie hatte sie ihm nur vertrauen können? War sie blind gewesen, oder hatte er sich so verändert?

»Ich gehe an die Rezeption!«, bot sich Frieda an.

»Und das nächste Mal ein Schild aufstellen«, murrte Adam und wandte sich ebenfalls zum Gehen.

Nachdem die beiden zur Tür draußen waren, wartete Moiken zur Sicherheit noch ein wenig ab, dann erst ergriff sie das Wort.

»Also Matthis, auf ein Neues. Was wollten Sie mir über Adam berichten? Aber bitte sprechen Sie leise.«

Matthis dachte sichtlich angestrengt darüber nach, wie er sein Wissen mitteilen sollte. Seine Mundwinkel zuckten unter den Worten, die ihm nicht über die Lippen kommen wollten.

Erst nach geraumer Zeit schien er einen Anfang gefunden zu haben. »Sie erinnern sich doch noch an den Karpfen, den Herr von Baudissin mal zu Weihnachten über seine guten Kontakte aus Husum bestellt hat.«

Irritiert runzelte sie die Stirn. »Ja …?« Mit allem hatte sie gerechnet, nur nicht damit, dass die Rede auf den Karpfen kam. »Und was hat der mit Adams Heimlichkeiten zu tun?«

»Sie wissen, bei wem er den bestellt hat?«, fragte Matthis verhalten.

»Selbstverständlich – bei seinem Onkel Wilhelm von Baudissin. Die alte Rechnung haben Sie doch damals auch gesehen?«

»Allerdings.« Matthis nickte und hob bedeutungsvoll die Augenbrauen. »Ich sollte mit Adam klären, ob ich die Rechnung wegwerfen kann – und Sie glauben gar nicht, wie erzürnt er reagiert hat. Er hat den Zettel vor meinen Augen in kleine Fetzen gerissen und im Aschenbecher verbrannt. Damals habe ich mich über seine heftige Reaktion gewundert – heute verstehe ich sie.«

Kopfschüttelnd betrachtete sie ihren Portier. »Aber ich nicht. Reden Sie bitte nicht länger um den heißen Brei herum.«

»Sie wissen also wirklich nicht, dass Ihr Ehemann Jude ist?«

Ihr blieb der Mund offen stehen.

Was hatte Matthis da eben gesagt?

Sie konnte es nicht fassen.

Erst im nächsten Moment besann sie sich. Nein, das war doch nicht möglich. Da musste Matthis etwas falsch verstanden haben.

Nach dem ersten Schreck folgte die Erleichterung, und sie lachte auf. »Wo haben Sie denn diesen Unsinn her? Mein Mann musste der Partei seinen Stammbaum bis ins Jahr 1800 vorlegen.«

»Haben Sie sich den mal angesehen?«, bohrte Matthis nach.

Sie verzog den Mund. Matthis schien sich da in etwas verrannt zu haben, das ihre Zeit nicht wert war.

»Nein«, entgegnete sie leicht genervt. »Vor der Hochzeit wollte er mir mal sein Stammbuch zeigen, aber das ging unter, weil er so mit dem Dammbau beschäftigt war – was ich aber auch nicht weiter bedauert habe. Stammbäume haben mich schon immer gelangweilt, und bei seiner weitverzweigten Familie hatte ich noch nie den Durchblick.«

Die bedeutungsvolle Art, mit der Matthis sie ansah, ließ sie erahnen, dass er doch mehr wusste.

Vor Nervosität griff sie nach einem Stift und malte verschlungene Linien auf ein Kuvert.

Schweigen füllte den Raum.

Wollte sie hören, was Matthis zu sagen hatte?

Eigentlich nicht, aber es führte kein Weg daran vorbei, wenn er Beweise dafür hatte, dass ihr Mann Jude war.

Jude.

Das konnte doch nur ein Irrtum sein.

Und wenn nicht?

Dann war nicht nur Adam in Gefahr.

Dann hing auch ihr Leben an einem seidenen Faden.

Von jetzt auf gleich.

»Nun reden Sie schon!«, forderte sie Matthis unwirsch auf.

Er zuckte zusammen und holte tief Luft. »Wilhelm von Baudissin ist der Schlüssel. Er lebt mittlerweile als Fischhändler in Hamburg und hat auch unser Hotel beliefert. Wir wussten nicht, dass er Jude ist, bis zu dem Tag, als wir wegen einer ausbleibenden Lieferung nachforschten und erfuhren, dass er verhaftet wurde.«

»Aber das würde ja bedeuten, dass Adam seinen Stammbaum zur Vorlage bei der Partei gefälscht hat …?«

»Läge das denn so fern?«, fragte Matthis, und sie wusste, dass er darauf keine Antwort erwartete.

»Tatsächlich nicht«, gab sie bedauernd zurück. »Nicht bei seinem Streben nach Macht und Anerkennung. Außerdem hat der Krieg bis auf seinen Onkel seine gesamte Familie ausgelöscht, er muss sich also ziemlich sicher gefühlt haben. Andererseits … nein, ich kann das immer noch nicht glauben.«

»Sie wollen es nicht glauben«, widersprach Matthis ungewohnt forsch.

Ihr lag eine Zurechtweisung auf der Zunge, die sie sich jedoch verkniff. Er hatte recht. Sie wollte es nicht glauben.

»Wenn Adam Jude ist …«, begann sie und horchte ihren eigenen Worten nach, um sich mit dem Gedanken vertraut zu machen. »Dann lebe ich nach dem Blutschutzgesetz in einer Mischehe und werde ebenfalls wie eine Jüdin behandelt. Das heißt, die Strandvilla, das Dünencafé, ich selbst … einfach alles ist in Gefahr.« Angst überfiel sie und hinderte sie am Weitersprechen.

»Man wird Ihnen außerdem kaum abnehmen, dass Sie nichts von der Konfession Ihres Ehemanns wussten, wenn die Wahrheit ans Licht kommt – und das wird sie früher oder später.«

»Ich wusste aber wirklich nichts davon!«, rief sie, wurde aber sofort wieder leiser. »Adam hat seinen Glauben nie gelebt! Bei der Hochzeit wurden wir vom Dammbaupastor auf der Baustelle in einer kurzen Zeremonie getraut. Der Glaube spielte keine Rolle!«

»Es bleibt Ihnen nur ein Ausweg …«, hob Matthis eindringlich an.

Vor Aufregung schlug ihr Herz schmerzhaft gegen ihren Brustkorb. »Und der wäre?«

»Die Scheidung – und zwar noch bevor irgendwer dahinterkommt, dass Ihr Mann Jude ist …«

»Dadurch würde ich die Strandvilla verlieren, das kommt nicht infrage!«, brauste sie auf.

»Welche Lösung sehen Sie stattdessen?« Matthis hob die Augenbrauen.

Sie atmete tief durch und versuchte, ihren aufgebrachten Herzschlag zur Ruhe zu bringen, was ihr jedoch nicht gelang. »Keine! Aber vielleicht liegen Sie auch falsch, und das ist gar kein richtiger Onkel von Adam. Nur so ein Nenn-Onkel. Ich sagte doch, Adam hat eine weitverzweigte Familie, die sicher nicht alle dem jüdischen Glauben angehören.«

Matthis hob die Schultern. »Das ist die große Frage.«

»Wir werden es herausfinden – und ich weiß auch schon, wie. Auf dem Dachboden lagern Truhen mit Adams persönlichen Unterlagen. Ich denke, dort wird sich auch sein Stammbuch finden, falls er es nicht verbrannt hat.«

»Das wäre zumindest ein Ansatz – oder er bewahrt das Stammbuch in seinem Büro auf, wenn er sich nichts vorzuwerfen hat.«

»Das wäre natürlich auch möglich. Das Büro werde ich mir als Nächstes vornehmen, sobald er außer Haus ist. Den Dachboden jetzt und sofort, vielleicht stoßen wir in den Truhen ja auch auf einen anderen verwertbaren Hinweis. Ich möchte Sie bitten, mich zu begleiten, denn dort oben laufen Ratten oder Marder herum. Davor gruselt es mich.«

»Selbstverständlich begleite ich Sie. Überhaupt will ich alles dafür tun, damit Sie nicht länger von mir enttäuscht sind. Möchten Sie mich denn überhaupt noch als Portier beschäftigen, nachdem ich Sie so enttäuscht habe?«

»Das ist nicht die Frage …«, sagte sie nachdenklich.

»Sondern?«, entgegnete Matthis stirnrunzelnd.

Sie suchte den Blick ihres Portiers und hielt ihn fest. Als Zeitungsjungen hatte sie ihn kennengelernt, und seitdem hatte er sie kein einziges Mal enttäuscht. Ganz im Gegenteil.

Wenn er nicht gewesen wäre, würde sie nicht mehr leben.

»Die Frage ist vielmehr – nachdem Sie nun lange in Hamburg waren –, ob Sie meine Tochter noch immer lieben. Ich erwarte eine ehrliche Antwort«, fügte sie mahnend hinzu.

»Ich … solange ich in Hamburg war, dachte ich, ich könnte meine Gefühle für Ihre Tochter begraben, aber es ist mir nicht gelungen. Ich bin gegangen, weil ich hinter diesem Samuel mehr als eine Brieffreundschaft vermutet und keine Zukunft mehr für uns gesehen habe. Dann war auch noch Richard an der Rezeption. Ich dachte, Sie wollten ihn als Schwiegersohn gewinnen. Ich war kreuzunglücklich in Hamburg, denn ich liebe Frieda …«

»Vielen Dank für Ihre Ehrlichkeit. Ich gebe zu, es wäre mir nicht unrecht gewesen, wenn Frieda an Richard Gefallen gefunden hätte. Meinetwegen auch an diesem Samuel, er soll ja aus gutem Hause stammen und gebildet sein. Aber ich denke, meine Tochter hat nie einen anderen Mann geliebt …«

»Aber wie soll es unter diesen Umständen weitergehen?«, fragte Matthis verzweifelt und sprach damit aus, worüber sie nachdachte.

Die Fesseln ihrer Vernunft hielten sie von einer Antwort ab. Ihr Herz wollte, dass sie sich nicht mehr gegen die Liebe zwischen ihrer Tochter und Matthis aussprach. Dass sie auf die beiden zuging und ihnen die Heimlichkeiten verzieh. Aber sie trug bleischwere Schuhe, die sie auf dem Pfad der Vernunft hielten.

Schuhe, mit denen sie sich seit Jahrzehnten durchs Leben schleppte.

Schuhe, die sie von ihrer Mutter geerbt hatte.

Eine Mutter, in deren Fußstapfen sie nie hatte treten wollen.

»Ich habe eine Entscheidung getroffen«, kündigte sie Matthis an.

In Gedanken zog sie ihre bleischweren Schuhe aus. Fort mit dieser Last. Weg mit dem Leid, das sie verursacht hatten. Mut zu neuen Wegen.

Innerlich unternahm sie die ersten Schritte und dachte über ihre Worte nach, die gleich folgen sollten. Ja, es war die richtige Entscheidung, denn sie fühlte sich so frei wie zuletzt als junges Mädchen.

Ein Lächeln breitete sich auf ihrem Gesicht aus. »Matthis, wenn Sie meine Tochter wirklich von ganzem Herzen lieben, dann halten Sie offiziell um ihre Hand an. Meinen Segen haben Sie.«

»Danke!«, stieß Matthis ungläubig und mit einem Seufzer der Erleichterung aus.

Dann schien auch er von allen Fesseln gelöst, denn er sprang auf und lief um den Schreibtisch herum, um sie zu umarmen.

»Nicht so stürmisch«, mahnte sie lachend, als ihr Stuhl ins Wanken geriet.

»Entschuldigung!«, stammelte er, offenbar selbst davon überrascht, dass die Pferde mit ihm durchgegangen waren.

»Als mein zukünftiger Schwiegersohn dürfen Sie das … darfst du das«, korrigierte sie sich. »Nur wirf mich nicht um«, setzte sie schmunzelnd hinzu. »So, und bevor wir nun beide zu emotional werden, müssen wir uns doch wieder dem Ernst des Lebens zuwenden und auf den Dachboden gehen. Ich hoffe nur, dass sich alles als ein großer Irrtum herausstellt und Adam kein Jude ist …«

KAPITEL 36

Währenddessen

Das ist ja eine Überraschung!«, rief Boy aus, als er auf das Klingeln seines Ladenglöckchens hin den Verkaufsraum betrat.

Da stand seine Tochter mit ihrem Koffer und einem Strauß Blumen in der Hand und sang ihm ein Ständchen: »Viel Glück und viel

Segen auf all deinen Wegen, Gesundheit und Frohsinn sei auch mit dabei. Herzlichen Glückwunsch zum Geburtstag!«

»Vielen Dank, Emma. Aber du weißt doch, dass ich keinen Wert auf meinen Geburtstag lege. Ich weiß gar nicht, wann ich ihn zuletzt gefeiert habe.«

Emma überreichte ihm die Blumen. »Eben drum. Sogar um deinen sechzigsten Geburtstag bist du herumgekommen, weil ich keine Zeit hatte, aber dieses Jahr wollte ich dich wenigstens besuchen. Außerdem wird mein kleines Schwesterchen in einer Woche fünfundzwanzig. Ist das zu fassen? Das muss ja wohl auch begossen werden. So lange bleibe ich also, wenn ich darf.«

Er nahm seiner Tochter den Strauß ab und klopfte ihr nach einer kurzen Umarmung auf die Schulter. »Wie schön, dass du da bist – und du darfst so lange bleiben, wie du willst. Komm, wir stellen deinen Koffer weg und die Blumen ins Wasser. Ich glaube, ich habe in meinem ganzen Leben noch keinen Strauß geschenkt bekommen – und noch dazu einen so schönen! Aber das wäre doch nicht notwendig gewesen, dafür Geld auszugeben.«

»Habe ich auch nicht«, grinste seine Tochter. »Die sind von der Wiese hinterm Bahnhof.«

»Dann bin ich beruhigt«, lachte er.

Während er in die Küche ging und ein Gefäß suchte, das als Vase zu gebrauchen war, stellte Emma ihren Koffer in die Kammer, in der allerlei Requisiten lagerten und auch das Gästebett stand.

Als sie zurückkam, füllte er gerade Wasser in einen Krug. »Du hast wahrscheinlich auch Durst, nicht nur die Blumen, oder? Aber Hunger hast du nach der Reise wohl keinen, so wie ich dich kenne.«

»Doch, ehrlich gesagt habe ich sogar einen Bärenhunger, und ich wollte dich zur Feier des Tages gleich ins Restaurant Seestern einladen. Aber ein Glas Wasser würde ich jetzt nehmen.«

»Mit Apfelsaft? Habe ich selbst gemacht.«

»Sehr gern!«

»Dann setz dich …«

»Du hast ja wieder zwei Stühle am Tisch«, begann sie, und er wusste, was sie damit sagen wollte.

»Ja, inzwischen habe ich Bernhard ganz gern auf diese Weise in meiner Nähe – und es tut gut.«

Er füllte Emmas Glas und dachte darüber nach, wie selten er mittlerweile nur noch den Friedhof besuchte. Tatsächlich fehlte ihm auch die Zeit dazu.

Der Wonnemonat hatte viele Gäste auf die Insel gespült, und nach dem langen Winter war es höchste Eisenbahn, dass wieder Kundschaft kam.

Das war auch der Grund, weshalb er nicht schon am Nachmittag seinen Laden schließen wollte, und er überlegte, was er seiner Tochter zu essen anbieten könnte.

»Möchtest du vielleicht in der Zwischenzeit Wurst und Brot? Ich kann erst um achtzehn Uhr zumachen.«

»Im Ernst? Du willst an deinem Geburtstag so lang arbeiten?«

Er seufzte. »Das hat nichts mit meinem Geburtstag und auch nicht mit wollen zu tun – sondern mit müssen.«

»Hast du denn so viel Kundschaft? In Berlin besitzt bald jede Familie, die sich einen Fotografen leisten könnte, einen Fotoapparat. Eigentlich kommen die Leute nur noch in den Laden, um nach Farbfilmen zu fragen. Aber Agfa kommt mit der Produktion nicht nach.«

»Hier ist es ganz ähnlich, wobei ich noch das Glück habe, dass für die Urlaubserinnerung alle Familienmitglieder aufs Bild sollen. Da werde ich noch gebraucht. Farbfilme habe ich aber gerade auch keine mehr. Die sind echt der Renner seit zwei Jahren.«

»Nicht nur das. Das eigentliche Problem ist, dass der Firma alle jüdischen Mitarbeiter fehlen. Deshalb kommen sie mit der Produktion nicht nach – und das ist erst der Anfang! Aber Hauptsache, Hitler hat jede Menge Zwangsarbeiter für seine Rüstungsindustrie.«

»Schscht«, warnte er seine Tochter reflexartig, obwohl sie in der Küche bestimmt niemand hören konnte.

»Ist doch wahr!«, begehrte Emma auf. »Und wehe, man sagt ein Wort gegen Hitler, dann steht man schon mit einem Bein im Gefängnis, oder man wird in ein Konzentrationslager gesteckt, aus dem man nie wieder rauskommt.«

»Dass es in diesen Lagern so schlimm zugehen soll, ist doch nur ein Gerücht, um die Leute abzuschrecken.«

»Leider nein. Ich war zu einem Pressetermin in Sachsenhausen eingeladen, und man hat uns das Lager als Ferienidyll verkauft, in dem die Menschen gut untergebracht seien. Es gab ein paar Vorzeigehäftlinge, mit denen man sprechen durfte, und ich durfte von ausgewählten Räumen Fotos machen. Aber durch einen Zufall habe ich mehr gesehen. Grauenvoll. Ich musste mich zwingen, meinen Mund zu halten, ansonsten säße ich jetzt auch dort ein.«

»Wenigstens warst du einmal vernünftig«, seufzte er erleichtert. »Wenn man den Häftlingen nur helfen könnte …«

»Immerhin haben wir Samuel vor diesem Schicksal bewahrt, und wie du siehst, waren deine Bedenken umsonst, und das Versteck auf dem Dachboden ist sicher. Das kann man ja nach einem halben Jahr wohl so festhalten.«

»Also, ich schlafe deshalb immer noch schlecht. Stell dir mal vor, Samuel wird entdeckt … Mit Adam ist nicht zu spaßen …«

»Mal den Teufel nicht an die Wand – und erwähne bitte diesen Namen nicht, der mir Albträume beschert.«

»Es tut mir leid, dass du immer noch so darunter leidest«, sagte er beklommen.

»Ach, das geht schon …«, gab sie achselzuckend zurück.

So richtig nahm er ihr das nicht ab. »Du kannst ruhig ehrlich zu mir sein.«

»Ich habe mittlerweile wirklich mehr gute als schlechte Nächte, aber seit geraumer Zeit macht mir zu schaffen, was du mir am

Telefon über Henriette erzählt hast. Das geht ja auf keine Kuhhaut!«

»Ich kann nicht beweisen, dass sie mich in eine Falle locken wollte«, gab er eindringlich zurück. Zwischenzeitlich bereute er, seiner Tochter von dem Vorfall erzählt zu haben. Um sie abzulenken, fragte er: »Also, soll ich dir ein Wurstbrot machen?«

»Sehr gern. Aber Vater, ich bitte dich. Das war ja wohl offensichtlich eine Falle von Henriette. Da kommt ein Fremder und will bei dir etwas kaufen und erzählt dir lang und breit, dass er Jude ist. Du schickst ihn freundlich aus dem Laden, ohne ihm etwas zu verkaufen, und siehst, dass Henriette gegenüber beim Hotel Miramar steht. Ich schwöre dir, das war ein Strohmann. Wenn du ihm etwas verkauft hättest, hätte er dir anstelle eines Geldscheins den Schutzhaftbefehl überreicht.«

Er setzte sich Emma gegenüber, legte das Brot auf dem Brettchen zurecht und griff nach dem Messer. »Dass Henriette dort stand, kann schlichter Zufall gewesen sein«, gab er zurück und schnitt dabei mit energischen Handbewegungen die erste Scheibe Brot ab.

»Bei Henriette glaube ich nicht mehr an Zufälle«, seufzte Emma.

»Ich eigentlich … Ach herrje, dein Glas!«, rief er und legte das Messer beiseite, um einen Lappen zu holen. »Hat es dich auch erwischt?«

»Nein, alles gut«, beruhigte sie ihn.

Während er die Bescherung vom Tisch wischte, hörte er das Ladenglöckchen. »Es kommt auch immer alles zusammen!«, brauste er auf.

»Ich geh schon!«, sagte Emma beschwichtigend und verschwand aus der Küche.

Entfernt vernahm er eine Stimme, deren Klang ihm nur allzu bekannt war.

Henriette.

Prompt kehrte Emma wieder zurück und raunte: »Wenn man vom Teufel spricht. Kommst du bitte mal?«

Er nickte, warf den Lappen in die Spüle, wischte sich die Hände an der Hose sauber und folgte seiner Tochter in den Verkaufsraum, wo Henriette mit einem Lächeln auf ihn wartete, so als könne sie kein Wässerchen trüben.

»Was gibt's?«, fragte er.

»Etwas freundlicher könntest du mich schon begrüßen …«

Er atmete hörbar ein und verkniff sich einen Kommentar. Diese Frau war wie ein Krokodil, das auf der Lauer lag. »Womit kann ich dienen?«, fragte er mit hochgezogenen Augenbrauen.

»Ach, ich wollte eigentlich erst in den kommenden Tagen bei dir etwas einkaufen, aber dann habe ich Emma mit ihrem Koffer durch die Friedrichstraße gehen sehen, und da dachte ich mir, ich schaue gleich mal vorbei und sage Hallo.«

Sieh an, dachte er. Jetzt war klar, woher der Wind wehte. Wenn Emma auf der Bildfläche auftauchte, wurde Henriette nervös. »Emma ist hier, weil ich heute Geburtstag habe«, beruhigte er sie.

»Ach, dann gibt es wohl noch ein kleines Fest heute? Kommt Moiken auch vorbei, oder darf ich mich einladen?«

»Ich feiere nicht.« Ganz gleich, was sie mit ihrer Provokation bezweckte, er hatte genug davon und fragte sie rundheraus: »Hast du den angeblichen Juden zu mir geschickt? Sollte das ein Test sein?«

»Test? Jude?«, fragte Henriette erstaunt und gab sich unschuldig.

»Henriette, ich warne dich«, mischte sich Emma nun ein, nachdem sie sich die ganze Zeit im Hintergrund gehalten hatte. »Wenn du etwas gegen meinen Vater planst, dann bekommst du es mit mir zu tun.«

»Ach Gottchen, mir wird angst und bange«, erwiderte Henriette lachend. Oder hatte Grete ihm da einen Floh ins Ohr gesetzt?

Die Miene seiner Tochter verhärtete sich, und sie schien sich nur mit äußerster Mühe zu beherrschen. Er musste die beiden schnellstens auseinanderbringen, dachte er panisch – nur wie?

Noch während sich seine Gedanken auf der Suche nach einer Lösung überschlugen, ging die Ladentür erneut auf.

»Da kommt ja sogar der Herr Pfarrer zur Gratulation«, bemerkte Henriette anerkennend.

»Gratulation? Habe ich etwas verpasst?« Der Geistliche blieb verwundert am Eingang stehen.

»Nein, ich habe nur Geburtstag heute«, seufzte Boy. Dafür, dass er diesen Tag eigentlich vergessen wollte, musste er ihn heute schon viel zu oft erwähnen. »Was kann ich für Sie tun, Herr Pfarrer?«

»Eigentlich wollte ich mit Ihnen einen Fototermin für die goldene Konfirmation absprechen. Aber die Dame ist ja vor mir dran. Wenn Sie gerade in einem längeren Beratungsgespräch sind, komme ich ein andermal wieder.«

»Nein, nein«, winkte Henriette ab. »Ich wollte nur einen neuen Farbfilm für meine Kamera kaufen.«

»Farbfilme gibt es erst wieder, wenn wir eine neue Regierung haben«, platzte Emma heraus.

Er konnte sehen, wie Henriette unter diesem Kommentar zusammenzuckte.

»Diesen abfälligen Spruch habe ich gehört«, fuhr sie auf. »Der Herr Pfarrer ist mein Zeuge – und wer unsere Regierung kritisiert, beleidigt den Führer. Das wird ein Nachspiel haben.«

Das hätte Emma nicht sagen dürfen, dachte Boy, als die Tür geräuschvoll ins Schloss fiel. Aber seine Tochter hatte ihr Herz schon immer auf der Zunge getragen.

Hoffentlich wurde ihr das jetzt nicht zum Verhängnis.

Hoffentlich war das bloß eine leere Drohung von Henriette gewesen.

Hoffentlich.

Nachdem auch der Pfarrer gegangen war, zischte er seiner Tochter zu: »Das war nicht gut. Warum hast du nicht den Mund gehalten?«

»Das war erst der Anfang«, entgegnete Emma mit Blick Richtung Tür. »Ich habe lange meinen Mund gehalten, weil ich dachte, dass Henriette ihre Füße stillhält, aber sie scheint sich in einen Stier verwandelt zu haben, und wir beide sind die roten Tücher für sie. Sie hat Anlauf genommen und will uns auf ihre Hörner spießen. Aber ich werde schneller sein und mein Alibi widerrufen. Das wird ein Nachspiel für Henriette haben, nicht für mich.«

»Das lässt du schön bleiben …«, befahl er seiner Tochter ungewohnt streng. »Du weißt, was für eine Lawine du damit lostrittst, die uns alle erfassen wird.«

»Die Lawine rollt bereits, ausgelöst von Henriette, und wenn wir nicht schneller sind, wird sie uns beide als Erste erfassen.«

KAPITEL 37

Zurück in der Strandvilla

Diesen Tag hatte sie sich wahrlich ruhiger vorgestellt, dachte Moiken, als sie hinter Matthis die Stufen zum Dachboden hinaufstieg.

Ursprünglich wollte sie Boy zu seinem Geburtstag mit einer Schokodüne überraschen, aber daran war jetzt überhaupt nicht mehr zu denken. Einerseits hoffte sie, in einer der Truhen schnell einen Hinweis auf Adams jüdische Herkunft zu finden, andererseits würde dadurch ein Albtraum wahr werden.

Dann wäre ihre Angst vor Ratten das kleinste Problem. Trotzdem gut, dass sie Matthis als Beistand mitgenommen hatte. Mit ihm würde sie die Truhen zügiger durchsuchen können.

Matthis – ihr zukünftiger Schwiegersohn. Nein, das war keine vernünftige Entscheidung gewesen, dachte sie, aber die einzig richtige, wenn sie wollte, dass ihre Tochter glücklich wurde.

Es war noch ungewohnt, nicht mehr in diesen bleischweren Schuhen zu stecken. Losgelöst von zwanghafter Vernunft fühlte sie sich leicht und frei, allerdings machte ihr dieses Gefühl auch ein wenig Angst, die Kontrolle zu verlieren.

Frieda würde mit Sicherheit Luftsprünge machen, wenn sie von der guten Nachricht erfuhr, und dieser Gedanke zauberte ihr ein kurzes Lächeln aufs Gesicht.

Die verhangenen Möbelstücke bildeten als stumme Zeugen einer längst vergangenen Zeit ein Spalier zu den schwarzen Truhen, die mit Adams goldenen Initialen kunstvoll bemalt waren.

»Ich beginne mit dieser Kiste«, sagte sie zu Matthis, einem unbestimmten Gefühl folgend, und hob den Deckel an.

Matthis tat es ihr mit einer Truhe seiner Wahl gleich.

Auf Knien räumte sie sorgfältig den Inhalt aus und prüfte jedes Schriftstück, wobei sich jetzt ihr schlechtes Gewissen meldete. Es war nicht in Ordnung, in seinen Sachen herumzuschnüffeln, aber war das unter diesen Umständen nicht doch legitim?

Eigentlich nicht, dachte sie ihrer Moral folgend, aber ihr brennender Wunsch nach Aufklärung war größer.

Dammbau, Dammbau, nichts als Dammbau. Rechnungen, Skizzen, Arbeitseinsatzpläne, Lohnlisten – alles kam zum Vorschein, nur nichts über Adams Herkunft.

Auch Matthis schüttelte nach geraumer Zeit den Kopf.

Kein einziger Hinweis.

Allmählich hegte sie die Befürchtung, dass sie entweder nicht an der richtigen Stelle suchten oder Adam alle Hinweise auf seine Abstammung sorgfältig vernichtet hatte.

Hoffentlich war der Inhalt der nächsten Truhe vielversprechender.

»Ich glaube, ich habe eine heiße Spur!«, rief sie aus, als ihr ein kleiner Stapel Glückwunschkarten und Telegramme in die Hände fiel, der sorgfältig mit einer Schnur zusammengebunden war.

»Was ist das?«, fragte Matthis und beugte sich interessiert zu ihr herüber.

»Die sind von unserer Hochzeit«, stellte sie mit trockener Kehle fest und löste die Schleife, um die Absender zu betrachten. Glückwunschkarten, die sie bis heute nicht zu Gesicht bekommen hatte, da sie anstelle der Hochzeitsreise nach dem schrecklichen Streit mit Adam allein nach Berlin gefahren war.

»Bestimmt ist da ein Glückwunsch von Wilhelm von Baudissin dabei«, sagte sie aufgeregt, während sie sich eine erste eilige Übersicht verschaffte, »und wenn er wirklich sein Onkel ist, dann könnte er mit dieser Bezeichnung unterschrieben haben.«

»Und wenn kein Gruß von ihm dabei ist«, dachte Matthis laut nach, »dann kann das ein Indiz dafür sein, dass Ihr Ehemann auch den kleinsten Hinweis auf seine jüdischen Wurzeln im Kaminfeuer verbrannt hat.«

Moiken horchte auf. »Haben Sie das gehört?«

Matthis runzelte die Stirn. »Nein? Was denn?«

»Dieses Geräusch! O Gott, hoffentlich läuft mir nicht gleich so ein Nagetier über die Füße.« Angstvoll blickte sie sich nach allen Seiten um.

»Die sind scheu«, beruhigte Matthis sie.

»Halten Sie mal bitte kurz inne«, forderte sie ihn auf, um erneut zu horchen.

Aber jetzt war alles still.

Also beschloss sie, sich wieder den Hochzeitsgratulationen zu widmen, damit sie möglichst schnell den Dachboden verlassen konnte – wenn auch unter Umständen mit einer Gewissheit, die sie nicht haben wollte.

Sie prüfte jede Karte, jedes Telegramm, aber der Name Wilhelm von Baudissin tauchte nicht auf.

»Nichts. Nur Glückwünsche von offiziellen Stellen, die mit dem Dammbau zu tun gehabt haben. Hier die Firma Fix und Söhne, da das Dammbauamt Husum und dergleichen mehr. Kein einziger privater Gruß.«

»Das ist schon merkwürdig«, befand auch Matthis.

Moiken hob die Schultern. »Vielleicht hat er die in seinem Büro aufbewahrt. Ich werde wohl doch nicht drum herumkommen, dort nachzu… Da! Da war das Geräusch wieder!«, unterbrach sie sich selbst.

»Ja, jetzt habe ich es auch gehört. Das kam vom anderen Ende des Dachbodens«, erwiderte Matthis.

»Ratten?«, entfuhr es ihr, und sie richtete sich abrupt auf.

Matthis schüttelte den Kopf. »Das sind keine Ratten.«

»Marder?«

Erneutes Kopfschütteln. »Die verursachen nicht solche knarzenden Geräusche. Außerdem hat hier noch nie ein Nagetier sein Unwesen getrieben.«

»Und woher wollen Sie … willst du das so genau wissen?«, hakte sie mit Unbehagen nach.

Er blickte sie von unten an und sagte betreten: »Weil … weil ich mich hier immer mit Frieda getroffen habe.«

Moiken atmete tief durch. Es war alles andere als leicht, über diesen Vertrauensbruch hinwegzusehen, aber sie hatte sich nun mal dazu entschieden, um dem Glück der beiden nicht länger im Weg zu stehen. »Was soll ich dazu sagen«, seufzte sie. »Nun gut, immerhin keine Marder oder Ratten. Aber was war das dann?«

Matthis hob die Schultern. »Wenn Sie mich fragen, waren das Schritte, aber ich wüsste nicht, wer sich hier aufhalten sollte – außer Frieda.« Er erhob sich. »Frieda?«, rief er und richtete den Blick in den hinteren Teil des Dachbodens. »Du kannst rauskommen.«

Nichts rührte sich.

Im Gegensatz zu den Geräuschen zuvor war es nun verdächtig still.

Das empfand wohl auch Matthis so. Er zog die Stirn in Falten. »Das ist schon sehr seltsam. Ich gehe mal nachsehen.«

»Seien Sie bloß vorsichtig, nicht dass sich ein Landstreicher hier eingenistet hat«, schärfte sie ihm ein.

Mit jedem Schritt, den Matthis sich von ihr entfernte, wurden ihre Knie weicher. Sollte sie ihm zur Unterstützung folgen oder lieber in Deckung bleiben?

Noch bevor sie sich entscheiden konnte, hörte sie eine Schranktür quietschen, und Matthis rief überrascht aus: »Samuel! Frieda!«

Samuel? Diesen Namen hatte sie doch schon einmal gehört, dachte Moiken. Natürlich! Das war dieser junge Mann, mit dem Frieda in Berlin um die Häuser gezogen war. Und was machte ihre Tochter mit ihm hier oben?

Sie eilte zu Matthis, so schnell es die Enge des Dachbodens erlaubte.

Da standen ihre Tochter und dieser Samuel wie vom Donner gerührt vor einem Schrank, in dem sich einer, wenn nicht sogar beide versteckt gehalten hatten.

Auf dem Sofa lagen ein Kissen und eine Bettdecke, und auf einem niedrigen Schränkchen, das als Tisch diente, befanden sich Geschirr und die Reste eines Frühstücks.

Auf den ersten Blick wirkte es wie die Kulisse eines schlechten Theaterstücks, sodass Moiken fast aufgelacht hätte, wäre sie nicht so fassungslos gewesen.

Auch Matthis machte ein erschrockenes Gesicht und schien noch nicht ganz zu begreifen, was sich hier abspielte.

»Frieda, kannst du mir bitte mal erklären, was hier los ist?«, forderte sie ihre Tochter auf.

»Ich … er … wir halten Samuel hier versteckt. Er ist Jude.«

»Wie bitte? Bist du wahnsinnig geworden?«, fuhr sie auf. Panik überfiel sie, als ob ihre Tochter in ein Wespennest gestochen hätte. »Weißt du, in welche Gefahr du dich – und uns alle bringst?«

»Das weiß ich«, keifte Frieda ungewohnt bissig zurück. »Aber Samuel wäre bei der Hetzjagd auf die Juden in Berlin umgekommen, wenn wir ihm nicht geholfen hätten!«

Moiken betrachtete den jungen Mann, der sie mit traurigen und angsterfüllten dunklen Augen ansah. Seine langen dunklen Locken hatten schon länger keine Schere mehr gesehen, und sein Bart war nur leidlich gestutzt.

»Wie lange geht das hier schon?«, fragte sie streng. Der junge Mann tat ihr furchtbar leid, aber nicht auszudenken, wenn Adam ihn entdeckt hätte.

»Seit einem halben Jahr«, gab Frieda zerknirscht zu, aber noch im selben Atemzug fügte sie hinzu: »Es war seitdem keiner hier oben. Wir haben das richtige Versteck ausgesucht.«

»Wer ist überhaupt *wir?*«, hakte Moiken scharf nach und warf einen strengen Blick auf Matthis.

Abwehrend hob der die Hände. »Ich bin damit nicht gemeint. Ich wusste davon nichts.«

»Wir – das sind Emma, Boy und ich«, sagte Frieda mit gesenktem Blick. »Wobei Boy noch am wenigsten damit zu tun hat«, schob sie schnell hinterher. »Er hat mir nur Bescheid gesagt, dass Emma mit Samuel auf die Insel kommt und ich mir ein Versteck überlegen soll.«

»Emma also wieder …« Moiken entfuhr ein Stoßseufzer.

»Hättest du Samuel etwa seinem Schicksal überlassen, wenn er mitten in der Nacht vor deiner Tür gestanden hätte?«, begehrte Frieda auf.

So hatte sie ihre Tochter noch nie erlebt, aber Friedas Frage war – vom Tonfall abgesehen – berechtigt.

»Nein, ich hätte ihn nicht seinem Schicksal überlassen«, antwortete sie beherrscht. »Aber ich hätte nicht zuletzt von dir erwartet, dass du mich über solche Entscheidungen von unglaublicher Tragweite in Kenntnis setzt!«

Jetzt rührte sich Samuel, denn er hatte nach ihrer Aussage offenbar genug Mut gesammelt, um sich zu äußern. »Bitte, seien Sie Ihren Töchtern nicht böse. Beide haben mir das Leben gerettet.«

»Das ist mir bewusst«, entgegnete sie ruhig. »Aber hier können Sie nicht bleiben.«

»Mutter, bitte!«, flehte Frieda. »Du kannst ihn nicht auf die Straße setzen. Die Gestapo greift ihn schneller auf, als er irgendwo neuen Unterschlupf finden könnte. Außerdem hat Samuel keine Familie mehr – sein Haus wurde angezündet und …«

»Samuel kann *hier* nicht bleiben«, präzisierte sie. »Stell dir vor, Adam betritt den Dachboden … es muss ein besseres Versteck her. Und du, Frieda, solltest an der Rezeption sein und dich nicht auf dem Dachboden herumtreiben – nicht auszudenken, wenn Adam dir gefolgt wäre.«

»Adam ist aus dem Haus gegangen, und nachdem ich den Gästen an der Rezeption weitergeholfen hatte, habe ich ein Schild aufgestellt. Eigentlich wollte ich so schnell wie möglich zu euch zurück, um zu erfahren, was Matthis über Adam zu sagen hat, aber dann dachte ich, im Haus ist es gerade so ruhig und das wäre eine günstige Gelegenheit, den Toiletteneimer von Samuel auszuleeren. Das hatte ich gerade erledigt und den Eimer zurückgebracht, dann seid ihr auf dem Dachboden erschienen. Warum überhaupt? Ihr habt Adams Truhen durchsucht, so viel habe ich mitbekommen …«

Moiken atmete tief durch. »Es könnte sein, dass Adam jüdische Wurzeln hat …«, sagte sie so ruhig wie möglich.

An Friedas aufgerissenen Augen erkannte sie, dass ihre Tochter die Tragweite sofort erfasst hatte. »Dann säße er mit Samuel in einem Boot. Große Güte! Wenn das wahr ist und herauskommt, dann müsste sich Adam ebenfalls verstecken, und du musst dich von ihm in Abwesenheit scheiden lassen – was wegen der Strandvilla nicht möglich ist.«

»So ist es«, seufzte Moiken. »Aber es fehlen noch die Beweise, dass Adam seine jüdische Herkunft wirklich unterschlagen und seinen Ariernachweis gefälscht hat. Wenn da etwas dran ist, hat Adam entweder alles sorgfältig vernichtet, was mit seinen jüdischen Wurzeln zusammenhängt, oder wir haben noch nicht tief genug gegraben. Aber Samuel muss auf jeden Fall in ein besseres Versteck.«

»Nur wo?«, fragte Frieda verzweifelt.

»In einen Bereich in der Strandvilla, den Adam meidet wie die Pest.«

»Der Weinkeller?«, fragte Matthis, der nun offenbar seine Stimme wiedergefunden hatte.

»Richtig, Adam setzt keinen Fuß in dieses Spinnengewölbe, wie er es selbst bezeichnet. Er gerät in Panik, wenn er eine Spinne sieht, dagegen ist meine Angst vor Ratten harmlos. Ich hoffe, Sie haben kein Problem mit Achtbeinern, Samuel?«

»Nein …«, gab er schnell zurück, aber sein Blick verriet, dass er noch nicht so recht wusste, wie ihm geschah.

»Wir bringen Sie in den separaten Raum eines Weinkellers. Dort ist es zwar kühl, aber wesentlich sicherer. Sobald heute Nacht alles ruhig ist, begleite ich Sie dorthin und sorge für ein halbwegs bequemes Schlaflager. Und du Frieda – lässt in Zukunft nicht einfach das Frühstück der Gäste verschwinden.«

»Mutter, du bist die Beste!«, rief Frieda aus und fiel ihr so stürmisch um den Hals, dass sie ins Wanken geriet. Das erinnerte sie an Matthis' Reaktion vorhin im Büro.

»Das Beste weißt du noch gar nicht«, sagte sie mit einem geheimnisvollen Lächeln. »Matthis, wollen Sie es meiner Tochter nicht selbst sagen?«

Erwartungsvoll nickte sie ihm zu, doch da bemerkte sie erst, dass sich seine Miene verändert hatte.

Niedergeschlagen schüttelte er den Kopf. »Ehrlich gesagt komme ich mir gerade vor wie in einem schlechten Theaterstück – nein, wie in einem Trauerspiel. Frieda, kaum gibt uns deine Mutter endlich ihren Segen …«

»Wie bitte? Mutter? Du hast uns deinen Segen gegeben?« Frieda konnte es offenkundig nicht fassen. »Aber warum Trauerspiel? Matthis, ich verstehe nicht …?«

»Ach nein?«, höhnte Matthis. »Ich finde dich hier mit diesem … mit diesem Mann zwischen Kissen, Decken und Frühstück vor.

Hier, wo immer unser Liebesnest war. Ich weiß, ich war lange weg und habe deine Briefe nicht beantwortet. Es ist also meine eigene Schuld. Aber bei meiner Rückkehr hättest du mir wenigstens gleich sagen können, dass du einen anderen Mann hast, und nicht so tun, als würdest du mich noch lieben. Samuel ist es also … da war meine Ahnung doch richtig.«

»Aber ich liebe dich doch! Matthis!«

Traurig schüttelte er den Kopf. »Das mag sein, aber unter Liebe verstehe ich auch Treue. Ich habe Augen im Kopf!«, setzte er energisch hinzu. »Und ich werde ganz sicher nicht dabei helfen, deinen Geliebten und noch dazu einen Juden zu verstecken.«

KAPITEL 38

Eine Woche später
31. Mai 1939

»Wo bleibt denn nur mein Schwesterlein?«, fragte Emma und rückte das Kuchengeschirr ungefähr zum hundertsten Mal zurecht. Mittlerweile konnte sie auch ihre Nervosität nicht mehr verbergen.

Vor einer halben Stunde hätte Frieda zum Geburtstagskaffee eintreffen sollen – und normalerweise war ihre kleine Schwester die Pünktlichkeit in Person.

»Sie kommt sicher gleich«, gab ihr Vater zurück, wobei er mindestens ebenso nervös zwischen dem Atelier und der Küche hin und her tigerte.

»Sollen wir mal in der Strandvilla anrufen?«, fragte sie. »Adam wird schon nicht ans Telefon gehen.«

»Das wohl nicht, aber …«, entgegnete Boy zögernd und führte den Satz nicht zu Ende.

»Wahrscheinlich denkst du dasselbe wie ich«, entgegnete sie beklommen. »Ich kann mir jedenfalls nur einen Grund vorstellen, weshalb Frieda nicht anruft: In der Strandvilla geht es drunter und drüber, weil Samuel entdeckt wurde.«

Ihr Vater drehte einige Runden um den Küchentisch, auf dem der Kuchen bereitstand. Eingefasst wurde der Schokoladenkuchen von einem bemalten Holzring, in dem fünfundzwanzig Kerzen steckten. Kerzen, die sie jetzt wieder ausblasen musste, nachdem Frieda immer länger auf sich warten ließ.

»Wir sollten den Teufel nicht gleich an die Wand malen«, sagte ihr Vater und blieb nachdenklich an seinem Essplatz stehen, wo er sich an der Stuhllehne festhielt. »Vielleicht hat Matthis ja auch eingelenkt und spricht mit Frieda – und das dauert jetzt ein bisschen länger.«

»Das wäre natürlich ein schöner Grund für ihre Verspätung – und möglich wäre das auch. Ich habe Matthis gestern Nachmittag in der Stadt getroffen und versucht, ihn von seiner Eifersucht abzubringen. Vielleicht hat das ja doch gefruchtet, auch wenn es dem ersten Anschein nach nichts gebracht hat.«

»Misch dich da nicht ein«, seufzte ihr Vater. »Die beiden müssen selbst zueinanderfinden.«

»Ist ja gut, ist ja gut!« Emma hob die Hände. »Es wäre nur zu schade, nachdem meine Mutter tatsächlich mit der Hochzeit einverstanden ist – was für mich einem Wunder gleicht –, wenn die beiden nicht heiraten würden. Ich wäre doch so gern Trauzeugin …«

»Emma …«, mahnte ihr Vater abermals.

»Jaaaaa, ich weiß. Es kommt auch nicht wieder vor, dass ich mich einmische. Ich habe Matthis gegenüber auch nur beiläufig erwähnt, dass Samuel nichts mit Frauen anfangen kann.«

»Stimmt das denn?«, fragte ihr Vater bass erstaunt und ließ die Stuhllehne los.

»Keine Ahnung«, gab sie schulterzuckend zurück. »Aber ich kenne meine kleine Schwester und weiß, dass ich für ihre Treue meine Hand ins Feuer legen könnte.«

»Hoffentlich verbrennst du dich nicht«, sagte ihr Vater mit hochgezogenen Augenbrauen. »Was hast du überhaupt ein zweites Mal in der Stadt gemacht? Du hattest doch gestern Vormittag schon alles für den Geburtstagskaffee eingekauft.«

»Ich hatte die Eier für den Kuchen vergessen«, antwortete sie, und die Lüge ging ihr glatt von den Lippen, schließlich sollte ihr Vater nichts davon erfahren, wo sie tatsächlich gewesen war – es würde ihn nur unnötig aufregen.

Immerhin hatte sie auf den Treppenstufen zum Eingang des Polizeigebäudes kehrtgemacht und darauf verzichtet, ihr Alibi zu widerrufen, obwohl sie sehr knapp davor gewesen war. Es war also nichts passiert.

Das Türglöckchen.

»Endlich«, rief sie erleichtert aus. »Vater, geh du schon mal zur Tür! Ich zünde derweil die Kerzen wieder an.«

»Ich hatte ganz vergessen, wie schön es hier ist«, sagte Frieda, als sie mit Matthis am östlichsten Zipfel der Insel auf dem Morsum-Kliff entlangspazierte. Er hatte diesem spontanen Ausflug zugestimmt, damit sie reden konnten, und sie wollte das Gespräch vorsichtig beginnen.

»Ja«, sagte Matthis. »Als ich zuletzt hier war, wurde der Damm gebaut, das ganze Gebiet dort vorne war Baustelle, und es herrschte Tag und Nacht ein unglaublicher Lärm von den Eimerkettenbaggern, Saugschiffen und Handzugrammen. Was für eine Idylle sich hier wieder ausgebreitet hat – diese Ruhe und diese Farben …«

»Ja, und die Farben leuchten heute besonders schön in der Sonne«, entgegnete sie angesichts der tiefschwarzen, rotbraunen und strahlend weißen Gesteinsschichten, die einst von einem Gletscher aufgeschoben und dadurch zutage gefördert worden waren.

Zehn Millionen Jahre Erdgeschichte türmten sich im Sonnenlicht vor dem blauen Wattenmeer auf, umgeben von sattgrüner Heidelandschaft.

Der sanfte Wind spielte mit ihrem neuen Kleid, das sie heute zum Geburtstag von ihrer Mutter geschenkt bekommen hatte. Es hatte fast dieselbe Farbe wie der goldgelbe Untergrund des Morsum-Kliffs, und als Hingucker wies das Kleid über der Brust eine kleine Schnürung mit hellblauen Seidenbändern und ein farblich passendes, breites Taillenband auf.

»Danke, dass du mit mir hierhergefahren bist«, nahm sie den Faden wieder auf und drehte sich in den Wind, um ihre Haare zu einem Knoten im Nacken zu bändigen.

»Du hast dir den Ausflug zum Geburtstag gewünscht«, entgegnete Matthis verhalten, »und deine Mutter hat mich praktisch genötigt, ihr das Feld an der Rezeption zu überlassen.« Nun stahl sich doch ein Lächeln in seine Mundwinkel. »Aber das war gut so. Es tut mir sehr leid, dass meine Eifersucht mal wieder mit mir durchgegangen ist.«

»Immerhin bist du dieses Mal nicht vom Pferd gefallen«, entgegnete sie schmunzelnd, um die Unterredung etwas aufzulockern.

»Nein, ganz im Ernst, Frieda. Das muss ich ändern – und das werde ich auch tun.«

»Daran habe ich keinen Zweifel«, sagte sie, »und ich konnte deine Eifersucht sogar immer verstehen, aber es ist eben schwierig, damit umzugehen. Aber nachdem wir jetzt offiziell ein Paar sein dürfen …«

»Kommt das nicht mehr vor«, vollendete Matthis ihren Satz und nahm ihre Hand.

Sie blieb stehen. »Du glaubst mir also, dass zwischen Samuel und mir nichts war?«

»Ja, das glaube ich dir. Allerdings hätte ich lieber nichts davon gewusst, dass er in der Strandvilla versteckt wird. Ich möchte da nicht in irgendwas hineingezogen werden.«

»Das kann ich verstehen«, sagte sie leise und setzte sich wieder in Bewegung.

Beeindruckt von dem prächtigen Farbspiel spazierten sie auf dem Morsum-Kliff entlang und genossen die weite Aussicht bis nach List und hinüber zum Festland.

Am Ende des Kliffwegs führte sie der Pfad in einem Bogen zurück in die Heidelandschaft, wo eine Schafherde an den jungen Trieben knabberte und ein paar vereinzelte niedrige Bäume wacker dem Ostwind trotzten und die Blätter ins Sonnenlicht streckten.

»Das ist doch ein Apfelbäumchen«, sagte Frieda und blieb erstaunt stehen. »Wie kommt das denn hierher?«

»Das hat sich wohl über alle Widrigkeiten hinweggesetzt und sich seinen Platz ausgesucht«, entgegnete Matthis nachdenklich. »In so einer Lage könnte ich mir gut ein eigenes kleines Häuschen vorstellen – genauso einsam gelegen wie das Restaurant Nösse da vor uns – nur für uns und unsere Kinder …«

»Davon habe ich auch immer geträumt«, rief sie aus. »Ich möchte zwar später die Strandvilla leiten, aber nicht dort wohnen.«

»Ehrlich?«, fragte Matthis erstaunt.

»Ja, ich möchte mit dir und den Kindern Zeit verbringen, die nur uns gehört. Ich möchte auch mal eine Reise unternehmen – und einfach leben.«

»Das wäre wundervoll«, sagte Matthis leise.

Von den Rufen eines schwarz gefiederten Austernfischer-Pärchens begleitet, das mit seinen langen roten Schnäbeln im Watt nach Nahrung suchte, setzten sie ihren Weg durch die Heide fort, der immer schmaler wurde, sodass Matthis sie schließlich mit einer kleinen Geste einlud, vorauszugehen.

»Nein, geh du voran«, erwiderte sie lächelnd. »Ich folge dir.«

»Würdest du mit mir auch bis ans Ende der Welt gehen?«, fragte er plötzlich und sah sie bedeutungsvoll an. Sein Blick war voller Liebe und Wärme, und inmitten der weiten Landschaft fühlte sie eine tiefe Geborgenheit, so, als ob er sie umarmen würde.

»Ist das jetzt ein Antrag?«, gab sie unsicher zurück.

»Würdest du denn Ja sagen?«, fragte er sichtlich nervös.

Jetzt war er da – der Augenblick, den sie über so viele Jahre herbeigesehnt hatte.

Eigentlich wollte sie die Antwort nicht hinauszögern, aber eines fehlte noch: »Ich sage nur Ja, wenn du vor mir auf die Knie gehst«, sagte sie schmunzelnd.

»Oh, natürlich!«, rief Matthis und beeilte sich, die für einen Antrag passende Position einzunehmen. »Ich mache das nicht so oft, weißt du«, sagte er, und sie lachten beide auf.

Doch Matthis wurde gleich wieder ernst und nahm ihre Hand. »Frieda, unser Weg bis hierher war nicht einfach, aber wir sind ihn gegangen, auch wenn ich mich des Öfteren mal wie ein Schaf benommen habe. Ich kann mir ein Leben ohne dich nicht vorstellen und möchte bis an mein Lebensende an deiner Seite sein. Deshalb frage ich dich hier und vor diesen Schafen als Zeugen, ob du meine Frau werden möchtest.« Vorbei war es wieder mit seiner Ernsthaftigkeit, und er grinste sie an.

Frieda prustete vor Lachen los und ließ sich vor ihm auf die Knie fallen, um ihn zu umarmen.

Sie rang mit ihrer Selbstbeherrschung, damit sie überhaupt einen Ton rausbrachte. »Ja, ich will!«, erwiderte sie glucksend und wischte sich eine Freudenträne aus dem Augenwinkel.

Matthis nahm sie fest in die Arme, und sie versanken in einen langen Kuss, bis sie beide atemlos waren.

Sie ließen sich in die warme Heide sinken, die sie wie ein weiches Bett empfing.

Überglücklich suchte Frieda Matthis' Blick, doch er schien durch irgendetwas hinter ihrem Rücken abgelenkt zu sein. Fast wollte sie ihm schon böse sein, aber er schien etwas Besonderes entdeckt zu haben.

»Da liegt etwas in der Heide und blinkt in der Sonne«, sagte er und rappelte sich auf.

Nahe dem Weg griff er in das dichte Heidegestrüpp und zog einen länglichen Gegenstand hervor. »Das ist ja ein Dolch«, hauchte sie erschrocken.

»Und noch dazu ein ziemlicher wertvoller, mit einem goldenen Griff.«

Schnell erhob sie sich ebenfalls, um das kostbare Stück zu betrachten. »Wer verliert denn so etwas? Was machen wir denn jetzt damit?«

»Bestimmt nicht liegen lassen. Wir nehmen ihn mit. Vielleicht kann man ihn verkaufen.«

»Nein, erst müssen wir versuchen, den Besitzer ausfindig zu machen«, widersprach sie vehement und auch ein bisschen traurig, dass der romantische Moment vorbei war. »Wer weiß, vielleicht wurde der Dolch sogar gestohlen. Lass uns zurück in die Strandvilla fahren, und auf dem Weg überlegen wir, wie wir weiter vorgehen. Am besten schalten wir eine Fundanzeige in der Zeitung.«

»Du hast ja recht, ich kann ihn nicht einfach behalten«, stimmte Matthis zu. »Der sieht ja so aus, als ob er einem König gehört. Ja, am besten fahren wir direkt zu Carl in die Druckerei. Vielleicht kann er die Anzeige noch in die morgige Ausgabe mit aufnehmen.«

»Wie spät ist es überhaupt?«, fragte Frieda und warf zugleich einen Blick auf ihre kleine goldene Armbanduhr. »Ach du Schreck, ich sollte schon seit einer Stunde bei Emma und Boy zum Kaffee sein – das habe ich ja komplett verschwitzt!«

»Dafür hast du gleich einiges zu berichten«, erwiderte Matthis schmunzelnd und trug den Dolch wie auf Samt gebettet auf seinen Händen bis zum Auto.

»Das stimmt, aber die schönste Nachricht erzähle ich Emma als Erstes, sonst platze ich«, beschloss sie beim Einsteigen. »Sie möchte doch unbedingt meine Trauzeugin sein, das hat sie schon immer gesagt. Und wer soll es bei dir sein?«

Erst nachdem sie die Frage gestellt hatte, wurde ihr bewusst, dass sie einen wunden Punkt getroffen hatte, denn auch Matthis' Vater war inzwischen verstorben, und seine jüngeren Geschwister lebten in alle Himmelsrichtungen verstreut und ließen nichts mehr von sich hören.

»Ich denke, ich werde Grete fragen«, antwortete er, nachdem er den Motor angelassen hatte. »Sie war mir oft eine große Stütze, wenn ich wegen uns traurig war und nicht weiterwusste.«

»Grete wird sich bestimmt sehr freuen, und Emma wird Luftsprünge machen, das weiß ich jetzt schon. Am besten lässt du mich nur schnell beim Fotoatelier raus und gehst allein zu Carl. Nicht, dass meine Schwester noch länger auf mich warten muss – sie wird sich schon genug Sorgen machen.«

Im Empfangsraum der Druckerei war niemand. Um diese Uhrzeit nahm man für gewöhnlich keine Aufträge mehr entgegen, aber vielleicht hatte er Glück, wenn er Carl schnell fand, dachte Matthis.

Er hatte ziemlich aufs Gas gedrückt, soweit das die Straßenverhältnisse zuließen und Frieda sich nicht beschwerte.

Nur in der Friedrichstraße, kurz vor dem Ziel, hatte er langsamer fahren müssen, weil viele Fußgänger wie Hanns Guck-in-die-Luft durch die Gegend liefen, von denen er sich auch noch beschimpfen lassen musste, obwohl die Straße für den Verkehr freigegeben war –

was man bei dem hohen Gästeaufkommen allerdings dringend überdenken müsste.

Zum Glück hatte er direkt vor dem Haus Gutenberg einen Stellplatz bekommen, und Frieda war aus dem Auto gehüpft, um die restlichen hundert Meter bis zum Fotoatelier zu Fuß zu gehen.

Es war ungewöhnlich still in der Druckerei, dachte Matthis, als er einen Raum weiterging, um Carl zu suchen. Normalerweise herrschte hier ein Lärmpegel, dass man sein eigenes Wort nicht verstand.

Alle Maschinen ruhten, kein einziger Arbeiter war an seinem Platz. Auch von Carl keine Spur.

Langsam überkam ihn ein mulmiges Gefühl. Wenn es aufgrund eines Maschinenschadens ein vorzeitiges Arbeitsende gegeben hätte, wäre doch die Eingangstür abgeschlossen gewesen und die Arbeitsplätze aufgeräumt – diese wirkten allerdings eher so, als seien sie fluchtartig verlassen worden.

Unvermittelt hörte er Anfeuerungsrufe und das Johlen von tiefen Männerstimmen, dazwischen ein vermutlich etwas jüngerer Mann, der nach Leibeskräften schrie: »Lasst mich los! Hört auf damit! Hilfe!«

Das kam aus dem Hinterhof!

Einem ersten Reflex folgend, wollte Matthis auf dem Absatz kehrtmachen und davonlaufen, um Hilfe zu holen. Aber vor Schreck war er zu keiner Bewegung fähig, und in den nächsten Sekunden wurde ihm anhand der Schreie des jungen Mannes klar, dass er sofort einschreiten musste, wenn er noch irgendetwas für ihn tun wollte.

Aber wie sollte er sich gegen eine Horde Männer behaupten? Womöglich gegen Gestapo-Leute.

Er trug zwar den Dolch in ein Tuch eingeschlagen bei sich, aber er fühlte sich nicht in der Lage, diesen einzusetzen – höchstens in Notwehr.

Die Hilfeschreie drangen ihm durch Mark und Bein und zwangen ihn, zu agieren. Er musste einen Blick in den Hinterhof werfen, ob er dem jungen Mann vielleicht irgendwie helfen konnte.

Er spurtete durch den lang gezogenen Raum zur Hintertür, die einen Spalt offen stand, sodass er alles hören, aber noch nicht genug sehen konnte.

»Packt an! Lasst seinen Corpus posteriorum fallen in diese Bütte!«

Das war die Stimme von Carl, dachte Matthis erschrocken.

»Der durstigen Seele gebt ein Sturzbad obendrauf – das ist dem Sohne Gutenbergs die beste Tauf'!«

Matthis schob die Tür weiter auf und erblickte in der Mitte des Innenhofs ein großes ovales Holzgefäß, um das die johlenden Mitarbeiter von Carl mit ihren Druckerschürzen standen.

Vier von ihnen hatten sich einen jungen Mann geschnappt, der sich mit Händen und Füßen wehrte – aber es nützte ihm nichts: Unter Pfiffen und Applaus landete er kopfüber in der wassergefüllten Bütte.

Noch ehe Matthis sich bemerkbar machen konnte, verpasste ihm einer der Buchdrucker drei Tritte in den Hintern, und daraufhin zogen die Männer den armen Tropf wieder aus der Bütte, der hustend und keuchend nach Luft schnappte und dem sprichwörtlich begossenen Pudel alle Ehre machte.

»Den alten Kunstgebrauch zu ehren«, fuhr Carl mit erhabener Stimme fort, die durch den Hof schallte, »sollte er sich weder sträuben noch wehren. Erhielt die üblichen drei Stöße auf den Arsch und zappelte dabei wie ein Barsch. Darauf bezahlt er blank und bar das altbekannte Gautschhonorar.«

Endlich ließen die Männer den jungen Mann frei, der sich durchnässt und erschöpft auf den Boden sinken ließ, und begaben sich in Feierlaune zu einem Tisch, wo ein Bierfass und Flaschen mit hochprozentigem Inhalt bereitstanden.

»Was ist denn hier los?«, fragte Matthis schockiert, aber zugleich ein wenig erleichtert, dass es sich um einen Brauch zu handeln schien, auch wenn dieser ziemlich martialisch anmutete.

Sofort kam Carl näher und bestätigte ihm seine Vermutung. »Hallo, Matthis! Mein Lehrling hat seine Abschlussprüfung bestanden, und das Tauchbad gehört zur Freisprechungszeremonie.«

»Bin ich froh, dass ich kein Buchdrucker geworden bin!«, entfuhr es ihm. »Warum muss das denn so brutal sein?«

»Das Gautschen gehört seit dem sechzehnten Jahrhundert zu unserer Zunft.«

»Gautschen heißt das?«, hakte Matthis nach, weil er glaubte, das Wort zwischen dem Feierlärm nicht richtig verstanden zu haben.

»Ja, genau. Das Gautschen ist der Fachbegriff für den ersten Entwässerungsschritt beim Papierschöpfen, wenn der frische Papierbogen vom Sieb auf die Filzunterlage abgelegt wird – daher kommt das.«

»Aha«, sagte Matthis, noch immer befremdet von dieser Zeremonie. »Habt ihr das mit Frieda auch so gemacht?«

»Nein, nein«, versicherte Carl schnell. »Es gibt ja auch noch die etwas harmlosere Variante unseres Brauches, wir haben Frieda nur auf einen nassen Schwamm gesetzt. Aber mit unserem männlichen Lehrling hatten wir keine Gnade.«

Matthis wandte seinen Blick voller Mitgefühl auf den jungen Mann, der sich nur langsam erholte.

»Das hat bisher jeder überlebt«, grinste Carl. »Aber es musste schnell gehen, damit er uns nicht entwischt. In dem Fall hätte er die Zeche nämlich nicht bezahlen müssen. Deshalb weiß ein Lehrling nie genau, wann er gegautscht wird – aber heute haben wir ihn auf einen Botengang geschickt, um alles vorzubereiten, und bei seiner Rückkehr haben wir ihn überrascht und ihn uns geschnappt. Was machst du eigentlich persönlich hier? Funktioniert euer Telefon mal wieder nicht? Ich vermute, die Leitungen sind einfach überlastet, weil immer mehr Haushalte einen Anschluss haben und der Selbstwählverkehr nicht richtig funktioniert. Das Fräulein vom Amt ist nicht zu ersetzen, wie man merkt, auch nicht im Ortsnetzverkehr.«

»Tatsächlich kommt das in letzter Zeit häufiger vor, ist aber heute nicht der Fall. Ich habe ein ziemlich dringendes Anliegen«, sagte er mit Blick auf das Tuch in seiner Hand, dem Carl bislang keine Beachtung geschenkt hatte. »Ich wollte fragen, ob ich noch eine Anzeige in der Zeitung unterbringen kann.«

»Leider nein, das Blatt für morgen ist schon gedruckt«, bedauerte Carl. »Aber besser ist das, wenn meine Männer heute feiern. Um was geht es denn?«

Matthis wickelte den Dolch aus dem Tuch und schilderte dem verblüfften Carl seinen Fund am Morsum-Kliff, und da hellte sich die Miene des Druckers auf.

»Ach, da kann ich doch weiterhelfen. Komm mal mit!«

Matthis folgte Carl zu der großen Druckmaschine, wo Zeitungen auf mehreren Stapeln lagen.

»Hier«, sagte Carl und reichte ihm das druckfrische Exemplar. »Lies mal.«

Verlustanzeige

Herr Generalfeldmarschall Göring hat
am Dienstag, 30. Mai abends gegen 20 Uhr,
auf einem Spaziergang in unmittelbarer Nähe des
Restaurants Nösse beim Morsum-Kliff,
einen Dolch verloren.
35–40 Zentimeter lang, 4 Zentimeter breit,
mit roter Saffian-Scheide und vergoldetem Griff.

Der Finder wird gebeten, ihn gegen
Belohnung von 100 Mark
im Hotel zum Kronprinzen, Wenningstedt, abzugeben.
(Telefon 303)

»Volltreffer!«, rief Matthis. »Und sogar hundert Mark Finderlohn, das ist ja fast ein ganzes Monatsgehalt. Ich bin doch ein Glückspilz. Mit dem heutigen Tag bin ich nicht nur verlobt, sondern auch um einhundert Mark reicher!«

»Verlobt? Da darf man ja gratulieren. Wer ist denn die Glückliche?«

»Frieda«, entgegnete Matthis rundheraus.

»Wenn das mein Vater noch erleben könnte!«, rief Carl aus. »Julius hat Frieda wie eine Enkeltochter geliebt und schon immer große Stücke auf dich gehalten.«

»Ich weiß«, entgegnete Matthis bescheiden. »Ich habe mich oft mit Julius unterhalten, wenn er in der Strandvilla am Kamin saß. Da hat er mir auch eines Nachmittags seinen Wunsch anvertraut, dass aus Frieda und mir mal ein Paar werden solle.«

»Ich bin mir sicher, er sieht das jetzt – und freut sich doppelt mit dir über dein Glück als Finder.«

»Warum trägt Göring überhaupt so ein wertvolles Ding beim Spaziergang mit sich herum?«

Carl zuckte mit den Schultern. »Ich würde sagen, weil er ein ziemlich eitler Kauz und selbst in den einsamsten Gegenden auf Machtausstrahlung bedacht ist. Hier rief er sogar höchstpersönlich an, um seinen Verlust zu beklagen. Seine Männer mussten die Heide am Morsum-Kliff einmal auf links drehen, aber ganz offenkundig waren sie nicht gründlich genug.«

»Allerdings«, bestätigte Matthis nickend. »Wobei, wenn sich die Nachmittagssonne nicht in dem goldenen Griff gespiegelt hätte, wäre mir der Dolch in dem dichten Gestrüpp auch nicht aufgefallen. Darf ich mal eben Ihr Telefon benutzen? Ich muss Frau von Baudissin mitteilen, dass sie mich noch etwas länger an der Rezeption vertreten muss, weil ich den Dolch gleich nach Wenningstedt bringen will. Ich denke, sie wird nicht erpicht darauf sein, dass der Herr Reichsminister sein verlorenes Gut in der Strandvilla abholt.«

»Das glaube ich auch«, erwiderte Carl mit einem Seufzer und begleitete ihn zum Telefon. »Was macht dieser Göring überhaupt schon wieder auf der Insel?«

»Sein Strandhaus ist kurz vor der Fertigstellung. Das hat sich ja doch ganz schön hingezogen, und ich glaube, er ist nicht mehr so zufrieden mit der Bauleitung von Herrn von Baudissin. Wahrscheinlich hat Göring sich im Hotel zum Kronprinzen eingemietet, um von dort aus immer ein Auge auf die Baustelle zu haben, damit die Arbeiten endlich zu einem Abschluss kommen.« Matthis nahm den Hörer von der Gabel und wählte die 126 für die Strandvilla.

»Wenn man vom Teufel spricht«, murmelte Matthis mit dem Hörer am Ohr. »Die Leitung ist schon wieder tot. Ich probiere es mal im Hotel zum Kronprinzen.«

Dorthin funktionierte die Verbindung einwandfrei, und schon nach dem zweiten Klingeln hatte er die Rezeption am Apparat. Der dortige Portier war sehr erfreut, dass der Dolch gefunden und gleich nach Wenningstedt gebracht werden würde, und er wolle den Herrn Reichsminister davon umgehend in Kenntnis setzen.

»Also gut«, sagte Matthis voller Vorfreude auf den Finderlohn zu Carl, nachdem er aufgelegt hatte, »dann fahre ich schnell nach Wenningstedt und gebe den Dolch ab. Das ist ja keine Weltreise, und in zwanzig Minuten bin ich zurück. So lange muss Frau von Baudissin eben noch auf mich warten. Ohne Telefon wird es in der Strandvilla ja recht ruhig sein«, fügte er mit einem Augenzwinkern hinzu.

KAPITEL 39

Zur selben Zeit

Entschuldigt bitte meine Verspätung!«, rief Frieda gut gelaunt in das Läuten des Türglöckchens hinein. »Aber ich habe einen guten Grund dafür, auf den wir gleich anstoßen können. Du wirst dich freuen, Emma!«

Die Tür fiel ins Schloss, und da erst bemerkte sie die Ruhe im Fotoatelier. »Emma? Boy?«

Wahrscheinlich sprangen die beiden gleich hinter dem schweren Vorhang hervor, der den Verkaufsraum vom Atelier abtrennte, und schmetterten ein Geburtstagslied, dachte sie schmunzelnd, oder sie warteten in der Küche mit Kuchen, Kerzen und einem Ständchen auf sie.

Hinter dem schwarzen Vorhang wartete niemand.

»Ich bin da!«, rief sie, während sie das Atelier durchquerte. Etwas mulmig war ihr schon zumute, aber das war mal wieder typisch Emma, für Spannung zu sorgen, um nur ja keine Langeweile rund um einen Geburtstagskaffee aufkommen zu lassen.

Erwartungsvoll betrat sie die Küche – und schlug sich vor Entsetzen die Hand vor den Mund.

Ein erstickter Laut drang aus ihrer Kehle.

Ein Schlachtfeld. Geschirr war zu Bruch gegangen, Stühle waren umgekippt, der Kuchen von der umgefallenen Kaffeekanne platt gedrückt und das Tischtuch vom Kaffee getränkt.

Nein, dachte sie erschrocken, das war nicht nur Kaffee. Da war auch Blut.

»Boy!«, stieß sie mit einem Schrei aus. Mit vier Schritten war sie um den Tisch herum und kniete sich zu ihm nieder.

Seine Augen waren offen, er atmete röchelnd, und sein geschwollenes Gesicht war kaum wiederzuerkennen. Blut lief ihm aus der

Nase über die aufgeplatzten Lippen und den deformierten Kiefer, der ganz offensichtlich gebrochen war.

»Boy! Was ist passiert? Wer war das? Wo ist Emma? Emma!«, schrie sie gellend, so als bestünde die Hoffnung, dass ihre Schwester aus irgendeiner Ecke auftauchte.

Boy gab gurgelnde Laute von sich, und sie drehte ihn vorsichtig auf die Seite, damit er nicht an seinem Blut erstickte.

»Ich rufe den Krankenwagen!«, sagte sie und rannte durch das Atelier zum Telefon.

Sie schickte ein Stoßgebet zum Himmel, als sie mit zitternden Fingern die Nummer des Städtischen Krankenhauses in der Steinmannstraße wählte.

Die Leitung war frei!

Man versprach ihr, sofort einen Krankenwagen zu schicken, und kaum dass sie aufgelegt hatte, hob sie den Hörer erneut ab und wählte die Nummer der Strandvilla.

Kein Freizeichen. Die Leitung war tot.

Kein Kontakt zu ihrer Mutter.

Keine Hilfe.

Kein Beistand.

Keine Gewissheit, ob Emma in ihrer Not vielleicht dorthin geflüchtet war, um nicht selbst Opfer der Gewalt zu werden und Hilfe zu holen.

Matthis musste herkommen, fuhr es ihr durch den Kopf, und sie brauchte zwei Ansätze, bis ihre Finger die richtigen Löcher auf der Wählscheibe trafen, damit sie die Druckerei erreichte.

Das Freizeichen ertönte, und sie umklammerte flehend den Hörer und betete, dass sie Matthis noch dort erwischte oder wenigstens Carl Bescheid geben konnte – aber niemand ging ans Telefon.

Verdammt, was war denn heute los? Um die Uhrzeit war zwar der Empfang nicht mehr besetzt, aber wenigstens Carl müsste doch noch dort sein?

Aber mit Telefonaten konnte sie sich jetzt nicht länger aufhalten, sie musste zurück zu Boy.

Er lag noch auf der Seite, hielt die Augen geöffnet und atmete flach.

»Boy, der Krankenwagen kommt! Wo ist Emma? Sag mir, wo ist Emma?«, schrie sie ihn wie von Sinnen an, obwohl ihr klar war, dass er nicht antworten konnte.

Doch da schleifte er mühsam seinen Arm über den Boden, der ebenfalls dick geschwollen war, und streckte langsam, ganz langsam seinen Zeigefinger aus.

Mit ihrem Blick folgte sie der angegebenen Richtung und entdeckte ein rosafarbenes Schriftstück auf dem Boden, das offenbar zuvor auf dem Küchenschrank gelegen hatte.

Rosa. Diese Farbe hatte nichts Gutes zu bedeuten. Schweiß trat ihr in die Handinnenflächen, als sie das Papier aufhob und umdrehte.

Schutzhaftbefehl

Aufgrund des § 1 der Verordnung des Reichspräsidenten zum Schutz von Volk und Staat vom 28. Februar 1933 (RGBl I S. 83) wird in Schutzhaft genommen:

Vor- und Zuname: Emma Jacobsen
Geburtsdatum und -ort: 15. November 1897 Westerland a. Sylt
Beruf: Fotografin
Familienstand: ledig
Staatsangehörigkeit: Deutsche
Religion: evangelisch
Wohnort: Berlin, derzeit Westerland a. Sylt

Gründe:

Er/Sie gefährdet nach dem Ergebnis der staatspolizeilichen Feststellungen durch sein/ihr Verhalten den Bestand und die Sicherheit des Volkes und Staates, indem er/sie sich hochverräterisch betätigt.

Frieda konnte gerade noch die hanebüchene Begründung entziffern, und dann wurde ihr schwarz vor Augen.

Wie aus weiter Ferne drang das Martinshorn an ihr Ohr.

»Meine Güte, ich habe mir schon Sorgen gemacht!«, rief Moiken, als Matthis endlich zum Portal hereinkam. »Ihr beide wolltet doch nur für zwei Stunden einen Ausflug machen. Und wo ist Frieda?« Jetzt hielt sie nichts mehr hinter der Rezeption, wo sie viel länger als gedacht die Stellung gehalten hatte, und sie wandte ihren Blick zur Tür, in der Hoffnung, dass Frieda jeden Moment hereinkäme.

»Sie ist doch zum Geburtstagskaffee bei Emma und Boy eingeladen«, sagte Matthis, während er schnell wieder seinen Platz an der Rezeption einnahm. »Ich wollte Sie anrufen, dass es bei mir etwas später wird, aber die Leitung funktionierte nicht. Sie glauben gar nicht, was ich am Morsum-Kliff gefunden habe!«

»Ich nehme an, die große Liebe«, erwiderte sie schmunzelnd, weil die Verspätung zum Glück keinen schlimmen Hintergrund hatte und sie sich entspannen konnte. »Ich hoffe doch, dass Sie … dass du dich mit Frieda ausgesprochen hast.«

»O ja, das habe ich – und ich habe ihr einen Heiratsantrag gemacht, zu dem sie Ja gesagt hat.« Seine großen Augen glänzten voller Stolz, und in ihr stiegen Tränen der Rührung auf.

Wie gut, dass sie sich dazu entschieden hatte, die beiden ihren Weg gehen zu lassen. Nicht auszudenken, welches Glück sie verhindert hätte.

In der Kostümjacke ihres blau-beigefarbenen Kleids fand sie ein Taschentuch. »Ach, ich freue mich so sehr für euch … Verzeihung.« Sie tupfte sich über die Augen.

»Ich bin sehr berührt, dass Sie sich so für uns freuen. Ich habe aber nicht nur die Liebe, sondern tatsächlich etwas am Morsum-

Kliff gefunden. Gestern hat Reichsminister Göring auf einem Spaziergang dort seinen Dolch verloren und einhundert Mark als Finderlohn ausgelobt. Einhundert Mark! Dieses Geld habe ich mir gerade im Hotel zum Kronprinzen abgeholt.« Sein Lächeln wirkte so strahlend wie ein Sonnenaufgang.

»Einen Dolch?«, fragte Moiken bass erstaunt. »Wie kann man einen Dolch verlieren? Überhaupt, warum nimmt man den auf einen Spaziergang mit? Und dann stammt der auch noch ausgerechnet von unserem Herrn Reichsminister! Andererseits musste das diesem hochdekorierten Lametta-Heini ja irgendwann mal passieren.«

»Schscht!« Erschrocken hob Matthis den Finger an die Lippen und blickte sich mit großen Augen um.

»Ist doch wahr!«, brauste sie auf. »Nun ja, immerhin war er beim Finderlohn sehr anständig.«

»Ja, nur leider konnte ich mich nicht bedanken, weil der Herr Reichsminister verhindert war. Schade, ich muss ehrlich gestehen, ich wäre ihm allein schon aus reiner Neugier gern begegnet, aber er hatte das Geld an der Rezeption hinterlegt.«

»Matthis, dieser Göring ist nichts weiter als eine Witzfigur in Fantasieuniformen, die er sich ausdenkt und schneidern lässt. So jemanden kann man doch nicht ernst nehmen. Rechts Lametta, links Lametta, und der Arsch wird immer fetter.«

»Frau von Baudissin, so kenne ich Sie ja gar nicht!«, rief Matthis aus.

»Ich heiße Moiken, und wir waren beim Du angekommen«, korrigierte sie lächelnd. »Und bei diesem eitlen und größenwahnsinnigen Pfau vergesse ich schon mal meine gute Kinderstube.«

»Aber im Krieg hat er sich hohe Verdienste als Jagdflieger erworben und sogar diesen seltenen Orden erhalten …«

»Pour le Mérite«, warf sie ein.

»Genau, und nach dem Krieg hat er die zivile Luftfahrt mit aufgebaut und sich als Taxiflieger sein Geld verdient.«

»Ja, wenn man das so sieht, möchte man glauben, man habe einen grundanständigen Mann vor sich, aber Göring ist meiner Meinung nach mit Vorsicht zu genießen. Er hat die Gabe, Menschen um den Finger zu wickeln und für seine Zwecke einzusetzen. Er lässt sie aber genauso schnell wie eine heiße Kartoffel fallen, wenn sie ihm nicht mehr dienlich sind. Zu viele sind schon wegen Lappalien verhaftet und in Lager gesteckt worden – auch Nichtjuden.«

»Göring lässt aber nicht jeden Juden verhaften. Er sagt, wer Jude ist, bestimmt er.«

»Das macht die Sache nur noch schlimmer! Denken Sie doch mal nach. Im Grunde ist niemand vor seiner Willkür sicher. Das macht mich schon etwas unruhig, weil sich mein Ehemann als Bauleiter von Görings Strandhaus nicht gerade mit Ruhm bekleckert hat. Zu oft ist ihm sein Amt als Ortsgruppenleiter in die Quere gekommen, und er hat die Bauaufsicht schleifen lassen. Da muss Adam noch ordentlich gutes Wetter machen …«

»Habe ich da gerade meinen Namen gehört? Redet ihr schon wieder übers Wetter?«

Moiken erstarrte. Wo kam ihr Ehemann denn so plötzlich her? Er sollte doch noch außer Haus sein.

Nur nichts anmerken lassen, dachte sie, während er näher kam. Sie bemühte sich um eine entspannte Haltung, indem sie ihren angewinkelten Ellbogen auf dem Tresen ablegte, einen Fuß elegant überkreuzte und mit der Fußspitze aufsetzte.

»Ich dachte, du hast heute noch eine Sitzung?«, fragte sie leichthin.

»Nein, die musste ich absagen, weil sich ein Parteigenosse nach dem anderen krankgemeldet hat«, sagte Adam, als er die Rezeption erreicht hatte.

»O je, was grassiert denn da für ein Virus? Halte lieber Abstand.«

»Nein, keine Sorge, wohl kein Virus. Es haben alle unterschiedliche Gründe genannt – und Abstand halte ich von dir doch so oder so.«

Diese spitze Bemerkung traf sie nicht weiter, aber darauf reagieren wollte sie trotzdem – sie wusste nur noch nicht, wie.

Allerdings wurde sie in ihren Überlegungen unterbrochen, weil das Portal geöffnet wurde – nein, die Tür flog auf, als habe ein Herbststurm sie eingedrückt, und ein Mann mit Chauffeurmütze eilte herein.

»Der Herr Reichsminister kündigt sich an. Er möchte sich unbedingt persönlich bei Ihrem Portier bedanken, nachdem er hörte, dass der in der Strandvilla arbeitet. Herr Göring wartet beim Auto, ich hole ihn jetzt.«

Mit diesen Worten lief der Chauffeur hinaus, als erwarte er gleich bei seiner Rückkehr mit dem Herrn Reichsminister einen Staatsempfang samt ausgerolltem rotem Teppich.

Verdammt, dachte Moiken. Dieser Göring hatte ihr gerade noch gefehlt. Über all die Jahre hatte sie ein Zusammentreffen mit ihm umgehen können, aber nun war es nicht mehr zu verhindern.

»Was will Herr Göring denn von Ihnen, Matthis?«, fragte Adam, der seiner Stimmlage nach zu urteilen über einen Besuch des Herrn Reichsministers ebenfalls nicht sonderlich erfreut erschien – und sie ahnte, weshalb.

Die Zeit reichte gerade aus, dass Matthis ihrem Ehemann den Hintergrund erläutern konnte, da schritt auch schon der angekündigte hohe Herr durch das Portal.

Wobei, dachte Moiken leicht gehässig, wenn man es genau nahm, betrat zuerst sein Bauch die Strandvilla, der in eine weiße Uniform gepresst war.

»Heil Hitler! Das nenne ich ja mal einen wahren Glücksfall!«, rief Göring im Näherkommen aus. »Nicht nur, dass ich meinen Dolch wiederhabe, nun führt mich der Weg zum Finder auch noch in die Strandvilla, und das Ehepaar von Baudissin empfängt mich, als hätte es meinen Besuch erwartet. Frau von Baudissin, es ist mir eine Ehre, Sie endlich einmal persönlich zu treffen.« Mit einer leichten Verbeugung forderte er einen Handkuss ein.

»Die Freude ist ganz auf meiner Seite«, erwiderte sie steif und sparte sich neben dem Heil Hitler ein herzliches Willkommen in der Strandvilla.

Dafür schien ihr Ehemann erwartungsgemäß gutes Wetter machen zu wollen. »Heil Hitler! Es ist *uns* eine Ehre, Sie in der Strandvilla begrüßen zu dürfen – und wie ich hörte, möchten Sie sich persönlich beim Finder des Dolchs bedanken. Das ist wirklich eine sehr noble Geste von Ihnen, Herr Reichsminister, dass Sie sich dafür auch noch Zeit nehmen. Hier steht der Glückspilz – unser Portier.«

»Sieh an, sieh an! Meinen ausdrücklichsten und tief empfundenen Dank«, sagte Göring und schüttelte Matthis so kräftig die Hand, dass dieser für einen Augenblick das Gesicht vor Schmerzen verzog, was der Reichsminister kopfschüttelnd quittierte. »Augen wie ein Adler und flink wie ein Windhund sind Sie, so schnell, wie Sie mir meinen Dolch wiedergebracht haben – aber am Händedruck müssen wir noch arbeiten. Zäh wie Leder, hart wie Kruppstahl, so will es unser Führer!«

»Sehr wohl, Herr Reichsminister!«, entgegnete Matthis gehorsam, und es fehlte nur, dass er die Hacken zusammenschlug.

»Sehr schön, sehr schön«, erwiderte Göring zufrieden. »Sie haben mich wirklich sehr glücklich gemacht«, betonte er abermals, »denn der Dolch ist ein Geschenk von Graf Eric von Rosen, mit dem mich seit dem schrecklichsten Flug meines Lebens eine tiefe Freundschaft verbindet. Wir gerieten in einen fürchterlichen Schneesturm, und ich verlor die Orientierung auf dem Weg zum Schloss des Grafen. Meinem fliegerischen Können ist es aber zu verdanken, dass ich das Flugzeug auf dem Eis des Båvensees vor dem gräflichen Schloss aufsetzen und den Grafen noch rechtzeitig zu seiner Frau Mary bringen konnte. An diesem Abend durfte ich ihre Schwester Carin kennenlernen. Meine erste Ehefrau, die leider nach acht Jahren glücklicher Ehe an Tuberkulose verstorben ist. Dieser

Dolch ist also nicht nur von materiellem, sondern auch von einem hohen ideellen Wert für mich – und nun habe ich ihn wieder. Was für ein Glück!«

»Darauf sollten wir doch anstoßen«, schlug Adam vor, »wenn es die kostbare Zeit des Herrn Reichsministers erlaubt.«

Natürlich, dachte Moiken, für Alkohol war Adam immer zu haben, und die Vorliebe des Reichsministers für derlei Genüsse war ebenfalls bekannt – also eine wunderbare Gelegenheit, um Göring milde zu stimmen.

»Meine Zeit ist in der Tat knapp bemessen, aber ein Schlückchen in Ehren kann keiner verwehren. Sie haben ja sicher einen guten Tropfen im Hause.«

»Aber selbstredend. Sogar einen separaten Weinkeller voll mit kostbaren und erlesenen Flaschen, von denen ich gleich eine holen lasse.«

Nein, dachte Moiken. Alles, nur das nicht.

»Das ist ein formidabler Vorschlag!«, begeisterte sich der Reichsminister, aber gleich darauf wurde er wieder ernst. »Bei der Gelegenheit können wir auch gleich über den Baufortschritt an meinem Strandhaus sprechen.«

An Adams verzerrtem Lächeln erkannte Moiken, dass genau das nicht sein Plan gewesen war. »Oh, am besten vereinbaren wir für die kommenden Tage einen Ortstermin, dann können Sie sich davon überzeugen, dass es zwar kleine Verzögerungen auf der Baustelle gab, aber nun geht es wieder voran.«

Der Ortstermin war sicherlich ein Versuch von Adam, ein Gespräch zu umgehen, dachte Moiken, denn bestimmt würde er diesen Termin platzen lassen und anschließend mit verschiedenen Ausflüchten so lange verschieben, bis Göring die Insel bald wieder verlassen musste.

»Kleine Verzögerungen?«, höhnte der Reichsminister sichtlich angesäuert. »Ich war vorhin auf der Baustelle und konnte mich mit eigenen Augen davon überzeugen, dass dort nichts vorangeht! Ich habe Sie direkt anrufen lassen, aber Ihre Leitung scheint im Moment tot zu sein. Umso besser, dass mich mein Weg nun hierhergeführt hat.«

»Ich bin mir sicher, dass ich Ihnen den Stand der Arbeiten zu Ihrer Zufriedenheit erläutern kann. Oft wirkt eine Baustelle so, als würden die Arbeiten noch Jahre dauern, dabei sieht es am nächsten Tag schon ganz anders aus. Was halten Sie davon, wenn wir zunächst einmal die Schatzkammer der Strandvilla besichtigen? Als Weinkenner wird es Ihnen sicherlich nicht schwerfallen, die kostbarste Flasche auszusuchen.«

Nein, nein, nein, dachte Moiken panisch.

Adam war so erpicht darauf, den Herrn Reichsminister abzulenken, dass er sogar seine Angst vor Spinnen verdrängte. Aber genau das war ein Ansatzpunkt, den sie elegant aufgreifen musste.

»In diesem Gewölbe wimmelt es nur so vor Spinnen, das wirst du doch dem Herrn Reichsminister nicht zumuten wollen, Adam? Ich hole sehr gern die beste Flasche, die dort lagert.«

»Aber, aber …«, wandte Göring ein, »denken Sie etwa, ich hätte Angst vor diesen possierlichen achtbeinigen Tierchen? Ich bin ein Mann, und als Mann werde ich Sie selbstverständlich nicht allein in dieses unheimliche Gemäuer lassen. Außerdem würde mich bei meinem Faible für wertvolle Tropfen diese Schatzkammer doch sehr interessieren.«

»Ach herrje, ich habe meinen Schlüssel gar nicht bei mir!«, rief sie aus. »Den muss ich erst holen.« Und stattdessen nicht ins Büro, sondern direkt in den Weinkeller laufen, setzte sie gedanklich hinzu, um Samuel samt allen verräterischen Spuren verschwinden zu lassen. Zeitlich ein kaum mögliches Unterfangen, aber sie durfte nichts unversucht lassen.

»Papperlapapp«, mischte sich Adam ein. »Matthis hat doch den Schlüssel zum Weinkeller hier im Tresor. Geben Sie den doch bitte mal her.«

Pflichtschuldig öffnete Matthis das kleine Tresorfach, das extra für den Schlüssel geschaffen worden war.

Es war leer.

»O nein«, rief Matthis aus. »Das habe ich ja ganz vergessen. Den Schlüssel hat Grete noch, weil Gäste vorhin nach einem guten Tropfen verlangt haben. Ich weiß leider nicht, wo sie jetzt steckt. Kann sein, sie ist schon wieder zurück im Dünencafé und hat den Schlüssel mitgenommen.«

Etwas Besseres konnte ihr nicht passieren, dachte Moiken. »Gut, dann hole ich also meinen Schlüssel«, sagte sie beschwingt. »Ich bin gleich wieder zurück.«

Sie wollte sich gerade abwenden, da rief Adam aus: »Ach Moiken, mein Herz, das wäre doch eine fantastische Gelegenheit zu einer kleinen Hausführung für den Herrn Reichsminister!«

Natürlich, dachte Moiken bitter und zugleich voller Panik. Das war vor allem für Adam eine fantastische Gelegenheit, sich aus dem Staub zu machen.

»Ach, der Herr Reichsminister ist sicherlich mehr am Weinkeller als an den langweiligen Fluren der Strandvilla interessiert. Ich bin auch gleich mit dem Schlüssel zurück!«, entgegnete sie eilig.

Sie machte einen zweiten Versuch, sich von der Rezeption zu entfernen, der dieses Mal von Göring vereitelt wurde.

»An einer Hausführung durch die Hausherrin persönlich habe ich durchaus Interesse, denn ich könnte mir vorstellen, eines der Zimmer auf Dauer zu mieten. Wenn mein Haus fertig ist, werde ich sicherlich viel Besuch auf diesem wunderschönen Eiland bekommen, aber man will ja nicht alle Gäste in seinem Haus beherbergen – insbesondere nicht die eigene Schwiegermutter.« Er lachte über seinen eigenen Scherz.

»Die Dauermiete eines Zimmers durch den Herrn Reichsminister würde uns mit großer Ehre erfüllen«, warf Adam erfreut ein. »Ich bin mir sicher, Sie werden die Führung an der Seite meiner Gattin genießen und sich voller Überzeugung für ein Zimmer in unserem Hause entscheiden, das wir Ihnen selbstverständlich zu gesonderten Konditionen überlassen werden. Darüber reden wir, wenn Sie wieder zurück sind. Ich warte hier so lange und bespreche mit unserem Portier die notwendigen Einzelheiten. So, jetzt aber genug geredet. Der Herr Reichsminister soll die Pracht unseres Hauses sehen!«

Die durfte er sehen, dachte Moiken, aber nicht den Weinkeller, bevor Samuel von dort verschwunden war.

Irgendetwas musste ihr einfallen. Irgendetwas, das ihr genug Zeit verschaffte.

Nur was? Sie war so von Angst erfüllt, dass sie keinen klaren Gedanken fassen konnte.

Wie heiße Tropfen sickerte ihr im Sekundentakt ins Bewusstsein, dass kein Ausweg in Sicht war und die Zeit ablief.

KAPITEL 40

Am frühen Abend

Dürfte ich bitte das Telefon benutzen?«, fragte Frieda die Krankenschwester des Städtischen Krankenhauses, deren gestrenge Miene einem Oberfeldwebel alle Ehre machte. »Ich muss dringend meine Mutter anrufen.«

Nach ihrer Ohnmacht war sie ebenfalls in die Klinik gebracht worden, aber nach einer Kontrolle schon wieder auf den Beinen – wenn auch auf wackligen.

Ganz im Gegensatz zu Boy, der direkt in den Operationssaal musste, weil man neben seinem Kieferbruch innere Blutungen vermutet hatte.

Die Ärzte hatten ihr keine große Hoffnung gemacht.

»Natürlich dürfen Sie das Telefon benutzen, Kindchen«, sagte die gestrenge Krankenschwester von oben herab, deren Namensschild auf der Brust des weißen Kittels sie als Gertrud auswies. »Ich bestehe sogar darauf, dass Sie abgeholt werden. In Ihrem Zustand lasse ich Sie nicht allein nach Hause gehen. Sie stehen ja noch unter Schock. Also anstelle der Ärzte hätte ich …«

»Mir geht es gut!«, fiel Frieda ihr ins Wort, auch wenn das eine glatte Lüge war. Aber sie musste handeln und ließ sich den Hörer reichen.

Für Boy konnte ihre Mutter im Moment zwar nichts tun, aber zusammen mussten sie schnellstmöglich zu Emma ins Polizeigefängnis, um den Abtransport in ein Lager zu verhindern.

»Verdammt, die Leitung ist immer noch tot!«, rief sie voller Zorn aus, und am liebsten hätte sie den Hörer auf den Tresen geknallt, weil die Telefongabel nicht in Reichweite war.

»Na, na, na«, mahnte die Krankenschwester mit erhobenem Zeigefinger und fixierte sie über den Rand ihrer Hornbrille.

»Entschuldigung«, sagte Frieda kleinlaut. »Hätten Sie wohl die Nummer vom Gestapo-Gefängnis in Westerland für mich?«

»Jetzt verstehe ich, warum Ihr Vater so zugerichtet wurde. Er hat sich wohl gegen eine Verhaftung gewehrt.« Die Krankenschwester wich zurück, als hätte sie es mit der Pest zu tun. »Sind Sie etwa auch Jüdin?«

»Nein!«, entgegnete sie barsch. »Ich bin Parteimitglied – und jetzt geben Sie mir bitte die Nummer.«

»Das ist die 352 – wir haben oft genug mit denen zu tun«, entgegnete die Krankenschwester abfällig, aber sichtlich beruhigt, keine Jüdin vor sich zu haben.

Eilig wählte Frieda die Nummer, und nach wenigen Freitönen ging ein Zuständiger an den Apparat.

»Heil Hitler«, sagte sie, um gutes Wetter zu machen. »Hier spricht Frieda von Lengenfeldt. Es geht um meine Halbschwester Emma

Jacobsen. Ihr wurde heute ein Schutzhaftbefehl überstellt. Ich möchte sie bitte besuchen.«

»Das ist nicht möglich«, entgegnete der Aufseher knapp.

»Das sehe ich anders«, sagte sie möglichst ruhig, obwohl sie bei der Vorstellung, dass Emma dort in der Zelle saß, fast durchdrehte. Aber sie hatte schließlich gleich zwei Trümpfe in der Hand. »Ich bin Parteimitglied, und mein Stiefvater ist der Ortsgruppenleiter«, sagte sie in bedeutungsschwangerem Ton.

»Das ändert nichts an der Sache.«

»Wie bitte?«, fuhr sie auf. »Natürlich spielt das eine Rolle.«

»Nein, denn Ihre Halbschwester wurde aufgrund der Schwere ihres Vergehens direkt mit dem heutigen Transport in das Gestapo-Gefängnis nach Kiel überstellt.«

»Aufgrund der Schwere ihres Vergehens? Emma hat überhaupt nichts getan, da bin ich mir sicher!«, rief sie nahe der Verzweiflung.

Die Krankenschwester verfolgte das Telefonat aufmerksam und gab sich keine Mühe, ihre Neugierde zu verbergen, was Frieda noch mehr in den Wahnsinn trieb.

»Ihrer Halbschwester wird Hochverrat vorgeworfen«, sagte ihr Gesprächspartner lapidar.

»Nie und nimmer! Was soll sie denn angeblich getan haben?«

»Das weiß ich nicht. Hochverrat ist Hochverrat. Das muss man ja wohl nicht näher erläutern«, entgegnete er genervt.

»Natürlich muss man das!« Ihre Stimme überschlug sich. Vorbei war es mit ihrer Beherrschung. »Man kann ihr das doch nicht ohne nähere Begründung vorwerfen. Ich bin mir sicher, Emma hat nichts mit einem Hochverrat zu tun!«

»Ihr wertes Fräulein Schwester hat sich bereits einmal über das Fotografierverbot des Herrn Reichsministers hinweggesetzt. Das war schon ein starkes Stück, und ein Aufenthalt hier in unserem Gefängnis war ihr wohl ganz offenkundig noch nicht Warnung genug. In Kiel herrscht ein ganz anderer Ton, den Ihre Schwester hoffentlich verstehen wird, wenn sie schlau ist. Ansonsten geht es vom dortigen Gestapo-Gefängnis weiter in ein Arbeitslager oder direkt nach Sachsenhausen – dort versteht man überhaupt keinen Spaß mehr.«

Frieda verschlug es die Sprache. Andererseits hatte sie dem Aufseher auch nichts mehr zu sagen.

Stumm reichte sie der Krankenschwester den Hörer.

Wenn nur ihre Mutter jetzt da wäre, um ihr Halt zu geben, dachte sie voller Verzweiflung. Gemeinsam mussten sie Emma aus dem Kieler Arbeitslager rausholen.

»Haben Sie einen Zugfahrplan hier?«

»Auch das …«, sagte die Krankenschwester mit Widerwillen und fischte den entsprechenden Faltplan aus der Schublade. »Aber Sie sollten von einer Fahrt nach Kiel absehen«, fügte sie hinzu, da ihr dieser nächste Schritt klar war. »Erstens sind Sie noch viel zu geschwächt, und zweitens bringt das sowieso nichts.«

»Wieso bringt das nichts?«, schrie Frieda. »Ich werde nichts unversucht lassen. Ich kann doch nicht tatenlos zusehen, was mit meiner Schwester geschieht.«

»Es wird Ihnen wohl nichts anderes übrig bleiben«, entgegnete der verkappte Oberfeldwebel schulterzuckend. »Es sind schon viele abgeholt worden, und man hat nie wieder etwas von diesen Menschen gehört oder gesehen.«

Frieda achtete nicht weiter auf die Worte der Krankenschwester. Fieberhaft fuhr sie mit dem Finger die Spalten hoch und runter, bis sie die richtige Zeile gefunden hatte.

Der einzige Zug, mit dem sie heute noch Kiel erreichte, fuhr in zwanzig Minuten, stellte sie fest. Das reichte, um ein Taxi zu bestellen, ihre Mutter in der Strandvilla einzusammeln und hoffentlich rechtzeitig den Bahnhof zu erreichen.

Nun war alles vorbei, dachte Moiken.

Mit Ausflüchten oder einer Weigerung würde sie sich gegenüber dem Reichspräsidenten verdächtig machen.

Nachdem sie in ihrem Büro einen Ohnmachtsanfall vorgetäuscht hatte, um den Besuch im Weinkeller abzuwenden, blieb ihr jetzt nichts anderes übrig, als ihrem Schicksal entgegenzugehen, denn die Ohnmacht hatte sie wohl so perfekt gespielt, dass der Herr Reichsminister meinte, ein guter Tropfen wäre nun dringend vonnöten, damit ihr Kreislauf wieder in Schwung käme.

Zunächst hatte er ihre Beine am Sessel hochgelagert, ihr ein Glas Wasser von ihrem Schreibtisch gereicht und den Puls kontrolliert.

Der war natürlich vollkommen in Ordnung gewesen, wie der Reichsminister beruhigt festgestellt hatte, doch er hatte sie dessen ungeachtet zu einer Erholungspause gezwungen.

In dieser Zeit sprach er über das Zimmer, das er unbedingt in der Strandvilla für seine Gäste mieten wolle. Er bat sie außerdem, auf ihren Mann einzuwirken, ansonsten müsse er sich einen anderen Bauleiter suchen.

Er habe einst große Stücke auf Adam gehalten, schließlich habe der als Architekt ein Jahrhundertbauwerk innerhalb von vier Jahren zum Abschluss gebracht, zudem die Aufsicht über eintausendfünfhundert Arbeiter gehabt und über zwanzig Millionen Reichsmark verwaltet – dagegen sei doch so ein Strandhaus ein Klacks. Allerdings habe er den Eindruck, so Göring, dass ihr Ehemann sich mit der Vielfalt seiner Aufgaben verzettelt habe und chronisch überfordert sei.

Von einer Kündigung habe ihn bislang nur die große persönliche Nähe abgehalten, denn auch er habe ein Attentat überlebt. Er sei beim Hitlerputsch vor gut fünfzehn Jahren angeschossen worden und leide bis heute unter Schmerzen, die er mit Morphium bekämpfen müsse.

Morphium war bei Adam nicht das Problem, dachte Moiken, aber der Alkohol, den er bereits am Vormittag trank, um für den Tag gerüstet zu sein, wie er sich ausdrückte.

Das konnte sie dem Herrn Reichsminister natürlich nicht erzählen, überhaupt wollte sie nicht länger in seiner Gegenwart wie ein Käfer auf dem Rücken liegen, aber jede Minute, die verging, zählte.

Denn sie hoffte inständig, dass Matthis die Zeit nutzte, um zu Grete ins Dünencafé zu rennen und den Schlüssel zu holen. Doch von der Strandvilla bis zum Pavillon und wieder zurück dauerte es selbst im Lauftempo fünfzehn Minuten.

War Matthis überhaupt geistesgegenwärtig genug gewesen, diese Chance zu ergreifen? Oder kam es ihm gar nicht in den Sinn, Samuel helfen zu wollen? Schließlich hatte er sich klar und deutlich davon distanziert, etwas mit einem Judenversteck zu tun haben zu wollen.

Zurück an der Rezeption, fehlte von ihrem Ehemann und von Matthis jede Spur. Von Adam konnte sie sich gleich denken, dass er sich aus dem Staub gemacht hatte, aber wo war Matthis?

Noch unterwegs? Oder befreite er gerade Samuel? Würde sie mit Göring direkt auf ihn treffen? Sie musste irgendwie noch Zeit schinden.

»Wenn Sie mich bitte entschuldigen würden, ich muss dringend zur Toilette«, rief sie aus.

Sie hatte sich gerade umgedreht, da packte Göring sie von hinten am Oberarm und riss sie zu sich herum. Er fixierte sie mit seinen kleinen Augen, und es fehlte nicht viel, dass er wie ein Dobermann die Zähne gefletscht hätte.

»Nein, ich entschuldige nicht!«, knurrte er. »Ich habe Ihr Spielchen durchschaut. Warum hat Ihr Ehemann nicht wie versprochen an der Rezeption gewartet? Warum ist Ihr Portier auch spurlos verschwunden? Warum waren Sie angeblich ohnmächtig, obwohl Ihr Puls vollkommen in Ordnung war? Das ist doch alles Lug und Trug, weil Sie Zeit schinden wollten. Ich bin mir sicher, der Weinkeller hält außer teuren Weinflaschen noch eine ganz andere Überraschung für mich bereit, wenn wir uns jetzt beeilen. Schließlich ist dort das beste Versteck für einen Juden!«

Unsanft zerrte er sie im Stechschritt mit sich, sodass sie hinter ihm herstolperte.

»Wie kommen Sie denn darauf!«, rief sie in einem Akt der Verzweiflung, als er sie die Treppen hinunterzog.

»Wie ich darauf komme? Halten Sie mich denn wirklich für so naiv, dass ich nicht erkenne, wer ein Judenhelfer ist? Sie haben bislang jegliche Begegnung mit mir vermieden, Ihre Hausfahne weht, während die Hakenkreuzfahne merkwürdigerweise schlaff herunterhängt, und vorhin haben Sie sich das ›Heil Hitler‹ verkniffen – muss ich Ihnen noch mehr darlegen?«, fragte er, während er sie durch den Gang bugsierte, der an der Küche und am Hinterausgang vorbei ein paar weitere Stufen hinunter zum Weinkeller führte.

Wenn nur jemand in der Küche wäre, dachte sie voller Verzweiflung, aber dort war gerade Nachmittagspause.

Ihre einzige Hoffnung war Görings Ausspruch, dass er entschied, wer Jude war und wer nicht. Vielleicht würde er ein Auge zudrücken?

Nein, sie wusste selbst, dass das unrealistisch war. Ganz im Gegenteil, Göring würde toben, wenn er auf Samuel traf, und keine Gnade kennen.

Sie sah sich bereits in Handschellen, während sie mit zitternden Fingern den Schließriegel der schweren Eichentür zurückschob, die zum vorderen Bereich des Weinkellers führte. Dort lagerten, für das Küchenpersonal zugänglich, die einfachen Hausweine, Weine, die zum Kochen verwendet wurden, und allerlei hochprozentige Getränke von nicht allzu großem Wert.

Sie drehte am Lichtschalter. Die Deckenlampe flackerte und tauchte die beiden Regalreihen rechts und links in gespenstisches Licht.

»Hier sind wir ja wohl noch nicht richtig«, stellte der Reichsminister mit Kennerblick fest. »Weiter! Und keine Mätzchen.«

Unvermittelt spürte Moiken den Dolch in ihrem Rücken, und sie erschrak so sehr, dass ihr die Luft wegblieb und ihr Herz einen Taktschlag lang aussetzte, um daraufhin in rasender Geschwindigkeit zu pochen.

»Aufschließen!«, befahl Göring an der hinteren Eichentür angekommen.

Sie versuchte es, aber ihre Finger zitterten so sehr, dass sie das Schlüsselloch mehrfach verfehlte, bis Göring die Geduld verlor.

Er stellte sie mit dem Rücken gegen die Wand, setzte den Dolch an ihrem Hals an und forderte den Schlüssel.

»Hergeben!«, donnerte er. Mit der freien Hand schloss er auf und stieß die schwere Tür mit einem Fußtritt so heftig auf, dass die Mauern der Strandvilla erzitterten.

»Komm raus, du Jude! Zeig dich, du Schandfleck!«, schrie er, während er das Licht anmachte. Für die wertvollen Flaschen hatte er keinen Blick übrig, im Stechschritt durchmaß er den Raum, stieß Kisten beiseite und stocherte mit dem Dolch in jede Nische, in die sich ein Mensch hätte kauern können.

Moiken stand reglos mitten im Raum, wo Göring ihr die Klinge vom Hals genommen hatte.

Samuel war verschwunden – und mit ihm auch der kleinste Hinweis, dass dieser Raum je als Versteck gedient hatte.

Wie war das möglich?

Göring fuhr herum. »Ich hätte schwören können!«, rief er aus. »Meine Nase hat mich noch nie im Stich gelassen, ich kann dieses Pack riechen. Seien Sie gewiss, werte Frau von Baudissin, ab sofort stehen Sie unter besonderer Beobachtung. Ich empfehle mich! Die Lust auf einen guten Tropfen ist mir nachhaltig vergangen.« Er rauschte an ihr vorbei, und Moiken blieb wie gelähmt zurück.

Ungläubig sah sie sich um.

Wenn sie Samuel nicht selbst in diesen Weinkeller gebracht hätte, wenn sie ihn nicht mit eigenen Augen noch heute Morgen auf dem Matratzenlager gesehen hätte, dann würde sie es nicht für möglich halten, dass er bis vor wenigen Minuten noch hier gewesen sein musste.

Matthis, dachte sie, wie hatte er das nur geschafft?

Auf wackeligen Beinen kehrte sie an die Rezeption zurück, und in dem Moment tauchte er hinter seinem Tresen auf, wo er sich offenkundig versteckt hatte, bis die Luft rein war.

Er war kreidebleich. »Das war knapp«, stöhnte er und suchte Halt am Tresen.

»Matthis … wie?«, fragte sie vollkommen außer Atem. Ihr Herz raste, als sei sie vom Keller zum Dachgeschoss und wieder zurück gerannt.

»Ich hatte den Schlüssel – die ganze Zeit. Als ich den Tresor geöffnet habe, habe ich ihn unbemerkt entnommen und dabei Blut und Wasser geschwitzt. Dann musste nur noch Ihr Ehemann von der Rezeption verschwinden, aber das ging schneller als gedacht. Er murmelte etwas von einer Unpässlichkeit und verschwand in Richtung seines Zimmers.

Ich wusste nicht, wie viel Zeit mir bleibt, aber ich musste es versuchen. Die Matratze und alles andere habe ich in der Vorratskammer verschwinden lassen. Ich dachte mir, dass der Herr Reichsminister wohl kaum unsere Kartoffeln besichtigen will.« Seine Stimme war zu einem kaum hörbaren Flüstern geworden. »Und Samuel … Wissen Sie noch, als die Revolutionäre damals das Haus gestürmt haben? Da ist es mir schon einmal gelungen, jemanden durch die Hintertür verschwinden zu lassen und zum Portal wieder reinzubringen.«

Matthis machte einen bedeutsamen Fingerzeig neben sich.

Moiken eilte um den Tresen herum.

Tatsächlich, dort kauerte Samuel in der hintersten Ecke.

»Das gibt's ja nicht! Gott sei Dank!«, rief sie verhalten aus.

Aber Samuel schien nicht so erleichtert zu sein. Noch nie hatte sie eine solche Angst in den Augen eines Menschen gesehen.

Sie kniete sich zu Samuel und nahm seine Hand, die eiskalt war. »Ich weiß, wie sich Todesangst anfühlt«, sagte sie heiser. »Ich habe sie auch gerade wieder erlebt. Göring hat mir seinen Dolch an den Hals gehalten. Samuel, wir müssen ein anderes Versteck für dich suchen. In der Strandvilla kannst du nicht bleiben, aber solange ich atme, werde ich Widerstand leisten und nicht zulassen, dass unschuldige Menschen verfolgt werden – von solchen widerwärtigen Nazis.«

»Schscht«, machte Matthis erschrocken, obwohl sie nicht laut geworden war.

Sie erhob sich, und dabei fiel ihr Blick auf einen Zettel, der hinter dem Tresen lag und Friedas Handschrift trug.

»Was ist das für eine Nachricht?«, fragte sie.

»Keine Ahnung. Als ich los bin, lag der Zettel noch nicht da, das weiß ich bestimmt. Gerade hatte ich noch keinen Blick dafür.«

Moiken überflog die stichwortartigen Zeilen, die offenbar in großer Eile geschrieben worden waren.

Habe euch nicht angetroffen.
Boy im Insel-Krankenhaus, Notoperation.
Emma Schutzhaftbefehl.
Hochverrat. Gestapo-Gefängnis Kiel.
Nehme den letzten Zug.
Drückt mir die Daumen.
Hoffe auf alles Glück der Welt.

»Einen Stuhl«, brachte Moiken hervor, ehe sie in sich zusammensackte. Sie spürte gerade noch, wie Matthis sie auffing.

KAPITEL 41

Kiel
Spät am Abend

»Dann mal viel Glück«, sagte der Taxifahrer, der sie vom Kieler Bahnhof in die Düppelstraße 23 gefahren hatte, und es klang mehr ironisch als zuversichtlich.

Frieda brachte kein Wort heraus. Sie nickte nur, bezahlte und stieg mit weichen Knien aus.

Es war unterdessen dunkel geworden, und sie sah hinauf zu dem großen, vierstöckigen Gestapo-Gebäude, das von mächtigen Bäumen umrahmt auf einer Anhöhe thronte und angesichts der hübschen Architektur sicherlich einst als Herrensitz erbaut worden war.

Kaum zu glauben, dass sich hinter diesen Mauern das Grauen abspielte. Hinter zahlreichen Fenstern brannte Licht, wobei ein auffälliger Gegensatz zwischen den großen Rundbogenfenstern im ersten Stock und den kleinen, vergitterten Fenstern im Hochparterre herrschte, die zudem nur sehr schwach beleuchtet waren.

Frieda überlief ein Schauer, weil sie ahnte, dass Emma dort eingesperrt war.

Auf der gut zweistündigen Zugfahrt hatte sie lange Zeit gehabt, sich ein Vorgehen zu überlegen, wie sie den Aufseher davon überzeugen könnte, Emma freizulassen.

Sie heftete sich mit zitternden Fingern ihr Parteiabzeichen ans Revers und nahm all ihren Mut zusammen, während sie dem verschlungenen Pfad zum Eingang hinauf folgte.

Doch vor Angst zog sich ihr Bauch schmerzhaft zusammen. Es kam auf jedes Wort an. Die Verantwortung lastete allein auf ihr, ihre Schwester da rauszuholen. Wenn sie doch nur Matthis oder ihre Mutter bei sich hätte, dachte sie verzweifelt, aber sie waren auf die

Schnelle nicht auffindbar gewesen, und deshalb hatte sie sich nur Geld und ihren Reisemantel aus dem Zimmer geholt und den beiden eilig eine Nachricht hingekritzelt.

Jetzt war es von Vorteil, dass Adam sie gezwungen hatte, in die Partei einzutreten, und sie hatte noch zwei Trümpfe in der Hand, in die sie all ihr Vertrauen legte.

Mit Nachdruck betätigte sie den Klingelknopf an der unscheinbaren Tür, die eher wie ein Dienstboteneingang wirkte, und sie fragte sich gerade, ob der richtige Eingang vielleicht auf der anderen Seite war, als ihr geöffnet wurde.

Der Mann in Uniform mit schütterem weißem Haar war bestimmt dreimal so alt wie sie und musterte sie von oben bis unten. »Ja, bitte?«, fragte er verwundert.

Sie holte tief Luft, damit ihre Stimme fest genug klang, und brachte ihre zurechtgelegte Rede hervor, ohne dazwischen Luft zu holen: »Mein Name ist Frieda von Lengenfeldt. Meine Halbschwester, Emma Jacobsen, wurde heute hierhergebracht. Der Schutzhaftbefehl lautet auf Hochverrat, aber das ist ein großer Irrtum. Ich wünsche meine Schwester zu sprechen.«

»Ach?« Seine zerrupften Augenbrauen wanderten noch höher. »Hier ist aber kein Besuch erwünscht.«

»Ach, nicht?«, fragte sie und legte in ihre Stimme so viel Überheblichkeit, wie sie nur aufbieten konnte. »Dürfte ich dann wohl mal Ihr Telefon benutzen? Da habe ich offenbar von meinem Stiefvater eine falsche Auskunft erhalten.«

»Wer ist denn Ihr Stiefvater?«, fragte der Aufseher, nun doch vorsichtig geworden.

Am liebsten hätte sie laut aufjubeln mögen, weil das Gespräch so verlief, wie sie sich das vorstellte. Gleich hatte sie ihn in der Tasche. »Er ist Ortsgruppenleiter der NSDAP von Westerland und die rechte Hand unseres Reichsministers beim Bau von dessen Privathaus in Wenningstedt auf Sylt.«

»Die rechte Hand von Herrn Göring?«, fragte der Aufseher, so als könne er sich verhört haben, und seine Schweinsäuglein weiteten sich.

»Als Bauleiter, ja«, bekräftigte sie. »Der Herr Reichsminister hält sich derzeit im Hotel zum Kronprinzen auf Sylt auf, und mein Verlobter hat sich bei Herrn Göring ebenfalls sehr verdient gemacht, weil er dessen verlorenen Dolch in der Morsumer Heide gefunden hat. Ich glaube, Herr Göring wäre nicht sonderlich erfreut, wenn er erfährt, dass meine Schwester zu Unrecht hier festgehalten wird.«

Das war die Stelle, an der sie hoch pokerte, aber sie hoffte, damit genug Eindruck zu schinden, damit der Aufseher nachgeben würde.

»Nun gut, wenn die Dinge so liegen …«, murrte er. »Kommen Sie herein. Ich bringe Sie zu Ihrer Schwester.«

Frieda konnte sich den Jubelschrei über ihren Sieg gerade noch verkneifen. Nun gut, es war nur ein Etappensieg, aber bis zum Ziel war es nicht mehr weit.

Zuversicht tanzte in ihr, als sie dem Aufseher durch einen Gang folgte, der bis auf Augenhöhe gekachelt war und vor einer Stahltür endete.

Kaum hatte er aufgeschlossen und die Tür aufgezogen, ertönten Schreie und Wehklagen von mehreren Frauen.

»Ruhe«, donnerte er, was zur Folge hatte, dass die Laute in ein Jammern und Wimmern übergingen, das Frieda kaum ertrug.

Endlich erreichten sie Emmas Zelle.

»Zehn Minuten, dann bin ich zurück«, sagte der Aufseher mit einem Lächeln, das wohl freundlich wirken sollte, aber neben seinem Unwillen lediglich seine fauligen Zähne zeigte. »Ich schließe Sie bei Ihrer Schwester ein, andernfalls müsste ich hier warten. Aber dieses Gejammere ist ja nicht auszuhalten.«

Emma jammerte nicht. Reglos saß ihre Schwester auf der Pritsche, ihr Blick war leer und ging ins Nirgendwo. Es wirkte, als ob nur noch ihre Hülle vorhanden wäre.

»Emma!«, rief sie bestürzt aus.

Erst jetzt schien ihre Schwester zu begreifen, dass Besuch gekommen war. Sie sprang auf, geriet ins Taumeln und ließ sich wieder zurück auf die Pritsche fallen.

»Kleines Schwesterchen, du bist hier …«, sagte Emma mit verwaschener Stimme. »Die haben mir irgendwas gespritzt, weil ich mich so gewehrt habe. Ich will raus hier!«

»Ich hole dich raus!«, erwiderte sie beruhigend und setzte sich neben Emma, um ihre Hand zu halten. »Deshalb bin ich hier.«

»Diese Bastarde haben deinen Geburtstagskuchen zerstört!«, rief Emma unvermittelt und so wütend, als sei das jetzt das Wichtigste. »Deinen Kuchen, den ich für dich gebacken habe!«

»Das ist doch jetzt nicht wichtig«, beschwichtigte sie.

»Doch. Der Kuchen! Der Kuchen! Sie haben deinen Kuchen zerstört.«

»Schscht«, machte Frieda und streichelte den Handrücken ihrer Schwester.

Offenkundig war Emma durch das Medikament stark in ihrem Denken beeinflusst, dennoch wollte Frieda unbedingt herausfinden, was passiert war.

»Emma, was hat es mit diesem Hochverrat auf sich? Du hast doch nichts getan, oder etwa doch?«

»Pah!«, machte ihre Schwester. »Pah, pah, pah!« Sie stieß den Laut immer wieder aus, so, als ob sie in eine Schleife geraten sei.

»Rede mit mir, bitte«, bat sie Emma eindringlich. »Der Wärter kommt in zehn Minuten wieder. Was ist passiert?«

»Henriette«, brachte Emma hervor. »Henriette. Henriette. Henriette. Henriette ist schuld. Angezeigt. Sie glaubt, ich hätte sie angezeigt. Hat alle Register gezogen. Henriette! Rosa Zettel. Dieser rosa Zettel. Ich hab nichts gemacht. Nichts. Nichts. Nichts. Vater!«, schrie sie am Ende auf, als sei der Schrecken wieder zu ihr vorgedrungen. »Vater! Was ist mit dir? Wo bist du?«

»Ist gut, ist ja gut«, beruhigte sie ihre aufgebrachte Schwester. »Gleich bist du raus hier und morgen zurück auf Sylt.«

Emma ließ sich nicht beruhigen. »Boy! Wo ist mein Vater? Vater!« Unvermittelt hielt Emma inne, offenbar hatte sie einen lichten Moment. »Lebt er noch? Sie haben ihn so furchtbar zusammengeschlagen. Er wollte mich verteidigen.«

»Er wird durchkommen«, sagte Frieda schnell, obwohl sie nicht wusste, ob es die Wahrheit war. »Er ist im Krankenhaus und wird behandelt.«

»Durchkommen ist gut«, murmelte Emma, und ihr Blick glitt in weite Ferne. »Durchkommen, durchkommen, durchkommen.«

»Das schaffst du auch«, entgegnete Frieda und drückte fest die Hand ihrer Schwester. »Wir schaffen das.«

Kaum ausgesprochen, hörte sie, wie die Stahltür geöffnet wurde. Dieser Gestapo-Mann kehrte schon zurück? Es waren doch noch keine zehn Minuten um.

Aber umso besser, dachte Frieda, dann war Emma umso schneller raus hier.

Der Aufseher kam herein und baute sich von ihnen auf. »Raus hier! Raus!«, brüllte er. »Aber ganz schnell!«

Frieda konnte ihr Glück kaum fassen, dass es keiner weiteren Verhandlung bedurfte – bis der Aufseher sie an den Haaren packte und aus der Zelle zerrte.

Da wurde ihr äußerst schmerzhaft bewusst, dass er es nicht so gemeint hatte, wie sie es verstanden hatte.

Ihre Kopfhaut brannte wie Feuer, und sie musste mit ansehen, wie er ihre jetzt wie von Sinnen schreiende Schwester wieder in der Zelle einschloss.

Noch bevor Frieda den Mund aufmachen konnte, packte er sie erneut an den Haaren und schleifte sie in Richtung Stahltür. »Die rechte

Hand von Göring«, stieß er abfällig hervor. »Dass ich nicht lache. Netter Versuch, junges Fräulein, aber ich habe mich im Hotel zum Kronprinzen höchstpersönlich mit dem Herrn Reichsminister verbinden lassen.« Er schloss die Stahltür ab und zerrte sie unter ihren Schmerzensschreien weiter durch einen Gang, der in einen anderen Teil des Gebäudes führte. »Auf deine Schwester war er alles andere als gut zu sprechen, drücken wir es mal so aus. Dunkelhaft und Nahrungsentzug waren seine Ratschläge, damit sie vielleicht wieder zur Besinnung kommt, wie man sich in diesem Staate als rechtschaffener Bürger verhält. Deine Mutter steht übrigens auch bereits mit einem Bein im Gefängnis, und für deinen angeblich so ehrenwerten Herrn Stiefvater wurde ein Schutzhaftbefehl ausgestellt. Ich erwarte ihn morgen hier.«

»Lassen Sie mich los!«, schrie Frieda nach Leibeskräften. »Und mein Stiefvater hat doch auch nichts getan!«

»Nichts?«, höhnte der Aufseher. »Betrug, Urkundenfälschung, Hochverrat, Jude. Für die Einweisung in ein Konzentrationslager reicht das ja wohl dicke. Nicht nur Westerland ist überfüllt, ich hab auch kaum noch Platz – und so ein betrügerisches, schmutziges Judenpack brauche ich hier erst recht nicht.«

Er zog sie in einen Raum, der wohl sein Büro war. Sorgfältig schloss er die Tür ab.

»Lassen Sie mich los!«, schrie sie erneut und wand sich dabei in alle Richtungen, wobei sich seine Finger dadurch nur noch kräftiger in ihren Haaren verhakten.

»Gern«, sagte er überraschend und ließ sie los, indem er seine Hand ausschüttelte. Mit einem süffisanten Lächeln, das seine Zahnstumpen entblößte, fügte er hinzu: »Wenn du schreist, versteht dich schließlich keiner am Telefon. Der Reichsminister meinte, als Parteimitglied und Verlobte des Finders seines Dolchs sei es dir gestattet, zu Hause anzurufen, um deinen Verbleib mitzuteilen. Im Übrigen solle ich keine Gnade walten lassen, da es besonders dreist gewesen sei, sich mithilfe seines Namens Zutritt zu einer Hochverräterin zu verschaffen.«

»Keine Gnade?«, keuchte sie. »Was soll das heißen? Wollen Sie mich einsperren?«

»Aber natürlich …« Sein Lächeln wurde noch breiter. »Für so hübsche Dinger wie dich habe ich immer Platz. Aber keine Sorge, ein Schutzhaftbefehl wird gerade ausgestellt. Das muss ja alles seine Ordnung haben.«

»Ich habe doch nichts getan!«, schrie sie.

»Deine Meinung spielt in diesem Hause keine Rolle. Hier gelten meine Regeln und Gesetze – und wenn der Herr Reichsminister keine Gnade fordert und ich sage, du hast dich der Beihilfe zur Flucht schuldig gemacht, dann ist das so. Kein falsches Wort am Telefon, andernfalls werde ich dich mit einem kräftigen Tritt direkt in deine Zelle befördern und dir gleich noch etwas ganz anderes in deinen süßen Hintern rammen.«

KAPITEL 42

Sylt
Am selben Abend

Nachdem Moiken aus ihrer Ohnmacht erwacht war, hatte Matthis ihr mitgeteilt, dass die Leitung wieder funktioniere und er den Arzt für sie bestellt habe. Dann hatte er Samuel wieder in den Weinkeller gebracht.

Gerade noch rechtzeitig.

Anstelle des Arztes betraten gleich sechs bewaffnete Männer in Uniform die Strandvilla, zeigten ihr den Schutzhaftbefehl und verhafteten Adam in seinem Büro.

Er leistete keinerlei Widerstand, so als habe er auf die Männer gewartet.

Seinen Blick, als man ihn an ihr vorbei abführte, würde sie nie mehr vergessen. Es war der Blick eines Menschen, der wusste, dass sein Leben vorbei war.

»Ich wollte Macht um jeden Preis – jetzt muss ich dafür bezahlen«, hatte er mit fester Stimme gesagt, wie ein Delinquent, der sich hocherhobenen Hauptes zum Schafott führen ließ. »Leb wohl, Moiken, ich hätte dich gern glücklicher gemacht«, waren seine letzten Worte gewesen.

Kaum dass er zur Tür hinaus gewesen war, hatte das Telefon geläutet. Nach einem Moment des Zuhörens hatte Matthis ihr stocksteif und kreidebleich den Hörer gereicht.

Nicht in ihrem schlimmsten Albtraum hätte sie es für möglich gehalten, was Frieda ihr in Satzfetzen mitteilte.

Ein Wort blieb ihr allerdings besonders hängen.

Henriette.

Das Weinen und Schreien von Frieda am Telefon gellte Moiken noch in den Ohren, während sie in der Dunkelheit durch die Straßen Westerlands zu Henriette rannte.

Henriette hatte die Zündschnur entfacht.

Henriette, die sich ins Fäustchen lachte.

Henriette, die sich diebisch über ihren gelungenen Rachefeldzug freute.

Boy in Lebensgefahr.

Emma und Frieda in Gestapo-Haft.

Adam auf direktem Weg ins Konzentrationslager.

Auf Henriettes Liste stand nur noch ein Name, den sie noch nicht durchgestrichen hatte.

Moiken.

Keuchend erreichte sie Henriettes Haus und rang vor der Tür nach Luft. Für die Tat durfte sie nicht außer Atem sein, sonst hatte sie nicht genug Kraft, um mit dem Messer zuzustoßen.

Sie hätte es schon damals tun sollen.

Nicht zögern, nicht zaudern.

Zustechen.

Entschlossen drückte Moiken auf den Klingelknopf.

Wieder und wieder. Die Klingel funktionierte – sie konnte es deutlich hören.

Aber Henriette stellte sich tot.

Verdammt! Vor Wut trat Moiken gegen die Tür – und wäre fast ins Haus hineingefallen. In der Dunkelheit hatte sie nicht bemerkt, dass die Haustür einen Spalt offen gestanden hatte.

Verdutzt blieb sie vor der Treppe zu Henriettes Wohnung stehen. Die Treppe, die sie ihre größte Feindin schon vor Jahren hinunterstoßen wollte.

Eine Tat, die Boy verhindert hatte.

Hoffentlich musste er das nicht mit seinem Leben bezahlen.

Hoffentlich.

Henriette hatte ihr Leben verwirkt.

Dieses Mal würde sie nicht zögern.

Moiken zog das Küchenmesser hervor, das sie unter ihrem Mantel verborgen gehalten hatte, und schritt die Stufen hinauf.

Es war genug, was diese Frau angerichtet hatte.

Mehr als genug.

Oben angekommen, blieb Moiken irritiert stehen. Die Wohnungstür war ebenfalls offen.

Was hatte das zu bedeuten?

Es fielen ihr nicht viele Möglichkeiten ein. Jedenfalls hatte Henriette einen Grund gehabt, eilig aus dem Haus zu gehen – oder sie hatte es unter Zwang verlassen müssen.

War Henriette ebenfalls verhaftet worden? Das würde Glück im Unglück bedeuten, und das Schicksal wollte nicht, dass sie, Moiken, zur Mörderin wurde.

Vorsichtig betrat Moiken die verrauchte Stube. Vielleicht hatte es einen Überfall gegeben, und Henriette lag hier irgendwo verletzt?

Im Zwielicht erkannte sie nur schemenhafte Umrisse, aber es wurde deutlich, dass Henriette weder auf ihrem Sessel saß noch irgendwo auf dem Boden lag.

In der Küche brannte Licht.

Mit Herzklopfen näherte sie sich der Küche, das Messer hielt sie weiterhin gezückt.

Keine Spur von Henriette in der Küche, hier hatte auch kein Kampf stattgefunden, aber die Reste des Abendessens standen noch auf dem Tisch. Eingelegte Rote Bete lagen auf dem Teller, und der rote Sud umfloss ein Stück Käse, daneben eine angebissene Scheibe Brot.

Damit war Moiken klar, dass Henriette gestört worden sein musste. Sie warf nur einen kurzen Blick ins Schlafzimmer, der ihr bestätigte, dass Henriette dort ebenfalls nicht war.

Wo war denn nun der Lichtschalter von der Stube? Im Dunkeln wollte sie den Raum nicht noch einmal durchqueren.

Sie tastete am Durchgang an den Wänden entlang, bis sie ihn endlich fühlte.

In dem Moment ertönte Henriettes Stimme. »Messer weg! Das Licht bleibt aus.«

Moiken fuhr herum. Henriette hatte hinter der geöffneten Wohnungstür gelauert. In ihrer Hand eine Pistole.

Fieberhaft dachte Moiken über eine Möglichkeit nach, Henriette anzugreifen.

»Messer weg, habe ich gesagt, Moiken. Du weißt, ich kann schießen, und ich würde nicht nur einmal abdrücken. Also, wenn dir dein Leben lieb ist …«

Langsam ließ Moiken ihren Arm sinken und das Messer direkt neben ihre Füße fallen. So könnte sie sich in einem geeigneten Moment schnell danach bücken und ihre Erzfeindin doch noch angreifen.

»Du hältst mich für dumm, nicht wahr?« Henriette löste sich aus ihrer Deckung hinter der Tür. »Setz dich in den Sessel.«

Moiken rührte sich nicht von der Stelle.

Henriette kam mit gestreckter Waffe zwei Schritte näher.

»Setz dich, habe ich gesagt.«

Angesichts von Henriettes kaltblütiger Entschlossenheit kroch in Moiken nun doch die Angst hoch, und sie hielt es für klüger, ihrer Aufforderung Folge zu leisten. Schließlich war das auch eine Möglichkeit, um Zeit zum Nachdenken zu gewinnen, wie sie die Situation zu ihren Gunsten drehen könnte.

»So ist es gut«, entgegnete Henriette zufrieden, während sie die Pistole weiterhin auf sie gerichtete hielt. »Ich wusste, dass du heute Abend kommst – die Türen hatte ich schon mal für dich geöffnet, allerdings dachte ich, ich könnte noch in Ruhe zu Abend essen. Adam dürfte ja kaum verhaftet worden sein, da bist du offenkundig schon losgerannt, um es mir heimzuzahlen.«

»Allerdings!«, fuhr Moiken trotz ihrer unterlegenen Position auf. »Du hast meine beiden Töchter ins Gefängnis gebracht, und Boy schwebt in Lebensgefahr!«

»Momentchen, Momentchen«, entgegnete Henriette ruhig. »Ich kann nichts dafür, dass Frieda nun offenbar auch im Gefängnis sitzt, aber das soll mir nur recht sein – genauso wenig habe ich Schuld daran, dass Boy offenkundig so viel Widerstand gegen die Verhaftung seiner Tochter geleistet hat, dass ich gar nicht mehr gegen ihn tätig werden musste. Allerdings hast du deinen Mann noch gar nicht erwähnt. Das war ein hartes Stück Arbeit, ihn loszuwerden, ohne dass ich mir direkt die Finger schmutzig machen musste – man lernt ja schließlich dazu, nicht wahr? Weißt du übrigens, was das für eine Waffe ist?«

»Ich nehme an, du hast sie beim Attentat benutzt?« Ihre Stimme schwankte, was Moiken verfluchte, denn Henriette saugte jede Spur von Unsicherheit auf, um daraus noch mehr Selbstsicherheit zu gewinnen.

»Richtig, und seither habe ich die Waffe gut versteckt, weil ich wusste, ich würde sie noch einmal brauchen. Heute ist der Tag gekommen. Ich habe mein Feuerwerk gezündet, es war ein prächtiges Schauspiel. Alles hat noch viel besser funktioniert, als ich mir das vorgestellt habe. Jetzt stehst nur noch du auf meiner Liste. Wir sind beim Finale angekommen. Sieh mich an!«

Voller Panik wich Moiken Henriettes Blick aus. Es durfte nicht sein, dass sie von dieser Frau hier und jetzt erschossen wurde. Irgendetwas musste ihr einfallen. Irgendetwas.

Sie wandte ihren Blick dem langen Küchenmesser zu, das zwei Körperlängen von ihr entfernt auf dem Boden lag.

Gab es da ein Rankommen?

An Flucht war nicht zu denken.

Sollte es tatsächlich ihr Schicksal sein, von Henriette getötet zu werden?

»Sieh mich an!«, donnerte Henriette. »Sieh mir in die Augen!«

Widerstrebend folgte Moiken diesem Befehl. Dabei kam ihr plötzlich ein fataler Gedanke.

Wenn ihre Töchter das Gefängnis nicht überlebten, vielleicht sogar in ein Konzentrationslager kamen, wenn Boy im Krankenhaus starb … dann war niemand mehr von ihrer Familie übrig.

Wenn das der Plan des Schicksals war, würde sie ihres Lebens nicht mehr froh werden, und Henriettes Tat wäre viel eher ein Gnadenschuss, den sie, ohne mit der Wimper zu zucken, annehmen würde.

»Hör mir jetzt gut zu«, sagte Henriette. »Es werden die letzten Worte sein, die du hörst. Es ist lange her, dass wir Freundinnen waren – und trotzdem kann ich mich noch sehr gut daran erinnern. Ich dachte, es würde auf ewig so sein. Ich war sogar so naiv zu glauben, dass wir uns liebten. Aber dann hast du dich in Boy verliebt, und ich musste schmerzhaft einsehen, dass du für Frauen nichts übrig hast. Ich hab alles getan, damit du aus meinem Leben verschwindest, damit ich diesen Schmerz nicht mehr ertragen muss, wenn ich dich sehe. Der Plan hat funktioniert, du bist nach Keitum geflohen, und ich habe fünfzehn Jahre lang nichts mehr von dir gehört und gesehen. Bis du plötzlich wieder aufgetaucht bist. Plötzlich warst du auf der Sonnenseite, an der Seite von Theodor von Lengenfeldt, und hast mit dem Dünencafé deinen Lebenstraum wahr gemacht, während ich meine Arbeit in der Bar verloren habe und mein Geschäft aufgeben musste. Ich war an einem Punkt angekommen, an dem ich dachte, dass Versöhnung mit dir der richtige Weg wäre, damit ich glücklich bin. Es ging ein paar Jahre gut, ich dachte, ich sei auf dem richtigen Weg, bis mein Sohn beim Dammbau sein Leben gelassen hat – weil dein Mann ihn auf die Baustelle getrieben hatte –, und du hast ihm die Arbeit auf der Baustelle überhaupt erst verschafft.«

»Keiner weiß, was Adam zu ihm gesagt hat!«, brach es aus Moiken heraus. »Die Wahrheit hat Bernhard mit ins Grab genommen. Aber sein Tod war kein Grund, ein Attentat auf Adam auszuüben.«

»Aber wir haben es getan, und Emma hat ihr Alibi zurückgezogen. Das bedeutet, ich werde im Gefängnis landen.«

»Emma hat ihr Alibi zurückgezogen? Das glaube ich nicht!«, rief Moiken aus. »All die Jahre hat meine Tochter unter Albträumen gelitten, warum sollte sie es jetzt plötzlich zurückgezogen haben?«

»Weil sie an dem Punkt angekommen ist, an dem sie genug gelitten hat. Ich habe sie selbst die Stufen vom Polizeirevier hinuntergehen sehen. Es kann nicht mehr lange dauern, bis ich verhaftet werde, aber davor wollte ich dafür sorgen, dass alle ihre gerechte Strafe erhalten. Nur du stehst noch auf meiner Liste.« Henriette machte eine kurze, bedeutungsvolle Pause, um tief Luft zu holen. »Weißt du, Moiken, mein Plan steht schon seit Jahren fest, seit Jahren fiebere ich auf diesen Moment hin, auch mit dir abzurechnen und dich mit dieser Waffe zu erschießen. Aber dann ist mir Emma in die Quere gekommen, und meine Zukunft sieht nun anders aus als gedacht. Ich werde mein Leben aber nicht hinter Gefängnismauern fristen, und für dich wäre es eine Gnade, wenn ich dich jetzt erschießen würde. Nein, du sollst leiden, und damit du mich nicht vergisst, sollst du dieses letzte Bild von mir ein Leben lang nicht mehr loswerden.«

Henriette hob den Lauf der Waffe an ihre eigene Schläfe, verharrte in dieser Position, sah ihr fest in die Augen und drückte ab.

KAPITEL 43

Am nächsten Abend

Ich habe keinen Hunger«, sagte Moiken, als Matthis mit dem Abendessen auf einem Servierwagen in ihrem Zimmer erschien.

Seit vierundzwanzig Stunden hatte sie das Bett praktisch nicht verlassen – unfähig, sich durch diese grausame Welt zu bewegen, gefangen in sich selbst.

»Aber Sie müssen etwas essen.«

»Du …«, korrigierte sie ihn müde. »Und ich möchte nichts.«

»Ich habe extra eine Hühnersuppe in Auftrag gegeben, damit Sie … damit du wieder zu Kräften kommst, und Grete hat noch ein kleines Stückchen Schokodüne beigelegt.«

»Ich habe keinen Hunger, wirklich nicht«, sagte sie nachdrücklich und machte eine abwehrende Geste. Ihr Körper wollte nichts aufnehmen. Weder Nahrung noch irgendwelche anderen Außenreize.

»Aber wenigstens trinken musst du. Am besten ein paar Löffel Hühnerbrühe.«

»Ich kann nicht«, sagte Moiken. »Ich habe es ja heute Morgen mit ein paar Schluck Wasser versucht, aber die kamen wieder heraus.«

»Umso wichtiger wäre jetzt die Hühnerbrühe. Wenigstens einen Löffel.«

»Nein!«, entgegnete sie harscher als gewollt, aber ihr fehlte die Kraft, um sich noch länger zu wehren. »Es ist mir einfach alles zu viel«, fügte sie entschuldigend hinzu.

»Ich weiß, aber ich wollte es wenigstens probieren …«, sagte Matthis leise, der die Strandvilla seither am Laufen hielt, obwohl er selbst sichtlich mit den Nerven am Ende war.

Die Rettung von Samuel, die Gestapo im Haus mit Adams Schutzhaftbefehl, Henriettes Selbstmord, Boy in Lebensgefahr und schließlich auch noch Emma und Frieda in Haft.

»Das kann kein Mensch ertragen«, sagte er in die Stille hinein, die einzig von den Regentropfen an der Fensterscheibe durchbrochen wurde. »Und ich kann nur noch an Frieda denken.«

»Mach bloß nicht den Fehler und fahr auch nach Kiel«, beschwor sie ihren zukünftigen Schwiegersohn.

»Ich gebe zu, ich habe heute schon mehr als einmal mit diesem Gedanken gespielt, aber damit wäre Frieda und Emma nicht geholfen.«

»Ganz bestimmt nicht! Wenn du einen Fuß in dieses Gestapo-Gefängnis setzt, ist die Gefahr groß, dass sie dich auch noch in eine Zelle sperren. Ich zerbreche mir schon seit gestern den Kopf, was wir tun könnten. Ich fühle mich so machtlos gegen diese Willkür! Mein Gott, meine Töchter haben doch nichts verbrochen!« Die Hilflosigkeit ließ sie bald wahnsinnig werden, vor allem, wenn sie daran dachte, was ihr im Gefängnis widerfahren war … Der Gedanke, dass sich ein Aufseher auch an ihren Töchtern verging, war nicht auszuhalten.

Tränen stiegen in ihr hoch, von denen sie glaubte, dass sie keine mehr hätte, weil sie die ganze Nacht über geweint hatte, bis ihr Schluchzen im Morgengrauen in ein Wimmern übergegangen war und sie sich schließlich so leer gefühlt hatte, dass sie nur noch vor sich hin gestarrt hatte.

So wie jetzt. Prompt erschien wieder das Bild vor ihrem geistigen Auge, wie Henriette sich erschossen hatte, und je mehr sie sich dagegen wehrte, desto mehr brannte es sich ein.

Genau das hatte Henriette bezweckt, ihre Freundin, die zur Feindin geworden war.

Henriettes Erbe.

»Wir müssen etwas tun«, murmelte Matthis angestrengt nachdenkend. »Wir bräuchten jemanden mit recht hohem Einfluss, so wie Adam ihn hatte ...«

»Ja«, stimmte Moiken zu und wandte den Blick auf die regennassen Fensterscheiben, um das Bild von Henriette loszuwerden. »Wir müssen die beiden aus dem Gefängnis holen, bevor sie in ein Lager abtransportiert werden. Verdammt, wenn es nur nicht so aussichtslos wäre ... Bei Göring darf ich mich nicht blicken lassen, und sonst kenne ich niemanden, der uns helfen könnte, weil ich den Kontakt zur Partei immer vermieden habe. Was machen wir nur – was machen wir nur?«

»Ich habe heute Vormittag schon die gesamte Gästekartei nach einem Stammgast durchsucht, der in der Nähe von Kiel lebt und erkennbare Beziehungen zur Partei hat. Da wäre zum Beispiel der Rechtsanwalt Doktor Hemberger.«

»An ihn habe ich als Erstes gedacht, aber er ist mir nicht wohlgesinnt, weil ihm meine mangelnde Sympathie für die NSDAP nicht verborgen geblieben ist, und wenn er jetzt noch erfährt, dass der Ortsgruppenvorsitzende, mit dem er mehrere Flaschen Whiskey gelehrt hat, ein Jude ist ... Vergiss es.«

»Wen bitten wir dann um Hilfe? Wer wäre uns denn unter allen Umständen wohlgesinnt?«

»Louis Adlon!«, entfuhr es Moiken, so als stünde er bereits vor ihr.

»Herr Adlon?«, entgegnete Matthis verwundert. »Ist er denn in der Partei?«

»Meines Wissens nicht, und wenn, dann hat er seinen Beitritt höchstens beantragt, weil bei Neumitgliedern Aufnahmestopp herrscht. Aber er hat sehr gute Beziehungen zu den ranghöchsten Parteileuten, selbst der Führer war ja schon bei ihm im Hotel, und noch dazu hat Louis Adlon mal zu mir gesagt, dass Emma für ihn fast schon zur Familie gehört. Außerdem hat sie das Foto von Charlie Chaplin mit offener Hose nicht in die Zeitung gebracht, und das rechnet er ihr bis heute sehr hoch an.«

»Dann lass uns keine Zeit verlieren und in Berlin anrufen. Das könnte die Rettung für Emma und Frieda sein!«

Mit dieser Hoffnung kehrte auch wieder Kraft in Moiken zurück. Zügig schwang sie ihre Beine aus dem Bett und ließ sich von Matthis ihren Morgenmantel reichen. Allerdings musste sie noch kurz auf der Bettkante sitzen bleiben, weil ihr schwindlig war.

Es fühlte sich wie eine Ewigkeit an, bis sie genug Zutrauen in ihren Kreislauf hatte, dass sie es bis zum Telefon schaffte. Auf wackligen Beinen ging sie bis zu ihrem Schreibtisch, ließ sich auf ihren Stuhl fallen und griff zum Hörer.

Matthis nahm ihr gegenüber angespannt Platz, umklammerte mit den Händen seine Knie und sagte ihr die Nummer vom Hotel Adlon auswendig an.

Moiken schickte ein Stoßgebet zum Himmel, dass die Leitung funktionieren möge.

Es war nicht lange her, da hatte ihr Frieda ebenfalls gegenübergesessen, und als Mutter war ihr größtes Problem gewesen, dass ihre Tochter einen Mann heiraten wollte, der ihr nicht standesgemäß erschien.

Wie schnell sich das Leben ändern konnte. Jetzt war die Frage, ob Frieda überhaupt jemals in die Strandvilla zurückkehren würde und vor den Traualtar treten konnte.

Dieses furchtbare Szenario trieb ihr wieder die Tränen in die Augen.

Nein, so weit durfte es nicht kommen.

Das Freizeichen ertönte! Erleichtert nickte sie Matthis zu.

Schnell hatte sie das Hotel an der Strippe, und wie es der Zufall wollte, hielt sich Louis Adlon gerade an der Rezeption auf.

Es lief wie am Schnürchen, endlich war das Glück auf ihrer Seite.

Vor Anspannung stand sie auf und berichtete dem Hotelier in hastigen und vermutlich wenig verständlichen Sätzen von den schrecklichen Ereignissen und bat ihn um Hilfe.

Als sie geendet hatte, blieb es still in der Leitung.

»Hallo?«, fragte sie. »Sind Sie noch dran?«

Nun hielt es auch Matthis nicht mehr auf seinem Sessel, und er sprang auf. »Was ist los?«

»Ich weiß nicht, ich glaube, die Verbindung ist weg …«

»Nein, nein, ich bin noch dran«, ließ sich Louis Adlon jetzt hören. »Ich weiß nicht, was ich sagen soll. Ich bin erschüttert.«

»Sagen Sie mir, dass Sie mir helfen können«, flehte sie ihn an. »Ich bitte Sie, Ihnen fällt doch bestimmt etwas ein.«

»Leider sind Sie nicht die Erste, die mich in so einem Fall um Hilfe bittet, aber selbst mein Wort richtet nichts gegen einen Schutzhaftbefehl aus. Ich würde von Herzen gern meine Beziehungen spielen lassen, aber mir sind die Hände gebunden.«

»Aber meine Töchter sind zu Unrecht verhaftet worden. Sie sind unschuldig!«, schrie sie in den Hörer.

»Das ist furchtbar, ich weiß – aber leider ist das kein Einzelschicksal. So viele sind aus nichtigen Gründen verhaftet worden, und wenn der Einfluss eine Rolle spielen würde, dann würde ich ihn sofort nutzen. Aber haben Sie schon jemals von einem Fall gehört, dass jemand aus der Gestapo-Haft zurückgekehrt ist? Mir ist keiner bekannt. Im Gegenteil. Früher oder später hört man, dass die Betreffenden in Arbeitslager überstellt wurden.«

»Sagen Sie doch gleich Konzentrationslager!«, brüllte sie den Hotelier an.

»Es tut mir leid, dass ich Ihnen keine Hilfe sein kann, aber wenn es irgendetwas anderes …«

»Mir tut es auch leid!«, unterbrach sie ihn und schmetterte in ihrer Verzweiflung den Hörer auf die Gabel.

Als sie aufsah, blickte sie in die leeren Augen ihres zukünftigen Schwiegersohns, aus denen jede Hoffnung gewichen war.

Sie ließ sich zurück auf ihren Stuhl fallen und brach hemmungslos in Tränen aus. Auch Matthis weinte, allerdings liefen ihm die Tränen stumm von den Wangen.

Der Verstand sagte ihr, wie ausweglos die Lage war, aber ihr Herz wollte das nicht akzeptieren. Henriette durfte nicht posthum ihre Familie auslöschen. Nein, das durfte nicht sein.

Aber was, wenn es am Ende doch so kommen würde? Dann würde sie keine Minute mehr länger leben wollen.

Als das Telefon klingelte, schrak sie zusammen. Erst wollte sie das Gespräch nicht annehmen, weil die Rezeption nicht besetzt war und es deshalb auch ein Gast sein könnte.

Aber dann ließ sie die Hoffnung, Louis Adlon könne es sich anders überlegt und einen Plan entwickelt haben, doch zum Hörer greifen.

»Ja«, krächzte sie und suchte in ihrem Morgenmantel nach einem Taschentuch.

»Schwester Gertrud hier, Städtisches Krankenhaus. Spreche ich mit Moiken von Baudissin?«

Sie nickte, was die Krankenschwester am anderen Ende der Leitung natürlich nicht sehen konnte.

»Hallo? Bin ich da richtig in der Strandvilla? Ich sollte Moiken von Baudissin verständigen, wenn Boy Lassen …«

»Nein!«, keuchte sie. Nicht auch noch das. Nicht ihre große Liebe.

»Wie nein?«, fragte die Krankenschwester. »Bin ich nicht richtig verbunden, oder habe ich eine falsche Auskunft von Frieda von Lengenfeldt erhalten, wen ich benachrichtigen soll, wenn …«

»Doch, doch«, brachte sie hervor. »Wann ist er …« Sie konnte das Wort nicht aussprechen. Hatte ihr das Schicksal noch nicht genug Leid auf die Schultern gepackt? Musste es immer noch eine Schippe drauflegen?

»Herr Lassen ist nach der schweren Operation seit etwa einer Stunde wieder bei Bewusstsein. Er kann natürlich noch nicht sprechen, aber er wird durchkommen.«

»Er wird …«, hob sie fassungslos an, und dann brach sie erneut in Tränen aus – dieses Mal vor Erleichterung.

KAPITEL 44

Drei Monate später
1. September 1939

Schon drei Monate vorbei, dachte Moiken, als sie sich am Vormittag träge zur Rezeption schleppte. Monate waren vergangen, die sich wie ein einziger Albtraum anfühlten. Wochen, die ohne eine Nachricht von ihren Töchtern vergingen. Tage, an denen sie sich einredete, dass keine Nachricht eine gute Nachricht war. Stunden, in denen sie keine Kraft mehr zum Weitermachen hatte. Minuten, in denen sie kurz davor war, die Strandvilla aufzugeben.

Für Sekunden dachte sie jeden Morgen beim Erwachen, der Albtraum habe ein Ende – ihre Töchter wären nie in Gefangenschaft gewesen, und sie hätte nie in zusätzlicher Angst davor leben müssen, ebenfalls verhaftet zu werden, weil sie als Ehefrau von Adam als Jüdin galt. Bis sie der Realität mit dem nächsten Lidschlag ins Auge blicken musste. Seit fast vier Monaten.

Aber heute war Freitag. Endlich wieder. Zeit für das Treffen mit Boy, das sie jede Woche um zehn Uhr in der Strandvilla abhielten.

Der Tag, an dem sie ihn aus dem Krankenhaus abholen durfte, war ein Freitag gewesen.

Zunächst hatte sie ihn in die Strandvilla mitgenommen, damit er endlich mal wieder ein leckeres Frühstück erhielt.

Er hatte mit großem Appetit gegessen, und sie hatten geredet, geschwiegen, geredet und geschwiegen und waren darüber irgendwann beim Mittagessen gelandet.

Natürlich war ihm nicht entgangen, wie abgemagert sie war, aber er machte das nicht weiter zum Thema und forderte sie auch nicht wie alle anderen zum Essen auf – und so hatte sie irgendwann damit begonnen, in seiner Gegenwart die Nahrungsaufnahme nicht nur als zwanghafte Notwendigkeit zum Überleben zu begreifen.

Noch wichtiger war jedoch der Halt, den er ihr allein durch seine Anwesenheit gab. Deshalb war dieses Frühstück jeden Freitag um zehn Uhr mittlerweile ein fester Termin in ihrem Kalender geworden, ein wöchentlicher Lichtblick, den sie sich durch nichts und niemanden nehmen ließ.

An Boy konnte sie sich ein Beispiel nehmen, denn er war voller Hoffnung, dass Frieda und Emma zurückkehrten. Außerdem war er froh, dass er am Leben war, trotz seines schief zusammengewachsenen Kiefers und seines steifen rechten Arms, weil der Trümmerbruch im Ellbogen nicht richtig versorgt worden war – mit der Konsequenz, dass er seinen Beruf, der seine Erfüllung gewesen war, vermutlich nie mehr würde ausüben können.

Er nahm sein Schicksal jedoch klaglos an, dankbar dafür, dass man durch die Notoperation seine inneren Blutungen stoppen konnte, und suchte sich neue Betätigungsfelder, wo er sich als multipler Krüppel, wie er sich selbst augenzwinkernd bezeichnete, nützlich machen konnte.

So hatte er sich das Schreiben mit links beigebracht, sich in die Buchhaltung der Strandvilla eingearbeitet und kurzerhand den Kontakt mit den Lieferanten übernommen und durch geschickte Verhandlungen Zahlungsrückstände, die allerdings durch ihr Versäumnis entstanden waren, ausgeglichen.

Außerdem diente ihm die Arbeit als Ablenkung, wie er sagte. Das war bei ihr nicht der Fall. Jegliche Aufgabe türmte sich als unüberwindlicher Berg vor ihr auf, und wenn Boy nicht wäre, hätte sie wohl längst kapituliert.

Ausgerechnet jetzt, da die finanzielle Lage der Strandvilla nach vielen schwierigen Jahren erstmals im Lot war. In dieser Saison waren 26 150 Sommerfrischler auf die Insel gekommen, damit waren erstmals wieder die Zahlen von vor zehn Jahren erreicht worden, und das Hotel war stetig ausgebucht gewesen.

Das war allerdings nur ein schwacher Trost und in ihrer Verfassung ein kaum zu stemmender Kraftakt.

Das Einzige, worüber Boy nicht sprach, war der Nachmittag, an dem die Gestapo in sein Fotoatelier eingedrungen war und er die Verhaftung seiner Tochter nicht verhindern konnte.

Ein weiteres Tabuthema war eine mögliche Scheidung von Adam. Sie zögerte das Einreichen der Scheidung stetig weiter hinaus, denn selbst wenn die Wahrscheinlichkeit gering war, so bestand doch die Möglichkeit, dass Adam das Konzentrationslager überlebte, und dann würde die Strandvilla verkauft werden müssen, und Frieda und letztlich auch Emma wären um ihr Erbe gebracht.

Deshalb unternahm sie keinen Schritt in diese Richtung, auch wenn sie sich damit selbst gefährdete – aber für sie war es, als würde sie mit der Scheidung nicht nur einen Schlussstrich unter ihre Ehe ziehen, sondern auch die Hoffnung auf die Rückkehr ihrer Töchter ganz aufgeben.

Aus diesem Grund hielt sie auch Samuel weiter versteckt, auch wenn es gegen alle Vernunft war. Sie brachte es einfach nicht übers Herz, diesen jungen Mann, den Frieda und Emma gerettet hatten, seinem Schicksal zu überlassen.

Vernunft – wann hatte sie überhaupt zuletzt vernünftig gehandelt? Seit Monaten existierte sie bloß noch und hangelte sich von einem Tag zum nächsten. Sie erledigte ein Mindestmaß der Dinge, die eigentlich getan werden müssten, und der Berg auf ihrem Schreibtisch wuchs ins Unermessliche und drückte als zusätzliche Last auf ihre Schultern.

Kleine tägliche Lichtblicke waren einzig die Besuche bei Leopold und Wilma, die in ihrem dreiundneunzigsten Lebensjahr noch bei bester geistiger Gesundheit und für sie deshalb wertvolle Gesprächspartner in dieser schlimmen Zeit waren.

Längst waren die beiden wie Mutter und Vater für sie geworden, nachdem sie ihre eigenen Eltern so früh verloren hatte. Oft tat es auch einfach nur gut, sich den ganzen Kummer von der Seele zu reden und weise Zuhörer zu haben.

Wobei die beiden mit Ratschlägen sparsam geworden waren, weil sie sich oft selbst keinen Rat mehr wussten. Besonders Leopold hatte seine Zuversicht verloren, die ihn sein ganzes Leben lang ausgezeichnet hatte. Er war der festen Überzeugung, dass Hitler das Reich ins Elend stürzen würde, und das wollte er nicht mehr erleben müssen.

Jeden Abend legte er sich neben seine Frau ins Bett, nahm ihre Hand und hoffte, am nächsten Morgen nicht mehr aufzuwachen.

Das war für Wilma schwer zu ertragen, denn sie wollte nicht ohne ihren Mann zurückbleiben. Wobei es nicht bloß eine Frage des Wollens war – es war für Wilma unvorstellbar, ein Leben ohne ihn zu führen, weil sie es nicht anders kannte.

Aber das Schicksal würde auch hier seine Keule schwingen und keine Gnade walten lassen, davon war Moiken leider überzeugt.

Boy hingegen war der Meinung, dass die Seelen von Wilma und Leopold, die im vergangenen Jahr die Gnadenhochzeit feiern durften, so eng miteinander verbunden waren, dass einer aus dem Leben schied und der andere ihm nur wenige Stunden später folgen würde.

Eine schöne Vorstellung, dachte Moiken, an die sie jedoch nicht so recht glauben konnte. Sicher war lediglich, dass der Tod für Leopold eine Erlösung wäre, weil er längst nicht mehr am Leben hing und der Meinung war, Gott habe ihn auf Erden vergessen.

Als sie über die Treppen das Foyer erreichte, schlug die Standuhr mit einem dunklen Gong zehn Uhr. Große Güte, was war denn da für eine Versammlung im Gange, fragte sie sich im nächsten Moment, als sie bemerkte, dass jeder Ohrensessel besetzt war und noch mehr Gäste in Gruppen beieinanderstanden, den Blick auf das Radio gerichtet.

»Guten Morgen, Matthis«, begrüßte sie ihren Portier. »Was ist denn hier los?«

»Es wird eine Rede von Hitler übertragen, die die Gäste unbedingt hören wollten«, sagte er entschuldigend, weil er wusste, dass sie allein schon die Stimme des Führers in ihren Räumen nicht ertrug. »Aber es geht um den Danzig-Konflikt, der wohl eskaliert ist.«

»Hm«, machte sie zerstreut. »Gibt es sonst Neuigkeiten?«

Er wusste genau, dass sie damit nicht wie früher die Tageszeitung meinte, sondern eine Nachricht aus Kiel oder Sachsenhausen, wohin man Adam gebracht hatte. Es war eine Frage, die sie jeden Tag wie unter Zwang stellte, so als könne er vergessen haben, ihr nicht in der gleichen Sekunde Bescheid zu geben.

»Nein, die Post war noch nicht da«, sagte er geistesabwesend, und da bemerkte sie erst, dass er die soeben begonnene Rede mit großem Interesse verfolgte. Da Boy noch nicht eingetroffen war, weil er leider nicht die Pünktlichkeit in Person war, blieb ihr nicht viel anderes übrig, als Hitlers stimmgewaltige Worte mit anzuhören.

»Abgeordnete, Männer des Deutschen Reichstags! Seit Monaten leiden wir alle unter der Qual eines Problems, das uns einst das Versailler Diktat beschert hat und das nunmehr in seiner Ausartung und Entartung unerträglich geworden war. Danzig war und ist eine deutsche Stadt.«

Es erfolgte lebhafte Zustimmung, zugleich aus dem Abgeordnetensaal und dem Foyer der Strandvilla.

Das Portal schwang auf, und Moiken löste sich bereits in freudiger Erwartung von der Rezeption, doch herein kam Ludwig, der Postbote.

Irritiert über die Versammlung blieb er kurz stehen, aber dann eilte er schnurstracks mit einem Arm voller Post auf sie zu. Unterdessen echauffierte sich der Führer mit dem von ihm gewohnten Pathos und einer wohldosierten Steigerung seiner Stimmgewalt, mit der er seine Zuhörer gekonnt in den Bann zog.

»Es ist eine Lüge, wenn in der Welt behauptet wird, dass wir alle unsere Revisionen nur unter Druck durchzusetzen versuchten. Fünfzehn Jahre, bevor der Nationalsozialismus zur Macht kam, hatte man Gelegenheit, auf dem Wege friedlichster Verständigung die Revision durchzuführen. Man tat es nicht.«

Dienstbeflissen ließ sich Ludwig nicht weiter durch die Rede ablenken und überreichte ihr mit seinem üblichen Spruch den Briefstapel. »Briefe aus nah und fern, die bring ich gern! Sind die Nachrichten nicht gut, wirft man sie gleich in die Glut.«

Wenn es denn so einfach wäre, dachte sie mit einem unguten Gefühl in der Magengegend. Wenn man schlechte Nachrichten einfach verbrennen könnte und sie sich damit erledigt hätten.

»Polen hat den Kampf gegen die Freie Stadt Danzig entfesselt«, tönte die Stimme des Führers, und die Gäste im Foyer wurden unruhig.

Moiken ließ sich davon nicht anstecken, bedankte sich bei Ludwig für die Post und reichte den Stapel an Matthis weiter, weil sie die Briefe gar nicht sehen wollte.

Es war wie eine Lawine, vor der sie die Augen verschloss und die doch unweigerlich auf sie zurollte.

Während Matthis die Post sortierte, konzentrierte sie sich jetzt sogar freiwillig auf die Rede, um sich abzulenken.

»Ich habe nun dieser Entwicklung vier Monate lang ruhig zugesehen, allerdings nicht, ohne immer wieder zu warnen. Ich habe in letzter Zeit diese Warnungen verstärkt. Ich habe dem polnischen Botschafter vor nun schon über drei Wochen mitteilen lassen, dass, wenn Polen noch weitere ultimative Noten an Danzig schicken würde, wenn es weitere Unterdrückungsmaßnahmen gegen das Deutschtum vornehmen würde oder wenn es versuchen sollte, auf dem Wege zollpolitischer Maßnahmen Danzig wirtschaftlich zu vernichten, dann würde Deutschland nicht länger mehr untätig zusehen könnte.«

»Hier ist ein Telegramm für Sie«, sagte Matthis in einer Tonlage, die nichts Gutes verhieß. »Es kommt aus Sachsenhausen.«

Ihr Gedärm zog sich ruckartig zusammen.

Mit zitternden Fingern nahm sie es entgegen und las den Inhalt, der sich auf vier maschinengeschriebene Worte beschränkte:

Ehemann an Körperschwäche verstorben.
Gez. Der Kommandant

Eine Information, wie sie sachlicher und lapidarer nicht hätte abgefasst sein können, weil sie in dieser Art wohl zigfach am Tag verschickt wurde.

Eine Nachricht, die sie mit voller Wucht traf, obwohl sie damit hatte rechnen müssen. Adams plötzliches Lebensende war ein Schock, aber nicht, weil sie seinen Tod besonders bedauerte. Vielmehr führte ihr das Telegramm vor Augen, was auch ihren Töchtern drohte.

Matthis schien die Nachricht wohl genau aus diesem Grund ignorieren zu wollen und zeigte sich zwanghaft konzentriert auf die Rede des Führers.

»Ich habe mich daher nun entschlossen, mit Polen in der gleichen Sprache zu reden, die Polen seit Monaten uns gegenüber anwendet. Ich bin dabei entschlossen, so lange zu kämpfen, bis entweder die derzeitige polnische Regierung dazu geneigt ist, diese Änderung herzustellen, oder bis eine andere polnische Regierung dazu bereit ist!«

Erneut wurde Zustimmung laut, die Hitler durch eine Redepause in Empfang nahm.

Adam war tot. An Körperschwäche verstorben. Körperschwäche. Es kam ihr ein Bild vor Augen, das sie erst einmal verarbeiten musste. Dieses Bild erzeugte wider Erwarten ein Gefühl von Trauer in ihr. Ganz gleich, wie ihre Ehe mit Adam gewesen war und wie er sich als Mensch aufgeführt und wie viel Schuld er auf sich geladen hatte – Jude zu sein war kein Verbrechen. Zumindest nicht in ihren Augen, aber mit dieser Ansicht stand sie mittlerweile ziemlich allein da, wenn sie sich so umsah.

Wie gebannt starrten die Gäste zum Radio hin, so als wäre der Führer dort leibhaftig zu sehen.

»Ich habe meiner Luftwaffe den Auftrag gegeben, sich bei den Angriffen auf militärische Objekte zu beschränken. Wenn aber der Gegner glaubt, daraus einen Freibrief ablesen zu können, seinerseits mit umgekehrten Methoden zu kämpfen, dann wird er eine Antwort erhalten, dass ihm Hören und Sehen vergeht!«

Es erfolgte anhaltend stürmischer Beifall, der auch auf die Strandvilla übergriff. Moiken musste sich am Riemen reißen, um nicht einzuschreiten – aber es wäre nicht klug, die Sommerfrischler in die Schranken zu weisen.

»Polen hat nun heute Nacht zum ersten Mal auf unserem eigenen Territorium auch auf reguläre Soldaten geschossen.«

Es ertönten Pfuirufe und schrille Pfiffe, sodass Moiken sich für einen Moment die Ohren zuhielt und die Augen vor dem Tumult verschloss.

Dadurch bemerkte sie Boy erst, als er vor ihr stand und sie sanft anstupste. »Was ist denn hier los?«, fragte er fassungslos.

»Seit fünf Uhr fünfundvierzig wird zurückgeschossen!«, dröhnte Hitlers Stimme aus dem Radio.

Es herrschte einen Augenblick Stille, dann wurden seine Worte von allen Seiten bejubelt und beklatscht.

Nur an der Rezeption regte sich keiner.

»Ich glaube, Hitler hat gerade einen Krieg ausgerufen«, sagte Matthis tonlos.

»Und von jetzt ab wird Bombe mit Bombe vergolten!«, rief Hitler.

Erneuter Beifall.

»Wer mit Gift kämpft, wird mit Giftgas bekämpft.«

Stürmischer Beifall.

»Wer sich selbst von den Regeln einer humanen Kriegsführung entfernt, kann von uns nichts anderes erwarten, als dass wir den gleichen Schritt tun. Ich werde diesen Kampf, ganz gleich, gegen wen, so lange führen, bis die Sicherheit des Reiches und bis seine Rechte gewährleistet sind!«

»Sagt mir, dass das alles ein großer Irrtum ist und Hitler gerade nicht einen neuen Krieg ausgerufen hat«, bat Moiken inständig und warf flehende Blicke auf Matthis und Boy, die jedoch ebenso schockiert waren und wie gebannt auf das Radio starrten.

»Ich verlange von keinem deutschen Mann etwas anderes, als was ich selber über vier Jahre freiwillig bereit war, jederzeit zu tun. Es soll keine Entbehrung in Deutschland geben, die ich nicht selber sofort übernehme. Mein ganzes Leben gehört von jetzt ab erst recht meinem Volk. Ich will nichts anderes sein als der erste Soldat des Deutschen Reiches. Ich habe damit wieder jenen Rock angezogen, der mir einst selbst der heiligste und teuerste war. Ich werde ihn nur ausziehen nach dem Sieg, oder ich werde dieses Ende nicht erleben. Ein Wort habe ich nie kennengelernt, es heißt: Kapitulation.«

»Es herrscht wieder Krieg«, sagte Boy, und er war kreidebleich geworden.

»Das darf nicht wahr sein«, flüsterte Moiken, sodass nur sie selbst es hörte.

Da wurde ihre Aufmerksamkeit auf den Aufzug gelenkt, aus dem Grete herausstürmte, als sei der Teufel hinter ihr her.

»Hier sind Sie, Frau von Baudissin! Ich habe wie wild an Ihr Zimmer geklopft, weil ich dachte, Sie würden dort mit Herrn Lassen frühstücken. Sie müssen dringend mitkommen.«

»Wohin denn? Was ist los?« So aufgelöst hatte sie Grete noch nie erlebt, und dabei schien sie von Hitlers Rede nichts mitbekommen zu haben. Sofort befürchtete Moiken, dass Samuel erneut in Gefahr war.

Grete brach in Tränen aus und brachte nur mit Mühe die traurige Nachricht hervor. »Ich wollte Wilma und Leopold gerade wie immer das Frühstück bringen … und da lagen sie noch im Bett. Die Augen geschlossen. Beide ganz friedlich. Hand in Hand.«

KAPITEL 45

Gut sechs Monate später
19. März 1940

»Wie gut, dass Wilma und Leopold diese Zeiten nicht mehr miterleben müssen«, seufzte Moiken, als Soldaten mit Gewehren an der Schulter im Gleichschritt vorbeimarschierten, während sie mit Boy in ihren Wintermantel gehüllt auf der Promenade in Richtung Norden ging.

Boy war gerade aus Berlin zurückgekehrt und wollte sich nach der langen Fahrt noch etwas bewegen, und sie war froh, nach einem anstrengenden Tag die frische Meeresbrise einzuatmen.

»Ja, vor allem ist ihr Wunsch in Erfüllung gegangen, gemeinsam zu sterben, und nun haben sie nebeneinander ihre letzte Ruhestätte im Schatten der Dorfkirche gefunden – nicht weit vom Grab meines Sohnes entfernt. Ich war vor meiner Reise nach Berlin noch einmal dort und habe gesehen, dass der Grabstein aufgestellt wurde. Den hast du schön ausgesucht, in seiner Schlichtheit und mit den betenden Händen von Dürer als Relief gefällt er mir sehr gut.«

»Ich sehe darin auch die Hände von Wilma und Leopold ...«, sagte sie, und der kalte Wind trieb ihr die Tränen in die Augen. Oder war es gar nicht der Wind? »Die beiden haben sich ein Leben lang nicht losgelassen.«

»Ich lasse dich auch nicht mehr los«, sagte Boy und nahm ihre Hand, während sie weiter durch die Einsamkeit dieses Märztages spazierten. Ein warmes Gefühl durchfloss sie, weil sie wusste, wie ernst er das meinte. Endlich waren sie auf dem richtigen Weg, dachte sie, und nach langer Zeit spürte sie wieder so etwas wie Glück in sich.

Prompt stieg in ihr eine Erinnerung hoch, wie Frieda als kleines Mädchen mit Muscheln den Satz »Ich bin glügglich« auf die Terrasse des Dünencafés geschrieben und behauptet hatte, dass das Wort mit zwei »g« in der Mitte viel schöner aussehe.

Das trieb ihr noch mehr die Tränen in die Augen. Adam hatte damals gesagt, dass Frieda ein kluges Mädchen sei und es schließlich nicht so wichtig sei, wie man das Wort richtig schreibe. Es käme darauf an, dass man richtig glücklich sei.

Ob Frieda das Glück noch erleben durfte? Zehn Monate waren seit ihrer Verhaftung vergangen.

Ob Adam in seinem Leben überhaupt jemals wirklich glücklich gewesen war? Wahrscheinlich nicht. Er war stets ein Getriebener gewesen, immer auf der Suche nach dem großen Glück, das er nie gefunden hatte. Insofern hatten sie doch eine Gemeinsamkeit gehabt, dachte Moiken bitter.

Da das Trauerjahr nicht vorbei war, hatte Boy diesen unbeobachteten Moment genutzt, um ihre Hand zu nehmen. Außerdem ging er an ihrer rechten Seite, um ihre Hand halten zu können, denn sein rechter Arm war steif geblieben. Das leicht schiefe Kinn zeugte zudem noch von dem Kieferbruch, und er hatte oft Kopfschmerzen, klagte jedoch nicht darüber.

Im Gegenteil. Er sagte ihr jeden Tag, wie dankbar er dafür war, noch am Leben zu sein, und wie glücklich er darüber war, endlich Zeit mit ihr verbringen zu dürfen.

Seit Adams Tod war es nicht bei den wöchentlichen Treffen am Freitag geblieben. Von Woche zu Woche hatten sie mehr Zeit miteinander verbracht, nur am Abend war er stets zurück nach Hause gegangen.

Sein Fotoatelier hielt Boy nur noch ein paar Stunden am Tag geöffnet, um seinen Warenbestand zu verkaufen, und so war er auch dabei gewesen, als sie drei Wochen nach dem Telegramm mit der Todesnachricht ein Paket aus Sachsenhausen erhalten hatte, in das man kommentarlos Adams Kleidung, in der er verhaftet worden war – sein blaues Hemd und die graue Hose – sowie seine Papiere und den Ehering gesteckt hatte.

Diese Lieblosigkeit, aber vor allem die plötzliche Konfrontation mit Adams persönlichen Gegenständen, besonders mit dem Ehering, hatte ihr einen Stich gegeben, und sie hatte erstmals geweint.

Adams Tod, verbunden mit der Ahnung, dass er in einem Massengrab verscharrt worden war, ließ sie nicht kalt, auch wenn die Ehe nur noch auf dem Papier bestanden hatte.

Denn es hatte eine Zeit gegeben, in der sie diesen Mann geliebt hatte, und das verstand auch Boy, der ihre Gefühle nicht mit Eifersucht kleinredete.

Im Gegenteil, er forderte sie auf, ihre Tränen zuzulassen, bis sie versiegten – und währenddessen war er an ihrer Seite geblieben und hatte sie getröstet.

Prompt hatte sie ein schlechtes Gewissen gehabt, weil er sie seit Jahrzehnten bedingungslos liebte und sie ihn so oft weggestoßen hatte, obwohl auch ihre Gefühle für ihn immer da gewesen waren. Aber sie hatte diese Gefühle mit der Vernunft begraben und den Worten ihrer Mutter nachgehangen, dass sie mit Boy niemals glücklich werden würde.

Das schlechte Gewissen rührte aber auch daher, weil sie kaum Kraft hatte, um für Boy da zu sein – so kam es ihr zumindest vor, obwohl er das immer leugnete, wenn sie es ansprach.

Aber sie konnte hinter seine starke Fassade blicken, hinter der ein zerbrechlicher Mann stand, dem Gewalt angetan wurde und der seit bald einem Jahr um das Leben seiner Tochter bangte.

Zudem hatte er in den vergangenen Tagen einen besonders schweren Schritt getan und war nach Berlin gereist, um die Auflösung von Emmas Fotoatelier in die Wege zu leiten.

»Und wie war es in Berlin?«, sprach sie das Thema vorsichtig an, denn er hatte sich die Entscheidung nicht leicht gemacht. Allerdings war gleich in der zweiten Schließungswoche ins Atelier eingebrochen worden, zudem hatte die Übernahme der Pacht und der Miete für die Wohnung für diesen langen Zeitraum Boys Ersparnisse aufgefressen, und es war nicht absehbar, wann Emma nach ihrer Entlassung wieder arbeitsfähig wäre – wenn sie überhaupt zurückkehren würde.

»Ich bin froh, dass ich wieder hier bin, und der Spaziergang tut mir gut«, antwortete er ausweichend. »In Berlin herrschte eine beklemmende Atmosphäre. Es wimmelt nur so vor Soldaten, überall Aufmärsche und Siegesparolen. Andererseits läuft das Leben weiter. Es gibt Sportveranstaltungen, neue Kinofilme, die Leute amüsieren sich in Restaurants und Kneipen. Nur die Juden, die sich überhaupt noch auf die Straße wagen, werden stetig weiter in ihren Rechten beschnitten. Sie dürfen nur noch zwischen siebzehn und achtzehn Uhr Lebensmittel einkaufen, Kleiderkarten bekommen sie überhaupt nicht mehr.«

»Wie furchtbar. Und hast du Emmas Vermieter angetroffen?«

»Ja, wir haben alles geregelt. Ab ersten April müssen die Wohnung und das Atelier leer sein. Ich habe eine Firma damit beauftragt, das Hab und Gut nach Sylt zu expedieren, die einen guten Ruf hat und trotzdem bezahlbar ist.«

»Das klingt sehr gut«, sagte sie, um Boy in seiner Entscheidung zu bestärken.

»Ich weiß, das ist alles richtig und vernünftig so – aber ich komme mir so schäbig vor«, sagte er mit brüchiger Stimme. »Wie ein Verräter! Ich löse Emmas Wohnung und Atelier auf, als ob sie tot wäre!«

»Ich bin mir sicher, wenn wir das große Glück haben und sie das Gefängnis überlebt, dann wird sie dich verstehen und ohnehin die erste Zeit nicht allein in Berlin, sondern bei dir sein wollen.«

Jetzt sah auch Boy aufs Meer hinaus, wo die Sonne am Horizont scheinbar das Wasser berührte. »Da hast du wohl recht … und trotzdem. Mir kommt es so vor, als hätte ich sie mit diesem Schritt für tot erklärt.«

»Nein, das hast du nicht«, widersprach sie vehement. »Du bist derjenige, der mir jeden Tag sagt, dass wir die Zuversicht nicht verlieren dürfen.«

Boy nickte gedankenverloren und richtete den Blick wieder auf den Weg, der vor ihnen lag und der von den Stürmen des Winters sandbedeckt war. »Das stimmt, aber manchmal fällt es auch mir schwer, die Hoffnung nicht aufzugeben. Vor allem, wenn ich mir vor Augen führe, dass es jederzeit wieder zu Angriffen durch die Briten kommen kann. Was, wenn Kiel als Nächstes bombardiert wird?«

»So weit darfst du nicht einmal denken!«, rief sie aus.

»Es ist aber leider nicht weit hergeholt.«

Ja, dachte Moiken, Leider. Gleich vier Wochen nach Kriegsbeginn waren zwölf britische Kampfflugzeuge in zwei Schwärmen bis zur Nordseeküste vorgedrungen. Mit Flakfeuer von Sylt wurde der Angriff vereitelt und die Flugzeuge zum Abdrehen bewegt, fünf davon wurden abgeschossen, eine Maschine zerschellte in den Sylter Dünen. Die drei britischen Besatzungsmitglieder starben, der Pilot überlebte den Absturz.

»Aber noch sind die Briten mit weiteren Angriffen zurückhaltend«, sagte sie um Zuversicht bemüht.

»Ja, genau. Noch. Aber sie werden nicht mehr lange zögern, Hitler deutlich in seine Schranken zu weisen. Er macht keinen Hehl aus seinem Kampfeswillen, und seine Soldaten stehen bereit. Mir wird beim Anblick der Uniformen ganz anders, und ich bin froh, dass ich als Krüppel nicht mehr dem Vaterland dienen kann.«

»Sag das bloß nicht zu laut«, warnte Moiken.

»Ich weiß«, seufzte Boy. »Ich kann nur nicht verstehen, wie jene Männer, die wie ich vor gut zwanzig Jahren zitternd im Schützengraben gestanden haben, mit einer solchen Begeisterung wieder zu den Waffen greifen können.«

Moiken hob die Schultern und sah aufs Meer hinaus, wo sich die Sonne dem Horizont zuneigte. »Hitler verspricht ihnen den Sieg, und sie wollen sich selbst und allen anderen beweisen, dass sie keine Verlierer sind, und dieses Mal bei der Kriegsheimkehr nicht auf der Straße bespuckt, sondern umjubelt werden.«

»Ja, die Schmach sitzt bei vielen tief«, bestätigte Boy. »Dieses Mal steht hinter der Kriegserklärung kein Punkt oder gar ein Fragezeichen, sondern ein Ausrufezeichen. Sieh dir doch an, was auf der Insel los ist.«

Ja, dachte Moiken. Zehntausend Soldaten bevölkerten die Insel. Die Flakstellungen und Geschützbunker waren wie Pilzköpfe aus dem Boden geschossen, Kasernen, Flugzeughallen, Treibstoff- und Munitionsdepots schienen praktisch über Nacht angelegt worden zu sein. Sylt war wiederum zur Festung erklärt und die Strandvilla besetzt worden. Aber sie hatten Samuel in einer nächtlichen Aktion rechtzeitig aus dem Weinkeller geholt, der für die Soldaten natürlich von großem Interesse war, und in sein neues Versteck gebracht – in die Dunkelkammer des Fotoateliers, die Boy derzeit ohnehin nicht nutzen konnte.

Er war zunächst dagegen gewesen, Samuel bei sich im Fotoatelier zu verstecken, aber schließlich hatte er nachgegeben, weil auch ihm keine bessere Lösung einfiel, und er stimmte zu, weil er meinte, Emma hätte das so gewollt und er sei das seiner Tochter schuldig.

»Es wird so langsam dunkel, lass uns umdrehen«, sagte sie leise, weil sie ein ungutes Gefühl in der Magengegend hatte.

»Ja, gut, es wird Zeit fürs Abendessen«, stimmte Boy ihrem Vorschlag zu.

»Hast du überhaupt etwas zu essen zu Hause?«, fragte sie, als sie umkehrten. »Du kannst sonst gern zum Essen in der Strandvilla …« Sie unterbrach sich selbst und blieb stocksteif stehen. Sie starrte auf die Frau, die langsamen Schrittes im Sonnenuntergang über den Strand in Richtung Promenade ging.

Ihre Haare leuchteten feuerrot.

»Henriette. Da ist Henriette!«, keuchte sie. Ihr Herz raste.

Boy wandte den Blick ruckartig in die von ihr angegebene Richtung. »Unsinn«, sagte er kopfschüttelnd. »Henriette liegt in einem Urnengrab, das die Partei bezahlt hat.«

»Doch, das ist Henriette!«, beharrte Moiken, obwohl sie es selbst kaum glauben konnte. Aber bei ihrer Erzfeindin hielt sie mittlerweile alles für möglich. Wer wusste schon so genau, dachte Moiken, ob sie wirklich tot war. Eine Fantasie wirbelte ihr durch den Kopf, dass Henriette überlebt haben könnte und das vermeintliche Begräbnis nur Teil eines großen Racheplans war.

Sie weigerte sich, auch nur einen Schritt weiterzugehen, selbst als Boy ihr mit einem sanften Ruck an der Hand bedeutete, ihm zu folgen.

Aber damit würde sie Henriette genau in die Arme laufen. Am liebsten hätte sie sich von Boy losgerissen und wäre in die andere Richtung davongerannt. Andererseits brauchte sie seinen Schutz.

»Moiken, du siehst Gespenster«, versuchte Boy, sie zu beruhigen. »Henriette hatte eine ganz andere Körperhaltung und einen anderen Gang. Komm mit und überzeuge dich selbst, dass es nicht Henriette ist.«

Sie schüttelte vehement den Kopf und weigerte sich, dem Mann zu folgen, dem sie ansonsten blind vertraute. Sie glaubte, keine Luft mehr zu bekommen. Schweiß drang ihr trotz der kühlen Luft aus allen Poren, und sie fröstelte so stark, dass sie zitterte.

Boy musterte sie sorgenvoll und zugleich ein wenig ratlos. »Ich schlage vor, ich gehe voraus, und wenn ich an der Frau vorbei bin, winke ich dir zum Zeichen der Entwarnung.«

»Nein, lass mich nicht allein hier«, flehte sie. »Ich habe das Gefühl, gleich ohnmächtig zu werden. Boy, sieh nur, jetzt kommt sie auch noch auf uns zu!«

»Gut, dann bleiben wir hier stehen, und du überzeugst dich davon, dass es nicht Henriette ist. Henriette ist tot«, bekräftigte er.

Unbeweglich starrte sie der Frau entgegen.

Nach schier unerträglichen Minuten ging die Frau mit einem kurzen Gruß an ihnen vorbei. Sie hatte nicht mal annähernd so feuerrote Haare wie Henriette.

Das Licht des Sonnenuntergangs hatte Moiken einen Streich gespielt, der sie in eine solche Panik versetzt hatte, dass ihre Knie noch immer weich waren.

»Lass uns bitte schnell nach Hause gehen«, bat sie Boy. »Ich kann nicht mehr.«

Obwohl der Schrecken vorbei war, wollten ihre Beine sie nicht tragen, und Boy musste sie stützen.

Auch ihr Herzschlag wollte sich nicht beruhigen, obwohl die Gefahr, die gar keine gewesen war, gebannt war.

So erreichten sie nach einer scheinbaren Ewigkeit die Strandvilla, und Moiken atmete tief durch, als sie das Foyer betrat. Kaum dass ihr Blick auf einen der Ohrensessel am Kamin fiel, glaubte sie, endgültig dem Wahn verfallen zu sein.

»Sehe ich schon wieder Gespenster?«, fragte sie angesichts der Frau, die Emma zum Verwechseln ähnlich sah, die jedoch nur noch Haut und Knochen war, einen rasierten Schädel und tiefe Augenringe hatte.

»Nein, ich bin es wirklich«, sagte die Frau mit schwacher Stimme. »Ich bin zurück.«

»Emma!« Wie auf ein unsichtbares Kommando hin liefen sie beide zu ihrer Tochter und umarmten sie.

Emma wirkte sehr zerbrechlich und trug ein sackartiges Gewand, das Moiken nur allzu bekannt vorkam und bei diesen Außentemperaturen als Kleidung völlig ungeeignet war.

Moiken bedeckte die vorstehenden Wangenknochen ihrer Tochter mit Küssen. »Du bist zurück«, flüsterte sie ungläubig. »Bist du geflohen?«

»Nein, ich wurde entlassen«, antwortete Emma leise. »Urplötzlich. Ich kann es mir selbst nicht erklären. Ich habe meine Papiere bekommen und wurde vor die Tür gesetzt.«

Moiken wagte kaum die nächste Frage zu stellen, die sie seit dem Anblick ihrer Tochter beschäftigte. »Und was ist mit Frieda?«

Emma senkte den Blick und hob ihre knochigen Schultern. »Ich weiß es nicht. Wir hatten zuletzt an Weihnachten Blickkontakt, als man uns in Handschellen mit den anderen Gefangenen in einen Versammlungsraum führte, wo es für jeden eine Schmalzstulle gab und ›Stille Nacht‹ gesungen wurde, um die Moral aufrechtzuerhalten. Seither habe ich sie nicht mehr gesehen, und bei meiner Entlassung gab man mir keine Auskunft über sie. Ich weiß nicht mal, ob sie überhaupt noch in Kiel ist. Ich hatte gehofft, ihr wüsstet mehr.« Emma sah auf. Ihr früher vor Energie sprühender Blick war verschwunden, er wirkte wie ein nebelverhangenes Wattenmeer, wo sich sonst die glitzernden Wellen in der Sonne gespiegelt hatten.

»Vielleicht hat man deine Schwester nur wenige Stunden nach dir freigelassen, und sie hat den Zug heute nicht mehr geschafft«, sagte Boy, wie immer um Zuversicht bemüht, während Moiken sich ausmalte, dass Frieda vielleicht nicht mehr am Leben war oder in ein Konzentrationslager geschafft wurde.

Fort mit diesen schrecklichen Gedanken, befahl sie sich stumm, so als könnten sie ansonsten wahr werden.

»Ich hoffe es so sehr für meine kleine Schwester, dass sie ebenso auf dem Weg hierher ist«, sagte Emma. »Ich musste mir auch erst Geld für einen Fahrschein zusammenbetteln, sonst wäre ich schon am Mittag da gewesen. Ach, ich bin so erleichtert, euch beide gesund und lebendig zu sehen – vor allem dich, Vater. Ich muss ehrlich gestehen, ich habe nicht mehr daran geglaubt, so wie dich die Männer zugerichtet haben.«

»Es war auch ziemlich knapp«, sagte er, »und wie du siehst, habe ich einige Andenken zurückbehalten.«

»Ich habe dich erst im Fotoatelier gesucht, aber da war geschlossen. Dann bin ich hierher. Matthis sagte mir, dass Adam nicht mehr lebt?«

»Es ist viel passiert, seitdem du verhaftet wurdest«, sagte Boy, »wir erzählen dir alles der Reihe nach. Nun komm erst mal an.«

»Wir bringen dich in Friedas Zimmer, dann kannst du dich ausruhen«, fügte Moiken hinzu und stand auf, wobei sie die knochige Hand ihrer Tochter nicht losließ.

»Ich … ich will jetzt nicht allein sein«, wandte Emma ein. »Außerdem habe ich Hunger. Kann ich vielleicht etwas essen?«

»Alles, was die Küche hergibt!«, rief Moiken erfreut aus. Dass ihre Tochter wieder da war, erschien ihr noch immer wie ein Traum.

Erst im Verlauf des Abends konnte Moiken zunehmend glauben, dass es das Schicksal endlich einmal wieder gut mit ihr meinte.

Es war kurz vor acht, als draußen plötzlich der Motor eines Flugzeugs zu hören war.

Nein, das waren mehrere Flugzeuge.

Noch ehe Moiken richtig begriff, was passierte, ertönte die Sirene.

Boy rannte zum Fenster und schrie: »Alle ins Untergeschoss, schnell! Da sind bestimmt fünfzig Kampfmaschinen unterwegs.«

Kaum hatte er ausgesprochen, schlug irgendwo in der Nähe eine Bombe ein, die die Strandvilla in ihren Grundmauern erzittern ließ.

Gleich darauf folgte die nächste.

Und noch eine Bombe.

Bombe.

Sirenengeheul.

Bombe.

Flugzeuglärm.

Bombe.

KAPITEL 46

Kiel
Viereinhalb Jahre später
September 1944

Fünf Uhr morgens – die Glocke.

Sechs Uhr – Antritt zum Appell.

Frieda schleppte sich aus der ungeheizten Baracke am östlichen Ufer des Kieler Russees, wo sie zusammen mit achtundvierzig anderen Frauen auf blanken Brettern in doppelstöckigen Holzkonstruktionen geschlafen hatte.

Vorige Woche waren sie noch einundfünfzig Frauen gewesen, vor vierzehn Tagen noch sechzig.

Jeden Abend wurde durchgezählt, ob eine fehlte, aber nicht aus Trauer um den Verlust, sondern um sich eine zusätzliche Wolldecke zu sichern, weil es pro Person nur eine gab.

Frieda hasste diese Decken, weil sie voller Läuse und Wanzen waren, sodass sie lieber fror oder sich höchstens die Füße damit bedeckte.

Wie jeden Morgen stellte sie sich mit Hunderten anderen Häftlingen auf dem Appellplatz auf, um in Arbeitskommandos eingeteilt zu werden. Für die kommenden zwölf Stunden hieß es dann von einer kurzen Pause abgesehen in der Lagergrube Kies schaufeln, Wege anlegen oder bis zum Umfallen weiter das Lager ausbauen, das aus rund zwanzig Baracken bestand.

Einen genauen Überblick hatte sie bis heute nicht gewinnen können, weil ihre Schritte begrenzt waren und sie sich nur zwischen ihrer Unterkunft, der Verwaltungsbaracke, dem Lagerschuppen und ihrem Arbeitsplatz bewegen durfte, was von den beiden Wachtürmen aus genau beobachtet wurde.

Viele männliche Häftlinge, die noch besser bei Kräften waren und für die keine Fluchtgefahr galt, wurden zur Trümmerräumung in der Kieler Innenstadt eingesetzt, auch zum Entschärfen von Blindgängern, und manche Häftlinge kamen am Abend nicht wieder zurück. Andere hatten mehr Glück und halfen beim Bunkerbau beim Schulensee oder als billige Arbeitskräfte bei Kieler Firmen.

»He, Nummer zweihundertachtundzwanzig – hörst du nicht? Da rüber!«

Sie fuhr zusammen, weil ihre Nummer offenbar zum zweiten Mal aufgerufen wurde, und begab sich eilig zu der Gruppe, der sie zugeteilt worden war.

Während der Jahre im Gestapo-Gefängnis war sie höchst selten angesprochen worden, und so war es ihr zur Gewohnheit geworden, gedanklich abwesend zu sein, und die Flucht in eine andere Welt zu ihrer Überlebensstrategie.

Eine Welt, in der sie als Familie mit Matthis und den Kindern in einem kleinen Häuschen in den Dünen lebte.

Seit über drei Monaten befand sie sich im Arbeitslager und durfte bei guter Führung alle vier Wochen eine Karte nach Hause schreiben, die die folgenden Worte enthielt: »Mir geht es gut. Ich liebe euch alle. Bis bald, Eure Frieda.« Andernfalls passierte die

Karte nicht die strenge Zensur, wurde vor den Augen zerrissen, und man musste wieder vier Wochen warten.

Antwort hatte sie bisher noch keine erhalten.

Über den Grund konnte sie nur rätseln. Entweder missfielen dem Kommandanten die an sie gerichteten Zeilen, oder ihre Post erreichte erst gar nicht die Strandvilla – oder es war niemand dort, der sie noch beantworten konnte. Die schlimmste aller Mutmaßungen.

Am 30. September 1939 um 19.57 Uhr war die erste Angriffswelle auf die Insel geflogen worden, und in den kommenden sieben Stunden waren hundertzwanzig Bomben und eintausendzweihundert Brandsätze auf die Insel niedergeprasselt.

Diese Zahlen hatte ihr noch im Gestapo-Gefängnis ein Aufseher um die Ohren geknallt, und seitdem hatte sie diese nicht mehr vergessen.

Was, wenn die Strandvilla getroffen worden war?

Die meisten Bomben seien ins Meer gefallen, hatte der Aufseher noch hinzugefügt, während er ihr das sackartige Kleid hochgeschoben hatte. Auskunft nur gegen Ware, hatte er dabei betont, und berichtete, dass sich die Sylter Flak in bester Verfassung gezeigt habe und zur Abwehr sechstausendachthundert Schuss abgegeben habe, während er ihr sein Glied in den Hintern rammte, damit es bei ihm schneller ging und keine unnötigen Konsequenzen eintraten. Lediglich eine Bombe habe ein allein stehendes Gebäude getroffen, erzählte er weiter, während er sich an ihr verging, und es seien insgesamt nur zwei Verletzte durch Bombensplitter und ein Toter zu beklagen. Also alles halb so wild und längst kein grandioser Triumph, wie ihn die Briten dargestellt hatten, hatte er noch hinzugefügt, als er seine Hose wieder zugemacht hatte.

Danach hatte sie nie wieder eine Frage gestellt.

Nicht auffallen – dieses Prinzip sicherte das Überleben im Arbeitslager, denn das gefürchtetste Gebäude war ein unterirdischer Arrestbunker mit achtundvierzig fenster- und lichtlosen Einzelzellen.

Auch jetzt ließ sie sich nicht anmerken, wie sehr sie an diesem kühlen Septembermorgen in ihrer fadenscheinigen Häftlingskleidung fror, weil diese noch vom leidlichen Versuch der Reinigung am Abend feucht war. Kleidung zum Wechseln gab es nicht.

Toiletten waren beim Bau des Lagers zwar vorgesehen gewesen, aber mangels Material noch nicht fertiggestellt worden. So mussten sie sich mit Eimern behelfen.

Wobei die Notdurft nur selten verrichtet werden musste, da es zum Frühstück einen Becher Ersatzkaffee, zwei Scheiben Brot, zum Mittag eine dünne Suppe und zum Abend die Reste der Suppe gab, wobei man ihnen gestern eine aus Gras gekochte Brühe als Gemüsesuppe aufgetischt hatte, auf die sich alle gefreut hatten.

Ein kleiner Scherz der Küchenbrigade zu deren allgemeiner Erheiterung, nachdem das Anpreisen der Fleischsuppe ohne Fleisch langweilig geworden war. Sonntags gab es tatsächlich Kartoffeln, wobei sie innen größtenteils so schwarz waren, dass es schon vom Teller stank und sie erst recht hungern mussten.

Die Schweine im Stall führten tatsächlich das bessere Leben, und Frieda hoffte, heute in deren Nähe bei der Kiesgrube zur Arbeit eingeteilt worden zu sein. Dann würde sie es wieder wagen, sich für einen dringenden Austritt abzumelden, und sich stattdessen in den Stall stehlen, um ein Stück Gemüse aus dem Dreck zu fischen, das genießbarer und nahrhafter war als all das, was sie sonst vorgesetzt bekam.

»Du da, Nummer zweihundertachtundzwanzig!« Der Arm des Aufsehers schnellte nach vorn, und sie fühlte sich wie von einem Pfeil getroffen. »Hast du Dreck in den Ohren? Du sollst da rübergehen!«

»Aber ich stehe doch bei meiner Gruppe!«, rief sie, ohne an die Konsequenzen eines Widerspruchs zu denken. Ganz gleich, ob sie sich in die richtige oder falsche Gruppe eingereiht hatte, ihr Wort zählte nicht.

»Auch noch aufsässig werden!«, donnerte der Aufseher. »Da müssen wir wohl ein Exempel statuieren.«

Er wandte sich an einen Uniformierten, der den Appell bewachte. »Abführen. In den Arrestbunker.«

KAPITEL 47

Kiel
Acht Monate später
9. Mai 1945

Fünf Uhr morgens – keine Glocke mehr.

Sechs Uhr – kein Antritt zum Appell.

Seit Wochen nicht mehr, da sich kaum einer von ihnen noch auf den Beinen halten, geschweige denn arbeiten konnte.

Frieda drehte sich auf ihrem Holzbrett vorsichtig von der linken auf die rechte Seite, weil ihre Knochen überall hervorstanden und ihr Körper mit blauen Flecken und offenen Druckstellen übersät war. Aber das Holzbrett war immerhin weicher als der blanke Steinboden im Arrestbunker, aus dem sie mehr tot als lebendig herausgekommen war.

Sie überlegte, ob sie sich zum Frühstück schleppen sollte, wo sie mit Glück vielleicht eine dünne Scheibe Brot erhielt, oder ob sie sich ihre Kraft lieber sparte.

Sie bekam gerade so viel zu essen, dass es bei ihr zum Verhungern noch nicht gereicht hatte – bei vielen anderen schon.

Trotzdem war ihre Baracke nicht leerer geworden. Im Gegenteil. Manche mussten auf dem blanken Boden schlafen.

Es war die Rede von knapp tausend Häftlingen im Lager. Innerhalb von zwei Tagen hatte sich ihre Zahl verdoppelt, weil Evakuierungstransporte aus anderen Haftstätten angekommen waren. Darunter einige Hundert Häftlinge aus dem völlig überfüllten Gestapo-Gefängnis Fuhlsbüttel und ein Transport mit deutschen Juden aus dem Rigaer Ghetto, die teilweise zu schwach zum Essen waren und von einem Todesmarsch sprachen.

Seit heute Morgen machte jedoch noch eine andere Nachricht die Runde. Bei dem Gebäude, das auf einem Hügel außerhalb der Lagergrenzen lag, war die Hakenkreuzfahne auf halbmast gehisst, und es hing ein schwarzes Band daran. Was hatte dieser Trauerflor zu bedeuten?

Nicht wenige spekulierten über ein mögliches Kriegsende. Andererseits gab es in Hitlers Denken keine Kapitulation, obwohl der Krieg schon seit zwei Jahren praktisch als verloren galt.

Des Rätsels Lösung ließ Frieda keine Ruhe. Irgendetwas lag in der Luft, das spürte sie. Um mehr zu erfahren, war es wohl doch klug, die Küchenbaracke aufzusuchen, denn dort war zugleich die Nachrichtenbörse.

Also rappelte sie sich auf, solange die Tür ihrer Baracke zur Frühstückszeit noch geöffnet war, und trat hinaus in den warmen Maitag.

Helligkeit war sie überhaupt nicht mehr gewöhnt, und sie musste die Augen zusammenkneifen, während sie an zahlreichen Aufsehern mit geschulterten Gewehren vorbei zur Küchenbaracke schlurfte.

Plötzlich kam Bewegung in die Aufseher, und Frieda blieb das Herz stehen, weil sie glaubte, dass die Unruhe ihr galt. Aber sie hatte sich doch nichts zuschulden kommen lassen? Schließlich ging sie mit gesenktem Kopf, die Arme auf dem Rücken verschränkt, auf direktem Weg zur Küchenbaracke.

Da erkannte sie, dass die Aufmerksamkeit nicht ihr galt. Am Tor warfen die Wachen scheinbar unvermittelt ihre Waffen weg und rannten davon.

Kurz darauf hörte Frieda Motorengeräusche und sah ängstlich in den Himmel. Doch es waren keine Flugzeuge, sondern mehrere schwere Militärfahrzeuge, die sich in gewaltigem Tempo näherten.

Das erste Fahrzeug durchbrach das Tor.

Da ließ die gesamte Wachmannschaft ihre Waffen fallen und stob in alle Richtungen davon.

Frieda hingegen blieb stocksteif stehen. Das waren keine deutschen Soldaten, das waren Briten!

Diese Erkenntnis breitete sich wie ein Lauffeuer im Lager aus. Briten hatten das Lager gestürmt! Die Befreier waren da!

Vor Erleichterung ließ sich Frieda in die Knie sinken. Einer der Soldaten stieg aus dem Fahrzeug aus, kam offenkundig in Sorge um ihren Zustand zu ihr und sprach sie an.

In Tränen aufgelöst küsste sie seine staubigen Schuhe und ließ sich von ihm aufhelfen.

»You are free«, sagte er.

»Frei?«, fragte sie zurück. »Wir sind wirklich frei?«

Er nickte.

Sie konnte es kaum glauben. Von einer Sekunde zur nächsten war die schreckliche Zeit im Lager vorbei?

Das schlichte Nicken von diesem Briten schenkte ihr die Freiheit?

Alle Barackentüren wurden geöffnet, und wer auf seinen Beinen stehen konnte, kam ungläubig heraus. Um die Schwachen kümmerten sich die Soldaten, die entsetzt waren von dem Bild, das sich ihnen bot.

Frei.

Wirklich frei.

Wirklich, wirklich frei.

In ihrem Körper kribbelte es, als würden dort tausend Schmetterlinge umherfliegen.

Jetzt musste sie es nur irgendwie noch auf die Insel schaffen. Die letzten Kraftreserven mobilisieren. Nach Hause …

Ob es dieses Zuhause überhaupt noch gab? Ob irgendjemand überlebt hatte?

»Komm, lieber Mai, und mache die Bäume wieder grün, und lass uns an dem Bache die kleinen Veilchen blühn. Wie möcht ich doch so gerne ein Veilchen wiedersehn …«

Wiedersehen. Moiken brach ihr Lieblingslied ab, von dem sie geglaubt hatte, es würde ihr mit der Freude über das Kriegsende wieder komplett über die Lippen kommen.

Aber sie war nicht komplett, ein großer Teil von ihr fehlte.

Frieda.

Dafür waren alle Bediensteten samt Grete mit ihren erwachsenen Töchtern sowie Emma, Matthis, Samuel und Boy im Foyer versammelt und begossen das Kriegsende und damit auch die Befreiung der Strandvilla von den Soldaten.

Es grenzte an ein Wunder, dass die Strandvilla bei dem Bombenhagel gleich zu Beginn des Krieges nicht getroffen worden war. Ebenso war das Dünencafé zu ihrem großen Glück verschont geblieben.

Dafür war eine Bombe ausgerechnet in das Lazarett der Hörnumer Kaserne eingeschlagen. Ein Mann war umgekommen, zwei weitere waren durch Bombensplitter am Unterschenkel und am Oberkiefer verletzt worden. Seitdem hatte es keinen Angriff mehr auf die Insel gegeben, während andere Städte in Schutt und Asche gelegt worden waren.

Was für ein unfassbares Glück – das musste sie sich bei allem Schmerz über den ungewissen Verbleib von Frieda immer wieder vor Augen halten.

Die Zahl der auf dem Schlachtfeld verstorbenen und auf dem Festland vermissten Insulaner kreiste um die siebenhundert. Ob Frieda auch dazu zählte? Wann würde der Tag kommen, an dem sie das erfuhr? Würde sie überhaupt jemals Gewissheit erhalten?

Diese Frage beschäftigte jeden in der Strandvilla, und es wurde häufig darüber gesprochen – aber heute schien bei allen anderen die Freude über das Kriegsende zu überwiegen.

Emma hatte wieder deutlich an Gewicht zugelegt und stieß mit Grete und Samuel an, der sein Glück kaum fassen konnte, dass er nicht entdeckt worden war und sich endlich wieder frei bewegen konnte.

Lange hatte es sich abgezeichnet, und doch hatte sich das Kriegsende hingezogen. Seit Mitte April hatte das Finale mit dem Kampf um Berlin begonnen, und als die Rote Armee bis in die Stadtmitte vordrang, beging Hitler in seinem Bunker Selbstmord.

Er hatte sein Versprechen gehalten und keine Kapitulation unterzeichnet – das hatte sein Nachfolger in die Wege leiten müssen. Für Deutschland war es Erlösung und Vernichtung zugleich.

In der Strandvilla herrschte allein der Freudentaumel.

Irgendjemand klopfte mit einem Löffel gegen sein Glas – prompt wurde es sofort ruhiger im Foyer, und Boys Stimme ertönte.

»Darf ich einen kleinen Moment um Ihre und eure geschätzte Aufmerksamkeit bitten?«

Es trat gespannte Stille ein.

»Viele kennen mich als Strandfotograf und mittlerweile auch als Gast dieses Hauses und enger Vertrauter der Hotelchefin. Schon als Kinder haben Moiken und ich zusammen gespielt, haben uns in den Dünen versteckt und sind auf Bäume geklettert, um das Obst zu naschen. Kein Vorgarten in Westerland war vor uns sicher, und wir waren uns sicher, dass uns die Welt gehört. Als junger Mann wusste ich dann ganz genau, dass ich nur mit dieser Frau mein Leben verbringen will, und habe ihr mit einem sandigen Kuss auf den Lippen versprochen, sie eines Tages zu heiraten. Nun ja, es kam anders, und wir sind bald getrennte Wege gegangen. Es gab Jahre, in denen wir uns nicht gesehen haben, aber am Ende hat uns das Schicksal doch wieder zusammengeführt. Darum stehe ich heute hier – vor Ihnen und euch – und auch vor dir, liebe Moiken. Du verzeihst mir, dass ich nicht vor dir in die Knie gehen kann, denn dann käme ich nicht mehr hoch …«

Ein Kichern breitete sich im Foyer aus, und auch Moiken musste grinsen, obwohl sie spürbar nervös wurde, als er ihre Hand nahm.

Sie erwiderte seinen festen Blick, der sie stets aufs Neue verzauberte. So wie damals, als sie sich auf dem Festbankett, das Theodor von Lengenfeldt in der Strandvilla ausgerichtet hatte, zum ersten Mal nach fünfzehn Jahren wiedergesehen hatten.

Seine Augen, die so hellblau waren wie die Nordsee an windstillen, sonnigen Tagen. Augen, von denen man sich aufgrund der Lachfältchen nicht vorstellen konnte, dass sie jemals traurig wirken könnten. Augen, die ihr vertraut waren.

Ein Mann, auf den jede Faser ihres Herzens reagierte.

»Moiken, ich möchte dich hier und vor allen Anwesenden fragen, ob du meine Frau werden möchtest.«

Sie zögerte keine Sekunde. »Ja, ich will«, entgegnete sie mit fester Stimme, aber zugleich stiegen ihr Tränen in die Augen.

Wenn nur Frieda diesen Moment miterleben könnte. Würde sie überhaupt bei der Hochzeit dabei sein, oder würde sie vom Himmel aus zusehen?

Sie konnte nicht länger darüber nachdenken, weil alle zugleich auf sie zukamen, um zu gratulieren.

Allen voran stürmte Emma und flog ihr in die Arme. »Na endlich! Endlich! Ich habe ja immer gesagt, dass ihr zusammengehört, aber ihr wolltet nicht auf mich hören«, fügte sie mit einem Augenzwinkern hinzu, bevor sie den anderen Gratulanten Platz machte.

Irgendwann war auch Matthis an der Reihe, dem die Tränen nur so über die Wangen liefen. »Meinen herzlichen Glückwunsch! Ich weiß, ich sollte jetzt eigentlich glücklich sein …«

»Ich kann gut verstehen, wie es in dir aussieht. Mir geht es ja nicht anders«, seufzte sie und umarmte ihren Portier, der ihr Schwiegersohn hätte werden sollen.

»Immerhin konnte ich Frieda noch einen Antrag machen«, sagte Matthis, als er sich von ihr löste, »aber die Hochzeit wird wohl nie stattfinden.«

»Warum, willst du mich denn nicht mehr heiraten?«

Diese Stimme!

Moiken fuhr herum.

Da stand Frieda am Eingang zur Strandvilla. Als ein Schatten ihrer selbst, der sich kaum auf den Beinen halten konnte.

Sie eilte zu ihr hin und stützte sie. »Mein Mädchen! Mein Inselmädchen. Du bist wieder da!«, rief sie aus und drückte sie fest an sich.

»Meine kleine Schwester – du hast es geschafft!«, schloss sich Emma voller Jubel an. »Nun kann ich doch Trauzeugin werden!«

»Was bin ich froh!«, riefen Samuel und Grete wie aus einem Mund, und Grete fügte hinzu: »Ich werde dich wieder aufpäppeln.«

»Du hast überlebt …«, sagte Matthis voller Staunen. Sein Glück konnte er offenbar noch nicht fassen.

»Ja«, sagte Frieda mit schwacher Stimme. »Ich habe überlebt – und nicht nur das. Ich hätte mir nicht träumen lassen, dass ihr alle noch lebt.« Ihr Blick ging reihum und blieb zuletzt an Matthis hängen. »Wenn ich dich ansehe, spüre ich zum ersten Mal wieder Leben in mir und die Gewissheit, dass unser Traum wahr wird. Wir werden in einem kleinen Häuschen inmitten der Heide wohnen, und im Vorgarten spielen unsere Kinder unter einem Apfelbaum.«

»Ich sehe es auch vor mir«, sagte Matthis. »Wir stehen vor unserem Häuschen, blicken Hand in Hand aufs Meer hinaus, und es liegen noch viele glückliche Jahre vor uns.«

Nachwort

»Erzähl mir von früher!«

Mit dieser Aufforderung habe ich mich als Kind oft zu meiner Großmutter gesetzt und mir gebannt ihre Geschichten angehört.

Ich wollte wissen, wie sie die Machtergreifung Hitlers und den Krieg erlebt hat. Ich wollte ihre Geschichte(n) hören und keinem trockenen Geschichtsunterricht in der Schule folgen, der lediglich die Fakten aufzählt, die zwar wichtig sind, mir jedoch das Leben und Empfinden der Menschen jener Zeit nicht nahegebracht haben.

Schnell habe ich durch diese hautnahen Erzählungen, ergänzt durch Tagebuchaufzeichnungen und Briefe weiterer Zeitzeugen verstanden, wie wichtig es ist, aus der Vergangenheit zu lernen und Geschichte(n) nicht in Vergessenheit geraten zu lassen.

Das ist der Motor, der mich antreibt, historische Romane zu schreiben, unterhaltsam und begreifbar, denn nur mit dem Wissen um unsere Vergangenheit können wir ähnliche Fehler in Zukunft (hoffentlich) vermeiden.

War das früher tatsächlich so? Gab es das wirklich auf Sylt? Diese und ähnliche Fragen haben Sie sich vielleicht während des Lesens gestellt, und deshalb möchte ich auch hier, wie schon bei den ersten beiden Bänden meiner Sylt-Saga, ausführen, wie es sich in diesem Roman mit Dichtung und Wahrheit verhält.

Kurz gesagt: Für mich zeichnet sich ein historischer Roman durch historische Korrektheit aus, und ich liebe es, dafür auch die kleinsten Details zu recherchieren.

Seit 2008 lebe ich auf Sylt, ich habe meine Herzensinsel mit zwei Koffern in der Hand zu meiner neuen Heimat erklärt und bin seither tief in die Sylter Geschichte eingetaucht. Ich greife Geschehnisse, historische Figuren und Örtlichkeiten auf, um ein möglichst facettenreiches Bild von der Insel vergangener Jahrzehnte zu zeichnen. Dennoch ist es ein Roman, bei dem ich mir als Autorin gewisse Freiheiten nehmen darf.

Moiken und ihre Kinder Emma und Frieda leben nur in der Welt zwischen den Buchdeckeln, jedoch haben die Strandvilla und das Dünencafé historische Vorbilder.

Der Reisende Graf von Baudissin hat in seinem Buch »Schleswig-Holstein Meerumschlungen« aus dem Jahr 1864 bereits von dem zauberhaften Café in den Westerländer Dünen berichtet: *»Ein eigenthümlicheres Café mag es kaum auf Erden geben. […] Es herrschte eine clair obscur, eine Ruhe und Stille in dem kleinen Häuschen […] Ich ließ mich nieder und bat die Wirthin, die mit ihrer Tochter ganz allein der Wirtschaft vorstand, mich durch eine Tasse Kaffee zu erfrischen.«*

Ich war fasziniert, und bei meinen weiteren Recherchen stieß ich auf eine seltene Postkartenansicht aus dem Jahr 1904, auf der besagter hölzerner, achteckiger Pavillon am Ende der Promenade abgebildet ist. Und schon hatte ich, wie meine Moiken, den Traum, darin das Dünencafé zu eröffnen.

Durch Moikens Augen sehen wir die historischen Ereignisse nach Hitlers Machtergreifung, sowohl auf Sylt als auch in Berlin, und erleben, wie das Dritte Reich auf der Insel und in der Großstadt seine unheilvolle Entwicklung nimmt.

Zum Ortsgruppenvorsitzenden der NSDAP von Westerland habe ich die Romanfigur Adam von Baudissin ernannt, aber was er erlebt, ist historisch verbürgt.

Die NSDAP hatte auf Sylt schnell großen Zulauf, Hitlers Gedankengut wurde begeistert aufgegriffen und umgesetzt, denn die wirtschaftliche Lage war auch auf Sylt trostlos. Im Jahr 1913, vor dem Ersten Weltkrieg, kamen 29 252 Sommerfrischler auf die Insel, 1930 waren es nur noch 14 320.

Da die Hotels und Pensionen um 1900 jedoch wie Pilze aus dem Boden geschossen waren, war die Konkurrenz groß, die Inhaber unterboten sich im Wettbewerb um die wenigen Gäste gegenseitig in einem ruinösen Kampf, und die Not durch Zwangsversteigerungen war unübersehbar.

Hitler versprach einen Rückgang der Arbeitslosenzahlen, wirtschaftliche Stabilität sowie Ordnung und Sicherheit auf den Straßen – damit sprach er natürlich genau die Sehnsüchte der Menschen an.

Durch Hitlers »Kraft durch Freude«-Aktionen kamen in der Saison 1935 tatsächlich wieder 26 175 Gäste auf die Insel, die sich jedoch auf die satte Menge von 5108 gemeldeten Betten verteilten. Viel besser lief endlich die Saison 1937, in der sogar Privatleute aufgefordert wurden, die Gäste der KdF-Fahrten aufzunehmen. Mit Musikbegleitung wurden die Gäste zum Haus Wiesbaden gebracht, wo die Quartierverteilung stattfand.

Am 2. August 1935 war in der *Sylter Zeitung* zu lesen: »Es ist festgestellt worden, dass Juden, die in Nachbarbädern nicht geduldet werden, versuchen, hier unterzukommen. Wir machen ausdrücklich darauf aufmerksam, dass Juden auch bei uns im höchsten Grad unerwünscht sind.«

Wenn allein die Sylter entschieden hätten, so wäre Hitler übrigens schon ein Jahr früher an die Macht gekommen, denn bei der Reichstagswahl 1932 stimmten 1798 Insulaner für Hitler, auf den amtierenden Reichspräsidenten Hindenburg entfielen nur 1593 Stimmen.

Adolf Hitler wurde tatsächlich bereits am 1. April 1933 bei der Westerländer Stadtvertretersitzung – als Tagesordnungspunkt

Nummer eins und nicht als Aprilscherz – nur zwei Tage nach der Machtergreifung zum Ehrenbürger der Stadt Westerland ernannt. Erst 2009 wurde ihm die Ehrenbürgerschaft aberkannt.

Ehrenbürger von Kampen wurde Hermann Göring – der Mann hinter Hitler –, der sich wie beschrieben oft auf Sylt aufhielt, in Kampen und in Wenningstedt im Hotel zum Kronprinzen, wo er sich nebenan sein Strandhaus »Min Lütten« vom Architekten Otto Heilmann entwerfen und bauen ließ. Anders als im Roman wurde es allerdings nach »nur« zwei Jahren Bauzeit 1937 fertiggestellt.

Am Wenningstedter Strand wurden tatsächlich entsprechende Schilder aufgestellt, die verboten, Göring zu fotografieren. »Achtung! Das Fotografieren des Herrn Generalobersten nebst Gattin beim Baden zieht die sofortige Einziehung des Apparates und des Films nach sich. Der Bürgermeister.«

Dessen ungeachtet existiert ein Foto, das Hermann Göring vor einem Strandkorb mit Hakenkreuzfahne zeigt – allerdings in Uniform, nicht im Badekostüm.

Die berühmte Tänzerin Valeska Gert und spätere Wirtin des »Ziegenstall« in Kampen berichtet über eine Begegnung mit Göring am Strand im Sommer 1933: »Ein SA-Mann buddelte neben unserem Korb eine Kuhle, stellte einen Strandkorb hinein und umrahmte die Burg mit einem Zaun. Als er fertig war, schritt Hermann Göring gravitätisch über den Strand und zum Korb. Mein Freund, der Schauspieler Aribert Wäscher, sagte zu mir: ›Komm, wir lassen unseren Korb woanders hinstellen. Vielleicht schießt jemand auf Göring, zielt vorbei und trifft mich.‹«

Das Hotel zum Kronprinzen musste 1954 abgerissen werden, weil ein Teil des Kliffs bei einer Sturmflut vom Meer unterspült worden war und das halbe Haus praktisch in der Luft hing und abzustürzen drohte. Als es 1894 erbaut worden war, befand sich das Kliff übrigens noch etwa rund hundert Meter entfernt.

Anstelle des Hotels befindet sich dort heute die Appartementanlage »Dünenhof zum Kronprinzen«. Das Haus »Min Lütten« steht heute noch in direkter Nachbarschaft. Es wurde 1958 von Emmy Göring an die erste Frau als Steuerberaterin in Deutschland, Katinka Alff, verkauft und war bis 2019 in Familienbesitz, ehe sich die Erben zum Verkauf entschlossen.

Tatsächlich hat Hermann Göring seinen wertvollen Dolch bei einem Abendspaziergang am Morsumer Kliff verloren und eine Verlustanzeige in der *Sylter Zeitung* schalten lassen. Allerdings trug sich dieses Ereignis zwei Jahre früher als im Roman zu, und der glückliche Finder war nicht Matthis, sondern ein siebzehn Jahre alter Morsumer Jungbauer namens Boy Thiessen, der sich angetrieben vom hohen Finderlohn nach der Arbeit auf die Suche machte und den Dolch tief in der Heide verborgen entdeckte, nachdem bereits »Kompanien vom Fliegerhorst und Arbeitsdienst stundenlang gesucht« hatten, wie er selbst erzählte. Die einhundert Mark Finderlohn waren für ihn mehr als ein Monatslohn, der jedoch noch am Abend im Dorfgasthaus umgesetzt wurde – schließlich wollten alle Morsumer das große Glück mitfeiern.

Görings Jagddolch hat nach dem Krieg eine weite Reise angetreten und befindet sich mittlerweile im West Point Military Museum in der Nähe von New York, wo er in einer Vitrine vereint ist mit Görings Reichsmarschallstab, seinem Trommelrevolver und dem prachtvollen Gästebuch von Carinhall, in dem sich die Besucher von Görings repräsentativem Herrenhaus, benannt nach seiner ersten Frau Carin, eintrugen.

Im Zweiten Weltkrieg wurde die Insel weitestgehend von Zerstörungen verschont, denn es blieb bei dem einen, im Roman beschriebenen Angriff der Briten am 19. März 1940, der um 19.57 Uhr begann und bis zum nächsten Morgen um 06.30 Uhr andauerte.

»Es war, als ob ein Tollhaus Ausgang hätte«, sagte später einer der Piloten über jene Angriffsnacht, die ein Vergeltungsschlag der Briten gegen das Westerländer Kampfgeschwader war, das drei Tage zuvor 121 Bomben auf den britischen Flottenstützpunkt auf den Orkney-Inseln abgeworfen hatte.

Die Briten rächten sich mit 124 Bomben und 1200 Brandsätzen, die über der Insel abgeworfen wurden, jedoch größtenteils im Meer oder auf unbewohntem Gebiet einschlugen. Eine Bombe traf jedoch ausgerechnet das Hörnumer Lazarett. Ein Mann wurde getötet, zwei weitere Männer durch Splitter am Oberkiefer und am Unterschenkel verletzt.

Während des Angriffs wurde eine Maschine der Briten durch die Flak getroffen und stürzte im Watt vor List ab. Die Leiche des Piloten wurde zehn Wochen später vom Meer auf der Insel angespült.

Etwa 700 Insulaner verloren ihr Leben auf den Schlachtfeldern zwischen Russland und der Normandie. Angesichts von rund 6000 Einwohnern hatte also mehr als jeder zehnte Haushalt einen Toten oder Vermissten zu beklagen.

Nach dem Krieg schnellte die Zahl der Einwohner durch Kriegsflüchtlinge hoch und pendelte sich bei rund 10 000 ein. Die gleiche Anzahl an Soldaten war während des Kriegs auf Sylt stationiert, die Insel war von List bis Hörnum entlang der Küstenlinie mit rund fünfzig Bunkern, unzähligen Flakstellungen und weiteren Verteidigungsständen gepflastert.

Aus Furcht vor einer feindlichen Landung der Briten hatte man die Insel nach dem ersten Weltkrieg noch weiter zur Festung ausgebaut.

Viele Bunker sind mittlerweile Sturmfluten zum Opfer gefallen oder gezielt gesprengt worden. Aus einem jedoch ist ein Ort der Begegnung erwachsen. Vom Künstleratelier über das Künstlerlokal zur Kupferkanne, so könnte man die Geschichte überschreiben. Wo früher Soldaten Wache schoben, werden heute in der Kampener Kupferkanne in den verwinkelten unterirdischen Räumen in gemütlicher Atmosphäre Kaffee und hausgemachte Kuchen genossen – und das alles nur, weil dem ehemaligen Oberleutnant und Bildhauer Günter Rieck der Flakbunker nach Kriegsende als Unterkunft zugewiesen worden war.

Im Zweiten Weltkrieg entstand auch das heutige Rantumbecken, da es auf Sylt keinen tideunabhängigen Hafen für Wasserflugzeuge gab, die Hitler zum Angriff auf England für kriegswichtig erachtete. Also schuf der Reichsarbeitsdienst 1936/37 einen 5,1 Kilometer langen Deich in der Steidumbucht bei Rantum und damit einen 568 Hektar großen Wasserflughafen. Doch kaum legte der Reichsarbeitsdienst die Schaufeln aus der Hand, wurde der Einsatz der schwerfälligen Wasserflugzeuge als nicht mehr zeitgemäß angesehen. Dafür ist heute daraus ein Europareservat für mehr als dreißig verschiedene See- und Wasservogelarten geworden, ein einmaliges Brutgebiet, das Ornithologen aus ganz Deutschland anzieht.

Aus den ehemaligen Barackenlagern des Militärs ist im Klappholttal eine der ersten Volkshochschulen Deutschlands entstanden, die noch heute als Akademie am Meer viele treue Gäste beherbergt, ebenso wird heute zum Beispiel im Hamburger Jugenderholungsheim Puan Klent und im Fünf-Städte-Heim in Hörnum Urlaub gemacht, wo früher Soldaten stationiert waren.

Moiken steht im Roman stellvertretend für all jene, die sich gegen den Nationalsozialismus gestellt haben, indem sie zwar keine lautstarken, aber doch deutliche Signale gesetzt haben, so wie Clara

Tiedemann (1891–1966), die allerlei Prominenz in ihrem Kampener Haus »Kliffende« beherbergte, das sie bis 1955 als Gästehaus führte.

Heute weht über dem Gebäude im Rieperstieg 3 nach einem Besitzerwechsel die Schweizer Flagge – im Juli 1933 marschierten 400 SA-Männer zum Haus Kliffende, weil keine Hakenkreuzfahne gehisst war. Das »bedauerliche Versäumnis« wurde schnellstens »in feierlicher Flaggenparade« nachgeholt, mit dem Hinweis, dass künftig »die Hakenkreuzflagge auch hier zu hissen« sei, und die Fahne wurde Clara Tiedemann »leihweise, für 24 Stunden zu treuen Händen« überlassen, »in der Hoffnung, dass es die SA nicht noch einmal nötig haben wird, hier eine Flaggenparade abzuhalten«.

Am nächsten Morgen hing die Fahne, wie Clara Tiedemann in ihren Memoiren *Kampener Skizzen* berichtet, aber im Gegensatz zur Hausflagge wehte sie nicht. So was aber auch!

Das Gebäude in der Bomhoffstraße 22, Ecke Brandenburger Straße in Westerland, ist ein versteckter Zeitzeuge des Zweiten Weltkriegs, denn von dem äußerlich unscheinbaren Appartementhaus würde niemand annehmen, dass sich hier grausame Szenen abgespielt haben.

Dort befand sich das Westerländer Gestapo-Gefängnis, in dem sich die Westerländerin Käthe Siegert am 2. September 1944 in ihrer Arrestzelle durch Erhängen das Leben nahm.

Vor der Strandstraße 28 in Westerland erinnert ein Stolperstein an sie, wo sie das »Haus Palma« besaß, in dem sie ein Modewarengeschäft betrieb und Zimmer an Gäste vermietete. Laut Schutzhaftbefehl soll sie angeblich Waren gehortet und Blinkzeichen an alliierte Flugzeuge gegeben haben.

Emma erlebt im Roman das Schicksal von Johanna Herold (1883–1943), die mit ihrem Mann Heinrich Herold ein Fotogeschäft in der Paulstraße in Westerland führte. Sie soll auf Nachfrage einer Kundin, wann es wieder Farbfilme zu kaufen gäbe, geantwortet haben: »Da müssen Sie warten, bis wir eine andere Regierung haben.« Johanna Herold wurde denunziert, ins Westerländer Gestapo-Gefängnis gebracht, dann nach Kiel überstellt.

So wie Frieda sich im Roman Zutritt ins Kieler Gestapo-Gefängnis verschaffte, so gelang das tatsächlich Johanna Herolds Freundin Wilhelmine, indem sie sich das Parteiabzeichen ans Revers heftete und dem Wachpersonal den Hinweis gab, dass Hermann Göring der Jagdkumpan ihres Ehemanns sei und sie sich persönlich an den Reichsminister wenden wolle, wenn man sie nicht sofort einließe.

Leider half ihr Besuch nichts, Johanna Herold wurde nach Auschwitz deportiert, wo sie am 30. Januar 1943 ermordet wurde.

Der Stolperstein für Johanna Herold befindet sich vor der Paulstraße 15.

»Ehemann an Körperschwäche verstorben.« Mit diesem nüchternen Telegramm aus dem Konzentrationslager Sachsenhausen erfährt Moiken von Adams Tod, und leider ist es ähnlich auch im wahren Leben so geschehen. Ein solches Telegramm mit dem Wortlaut »Vater an Körperschwäche verstorben« hat die Tochter von Jens Emil Mungard (1885–1940), einem bedeutenden Sylter Heimatdichter, aus Sachsenhausen zugestellt bekommen.

Zwei Jahre vor seinem Tod schickte Jens Emil Mungard aus Flensburg einen Brief an seinen Tinnumer Freund Hermann Schmidt auf Sylt. »Wer keine Hitler-Hymnen schreibt, darf nicht mehr schreiben, und solche schreibe ich nicht … Zu der Stellung [Arbeit in der Flensburger Gewürzmühle] habe ich die nachträgliche Genehmigung des Arbeitsamts erhalten, ich musste mich beeilen, um nicht deportiert zu werden. Sonst ist es hier interessant genug, nur Augen auf – und Mund halten!«

Erst von dem überlebenden Mithäftling, dem Flensburger Heinrich Lienau, erfährt die Tochter Genaueres: »Am 15. Februar 1940 ist er [der Vater] dort an einer schweren Lungenentzündung gestorben. Der Kommandant versagte die Aufnahme des Schwerkranken ins [Kranken-]Revier, und so hauchte Mungard sein Leben auf einem Strohsack in der Baracke 27 aus.«

Einige historische Westerländer Persönlichkeiten haben Sie bereits in den ersten beiden Teilen der Sylt-Saga »Die Strandvilla« und »Das Dünencafé« kennengelernt, falls Sie nicht zuerst mit dem »Inselmädchen« Bekanntschaft gemacht haben: Julius Meyer, Carl Meyer, Modje Köhler, Dr. Nicolas sowie Henriette Grondziel.

Leider konnte ich so manchen lieb gewonnenen historischen Figuren kein längeres Leben schenken, andernfalls hätte ich ihnen ein biblisches Alter andichten müssen.

Der Druckereibesitzer und Zeitungsverleger Carl Meyer (1872–1948) ist eine historische Figur. Sein Denken und Handeln beruht jedoch allein auf meiner Vorstellung. Seine Wirkungsstätte befand sich in der Friedrichstraße 27, im »Haus Gutenberg«, das Carl 1895 als Arbeits- und Wohnhaus erbauen ließ. Heute befindet sich in dem historischen Haus unter anderem eine Buchhandlung, es dreht sich dort also immer noch alles um das gedruckte Wort.

Carl Meyer schwamm auf der Erfolgswelle, er rief die *Sylter Zeitung* ins Leben, außerdem gingen sämtliche Sylter Druckerzeugnisse – vom Reiseführer über Postkarten und Bildbände bis hin zur Speisekarte – durch seine Hände. Privat meinte es das Schicksal leider nicht gut mit ihm, Carls erste Ehefrau starb bereits im jungen Alter von einunddreißig Jahren.

Henriette Grondziel ist ebenfalls eine historische Figur, die Moiken in allen drei Bänden der Sylt-Saga das Leben schwer gemacht hat. Im wahren Leben führte sie ein Ladengeschäft in der Strandstraße 13, Ecke

Neue Straße, ihren »Möwen-Bazar« als »einziges Spezialgeschäft der Sylter Möwenindustrie«, in dem sie außerdem »Seehundswaren in unübertroffener Auswahl« anbot. Im Roman habe ich deshalb die Möglichkeit genutzt, ihr wenig Kundschaft zuzuschreiben, weshalb sie sich ein zweites Standbein als Bedienung im Dünencafé suchen musste.

Moikens Jugendliebe, der Strandfotograf Boy Lassen, hat Moiken immer vor Henriette gewarnt. Er lebt und liebt jedoch – so wie Grete, Wilma, Leopold und Matthis – nur in der Welt des Romans. Allerdings gab es das Fotoatelier am oberen Ende der Friedrichstraße in Westerland tatsächlich, und es wurde von einem Mann namens Bernhard Lassen geführt.

Das Städtische Krankenhaus, in dem Boy behandelt wurde, ist nicht zu verwechseln mit der heutigen Nordseeklinik, die 1937 als Kurlazarett für Luftstreitkräfte erbaut wurde und nach dem Krieg auch zivile Patienten aufnahm. Das Städtische Krankenhaus wurde 1895 erbaut und läge heute in der Steinmannstraße, es wurde jedoch 1974 abgerissen. Es verfügte über dreißig Betten und eine Isolierstation.

Die Lesung von Carl Zuckmayer fand tatsächlich im Haus von Peter Suhrkamp in Kampen im Hobokenweg 18 statt. Der Verleger lud viele seiner Autoren zu mehrwöchigen Aufenthalten in sein ruhig gelegenes Haus am Watt ein, darunter auch Ernst Penzoldt und Max Frisch, der sich dort am Schreibtisch »herrgöttlich wohl« fühlte. Dabei gab sich der Verleger entspannt, was die Arbeitsmoral seiner Autoren während dieser Zeit betraf: »Werden Sie nicht unruhig, verzweifeln Sie nicht, wenn Sie in drei, vier Wochen keine Zeile schreiben können.«

Wie aber kam Peter Suhrkamp überhaupt zu diesem Haus? Es gehörte seiner Frau Annemarie Seidel, die die Wattvilla wiederum von ihrem Mann Anthony van Hoboken nach der Scheidung erhielt. Nach ihm ist der Hobokenweg benannt. Zudem war Annemarie Seidel, genannt Mirl, vor dieser Ehe mit Carl Zuckmayer liiert gewesen. Dieser schreibt über die Silvesternacht 1933 im Hause von Peter Suhrkamp: »In der Silvesternacht in Kampen, in der es so still war, dass man glaubte, die Glocken vom Festland zu hören (aber es war nur stille singende Luft!), habe ich unterm Dunst hobokenscher Weinschläuche, zu einem Portwein von 1896 (meinem Geburtsjahr!), einen Gruß improvisiert, gestegreift, steggereift, stegreifgereimt ...« An dessen Ende steht: »Wir trinken unsern Portwein still: Mag kommen, was kommen will – Der Himmel helf' den Dichtern.«

Carl Zuckmayer half 1938 nur die Flucht in die Schweiz und ein Jahr später in die USA, wo er amerikanischer Staatsbürger wurde, denn seine Werke waren seit 1933 in Deutschland verboten, und er hatte öffentlich den Nationalsozialismus kritisiert.

Auf der Lesung begegnet Frieda erstmals dem Studenten und Schriftsteller Samuel, der im Roman stellvertretend für das Schicksal vieler Juden steht und der durch meine Feder den Zweiten Weltkrieg überlebt hat.

Deutschlands literarische Geschichte würde sich ohne diese Kampener Wattvilla übrigens ganz anders lesen: 1953 wurde das Haus für 45000 Mark an Axel Springer verkauft, und von diesem Geld sicherte sich Suhrkamp die deutschen Rechte an den Werken von Marcel Proust, darunter *Auf der Suche nach der verlorenen Zeit*, der zum Millionenseller wurde.

In der »Prominentenecke« des Hotels Adlon in Berlin, wie die Zimmer 101 bis 114 bezeichnet wurden, wohnte auch Charlie Chaplin. Emma hat nur im Roman ein Foto von ihm gemacht, aber die Geschichte, dass sich 1931 Tausende Anhänger des weltberühmten Schauspielers vor dem Hotel drängten und ihm die Knöpfe seiner

Hose abrissen, trug sich tatsächlich so zu, wie uns Hedda Adlon (1889–1967), die letzte Hausherrin des Hotels, erzählt: »Endlich hatte Chaplin den Portier erreicht. Der streckte seine Hand aus und zog den Schiffbrüchigen zu sich heran und bugsierte ihn endlich durch die Tür ins Hotel. Doch mitten in der Halle stockte jäh der Schritt … entgeistert blieb Chaplin stehen und blickte in komischer Verzweiflung um sich: Seine Hose rutschte! Stürmische Verehrer hatten sämtliche Knöpfe an Jacke und Hose abgeschnitten. Freilich, wie sie an den Hosenbund gelangen konnten, das wusste auch Chaplin nicht zu erzählen. Mit beiden Händen seine Hose festhaltend, floh er in den Fahrstuhl, wobei er unwillkürlich in seinen typischen watschelnden Gang verfiel.«

Es hält sich übrigens das hartnäckige Gerücht, Hitler habe sich seinen Schnurrbart nach dem Vorbild von Charlie Chaplin getrimmt, seinerzeit der wohl beliebteste Mann der Welt. Die Nationalsozialisten hassten jedoch Charlie Chaplin, er wurde als »jüdischer Filmaugust« betitelt, obwohl er nicht jüdischen Glaubens war. Sein Film *Der große Diktator,* in dem Chaplin sich in einer Persiflage über die Nazis lustig machte und sich mit den Juden solidarisierte, feierte 1940 in New York Premiere – in Deutschland durfte er erst 1958 gezeigt werden.

Charlie Chaplin brachte die Menschen zum Lachen und zum Weinen wie kein Zweiter, und er steht als Sinnbild für eine Zeit, die von Angst und Lebensmut zugleich geprägt war.

Das Inselmädchen ist als Abschluss meiner Sylt-Saga mein kleiner Beitrag dazu, diese Zeit nicht in Vergessenheit geraten zu lassen. Aber wer weiß – vielleicht erzähle ich die Geschichte von Moiken, Emma, Frieda und Matthis eines Tages doch weiter …

Den Federn, die Flügel verleihen …

Ich danke:

Natalja Schmidt, die der Sylt-Saga bei Droemer Knaur ein Zuhause gegeben hat. Auch in schwierigen Zeiten hat sie das Ruder sicher in der Hand gehalten und die Klippen, die durch die Pandemie plötzlich vor uns lagen, sicher umschifft.

Catherine Beck, die nicht nur meine geschätzte Lektorin ist, sondern bereits in der Strandvilla und im Dünencafé als Hoteltesterin, Innenarchitektin und Gourmetkritikerin tätig war. Auch dieses Mal habe ich zitternd ihr Urteil erwartet, das jedoch sehr gut ausfiel, sodass wir einen gemütlichen Spaziergang durch das Lektorat gemacht haben. Jetzt fehlt nur noch ein persönliches Treffen beim Kaffeetrinken auf Sylt.

Dr. Marco Fiorini-Hamilton. Er ist mein bester Freund, und auf ihn kann ich immer zählen, auch wenn er Tausende Kilometer entfernt ist. Allerdings muss man bei ihm als Mediziner auch damit rechnen, dass er mitten in der Nacht zum OP-Besteck greift und meine Manuskripte seziert. Selbstverständlich legt er den Finger dabei immer zielsicher in die Wunde – wofür ich ihm sehr dankbar bin, auch wenn es schmerzt. Aber nur so konnte das Inselmädchen gesund und munter den Weg ins Lektorat antreten.

Thommy & Sarah, die ich seit gefühlt hundert Jahren zu meinen Freunden zählen darf, und was gibt es Wertvolleres als Freunde, die einem auch mal Fehler vor Augen halten? Von meinem ersten Buch an sind sie meine Testleser, und ihr schonungsloses Urteil ist mir sehr wichtig. Wobei – vielleicht sollte ich an der Stelle zur Sicherheit mal erwähnen, dass man eine Autorin niemals verärgern darf, wenn man nicht im nächsten Roman umgebracht werden möchte?

Meiner Mutter, die kam, sah – und korrigierte. Vor ihr ist kein Wegstabenverbuchsler sicher, und sie darf mich gern korrigieren, auch wenn ich dabei manchmal rotsehe. Nein, nicht im übertragenen Sinne. Nur im Manuskript. Und hier nutze ich jetzt die Gelegenheit, mich ungestraft zu wiederholen: danke, danke, danke! Ohne sie hätte meine Lektorin viel mehr Arbeit, und nicht nur darum ist und bleibt sie die beste Mutter auf der ganzen Welt. Daran gibt's nichts zu korrigieren.

Knud, der mein Fels in der Brandung ist. Mehr Worte braucht es dafür nicht. Doch. Eine Frage muss ich noch stellen: Habe ich dir heute schon gesagt, dass ich dich liebe?

Meinen Lesern, die bereits den Aufenthalt in der Strandvilla und im Dünencafé genossen haben und nun das Inselmädchen besucht und bis hierhin begleitet haben. Es sei denn, Sie haben die Angewohnheit, das Ende zuerst zu lesen – dann heiße ich Sie an dieser Stelle traditionell herzlich willkommen. In der Strandvilla ist immer ein Zimmer mit Meerblick frei, und im Dünencafé gibt's leckeren Kuchen und Pralinen zum Kaffee. Nehmen Sie Platz und genießen Sie den Aufenthalt auf Sylt. Ich freue mich, wenn Sie diesen Urlaub ohne Koffer weiterempfehlen.

Die Konditorin und der Strandfotograf ~

Band 1 der Sylt-Saga

SINA BEERWALD

Die

DIE STRAND-VILLA

ROMAN

Sylt 1913: Für die junge Seefahrer-Witwe Moiken Jacobsen scheint ein Traum in Erfüllung zu gehen, als der Hotelier Theodor von Lengenfeldt um ihre Hand anhält. Vom beschaulichen Keitum holt er sie in die »Strandvilla«, das beste Hotel auf der Insel im mondänen Westerland. Heimlich träumt Moiken jedoch davon, eines Tages das verlassene Café am Meer wiederzueröffnen, und steckt all ihre Kraft und Leidenschaft in süße Köstlichkeiten, die sie bis spät in die Nacht kreiert.
Bald muss sie allerdings feststellen, dass Theodor sie vor allem geheiratet hat, damit sie ihm einen Stammhalter schenkt. Von ihren beruflichen Plänen ist er wenig begeistert. Als Moiken dann auch noch dem erfolgreichen Fotografen Boy Lassen begegnet, geraten ihre Lebenspläne ins Wanken. Denn kein anderer als Boy hat ihr den ersten unschuldigen Kuss geraubt …

eine große verbotene Liebe auf Sylt

Band 2 der Sylt-Saga

SINA BEERWALD

Das

DAS DÜNEN-CAFÉ

ROMAN

Der Erste Weltkrieg ist vorbei, endlich! Trotz wirtschaftlich schwieriger Zeiten und unter dem Argwohn der Männer setzt Moiken alles daran, das Hotel »Strandvilla« und ihr geliebtes Café im alten Glanz erstrahlen zu lassen, sie will ihre Gäste im Dünenpavillon wieder mit Törtchen und Pralinen verwöhnen.
Der charismatische Wasserbauingenieur Adam von Baudissin ist fasziniert von ihr – und sie von ihm. Er ist auf die Insel gekommen, um allen Widrigkeiten zum Trotz ein Jahrhundertbauwerk zu errichten – einen Damm zum Festland.
Moiken könnte glücklich sein, wäre da nicht die Sorge um ihre Tochter Emma, die mit ihrem Vater, dem Fotografen Boy Lassen, nach Berlin gegangen ist. Als Emma schwer erkrankt, eilt Moiken in die brodelnde Metropole. Das Wiedersehen mit Boy, ihrer ersten großen Liebe, reißt jedoch alte Wunden auf: Wird Moiken ihn jemals ganz vergessen können?
Stimmungsvoll, dramatisch, hervorragend recherchiert – die große Inselsaga der Sylter Autorin Sina Beerwald geht weiter!

KNAUR